U0105678

谨以此书献给我的母亲！

紫外光自组织网络理论

柯熙政　著

科学出版社
北京

内 容 简 介

无线激光通信融合了光纤通信与微波通信的优点，但是激光的直线传输限制了无线激光通信的应用范围。紫外光非直视传输弥补了无线激光通信的不足，可以采用自组织网络扩大其覆盖范围，因而具有潜在的应用前景。本书详细分析了紫外光自组织网络的信道特性，对紫外光通信覆盖范围进行了分析计算。在分析经典通信协议的基础上，对 MAC 层协议及其公平性、路由协议等进行了讨论，构建了适用于紫外光非直视通信的基本构架。对书中提出的通信协议进行了详细分析，书末给出了计算机仿真的关键程序，以便读者学习和理解。

本书可作为高等院校通信、网络等相关专业的高年级本科生、研究生的教学用书，也可作为研究人员和工程技术人员的参考用书。

图书在版编目(CIP)数据

紫外光自组织网络理论/柯熙政著. —北京：科学出版社，2011
ISBN 978-7-03-031322-5

Ⅰ. 紫… Ⅱ. 柯… Ⅲ. 激光通信-研究 Ⅳ. TN929.13

中国版本图书馆 CIP 数据核字(2011)第 103331 号

责任编辑：任 静 王志欣 魏英杰 / 责任校对：李 影
责任印制：赵 博 / 封面设计：耕 者

科学出版社 出版
北京东黄城根北街 16 号
邮政编码：100717
http://www.sciencep.com

新蕾印刷厂 印刷

科学出版社发行 各地新华书店经销

*

2011 年 6 月第 一 版 开本：B5(720×1000)
2011 年 6 月第一次印刷 印张：24 1/4
印数：1—3 500 字数：472 000

定价：70.00 元

(如有印装质量问题，我社负责调换)

前　言

随着无线电频谱资源的日渐匮乏，人们一直在试图开发新的通信体系，以适应当前无所不在的通信需求。无线激光通信融合了微波通信和光纤通信的优点，具有通信保密、通信容量大、部署迅速以及无需频谱许可等优点，受到了人们的广泛重视。激光的直线传播使无线激光通信的应用场合受到了限制。日盲紫外光可以进行非直视传输，但是由于大气环境的影响，其通信距离受到了极大地限制。本书将自组织网络理论和紫外光通信结合起来，既可以实现非直视通信，又可以延伸通信范围。作者对此领域遇到的相关理论问题进行了深入的探索，初步构建了紫外光自组织网络理论基础，是在此领域的有益尝试。

全书共计 9 章，涉及紫外光通信的基本概念，紫外光信道特性分析，紫外光自组织网络中的媒体接入协议、路由协议等内容。在对经典通信协议分析的基础上，提出了关于紫外光自组织网络的基本框架。

本书是西安理工大学光电工程技术研究中心集体研究的成果，何华、冯艳玲、邓莉君、侯兆敏、吴长丽、梁薇、陈祥、杨培林等参与了本课题的研究，赵太飞副教授在博士后流动站工作期间也参与了研究工作，对本课题的研究亦有贡献。恩师吴振森教授对作者的研究工作一直很关心，提出了许多宝贵的意见，在此表示深切的谢意！

本书的有关工作得到国家高技术发展计划(2008AAJ159)、国家自然科学基金(60977054、61001069)、国防重点实验室基金(9140C3601010701)、陕西省教育厅科技专项(04JK247,07JK332)、陕西省知识产权局基金、广东省交通厅科研计划(2007-26)、中国空间技术研究院 CAST 创新基金(CAST200828)、西安市创新科技计划(CXY1012)、广东省科技部教育部科技特派员行动计划(2009B090600032)、陕西省教育厅产业化培育项目(2010JC17)等项目和基金的资助，在此一并表示感谢。

本书是我们进行紫外光自组织网络研究工作的初步总结，由于水平有限，书中难免存在不妥之处，欢迎读者不吝指正。

作　者

2011 年 6 月

目　　录

1 紫外光自组织网络理论基础

1.1 无线激光通信与紫外光通信

1.1.1 无线激光通信

随着信息技术的发展,人们希望能够在任意时候、任意地点、以任意方式方便地获取所需要的信息。传统的有线通信或无线通信已经不能满足人们日益增长的通信需求,于是人们开始探索新的通信方式。自由空间光(free space optical, FSO)通信是光通信和无线通信相结合的产物,是以光为载体传递信息而不需要任何有线信道为传输媒介的一种通信技术。FSO 通信与其他无线通信相比,具有不需要频率许可证、频带宽、成本低廉、保密性好、误码率低、安装快速、抗电磁干扰、组网灵活方便等优点。FSO 产品目前最高传输速率可以达到 2.5Gb/s,在近距离高速网的建设中大有用武之地,也可以广泛用于展览会、短期租用的建筑、野外的临时工作场所或地震等突发事件的现场等临时通信场合。图 1-1 是无线激光通信系统示意图。

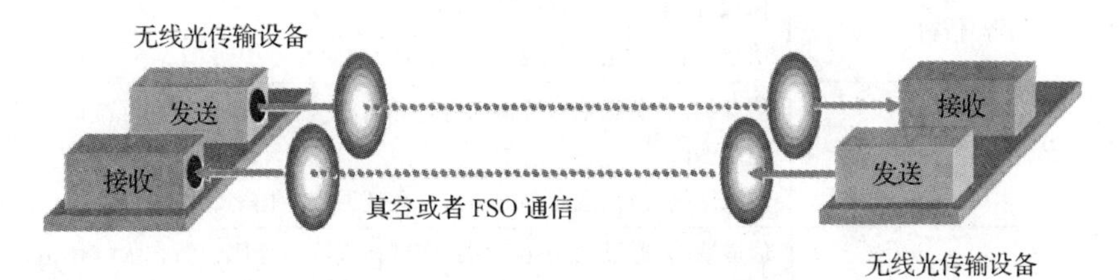

图 1-1 无线激光通信系统示意图

无线激光通信是一种定向点对点的通信方式,主要由激光发射系统、光学天线、激光接收系统三部分组成。如图 1-2 所示,激光经信号调制后,被发射天线聚集成一发散角很小的光束,光束通过自由空间或大气层传输,最后被接收天线接收,并聚光在光检测器上,从而检测出通信信号。激光通信技术由于其单色性好、方向性强、功率集中、难以窃听、成本低、安装快等特点而引起各国的高度重视。但是,无线激光通信利用激光束作为载波传递信息,大气中的雨、雾、云、霾、沙尘等对通信质量和通信码速率都有很大的影响,这影响了信息的最大传输速率,降低了通信的距离。

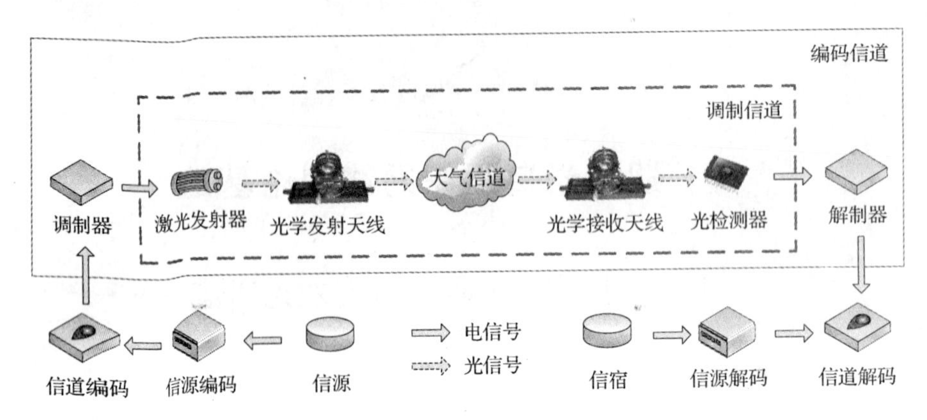

图 1-2　无线激光通信发/接收机概念图

FSO 通信已成为当今信息技术的一大热点，其作用和地位已能和光纤通信、微波通信相提并论，是构筑未来世界范围通信网必不可少的一种技术[1,2]。FSO 系统可以实现语音、数据、图像等信息的高速双向传输，各组成部分的功能如表 1-1 所示。FSO 技术主要包括光源及高码率调制技术，高灵敏度抗干扰的光信号接收技术，信道编码技术，天线收发技术，捕获、跟踪和瞄准技术，以及大气信道处理技术等。

表 1-1　FSO 通信系统功能模块

发送/接收模块	功能说明
信源/信宿	信源：产生初始信号(数字或模拟) 信宿：信息到达目的地，信息格式与初始信号相同
信源编码/译码	信源编码：负责把信源信息进行 A/D 变换、数据压缩和匹配调制信道的调制编码 信源译码：由信道译码的输出序列还原出由信源发出的原始信号
信道编码/译码	信道编码：通过加入冗余信息实现在接收端克服信号在大气信道传输时受到的噪声和干扰的影响 信道译码：对应信道编码采用的编码方法以及接收数据所含的冗余信息恢复编码前序列
调制/解调	调制：编码后信号加载到调制器上，激励电流随信号的变化规律而变化，激励电流通过驱动电路对激光器进行光强度调制 解调：接收信号进行预处理包括信号的放大、滤波及脉宽处理后还原调制前格式
半导体激光器/光电检测器	半导体激光器：激光器受激励电流驱动发射激光 光电检测器：将接收到的光脉冲信号转换成电信号
光学发射/接收天线	发射天线：激光光束经过光学天线减小发散角向空间发射 接收天线：从空间接收光束，传递给光检测器

目前主要的通信传输手段有微波、光纤等。微波通信与有线通信相比，可以节省大量有色金属，并易于跨越复杂地形；可以较灵活地组成点、线结合的通信网，使一些海岛、山区、农村的用户较方便地利用干线进行信息交换。相对于光纤通信系统，其频带窄、信道容量小、码率低，尚有许多不足。光纤通信系统的线路容量较大，不易受外界干扰，但必须有安装光缆用的公用通道，当遇到恶劣地形条件时，工程施工难度大、建设周期长、费用高。光无线通信结合了光纤通信与微波通信的优点，既具有通信容量大的优点，又不需要铺设光纤。它以激光作为信息载体，不需要任何有线传输媒介的通信方式，可用于空间及地面间通信，其传输特点是光束以直线传播。

根据 FSO 通信可穿透的介质来看，自由空间的传播介质可分为近地面大气层、远离地面的深空和水三种。除此之外，根据其传输信道特性则又可分为大气激光通信、星际激光通信和水下激光通信，如图 1-3 所示。

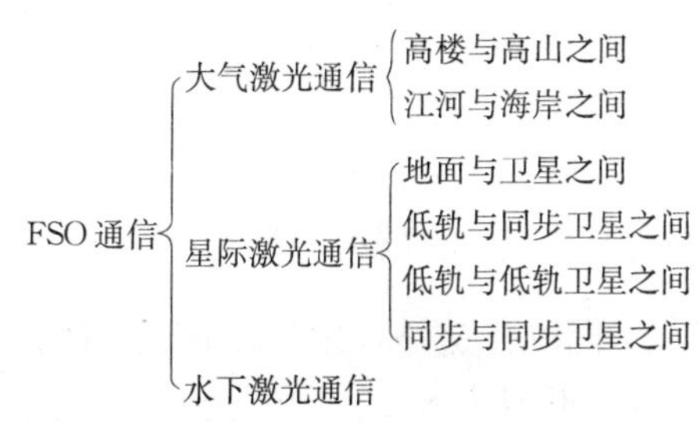

图 1-3　FSO 通信按信道特性分类

FSO 网络可以有多种拓扑，包括点对点、点对多点（星型）、环型和网格型结构，也可以将这些结构组合使用，根据用户需求和实际应用进行选择。其中，FSO 网络中最基本的网络拓扑结构是点对点结构，多用于企业内部各大楼间的连接或宽带接入的专线连接。这种结构的优点是链路独立、结构简单、适用于接入网络；缺点是其链路无冗余保护措施，存在单点故障问题，如图 1-4 所示。

图 1-4　点对点拓扑结构示意图

点到多点（星型）结构的优点是可以把业务集中到一点（集线器或中心节点），再接入核心网，这种组网结构效率较高、较经济，但是能提供的带宽较少，每条链路仍无冗余保护，可靠性较差；并且为了在直视内连接尽可能多的大楼，集线器的位置非常关键，集线器的成本也较高。但有一种点到多点结构实际上是点到点传输，只不过在中心节点集中放置了多个针对不同方向的终端，因此其好处是有专用的带宽，可进行拓展，能为单个用户提供服务，如图 1-5 所示。

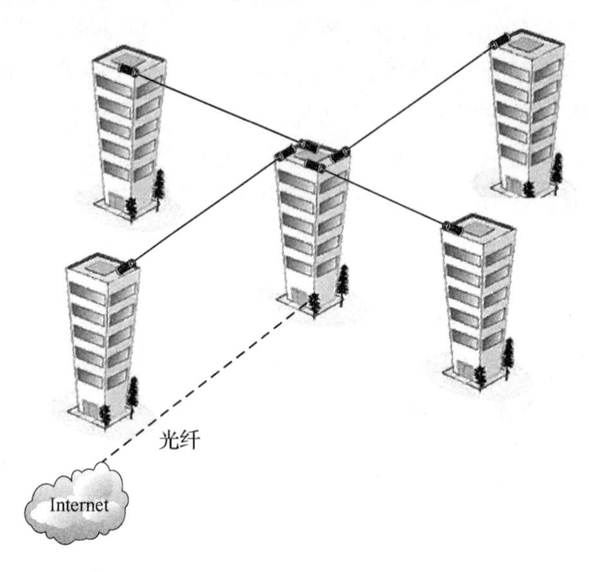

图 1-5　点对多点拓扑结构示意图

环型结构是指所有节点间的光链路首尾相接自成封闭回路的网络结构。这种结构的优点是故障发生后，在不需要人工干预的情况下，网络可在较短的时间内从故障中自动恢复服务，如图 1-6 所示。

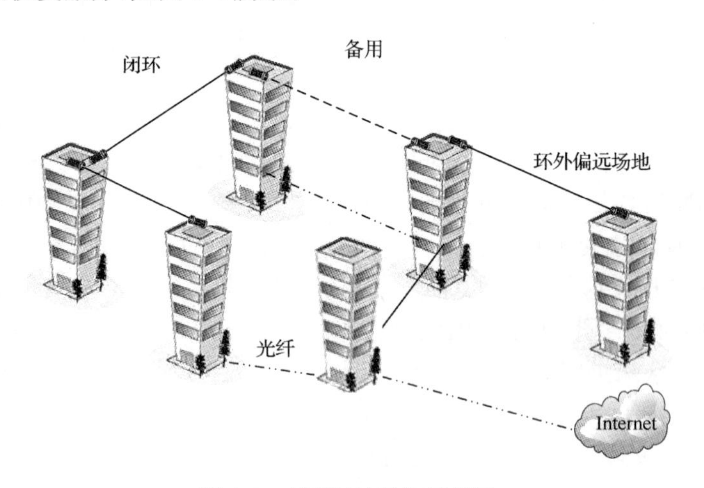

图 1-6　环型拓扑结构示意图

网格型结构的主要优点是通过多个网络节点可以提供实时性很好的迂回路由，使服务得到保护，即具有服务恢复、服务冗余的特点。在这种结构下，FSO 通信既可作为有线光纤通信的补充备份，也可独立用于提供部分接入，并实现将业务汇聚到选定的接入点，再集中接入光纤网络，适合电信级的使用需求。但这种结构存在传输距离短、成本相对其他结构高、网络规划较复杂的缺点。一种网格型的组网方式是将网络中心节点的集线器设置在中央区域的建筑上，并与光纤环相连，此类集线器与设在附近建筑物上的其他节点通过 FSO 设备进行直视传输（速率 10Mb/s～1Gb/s）。采用此结构，每一个中心节点既可作为用户接入点，也可作为下一网络中心节点的中继节点，如图 1-7 所示。

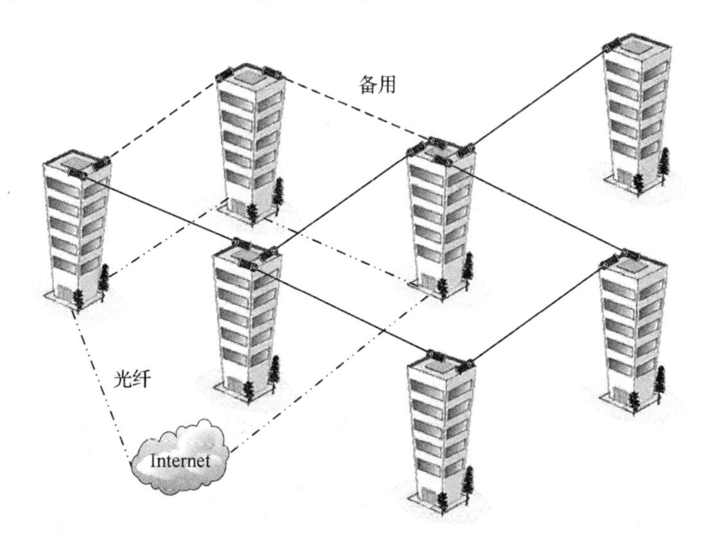

图 1-7　网格型拓扑结构示意图

FSO 系统在点到点连接的应用中已经得到充分证实，例如用作 LAN 的回程链路、应急备用和灾害恢复时的备份等，但用于最后一公里接入至今还没有得到充分证实。近年来，随着半导体激光器和光电探测器技术的不断发展，空间光通信越来越引起人们关注，但 FSO 通信也面临着挑战，主要表现在[1,2]：①由于大气对光信号的吸收和散射会产生大气衰减，即使在晴朗天空也会存在衰减；②大气的湍流运动会引起光斑的漂移和闪烁，特别是在强湍流情况下，光信号受到严重干扰甚至脱靶，造成较大的误码率和短时间通信中断，严重影响激光通信的稳定性和可靠性；③在实际使用中，虽然光载波的频率很高，光通信系统的信号带宽可以超过 1THz，但由于光色散或电子器件速度的限制，传输速率常常被限制到 10Gb/s 或者更低；④实现高精度的捕获、跟踪和瞄准（ATP）技术会遇到一定的困难，尤其是窄光束实现高精度的捕获、跟踪和瞄准难度更大；⑤考虑到对人眼安全的影响，发射天线提供的光功率受限；⑥过去光通信系统中大多使用诸如 OOK 和 M 进制脉冲位置调制等调制方式，对于单载波系统，当数据传输的速率较高时，光在大气中传输的时延扩展造成符号间的相互交叠，引起符号间干扰，这就对信道均衡提出了很高的要求，当系统码速率较高时，信道均衡变得很难实现。

1.1.2 紫外光通信

紫外光通信是无线光通信的一种，紫外光通信是利用紫外光在大气中的散射来进行信息传输的一种新型通信模式。光线借助光散射实现非直视通信，避免了无线激光通信中 ATP 技术的难题。紫外光指波长为 10～400nm 的射线，一般把紫外光划分为 A 射线、B 射线和 C 射线（简称 UVA、UVB 和 UVC），波长范围分别为 315～400nm、280～315nm 和 10～280nm[3]。大气臭氧在紫外波段有两个吸收带，一为吸收能力很强的哈特莱（Hartley）吸收带（200～320nm），吸收系数的极大值在 255.3nm；一为吸收能力较弱的哈根斯（Huggins）吸收带（320～360nm）。紫外光通信主要采用波长为 200～280nm 的 UVC 波段光波作为传输介质，由于位于这个谱段的太阳辐射被大气平流层的臭氧分子强烈吸收，使得在近地面对流层内太阳背景低于 10^{-13} W/m^2，尤其在近地太阳光谱中几乎没有该紫外光波段[4]，所以通常称为日盲区。因此，利用日盲紫外光进行通信时的背景噪声小，具有良好的抗干扰能力，并能全天候工作。由于大气中存在大量的粒子，紫外光在传输过程中存在较大的散射现象，这种散射特性使紫外光通信系统能非直视（non-line-of-sight, NLOS）传输信号，从而能适应复杂的地形环境，克服了其他 FSO 通信系统必须以直视（line of sight，LOS）方式工作的不足[5]。

紫外光波长较短，在传输过程中受到大气的散射作用很强，日盲紫外光在大气中传播时主要受到 Rayleigh 散射和 Mie 散射的影响，衰减非常快，但散射传播路径可绕过人造和自然障碍物，实现非直视通信[6]。太阳光中的 UVC 频段被大气臭氧充分吸收，该频段在近地范围背景干扰很小，在气溶胶颗粒和大气分子的散射作用下实现非直视通信，发射光束发散角和接收视场角决定了通信的有效范围。

紫外光通信是基于大气散射和吸收的无线光通信技术。紫外光通信的基本原理就是把紫外光作为信息传输的载体，把需要传输的信息加载到紫外光上，以实现信息的发送和接收。光在大气中传播时产生电磁场使大气中粒子所带的电荷产生振动，这些受迫振动的分子和粒子将成为新的点光源，向外辐射次级波，这些次级波在均匀介质中是相干的，但是在低空大气中这些子波间的固定相位关系被破坏，使得各个方向均有紫外光的传播，各个方向的光具有原来光的频率，与前一级次波源有固定的相位差。因此，发射的紫外光信号散射在大气中，这些散射信号都能保持原来的信息，只要散射信号能到达光接收装置的视野区，双方即可通信。所以非直视方式通信对于障碍物多、作战环境复杂、作战隐蔽性强的场合，具有重要的战略意义。常用的紫外光通信系统一般有调制/解调器、紫外光源/紫外光探测器、光学天线部分（有些接收端还含有光学滤波器）。原理如图 1-8 所示[7]。

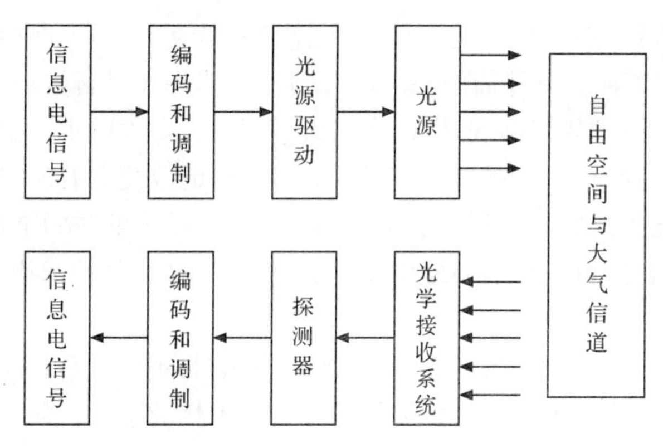

图 1-8　紫外光通信原理框图

1.1.3　紫外光通信的特点

人们对通信的基本要求是快速、准确、保密、不间断，紫外光通信系统的特殊性能使它成为较为理想的隐蔽通信手段。系统光源辐射的信号扩散到低空大气层中被大气吸收，信号强度按指数规律衰减。发射端发出的紫外光子与接收端视野相交的公共有效散射大气空间，绝大部分紫外光通过大气层的微小颗粒散射到接收端的视野区，并被接收机的天线接收。随着通信技术的不断发展，人们对通信的传输速率、抗干扰能力、保密性等方面的要求越来越高。为了提高信息的安全性，我们必须要综合利用和发展多种通信方式，使通信系统具有较强的防侦察、抗干扰、抗摧毁能力[8]。与传统通信方式相比，紫外光通信具有以下优点：

(1) 低窃听率。紫外光在传输过程中由于大气分子、悬浮颗粒的吸收和散射作用，能量衰减的很快，因此是一种有限范围的无线通信。在通信范围以外，即使采用高灵敏度的紫外光探测器也不能窃听。

(2) 低位辨率。由于紫外光为不可见光，所以肉眼很难发现信号源的方位。另一方面由于紫外光主要是以散射的形式向外发射信号，因而很难从这些散射信号中判断出信号源所在的位置。

(3) 抗干扰能力强。一方面，由于紫外光在大气层中被臭氧和氧气的吸收，近地面的紫外光干扰很少；另一方面，由于散射的作用，近地面的紫外光是均匀分布的，在接收端可以用滤波的方式去除背景信号。同时光信号不受无线电波的影响，也很难实施远距离紫外干扰，所以也不便于施行紫外干扰。

(4) 全方位性。大气中存在大量的分子和气溶胶粒子，它们对紫外光具有强烈的散射作用，紫外光经过多次散射，可以弥散到局域空间的各个方向。所以在有效覆盖范围内都可以接收到信息，不会像激光那样具有强烈的方位性。

(5) 非直视通信。由于紫外光具有较强的散射作用，从而可以以非直视的方式传播，自然也就可以绕过障碍物实现非直视通信。

(6) 无需 ATP 跟踪。

(7) 全天候工作。紫外通信的波段范围一般选择在日盲区域(200～280nm),该区域内太阳的近地辐射微弱,即使在白天也不会有太大的干扰信号。其次,虽然紫外光的透过率随季节、海拔高度、气候、能见度等的改变而有所差别,但这些因素的影响和太阳辐射的影响一样,在一个特定的地点、特定的时间下都可以看成是一种低频的背景信号,可以很容易地用滤波器去除。所以,总的来说,面对复杂多变的环境,不管是在阴晴雨雾天气,还是在烟尘环境下,紫外通信都能顺利进行。紫外通信是一种全天候的通信方式[9~11]。对敌方紫外通信进行干扰,一般采用欺骗性干扰、压制性干扰和削弱信号传输效率等方法干扰敌接收机接收效果,从而影响敌方通信活动[12]。

紫外光通信系统在军事上的应用非常广泛,可用于包括一个按编队超低空飞行的直升机小队,他们可以不分昼夜地用紫外光进行内部安全通信。直升机驾驶员知道他们的通信不会被敌人探测,故可向他们的地勤人员传送话音或数据。在城区或地形复杂的地区巡逻的小分队,如果直视通信实现不了,也可以用紫外光通信系统传递秘密信息,以协调地面行动。常规战术作战也可由通信方舱之间的近距离数据通信来支援(现在都采用电缆通信),这种新的紫外光通信将减轻后勤部的电缆负担和节省收放电缆需要的时间,方舱到方舱的紫外光通信线路将大大减少通信设备和线路的布设及拆除时间。当舰队必须保持无线电寂静时,可用紫外光通信系统来提供舰船之间的近距离通信[12,13]。

紫外光通信如图 1-9 所示。基于以上紫外光通信的优点,它可以适用于现代化战争对通信技术的特殊要求,是满足战术通信的理想手段,具有重要的研究价值。

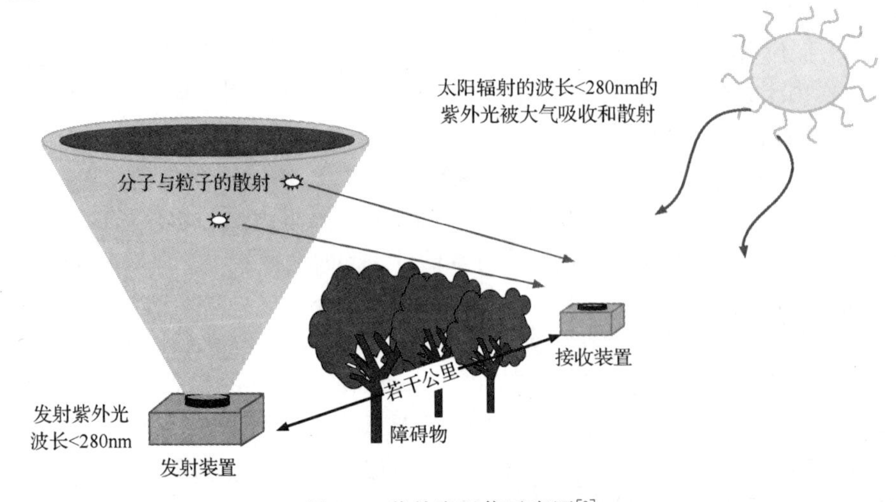

图 1-9　紫外光通信示意图[9]

1.1.4　紫外光通信的研究进展

由于紫外光通信的特殊技术特点、器件发展情况以及应用领域等原因，目前各国都还处于探索和研制阶段。早在20世纪50年代紫外光探测技术就得到了开发和应用，紫外光探测技术是继红外和激光探测技术之后的又一种军民两用光电探测技术[14]。在现代战争中，信息战和电子战作为一种崭新的作战形式进入了军事领域，为了提高通信系统信息传输的可靠性，对抗各种形式的干扰，争取掌握战争的主动权，紫外对抗和反对抗技术越来越受到军方的关注[15]。80年代后期国外对紫外光军用研究已初步展开，并已取得了一定的进展。例如，在警用领域利用紫外光检测指纹、体液等[16]；在电力研究领域探测和确定高压变电系统电晕放电的位置；在科学研究领域，观察等离子放电现象和电弧放电现象；探测和报警森林火灾、油气田火灾；生物、医学研究中的测量分析；微电子及超精细检测；太空学和天文学的研究；气象、环保检测等[17,18]。经过长期的研究、实验和发展，目前紫外光技术已经广泛应用于军事和民用领域，如空间探测、紫外光制导、紫外干扰、预警系统和军事通信、火灾侦测、消毒技术等领域[19]。

1. 国外研究状况

早在1939年，美国就对作为海军通信用的紫外光源、探测器和滤光片的技术和性能进行了探讨，但是并未开展实际的研究工作。20世纪60年代的中后期，美国军方根据现代战争的实际要求，对近距离通信表现出极大的兴趣。到了20世纪70年代中后期，Ross等开始对紫外光在大气中的传输特性以及散射大气通信的可行性及具体的技术细节进行了理论探讨和实验研究。另外，Neer等在美国海军部及海军电子系统司令部的资助下，进行了紫外音频通信的可行性研究并研制了一个实验样机，对实验样机进行了大量实验[20]。

美国空军地球物理实验室(Air Force Geophysics Laboratory，AFGL)开发的LOWTRAN(low-transmittance)系列是公认有效和方便的软件包，它提出的低分辨率大气模型，光谱分辨率为$20cm^{-1}$，可计算从紫外光到微波的大气传输问题，模型具有较强的经验性，算法较简单，精度约为10%～15%。从1970年提出至今已公布了7个版本。1979年，Reilly等基于椭圆坐标系建立了紫外光通信的单次散射模型，研究了非视线紫外光通信单次散射的时间展宽特性以及透过率[21]。

1985年和1986年，美国Naval Ocean System Centre的Geller等研制了一套紫外日盲型短距离通信系统。反射光源采用两个25W的充氩气的水银放电灯，探测器为光电倍增管，并有一个日盲紫外滤光片，这种紫外滤光片的透射波长大约在240～280nm之间。这种通信系统可工作在直视和非直视两种方式下，通信速率在1985年为1200b/s，在1986年提高到了2400b/s，误码率优于10^{-5}。在平均臭氧浓度下，直视型的通信系统最大通信距离达到 3km，非直视型通信距离可达 1km。在正常条件下，通信距离为 0.75km 可正常工作一年的时间[22]。

1988 年，Stamnes 等解决了辐射传输方程的离散坐标法矩阵形式的特征值和特征矢量求解问题及积分常数的求解问题，此方法是在 N-stream 平行平面大气条件下获得辐射传输方程，只能模拟视线情况下的紫外光大气传输。

1992 年，来自美国军方的 Yen 等进一步从实际战场环境的角度出发，对各种短距离通信系统进行了全面的探讨和比较。同年，Miller[22] 对日盲型紫外闪光灯的性能作了更进一步的改进，并全面研究了用于紫外光通信的发射光源。

2000 年，美国 GTE 公司为美军研制了一种实用的新型隐蔽式紫外光无线通信系统[18]，该系统通信速率提高到了 4800b/s，误码率达到了 10^{-6}。该系统不易被探测和截获，适用于多种近距离抗干扰通信环境，尤其适用于特别行动和低烈度冲突，因而可满足战术通信要求。

2002 年，美国 DARPA 开始研究半导体紫外光源（semiconductor UV optical source，SUVOS）[23]，与低压汞灯相比具有体积小、功耗低等特点。2002～2008 年之间先后开发出了两代深紫外 LED，第一代深紫外 LED 的中心波长为 274nm，第二代深紫外 LED 的中心波长为 254nm。虽然市场上已经有商业化的深紫外 LED，但目前这两代深紫外 LED 的电光转换效率都很低。

2007 年，由美国 DARPA 开始研究 APD(avalanche photo diode)[24]。APD 与 PMT(photo multiplier tube)相比其放大倍数更大、暗电流更小、体积更小。目前这个项目还处在研究阶段，尚未有商业化的产品出现。其中军事预警方面，主要产品有美国诺思罗普·格鲁曼公司的 AN/AAR-54 紫外成像探测器、洛克希德·马丁公司的 AN/AAR-57 紫外成像探测器、美国利顿应用技术分公司、德国戴姆斯·奔驰导弹公司、德国宇航公司的米尔兹紫外成像探测器、法国的 MILDS 紫外告警系统等。法国的 MILDS 紫外告警系统可达到：目标到达角测量精度为 1°，告警时间为 0.5～1s，探测距离为 5km。非军事领域内，有法国 ATP 公司推出的紫外图像勘察照相系统；针对电力传输中电晕放电的检测，南非 CSIR 公司的 COROCAM 紫外检测仪，以色列 EPRI 的 DAYCOR 型系列紫外检测仪等[25]。

在文献[26]中，MIT 林肯实验室设计了紫外光非直视通信硬件实验平台，在实验台上测量了误码率，验证了数值分析模型的结果。文献[27]在单次散射假定下，研究了非直视光散射通信系统的大气传输模型。利用该模型，分析了光源发散角、接收视场和收发仰角等系统几何参数与接收散射光能量之间的关系；重点讨论了大气分子散射和气溶胶散射各自对接收散射光能量的贡献。结果表明，当系统的收发仰角较大时，接收光能量主要来自大气分子散射；反之，气溶胶散射则成为接收光能量的主要部分。对于工作在日盲紫外光谱区的非直视通信系统，增加接收视场可以有效地增大系统的信噪比。在两种典型的收发仰角情况下，接收散射光能量随光源发散角的变化趋势是相反的，这说明光源发散角要根据实际的应用场合设计确定。文献[28]引入了实验方法来研究紫外光非直视通信信道传输特性，结果表明可以通过高敏感度的探测器和大直径的天线来扩大紫外通信距离。文献[29]设计并构建了一种基于紫外 LED 的大气散射通信实验系统，利用非直视单次散射模型对紫外光大气散射传输的性能进行了仿真，实验与仿真结果表明：由于大气粒子对日盲区紫外光信号的强烈散射与吸收，紫外光在大气中的传输损耗很大，因此散射通信一般适用于短距离的应用场合。基于日盲紫外光非直视通信已经建立了不同的路径损耗模型，但这些模型都假设共面光源和接收机指向光束的轴方向，文献[30]进一步扩展单次散射共面的分析模型到不共面的几何结构中，这个模型是几何结构和大气特性的函数，在不同的非共面几何结构中对模型的性能进行了数值分析。

2. 国内研究状况

目前国内对紫外通信的研究刚刚起步，国内紫外光通信研究情况如下。

1999 年，北京理工大学以低压充气汞灯作为光源进行了非直视紫外光通信实验，直线距离 500m 之内取得了良好的成果。重庆大学也建立了一个紫外光通信系统。西安理工大学建立了一个紫外光通信的实验系统，已经在实验室实现了语音的传输。

国防科技大学对紫外光通信的调制方法进行了研究，他们采用的光源集中于低压汞灯和碘灯。1998～2004 年，北京理工大学致力于战场紫外光通信的研究和设备研制工作，提出了以低压汞灯为紫外光源，发射系统为模拟调频方式，在数据率为 2000b/s 下短距离内能够实现语音通信[31]。

中国科学院空间中心通信技术室，从 2002 年开始系统研究紫外光通信的系统构成和关键技术，同时进行样机试制，对紫外光通信系统的光源、发射器结构、光源驱动和调制方法、滤光系统、探测器设计、紫外光大气传输特性的建模仿真等方面做了比较详细的调查研究工作[22]。

2006 年，国防科技大学提出了紫外光源采用低压碘灯[32]，低电压频率调制电路实现光源的频率调制，设计出了一套试验系统，调制频率能够达到 100kHz，但也局限于短距离直视通信。

紫外光通信作为一种新型的通信手段，可作为一个独立的网络单元接入现代通信网体系结构中，和无线通信网、有线通信网互联互通，实现资源信息共享。紫外光通信在战场环境、城市 Mesh 骨干网接入、水下装备的近距离通信中具有广泛的应用前景。如图 1-10 为在城市环境中的军事车载护航编队使用紫外光非直视通信方式组成链状网络进行通信的示意图[33,34]。从前到后的车辆之间通过多跳方式实现车辆之间信息的传输，而使用无线射频通信时会产生严重的信号干扰。

图 1-11为使用紫外光非直视通信方式构建的无人地面执守的无线传感器网络[34]，网关节点和无人机以直视方式进行通信，而网关节点周围的邻居节点则通过紫外光非直视通信方式和网关节点进行通信。

图 1-10　日盲紫外光非直视通信为基础的场景描述[34]

图 1-11　使用紫外光非直视通信的无人地面值守的传感器网络[34]

1.2　无线自组织网络

1.2.1　无线自组织网络的概念

自组织网络是由一组带有无线收发信装置的移动节点组成的无线移动通信网络，它不依赖于预设的基础设施而临时组建，网络中移动的节点利用自身的无线收发设备进行信息交换，当相互之间不在彼此的通信范围内时，可以借助其他中间节点中继来实现多跳通信。中间节点帮助其他节点中继时，先接收前一个节点所发送的分组，然后再向下一个节点转发以实现中继，所以自组织网络也称为分组无线网或多跳网[35]。

图 1-12 给出了一个 Ad Hoc 网络的示例，其中的节点 A 和节点 F 无法直接通信，但是节点 A 可以通过多跳路径 $A \to B \to C \to D \to E \to F$ 把数据传送到节点 F。移动 Ad Hoc 网络的体系结构如 1-13 图所示。其中路由协议是网络层的核心，主要包括两个方面的功能：①在通信的源节点和目的节点间没有可以使用的路由时为这一对节点选择一条可以转发分组的传输路径。②在路由选择好以后，将通信源节点的分组数据正确地送到目的节点。由于移动 Ad Hoc 网络的拓扑结构每时每刻都在发生变化，并且由于移动 Ad Hoc 网络信道的特殊性，信道也在每时每刻变化着。所以一个能考虑网络当前实际情况来选择路径的路由算法会在很大的程度上提高网络的通信效率，并且能有效地减少路由开销。

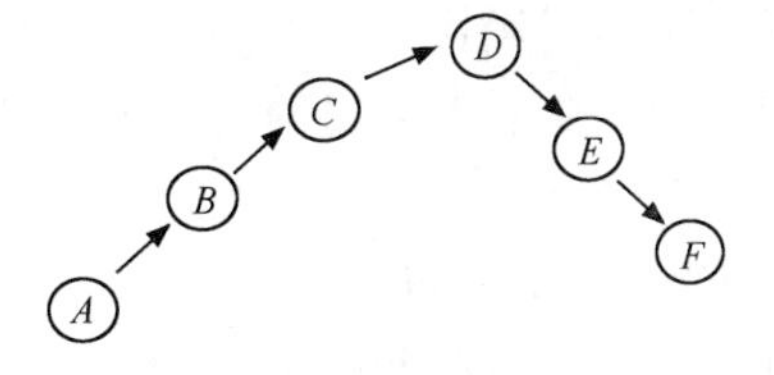

图 1-12　自组织网

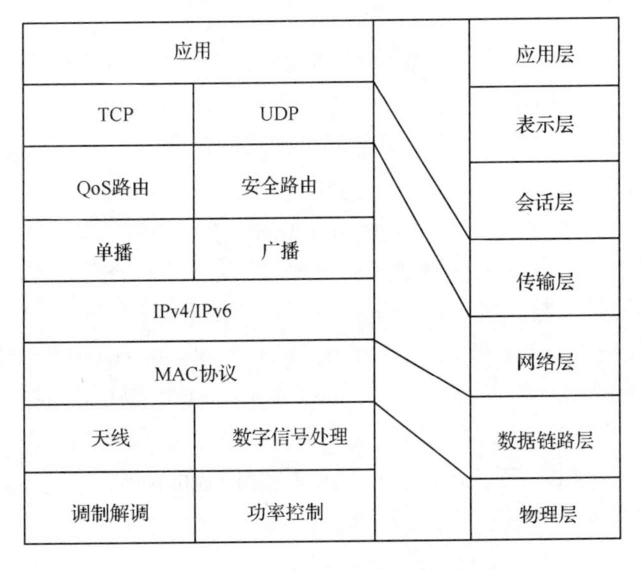

图 1-13　移动自组织网络的体系结构

1.2.2　无线自组织网络的发展历史

自组织网络的思想最早可以追溯到 1968 年的 ALOHA 网络。ALOHA 网络是当时美国夏威夷大学为将分布于四个岛屿的七处教育设备连接在一起而构建的。ALOHA 最大的贡献是首先研究了共享媒介的多站点接入信道问题，为以后分布式信道访问技术的研究提供了基础。ALOHA 协议是单跳协议，不支持路由功能。

随着 ALOHA 网络和早期固定分组交换网络开发的成功，美国国防部高级研究计划署(DARPA)在1972年开发了分组无线网(packet radio network,PRNET)[36,37],它对自组网的发展起到了奠基性的作用。PRNET是多跳网络,提供集中式和分布式的操作管理机制。到20世纪80年代,PRNET的可行性得到了验证。PRNET的成功使得人们认识到多跳技术能够提高网络容量,也证明了移动Ad Hoc网络思想的可行性。

由于最初的无线通信装置和控制器的体积大、功率受限、时间受限,以及网络抗电子干扰能力弱等限制,美国国防部认为全面开展无线移动自组网还为时尚早。为了解决这些问题,DARPA在1983年发起了可生存自适应网络(survivable adaptive network,SURAN)的研究计划。SURAN计划研究的目标是开发出一种低成本、低功耗的能支持复杂分组无线网络协议的小型电台;开发适合上万节点的组网算法;开发能够对抗复杂电子干扰下生存的分组无线网技术。SURAN的研究成果之一是1987年研制出低成本的分组无线电电台(low-coat packet radio,LPR)。

在1994年,DARPA又启动了全球移动信息系统(globe mobile information systems,GloMo)项目,研究范围几乎涵盖了无线通信的所有相关领域。GloMo项目的研究目标是:支持无线装置间全球无缝隙的以太网类的多媒体连接,解决自组织网络中的M^3(mobile、multihop、multimedia)问题。GloMo的成果之一是开发了无线Internet网关(wireless Internet gateway,WING)技术。

自组织网络在军事方面有着悠久的历史,20世纪90年代以来,自组织网络在商用方面也得到了飞速发展。自组织网络商业方面的应用体现在无线局域网和无线个域网上。1997年6月,Internet工程任务组(Internet Engineering Task Force, IETF)的MANET (Mobile Ad Hoc Network)工作组发布了第一代无线局域网标准——IEEE 802.11标准。IEEE 802.11标准仅支持一跳Ad Hoc工作模式。1994年,瑞典的Ericsson公司推出了蓝牙(bluetooth)技术的开发计划,到1999年发布了第一版蓝牙技术规范。现在,蓝牙已经成为无线个域网的IEEE标准——IEEE 802.15.1。

目前,自组网技术还在不断的发展,应用领域还在不断拓展。主要应用领域的拓展有两个方向:一个是在公共移动通信系统中支持自组织方式。1999年12月发布的ODMA (opportunity driven multiple access)的3GPP TR25.924建议规范。ODMA是在第三代移动通信中引入自组网的一种尝试,虽然由于技术以及市场等因素,ODMA未被3G采纳,然而它却引发了许多公共移动通信系统和自组网结合的技术,例如A-GSM[38]、iCAR(integrated cellular and Ad Hoc relaying systems)[39]、SOPRANO(self-organizing packet radio Ad Hoc networks with overlay)[40]等。另一个是传感器网络。传感器网络是由一组随机分布的集成有数据收集模块、数据处理模块和数据通信模块的传感器以自组织形式构成的具有以数据为中心的分层体系结构的网络。从通信的角度来看，传感器网络是一种特殊的自组织网络。

1.2.3 无线传感器网络国内外研究现状

无线传感器网络最初起源于美国军方的作战需求。1978 年，DARPA 在卡耐基梅隆大学成立了分布式传感器网络工作组[41]。工作组根据军方对军用侦察系统的需求，研究了传感器网络中的通信和计算问题[42]。此后，DARPA 又联合 NSF 设立了多项有关传感器网络的研究项目。20 世纪 90 年代中期以后，无线传感器网络引起了学术界、军事界和工业界的极大关注，美国通过国防部和国家自然基金委员会投入巨资支持无线传感器网络技术的研究[43]。美国自然科学基金委员会于 2003 年制定了传感器网络研究计划，投资 3400 万美元支持相关基础理论的研究。美国国防部和各军事部门也对传感器网络给予了高度重视，在 C4ISR 的基础上提出了 C4KISR 计划，把传感器网络作为一个重要研究领域，设立了一系列军事传感器网络研究项目。美国著名高校，如加州大学洛杉矶分校、康奈尔大学、哈佛大学、麻省理工学院和加州大学伯克利分校也先后开展了传感器网络方面的研究工作。主要研究项目包括 SensorWebs、NEST[43]、SensorIT[44]、SeaWeb、WINS[45]、Smart Dust[46]、Hourlass[47]等，几乎涵盖了无线传感器网络从信号处理到网络协议各个方面的研究。其他发达国家也相继启动了许多关于无线传感器网络的研究计划，如欧盟 2002 年开始实施为期 3 年的 EYES 计划(自组织和协作有效能量的传感器网络)计划。2004 年 3 月，日本总务省开展了泛在传感器网络(ubiquitous sensor network，USN)的调查研究。

我国现代意义上的无线传感器网络及其应用研究几乎与发达国家同步启动，国内一些研究所和高校，如中科院上海微系统研究所、中科院沈阳自动化研究所、中科院自动化研究所、中科院合肥智能机械研究所、哈尔滨工业大学、清华大学、浙江大学、北京邮电大学、西北工业大学等积极开展了无线传感器网络理论和应用的研究，研究内容涉及硬件设计、操作系统设计、路由技术、网络自组织与管理、能源管理、数据管理查询与处理、节点定位、时间同步、自适应技术、网络安全等。传感器网络系统的基础软件及数据管理关键技术的研究已被列为国家自然科学基金委员会信息科学部与微软亚洲研究院正式签署的第二期联合资助项目之一，国家“十五”科技攻关项目把传感器网络列为重大研究项目。“十一五”期间，依据《国家中长期科学和技术发展规划纲要》、《国家“十一五”科学技术发展规划》和《863 计划“十一五”发展纲要》，863 计划信息技术领域将传感器网络技术列入自组织网络与通信技术专题并开展前沿探索研究，力争突破若干可与发达国家竞争的前沿技术。

无线传感器网络无论是在国家安全，还是国民经济方面均有着广泛的应用前景。对该技术的深入研究将推动我国的信息化建设，对国防科学技术和国家经济建设具有重要的战略意义。

1.2.4 无线 Mesh 网络的研究现状

随着无线 Mesh 网络的迅速发展，许多国际标准化组织也在各种无线网络标准中加入对 Mesh 组网方式的支持。

IEEE 802.16 标准组在 2003 年 4 月颁布的 IEEE 802.16a 宽带无线城域网标准中设计了对单点对多点(point-to-multipoint，PMP)和网状(mesh)两种拓扑结构的支持。IEEE 802.15 无线个域网工作组在 2003 年 11 月成立了 Mesh 研究组 Task Group 5，研究利用短距离、低成本设备通过 Mesh 方式来覆盖一个较大的环境，如客厅、校园、医院等。IEEE 802.11 无线局域网工作组在 2004 年初也成立了 Mesh 研究组(IEEE 802.11s)，主要研究支持无线分布系统的协议，以便实现无线局域网的多个 AP 之间通过自动配置拓扑的方式组网。此外国际电信联盟(ITU)、3GPP 以及 IETF 等机构也将无线 Mesh 网络纳入到工作计划中[48]。

目前，国外许多公司已开发了基于无线 Mesh 网技术的系统。美国的 SkyPilot 公司开发的 SkyPilot System 产品，用户速率大于 3Mb/s，频段为 5.8GHz，节点能在 32/6.4km 范围内实现直视/非直视通信；美国的 Tropos 公司开发的 Tropos5110/3110 产品，用户速率为 0.512～1Mb/s，频段为 2.4GHz，节点能在 4.15km/290m 范围内实现室外/室内通信；美国的 Mesh Networks 公司开发的 MEA 产品，用户速率为 1.5～6Mb/s，频段为 2.4GHz，节点能在 1.6km 范围内实现非直视通信；加拿大的 BelAir 公司开发的 BelAir200/100 产品，用户速率大于 1Mb/s，频段为 2.4/5.8GHz，节点能在 100/500m 范围内实现主干/用户通信；加拿大的 Nortel 公司开发的 WirelessAP7220 产品，用户速率大于 1Mb/s，频段为 2.4/5.8GHz，节点能在 1km/100m 范围内实现主干/用户通信；美国的 Firetide 公司开发的 Hotpoint1000 产品，用户速率为大于 1Mb/s，频段为 2.4GHz，节点能在 3km/200m 范围内实现室外/室内通信；英国的 Radiant Network 公司开发的 MESHWORKS 产品，用户速率为大于 4Mb/s，频段为 5.8GHz，节点能在 2km 范围内实现室外通信。这些领域的发展将进一步推动无线 Mesh 网络技术的研究、应用和推广。

1.2.5 移动自组织网络及其发展

1. 移动自组织网络

移动自组织网络是一个无固定中心节点的临时性网络。网络中的节点不但具有普通移动终端所需要的功能，而且具有报文转发能力。每个节点都具有主机和路由器两者的功能，而且不需要任何现有信息基础设施的支持，可以在任何时刻、任何地点快速构建起一个移动通信网络。网络中的节点可以在任意时刻加入网络或者离开网络，所以网络的拓扑变化非常快，容易引起通信节点不可达等问题[49~51]。移动自组织网络也称为多跳无线网络(multi-hop wireless network)、移动 Ad Hoc 网络等。

移动自组网的前身是分组无线网(packet radio network，PRNET)，这个项目是美国的DARPA在1972年启动的，主要研究分组无线网在战场环境下数据通信中的应用[52~54]；DARPA 又在 1983 年启动了抗毁性的自适应网络(survivable adaptive network，SURAN)项目，研究如何扩大 PRNET 的应用，以支持更大规模的网络，同时研究开发能适应战场快速变化环境需要的自适应网络协议[55]；1994年 DARPA 又启动了 GloMo 项目，更加深入研究能满足军事应用需要、可快速展开、高抗毁性的移动信息系统[56]。

IEEE 802.11 标准委员会采用 Ad Hoc 网络来描述这种特殊的自组织、对等式、多跳无线移动通信网络。Ad Hoc 是拉丁语，意思大概是"根据需要而特别建立"的意思，与移动自组织网络的特点对应。IETF 则将 Ad Hoc 网络称为移动 Ad Hoc 网络(mobile Ad Hoc networks，MANET)。图 1-14 是 MANET 的逻辑网络图。

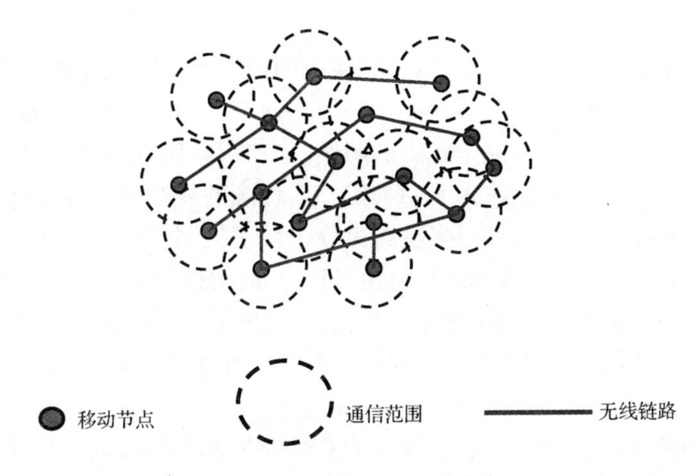

图 1-14　MANET 逻辑网络图

2. 移动自组织网络研究现状

1) IEEE 802.11 和 IEEE 802.15 工作组

IEEE 802.11 工作组主要负责制定无线局域网的标准。无线局域网(WLAN)标准主要包含两种模式：移动自组织网络模式(Ad Hoc 模式)和接入点模式(Access Point 模式)，该标准主要制订了物理层和 MAC 层标准。IEEE

802.15 工作组则主要负责制订无线个人区域网标准。目前 IEEE 802.15 委员会制订了几种不同的 WPAN 标准，如蓝牙、ZigBee 及基于多媒体应用的 WPAN。

2) IETF 的 MANET 工作组

IETF 工作组的目标是对移动自组织网络中路由层的相关技术进行标准化，以实现移动自组织网络中基于 IP 协议的路由机制，最终使得 IP 协议真正成为与底层硬件设施和协议无关的网络层互联协议。目前，工作组的研究主要集中在路由算法、网络仿真和模型、网络安全、QoS 及多媒体传输等方面。现在已经提出的标准大多集中在网络层的路由算法方面，主要有 DSR、AODV、TORA、DSDV、ZRP 等[57~59]。

3）卡耐基梅隆大学的 Monarch 项目组

Monarch 项目是卡耐基梅隆大学在 20 世纪 90 年代发起的一个主要为无线中段提供无线网络接入和互联支持的研究项目。Monarch 项目主要研究网络协议和接口；研究范围包括协议设计、实现、性能评估和基于实用性的有效性验证，覆盖了 OSI 七层协议结构的第二层到第六层的内容。目前，Monarch 项目的主要研究集中在对移动自组织网络中路由协议的研究、TCP 协议的研究及高层协议和应用层对移动性的支持等。

4）路由协议

移动自组织网络由于无中心节点，其快速的配置能力和强大的抗毁能力成为各国军事和民用通信领域十分关注的一种网络通信方式。但是，移动自组织网络也有许多正在研究而并没有完全解决的问题，如路由问题、信道接入问题、拓扑维护、安全技术等，其中以路由技术尤为关键。与传统的有线网络或者蜂窝网不同，移动自组织网络的节点之间通过多跳路由分组转发机制进行数据交换，并且根据网络拓扑结构变化发起、选择和维护路由过程，同时根据选择的路由转发数据。然而，由于节点的移动性引起的网络拓扑变化、无线信道的不可靠性和信道接入的复杂性等，使得移动自组织网络路由协议的研究面临着巨大的挑战，路由协议成为移动自组织网络一个非常重要的研究问题。

无线自组织网络的路由协议主要包括主动路由协议、按需路由协议、混合路由协议和基于位置信息的路由协议[60]。主动路由协议也被称为表驱动(table driven)路由协议、先应式路由协议。目的节点序列距离矢量协议(destination-sequenced distance-vector，DSDV)是典型的表驱动路由协议，基于 Bellman-Ford 路由机制，其主要改进是在路由表项中包含了由目的节点指定的序列号，以区分新旧路由，并避免路由循环。但是，DSDV 不适应快速变化的自组网，也不支持单向信道[61]。被动式路由协议也叫按需路由协议、反应式路由协议。动态源路由协议(dynamic source routing，DSR)是一个典型的被动路由协议，也是最早采用按需路由思想的协议。数据分组头部包含了完整的路由信息，可以避免环路。中间节点使用了路由缓存技术以减少路由发现的资源耗费,但过期路由会影响路由选择的准确性。DSR 支持单向链路,不需要周期性地广播链路状态信息,可以减少开销。因为分组头部包含了完整的路由信息,所以链路利用率低[62]。Ad Hoc 距离矢量按需驱动路由(Ad Hoc on-demand distance vector routing,AODV)和临时定制路由算法(temporally ordered routing algorithm,TORA)也是两种经典的按需路由协议。与 DSR 相比,AODV 和 TORA 都不支持单向链路,AODV 不能更好地适应网络拓扑的快速变化,而 TORA 需要全局同步时钟的支持[63,64]。当自组网规模增加时,平面路由协议就会因为链接和处理开销的增大而变得不适用,这时可以通过分级(层、群)路由方案得到可扩展的有效路由,但是分簇过程中会消耗更多的能量。适用于单信道的分级路由协议主要有区域路由协议(zone routing protocol,ZRP)[65]、FSR[66]、CEDAR[67]、优化的链路状态协议(optimized link state routing,OLSR)[68]和基于分群结构的路由协议(cluster based routing protocol,CBRP)[69],而分群交换网关路由协议(cluster head gateway switch routing,CGSR)[70]是适合多信道的分级路由协议。位置辅助路由协议(location-aided routing,LAR)通过 GPS 获得移动主机的位置信息来控制路由查询范围。这种路由协议的地理定位信息虽然能够提供高路由性能,但由于存在时延,会产生定位信息不精确的问题[71]。

路由技术作为无线自组织网络的一项关键技术,必然会朝着实用性、自适应性和安全性的方向发展。目前,越来越多的 MANET 领域的研究者将定位技术与无线自组织网络结合起来,充分利用位置信息对路由信息进行优化。无线自组织网络的另外一个最大特性就是路由协议的脆弱性和入侵行为的多样性,目前已经提出了多种安全路由协议[72]。但这些协议依然存在很多问题,这就需要在路由协议的研究过程中,加强对安全性的考虑。

3. 无线传感器网络与自组织网络的关系

无线传感器网络是一种特殊的自组织网络,由几十到上百甚至更多的传感器节点通过无线通信连接成一个动态、移动的多跳自组织网络。从本质上分析,无线传感器网络的路由协议可以直接从无线自组织网络继承得到,例如研究较多的 Ad Hoc 网络的许多协议都被直接应用到无线传感器网络中[73,74]。由于无线传感器网络中节点的资源有限,数据包的传送需要通过多跳通信才能到达目的节点,虽然与无线自组织网络的特征极为相似,但在某些方面仍然有自己的特征,例如节点能量受限、以数据通信为中心、邻居节点数据的相似性、应用的单一性和特定性以及频繁变化的网络拓扑结构等特征[75]。所以,针对移动自组网提出的组网和通信协议,一般也不适合于无线传感器网络[76]。主要原因有以下几点:

1）承载的业务不同

无线自组织网络通常被看做是一个为上层应用提供通用传输服务的网络，通信模式以端到端的单播为主。传感器网络通常用于数据采集，承载的是多到一的流量，越接近 sink 节点的区域负载越重。流量分布决定了功耗的分布，从而直接影响网络的生存周期[77]。无线自组织网络路由协议并没有针对这一特点做出专门的考虑。

2）扩展性的要求不同

无线自组织网络一般要求支持数百个节点的规模，相对节点的移动性来讲，扩展性问题并不突出，而传感器网络则要求支持上千个节点的大规模网络。

3）移动性的影响不同

在无线自组织网络中，移动性是路由协议重点考虑的一个因素，而在传感器网络中，节点的移动性较弱甚至没有。由于主要考虑如何延长整个网络的生存周期，所以两种网络的优化目标不同。

4）能量有限

在传感器网络中，节点的能源一般是不可更新的，而且从通信功耗占总消耗的比例来看，传感器网络对低功耗路由协议的需求比无线自组织网络更加迫切[78]。

由于无线传感器网络本身的特点，在无线传感器网络路由协议的设计过程中，还应该考虑节能、容错性、可扩展性、传输延迟、数据融合和服务质量等因素。除此之外，对于节点众多且分布广泛的无线传感器网络，会存在很多潜在的网络攻击，安全性非常值得关注。因此，无线传感器网络要想得到广泛应用，必须提供与之相关的安全路由协议[79]。

1.3　无线自组织网络的特点与关键技术

1.3.1　无线自组织网络的特点

无线自组织网络与其他传统通信网络相比具有以下几个特点[80,81]：

（1）无中心和自组织性。Ad Hoc 网络采用无中心结构，所有节点地位平等，是一个对等式网络，可扩展性强。网络的布置不需要依赖于任何预先架设的网络设施，网络节点可以随时加入或离开网络，开机后就可以快速、自动地组成一个独立的网络。与中心网络节点相比，具有很强的抗毁性。

（2）动态变化的网络拓扑结构。在 Ad Hoc 网络中，由于节点运动速度和移动方式的随机性、发送功率的可变性，以及信道干扰等因素的影响，网络的拓扑结构可能随时发生变化，并且变化的方式和速度都难以预测。

（3）多跳路由。由于节点发射功率的限制，节点的通信距离受限。Ad Hoc 网络中的节点间通信往往需要中继转发才能实现。与一般的多跳网络不同，Ad Hoc网络不需要专用的路由设备，而由网络中的所有普通节点完成多跳路由。

(4) 分布式控制。由于没有实际的中心控制的节点，网络的控制与管理都是分布在各个节点进行的，即使 Ad Hoc 网络中的某个或某些节点发生故障，整个网络也不会因此瘫痪，其余的节点仍然能够正常工作，增强了网络健壮性。

(5) 临时性。通信组网通常是由于某个特定原因而临时创建的，无需预先规划，无需预先建立基础设施。这种临时性体现在网络成员的临时性、网络拓扑的临时性、网络生存时间的临时性等。

(6) 信道的单向性。由于无线信道的特征，在这种网络中节点之间可能存在单向信道。在组网的时候，通过网络路由算法充分利用这些信道，可以改善网络的性能。

(7) 有限带宽。无线信道本身的物理特性使得 Ad Hoc 网络的网络带宽相对有线方式要低得多，而且还要考虑无线信道竞争时所产生的信号衰落、碰撞、阻塞、噪声干扰等因素，这使得实际使用的带宽远小于物理层提供的最大传输速率。

(8) 能量受限。一般来说，Ad Hoc 网络的节点都是依靠电池提供能量，在电池容量没有得到大幅提高之前，节省能耗是 Ad Hoc 网络技术中需要高度重视的问题。

(9) 安全性差。Ad Hoc 网络是一种无线分布式的结构网络，这种结构具有很强的开放性，并且由于无线信道、电源有限等性质，它更加容易受到被动窃听、主动入侵、拒绝服务、剥夺“睡眠”等网络攻击。

1.3.2 无线自组织网络的关键技术

从自组织网络诞生至今，人们对其进行了长期而深入的研究，然而由于自组织网络无中心、自组织性、节点的移动性、基于无线通信技术、带宽有限、节点电池能量有限等因素，使得自组织网络还存在许多问题。例如，自组织网络的 MAC 协议、路由协议、服务质量保证、网络安全和网络管理等问题。这些问题也成为当前无线 Ad Hoc 网络的研究热点。

(1) MAC 协议。信道接入技术是自组织网络协议的基础。它控制着节点如何接入无线信道，对自组织网络的性能起着决定性的作用。自组织网络是一种特殊的对等式网络。传统的基于固定的或有中心的网络信道接入协议不能满足自组织网络的需要。一个好的 MAC 协议应具备高空间复用度、避免报文冲突、提供冲突解决的方法、硬件无关性的特点，而且还应具备高吞吐量、公平、低时延、节能、支持多播和广播、多业务等功能。此外，自组织网络还存在独特的隐藏终端和暴露终端等问题需要解决。这些问题都需要通过针对性的 MAC 协议来设计实现。

(2) 路由协议。传统的距离向量和链路状态路由协议并不适用于拓扑结构高度化的自组织网络。理想的自组织网络的路由协议应该具有分布式运行、无环路、按需运行、支持单向链路、维护多条路由、安全性、节能等特点。因此,需要针对自组织网络的特点,研究新的路由协议,这也成了自组织网络研究的热点之一。当前研究的最为成熟的自组织网络路由协议有 DSDV[82]、DSR[83]、AODV[84]等。

(3) 服务质量保证。自组织网络出现初期,主要用于少量数据信息的通信。随着应用的不断发展,需要在自组织网络中传输话音、图像等多媒体信息。因为多媒体信息对带宽、时延、时延抖动等技术指标都提出了很高的要求,这就需要提供一定的服务质量保证。自组织网络中的服务质量保证整个系统性问题,涉及自组织网络协议的每个层。例如,链路层要提供资源预留策略,网络层要提供 QoS 路由,应用层要提供自适应信源编码和压缩技术等。

(4) 网络安全。安全性对于自组织网络而言是一个无法回避的问题。自组织网络由于采用无线信道传输,很容易被窃听和干扰、受到主动入侵、伪造身份、拒绝服务等攻击。此外,分布式结构网络和节点的能量限制也威胁到网络安全。目前提出的安全策略有基于口令认证的密钥交换、复活小鸭安全模式、异步分布式密钥管理等。

(5) 网络管理。自组织网络的特性决定了它的管理比有线网络更加复杂。网络管理需要有效、及时地收集网络相关信息,并根据这些信息合理地处理动态网络配置。

1.4 紫外光自组织网络

日盲紫外光通信的研究多集中在点对点的通信系统,我们可以利用日盲波段进行紫外光通信技术组网。自组织网络是一种特殊的对等网络,具有无中心、自组织、可快速展开、可移动和多跳等特点。将日盲紫外光通信和自组织网络技术相结合,就构成了紫外光自组织网络,可以大大弥补紫外光散射通信的发射功率低、大气衰减严重、存在大量单向信道等固有缺陷,同时安全保密。

1.4.1 紫外光自组织网络的潜在应用

紫外光自组织网络的优良特性为其在军事以及民用通信领域的应用提供了有利的保障。首先,自组织网络的特性使网络可以快速部署;其次,多跳路由技术可以在不降低网络覆盖范围的前提下减少终端的发射功率,从而弥补了紫外光通信距离短的缺陷;另外,自组织网络的高抗毁性和健壮性也可以满足某些特定的应用需求[85~87]。

(1) 军事通信。移动自组织网络的初衷就是应对军事战场上千变万化的需要,今后它仍然是军事领域最直接的应用对象。紫外光自组织网络由于其日盲性和非直视传输的特性使其成为自组织网络的理想载体。同时,紫外光所特有的安全特性也使其成为数字化战场通信的首选技术。移动自组织网络技术已经成为美国军事战术互联网的核心技术。可以预见，紫外光自组织网络将会成为各国军事通信的研究热点。

(2) 紧急抢险和灾难救助。在自然灾害或其他原因导致网络基础设施无法正常工作或者根本无法建立通信基站的情况下，借助紫外光自组织网络技术可以快速建立临时网络，延伸网络基础设施，可以在恶劣和特殊环境下提供通信支持。同时在偏远野外也可以利用紫外光自组织网络独立组网和自组织特点，建立小分队之间的通信。

(3) 传感器网络。传感器网络是紫外光自组织网络技术应用的另一大领域。这种网络在自动监控、道路交通、工业制造、生物医学以及各种安全场所都具有非常广泛的应用前景。

(4) 个人通信。个人局域网是紫外光自组织网络技术的又一应用领域。通过移动自组织网络技术可以将这些移动终端快速组织成无线网络而实现它们之间的通信和移动会议等特殊要求。由于大功率的紫外光本身会对人体产生伤害，所以个人通信领域的应用前景还需要进一步的研究。

(5) 环境科学。随着人们对于环境的日益关注，环境科学所涉及的范围越来越广泛，通过传统方式采集原始数据是件困难的工作。无线传感器网络为野外随机性研究数据的获取提供了方便，比如跟踪候鸟和昆虫的迁移，研究环境变化对农作物的影响，监测海洋、大气和土壤的成分等。ALERT 系统中就有多种传感器来监测降雨量、河水水位和土壤水分，并依此预测爆发山洪的可能性[88]。类似地，无线传感器网络对森林火灾准确及时地预报也是很有帮助的。此外，无线传感器网络也可以应用在精细农业中，以监测农作物中的害虫、土壤的酸碱度和施肥状况等。

(6) 医疗健康。如果在住院病人身上安装特殊用途的传感器节点，如心率和血压监测设备，利用无线传感器网络，医生就可以随时了解被监护病人的病情，进行及时处理[89]，还可以利用无线传感器网络长时间地收集人的生理数据，这些数据在研制新药品的过程中是非常有用的，而安装在被监测对象身上的微型传感器也不会给人的正常生活带来太多的不便。此外，在药物管理等诸多方面，它也有新颖而独特的应用。

(7) 空间探索。探索外部星球一直是人类梦寐以求的理想，借助航天器散布的无线传感器网络实现对星球表面长时间的监测，应该是一种经济可行的方案。NASA 的 JPL(Jet Propulsion Laboratory)实验室研制的 Sensor Webs[90] 就是为将来的火星探测进行技术准备的，已在佛罗里达宇航中心周围的环境监测项目中进行了测试和完善。

(8) 其他商业应用。自组织、微型化和对外部世界的感知能力是无线传感器网络的三大特点，这些特点决定了无线传感器网络在商业领域应该也会有很大的应用前景。例如，嵌入式家具和家电中的传感器与执行机构组成的无线网络与Internet连接在一起将会为我们提供更加舒适、方便和具有人性化的智能家居环境；文献[91]中描述的城市车辆监测和跟踪系统中成功地应用了无线传感器网络；德国某研究机构正在利用无线传感器网络技术为足球裁判研制一套辅助系统，以减小足球比赛中越位和进球的误判率。此外，在灾难拯救、仓库管理、工厂自动化生产线等众多领域，无线传感器网络都会孕育出全新的设计和应用模式。

1.4.2 紫外光自组织网络的关键技术

1. 大气信道特性研究

紫外光辐射的散射特性成就了紫外光非直视通信方式，与紫外光波长越接近的大气粒子对其散射强度越大。当散射粒子的直径远小于波长时的散射就是Rayleigh 散射。大气分子对紫外光的散射就可以用 Rayleigh 散射理论来处理，但是只有在晴朗天气(能见度为 20km)中 Rayleigh 散射才是主要的，Rayleigh 散射代表大气散射的最小值；另外，大气中存在大量的气溶胶粒子，气溶胶微粒对光波的散射远大于 Rayleigh 散射，此时需要用 Mie 散射理论处理。

2. 日盲紫外自组织网络接入技术

紫外光散射通信无论工作在直视方式还是非直视方式，数据传输速率和质量与发射接收端的方位和角度都有很大的关系，因此日盲紫外自组织网络中定位算法是实现有向通信的前提。网络中的节点首先通过网络中的定位算法了解节点的相对位置信息，然后调整发射和接收的方位角，尽量使节点工作在直视通信方式，当直视通信不可得时调整发射接收仰角，使系统工作在最佳非直视通信状态，从而完成可靠接入网络的功能，实现信息在自组织网络中的快速传输。

另外，必须针对能够有效地适用于日盲紫外光自组织网络中的接入技术进行研究，在保证吞吐量的前提下提高公平性。可以通过改善减小竞争失败节点和竞争成功节点退避窗口之间的差距，提高网络接入的公平性。保障公平性的窗口函数需要具有以下特性：在竞争失败时，退避窗口先缓慢增长，随失败次数的增加，退避窗口值会增长得越来越快，直到最大值；在竞争成功的时候，退避窗口会缓慢减小，直到最小值。

自组织网络中的单向链路主要是由于不同的无线节点设备具有不同的传输能力、不同的接入信道、隐藏终端问题、不同的能源控制等因素造成，即使是同一类型的节点，由于节点的使用率不同引起的电池消耗不同步以及环境的影响，也会引起节点的覆盖范围不一致，所以单向链路是普遍存在的。在大气光通信中，由于直视、非直视信道类型的存在和大气湍流的影响，以及隐藏终端或干扰等问题，往往会导致大量单向光链路或者不对称链路的存在，此时两个节点间只能进行单向通信。这种情况下进行通信，环网技术是不错的选择，首先在日盲紫外自组织网络中进行环网发现机制，选取有效的通信节点形成一个单向的环形回路，这样可以在环网节点中实现点到点的双向通信，环网上可以进行单播、组播、广播等方式的通信，同时还可以实现区分优先级的接入技术，解决单向光路的双工通信问题。

3. 日盲紫外自组织网络路由技术

传统的无线自组织网络中的基于信道质量的路由算法主要考虑了带宽和延时等参数。日盲区紫外光波段并没有类似于无线电波段的带宽限制，但是日盲区紫外光的衰减非常快，而且由于大气分子和大气中悬浮颗粒的散射，信道的时变性非常强。紫外光传播条件随时间和空间不断改变，信道误码率较高，用户终端频繁移动等，这就造成了信道不可靠，数据容易丢失，网络资源的波动较大，而且由于紫外光信道对天气状况非常敏感，所以固定的路由算法显然不能满足紫外光大气通信的要求。因此，需要研究日盲紫外波段信道自适应路由算法，通过实时的收集一些参数，如丢包率、延时、误包率等来判断信道的质量，根据信道的质量好坏判断哪个节点是更好的下一跳节点。

紫外光的散射信道进行通信的时候不需要完全对准，在通信节点间无障碍时实现直视通信变得非常容易，紫外光的直视通信不仅实时性好，通信距离也比较远，而且提供的通信速率比较高。当直视通信不可实现的情况下，非直视散射信道可以提供多条散射路径，宽视场接收可以提高光电检测的灵敏性，实现低速率的信息可靠传输。因此，考虑直视型和非直视型两种工作方式，可以将语音和图像业务分配到实时性好的直视型信道上，将数据业务分配到高可靠性高的非直视型信道。另外，多播技术实现一点对多点和多点对多点的通信，在日盲紫外自组织网络中利用多播路由技术就可以实现多播通信，这样可以大大提高网络的通信效率。

1.5　本书的体系结构

图 1-15 是 OSI 参考模型概念图，本书基本遵循该模型介绍紫外光自组织网络理论。第 2 章对紫外光非直视通信的物理机制进行了讨论，包括紫外光通信的覆盖范围。第 3 章介绍了一种新的节点定位算法。第 4 章叙述了自组织网络的多用户检测算法。第 5 章对紫外光自组织网络 MAC 层协议公平性进行了分析，重点介绍了我们提出的公平性算法。第 6 章介绍了紫外无线光 Mesh 网接入协议。第 7 章重点介绍了基于节点位置和速度信息的紫外光自组织网络路由协议。第 8 章介绍了一种基于蚁群算法的紫外光通信网络路由协议。考虑到紫外传感器网络与紫外自组织网络的联系，第 9 章我们介绍了紫外光传感器网络的知识。

图 1-15　OSI 参考模型

图 1-16 是本书的结构框架。

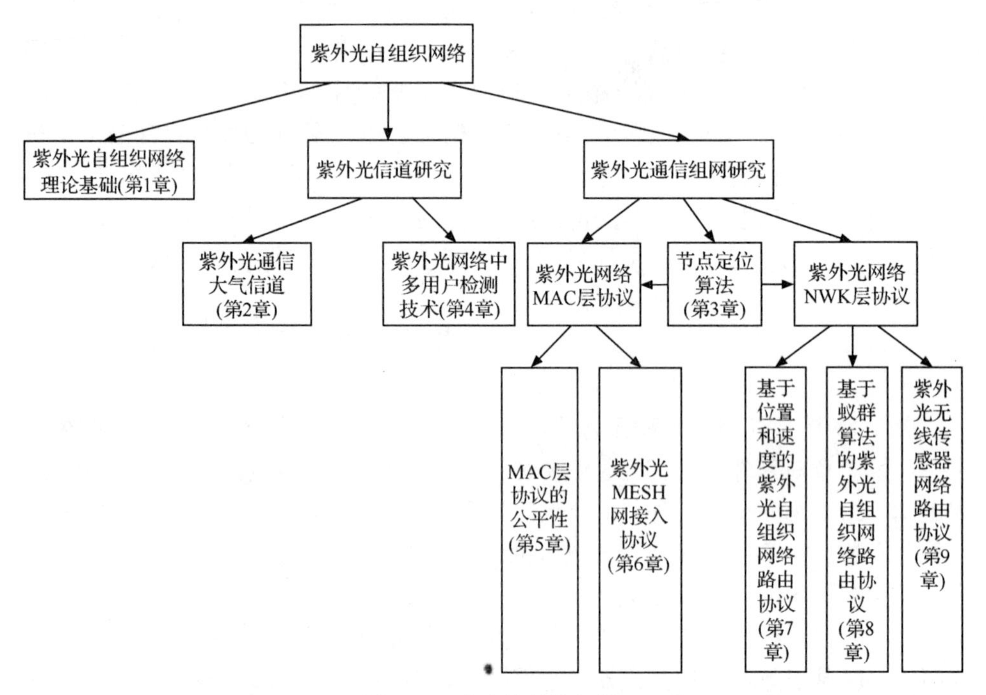

图 1-16　本书的结构框架

本书重点介绍我们在紫外光自组织网络研究中所做的工作，考虑到知识的系统性和完整性，对现有的相关协议进行了详细的分析，为了便于读者理解书中的内容，书末附有必要的仿真程序或仿真脚本。

参考文献

[1] 柯熙政. 无线激光通信概论. 北京:北京邮电大学出版社,2004

[2] 柯熙政,殷致云. 无线激光通信系统中的编码理论. 北京:科学出版社,2009

[3] Huffman R E. Atmospheric Ultraviolet Remote Sensing. Boston: Academic Press, 1992

[4] Yen J. Intentionally short-range communications exploratory development plan. National Technical Information Service, 1992

[5] 李霁野,邱柯妮. 紫外光通信在军事通信系统中的应用. 光学与光电技术,2005,3(4):19-21

[6] Alexander S. Aureole radiance field about a source in a scattering-absorbing medium. Applied Optics, 1978,7(12):1911-1922

[7] Neer M E, Schlupf J M, Fishburne E S, et al. The development and testing of an UV voice communication system. Naval Electronic Systems Command, 1979,4(26):125-126

[8] 姚丽,李雯野. 大气紫外光近距离通信的研究. 大气与环境光学学报,2006,1(2):136-139

[9] Gary A S, Melissa N, Mrinal I, et al. NLOS UV communication for distributed sensor systems//Proceedings of The International Society for Optical Engineering, 2000,7(4126):83-96

[10] 汪科. 日盲紫外光语音通信系统的研究. 重庆:重庆大学硕士学位论文,2006

[11] 钱仙妹,朱文越,等. 紫外通信的大气传输特性模拟研究. 光子学报,2008,4(10):789-790

[12] 刘新勇,鞠明. 紫外光通信及其对抗措施初探. 光电技术应用,2002,5(20):8-9

[13] 许桂华. 紫外光通信. 现代通信,2000,(4):6-7

[14] 程开富. 新型紫外摄像器件及应用. 国外电子元器件,2001,2(2):4-10

[15] 胡启明. 紫外光通信系统. 军事通信技术,1999,4(13):67-68

[16] 荆贵平,庞其昌. 紫外指纹检测仪的研制. 光学精密工程,2003,2(11):198-202

[17] 余学思. 基于 DSP 实时双光谱图像处理系统设计. 广州:暨南大学硕士学位论文,2009

[18] He Q, Sadler B M, Xu Z. Modulation and coding tradeoffs for non-line-of-sight ultraviolet communications//Proceedings of The International Society for Optical Engineering, 2009,7464(7464H): H2

[19] Shlomi A, Debbiek. UV solar blind FSO sub-sea video communication link budget study//Proceedings of The International Society for Optical Engineering, 2008,10(7):1-8

[20] 刘菊,贾红辉,等. 军用紫外光学技术的发展. 光学与光电技术,2006,(12):61-64

[21] http://www.ecchn.com/20070727ecnews14264447.html

[22] 倪国强,钟生东,刘榴绨. 自由大气紫外光学通信的研究. 光学技术,2000,4(26):297-298

[23] Shaw G A, Siege A M. Extending the range and performance of non-line-of-sight ultraviolet communication links//Proceedings of The International Society for Optical Engineering, 2006,4(17):1-12

[24] Xu Z, Sadler B M. Ultraviolet communications: potential and state of the art//Proceedings of IEEE, 2008,5(46):67-68

[25] 余学思. 基于 DSP 实时双光谱图像处理系统设计. 广州:暨南大学硕士学位论文,2009

[26] Shaw G A, Nischan M. Short-range NLOS ultraviolet communication test bed and measurements. International Society for Optical Engineering, 2001,4396:31-40

[27] 冯涛,陈刚,方祖捷. 非视线光散射通信的大气传输模型. 中国激光,2006,11(33):1522-1526

[28] Jia H H, Zhang H L, Yin H W, et al. The experimental research of NLOS UV propagation channel in the atmosphere based on LIA technology // Proceedings of The International Society for Optical Engineering, 2007, 6783(2): 67833B. 1-67833B. 8
[29] 徐智勇,沈连丰,汪井源,等. 紫外散射通信实验系统及其性能分析. 东南大学学报,2009,6(39):1087-1092
[30] Wang L J, Xu Z Y, Sadler B M. Non-line-of-sight ultraviolet link loss in noncoplanar geometry. Optics Letters, 2010, 8(35): 1263-1265
[31] 蓝天,倪国强. 紫外通信的大气传输特性模拟研究. 北京理工大学学报,2003,4(23):19-23
[32] Jia H H, Yang J K, Chang S L, et al. Study and design on high data rate UV communication system. The International Society for Optical Engineering, 2005, 6021: 440-446
[33] Tang Y, Wu Z L, Ni G Q, et al. NLOS single scattering model in digital UV communication. International Society for Optical Engineering, 2008, 7136 (2): 713615. 1-713615. 10
[34] Moriarty D, Hombs B. System design of tactical communications with solar blind ultraviolet non line-of-sight systems // Military Communications Conference, 2009
[35] 宁雪晶,王洪海,王智森. 小区域下无线多跳自组织网络的研究//通信理论与技术新发展——第十四届全国青年通信学术会议论文集,2009:641-645
[36] Leiner B M, Nielson D L, Tobagi F A. Issues in packet radio network design // Proceedings of the IEEE, 1987, 75(1): 6-20
[37] Jubin J, Tornow J D. The DARPA packet radio network protocols // Proceedings of the IEEE, 1987, 75 (1): 21-32
[38] Aggelou G N, Tafazolli R. On the relaying capability of next-generation GSM cellular networks. IEEE Personal Communications, 2001, 8(1): 40-47
[39] Wu H, Qiao C, De S, et al. Integrated cellular and Ad Hoc relaying systems: iCAR. IEEE Journal on Selected Areas in Communications, 2001, 19(10): 2105-211
[40] Zadeh A N, Jabbari B, Pickholtz R, et al. Self-organizing packet radio Ad Hoc with overlay. IEEE Communications Magazine, 2002, 40(6): 149-157
[41] 孟祥忠,宋保业. 基于ZigBee技术的无线传感网络及其在矿井监控中的应用. 中国煤炭,2008,3(34):39-41
[42] 孟祥忠,宋保业,许琳. 热释电红外传感器及其典型应用. 仪器仪表用户,2007,4(14):42-43
[43] 王殊等. 无线传感器网络的理论及应用. 北京:北京航空航天大学出版社,2007
[44] Callaway E H. Wireless Sensor Nework: Architecture and Protocols. New York: CRC, 2004
[45] Pottie G, Kaiser W. Wireless integrated network sensors. Communications of the ACM, 2000, 43(5): 551-558
[46] Pister K. Smart dust: autonomous sensing and communication in a cubic milimeter. http://robotics. Eecs. Berkeley. edu/-pister/SmartDust[2010-10-18]
[47] Aynor M, Moulton S, Welsh M, et al. Integrating wireless sensor networks with the grid. IEEE Internet Computing, 2004, 8(4): 32-39
[48] 姜红旗,康凯,林孝康. 拓展宽带接入的无线 Mesh 网技术. 电信科学,2005,21(1):24-31
[49] Sun B L, Chen H, Li L Y. A reliable multicast routing protocol in mobile Ad Hoc networks // Proceedings of the 16th International Conference on Computer Communication, 2004, 1(1): 1123-1129
[50] Chen N S, Li L Y. Research on the basis of QoS routing protocol of Ad Hoc network. International

Symposium on Distributed Computing and Applications to Business,Engineering and Science 2004 Proceedings,2004,1(1):206-210

[51] Das S K,Manoj B S,Murthy C S. A dynamic core based multicast routing protocol for Ad Hoc wireless networks//Proceedings of ACM/MOBIHOC,2002,1(1):24-35

[52] Jubin J,Tornow J D. The DARPA packet radio network protocols//Proceeding of IEEE,1987,75(1):21-32

[53] Davies B H,Davies T R. The application of packet switching techniques to combat net radio//Proceedings of IEEE,1987,75(1):43-45

[54] Shaeham N,Westeott J. Future directions in packet radio architectures and protocols//Proceedings of IEEE,1987,75(l):83-99

[55] David B A. Accomplishments of the DARPA survivable adaptive networks SURAN program//Proceedings of the IEEE Military Communications Conference,1990,2(1):855-862

[56] Leiner B M,Ruth R,Ambatipudi R S. Goals and challenges of the DARPA GloMo program. IEEE Personal Communications,1996,3(6):34-43

[57] 朱西平. 基于 NS2 移动 Ad Hoc 网路由协议 TORA 仿真. 仿真技术,2008,24(3-1):185-187

[58] 陈林星,曾曦,曹毅. 移动 Ad Hoc 网络-自组织分组无线网络技术. 北京:电子工业出版社,2004

[59] Pei G,Gerla M,Chen T W. Fisheye state routing:a routing seheme for Ad Hoc wireless networks//Proceedings of IEEE/ICC'00,2000,1(1):70-74

[60] 马明辉. 无线自组织网络路由协议研究. 北京:北京邮电大学博士学位论,2007

[61] 汤亮,戴冠中,肖鑫. 基于 DSDV 协议的嵌入式无线自组网设备实现. 计算机工程与设计,2008,29(6):1370-1372

[62] 刘培超,周熙,杨浩. 无线自组网 DSR 路由协议的仿真及性能分析. 微计算机技术,2009,25(25):169-171

[63] Liu J, Li F M. An improvement of AODV protocol based on reliable delivery in mobile Ad Hoc networks// 2009 Fifth International Conference on Information Assurance and Security, 2009, 78: 507-510

[64] Nadeem Q,Naeem I. TORA Stabilization via Dynamic Surface Control Technique//IEEE 2005 International Conference on Emerging Technologies,Islamabad,2005

[65] Liang B,Haas Z J. Hybrid routing in Ad Hoc network with a dynamic virtual backbone. IEEE Transactions on Wireless Communications,2006,5(6):4-8

[66] Pyssysalo T,Raatikainen P,Zidbeck J. FSR-a fair switching architecture//Proceedings Seventh Euromicro Workshop on Real-Time Systems,1995

[67] Qi WN,Zhang X,Yu H Y. An improved CEDAR routing protocol//The Fourth International Conference on Computer and Information Technology,2004

[68] Dang-Quan N,Pascale M. Interference-aware QoS OLSR for mobile Ad Hoc network routing//Proceedings of the Sixth International Conference on Software Engineering, Artificial Intelligence,Networking and Parallel,2005

[69] Cui Y R, Cao J H. An improved directed diffusion for wireless sensor networks//Proceedings of the International Conference on Wireless Communications,Networking and Mobile Computing,2007

[70] Khan U R,Zaman R U,Reddy A V. A three-tier architecture for integrating mobile Ad Hoc network and the Internet using a hierarchical integrated routing protocol//Proceedings of the International Confer-

ence on Advanced Computer Theory and Engineering,2008

[71] Soumendra N,Gray R S. Multipath location aided routing in 2D and 3D//Proceedings of the Conference on Wireless Communications and Networking,2006

[72] 李景峰.移动自组织网络关键安全问题的研究.郑州:解放军信息工程大学博士学位论文,2006

[73] 郑相全.无线自主网实用教程.北京:清华大学出版社,2004

[74] Ial Can F,Wilian S,Yogesh S. A survey on routing protocols for wireless sensor networks. IEEE Communication Magazine,2002,40(8):102-114

[75] Sohrabi K,Gao J,Ailawadhi V. Protocols for self-organization of a wireless sensor network. IEEE Personal Communication,2000,7(5):16-27

[76] 任丰原,黄海宁,林闯.无线传感器网络.软件学报,2003,14(17):1282-1291

[77] 杨光松,石江宏,陈红霞,等.无线传感网中能耗因素的分析与仿真.集美大学学报,2008,13(2):141-146

[78] 徐娟.超宽带传感网的节能路由协议研究.计算机工程与应用,2005,33(5):11-14

[79] Karlof C,Wagner D. Secure routing in wireless sensor networks: attacks and countermeasures//First IEEE International Workshop on Sensor Network on Sensor Network Protocol and Applications,2003

[80] 王金龙,王呈贵,吴启晖,等. Ad Hoc 移动无线网络.北京:国防工业出版社,2004

[81] 陈林星,曾曦,曹毅.移动 Ad Hoc 网络—自组织分组无线网络技术.北京:电子工业出版社,2006

[82] Perkins C E,Bhagwat P. Highly destination sequenced distance vertor routing(DSDV) for mobile computers//Proceeding of the Conference on Communications Architectures,Protocols and Application,1994,24(4):234-244

[83] Hashim R,Nasir Q,Harous S. Adaptive multi-path QoS aware dynamic source routing protocol for mobile Ad Hoc network. Innovations in Information Technology,2006:1-5

[84] Perkins C E,Royer E M. Ad Hoc on-demand distance vertor routing. Mobile Computing Systems and Applications,1999:9-100

[85] 王海涛,郑少仁. Ad Hoc 网络面临的挑战及其对策.中国数据通信,2002,14(5):73-77

[86] 郑相全.无线自组网技术实用教程.北京:清华大学出版社,2004

[87] Haas Z J. Guest editorial: Wireless Ad Hoc network. IEEE Journal Selected Areas Communication,1999,17(8):1329-1332

[88] ALERT. http://www. altersystem. org

[89] Noury N,Herve T,Rialle V,et al. Monitoring behavior in home using a smart fall sensor//Proceedings of the IEEE-EMBS Special Topic Conference on Microtechnologies in Medicine and Biology,2000

[90] Slijepcevic S,Tsiatsis V,Zimbeck S. On communication security in wireless Ad Hoc sensor networks//Proceedings of the lth IEEE International Workshops on Enabling Technologies: Infrastructure for Collaborative Enterprises,2002

[91] Shih E,Cho S,Ickes N,et al. Physical layer driven protocol and algorithm design for energy-efficient wireless sensor networks//Proceedings of the Annual International Conference on Mobile Computing and Networking,2001

2 紫外光通信大气信道

紫外光通信可工作在非直视模式，这使得紫外光通信系统更能适应复杂的地形环境，克服了无线激光通信必须工作在直视模式的不足。相比射频通信，紫外光通信还具有低窃听、低位辨、全方位、抗干扰能力强等优点，是满足战术通信要求的理想手段。因此，近年来战场紫外光通信技术的研究备受世界军事强国的重视。随着科技的进步和社会发展的需求，这项技术已经进入一个全新的发展时期，显现出巨大的应用潜力和军事应用价值[1~3]。

2.1 紫外光传输特性

紫外光是一种波长在 10～400nm 的电磁辐射，由于这一波长范围内的紫外线依波长变化而表现出不同效应，所以通常把紫外光划分为 NUV(315～400nm)、MUV(280～315nm)、FUV(200～280nm)、VUV(10～200nm)[4,5]。紫外光随着波长的变化有不同的特征：高空大气层中的臭氧对波长低于 200nm 的谱段有着强烈的吸收作用，导致该谱段的紫外线传输严重受限，在大气中无法进行通信，仅适用于真空条件下的研究与应用，所以被称为真空紫外(或称为 VUV)；大气平流层中的臭氧对 250nm 波长附近的紫外谱段有强烈的吸收作用，因而该谱段的紫外辐射在近地大气中几乎不存在，太阳背景低于 $10^{-13}\mathrm{W/m^2}$，常被称为日盲区，其谱段范围为 200～280nm；波长超过 280nm 的谱段太阳背景辐射很强，通信系统工作时存在背景光的干扰[6]。如无特别说明，紫外光通信一般指的是利用日盲区谱段进行通信。

2.1.1 紫外光大气吸收和散射特性

紫外光通信以自由大气为传输介质，其传输特性主要由大气中分子的吸收作用和散射作用决定。吸收光辐射或光能是物质的一般属性。光通过物质时，光波的电矢量使物质结构中的带电粒子做受迫振动，一部分能量用来供给这种受迫振动所需的能量，这时物质粒子若和其他原子或分子发生碰撞，振动能量就可能转换为平动动能，使分子的热运动能量增加，导致物体发热，此时部分光能量转换成热能，光能消失[7]。大气吸收作用表现为在传输过程中，大气分子按上述方式消耗紫外光的能量。大气中的各种成分会对不同波长的光产生不同程度的吸收，对紫外光吸收能力最强的是臭氧。臭氧浓度越高，大气吸收的能量就越多，传输损耗就越大。正是由于臭氧的这种吸收作用，限制了紫外光通信仅可作为一种短距离通信。

在光学性质均匀的介质中或两种折射率不同的均匀介质的分界面上，无论是光的折射或是反射，光线都是局限于一些特定的方向上，在其余的方向上光强等于零，在光束的侧向就看不到光。当光通过光学性质不均匀的物质时，我们在侧向却可以看得到光，这就是光的散射[7,8]。介质的光学不均匀性越显著，散射越强。紫外辐射的散射特性是紫外光通信的基础。大气中的散射粒子主要是大气分子和悬浮颗粒，它们的浓度、大小、均匀性、几何尺寸等特性影响紫外光的传输特性。大气对光的散射可以分为 Rayleigh 散射和 Mie 散射。

2.1.2 紫外光通信传输特性

日盲紫外光通信系统按照工作方式可以分为直视（line of sight，LOS）、准直视(quasi-LOS，QLOS)和非直视（non-LOS，NLOS)，其中 NLOS 有 NLOS(a)、NLOS(b)和 NLOS(c)三种工作模式。如图 2-1 所示。

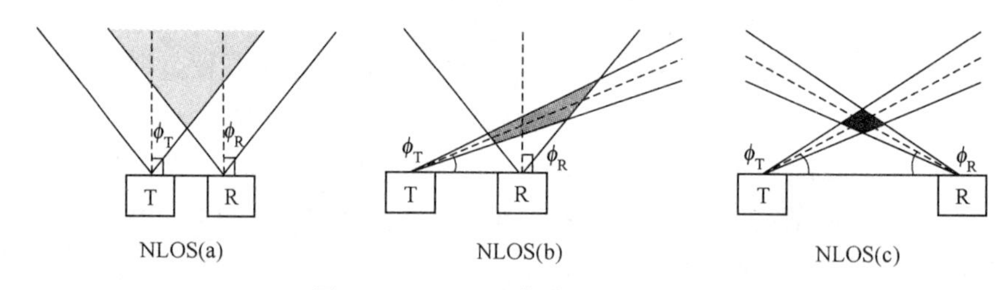

图 2-1 NLOS 通信典型配置方式

LOS 通信是指发射机在接收机的视场内，并且通信的光路上无任何障碍物遮挡的通信。LOS 方式下通信距离比较长，与典型激光的通信相似，但无法发挥出紫外光通信全方位通信的优势。NLOS 通信是指发射机在接收机的视场内，通信的光路上有障碍物的遮挡(例如，在树林中，树叶的遮挡)，但是紫外光信号的强散射性仍能构成通信链路的通信，体现出了全方位通信的优势。当发射机不在接收机的视场内。由于日盲紫外光强散射的特性，只要发射机和接收机视场角有交叠时，也可以形成非直视的传输路径。

NLOS 通信是指发射机不在接收机的视场内的通信。由于日盲紫外光强散射的特性，当发射机和接收机视场角有交叠时，就形成了非直视的传输路径。交叠空间相当于发射机和接收机通信间的中继站，使得发射信号可以在非直视条件下通过中继站到达接收机，实现非直视通信。NLOS 根据发射机和接收机的光轴与水平面的夹角 ϕ_T 和 ϕ_R 的大小不同，分为 a，b，c 三类，b 类中 ϕ_T 和 ϕ_R 不能同时为 90°，如图 2-1 所示。紫外光通信系统可以根据实际的需要，很容易的通过改变 ϕ_T 和 ϕ_R 在三种工作方式间转换。紫外光通信系统在各种工作方式下的性能比较如表 2-1 所示。

表 2-1　不同紫外光工作方式下的性能比较

工作方式	ϕ_T	ϕ_R	全方向性	通信距离/km	交叠空间	通信带宽
LOS(直视)	/	/	无	2～10	有限	最宽
QLOS(准直视)	/	/	无	＜LOS	有限	宽
NLOS(a)	=90°	=90°	好	0～1	无限	最窄
NLOS(b)	≤90°	=90°	一般	1.5～2	有限	较宽
NLOS(c)	＜90°	＜90°	差	2～5	有限	宽

2.2　紫外光大气信道特性分析

紫外光通信是一种新型的信息传输手段。载波信号紫外光通过大气空间的同时，必然受到大气中各种成分、天气、气候条件的影响。通信的质量、通信系统的性能与此直接相关。采用大气传输软件 LOWTRAN 对大气中的光谱成分、大气吸收、大气散射、紫外光传输的数学模型等方面综合分析，讨论紫外光的大气传输特性。

2.2.1　日盲紫外光

太阳辐射光谱中 99%以上在波长 150～4000nm 之间。在这个波段范围内，大约 50%的太阳辐射能量在可见光谱区(波长 400～760nm)，7%在紫外光谱区(波长＜400nm)，43%在红外光谱区(波长＞760nm)，最大能量在波长 475nm 处[9]。

图 2-2 给出了按照三种不同分类方式的紫外光谱具体划分。大气对流层上部臭氧层(10～50km)对 200～280nm 紫外光强烈的吸收作用，使得这一波段对流层(尤其是近地)内太阳背景低于 $10^{-13}\,W/m^2$，即地球表面阳光中几乎没有该谱段的紫外线，该波段被称为日盲区[10～12]。这里用 LOWTRAN 进行计算，设置大气环境得到水平方向与垂直方向的透过率(如图 2-3 所示)，可以看出 250nm 左右的紫外光衰减很大。

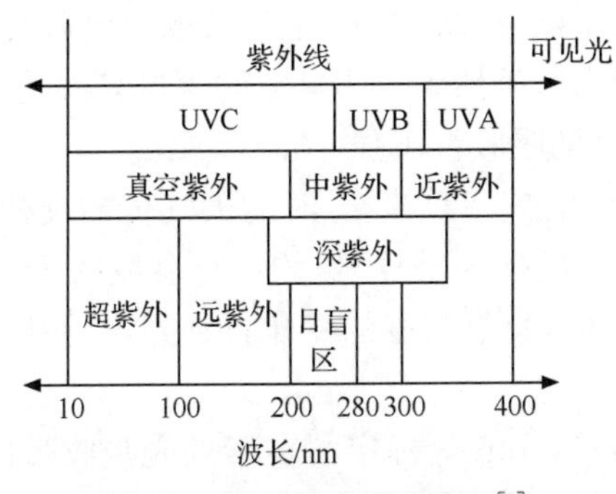

图 2-2　紫外段光谱分布图[9]

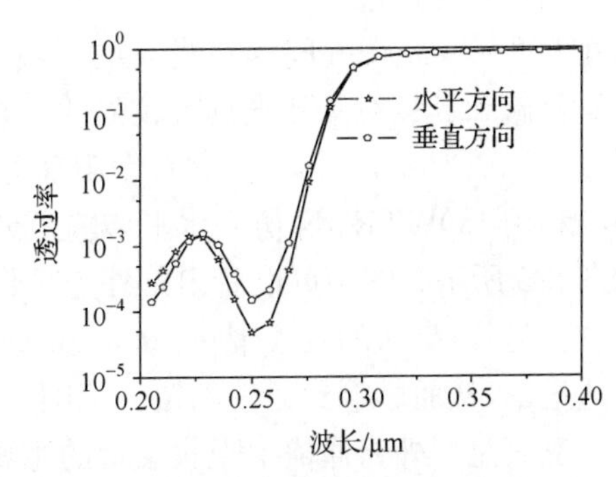

图 2-3　紫外光的透过率

2.2.2 大气的特点

大气层又叫大气圈，大气层中氮气占78.1%，氧气占20.9%，氩气占0.93%，还有少量的二氧化碳、稀有气体（氦气、氖气、氩气、氪气、氙气、氡气）和水蒸气。一般将杂质微粒分为固态微粒和液态微粒，固态微粒包括尘埃、烟雾以及各种工业污染物，液态粒子包括云滴、雾滴、雨滴、冰晶、雪花、冰雹等。但是由于温度的差异和风等原因，大气经常处于运动变化之中。

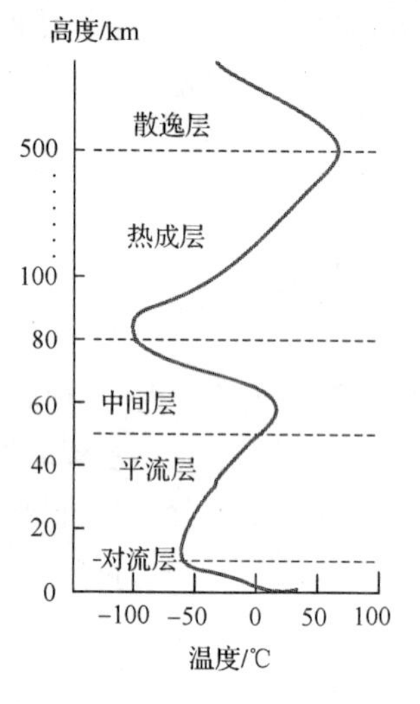

图 2-4　大气的垂直分布[13]

根据温度、成分和电离状态在垂直方向的分布特征可将大气分为对流层（<10km）、平流层（10～50km）、中间层（50～80km）、热成层（80～500km）和散逸层（500km以上），如图2-4所示。其中，对紫外光传输特性影响最大的是对流层，它集中了大气含量的80%，天气变化过程也主要发生在对流层。平流层大气密度较小，而且很稳定，对紫外光传输影响不大，中间层、热成层和散逸层对紫外光传输的影响可忽略[13]。

2.2.3 大气信道中影响紫外光通信的主要因素

非直视紫外光通信以大气为传输介质，携带信号的紫外光在空间传输时，其通信质量、通信系统性能、传输范围必然会受到大气中臭氧的浓度、散射粒子的浓度、大小、均匀性、几何尺寸以及工作波长等的影响。

1. 大气吸收

当紫外光通过大气时，大气中的各种成分将对其产生不同程度的吸收。紫外区在0.2～0.264μm间存在臭氧的强吸收带，0.3～0.36μm是臭氧的弱吸收带。二氧化硫和臭氧对紫外光具有较强的吸收能力。虽然大气中臭氧的含量只占大气总量的0.01%～0.1%，但它对太阳辐射能量的吸收性很强[13]。

利用LOWTRAN仿真水平传输距离1km，能见度23km时的大气传输衰减，如图2-5所示。图中可以看出紫外光吸收能力最强的是臭氧，约占总衰减的75%左右。另外，臭氧的吸收带在200～300nm之间，臭氧浓度的变化将强烈影响到大气透过率，从而影响到通信的覆盖范围[14]。

臭氧是紫外光通信中吸收衰减的主要因素，Inn等确定了在紫外光吸收带内臭氧的吸收系数[14]，如在266nm处，臭氧的吸收系数K_a可用下式表示，即

$$K_a = 0.025 \times d \tag{2.1}$$

其中，d 表示大气中的臭氧浓度，单位为 ppb。图 2-6 是不同臭氧浓度对大气透过率的影响，图中 250nm 左右臭氧的吸收最强，300nm 以上臭氧对大气衰减几乎没有作用，随着臭氧浓度的增加，透过率逐渐减小，当浓度为 200ppbv 时，大气透过率最低，说明臭氧的吸收能力最强。臭氧的这种吸收作用一方面减少了可进行传输信号的数量，另一方面它又是紫外光通信隐秘传输的基础。正是由于这种吸收作用，导致紫外光在大气传输中有较大的衰减因子，使得在传输范围以外的信号很难被接收。

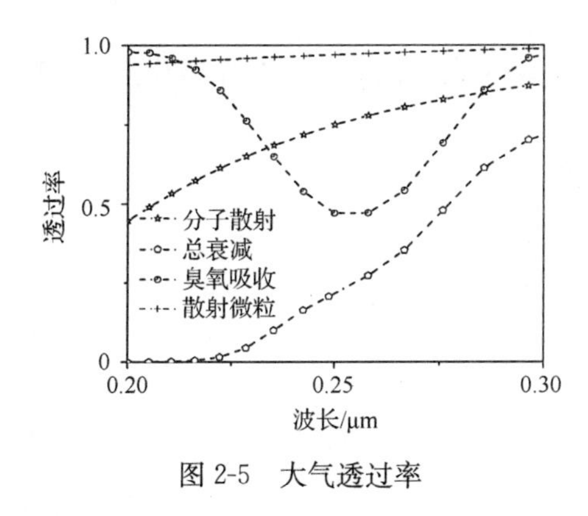

图 2-5 大气透过率

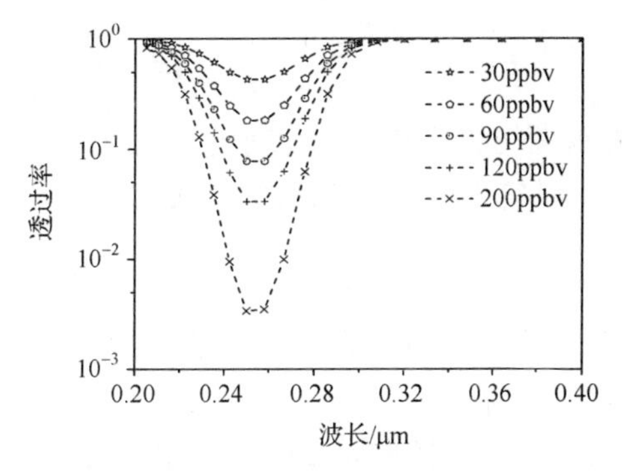

图 2-6 臭氧浓度与透过率

2. 大气散射

紫外光通信的基础是紫外光的散射特性，大气分子和气溶胶微粒对紫外光的散射，使得发射端的光信号在传输中改变方向，从而可以绕过障碍物被探测器接收。大气中主要的散射体来自大气分子和气溶胶微粒，由于散射体尺寸的差异，它们具有不同的散射特性，与紫外光波长越接近的大气粒子对紫外光散射越强。分子大小比紫外光波长小得多，是典型的 Rayleigh 散射；而气溶胶微粒比紫外光波长大的多，是 Mie 散射。研究表明，Rayleigh 散射在晴空大气中起主导作用，因此在理论计算中，晴朗的天气中通常只考虑 Rayleigh 散射，而忽略悬浮颗粒的散射作用，可以认为是一种合理的近似。但是对于恶劣天气，这里主要考虑的是 Mie 散射[15]。表 2-2 给出了大气中几种主要散射粒子的半径和浓度。

表 2-2 大气散射粒子的半径和浓度[16]

类型	半径/μm	浓度/cm^{-3}
空气分子	10^{-4}	10^{19}
Aitken 核	10^{-3}～10^{-2}	10^{-4}～10^{2}
霾粒子	10^{-2}～1	10～10^{3}
雾滴	1～10	10～100
云滴	1～10	10～300
雨滴	10^{2}～10^{4}	10^{-5}～10^{-2}

1) Rayleigh 散射

Rayleigh 散射又称分子散射，是紫外光被传输路径上的大气分子散射所引起的。由于大气分子的尺度远小于波长，故而大气分子散射可用小粒子近似，即 Rayleigh 散射处理。紫外光在晴朗大气中传输主要发生 Rayleigh 散射。Rayleigh 散射系数由式(2.2)确定[17~19]，即

$$K_{SR} = \frac{8\pi^3[n(\lambda)^2-1]^2}{3N_A\lambda^4} \times \frac{6+3\delta}{6-7\delta} \times F_{King}(x) \tag{2.2}$$

其中，$n(\lambda) = \frac{0.05791817}{238.0185-\lambda^{-2}} + \frac{0.00167909}{57.362-\lambda^{-2}} + 1$；$N_A = 2.686763\times10^{19}\text{mol/cm}^3$；修正因子 $F_{King}(x) = \frac{6+3d(x)}{6-7d(x)}$，$d(x)=0.035$。$N_A$ 表示散射体的粒子数密度，$n(\lambda)$ 表示大气的折射率，δ 表示退偏振项。

计算 Rayleigh 散射的经典公式[18,24]为

$$K_{SR} = 2.677\times10^{-17}\frac{P\gamma^4}{T} \tag{2.3}$$

其中，P 为大气压强；T 为绝对温度(在标准大气条件下一般取 $T=300\text{K}$)；γ 为紫外光波数(cm^{-1})。Rayleigh 散射光强度与光波长的四次方成反比，前向和后向散射能量相等，散射光强(cd 坎德拉)为[17]

$$I_0 \propto \frac{1}{\lambda^4} \tag{2.4}$$

我们可以得出 Rayleigh 散射的强度分布如图 2-7 所示，可见 Rayleigh 散射的对称性，由于 Rayleigh 散射大都为大气分子散射，在晴朗天气下，空气中气溶胶浓度非常低，此时紫外光通信主要考虑 Rayleigh 散射。Rayleigh 散射的相函数为[14]

$$P_R(\theta_s) = \frac{3}{4}(1+\cos^2\theta_s) \tag{2.5}$$

图 2-8 是 Rayleigh 散射相函数，其中 Rayleigh 散射相函数在 0°～180°之间几乎是关于 90°对称的，前向和后向散射都是最强的，90°和 270°时相函数最小。

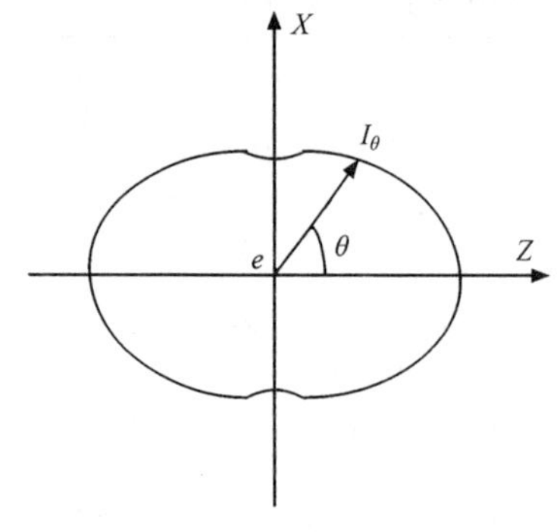

图 2-7 Rayleigh 散射光强角分布

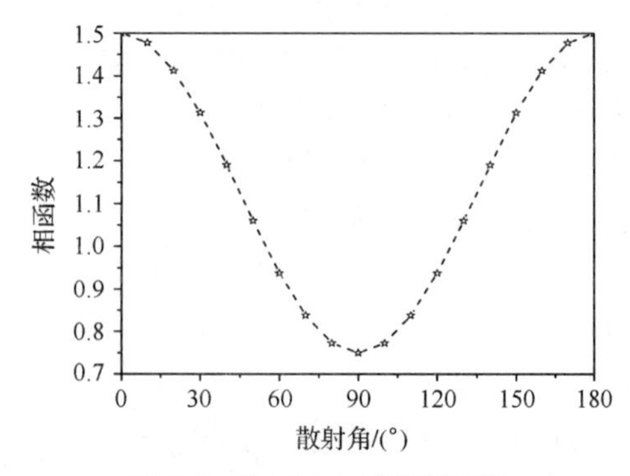

图 2-8 Rayleigh 散射相函数

2）Mie 散射

散射体的尺寸大小与入射光波长相当时为米氏散射，由表 2-2 可以看到，大气中的气溶胶粒子占绝大多数，所以一般情况下，大气中气溶胶微粒对紫外光的散射远大于 Rayleigh 散射，此时需要用 Mie 散射理论处理。人们常用一个简单的模型来估算紫外光的大气气溶胶散射，它将散射的大小与大气能见度联系起来，散射系数可表示式为[18,20]

$$K_{\mathrm{SM}} = \frac{3.91}{R_{\mathrm{v}}}\left(\frac{\lambda_0}{\lambda}\right)^q \tag{2.6}$$

其中，R_{v} 为能见度（km^{-1}）；λ 的单位是 nm；$\lambda_0=550\mathrm{nm}$；q 是由 R_{v} 决定的修正因子。表 2-3 给出不同天气状况下的 q 取值。

表 2-3　不同气象学距离对应的修正因子 q 取值[18]

能见度 R_{v}	能见度等级	气象条件	q
$R_{\mathrm{v}}>50\mathrm{km}$	9	非常晴朗	1.6
$6\mathrm{km}<R_{\mathrm{v}}<50\mathrm{km}$	6～8	晴朗	1.3
$1\mathrm{km}<R_{\mathrm{v}}<6\mathrm{km}$	4～6	霜	$0.16R_{\mathrm{v}}+0.34$
$500\mathrm{m}<R_{\mathrm{v}}<1\mathrm{km}$	3	薄雾	$R_{\mathrm{v}}-0.5$
$R_{\mathrm{v}}<500\mathrm{m}$	<3	大雾	0

Mie 散射光强为[19,21]

$$I_\theta \propto \frac{1}{\lambda^N} \tag{2.7}$$

其中，N 取$(1,\infty)$中的整数。

图 2-9 是 Mie 散射光强的分布图，由图可见 Mie 散射的不对称性，由于前向散射远大于后向散射，所以在紫外光通信中，某些情况下可以忽略后向散射和偏振光的影响。图 2-10 中当散射角度小于 60°时，随着不对称因子的增大，相函数也呈上升趋势，在 60°～180°之间则呈反比趋势。

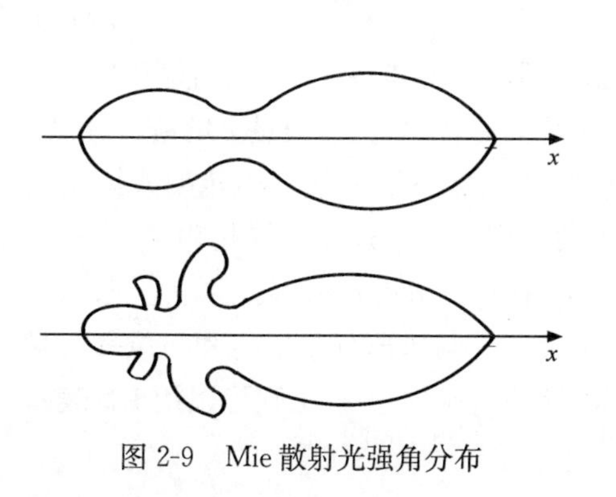

图 2-9　Mie 散射光强角分布

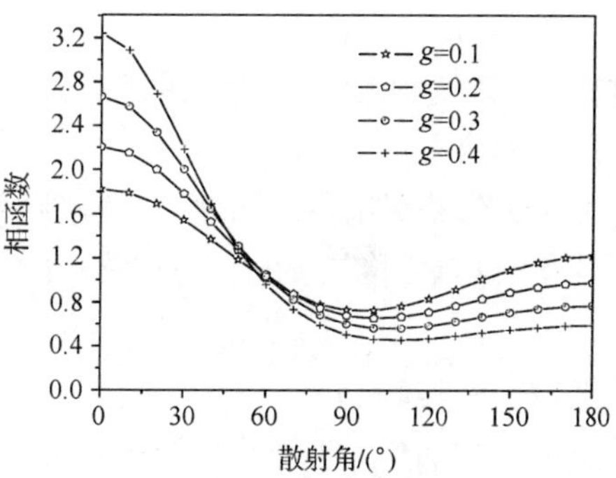

图 2-10　Mie 散射相函数

在研究紫外光散射通信过程中，会用到散射相函数。在大气传输模拟中 Mie 散射相函数常用的是经验公式 Henyey-Greenstein 函数、修正 Henyey-Greenstein 函数、Cronette 与 Shanks 定义的 Henyey-Greenstein 相函数，并且加入了可调的不对称因子 g[19,22,23]。Henyey-Greenstein 相函数可以表示为[24]

$$p_{\mathrm{HG}}(\theta,g)=\frac{1-g^2}{(1+g^2-2g\cos\theta)^{3/2}} \tag{2.8}$$

Cronette 与 Shanks 定义的 Henyey-Greenstein 相函数为[25]

$$p_{\mathrm{HG1}}(\theta,g)=\frac{3}{2}\times\frac{1-g^2}{2+g^2}\frac{1+\cos^2\theta}{(1+g^2-2g\cos\theta)^{3/2}} \tag{2.9}$$

式(2.8)和式(2.9)只考虑了前向散射，而式(2.10)是一个混合相函数，考虑了前后向两种散射，修正的 Henyey-Greenstein 函数(H-G2)表示为[26]

$$p_{\mathrm{HG2}}(\theta,g)=\frac{1-g^2}{4\pi}\left[\frac{1}{(1+g^2-2g\cos\theta)^{3/2}}+f\frac{0.5(3\cos^2\theta-1)}{(1+g^2)^{3/2}}\right] \tag{2.10}$$

其中，θ 为散射角；f 为散射因子。

3. 大气湍流

在大气光学领域，湍流是指大气中局部温度、压强、密度的随机变化。大气湍流产生了许多折射率不同的涡旋元，这些涡旋元随风速等快速地运动并不断地产生和湮灭，变化的频率可达数百赫兹，变化的空间尺度可能小到几毫米，大到几十米。当光束通过这些折射率不同的涡旋元时会产生光束的弯曲、漂移和扩展畸变等大气湍流效应，致使接收光强产生闪烁与抖动。由于湍流是一个随机过程，因此用统计量来对其进行完备的统计分析是恰当的[27]。

1) 湍流的物理模型

Kolmogorov 研究了空间相距位移 Y 的两点速度差随时间的变化，发现在相当大的空间运动尺度范围内，能够以普遍形式来描述均方根速度差，称之为结构张量 $D_{ij}(r,r_1)$。定义为[27]

$$D_{ij}(r,r_1)=\{[V_i(r_i-r)-V_i(r_1)]\times[V_j(r_1-r)-V_j(r_1)]\} \tag{2.11}$$

这里 V_i,V_j 是速度的不同分量。对大气做两个假设：①如果大气是局部均匀的，即速度差的分布函数不因点 r_1-r 和 r 的平移而改变，仅与位移矢量 r 的统计相关；②如果大气是局部各向同性的，即速度差的分布函数不随矢量 r 的转动或镜反射而变化，仅与位移矢量的大小有关。由上述两个假设，$D_{ij}(r,r_1)$ 简化为

$$D_{ij}(r)=[D_{rr}(r)-D_{jj}(r)]r_ir_j+D_{rr}(r)\delta_{ij} \tag{2.12}$$

这里，$\delta_{ij}=1,i=j;\delta_{ij}=0,i\neq j;D_{rr}$ 和 D_{jj} 分别是与风速分量平行和与位移矢量垂直的结构函数。进一步作湍流场的不可压缩假设 $V\times\nu=0$，则可以用 D_{rr} 表示 D_{jj}，即

$$D_{ij} = \frac{1}{2r}\frac{\mathrm{d}}{\mathrm{d}r}(r^2 D_{rr}) \tag{2.13}$$

湍流的统计结构函数可以用单个结构函数 D_{rr} 表示为

$$D_{rr} = \{[V_r(r_1 + r) - V(r_1)]^2\} \tag{2.14}$$

由 Kolmogorov 谱理论可以知道，只要两点间距在所谓湍流惯性子区间内，D_{rr} 有普遍形式，即

$$D_{rr} = C_n^2 r^{2/3} \tag{2.15}$$

这里，C_n^2 称作速度结构常数，依赖湍流动能耗散率 ε 这个参量，湍流动能耗散率是指在分子黏性作用下由湍流动能转化为分子热运动动能的速率，通常以单位质量流体在单位时间内损耗的湍流动能来衡量。结构函数 D_{rr} 只有 r 值位于湍流内尺度 l_0 和湍流外尺度 L_0 之间才成立。当内尺度对应于涡旋元尺度小于它的尺度时，黏滞效应变得很重要，而外尺度 L_0 是湍流场被认为是各向同性时湍涡的最大尺度。在近地面大气湍流内尺度 L_0 是毫米量级，大气湍流外尺度 L_0 是米量级，一般为 1～100m。

大气折射率结构函数是表征湍流强弱的一个物理量，变化十分复杂。湍流变化总的情况是：夏季比冬季强；晴天比阴天强；每日中午前后（10～15 点）较强，其他时间较弱。折射率结构常数也有同样的变化规律。C_n^2 随高度变化比较复杂，总体趋势是随高度增加而减小[28～30]。

2）大气湍流的影响

大气湍流对光束特性的影响程度与形式同光束直径 d 与湍流尺度 l 有关，大致可分为三种情况[28]：

(1) $d \ll l$，当光束直径远远小于湍流尺度时，湍流主要使光束产生随机偏折，接收机端光束会产生漂移。

(2) $d = 1$，当湍流尺度与光束直径可以比拟时，湍流主要使光束截面发生随机偏转，从而形成到达角起伏，使接收端的焦平面上出现像点抖动。

(3) 更常见的情况是 $d \gg l$，即光束直径远大于湍流尺度，这时光束截面内包含许多小湍流漩涡，各自对照射的那一小部分光束起衍射作用，使光束的强度和相位在空间和时间上出现随机分布，相干性退化，光束面积也会扩大，从而引起接收端的光强起伏，同时衰减总体接收光强。在实际情况中，温差的扰动会使大气不断地混合，产生许多无法预料的各种尺度的湍流元，这些湍流元共同作用，加强了接收端的光强起伏。此外，相同时间内的光强起伏还与风速及当时的气象条件有关。因此，对大气湍流的探测和观察是比较困难的，大气湍流使信号探测变得不容易把握，对光通信系统的稳定造成很大的障碍。

2.2.4 大气紫外传输特性仿真与分析

LOWTRAN 系列是计算大气透过率及背景辐射的软件包，由美国空军地球

物理实验室提出:其光谱分辨力为 20cm^{-1}，最小采样间隔为 5cm^{-1}，可计算波长从 200nm 到无穷大的光谱频段。LOWTRAN 传输模型考虑了由大气分子散射和分子吸收引起的衰减，水分子、二氧化碳、臭氧分子、氮气分子、氨气分子和气溶胶的散射和吸收，日光或月光的单次散射和地表散射，温度和压力的影响等采用设置卡片进行仿真。卡片一:选择大气模式、路径的几何类型、程序执行方式、是否包括多次散射、边界状况等;卡片二:选择气溶胶和云模式;卡片三:用于定义特定问题的几何路径参数;卡片四:计算的光谱区和步长;卡片五:用 IPRT 控制程序的循环,以一次运行计算一系列问题。

这里采用 LOWTRAN 传输模型对紫外波段的大气传输特性进行模拟研究,分析传输距离、能见度、地理位置、气候季节、传播方向、海拔高度和天气情况等对大气紫外透过率的影响。

图 2-11 给出了雾天能见度分别为 0.2km 和 0.5km,传输距离为 0.1km 和 0.3km 的大气透过率。可以看出:通信距离一定,能见度越大通信效果越好;在能见度一定的情况下,随着通信距离的增加透过率变小,即通信质量变差。图 2-12 给出了美国标准大气下,传输距离为 1km 时的大气透过率。

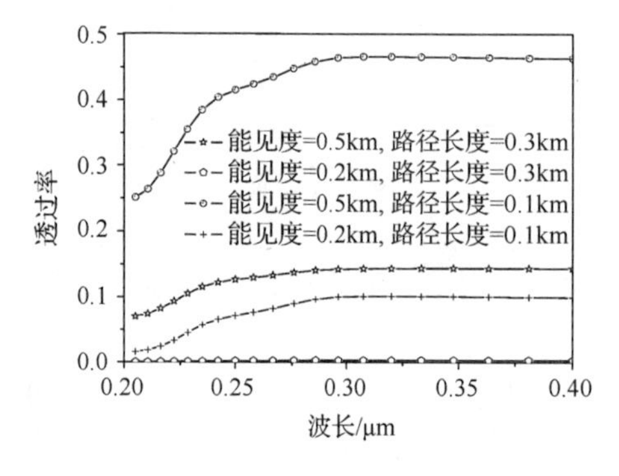

图 2-11　不同能见度与传输距离的透过率

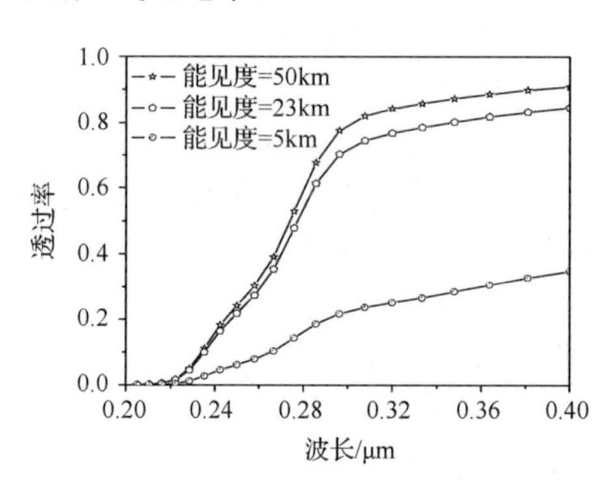

图 2-12　不同能见度的透过率

由 LOWTRAN 软件仿真得出的大气紫外透过率随传输距离的变化如图 2-13 所示。总体上紫外透过率随传输距离的增大而衰减;从图中可得到水平方向的紫外透过率随传输距离的增加近似按指数规律衰减;随传输距离的增加,垂直方向(天顶角为 0°)的紫外透过率衰减速度逐渐降低,在同样的海拔高度上,大气紫外透过率沿水平路径和垂直路径传输相同的距离却具有不同的透过率,造成这种现象的原因是大气层的分层结构。因此,由于海平面水平方向上的大气密度均匀分布,使得大气紫外透过率随水平传输距离的增加呈负指数规律分布。在垂直于海平面的方向上,则因大气密度按海拔高度递减而导致散射和吸收源密度降低,使得大气紫外透过率随传输距离的增加而减慢了衰减速度。

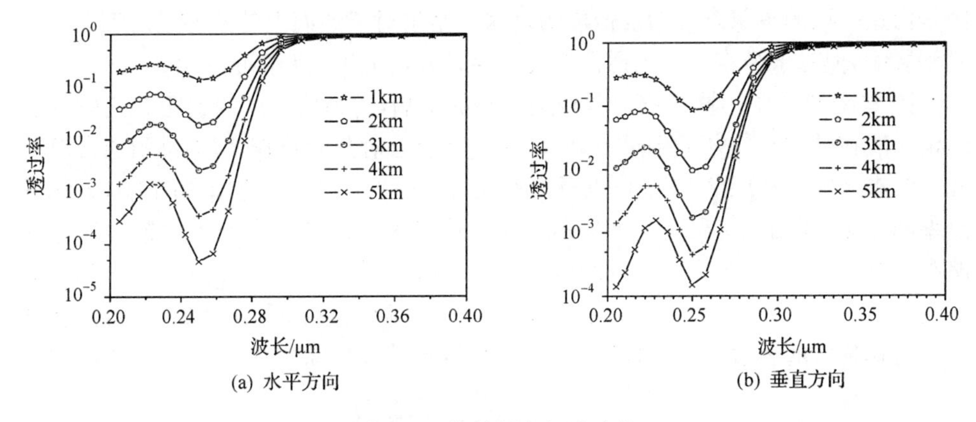

图 2-13　传输距离与透过率

大气对紫外信号的吸收和散射，与信号源的波段及高度密切相关。参数为美国标准大气，乡村型气溶胶（VIS＝23km），信号高度为地面 1～10km，传输距离为 1km，紫外波段 200～400nm。图 2-14 给出了紫外信号源和接收系统在不同高度下，大气水平方向和垂直方向的传输特性曲线。

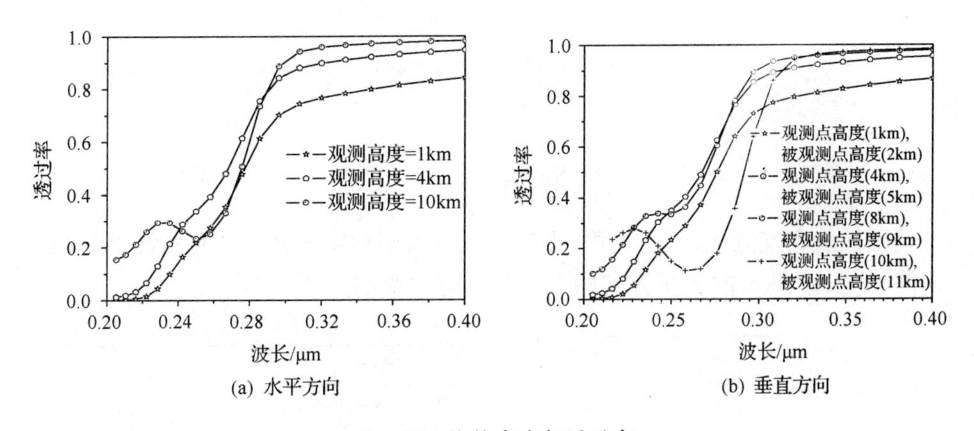

图 2-14　海拔高度与透过率

由于地表大气稠密且臭氧浓度低，在 200～400nm 波段范围都存在透过率；随着高度的增加，大气分子密度降低，臭氧浓度增加，300～400nm 透过率增加，而 200～300nm 透过迅速降低。250nm 附近的日盲区不随海拔高度而变化；在水平方向上的紫外透过率在海拔 1km 以内无显著变化；随海拔高度的增加，紫外透过率逐渐增加；日盲区内紫外透过率的上升梯度小于其他波段，并在所选参数下（海拔高度 10km 时）达到最低。由于实际系统的安装高度有限，所以收发系统可安装范围被局限在一定的空间范围内。因此，仅从紫外透过率的角度考虑，安装高度对系统性能影响不大。海拔高度 10km 处大气紫外透过率在日盲区急剧下降的原因是由这一层的臭氧含量增加造成的。这一结果对于地面上的紫外通信不会产生不利影响，但对于竖直方向的通信系统则会带来最大工作距离的下降。

图 2-15 给出了不同云层对紫外透过率的影响，因为紫外通信的距离比较近且通信一般在低空大气环境中进行，所以低空乱层云对其影响较大，而高雨层云对其几乎没有影响。从图 2-16 中可以看出不同大气模式对紫外透过率的影响，大气透过率随能见度降低(气象距离下降)而下降；热带大气比美国标准大气紫外透过率略高；中纬度夏季比中纬度冬季的紫外透过率略高；紫外透过率随地域分布和季节的变化不大，在 250nm 附近形成的日盲区几乎不随地域和季节而变化，而且能见度高时日盲区的透过率衰减幅度很大，因此将紫外通信系统的工作波段选择在日盲区是适宜的。

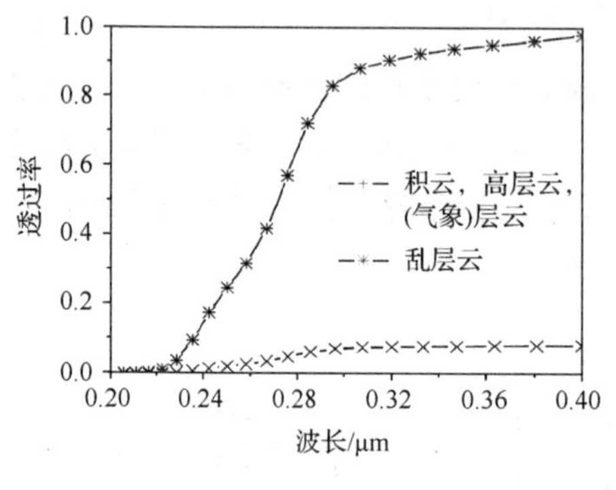

图 2-15　云层与透过率

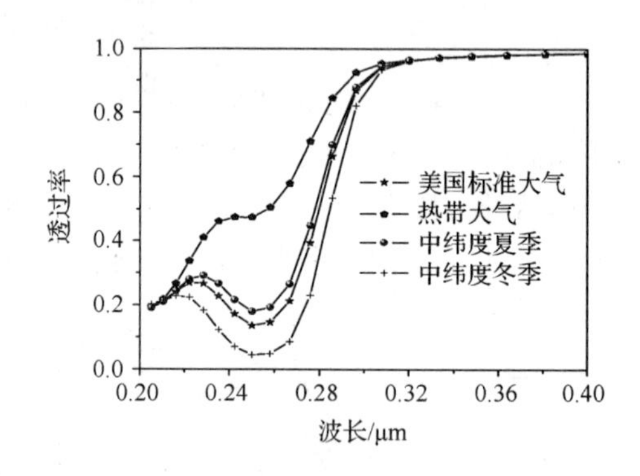

图 2-16　大气模式

美国标准大气分无雨、毛毛雨、小雨、中雨、大雨和超大暴雨 6 种情况下。在海平面能见度为 23km 时水平方向的大气紫外透过率如图 2-17 所示。

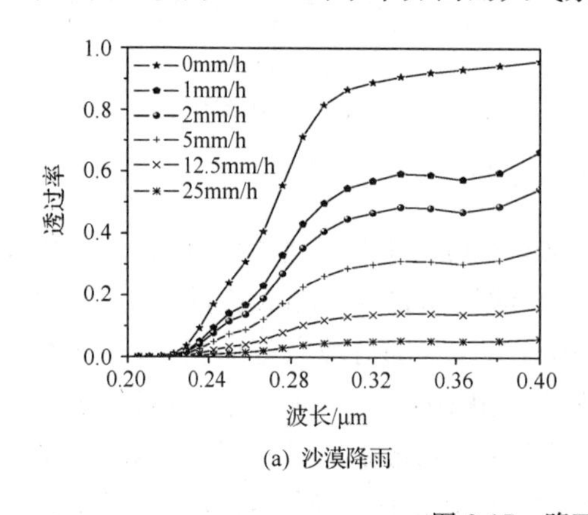

(a) 沙漠降雨

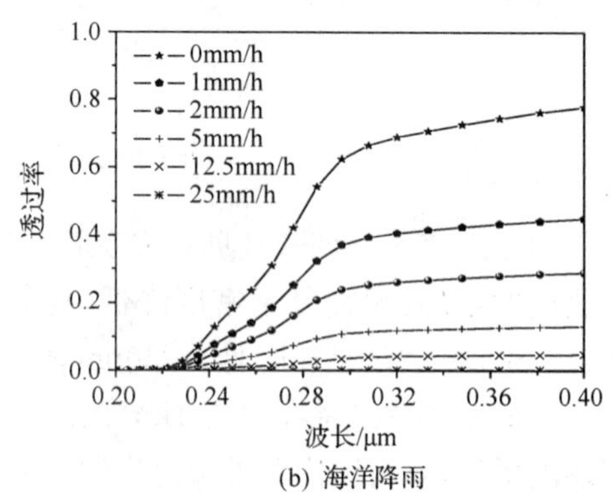

(b) 海洋降雨

图 2-17　降雨量与透过率

大气紫外透过率随雨速的增大而下降，但在日盲区大气紫外透过率的下降幅度约为 0.1,小于近紫外和中紫外区的变化幅度。如果没有其他因素影响,紫外通信系统在雨天工作应该没有问题,但在超大暴雨时透过率几乎为 0,对正常通信造成不便。可见紫外光通信在雨天不适合。

图 2-18 为美国标准大气 2,6,9 级风速下,在海平面能见度为 23km 时,海拔 200m 处的水平、垂直方向风速对紫外透过率的影响。它随着风速的提高而减小,但其减小速度缓慢,并且减少幅度不大,说明在没有其他干扰因素的影响下,紫外通信系统可以在有风的天气下正常工作。

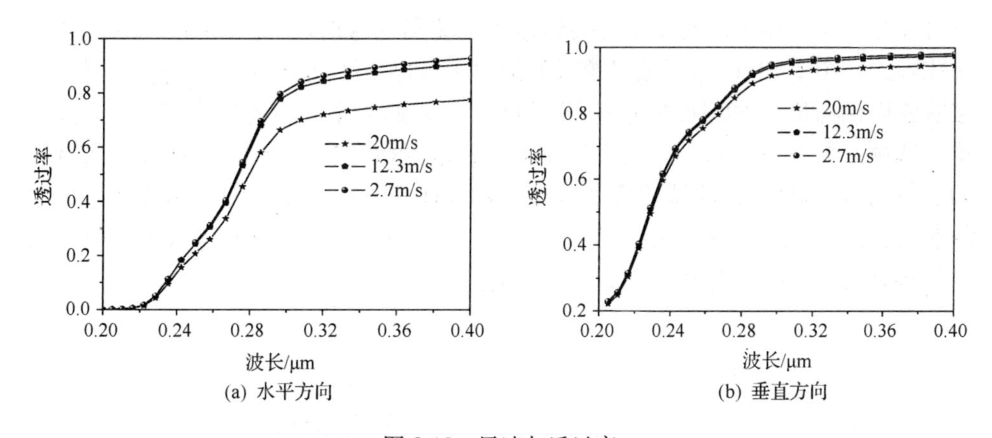

图 2-18 风速与透过率

2.3 日盲紫外光通信的信道模型

紫外光通信大气信道模型的分析主要是采用 1990 年由 Luegtten 等提出的非直视单散射信道模型[31]。模型分析了在短距离非直视紫外光系统中,经散射体散射后光脉冲的能量损耗。

2.3.1 日盲紫外光通信链路模型

紫外光通信系统大多是以脉冲方式工作的,可以用以下数学模型来描述[32]

$$C_{pp} = \sum_{\Delta\lambda} 1.33 \times 10^{18} [W_{in}\eta(\lambda)\Delta\lambda] \times N_{ATM}[K_{SCATT}(h), K_{ABS}(h), p(\Psi), \theta, \Omega, \beta] \times M(\lambda) \tag{2.16}$$

其中,C_{pp} 为每脉冲的接收光子数;W_{in} 为紫外光源平均输入电功率;$\eta(\lambda)$ 为紫外光源在宽波段上电能转换为光辐射的效率密度分布;$\eta(\lambda)\Delta\lambda$ 为在波长 λ 处,宽 $\Delta\lambda$ 范围内光辐射的效率;N_{ATM} 为大气传输函数;$K_{SCATT}(h)$ 为大气散射系数;$K_{ABS}(h)$ 为大气吸收系数;$p(\Psi)$ 为一次散射相函数;θ 为探测器视场的函数;Ω 为发射源视场的函数;β 为探测器与发射源轴线的夹角;$M(\lambda)$ 为与探测器有关的品质因素。从上述模型可以看出，紫外光通信的性能主要与光源的紫外光发射功率、紫外光在大气中的传输特性以及探测系统的性能等因素有关。

当通信系统设备、背景噪声和大气信道特性给定时，发送接收端所处位置组成的几何空间将决定通信的效果。因此，必须针对紫外光链路的散射信道进行几何分析，直视传输和非直视传输的几何图形如图 2-19 所示。图 2-19(a)中发送端和接收端进行直视传输，发射端光源以发散角 ϕ_1 向空间发出光信号，接收器以视场角 ϕ_2 进行接收，两个角度共同的重叠区域为有效散射区域 V，实际的通信过程中有许多光子并不经过散射而是直接到达接收端实现通信，因此直视通信的信道容量比较大。图 2-19(b)发射端光源以发散角 ϕ_1 和发射仰角 θ_1 向空间发出光信号，接收器以视场角 ϕ_2 和接收仰角 θ_2 进行光信号接收，发射光束与接收视场在空间的重叠区域 V 的大气形成一个收发连接的有效散射体，发射光信号经过大气的吸收和散射到达散射体，接收端接收来自该散射体对光信号的散射，这样就完成了信号的非直视传送。通常散射光都很微弱，由图 2-19(b)可知，可以通过增大接收视场以便接收到更多的散射光来增加有效通信范围。

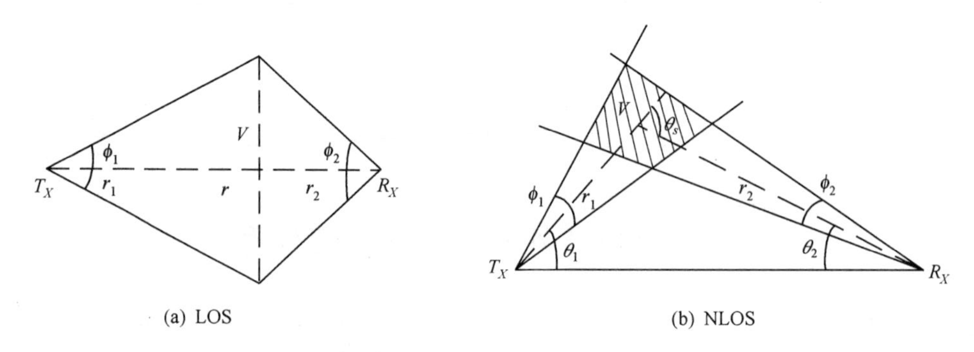

图 2-19　散射光链路分析[33]

1. 紫外光 LOS 方式光链路模型

在无线激光通信中，一般都要求发射端和接收端之间不能有阻碍光线前进的障碍物。在一般直视通信的情况下，人们比较注重光在大气中的透射传输，由于日盲紫外光通信衰减较大，为了更好地完成通信，LOS 方式光链路模型还要关注发射光束发散角和接收视场角的关系。根据发射光束发散角和接收视场角的大小不同，日盲紫外光的直视通信可以分为宽发散角发送-宽视场角接收、窄发散角发送-宽视场角接收和窄发散角发送-窄视场角接收。具体情况如图 2-20 所示。

紫外光通信 LOS 链路中紫外光功率是按指数衰减的，在自由空间中路径损耗与传输距离的平方成反比，表示为 $\left(\frac{\lambda}{4\pi r}\right)^2$，大气衰减表示为 $e^{-K_e r}$，另外，探测器的

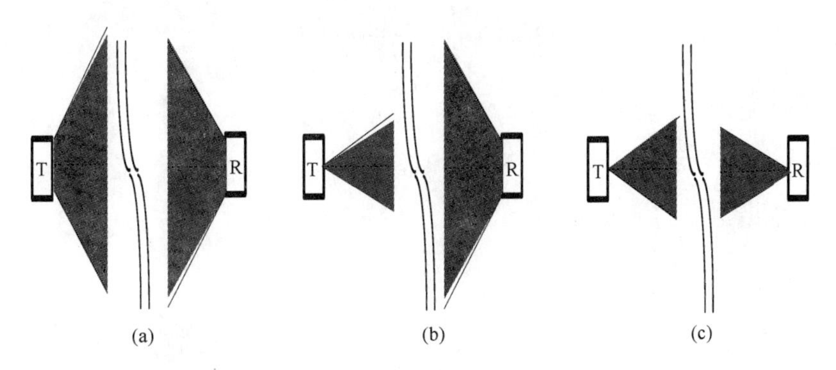

图 2-20　日盲紫外光直视通信

接收增益为 $\frac{4\pi A_r}{\lambda^2}$。综合考虑以上所有因素，紫外光 LOS 链路的接收光功率的表达式如下[34]

$$P_{r,\text{LOS}} = P_t \left(\frac{\lambda}{4\pi r}\right)^2 \mathrm{e}^{-K_e r} \frac{4\pi A_r}{\lambda^2} \tag{2.17}$$

化简为

$$P_{r,\text{LOS}} = \frac{P_t A_r}{4\pi r^2} \mathrm{e}^{-K_e r} \tag{2.18}$$

其中，P_t 为发送功率；r 为通信距离；λ 为波长；K_e 为大气信道衰减系数，$K_e = K_a + K_s$，K_a 为大气的吸收系数，K_s 为大气的散射系数；A_r 为接收孔径。可以看出，紫外光通信系统的接收孔径一旦设定，大气衰减和通信距离是影响 LOS 链路紫外光接收功率的一个主要因素，因此 LOS 链路对大气条件变化十分敏感。

从式(2.18)中可以看出，接收能量随着 K_e 的变化而变化，这个参数由天气条件而定。接收能量与 r^2 成反比，与射频链路相比较这个衰减要严重得多。假定探测器的带宽是两倍的数据传输速率。普朗克常数为 h，光速度为 c，接收端信噪比为[35]

$$\text{SNR}_{r,\text{LOS}} = \frac{\eta_r G P_{r,\text{LOS}}}{2Rhc/\lambda} \tag{2.19}$$

代入(2.18)为

$$\text{SNR}_{r,\text{LOS}} = \frac{\eta_r \lambda G P_t A_r}{8\pi r^2 hcR} \mathrm{e}^{-K_e r} \tag{2.20}$$

经 OOK 调制后的误码率为

$$\text{BER}_{r,\text{LOS}} = Q\left(\frac{\sqrt{\text{SNR}_{r,\text{LOS}}}}{2}\right) = \frac{1}{2}\text{erfc}\left(\frac{\sqrt{\text{SNR}_{r,\text{LOS}}}}{2\sqrt{2}}\right) \tag{2.21}$$

其中，$Q(\cdot)$ 为 Q 函数；erfc($\cdot$) 为互补误差函数。

Q 函数定义为

$$Q(a)=\int_a^{\infty}\frac{1}{\sqrt{2\pi}}\mathrm{e}^{-\frac{y^2}{2}}\mathrm{d}y \tag{2.22}$$

它具有如下性质：

(1) $Q(0)=\frac{1}{2}$。

(2) $Q(-a)=1-Q(a), a>0$。

(3) $Q(a)\approx\frac{1}{a\sqrt{2\pi}}\mathrm{e}^{-\frac{a^2}{2}}, a\gg 1$（通常 $a>4$ 即可）。

互补误差函数定义为

$$\mathrm{erfc}(\beta)=1-\mathrm{erf}(\beta)=\frac{2}{\sqrt{\pi}}\int_\beta^{\infty}\mathrm{e}^{-y^2}\mathrm{d}y \tag{2.23}$$

它具有如下性质：

(1) $\mathrm{erfc}(-\beta)=1-\mathrm{erfc}(\beta)$。

(2) $\mathrm{erfc}(\infty)=0$。

(3) $\mathrm{erfc}(\beta)\approx\frac{1}{\sqrt{\pi}}\mathrm{e}^{-\beta^2}, \beta\gg 1$。

Q 函数与误差函数的关系：

(1) $Q(a)=\frac{1}{2}\mathrm{erfc}\left(\frac{a}{\sqrt{2}}\right)$。

(2) $\mathrm{erfc}(a)=2Q(\sqrt{2}a)$。

(3) $\mathrm{erfc}(a)=1-2Q(\sqrt{2}a)$。

在接收功率确定的情况下，根据上述理论可以对 LOS 链路的信噪比及误码率进行大体的计算，定性描述通信质量的好坏。

2. 紫外光 NLOS 方式光链路模型

非直视通信是指传输的光信息可以绕开通信两端之间障碍物的通信模式，日盲紫外光 NLOS 链路主要是利用紫外光在大气中的传输过程存在较大散射的特性来实现的。根据光轴和水平轴之间的夹角，紫外光 NLOS 通信可以分为 NLOS(a)、NLOS(b)和 NLOS(c)三种通信方式，如图 2-1 所示[35]。几种通信方式可以通过调整实现相互转换，假如工作在 NLOS(a)方式下，减小 θ_1 和 θ_2，可以转化为 NLOS(b)类和 NLOS(c)类工作方式，最终转换为直视通信[36]。同时，系统的工作距离由最短变为最长，通信带宽由最窄变为最宽，全方位性由最好变为最差。

图 2-19(b)为非直视传输链路的示意图，假定非直视传输能量为 P_t，单位立体角的能量为 $\frac{P_t}{\Omega_1}$，在单次散射 NLOS 紫外光通信中，考虑路径损耗和衰减的作用，

发射端功率 P_t 经 r_1 传输后为 $\frac{P_t}{\Omega_1}\frac{e^{-K_e r_1}}{r_1^2}$，通过有效散射体散射后变为 $\frac{P_t}{\Omega_1}\frac{e^{-K_e r_1}}{r_1^2}\times\frac{K_s}{4\pi}P_s V$，散射后的光束到接收端可视为 LOS 传输，影响因素包括空间链路损耗 $\left(\frac{\lambda}{4\pi r_2}\right)^2$，大气衰减 $e^{-K_e r_2}$，探测器的接收增益为 $\frac{4\pi A_r}{\lambda^2}$。这样可以将大气光通信 NLOS 链路中紫外光的单次散射过程分为三个阶段：首先从发射端到散射体路径 r_1 可以当作一段 LOS 链路处理，然后是紫外光在散射体的散射，最后从散射体到接收端路径 r_2 同样可看作一段 LOS 链路处理。综合以上过程，紫外光 NLOS 链路的接收光功率的表达式可写为[34]

$$P_{r,\mathrm{NLOS}}=\left(\frac{P_t}{\Omega_1}\right)\left(\frac{e^{-K_e r_1}}{r_1^2}\right)\left(\frac{K_s}{4\pi}P_s V\right)\left(\frac{\lambda}{4\pi r_2}\right)^2 e^{-K_e r_2}\,\frac{4\pi A_r}{\lambda^2} \tag{2.24}$$

其中，$\Omega_1=2\pi[1-\cos(\phi_1/2)]$；$r_1=r\sin\theta_2/\sin\theta_s$，$\theta_s=\theta_1+\theta_2$；$r_2=r\sin\theta_1/\sin\theta_s$；$V\approx r_2\phi_2 d^2$。代入式(2.22)可以化简为[18]

$$P_{r,\mathrm{NLOS}}=\frac{P_t A_r K_s P_r \phi_2 \phi_1^2 \sin(\theta_1+\theta_2)}{32\pi^3 r\sin\theta_1\left(1-\cos\frac{\phi_1}{2}\right)}e^{-\frac{K_e r(\sin\theta_1+\sin\theta_2)}{\sin(\theta_1+\theta_2)}} \tag{2.25}$$

其中，r 为通信直线距离；λ 为波长；P_t 为发送功率；K_e 为大气信道衰减系数吸收系数；K_s 为散射系数；A_r 为接收孔径面积；Ω_1 为发送立体角；V 为有效散射区域体积；P_s 为散射角 θ_s 的相函数。根据散射信道的几何关系对式(2.25)进行简化的时候，最终的表达式跟直线通信距离 r 成反比。可以看出，决定紫外光 NLOS 链路特性的因素除了和 LOS 链路一样外，信道的散射特性也是一个非常重要的因素。

2.3.2 紫外光单次散射模型

非直视日盲紫外光通信可以作为短距离无线通信的基础环节，也可以用于分布式传感器节点之间的通信。从发射端发出的紫外光信号经过大气散射后由距离在一定范围内的接收端接收，通常情况下接收端都采用大视野信号采集器以提高接收灵敏度。大视野信号采集器放在以发射端为圆心的有效散射半径之内的任何一个地方，都能接收到光散射信号，通常对直视通信有一定影响的海拔高度和地形障碍等因素对日盲紫外光通信而言都是可以避免的[37]。

假定大气信道是一个线性时不变系统，在 $t=0$ 时刻发射端向空中发射一个能量为 Q_t 的紫外光脉冲，单位为 J。下面考察在图 2-19(b)所示的几何关系下接收端能够接收到的光信号。在满足单次散射条件下，可以用 Luettgen 等发展的一种椭球信道模型来分析日盲紫外光的非直视传输[38]。这个模型是建立在椭球面坐标系下的，如图 2-22 所示。探测器位于焦点 F_1 处，光源位于焦点 F_2 处。光信号由发射仰角和接收仰角交叉部分的散射体散射后到达接收机,从而完成通信。发射与接收角相交的部分称为信道容量。到达接收机的光信号数量是由系统的几何结构和大气散射因子(K_s)、衰减因子(K_e)决定的。几何结构主要包括发射光束孔径角、接收机视场角、发射机和探测接收机仰角以及传输距离等。

1. 椭球坐标系

紫外光单次散射链路模型的分析以椭球坐标系为基础,如图 2-21 所示[38]。椭球表面由椭圆围绕其主轴旋转一周得到,椭球上任意一点的坐标由径向坐标 ξ、角坐标 η 和方位角坐标 ϕ 唯一确定。直角坐标系 X-Y-Z 转化到椭球坐标系的参数定义如下[39]。

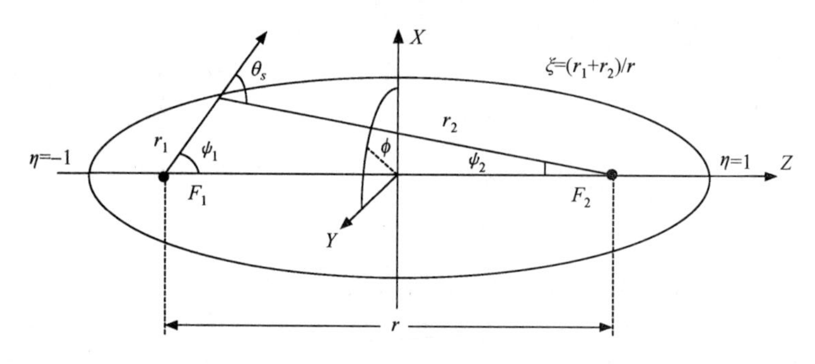

图 2-21 椭球坐标系

$$r_1 = [x^2 + y^2 + (z + r/2)^2]^{1/2} \tag{2.26}$$

$$r_2 = [x^2 + y^2 + (z - r/2)^2]^{1/2} \tag{2.27}$$

$$\xi = (r_1 + r_2)/r, \quad 1 \leqslant \xi \leqslant \infty \tag{2.28}$$

$$\eta = (r_1 - r_2)/r, \quad -1 \leqslant \eta \leqslant 1 \tag{2.29}$$

$$\phi = \arctan(x, y), \quad -\pi \leqslant \phi \leqslant \pi \tag{2.30}$$

$$\theta_s = \psi_1 + \psi_2 \tag{2.31}$$

其中,焦点 F_1 与 F_2 分别位于 Z 轴上 $\pm r/2$ 处;ψ_1、ψ_2 是椭球的两个焦角;θ_s 为散射角;r 是两焦点之间的距离;r_1 与 r_2 分别是椭球面上某点到两焦点的焦半径。当 $\xi \to \infty$ 时,椭球成为一个圆;当 $\xi \to 1$ 时,椭球成为连接两焦点的线段。由式(2.26)~式(2.30)可以推出

$$\cos\psi_1 = (1 + \xi\eta)/(\xi + \eta) \tag{2.32}$$

$$\sin\psi_1 = [(\xi^2 - 1)(1 - \eta^2)]^{1/2}/(\xi + \eta) \tag{2.33}$$

$$\cos\psi_2 = (1 - \xi\eta)/(\xi - \eta) \tag{2.34}$$

$$\sin\psi_2 = [(\xi^2 - 1)(1 - \eta^2)]^{1/2}/(\xi - \eta) \tag{2.35}$$

$$\cos\theta_s = (2 - \xi^2 - \eta^2)/(\xi^2 - \eta^2) \tag{2.36}$$

从式(2.32)与式(2.34)可以看出，若令 $\cos\psi_1 = f(\xi,\eta)$，则 $\cos\psi_2 = f(\xi,-\eta)$；同样的，由式(2.33)与式(2.35)可知，若令 $\sin\psi_1 = h(\xi,\eta)$，则 $\sin\psi_2 = h(\xi,-\eta)$。这是椭球坐标系特有的对称性的表现，为非直视单次散射的建模提供了便利条件。

2. 紫外光散射通信的过程分析

把椭球坐标系应用到紫外光单次散射通信链路上来，在两个焦点上分别安放发射装置与接收装置，则紫外光通信过程中的许多计算都可以直接使用椭球坐标系中已经定义好的公式，在极大程度上降低了对通信过程分析与研究的难度。基于椭球坐标系的紫外光单次散射链路模型如图 2-22 所示。

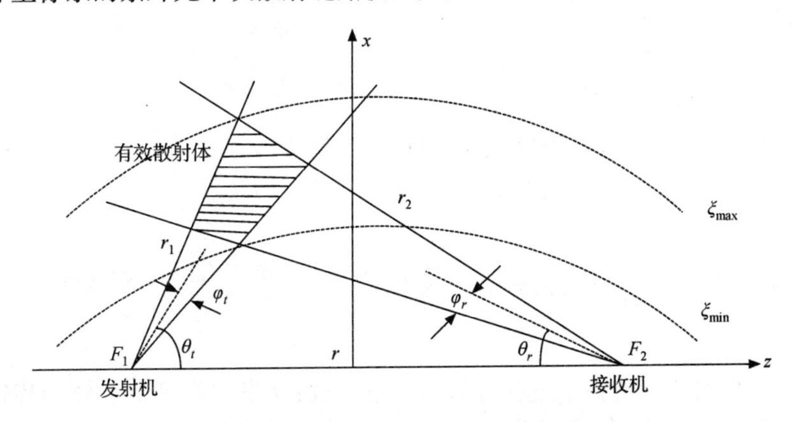

图 2-22 紫外光单次散射通信链路模型

在 $t=0$ 时刻，总能量为 E_t 的紫外光以发散角 φ_t 离开发射端(每单位立体角的发射能量为 $\frac{E_t}{\Omega}$ (焦耳/立体弧度)，立体角 $\Omega = 4\pi\sin^2(\theta_t/2)$)，沿着发射角为 θ_t 的方向在 $t = r_1/c$ 时刻到达距离发射端为 r_1 的散射体，此时的能量密度为 $\frac{E_t}{\Omega}\frac{e^{-kr_1}}{r_1^2}$，其中 k 是消光系数，e^{-kr_1} 是紫外光在大气中传输 r_1 与在真空中传输 r_1 之后能量的比率。

散射体的体积微分 dv 可看作是一个二级点光源，它是由紫外光与所传媒质之间相互作用产生的，可以看做是一个球形点光源，在整个球面上的立体角为 4π，因此，此二级点光源的能量密度为 $\frac{E_t}{\Omega}\frac{e^{-kr_1}}{r_1^2}\frac{K_s}{4\pi}p(\cos\theta_s)dv$，$K_s$ 为大气散射系数，$p(\cos\theta_s)$ 为单次散射相函数。$p(\cos\theta_s)$ 并不总是相同的，应根据当时的大气状况选择使用不同的相函数。

二级光源中的部分能量将沿着能够到达接收端的方向传输，在 $t=(r_1+r_2)/c$

时刻,接收端接收到的来自于二级点光源的总能量密度,即

$$\delta E_r = \left[\frac{E_t}{\Omega}\frac{\mathrm{e}^{-kr_1}}{r_1^2}\right]\left[\frac{K_s}{4\pi}p(\cos\theta_s)\mathrm{d}v\right]\frac{\mathrm{e}^{-kr_2}}{r_2^2} \tag{2.37}$$

根据椭球坐标系中的 ξ、η、ϕ 和焦距 r,可以得到散射体体积微分的表达式,即

$$\mathrm{d}v = (r/2)^2(\xi^2 - \eta^2)\mathrm{d}\xi\mathrm{d}\eta\mathrm{d}\phi \tag{2.38}$$

又因为 $r_1 = \frac{r}{2}(\xi+\eta)$,$r_2 = \frac{r}{2}(\xi-\eta)$,接收端总的体积微分能量密度为

$$\delta E_r = \frac{E_t K_s}{4\pi\Omega}\frac{\mathrm{e}^{-kr\xi}p(\cos\theta_s)}{(r/2)(\xi^2-\eta^2)}\mathrm{d}\xi\mathrm{d}\eta\mathrm{d}\phi \tag{2.39}$$

因为 $\xi = (r_1 + r_2)/r$,即 $\xi = ct/r$,所以 $\mathrm{d}\xi = c\mathrm{d}t/r$,即$\frac{\mathrm{d}\xi}{\mathrm{d}t} = \frac{c}{r}$,则接收端的瞬时微分体积接收功率密度为

$$\delta P_r = \frac{cE_t K_s}{2\pi\Omega r^2}\frac{\mathrm{e}^{-kr\xi}}{\xi^2-\eta^2}p(\cos\theta_s)\mathrm{d}\eta\mathrm{d}\phi \tag{2.40}$$

最后,通过对各个参数进行积分,接收端总的接收功率为

$$P_r(\xi) = \begin{cases} 0, & \xi < \xi_{\min} \\ \displaystyle\int_{\eta_1(\xi)}^{\eta_2(\xi)}\int_{\phi_1}^{\phi_2}\frac{cE_t K_s}{2\pi\Omega r^2}\frac{\mathrm{e}^{-kr\xi}}{\xi^2+\eta^2}p(\cos\theta_s)\mathrm{d}\eta\mathrm{d}\phi, & \xi_{\max} < \xi < \xi_{\min} \\ 0, & \xi > \xi_{\max} \end{cases} \tag{2.41}$$

紫外光散射通信的整个过程分为两个子过程:从发射端到散射体的传输和从散射体到接收端的传输。在实际过程中,光能量的损耗程度还需对三组积分的上下限(η_1、η_2;$\xi_{\min}$、$\xi_{\max}$;ϕ_1、ϕ_2)进行分析与推导。

3. 三组积分限的分析与推导

1)角坐标 η 的上下限:$\eta_1(\xi)$、$\eta_2(\xi)$

从椭球坐标系中可以看出,$\eta_1(\xi)$ 是关于 ξ 与 ψ_1 的函数,$\eta_2(\xi)$ 是 ξ 与 ψ_2 的函数。根据式(2.32)与式(2.34)分别得到式(2.42)与式(2.43)

$$\eta_1(\xi) = \frac{\xi\cos(\psi_1) - 1}{\xi - \cos(\psi_1)} \tag{2.42}$$

$$\eta_2(\xi) = \frac{1 - \xi\cos(\psi_2)}{\xi - \cos(\psi_2)} \tag{2.43}$$

其中,$\psi_1 = \theta_t + \varphi_t$;$\psi_2 = \theta_r + \varphi_r$。

2)径向坐标 ξ 的上下限:$\xi_{\min}$、$\xi_{\max}$

当 ξ 取最小值 $\xi_{\min}$ 时,$\eta_1(\xi) = \eta_2(\xi)$,令式(2.42)与式(2.43)相等,其中 $\psi_1 = \theta_t - \varphi_t$,$\psi_2 = \theta_r - \varphi_r$,得到 $\xi_{\min}$ 定义为

$$\xi_{\min}=\frac{1+\cos(\theta_t-\varphi_t)\cos(\theta_r-\varphi_r)}{\cos(\theta_t-\varphi_t)+\cos(\theta_r-\varphi_r)}+\sqrt{\left(\frac{1+\cos(\theta_t-\varphi_t)\cos(\theta_r-\varphi_r)}{\cos(\theta_t-\varphi_t)+\cos(\theta_r-\varphi_r)}\right)^2-1} \tag{2.44}$$

当 ξ 取最大值 $\xi_{\max}$ 时，$\eta_1(\xi)=\eta_2(\xi)$，令式(2.42)与式(2.43)相等，其中 $\psi_1=\theta_t+\varphi_t$，$\psi_2=\theta_r+\varphi_r$，得到 $\xi_{\max}$ 定义为

$$\xi_{\max}=\frac{1+\cos(\theta_t+\varphi_t)\cos(\theta_r+\varphi_r)}{\cos(\theta_t+\varphi_t)+\cos(\theta_r+\varphi_r)}+\sqrt{\left(\frac{1+\cos(\theta_t+\varphi_t)\cos(\theta_r+\varphi_r)}{\cos(\theta_t+\varphi_t)+\cos(\theta_r+\varphi_r)}\right)^2-1} \tag{2.45}$$

3) 方位角坐标 ϕ 的上下限：ϕ_1、ϕ_2

因为发射光锥与接收光锥关于 X-Z 平面对称，所以它们相交部分产生的散射体也关于 X-Z 平面对称，因此可以得到

$$\phi_2=-\phi_1\text{（弧度）} \tag{2.46}$$

式(2.30)定义了方位角坐标 ϕ 为光锥上某一点的 Y 轴坐标与 X 轴坐标的反正切，单位为弧度。图 2-23 所示为三维坐标系中发射光锥从发射点到与接收光锥相交的部分，A 与 D 为光锥在 Y 轴方向正负两侧最远处的交点，且 AD 平行于 Y 轴，因此可以得到

$$\phi_2=\arctan(x_A,y_A) \tag{2.47}$$

$$\phi_1=\arctan(x_D,y_D) \tag{2.48}$$

根据式(2.46)，有

$$\phi_2=\arctan(x_A,y_A)=-\arctan(x_D,y_D)=-\phi_1 \tag{2.49}$$

其中，(x_A,y_A) 是点 A 的坐标；(x_D,y_D) 是点 D 的坐标。

在图 2-23 中，有

$$x_A=AA'=O'B=r_1\sin\theta_t \tag{2.50}$$

$$y_A=A'B=AO'=r_1\tan\varphi_t \tag{2.51}$$

因此，有

$$\phi_2=\arctan(r_1\sin\theta_t,r_1\tan\varphi_t)=-\phi_1 \tag{2.52}$$

图 2-23 中，T_r 为紫外光通信的发射端。上述推导过程建立在发射光锥与接收光锥的相交长度(图 2-23 中的 AD)取为发射光锥的相交长度小于等于接收光锥的相交长度。若情况正好相反，则利用同样的计算方法对接收光锥进行分析亦可得到需要的结果。

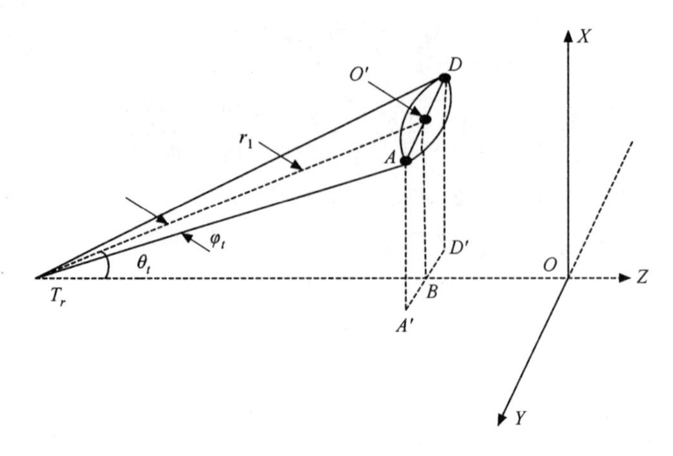

图 2-23　发射光锥分析图

2.3.3　单次散射模型仿真分析

在上述理论分析的基础上,为了定量分析 LOS 和 NLOS 链路的性能,假定紫外光发生各向同性散射($p_s=1$)且不考虑大气湍流。采用 OOK 调制方式,其他参数设定为 $\lambda=265\text{nm}$,$A_r=1.8\text{cm}^2$,$\eta_r=0.2$,$G=100$,$K_e=1.23\text{km}^{-1}$,$K_s=0.157\text{km}^{-1}$,$\theta_1=45°$,$\theta_2=60°$,$\phi_1=1°$,$\phi_2=60°$。其中,λ 为紫外光工作波长,A_r 为接收孔径面积,η_r 为探测器的探测效率,G 为接收增益,K_e 为消光系数,K_s 为散射系数,θ_1 为发射仰角,θ_2 为接收仰角,ϕ_1 为发散角,ϕ_2 为视场角。

图 2-24 中我们分别仿真传输距离与误码率对直视通信和非直视通信的数据传输速率产生的影响,其中传输距离从 1～1000m,误码率从 10^{-10} 以 10 倍的增长率增大到 10^{-1}。

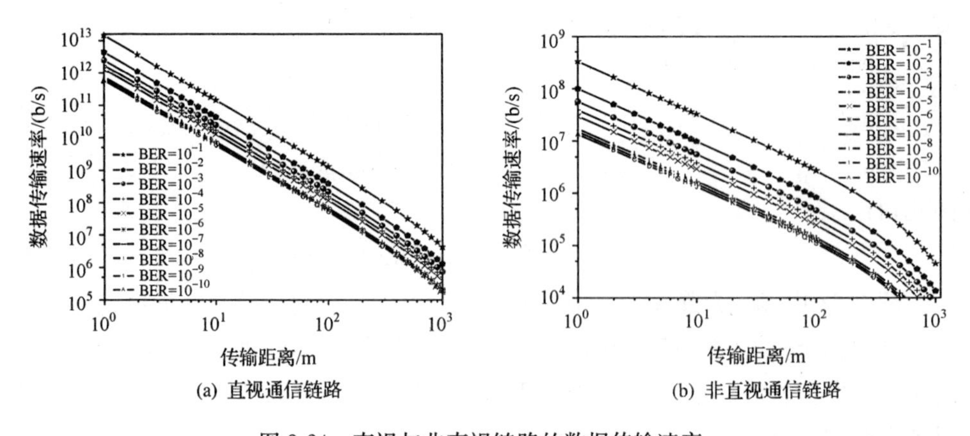

图 2-24　直视与非直视链路的数据传输速率

图 2-24 中对直视通信链路分别取 BER 为 10^{-3} 和 10^{-6} 时，由仿真数据得到：传输距离为 20m 时，对应的数据传输速率分别为 6Gb/s，2Gb/s；传输距离为 200m 时，对应的数据传输速率为 40Mb/s，16Mb/s；传输距离增加到 1000m 时，对应的数据传输速率分别减小为 730Kb/s，240Kb/s。由以上数据我们可以得出随着数据传输速率的增大误码率也将逐渐增大。

图 2-24 中对非直视通信链路分别取 BER 为 10^{-3} 和 10^{-6} 时，由仿真数据得到：传输距离为 20m 时，对应的数据传输速率分别为 6Mb/s，2Mb/s；传输距离为 200m 时，对应的数据传输速率为 240Kb/s，112Kb/s；传输距离增加到 1000m 时，对应的数据传输速率分别减小为 7Kb/s，2Kb/s。数据传输速率变化与接收增益 G 有密切的关系，当接收增益 $G=1$ 时，数据传输速率将降低 100 倍。可以看出，相对于直视通信链路，非直视通信链路的损耗更大。

发射端仰角与数据传输速率的关系如图 2-25 所示。图中取 BER$=10^{-4}$，当 $\theta_2=60°$，$\phi_1=1°$，$\phi_2=60°$ 时，θ_1 在 0°～90°之间的数据传输速率。接收端仰角与数据传输速率的关系如图 2-26 所示。图中取 BER$=10^{-4}$时，当 $\theta_1=45°$，$\phi_1=1°$，$\phi_2=60°$ 时，θ_2 在 0°～90°之间的数据传输速率。

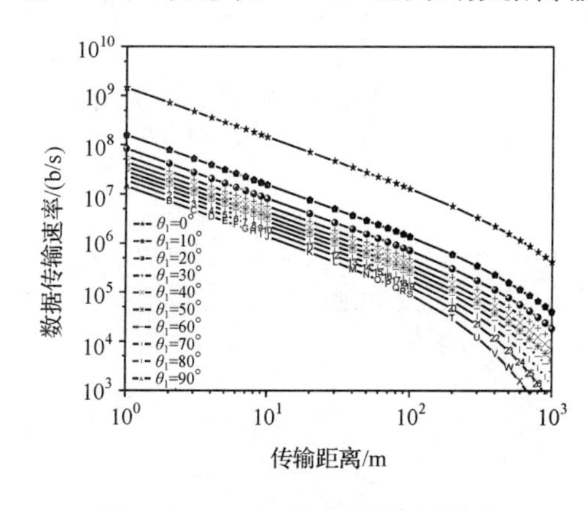

图 2-25 θ_1 对 NLOS 链路的影响

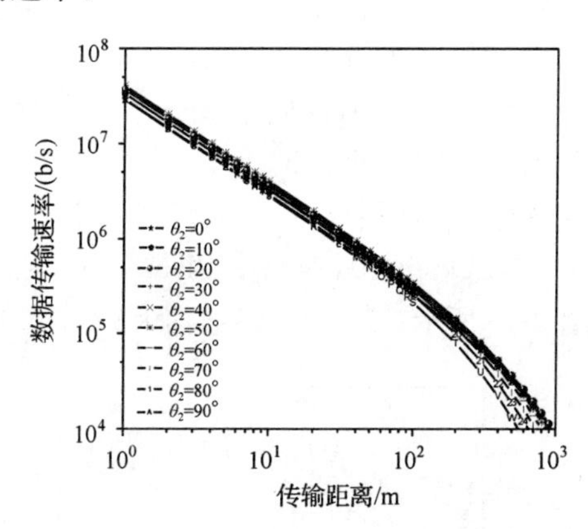

图 2-26 θ_2 对 NLOS 链路的影响

发射端光源的发散角 ϕ_1 与数据传输速率的关系如图 2-27 所示。图中 BER$=10^{-4}$，$\theta_1=45°$，$\theta_2=60°$，$\phi_2=60°$，ϕ_1 在 0°～90°之间的数据传输速率。接收器的视场角 ϕ_2 与数据传输速率的关系如图 2-28 所示。图中 BER$=10^{-4}$，$\theta_1=45°$，$\theta_2=60°$，$\phi_1=1°$，ϕ_2 在 0°～90°之间的数据传输速率。

从图 2-25～图 2-28 中可知，发送端仰角 θ_1 和接受端视场角 ϕ_2 对数据传输速率影响较大，随着发送端仰角的增大，数据传输速率反而会降低，仰角大约在 30°以下变化特别敏感。接受端视场角增加，数据传输速率会随之增加，接收视场角大约在 30°以上变化较敏感。显然接收仰角的变化对传输性能的影响不如发射仰角

变化的影响大,这是由于椭球面的性质决定了随着 θ_2 的增加,所对应的发射立体

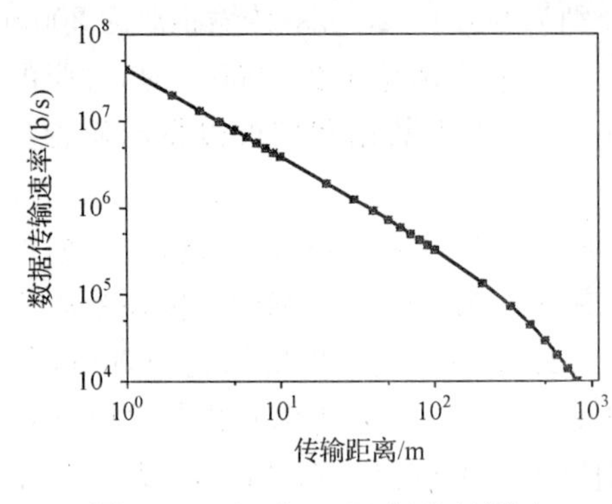

图 2-27　ϕ_1 对 NLOS 链路的影响

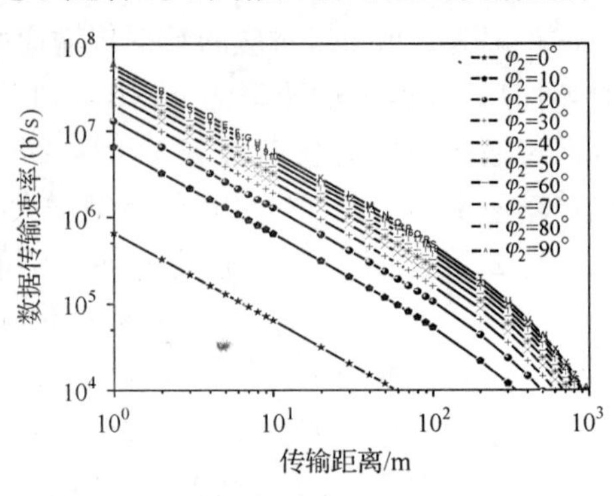

图 2-28　ϕ_2 对 NLOS 链路的影响

锥角会有所减小,但是散射体 V 却在逐渐增大,起到了一定的补偿作用。所以接收端仰角从 0°～90°变化,对数据传输速率影响不大,在紫外光组网过程中为了方便可以采用全向天线接收。发送端视场角对数据传输速率几乎没有影响。为了使光束集中,减小损耗,一般尽可能的减小发送视场角。针对非直视通信链路的三种通信方式,下面分别对其数据传输速率进行比较。

NLOS(a)中,误码率 BER=10^{-4}, $\phi_1 = 1°$, $\phi_2 = 60°$, $\theta_1 \approx 90°$, $\theta_2 \approx 90°$ 时,如图 2-29所示。NLOS(a)通信大约到 20m 左右时数据传输速率就低于 1Kb/s,在实验中有一定的指导意义,实际通信意义不大。

NLOS(b)中,误码率 BER=10^{-4}, $\phi_1 = 1°$, $\phi_2 = 60°$, $\theta_1 = 15°$, $\theta_2 \approx 90°$ 时,如图 2-30 所示。NLOS(b)通信大约达 1000m 左右,在实际通信中有重要指导意义。

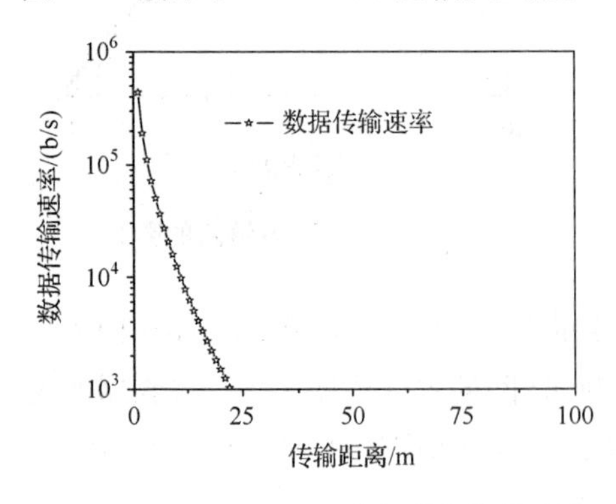

图 2-29　NLOS(a)通信的数据传输速率

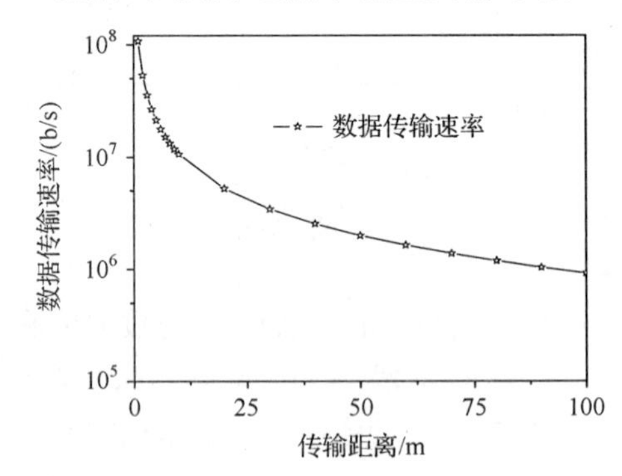

图 2-30　NLOS(b)通信的数据传输速率

NLOS(c)中,误码率 BER=10^{-4}, $\phi_1 = 1°$, $\phi_2 = 60°$, $\theta_1 = 15°$, $\theta_2 = 30°$ 时,如图 2-31 所示。NLOS(c)数据传输速率和 NLOS(b)是一个数量级的,但是与 NLOS(b)相比较,NLOS(c)通信方式的数据传输速率有所提高,如图 2-32 所示。在实际

通信中,我们尽可能采取 NLOS(c)通信方式。

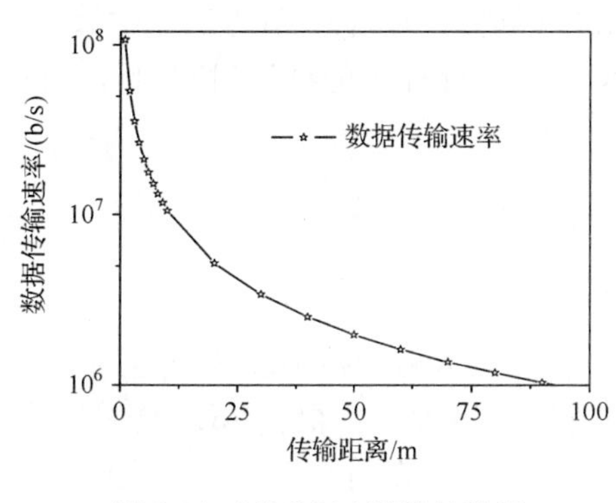

图 2-31　NLOS(c)通信的数据传输速率

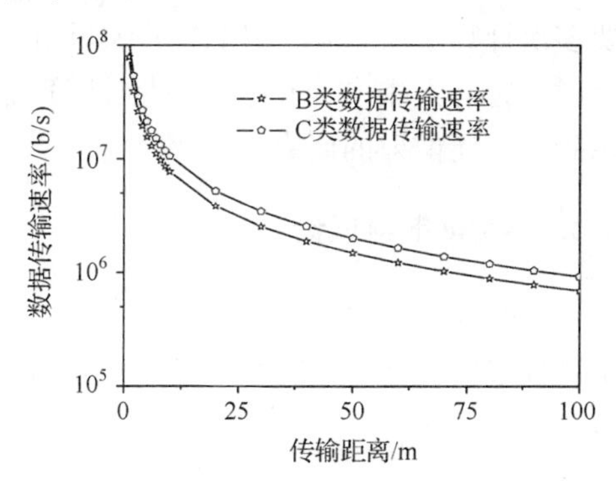

图 2-32　NLOS(b)和 NLOS(c)通信的数据传输速率

文献[40]中采用 254nm 低压汞灯,建立了紫外光数字通信系统,给出了当发射仰角为 60°,比特率为 1200b/s,传输距离和接收仰角不同时,系统的误码率最高达到 10^{-4} 个数量级。

2.4　紫外光通信中 Mie 散射机制

光在均匀介质中是沿直线传播的,但是当光遇到大气中的不均匀体(如气溶胶粒子)时会偏离原来的传播方向,即发生光的散射。大气成分对紫外光的散射使其能够绕开障碍物与另一方进行通信,形成紫外光单次散射链路与多次散射链路,其链路模型如图 2-33 所示[41]。

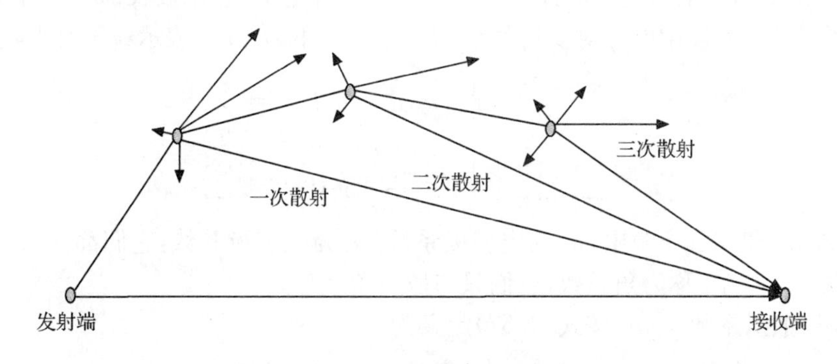

图 2-33　紫外光散射链路模型

研究紫外光散射通信链路,离不开散射相函数这一物理量,而气溶胶粒子在大气成分中的浓度很大,其对紫外光的散射可以由 Mie 散射理论来解释。因而对 Mie 散射相函数的研究是必要且重要的。

Mie散射相函数的计算首先要求计算Mie散射系数。Mie散射系数的计算需要多次计算Legendre多项式、Bessel和Hankel函数，但这种计算方法非常繁琐与耗时。曾有人提出Mie散射递推计算法，但缺乏正确详细的推导过程，且没有应用到紫外光散射的研究中来[42~44]。

2.4.1 Mie散射理论

Mie散射理论是从麦克斯韦电磁波方程组在一定的边界条件下经过严格的数学推导得到的对匀质球形粒子在电磁场中对平面波散射的精确理解，它是描述光散射的严格理论。根据Mie散射理论，波长为λ的自然光(完全非偏振光)平行照射到一球形颗粒时(如图2-34[8])，在原始光强为I_0，散射角为θ，距离散射体r处的散射光强为I_s定义为

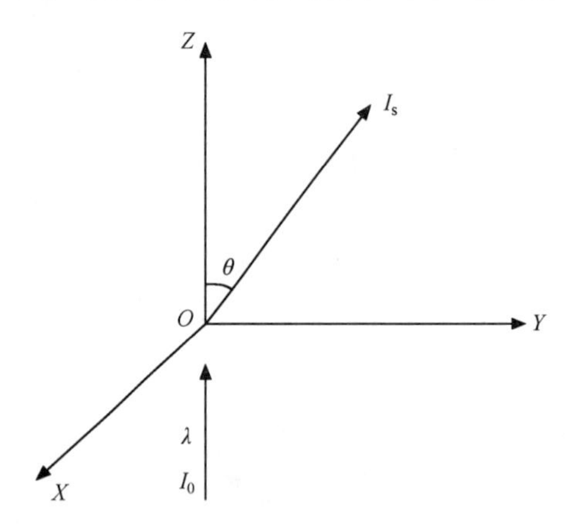

图2-34 散射坐标系统示意图

$$I_s = \frac{\lambda^2 I_0}{8\pi^2 r^2}(i_1 + i_2) \qquad (2.53)$$

$$\begin{cases} i_1 = |S_1(m,\theta,\alpha)|^2 \\ i_2 = |S_2(m,\theta,\alpha)|^2 \end{cases} \qquad (2.54)$$

其中[45]，i_1是散射光在垂直方向的强度函数，称为散射光强度函数的垂直分量；i_2是散射光在水平方向的强度函数，称为散射光强度函数的平行分量；S_1称为散射光复振幅函数的垂直分量；S_2称为散射光复振幅函数的平行分量，是由Bessel函数和Legendre函数组成的无穷级数；$\alpha = 2r/\lambda$，表示粒子的尺度参数，r表示散射粒子半径，λ表示波长；$m = m_1 + \mathrm{i}m_2$，为粒子在周围介质中的相对复折射率，当虚部m_2不为零时，表示粒子有吸收。

$$S_1 = \sum_{n=1}^{\infty} \frac{2n+1}{n(n+1)}(a_n \Pi_n + b_n T_n) = \sum_{n=1}^{\infty} S_{1n} \qquad (2.55)$$

$$S_2 = \sum_{n=1}^{\infty} \frac{2n+1}{n(n+1)}(a_n T_n + b_n \Pi_n) = \sum_{n=1}^{\infty} S_{2n} \qquad (2.56)$$

在式(2.55)和式(2.56)中，a_n为电多极系数，b_n为磁多极系数，它们都称为Mie散射系数。Π_n与T_n称为角系数，它们只与散射角θ有关。

Mie散射系数a_n，b_n按式(2.57)定义为

$$\begin{cases} a_n = \dfrac{\psi_n(\alpha)\psi'_n(m\alpha) - m\psi'_n(\alpha)\psi_n(m\alpha)}{\zeta_n(\alpha)\psi'_n(m\alpha) - m\,\zeta'_n(\alpha)\psi_n(m\alpha)} \\ a_n = \dfrac{m\psi_n(\alpha)\psi'_n(m\alpha) - \psi'_n(\alpha)\psi_n(m\alpha)}{m\,\zeta_n(\alpha)\psi'_n(m\alpha) - \zeta'_n(\alpha)\psi_n(m\alpha)} \end{cases} \qquad (2.57)$$

由式(2.57)可以看出，Mie散射系数a_n和b_n是由粒子尺度参数α，复折射率m，各

阶 Bessel 函数和 Hankel 函数构成。

$$\psi_n(z) = \left(\frac{z\pi}{2}2\right)^{1/2} J^{(1)}_{n+\frac{1}{2}}(z) \tag{2.58}$$

$$\zeta_n(z) = \left(\frac{z\pi}{2}2\right)^{1/2} H^{(2)}_{n+\frac{1}{2}}(z) \tag{2.59}$$

其中，z 可由 α 或 $m\alpha$ 取代。$J^{(1)}_{n+\frac{1}{2}}(z)$ 和 $H^{(2)}_{n+\frac{1}{2}}(z)$ 分别为半奇阶的第一类 Bessel 函数和第二类 Hankel 函数。$\psi'_n(z)$ 和$\zeta'_n(z)$ 分别为对各自变量的微商。

$$\Pi_n = P^{(1)}_n(\cos\theta)/\sin\theta = \frac{\mathrm{d}P_n(\cos\theta)}{\mathrm{d}(\cos\theta)} \tag{2.60}$$

$$T_n = \frac{\mathrm{d}}{\mathrm{d}\theta}P^{(1)}_n(\cos\theta) \tag{2.61}$$

其中，$P^{(1)}_n(\cos\theta)$ 为一阶 n 次第一类缔合 Legendre 函数；$P_n(\cos\theta)$ 为第一类 Legendre 函数[8]。

光在某个给定方向单位立体角中散射的能量与在所有方向上平均的单位立体角中的散射能量之比称之为散射相函数。对于单一分散系，紫外光的散射相函数 $P(\theta,\lambda)$ 按式(2.62)定义为[4]

$$P(\theta,\lambda) = \frac{|S_1|^2 + |S_2|^2}{\sum\limits_{n=1}^{\infty}(2n+1)(|a_n|^2 + |b_n|^2)} \tag{2.62}$$

其中，θ 为散射角；θ 取 $0\sim\pi$；λ 为紫外光的入射波长。综上，散射相函数的计算转化为散射系数 a_n、b_n 与角散射系数 Π_n、T_n 的计算，详细推导过程将在下面两小节中逐步地进行阐述。

2.4.2 Mie 散射系数 a_n，b_n 的计算

由 a_n，b_n 的计算式(2.57)可以发现，只要推导出 $\psi_n(z)$，$\zeta_n(z)$，$\psi'_n(z)$ 和$\zeta'_n(z)$ 的递推共式，就可求出 a_n，b_n 的值。由 $\psi_n(z)$，$\zeta_n(z)$ 的函数式(2.55)和式(2.56)知，它们分别与 Bessel 函数 $J^{(1)}_{n+\frac{1}{2}}(z)$ 和 Hankel 函数 $H^{(2)}_{n+\frac{1}{2}}(z)$ 有关。Bessel 函数与 Hankel 函数都满足下面的递推公式[9]，即

$$Y_{n+1}(z) = \frac{2n}{z}Y_n(z) - Y_{n-1}(z) \tag{2.63}$$

$$Y'_n(z) = \frac{1}{2}[Y_{n-1}(z) - Y_{n+1}(z)] \tag{2.64}$$

1. $\psi_n(z)$ 与 $\zeta_n(z)$ 的计算

令 $n = n - \frac{1}{2}$ 代入式(2.65)得

$$Y_{n+\frac{1}{2}} = \frac{2n-1}{z}Y_{n-\frac{1}{2}} - Y_{n-\frac{3}{2}} \tag{2.65}$$

即

$$J^{(1)}_{n+\frac{1}{2}} = \frac{2n-1}{z} J^{(1)}_{n-\frac{1}{2}} - J^{(1)}_{n-\frac{3}{2}} \tag{2.66}$$

分别令 $n = n-1$ 和 $n = n-2$ 代入式(2.58)得

$$\psi_{n-1}(z) = \left(\frac{z\pi}{2}\right)^{\frac{1}{2}} J^{(1)}_{n-\frac{1}{2}}(z) \tag{2.67}$$

$$\psi_{n-2}(z) = \left(\frac{z\pi}{2}\right)^{\frac{1}{2}} J^{(1)}_{n-\frac{3}{2}}(z) \tag{2.68}$$

$\psi_{n-1}(z) \times \frac{2n-1}{z} - \psi_{n-2}(z)$ 可以得到

$$\psi_n(z) = \left(\frac{z\pi}{2}\right)^{\frac{1}{2}} \left[\frac{2n-1}{z} J^{(1)}_{n-\frac{1}{2}}(z) - J^{(1)}_{n-\frac{3}{2}}(z)\right] \tag{2.69}$$

由式(2.66)有

$$\psi_n(z) = \frac{2n-1}{z} \psi_{n-1}(z) - \psi_{n-2}(z) \tag{2.70}$$

同理,有

$$\zeta_n(z) = \frac{2n-1}{z} \zeta_{n-1}(z) - \zeta_{n-2}(z) \tag{2.71}$$

2. $\psi_n'(z)$与$\sigma_n'(z)$的计算

把式(2.63)代入式(2.64)得

$$Y_{n+1}(z) = Y_{n-1}(z) - \frac{n}{z} Y_n(z) \tag{2.72}$$

即

$$J^{(1)}_{n+1}(z) = J^{(1)}_{n-1}(z) - \frac{n}{z} J^{(1)}_n(z) \tag{2.73}$$

令 $n = n + \frac{1}{2}$, 式(2.73)变为

$$J'^{(1)}_{n+\frac{1}{2}}(z) = J^{(1)}_{n-\frac{1}{2}}(z) - \frac{n+\frac{1}{2}}{z} J^{(1)}_{n+\frac{1}{2}}(z) \tag{2.74}$$

又因为

$$\psi'_n(z) = \frac{\pi}{4}\left(\frac{z\pi}{2}\right)^{\frac{1}{2}} J^{(1)}_{n+\frac{1}{2}}(z) + \left(\frac{z\pi}{2}\right)^{\frac{1}{2}} J'^{(1)}_{n+\frac{1}{2}}(z) \tag{2.75}$$

把式(2.73)代入式(2.75)得

$$\psi'_n(z) = \psi_{n-1}(z) - \frac{n}{z} \psi_n(z) \tag{2.76}$$

同理,有

$$\zeta'_n(z) = \zeta_{n-1}(z) - \frac{n}{z}\zeta_n(z) \tag{2.77}$$

2.4.3　Mie 角散射系数 Π_n 与 T_n 的计算

令 $\xi = \cos\theta$，则

$$\Pi_n = \frac{\mathrm{d}P_n(\xi)}{\mathrm{d}(\xi)} = P'_n(\xi) \tag{2.78}$$

$$T_n = \frac{\mathrm{d}}{\mathrm{d}\theta}P_n^{(1)}(\xi) \tag{2.79}$$

由于

$$P_n^{(1)}(\xi) = \frac{\mathrm{d}P_n(\xi)}{\mathrm{d}\theta} = \frac{\mathrm{d}P_n(\xi)}{\mathrm{d}\xi}\frac{\mathrm{d}\xi}{\mathrm{d}\theta} \tag{2.80}$$

所以有

$$P_n^{(1)}(\xi) = \frac{\mathrm{d}}{\mathrm{d}\theta}P_n(\xi)(-\sin\theta) = -(1-\xi^2)^{\frac{1}{2}}\frac{\mathrm{d}}{\mathrm{d}\theta}P_n(\xi) \tag{2.81}$$

$$\begin{aligned}\frac{\mathrm{d}P_n^{(1)}(\xi)}{\mathrm{d}\theta} &= \frac{\mathrm{d}P_n^{(1)}(\xi)}{\mathrm{d}\xi}\frac{\mathrm{d}\xi}{\mathrm{d}\theta} \\ &= \left[-\frac{1}{2}(1-\xi^2)^{-\frac{1}{2}}\Pi_n(\xi)2\xi - (1-\xi^2)^{\frac{1}{2}}\Pi'_n(\xi)\right][-\sin\theta]\end{aligned} \tag{2.82}$$

$$T_n = \frac{\mathrm{d}P_n^{(1)}(\xi)}{\mathrm{d}\theta} = \xi\Pi_n + (\xi^2-1)\Pi'_n \tag{2.83}$$

由于 Legendre 函数的递推公式满足式(2.84)和式(2.85)，所以有

$$(\xi^2-1)P'_n(\xi) = n\xi P_n(\xi) - nP_{n-1}(\xi) \tag{2.84}$$

$$nP_n(\xi) = \xi P'_n(\xi) - P'_{n-1}(\xi) \tag{2.85}$$

对式(2.84)两端求导得

$$(\xi^2-1)P''_n(\xi) = nP_n(\xi) + (n-2)\xi P'_n(\xi) - nP'_{n-1}(\xi) \tag{2.86}$$

把式(2.86)代入式(2.83)得

$$T_n = nP_n(\xi) + (n-1)\xi P'_n(\xi) - nP'_{n-1}(\xi) \tag{2.87}$$

把式(2.85)代入式(2.87)得

$$T_n = n\xi P'_n(\xi) - (n+1)P'_{n-1}(\xi) \tag{2.88}$$

即

$$T_n = n\xi\Pi_n - (n+1)\Pi_{n-1} \tag{2.89}$$

令 $n = n-1$，式(2.86)经变形得到

$$P_{n-1}(\xi) = \frac{\xi}{n-1}P'_{n-1}(\xi) - \frac{1}{n-1}P'_{n-2}(\xi) \tag{2.90}$$

把式(2.85)和式(2.90)代入式(2.84)，经化简得到

$$P'_n(\xi) = \frac{2n-1}{n-1}\xi P'_{n-1}(\xi) - \frac{n}{n-1}P'_{n-2}(\xi) \tag{2.91}$$

即

$$\Pi_n(\xi) = \frac{2n-1}{n-1}\xi\Pi_{n-1}(\xi) - \frac{n}{n-1}\Pi_{n-2}(\xi) \tag{2.92}$$

综上所述,Mie 散射系数 a_n, b_n 与角散射系数 Π_n, T_n 的递推公式全部推导完毕。在编程时,采用的初始条件为

$$\begin{cases}\psi_0(z) = \sin z \\ \psi_1(z) = \dfrac{1}{z}\sin z - \cos z \\ \zeta_0(z) = \sin z + \mathrm{i}\cos z \\ \zeta_0(z) = \dfrac{1}{z}(\sin z + \mathrm{i}\cos z) - (\cos z - \mathrm{i}\sin z) \\ \Pi_0(z) = 0 \\ \Pi_1(z) = 1 \\ T_0(z) = 0\end{cases} \tag{2.93}$$

2.4.4 仿真与计算

采用日盲紫外光进行通信几乎不受背景噪声的影响,接收机接收到较少的紫外光子就可以获得较高信噪比的接收信号[46,47]。

图 2-35 选取半径为 0.1μm 的霾粒子作为散射粒子,在散射角介于 0～π 的范围内对日盲波段紫外光(200nm～280nm)散射的相函数变化做了仿真计算。从图 2-35 可以得到,在 0.1μm 的散射粒子作用下,日盲波段紫外光的前向散射小于后向散射。紫外光波长越小,前向散射越小,后向散射越大;而紫外光波长越长,前向散射越大,后向散射越小。但前后向散射的差别不是很大。

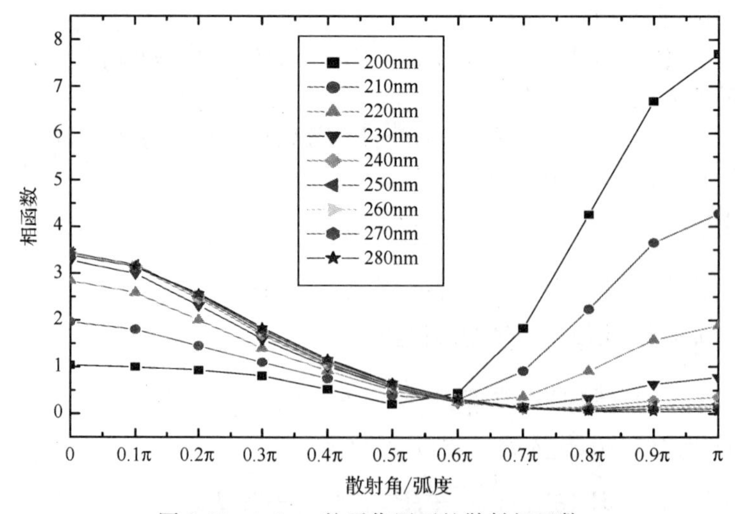

图 2-35 0.1μm 粒子作用下的散射相函数

图 2-36 选取半径为 2μm 的雾滴粒子作为散射粒子，图 2-36(a)是散射角介于 0～π 范围下日盲波段紫外光散射相函数的变化。由于图 2-36(a)中散射相函数的急剧变化，无法得到散射角中间段的变化曲线，因此截取图 2-36(a)中 0.3π～0.7π 这一段变化范围重新作图，如图 2-36(b)所示。可以看出，在 2μm 粒子的作用下，散射相函数的变化在 0～0.1π 之间锐减，在 0.3π～0.7π 之间变化平稳，0.9π～π 又有较大的增幅。总体来讲，紫外光的前向散射远远高于后向散射。紫外光波长越短，前向散射越强烈；紫外光波长越长，前向散射越微弱。

紫外光非直视通信主要由大气成分对其散射作用而形成，气溶胶粒子在大气

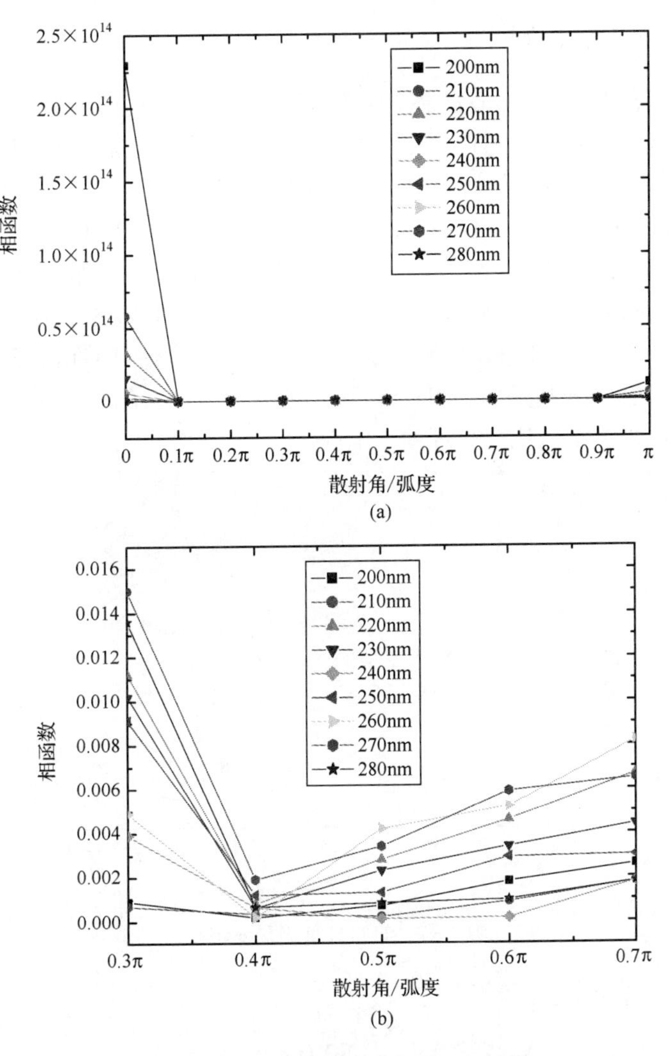

图 2-36　2μm 粒子作用下的散射相函数

中占有较高的浓度，对紫外光产生 Mie 散射作用，因而研究紫外光的 Mie 散射原理具有重要的意义。由于 Mie 散射的计算与多次 Legendre、Bessel 和 Hankel 函数的计算有关，通过对紫外光 Mie 散射相函数的计算，得到散射粒子半径增大，其对紫外光的前后向散射增强。当散射粒子较小时，紫外光的前向散射小于后向散射，散射变化范围变化不大；当散射粒子增大时，紫外光的前向散射大于后向散射，且在 $\theta=0$ 时的散射远远高于其他方向的散射。

2.5　紫外光通信的覆盖范围计算与分析

2.5.1　紫外光通信安全

紫外光为高能量光子，现代医学证明紫外光对人体皮肤和眼睛是有伤害的。安全使用紫外光是紫外光通信系统的重要环节，所以日盲紫外光通信必须严格控制紫外光源的发射功率，严格限制人眼睛和皮肤的暴露时间。ICNIRP(International Commission on Non-Ionizing Radiation Protection)对 UVC 频段光波的安全使用范围有详细的规定，在没有任何保护措施的情况下人眼睛和皮肤在 UVC 紫外光所允许持续暴露八小时的安全光强和波长的关系如图 2-37 所示。可以看出，在波长为 270nm 的时候达到了最小值光强 $3\mathrm{mJ/cm^2}$，而在波长为 200nm 和 280nm 时对应光强分别是 $100\mathrm{mJ/cm^2}$ 和 $3.4\mathrm{mJ/cm^2}$。因此，日盲紫外光通信系统的发射功率必须控制在比较合理的范围内[48]。

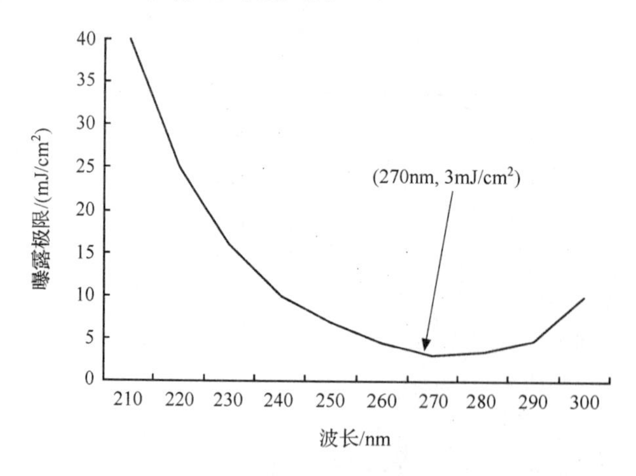

图 2-37　日盲紫外光暴露极限

紫外光损伤计算公式为

$$E_{\mathrm{eff}}=\sum_{200\mathrm{nm}}^{300\mathrm{nm}}E_{\lambda}S_{\lambda}\Delta\lambda \tag{2.94}$$

其中，E_{eff} 为与损伤机理成比例的有效辐照度；E_λ 为光谱辐照度；S_λ 为光谱损失加权函数；$\Delta\lambda$ 为计算带宽间隔。其中波长在 210nm～400nm 之间的 S_λ 表达式为

$$S_\lambda = 0.959^{(270-\lambda)}, \quad 210\text{nm} \leqslant \lambda \leqslant 270\text{nm}$$

$$S_\lambda = 1 - 0.36\left(\frac{\lambda - 270}{20}\right)^{1.64}, \quad 270\text{nm} < \lambda \leqslant 300\text{nm}$$

$$S_\lambda = 0.3 \times 0.736^{(\lambda-300)} + 10^{(2-0.0163\lambda)}, \quad 300\text{nm} < \lambda \leqslant 400\text{nm}$$

紫外光通信系统应该考虑到紫外光安全问题，应该通过合理的设计，达到较低的发射平均功率，并且限制瞬间功率最大值。

2.5.2 有效散射体积 V 的近似分析

图 2-38 中给出了单次散射紫外光通信收发示意图的几何参数，过 O、P、O'、P'，分别做 $AB \perp r_1$、$CD_1 \perp r$、$EF \perp r_2$、$GH \perp r_2$，利用几何中的割补法近似计算出 V_{ABCD} 和 V_{EFGH} 的体积，在紫外光散射通信中，为了达到更好的通信效果，有效散射体体积 V 取相贯体积较小的。

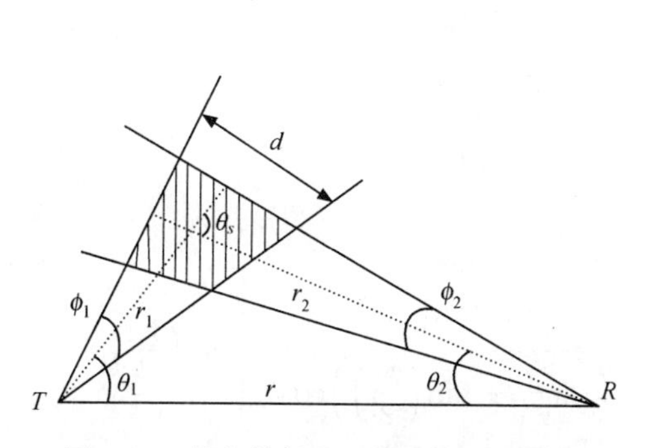

图 2-38 单次散射光通信的收发示意图

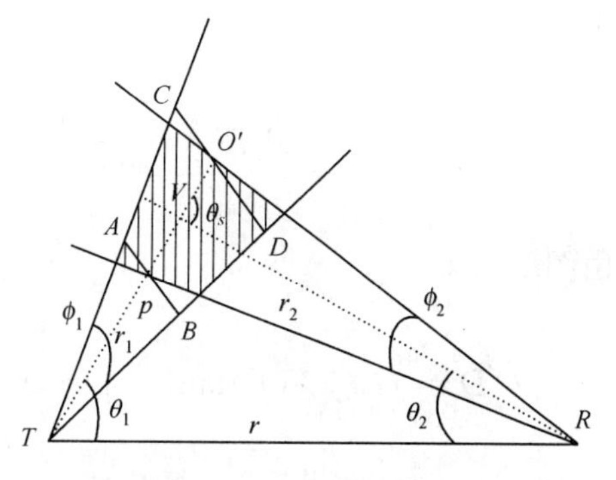

图 2-39 光通信的收发示意图

第一步，求有效散射体体积 V_{ABCD}，如图 2-39 所示过点 P'，O' 分别做 $AB \perp TO'$，$CD \perp TO'$。

从图 2-40 中知 $VR = r_2$，设 $VG = x$，则 $GR = r_2 - x$，$O'G = (r_2 - x)\tan\frac{\phi_2}{2}$，$O'G = x\tan\theta_s$，即

$$x\left(\tan\frac{\phi_2}{2} + \tan\theta_s\right) = r_2\tan\frac{\phi_2}{2}$$

$$x = \frac{r_2\tan\frac{\phi_2}{2}}{\tan\theta_s + \tan\frac{\phi_2}{2}}$$

$$VO' = \frac{x}{\cos\theta_s} = \frac{r_2\tan\frac{\phi_2}{2}}{\left(\tan\theta_s + \tan\frac{\phi_2}{2}\right)\cos\theta_s}$$

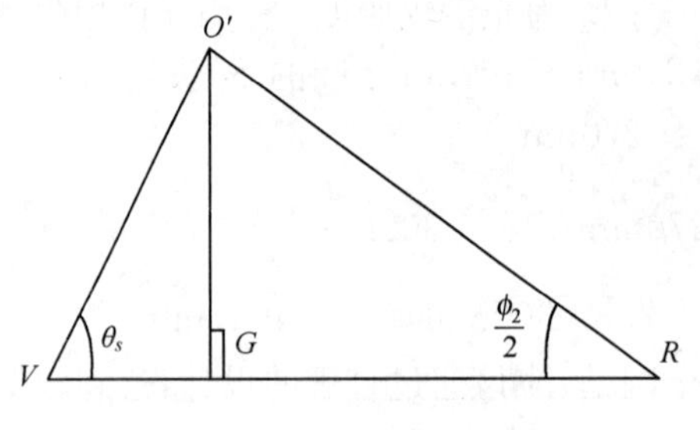

图 2-40 几何推算示意图

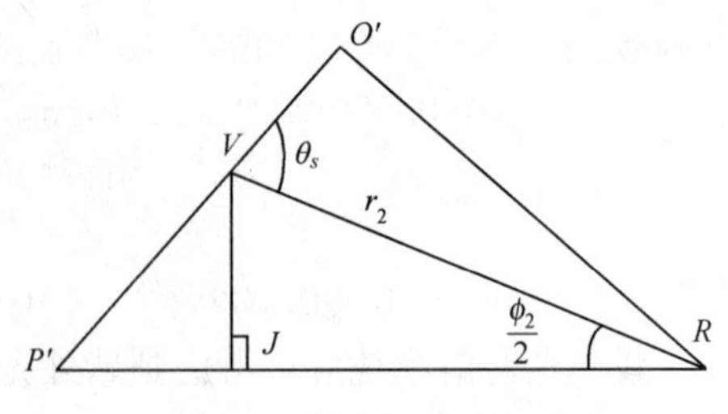

图 2-41 几何推算示意图

由图 2-41 可得

$$\angle O'P'R = 180° - \left[(180° - \theta_s) + \frac{\phi_2}{2}\right] = \theta_s - \frac{\phi_2}{2}$$

$$VJ = r_2 \sin\left(\frac{\phi_2}{2}\right)$$

则

$$VP' = \frac{VJ}{\sin(\angle O'P'R)} = \frac{r_2 \sin\left(\frac{\phi_2}{2}\right)}{\sin(\theta_s - \frac{\phi_2}{2})}$$

由图 2-41 得

$$O'D = (r_1 + VO')\tan\left(\frac{\phi_1}{2}\right) = \left[r_1 + \frac{r_2 \tan\left(\frac{\phi_2}{2}\right)}{\left(\tan\theta_s + \tan\left(\frac{\phi_2}{2}\right)\right)\cos\theta_s}\right]\tan\left(\frac{\phi_1}{2}\right)$$

$$P'B = (r_1 - VP')\tan\left(\frac{\phi_1}{2}\right) = \left[r_1 - \frac{r_2 \sin\left(\frac{\phi_2}{2}\right)}{\sin\left(\theta_s - \frac{\phi_2}{2}\right)}\right]\tan\left(\frac{\phi_1}{2}\right)$$

$$\begin{aligned} V_{ABCD} &= \frac{1}{3}\pi[O'D^2(r_1 + VO') - P'B^2(r_1 - VP')] \\ &= \frac{1}{3}\pi\tan^2\left(\frac{\phi_1}{2}\right)\left\{\left[r_1 + \frac{r_2 \tan\left(\frac{\phi_2}{2}\right)}{\left(\tan\theta_s + \tan\left(\frac{\phi_2}{2}\right)\right)\cos\theta_s}\right]^3 \right. \\ &\quad \left. - \left[r_1 - \frac{r_2 \sin\left(\frac{\phi_2}{2}\right)}{\sin\left(\theta_s - \frac{\phi_2}{2}\right)}\right]^3\right\} \end{aligned} \tag{2.95}$$

第二步，求有效散射体体积 V_{EFGH}，如图 2-42 所示过点 P，O 分别做 $EF \perp RO$，$GH \perp RO$。

图 2-43 中过 O 点做 $OI \perp TV$，已知 $TV = r_1$，设 $VI = x$，则 $TI = r_1 - x$，$OI = (r_1 - x)\tan\left(\frac{\phi_1}{2}\right)$，$OI = x\tan\theta_s$，即

$$x\left(\tan\left(\frac{\phi_1}{2}\right)+\tan\theta_s\right)=r_1\tan\left(\frac{\phi_1}{2}\right)$$

$$x=\frac{r_1\tan\left(\frac{\phi_1}{2}\right)}{\tan\theta_s+\tan\left(\frac{\phi_1}{2}\right)}$$

$$VO=\frac{x}{\cos\theta_s}=\frac{r_1\tan\left(\frac{\phi_1}{2}\right)}{\left(\tan\theta_s+\tan\left(\frac{\phi_1}{2}\right)\right)\cos\theta_s}$$

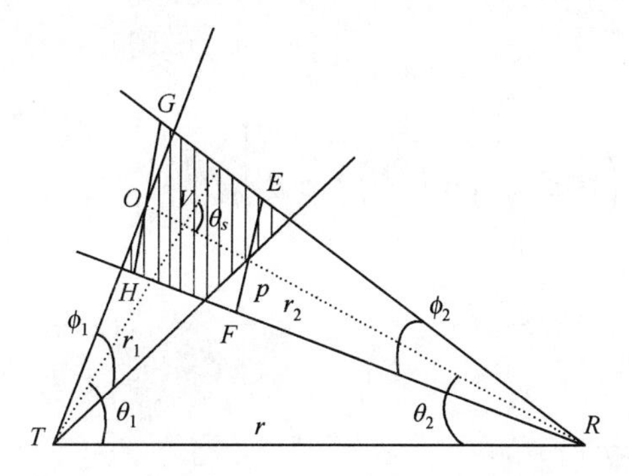

图 2-42　紫外光通信的收发示意图

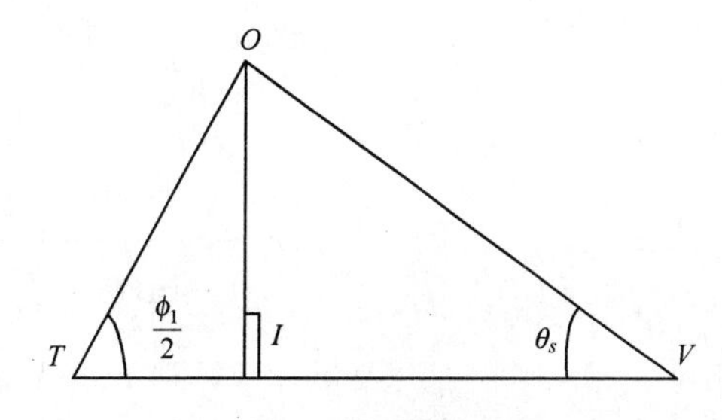

图 2-43　几何推算示意图

过 V 点做 $VM \perp TP$，由图 2-44 得

$$VM = r_1\sin\left(\frac{\phi_1}{2}\right)$$

$$\angle MVP = 180° - \theta_s - \left(90° - \frac{\phi_1}{2}\right)$$

$$= 90° - \theta_s + \frac{\phi_1}{2}$$

$$\angle VPM = 90° - \angle MVP = \theta_s - \frac{\phi_1}{2}$$

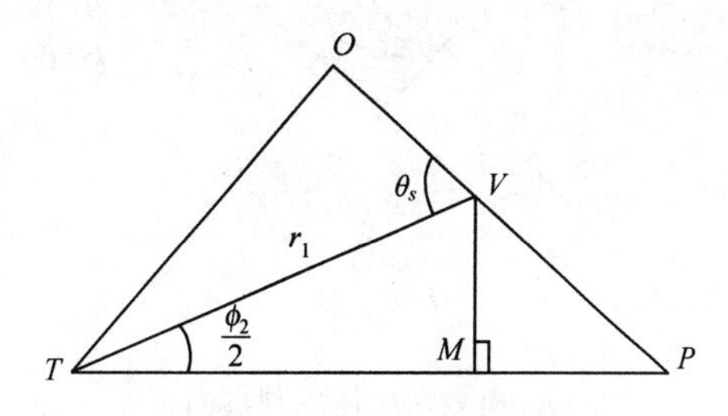

图 2-44　几何推算示意图

$$\sin(\angle VPM) = \frac{VM}{VP}$$

$$VP = \frac{r_1\sin\left(\frac{\phi_1}{2}\right)}{\sin\left(\theta_s - \frac{\phi_1}{2}\right)}$$

由图 2-42 得

$$PR = r_2 - VP = r_2 - \frac{r_1 \sin\left(\frac{\phi_1}{2}\right)}{\sin\left(\theta_s - \frac{\phi_1}{2}\right)}$$

$$EP = PR\tan\left(\frac{\phi_2}{2}\right)$$

$$OR = r_2 + VO = r_2 + \frac{r_1 \tan\left(\frac{\phi_1}{2}\right)}{\left(\tan\theta_s + \tan\left(\frac{\phi_1}{2}\right)\right)\cos\theta_s}$$

$$GO = OR\tan\left(\frac{\phi_2}{2}\right)$$

$$\begin{aligned} V_{EFGH} &= \frac{1}{3}\pi[GO^2(r_2 + VO) - EP^2(r_2 - VP)] \\ &= \frac{1}{3}\pi\tan^2\left(\frac{\phi_2}{2}\right)\left\{\left[r_2 + \frac{r_1 \tan\left(\frac{\phi_1}{2}\right)}{\left(\tan\theta_s + \tan\left(\frac{\phi_1}{2}\right)\right)\cos\theta_s}\right]^3 \right. \\ &\quad \left. - \left[r_2 - \frac{r_1 \sin\left(\frac{\phi_1}{2}\right)}{\sin\left(\theta_s - \frac{\phi_1}{2}\right)}\right]^3\right\} \end{aligned} \tag{2.96}$$

$$V = \min(V_{ABCD}, V_{EFGH})$$

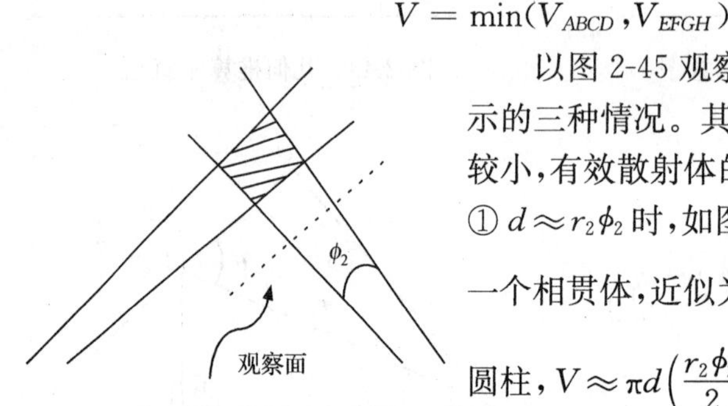

图 2-45　有效散射体的观察面

以图 2-45 观察面作为切面，得到图 2-46 所示的三种情况。其中 $d \approx r_1\phi_1$ [49,50]，通常 ϕ_2 比较小，有效散射体的空间分布分以下三种情况：① $d \approx r_2\phi_2$ 时，如图 2-46(a)所示，有效散射体是一个相贯体，近似为底面半径是 $\frac{r_2\phi_2}{2}$，高是 d 的圆柱，$V \approx \pi d\left(\frac{r_2\phi_2}{2}\right)^2$，有效散射体体积小，噪声干扰也比较小。② $d \approx r_2\phi_2$ 时，如图 2-46(b)所示，有效散射体近似为底面边长是 d，高是 $r_2\phi_2$ 的方柱，$V \approx r_2\phi_2 d^2$，有效散射体体积大，且噪声大。③ $d \approx r_2\phi_2$ 时，如图 2-47(c)所示，有效散射体体积 $V \approx r_2\phi_2 d^2$，此时相对图 2-46(b)噪声小很多。

2.5.3　紫外光通信节点覆盖范围模型

根据紫外光直视和非直视通信工作方式的不同，对紫外光通信覆盖范围进行分析，可以得到各种通信方式覆盖范围的具体计算公式。

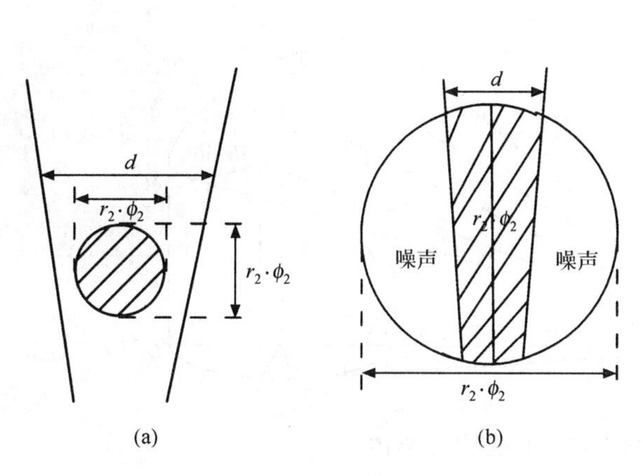

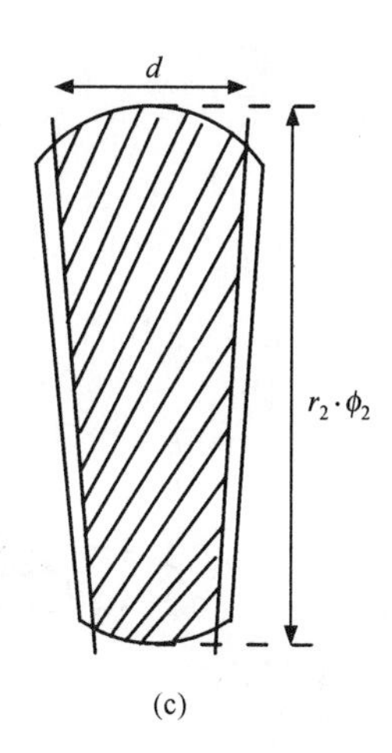

图 2-46　有效散射体的切面图

1. NLOS 方式的覆盖范围

根据紫外光 NLOS 的通信方式不同，对三种方式的覆盖范围进行分析。

1) NLOS(a)类通信方式

此类通信方式中发送端和接收端仰角均为 90°，为 NLOS(a)类通信方式。假定有效散射体体积有限，用非直视通信模型来分析，散射后的紫外光覆盖范围为一个圆形区域，如图 2-47 所示。发散角为 ϕ_1，发射端功率传输极限高度为 h，则发端的覆盖范围是半径为 $h\tan\dfrac{\phi_1}{2}$ 的圆形区域，每个方向的通信距离都相等。此时发送端存在较大的后向散射，信号传输能力差，严重影响通信效果和传输距离，所以此类通信方式一般很少采用。

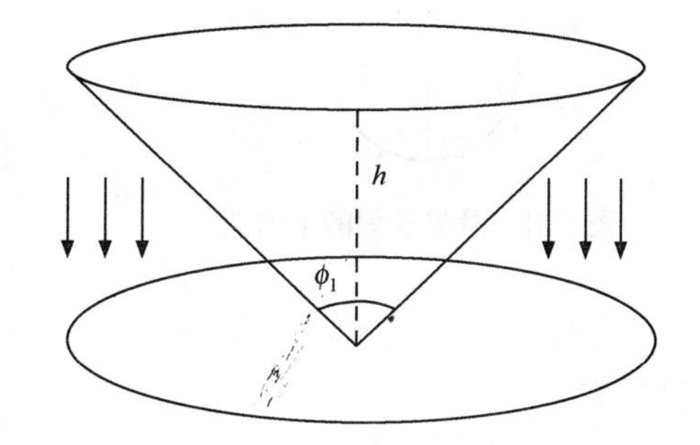

图 2-47　A 类投影的立体图

2) NLOS(b)类通信方式

当发送端仰角小于 90°，接收端仰角为 90°时，为 NLOS(b)类通信方式。此种情况紫外光通信主要考虑前向散射，但是在发射端附近也存在一定的后向散射，紫外光通信的覆盖范围如图 2-49 所示，采用此种通信方式时为了达到较好的通信效果，接收端一定要在前向散射覆盖范围之内。假设图 2-48 中发端功率为 P_T，发散角为 ϕ_1，视场角为 ϕ_2，发射与接收仰角分别为 θ_1 和 θ_2，传输距离为 r。在发端功率有限的条件下，假设光子最远传输距离是 r_1，作圆锥 AGH 在地面上的投影。

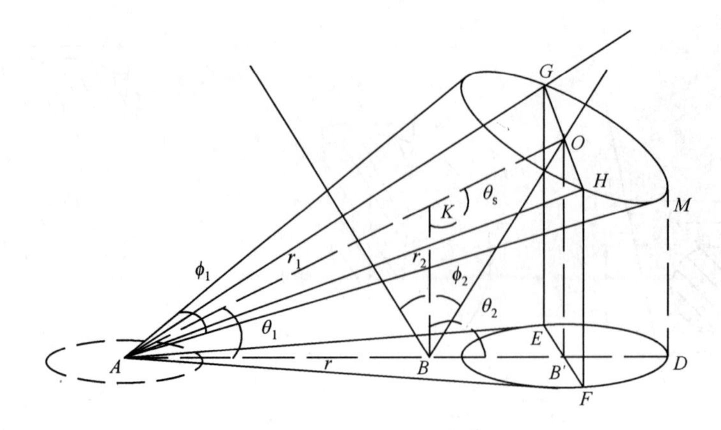

图 2-48　B类投影的立体图

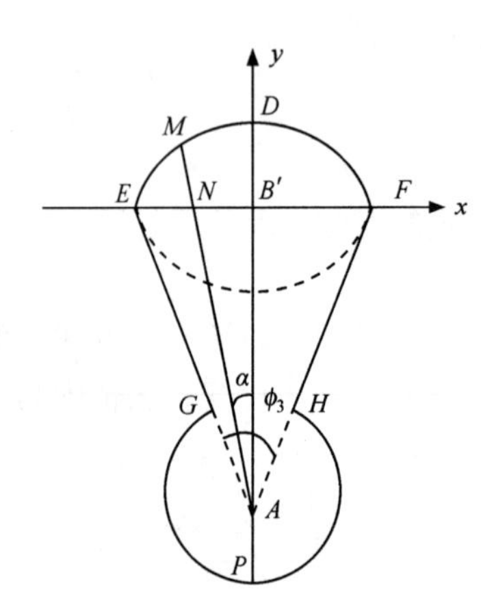

图 2-49　B类投影的平面图

图 2-48 中根据正弦定理，$\dfrac{a}{\sin A}=\dfrac{b}{\sin B}=\dfrac{c}{\sin C}$，$a,b,c$ 为三角形的三边，它们所对应的角分别为 $\angle A$、$\angle B$、$\angle C$，则在 $\triangle ABO$ 中，$AB=r$，$\angle AOB=180^\circ-\theta_1-\theta_2-\dfrac{\phi_2}{2}$，其中 $\theta_2=\dfrac{\pi}{2}$，存在

$$\frac{AO}{\sin\left(\theta_2+\dfrac{\phi_2}{2}\right)}=\frac{AB}{\sin(\angle AOB)}$$

即

$$\frac{AO}{\cos\left(\dfrac{\phi_2}{2}\right)}=\frac{r}{\cos\left(\theta_1+\dfrac{\phi_2}{2}\right)}$$

所以，有

$$AO=\frac{r\cos\left(\dfrac{\phi_2}{2}\right)}{\cos\left(\theta_1+\dfrac{\phi_2}{2}\right)}$$

在 直角 $\triangle AOB'$ 中，有

$$\frac{AB'}{AO}=\cos\theta_1$$

$$AB'=\frac{r\cos\theta_1\cos\left(\dfrac{\phi_2}{2}\right)}{\cos\left(\theta_1+\dfrac{\phi_2}{2}\right)}$$

在直角 $\triangle AMD$ 中,有

$$\frac{AD}{AM}=\cos\left(\theta_1-\frac{\phi_1}{2}\right)$$

$$AD=\frac{r\cos\left(\theta_1-\frac{\phi_1}{2}\right)\cos\left(\frac{\phi_2}{2}\right)}{\cos\left(\theta_1+\frac{\phi_2}{2}\right)\cos\left(\frac{\phi_1}{2}\right)}$$

$$B'D=AD-AB'=\frac{r\cos\left(\theta_1-\frac{\phi_1}{2}\right)\cos\left(\frac{\phi_2}{2}\right)}{\cos\left(\theta_1+\frac{\phi_2}{2}\right)\cos\left(\frac{\phi_1}{2}\right)}-\frac{r\cos\theta_1\cos\left(\frac{\phi_2}{2}\right)}{\cos\left(\theta_1+\frac{\phi_2}{2}\right)}$$

$$=\frac{r\cos\left(\theta_1-\frac{\phi_1}{2}\right)\cos\left(\frac{\phi_2}{2}\right)-r\cos\theta_1\cos\left(\frac{\phi_2}{2}\right)\cos\left(\frac{\phi_1}{2}\right)}{\cos\left(\theta_1+\frac{\phi_2}{2}\right)\cos\left(\frac{\phi_1}{2}\right)}$$

化简后有

$$B'D=\frac{r\tan\frac{\phi_1}{2}}{\cot\theta_1-\tan\frac{\phi_2}{2}} \tag{2.97}$$

以 O 点为中点,A 为顶点的圆锥,在地面的覆盖范围如图 2-50 所示,考虑到 Mie 散射前后向的不对称性,紫外光通信主要考虑的是前向散射的覆盖范围,但是在发射端附近存在一定的后向散射。椭圆弧 $\widehat{EMDF}$ 为前向散射的覆盖范围,对后向散射采用圆弧近似修正,圆弧的半径取前向散射椭圆弧的短半轴。为了在有效覆盖范围内对信号进行接收。在椭圆弧 $\widehat{EMDF}$ 上取任意一点 M,与发射端 A 点的夹角为 α。其中椭圆弧 $\widehat{EMDF}$ 和直线 AM 的方程为

椭圆:
$$\frac{x^2}{a^2}+\frac{y^2}{b^2}=1$$

$$a=EF/2=\tan\left(\frac{\phi_1}{2}\right)\frac{r\cos\left(\frac{\phi_2}{2}\right)}{\cos\left(\theta_1+\frac{\phi_2}{2}\right)}$$

$$b=B'D=\frac{r\tan\left(\frac{\phi_1}{2}\right)}{\cot\theta_1-\tan\left(\frac{\phi_2}{2}\right)}$$

直线 AM:

$$k=-\cot\alpha$$
$$y=kx+d$$

$$d=-\frac{r\cos\theta_1\cos\left(\frac{\phi_2}{2}\right)}{\cos\left(\theta_1+\frac{\phi_2}{2}\right)}$$

其中，M 点为椭圆弧 $\widehat{EMDF}$ 与直线 AM 的交点坐标为 $M(x_0,y_0)$，A 点的坐标为 $A\left(0,\frac{r\cos\theta_1\cos\left(\frac{\phi_2}{2}\right)}{\cos\left(\theta_1+\frac{\phi_2}{2}\right)}\right)$。

$$\frac{x^2}{a^2}+\frac{y^2}{b^2}=1$$

即

$$\frac{x^2}{\left[\tan\left(\frac{\phi_1}{2}\right)\frac{r\cos\left(\frac{\phi_2}{2}\right)}{\cos\left(\theta_1+\frac{\phi_2}{2}\right)}\right]^2}+\frac{y^2}{\left[\frac{r\tan\left(\frac{\phi_1}{2}\right)}{\cot\theta_1-\tan\left(\frac{\phi_2}{2}\right)}\right]^2}=1$$

$$\frac{x^2\cos^2\left(\theta_1+\frac{\phi_2}{2}\right)}{r^2\tan^2\left(\frac{\phi_1}{2}\right)\cos^2\left(\frac{\phi_2}{2}\right)}+\frac{y^2\left[\cot\theta_1-\tan\left(\frac{\phi_2}{2}\right)\right]^2}{r^2\tan^2\left(\frac{\phi_1}{2}\right)}=1$$

$$x^2\cos^2\left(\theta_1+\frac{\phi_2}{2}\right)+\cos^2\left(\frac{\phi_2}{2}\right)\left[\cot\theta_1-\tan\left(\frac{\phi_2}{2}\right)\right]^2y^2=r^2\tan^2\left(\frac{\phi_1}{2}\right)\cos^2\left(\frac{\phi_2}{2}\right)$$

将 $y=-x\cot\alpha-\frac{r\cos\theta_1\cos\left(\frac{\phi_2}{2}\right)}{\cos\left(\theta_1+\frac{\phi_2}{2}\right)}$ 代入上式得

$$x^2\cos^2\left(\theta_1+\frac{\phi_2}{2}\right)+\cos^2\left(\frac{\phi_2}{2}\right)\left[\cot\theta_1-\tan\left(\frac{\phi_2}{2}\right)\right]^2\left(\cot\alpha x+\frac{r\cos\theta_1\cos\left(\frac{\phi_2}{2}\right)}{\cos\left(\theta_1+\frac{\phi_2}{2}\right)}\right)^2$$

$$=r^2\tan^2\left(\frac{\phi_1}{2}\right)\cos^2\left(\frac{\phi_2}{2}\right)x^2\left\{\cos^2\left(\theta_1+\frac{\phi_2}{2}\right)+\cot^2\alpha\cos^2\left(\frac{\phi_2}{2}\right)\left[\cot\theta_1-\tan\left(\frac{\phi_2}{2}\right)\right]^2\right\}$$

$$+x\frac{2r\cos\theta_1\cot\alpha\cos^3\left(\frac{\phi_2}{2}\right)\left[\cot\theta_1-\tan\left(\frac{\phi_2}{2}\right)\right]^2}{\cos\left(\theta_1+\frac{\phi_2}{2}\right)}$$

$$+\frac{r^2\cos^2\left(\frac{\phi_2}{2}\right)\left\{\cos^2\theta_1\cos^2\left(\frac{\phi_2}{2}\right)\left[\cot\theta_1-\tan\left(\frac{\phi_2}{2}\right)\right]^2-\tan^2\left(\frac{\phi_2}{2}\right)\right\}\cos^2\left(\theta_1+\frac{\phi_2}{2}\right)}{\cos^2\left(\theta_1+\frac{\phi_2}{2}\right)}=0$$

解上式，因为 M 在第二象限所以横坐标为负，舍弃正值得

$$x_0=-r\cos\frac{\phi_2}{2}\left[\frac{\cos\theta_1\cot\alpha\cos^2\frac{\phi_2}{2}\left(\cot\theta_1-\tan\frac{\phi_2}{2}\right)^2}{\cos^3\left(\theta_1+\frac{\phi_2}{2}\right)+\cos\left(\theta_1+\frac{\phi_2}{2}\right)\cot^2\alpha\cos^2\frac{\phi_2}{2}\left(\cot\theta_1-\tan\frac{\phi_2}{2}\right)^2}\right.$$

$$\left.+\frac{\sqrt{-\cos^2\left(\frac{\phi_2}{2}\right)\cos^2\theta_1\left(\cot\theta_1-\tan\frac{\phi_2}{2}\right)^2\cos^2\left(\theta_1+\frac{\phi_2}{2}\right)+\tan^2\frac{\phi_1}{2}\cos^4\left(\theta_1+\frac{\phi_2}{2}\right)+\tan^2\frac{\phi_1}{2}\cos^2\frac{\phi_2}{2}\cos^2\left(\theta_1+\frac{\phi_2}{2}\right)\cot^2\alpha\left(\cot\theta_1-\tan\frac{\phi_2}{2}\right)^2}}{\cos^3\left(\theta_1+\frac{\phi_2}{2}\right)+\cos\left(\theta_1+\frac{\phi_2}{2}\right)\cot^2\alpha\cos^2\left(\frac{\phi_2}{2}\right)\left(\cot\theta_1-\tan\frac{\phi_2}{2}\right)^2}\right]$$

$$y_0=-x_0\cot\alpha-\frac{r\cos\theta_1\cos\frac{\phi_2}{2}}{\cos\left(\theta_1+\frac{\phi_2}{2}\right)} \tag{2.98}$$

$|AM|$ 为前向散射的覆盖范围，后向散射修正圆的半径 AP 等于前向散射椭圆短半轴 $B'D$，所以后向的覆盖范围约为 $|B'D|$。为了达到较好的通信效果，接收端一定要在前向散射覆盖范围之内。

随着发送端仰角的增大，前向散射弧逐渐向发射端方向缩进，而后向散射弧逐渐扩大，当仰角增大到 90°时，转化为 A 类通信方式，覆盖范围为圆形区域。

3) NLOS(c)类通信方式

当发送端仰角小于 90°，接收端仰角小于 90°时，为 NLOS(c)类通信方式。此时紫外光通信在地面投影覆盖范围如图 2-50 所示，通信效果较前两种非直视通信方式更好。NLOS(b)类中逐渐减小 θ_2，即转化为 NLOS(c)类。在 NLOS(b)类覆盖范围的基础上，增加了三角形覆盖区域。此时后向散射很小，可以忽略不计。由 NLOS(c)类通信方式得到

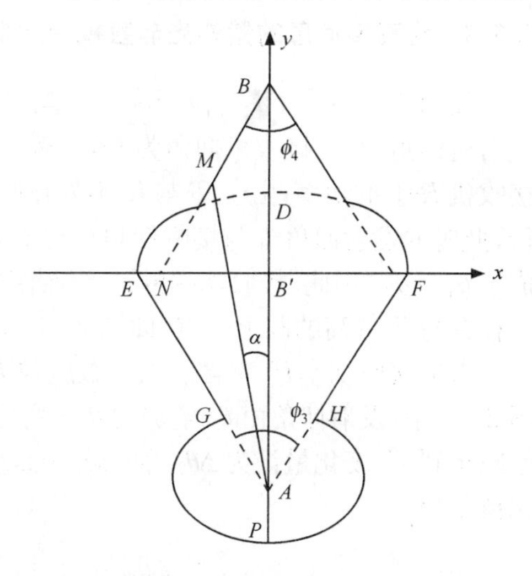

图 2-50 C类投影的平面图

$$A\left(0,\frac{r\cos\theta_1\cos\left(\frac{\phi_2}{2}\right)}{\cos\left(\theta_1+\frac{\phi_2}{2}\right)}\right)$$

$B(0,r_2\cos(\theta_2))$，当 $\phi_4\geqslant\phi_3$ 时覆盖范围为 A 点到圆弧的距离。当 $\phi_4\leqslant\phi_3$ 时覆盖范围为 A 点到直线 BN 的距离，直线 BN 表示为

$$Ax+By+C=0$$

$$x\cot\left(\frac{\phi_4}{4}\right)-y+\frac{r\sin\theta_1\cos\theta_2}{\sin\theta_s}=0$$

由点到直线的距离公式得到

$$
|AM| = \frac{|Ax_0 + By_0 + C|}{\sqrt{A^2 + B^2}} = \left|\sin\frac{\phi_4}{2}\right| \left| \frac{r\cos\theta_1\cos\dfrac{\phi_2}{2}}{\cos\left(\theta_1 + \dfrac{\phi_2}{2}\right)} + \frac{r\sin\theta_1\cos\theta_2}{\sin\theta_s} \right| \tag{2.99}
$$

2. LOS 方式的覆盖范围

当发送端和接收端达到基本对准的程度，用直视通信模型来分析，此时的覆盖范围为三角形，如图 2-51 所示。直视 LOS 类通信的有效覆盖范围也可以采用类似 NLOS(c)类的通信方式来分析，当发送和接收端仰角减小到一定程度时，变为 LOS 通信，此时的覆盖范围为三角形。覆盖范围为 A 点到直线 BE 的距离，计算公式和式(2.99)一致。

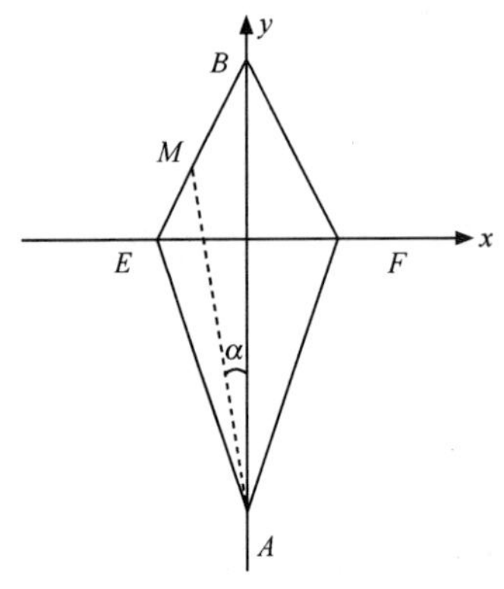

图 2-51　LOS类投影的平面图

实际通信过程中，还存在很多复杂情况有待于进一步解决，如接收和发送端的光轴可能没有交点、收发同向等。

2.5.4　含高度信息的紫外光非直视单次散射链路模型及仿真

如图 2-52 所示，T 是位于高度 H_t 上的发射机，R 是位于高度 H_r 上的接收机，发射机仰角为 θ_1，接收机仰角为 θ_2，两者相距 r。此时，若利用式(2.24) 直接来估算接收机 R 上的功率，由于 T 与 R 不处在同一高度，它们之间的连线与水平面不平行，此时的发射仰角 θ_1 与接收仰角 θ_2 已经发生了变化，如图 2-52 所示，它们分别变成了 θ'_1 与 θ'_2。因此，接收功率的计算结果并不属于 R，而属于位于以 T 为圆心，r 为半径并与 T 等高的圆上一点，即图 2-53 中的 R'，我们称此时的接收功率为 P'_r。

R 的接收功率 P_r 中含有的参数应与 T 和 R 之间连线所在平面为参考平面，在图 2-53 中，发射仰角由 θ_1 增加到 θ'_1，变化量记为 $\Delta\theta_1$，$\Delta\theta_1 = \theta'_1 - \theta_1$；接收仰角由 θ_2 减小到 θ'_2，变化量记为 $\Delta\theta_2$，而 $\Delta\theta_2 = \Delta\theta_1$。发射发散角与接收视场角等其他参数保持不变。

$$
\Delta\theta_1 = \arcsin\left(\frac{H_t - H_r}{r}\right) \tag{2.100}
$$

$$
\Delta\theta_2 = \Delta\theta_1 \tag{2.101}
$$

$$
\theta'_1 = \theta_1 + \Delta\theta_1 = \theta_1 + \arcsin\left(\frac{H_t - H_r}{r}\right) \tag{2.102}
$$

$$
\theta'_2 = \theta_2 - \Delta\theta_2 = \theta_2 - \arcsin\left(\frac{H_t - H_r}{r}\right) \tag{2.103}
$$

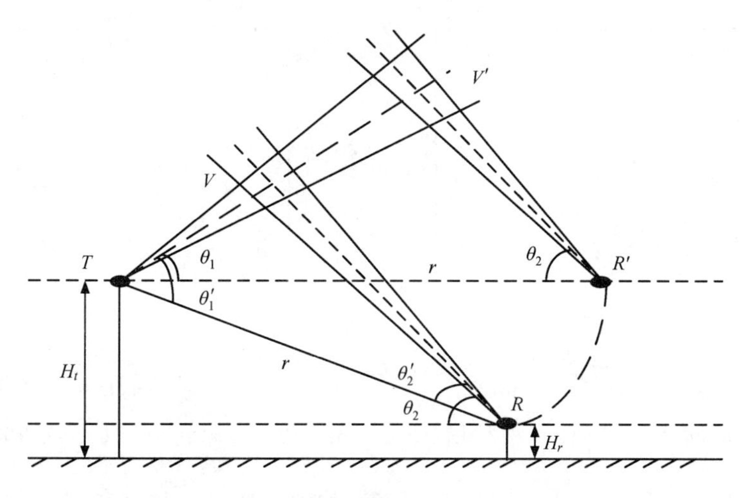

图 2-52　具有高度的紫外光单次散射链路模型

把式(2.102)和式(2.103)代到式(2.25)可以得到带有高度信息的紫外光非直视单次散射链路的接收功率。按公式(2.63)定义为

$$P'_r = \frac{P_t A_r K_s P_s \phi_2 \phi_1^2 \sin(\theta'_1 + \theta'_2)}{32\pi^3 r \sin\theta'_1 \left(1 - \cos\frac{\phi_1}{2}\right)} \mathrm{e}^{-\frac{K_e r(\sin\theta'_1 + \sin\theta'_2)}{\sin(\theta'_1 + \theta'_2)}} \tag{2.104}$$

假定采用波长为 250nm 的日盲紫外光，分别得到了在一定高度 $H_t = 0.1\text{km}$，$H_r = 0.04\text{km}$ 和 $H_t = 0.2\text{km}$，$H_r = 0.05\text{km}$ 情况下修正之后的接收功率 P'_r，并与利用式(2.25)得到的 P_r 进行比较，结果如图 2-53～图 2-56 所示。其他参数的设定如下所述：根据表 2-4 可以得到散射系数 $K_s = K_{s,m} + K_{s,a} = 0.34 + 1.5 = 1.84\ \text{km}^{-1}$，吸收系数 $K_a = K_{a,m} + K_{a,a} = 0.79 + 0.24 = 1.03\ \text{km}^{-1}$，

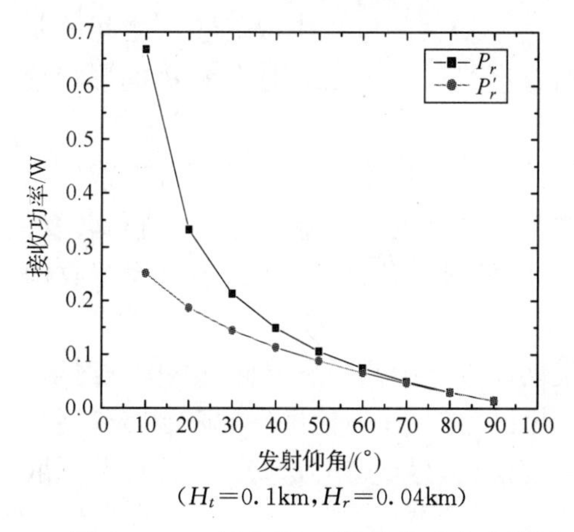

(H_t=0.1km, H_r=0.04km)

图 2-53　θ_2 固定为 60°的接收功率比较图

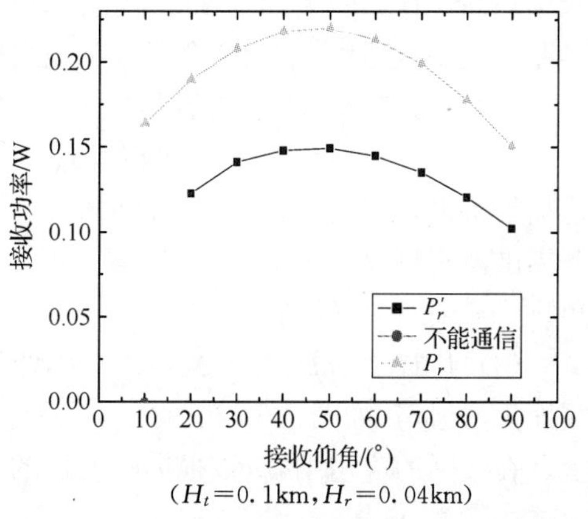

(H_t=0.1km, H_r=0.04km)

图 2-54　θ_1 固定为 30°的接收功率比较图

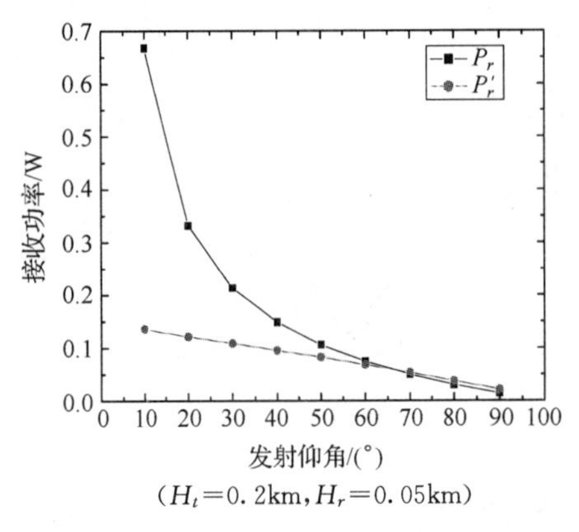

图 2-55　θ_2 固定为 60° 的接收功率比较图

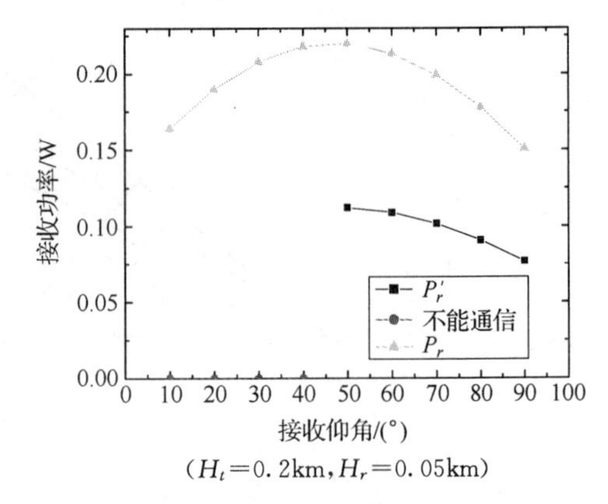

图 2-56　θ_1 固定为 30° 的接收功率比较图

消光系数 $K_E = K_a + K_s = 2.8\text{km}^{-1}$。发射功率 P_t 设定为 5W、接收孔径面积 $A_r = 1.77\text{cm}^2$，发射发散角 $\phi_1 = 10°$，接收视场角 $\phi_2 = 20°$，$r = 0.2\text{km}$，$H_t = 0.1\text{km}$，$H_r = 0.04\text{km}$。

表 2-4　分子、气溶胶的散射、吸收和消光系数

λ/nm	$K_{s,m}$	$K_{a,m}$	K_m	$K_{s,a}$	$K_{a,a}$	K_a	K_S	K_A	K_E
200	0.95	7.2	8.12	1.6	0.49	2.1	2.6	7.7	10.2
250	0.34	0.79	1.12	1.5	0.24	1.7	1.8	1.0	2.8
300	0.15	0.02	0.17	1.4	0.10	1.5	1.6	0.12	1.7

从以上两组不同高度差下的仿真结果中可以看出：

(1) 修正前算法(式(2.25))与修正后算法(式(2.63))存在明显的差异，当接收仰角固定在比较大的角度时，发射仰角在由小变大的过程中，P_r 与 P_r'之间的差异逐渐减小，这是由于当两个角度都很大时，变化量 $\Delta\theta_1$ 与 $\Delta\theta_2$ 对 θ_1 和 θ_2 的影响较小，因此总的接收功率变化不大。

(2) 从图 2-53～图 2-56 可以发现，一般情况下，P_r 好于 P_r'。因此，当紫外光通信设备进行组网时，各节点在路由过程中应尽量寻找高度差小的节点进行转发；若周围没有高度差小的节点，则通信时尽量使发射仰角降低，并适当增大接收仰角，这样接收功率较高。

(3) 当 $H_t > H_r$，$\theta_2 - \Delta\theta_2 < 0$ 时，收发两端在空中几乎不能形成共同散射体，因而无法通信，如图 2-55 和图 2-56 所示。当 $H_t < H_r$，通信条件的限制转移到 θ_1 上。在实际的应用中，应该根据收发机的高度信息，尽量避开这些无法形成共同散射体的仰角，这样通信才变成可能。

2.6 基于蒙特卡罗方法建立的NLOS大气传输模型

目前采用的大气辐射传输模型Lowtran、Modtran、Fascode可以在各种复杂的大气环境下，对紫外光LOS散射通信的传输特性进行数值模拟和分析，而对于紫外光NLOS散射通信的模拟，却无能为力[51]。关于NLOS紫外光大气传输的理论模拟现在采用的主要方法有单次散射近似方法、蒙特卡罗方法和离散坐标法。单次散射模拟具有计算速度快、可操作性强等优点，但是在复杂大气、较远距离传输条件下，由于多次散射作用比较明显，单次散射模拟误差很大。Huslt提出的单次散射近似模拟条件是衰减系数与传输距离之积小于0.1[52]，但是当传输距离大于100m之后，这个条件几乎不能满足；离散坐标法针对散射传输的理论还不成熟；基于随机过程的蒙特卡罗方法可研究光在任意环境、多次散射条件下的传输问题[53]。

2.6.1 蒙特卡罗方法

蒙特卡罗方法是一种计算方法，但与一般数值计算方法有很大区别。它是以概率统计理论为基础的一种方法，又称随机抽样技巧或统计实验方法。半个多世纪以来，由于科学技术的发展和电子计算机的发明，这种方法作为一种独立的方法被提出来，并首先在核武器的实验与研制中得到了应用。由于蒙特卡罗方法能够比较逼真地描述事物的特点及物理实验过程，解决一些数值方法难以解决的问题，因而该方法的应用领域日趋广泛[54]。

当所求解问题是某种随机事件出现的概率，或者是某个随机变量的期望值时，通过某种实验的方法，以这种事件出现的频率估计这一随机事件的概率，或者得到这个随机变量的某些数字特征，并将其作为问题的解，这就是蒙特卡罗方法的基本思想。

当随机变量的取值仅为1或0时，它的数学期望就是某个事件的概率。或者说，某种事件的概率也是随机变量(仅取值为1或0)的数学期望[55]。

因此，可以通俗地说，蒙特卡罗方法是用随机实验的方法计算积分。将所要计算的积分看作服从某种分布密度函数$f(r)$的随机变量$g(r)$的数学期望，即

$$E(g(r))=\int_0^{\infty}g(r)f(r)\mathrm{d}r \tag{2.105}$$

通过某种实验，得到N个观察值$r_1,r_2,\cdots,r_N$(用概率语言来说，从分布密度函数$f(r)$中抽取N个子样$r_1,r_2,\cdots,r_N$)，将相应的N个随机变量的值$g(r_1),g(r_2),\cdots,g(r_N)$的算术平均值$\bar{g}_N$作为积分的估计值(近似值)[56]。

$$\bar{g}_N=\frac{1}{N}\sum_{i=1}^{N}g(r_i) \tag{2.106}$$

2.6.2 蒙特卡罗方法的收敛性与误差

蒙特卡罗方法作为一种计算方法，其收敛性与误差是人们普遍关心的一个问题。

1）收敛性

由前面介绍可知，蒙特卡罗方法是由随机变量 X 的简单子样 $X_1,X_2,\cdots,X_N$ 的算术平均值作为所求解的近似值，即

$$\overline{X}_N = \frac{1}{N}\sum_{i=1}^{N} X_i \tag{2.107}$$

由大数定律可知，如果 $X_1,X_2,\cdots,X_N$ 独立同分布，且具有有限期望值（$E(X)<\infty$），则

$$P(\lim_{N\to\infty}\overline{X}_N = E(X)) = 1 \tag{2.108}$$

即随机变量 X 的简单子样的算术平均值当子样数 N 充分大时，以概率 1 收敛于它的期望值 $E(X)$。

2）误差

蒙特卡罗方法的近似值与真值的误差问题，中心极限定理指出，如果随机变量序列 $X_1,X_2,\cdots,X_N$ 独立同分布，且具有有限非零的方差 σ^2，即

$$0 \neq \sigma^2 = \int (x - E(X))^2 f(x)\mathrm{d}x < \infty \tag{2.109}$$

$f(X)$是 X 的分布密度函数，则

$$\lim_{N\to\infty} P\left(\frac{\sqrt{N}}{\sigma}\left|\overline{X}_N - E(X)\right| < x\right) = \frac{1}{\sqrt{2\pi}}\int_{-x}^{x} \mathrm{e}^{-t^2/2}\mathrm{d}t \tag{2.110}$$

当 N 充分大时，有

$$P\left(\left|\overline{X}_N - E(X)\right| < \frac{\lambda_\alpha \sigma}{\sqrt{N}}\right) \approx \frac{2}{\sqrt{2\pi}}\int_{0}^{\lambda_\alpha} \mathrm{e}^{-t^2/2}\mathrm{d}t = 1-\alpha \tag{2.111}$$

其中，α 称为置信度；$1-\alpha$ 称为置信水平。这表明，不等式 $\left|\overline{X}_N - E(X)\right| < \frac{\lambda_\alpha \sigma}{\sqrt{N}}$ 近似地以概率 $1-\alpha$ 成立，且误差收敛速度的阶为 $O(N^{-1/2})$。

通常，蒙特卡罗方法的误差 ε 定义为

$$\varepsilon = \frac{\lambda_\alpha \sigma}{\sqrt{N}} \tag{2.112}$$

其中，$\lambda\alpha$ 与置信度 α 是一一对应的，根据问题的要求确定出置信水平后，查标准正态分布表，就可以确定出 $\lambda\alpha$ [57,58]。下面给出几个常用的 α 与 λ_α 的数值，如表 2-5 所示。

表 2-5 α 与 λ_α 的常用数值[42]

α	0.5	0.05	0.003
λ_α	0.6745	1.96	3

关于蒙特卡罗方法的误差需说明两点：第一，蒙特卡罗方法的误差为概率误差，这与其他数值计算方法是有区别的；第二，误差中的均方差 $\hat{\sigma}$ 是未知的，必须使用其估计值来代替，在计算所求量的同时，可计算出 $\hat{\sigma}$，即

$$\hat{\sigma}=\sqrt{\frac{1}{N}\sum_{i=1}^{N}X_i^2-\left(\frac{1}{N}\sum_{i=1}^{N}X_i\right)^2} \tag{2.113}$$

当给定置信度 α 后，误差 ε 由 σ 和 N 决定。要减小 ε 或者增大 N，或者减小方差 σ_2。在 σ 固定的情况下，要把精度提高一个数量级，实验次数 N 需增加两个数量级。因此，单纯增大 N 不是一个有效的办法；如能减小估计的均方差 σ，比如降低一半，那误差就减小一半，这相当于 N 增大四倍的效果。因此，降低方差的各种技巧，引起了人们的普遍注意[58]。

2.6.3　蒙特卡罗法的特点

蒙特卡罗法的优点如下：

(1) 能够比较逼真地描述具有随机性质的事物的特点及物理实验过程。从这个意义上讲，蒙特卡罗方法可以部分代替物理实验，甚至可以得到物理实验难以得到的结果。用蒙特卡罗方法解决实际问题，可以直接从实际问题本身出发，而不从方程或数学表达式出发。它有直观、形象的特点。

(2) 受几何条件限制小。

在计算 s 维空间中的任一区域 D_s 上的积分 g 时，有

$$g=\int\cdots\int_{D_s} g(x_1,x_2,\cdots,x_s)\mathrm{d}x_1\mathrm{d}x_2\cdots\mathrm{d}x_s \tag{2.114}$$

无论区域 D_s 的形状多么特殊，只要能给出描述 D_s 的几何特征的条件，就可以从 D_s 中均匀产生 N 个点 $(x_1^{(i)},x_2^{(i)},\cdots,x_s^{(i)})$，得到的积分近似值为

$$\bar{g}_N=\frac{V_s}{N}\sum_{i=1}^{N}g(x_1^{(i)},x_2^{(i)},\cdots,x_s^{(i)}) \tag{2.115}$$

其中，V_s 为区域 D_s 的体积，这是数值方法难以做到的。另外，在具有随机性质的问题中，如考虑的系统形状很复杂，难以用一般数值方法求解，而使用蒙特卡罗方法，不会有原则上的困难。

(3) 收敛速度与问题的维数无关。由中心极限定理可知，在给定置信水平的情况下，蒙特卡罗方法的收敛阶为 $o(N^{-1/2})$，与问题本身的维数无关[59]。维数的变化，只引起抽样时间及估计量计算时间的变化，不影响误差。也就是说，使用蒙特卡罗方法时，抽取的子样总数 N 与维数 s 无关。维数的增加，除了增加相应的计算量外，不影响问题的误差。这一特点，决定了蒙特卡罗方法对多维问题的适应性。而一般数值方法，比如计算定积分时，计算时间随维数的次方而增加，由于分点数与维数的次方成正比，需占用相当数量的计算机内存，这些都是一般数值方法

计算高维积分时难以克服的问题。

(4) 具有同时计算多个方案与多个未知量的能力。对于那些需要计算多个方案的问题,使用蒙特卡罗方法有时不需要像常规方法那样逐个计算,而可以同时计算所有的方案,其全部计算量几乎与一个方案的计算量相当。另外,使用蒙特卡罗方法还可以同时得到若干个所求量。例如,在模拟粒子过程中,可以同时得到不同区域的通量、能谱、角分布等,而不像常规方法那样,需要逐一计算所求量。

(5) 误差容易确定。对于一般计算方法,要给出计算结果与真值的误差并不是一件容易的事情,而蒙特卡罗方法则不然。根据蒙特卡罗方法的误差公式,可以在计算所求量的同时计算出误差。对于很复杂的蒙特卡罗方法计算问题,也是容易确定的。

一般计算方法常存在着有效位数损失问题,而要解决这一问题有时相当困难,蒙特卡罗方法则不存在这一问题。

(6) 程序结构简单,易于实现。在计算机上进行蒙特卡罗方法计算时,程序结构简单,分块性强,易于实现。蒙特卡罗法的缺点如下所示:

(1) 收敛速度慢。如前所述,蒙特卡罗方法的收敛速度为 $o(N^{-1/2})$,一般不容易得到精确度较高的近似结果。对于维数少(三维以下)的问题,不如其他方法好。

(2) 误差具有概率性。由于蒙特卡罗方法的误差是在一定置信水平下估计的,所以它的误差具有概率性,而不是一般意义上的误差。

(3) 在粒子输运问题中,计算结果与系统大小有关。

经验表明,只有当系统的大小与粒子的平均自由程可以相比较时(一般在十个平均自由程左右),蒙特卡罗方法计算的结果较为满意。但对于大系统或小概率事件的计算问题,计算结果往往比真值偏低。对于大系统,数值方法则是适用的[56,59]。

2.6.4 NLOS 紫外光传输的蒙特卡罗模拟

在复杂几何形状和非均匀媒介中的紫外光通信过程中,一般采用蒙特卡罗方法研究散射传输的问题。基于蒙特卡罗方法建立的 NLOS 紫外光传输模型研究的主要内容包括光源发射光子束、光子在大气中的 NLOS 传输及结果统计。

1. 光子初始化

光子的初始化主要是确定光源发射光子的发射点和发射方向,把光源看成点光源,同时把光源光子的发射限制在一定视场立体角范围内。NLOS 紫外光传输平面图如图 2-57 所示,图中发射端光源以发散角 ϕ_1 和发射仰角 θ_1 向空间发出光信号,接收器以视场角 ϕ_2 和接收仰角 θ_2 进行光信号接收,发射光束与接收视场在空间的重叠区域 V 的大气形成一个收发连接的有效散射体。图 2-58 为 NLOS 紫外光传输的立体图，点光源的中心轴在 YOZ 平面内，发射仰角为 θ_1，出射光子在发散角 ϕ_1 内均匀发射[60]。

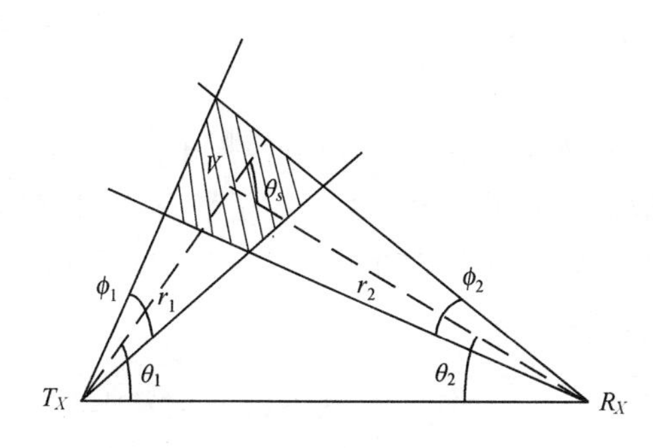

图 2-57 NLOS 散射光链路分析[33]

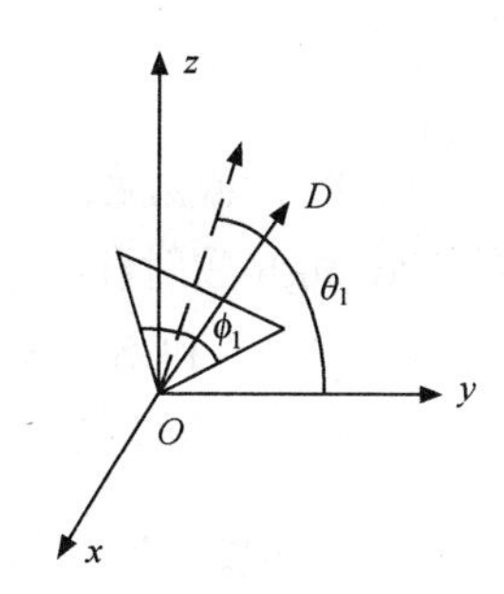

图 2-58 光源的发射立体角

由于光源发射光子在发散角 ϕ_1 内是均匀发射的，其方位角 ψ 和偏转角 θ 是由计算机产生[0,1]均匀分布的随机数 $\xi^{(\psi)}$ 和 $\xi^{(\theta)}$ 得到的。其中方位角[61]为

$$\psi = 2\pi\xi^{(\psi)} \tag{2.116}$$

ψ 在[0, 2π]内服从均匀分布，在仿真中可直接抽样。

偏转角 θ 在[0, $\phi_1/2$] 内取值，根据 $\cos\theta$ 在[$\cos(\phi_1/2)$, 1] 内均匀分布，随机抽样[62]有

$$\cos\theta = 1 - \xi^{(\theta)}[1-\cos(\phi_1/2)] \tag{2.117}$$

光子传输方向 D 的坐标，在坐标系下表示为 (u_x, u_y, u_z)，则方向余弦表示为

$$\begin{aligned} u_x &= \sin\theta\cos\psi \\ u_y &= \sin\theta\sin\psi \\ u_z &= \cos\theta \end{aligned} \tag{2.118}$$

2. 光子在大气中的 NLOS 传输

采用蒙特卡罗方法模拟光子在大气中的 NLOS 传输，主要包括光子与大气中微粒及障碍物的相互作用。大气中的分子、气溶胶、悬浮颗粒与光子发生吸收、散射作用，主要包括确定光子的下一个碰撞点及碰撞传输方向，光子权重统计等。

我们确定了发射光子的初始值，并且知道了光子的发射方向余弦值。接下来就是要确定光子的随机步长和下一刻的坐标位置。

由 Bouguer-Lambert 定律，结合蒙特卡罗方法，对随机步长进行抽样得到

$$\Delta s = -\ln\xi^{(s)}/K_s \tag{2.119}$$

其中，$\xi^{(s)}$ 是在[0,1]区间服从均匀分布的随机数；K_s 为大气散射系数。

当光子传输的随机步长 Δs 确定以后，由光子初始状态值光源坐标(x, y, z)和

传输方向 (u_x, u_y, u_z)，预期光子到达的下一个散射点坐标 (x', y', z') 为[63]

$$
\begin{aligned}
x' &= x + u_x \Delta s \\
y' &= y + u_y \Delta s \\
z' &= z + u_z \Delta s
\end{aligned}
\tag{2.120}
$$

在 NLOS 传输过程中下一步就是要判断发生散射的过程，模拟中一般只考虑分子的 Rayleigh 散射和气溶胶的 Mie 散射。光子被大气中的粒子散射，散射方向由散射相函数和随机数 ξ 决定。其中，大气分子对光子的散射属于 Rayleigh 散射，对其散射相函数抽样得到偏转角的余弦函数为[58]

$$
\cos\theta = \sqrt[3]{(4\xi - 2) - \sqrt{(2-4\xi)^2 + 1}} + \sqrt[3]{(4\xi^{(r)} - 2) + \sqrt{(2-4\xi)^2 + 1}}
\tag{2.121}
$$

其中，ξ^r 是在[0,1]区间服从均匀分布的随机数。

大气中的气溶胶对紫外光子的散射是典型的 Mie 散射，对其散射相函数抽样得到偏转角的余弦函数为[59]

$$
\cos\theta = [1 + g^2 - (1-g^2)^2/(1 - g + 2g\xi^{(m)})^2]/2g
\tag{2.122}
$$

其中，ξ^m 是在[0,1]区间服从均匀分布的随机数；g 为大气气溶胶的非对称因子；散射的方位角为 $[0, 2\pi]$ 内的均匀分布。

经过散射过程后光子传输方向发生了变化，新的方向余弦表示为[64]

$$
\begin{aligned}
u'_x &= \sin\theta(u_x u_y \cos\psi - u_y \sin\psi)/\sqrt{1-u_z^2} + u_x \cos\theta \\
u'_y &= \sin\theta(u_y u_z \cos\psi - u_x \sin\psi)/\sqrt{1-u_z^2} + u_y \cos\theta \\
u'_z &= -\sin\theta\cos\psi\sqrt{1-u_z^2} + u_z \cos\theta
\end{aligned}
\tag{2.123}
$$

其中，u_x, u_y, u_z 为出射点的方向余弦；$\sin\theta$ 为 $\cos\theta$ 偏转角的正弦余弦函数；$\sin\psi$ 和 $\cos\psi$ 为方位角的正弦余弦函数。

3. 光子传输的终止

以上过程为单次散射过程，重复此过程就是多次散射。在整个模拟过程中我们还得考虑到由于吸收和散射造成的衰减概率。

传输过程考虑完之后，我们对光子散射时的探测概率进行描述。首先，必须确定探测光子的角度，在同一坐标系下单次散射的模拟如图 2-59 所示，发射光子仰角 θ_T 服从 $(\theta_1 - \phi_1/2, \theta_1 + \phi_1/2)$ 的均匀分布，产生随机步长后发生散射，产生随机散射角 θ_s，判定 $\theta_R(\theta_s - \theta_T)$ 是否在接收探测器范围 $(\theta_2 - \phi_2/2, \theta_2 + \phi_2/2)$ 内。

在同一坐标系下二次散射的传输模拟如图 2-60 所示。判定 $\theta_R(\theta_{s1} + \theta_{s2} - \theta_T)$ 是否在接收探测器范围 $(\theta_2 - \phi_2/2, \theta_2 + \phi_2/2)$ 内。同理可以推广到 n 次散射。

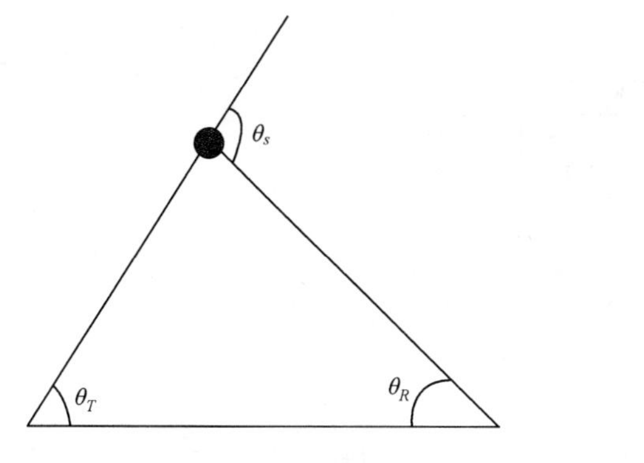

图 2-59 单次散射

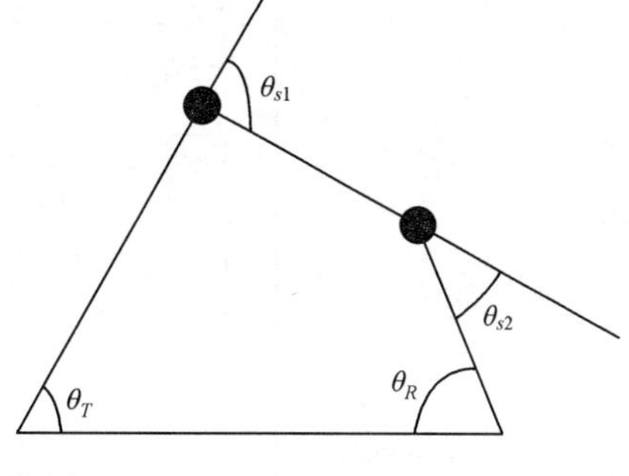

图 2-60 二次散射

第 n 次散射后光子散射方向指向探测面的概率 p_{1n} 为

$$p_{1n} = \frac{1}{4\pi}\int (s_r p_r \theta + s_m p_m \theta)\,\mathrm{d}\Omega \tag{2.124}$$

其中，s_r 和 s_m 分别为 Rayleigh 散射和 Mie 散射的概率，$s_r = \frac{k_s^{\text{Ray}}}{k_s}$，$s_m = \frac{k_m^{\text{Mie}}}{k_s}$；$p_r(\theta)$ 和 $p_m(\theta)$ 分别为 Rayleigh 散射和 Mie 散射的相函数；$\mathrm{d}\Omega$ 为散射点指向探测面的立体角微元。

第 n 次散射后光子不经过消光直接到达探测面的概率 p_{2n} 为[62]

$$p_{2n} = \mathrm{e}^{-k_e |r_n - r'|} \tag{2.125}$$

其中，k_e 为消光系数(散射系数与吸收系数之和)；r_n 为第 n 次散射的位置矢量；r' 为接收端的位置矢量。

第 n 次散射后光子的权重为

$$w_n = (1 - p_{1n})\mathrm{e}^{-k_a |r_n - r_{n-1}|} w_{n-1} \tag{2.126}$$

其中，k_a 为吸收系数；$|r_n - r_{n-1}|$ 为随机步长；w_{n-1} 为第 $n-1$ 次的光子权重。

综上探测器接收到的概率为[63,64]

$$P = \sum_{n=1}^{\infty} w_n p_{1n} p_{2n} \tag{2.127}$$

通过蒙特卡罗方法对光子的出射方向，光子传输的随机步长，光子的散射类型和散射相角以及进入探测器的概率，模拟一定数量的光子后，累加不同时间区域探测到的概率。

2.6.5 结果统计与分析

我们采用 Matlab 语言编写蒙特卡罗模拟的相应程序，其中主体函数的流程图如图 2-61 所示，关键程序代码如附录 A 所示。

为了实际需求，采用蒙特卡罗方法对传输距离为 20m～100m 的紫外光链路单次散射，多次散射的路径损耗进行仿真分析。

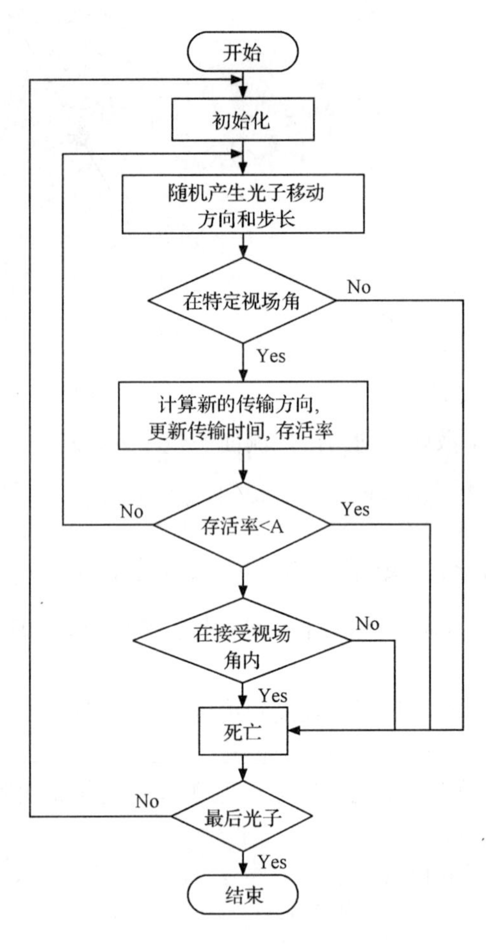

图 2-61　主流程图

图 2-62 和图 2-63 中我们采用两组不同发射和接收仰角对单次和多次的传输

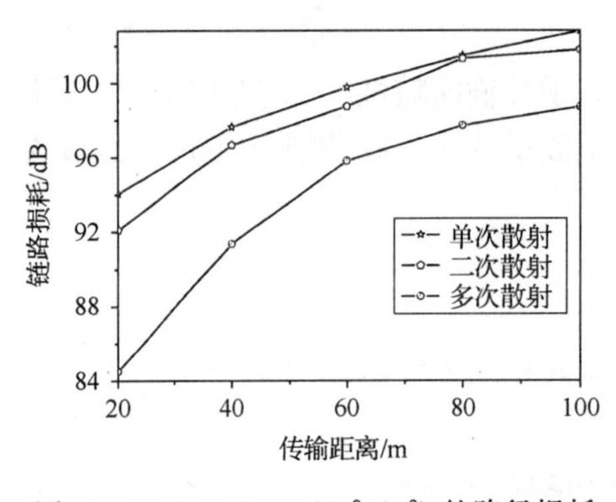

图 2-62　$(\theta_1,\theta_2)=(20°,20°)$ 的路径损耗

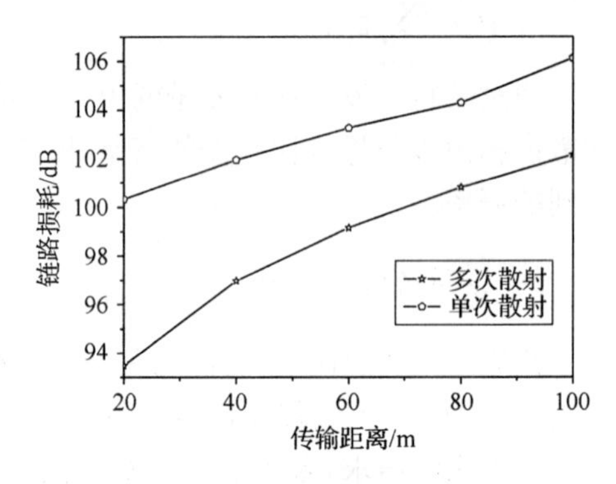

图 2-63　$(\theta_1,\theta_2)=(40°,15°)$ 的路径损耗

损耗进行了比较。文献[60]中结合实验数据提出了采用多次散射对紫外光传输的分析比采用单次散射的分析更准确，能更好地提供一些理论依据。在分析中可以看出，单次和多次散射的路径损耗存在一定的差距，数据可以为系统设计提供参考。

图 2-64 为发射端仰角分别取 20°、45°、90°时，系统的路径损耗随传输距离的变化情况。其中，发射端的发射视场为 17°，接收机的仰角为 20°，接收机的视场角为 30°。可以看出，在其他几何参数不变的情况下，增大发射机的仰角会显著地增加路径损耗。这是因为，增加发射端的仰角使得从有效散射体散射出的光线散射角也会增大，按照散射理论，前向散射最强，偏离传输方向的角度越大，能量散射越弱。

图 2-65 为接收端仰角分别取 20°、45°、90°时，系统的路径损耗随传输距离的变化情况。其中，发射端的视场角为 17°，仰角为 20°，接收端的视场角为 30°。在其他参数相同的情况下，增大接收端的仰角也会增大从散射体散射出的光线的散射角，从而使得系统的路径损耗增加。

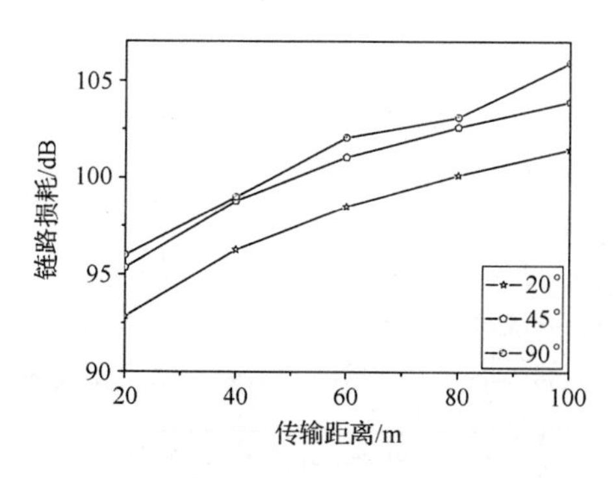

图 2-64 发射仰角不同时的路径损耗

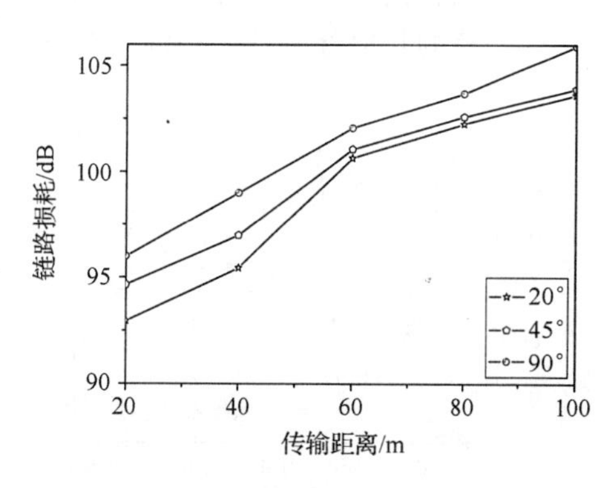

图 2-65 接收仰角不同时的路径损耗

图 2-66 为发射端视场分别取 10°、15°、30°时，系统的路径损耗随传输距离的变化情况。其中，发射端的仰角为 20°，接收端的仰角为 20°，接收端的视场角为 30°。可以看出，随着传输距离的增大，路径传输损耗急剧增大。这是由于随着传输距离的增大，光在大气中的传输损耗也会增大。从图中还可以看出，在其他参数一定的情况下，增大发射端的发散角对路径损耗影响不大。这是因为，增加发射端的发散角虽然增加了发射端和接收端的公共区域，但同时降低了散射体的单位功率密度。

图 2-67 中接收端视场分别为 10°、30°、50°时，系统的路径损耗随传输距离的变化情况。其中，发射端的视场角为 17°，仰角为 20°，接收端仰角为 20°。从图中可以看出，在发射端其他参数一定的情况下，增加接收端的视场可以较明地减低系统的路径损耗。但是，在实际的系统中，接收端的视场受到探测器和光学天线的一些限制。

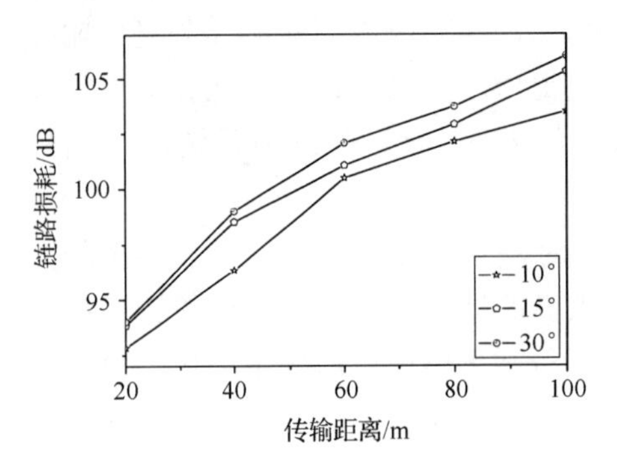

图 2-66　发射视场角不同时的路径损耗

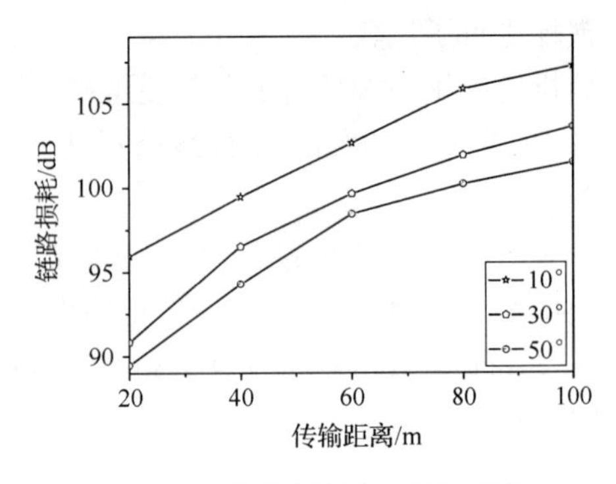

图 2-67　接收视场角不同时的路

文献[61],[62]中指出信道的链路损耗是非常大的,并随着接收、发射端的仰角增大而增大;发射脉冲经过 NLOS 散射信道传输后会产生展宽效应,这就限制了通信系统的信道带宽,并且可能导致码间干扰。本章最后通过蒙特卡罗模拟对接收端的接收概率进行了统计,统计结果表明散射模型发射光子的覆盖范围和我们在前一节的几何分析结果一致。如图 2-68 和图 2-69 所示。

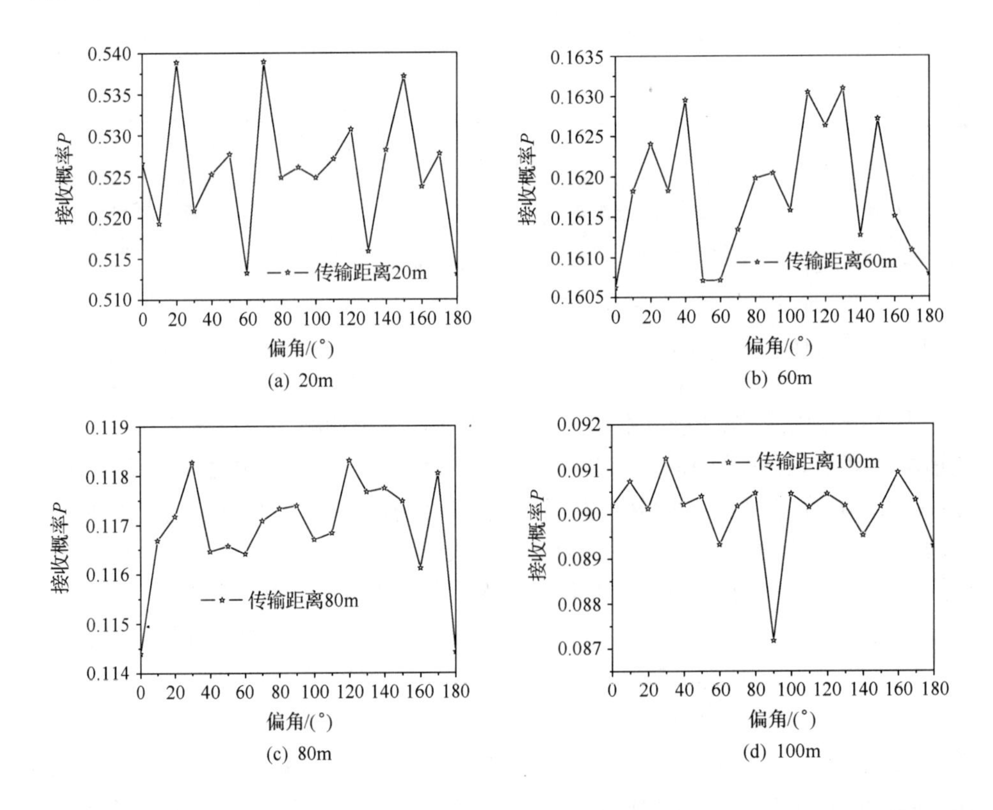

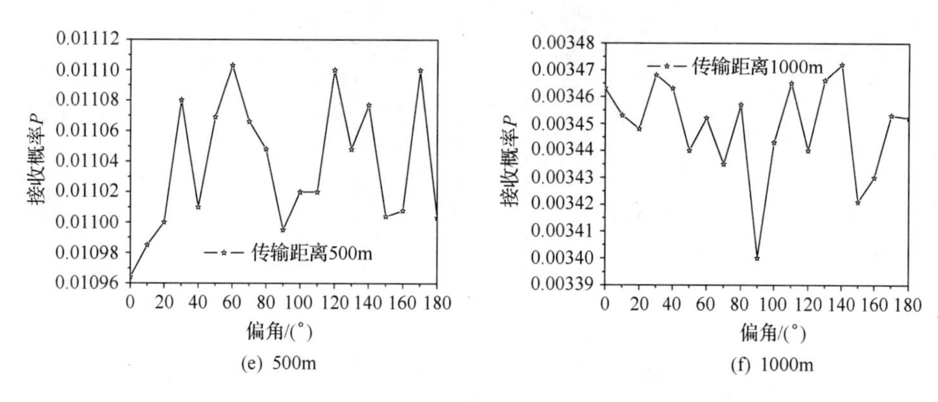

(e) 500m　　(f) 1000m

图 2-68　NLOS(b)类不同传输距离的接收概率

图 2-68 和图 2-69 中采用发射光子为 10^{15} 个、分别对 NLOS(b)类通信方式和 NLOS(c)类通信方式在传输距离从 20m～1000m 的接收概率进行了统计。因为地面覆盖范围抽象到几何模型中相当于是 XOY 面的投影，所以对与 X 轴夹角从 0°～180°的接收概率进行了统计。图中当传输距离为 60m 和 80m 时接收概率的变化相对不是很稳定；其他传输距离下，接收概率的变化基本稳定，仿真结果进一步验证了覆盖范围模型的正确性，为上层组网提供一个可靠的保障。

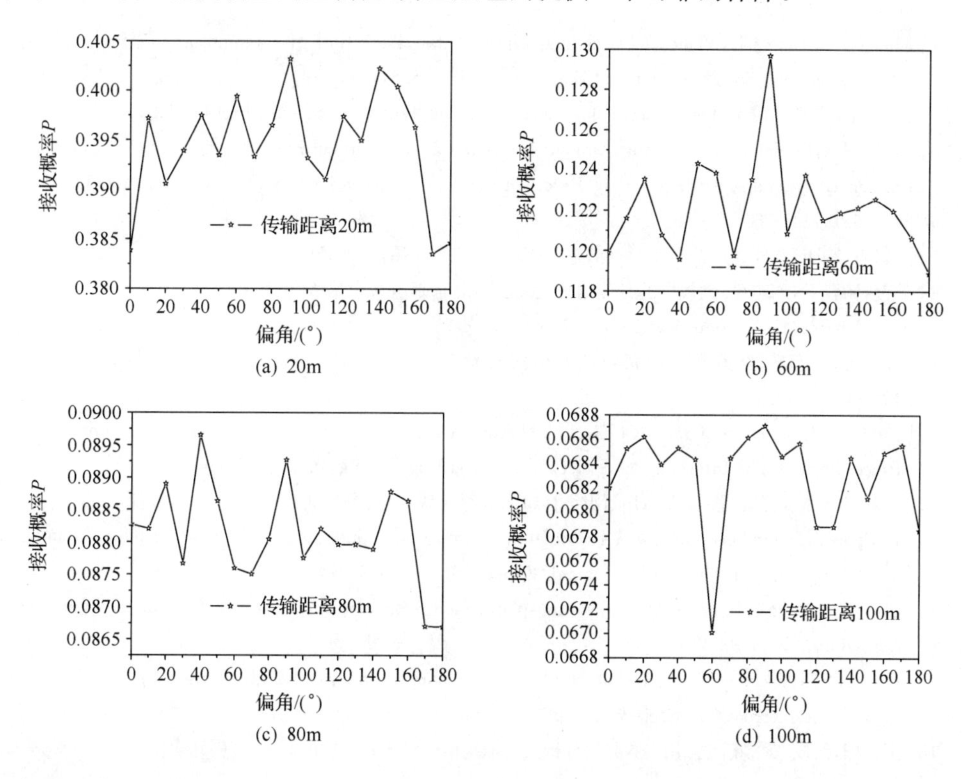

(a) 20m　　(b) 60m

(c) 80m　　(d) 100m

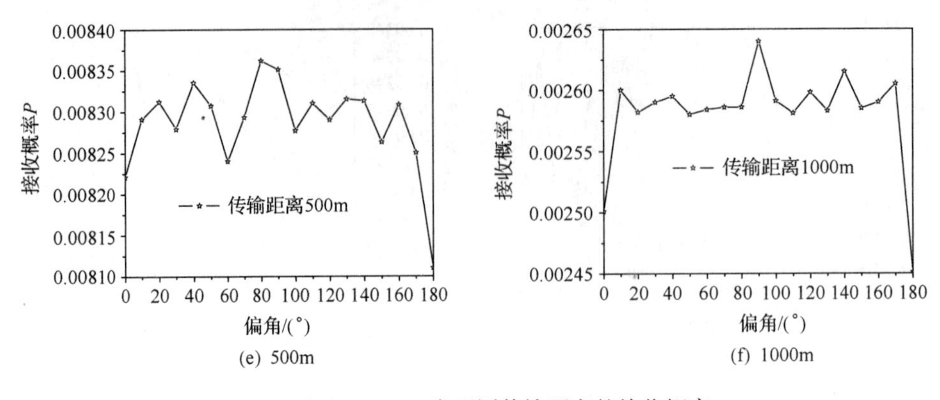

(e) 500m　(f) 1000m

图 2-69　NLOS(c)类不同传输距离的接收概率

参 考 文 献

[1] Kahn J M, Barry J R. Wireless infrared communication//Proceedings of IEEE, 1997, 2(17): 265-298

[2] Gfeller F R, Bapst U H. Wireless in-house data communication via diffuse infrared radiation//Proceedings of IEEE, 1979, 12(67): 1474-1486

[3] Kotzin M D. Short-range communications using diffusely scattered infrared radiation. North Western University, 1981, 6(20): 1-10

[4] Chang S L, Yang J K, Yang J C, et al. The experimental research of uv communication//Proceedings of The International Society for Optical Engineering, 2004, 5284: 344-348

[5] Huffman R E. Atmospheric Ultraviolet Remote Sensing. Boston: Academic Press, 1992

[6] David M R, Daniel T M, John A M. Unique properties of solar blind ultraviolet communication systems for unattended ground sensor networks//Proceedings of The International Society for Optical Engineering, 2004, 5611: 244-254

[7] 刘新勇, 鞠明. 紫外光通信及其对抗措施初探. 光电技术应用, 2002, 5(20), 8-9

[8] 吴健, 杨春平, 刘建斌. 大气中的光传输理论. 北京: 北京邮电大学出版社, 2006

[9] http://baike.baidu.com/view/287541.htm? fr=ala0_1_1

[10] 徐智勇, 沈连丰, 汪井源, 等. 紫外散射通信实验系统及其性能分析. 东南大学学报, 2009, 6(39), 1087-1092

[11] Lindner M, Elstein S, Panitkova E, et al. UV devices for solar blinol & background limited detection//Proceedings of The International Society for Optical Engineering, 10(2): 527-534

[12] 陈林星, 曾曦, 曹毅. 移动 Ad Hoc 网络-自组织分组无线网络技术. 北京: 电子工业出版社, 2006

[13] Lavigne C, Durand G, Roblin A. Ultraviolet light propagation under low visibility atmospheric conditions and its application to aircraft landing aid. Applied Optics: 2006: 9140-9150

[14] Chen J H, Yang X L. Research of the atmospheric factors of solar blind ultraviolet communication. Laser Magazine, 2008, 4: 38-39

[15] Gary A S, Melissa N, Mrinal I, et al. NLOS UV communication for distributed sensor systems//Proceedings of The International Society for Optical Engineering, 2000, 4126: 83-96

[16] 尹治国, 何俊, 黄常春, 等. 用实验方法分析大气随机信道对激光传输的影响. 应用光学, 2005, 26(4): 33-35

[17] Patterson E M, Gillespie J B. Simplified ultraviolet and visible wavelength atmospheric propagation model. Applied Optics,1989,28(3),425-429

[18] 李晓峰. 星地激光通信链路原理与技术. 北京:国防工业出版社,2007

[19] 朱孟真,张海良,贾红辉,等. 基于 Mie 散射理论的紫外光散射相函数研究. 光散射学报. 2007,3:225-228

[20] 程玉宝,杨希伟. Mie 散射因子的计算方法及其应用. 光电技术应用,2005,20(5):12-14

[21] 杨晔,张镇西,蒋大宗. Mie 散射物理量的数值计算. 应用光学,1997,18(4):17-19

[22] 袁易君,任德明,胡孝勇. Mie 理论递推公式计算散射相位函数. 光散射学报,2006,17(4):266-371

[23] Wiscombe W J. Mie scattering calculations: advances in technique and fast, vector 2speed computer codes. National Center for Atmospheric Research,1979:177-180

[24] 林宏. 海洋悬浮粒子的米氏散射特性及布里渊散射特性研究. 武汉:华中科技大学博士学位论文,2007

[25] 李华,秦石乔,胡欣,等. 1.06um 激光仿真测试中 Mie 散射影响分析. 国防科技大学学报,2008,30(3):5-10

[26] 张士英. 基于 Mie 氏散射理论的石墨微球颗粒光散射特性研究. 红外与激光,2008,29(11):8-11

[27] 徐智敏. 自由空间紫外语音通信调制与编码的研究. 重庆:重庆大学硕士学位论文,2007

[28] 武琳,应家驹,耿彪. 大气湍流对激光传输的影响. 红外与激光,2008,3(10):578-779

[29] 钱仙妹,朱文越,等. 紫外通信的大气传输特性模拟研究. 光子学报,2008,4(10):789-790

[30] 万玲玉,蒋丽娟. 湍流大气中光强闪烁对光通信链路的影响. 光通信技术,2002,2(6):17-20

[31] 李霁野,邱柯妮. 紫外光通信在军事通信系统中的应用. 光学与光电技术,2005,3(4):19-21

[32] Neer M E,Schlupf J M,Fishburne E S,et al. The development and testing of an UV voice communication System. Naval Electronic Systems Command,1979,12(7):125-126

[33] Zachor A S. Aureole radiance field about a source in a scattering-absorbing medium. Applied Optic,1978,12(17):1911-1922

[34] Xu Z. Approximate performance analysis of wireless ultraviolet links//Proceedings of IEEE,2007,4(15):15-20

[35] Shaw G A, Siegel A M,Mode J. Recent progress in short-range ultraviolet communication//Proceedings of IEEE,2005,6(2):214-225

[36] 蓝天,倪国强. 紫外通信的大气传输特性模拟研究. 北京理工大学学报. 2003,4(23):19-23

[37] 唐义,倪国强,张丽君,等. 非直视紫外光通信单次散射传输模型研究. 光学技术,2007,5(33):759-760

[38] Mark R L,Jeffrey H S,David M R. Non-line-of-sight single-scatter propagation model. Journal Optical Society of America,1991,8(12):1964-1972

[39] Ding H P,Chen G,Arun K,et al. A parametric single scattering channel model for non-line-of-sight ultraviolet communications//Proceedings of The International Society for Optical Engineering,2008,19(8):1-6

[40] Ricky D. Electrodeless ultraviolet communications system//Proceedings of IEEE,1995,10(11):1-4

[41] 许淑艳. 蒙特卡罗方法在实验核物理中的应用. 北京:原子能出版社,1996

[42] Wang J L, Luo T, Dai M,et al. UV NLOS communications atmospheric channel model and its performance analysis//Proceedings of IEEE,2009,9(31):85-88

[43] 贾红辉,常胜利,杨建坤等. 非视线紫外通信大气传输特性的蒙特卡罗模拟. 光子学报,2007,5(36):955-957

[44] Tang Y,Ni G Q, et al. Study of channel character of solar blind UV communication//Proceedings of

SPIE, 2007,10(12):1-8
[45] 雷军,张振军,刘斌,等. Monte Carlo 方法在高分子科学中的应用. 高分子通报,2005,6(21):2-124
[46] 冯艳玲. 紫外光通信大气信道研究. 西安:西安理工大学硕士学位论文,2011
[47] 赵太飞,冯艳玲,柯熙政,等. 日盲紫外光通信网络中节点覆盖范围研究. 光学学报,2010,30(8):2229-2235
[48] Guidelines on limits of exposure to ultraviolet radiation of wavelengths between 180 nm and 400 nm (Incoherent Optical Radiation). Health Physics 2004,2:171-186
[49] 邵铮铮,张里荃,常胜利. 非视线光传输模型的研究状况. 红外与激光工程,2006,36(增刊):496-497
[50] 唐义,倪国强,蓝天,等. 日盲紫外光通信系统传输距离的仿真计算. 光学技术,2007,33(1):27-30
[51] Hulst V. Light Scattering By Small Particles. New York: Wiley,1957
[52] 王平,周津慧,杨银堂,等. 6H-SiC 高场输运特性的多粒子蒙特卡罗研究. 光子学报,2004,3(15):322-325
[53] Elkamchouchi H M,El-Shimy M A. Monte Carlo simulation of light propagation through the troposphere for free space optical communication//Radio Science Conference National,2006
[54] Chen G, Abou-Galala F, Xu Z Y, et al. Experimental evaluation of LED-based solar blind NLOS communication links. Optics Express, 2008,16(19):15059-15068
[55] 汪科. 日盲紫外光语音通信系统的研究. 重庆:重庆大学硕士学位论文,2006
[56] 徐钟济. 蒙特卡罗方法. 上海:上海科学技术出版社,1985
[57] Pearson E S, Hartley H O. Biometrika Tables for Statistians. London:Cambridge,1966
[58] 肖云茹. 概率统计计算方法. 天津:南开大学出版社,1994
[59] http://wenku. baidu. com/view/9fb6d9c789eb172ded63b799. html
[60] Feng T, Xiong F, Ye Q, et al. Non-line-of-sight optical scattering communication based on solar-blind ultraviolet light//Proceedings of The International Society for Optical Engineering,2007,10(12):1-5
[61] Xu Z Y, Chen G, Abou-Galala F,et al. Experimental performance evaluation of non-line-of-sight ultraviolet communication system//Proceedings of The International Society for Optical Engineering,2007,16(19):1-12
[62] Ding H P, Chen G, Arun K, et al. Modeling of non-line-of-sight ultraviolet scattering channels for communication//Proceedings of IEEE,2009,9(27):1535-1538
[63] 邵铮铮,常胜利,兰勇,等. 非视线紫外光信号传输时间特性的数值模拟. 光学与光电技术,2006,6(4),18-19
[64] 王明星,王庚辰,等. 大气气溶胶. 北京:科学出版社,1984

3　紫外光通信网络的节点定位算法

采用紫外光通信既克服了有线通信需要铺设电缆的缺点，节省了铺设电缆所需的时间，又克服了无线通信易被侦听的弱点，还大大减少了通信设备和线路开设及拆除时间。紫外光非直视通信系统的设计包括通信信道的物理特性、发射机与探测器技术、数字通信技术和网络技术等问题[1]。本章讨论紫外光通信网络的节点定位算法。

3.1　紫外光通信网络

采用日盲波段紫外光作为传输手段，构成紫外光通信网络的传输层，构建紫外光通信网络，可以达到跨越障碍、增加传输距离的目的。

3.1.1　无线通信网络的分类

近地大气分子和微粒对日盲紫外光的吸收很强，以及日盲紫外光在大气中传输时其发射功率、散射信道等因素决定了它只能进行近距离通信。为了扩大紫外光通信的覆盖范围，使其能够适用于更多应用场合，根据实际需求可以组成不同拓扑结构的网络来实现。紫外无线光网络的拓扑结构通常有环型网、星型网和网状网，如图 3-1 所示，具体如何选择取决于用户需求和具体应用。

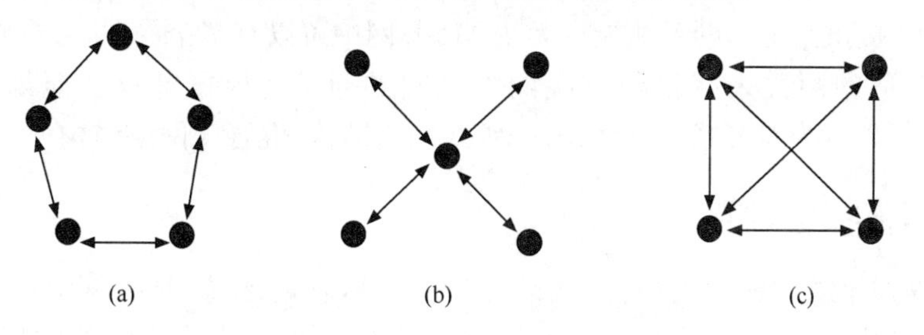

图 3-1　紫外无线光网络拓扑

环型网结构中的传输媒体从一个端用户到另一个端用户，直到将所有端用户连成环型，如图 3-1(a)所示。环行结构的特点是，每个端用户都与两个相邻的端用户相连，因而存在着单向方式操作的点到点链路，在无线光系统中能够以单向通信的方式实现信息的双向传递。显而易见这种结构消除了端用户通信时对中心系统的依赖，但环上传输的任何报文都必须穿过所有端点，如果环上的某一点断开，环上所有端间的通信便会终止。

星型网结构中端用户之间的通信必须经过中心站，便于集中控制，如图 3-1(b)所示。端用户设备因为故障而停机时也不会影响其他端用户间的通信，但中心系统必须具有极高的可靠性。该结构的优点是可以把业务集中到一点(集线器或中心节点)再接入核心网，效率较高，比较经济。缺点是能提供的带宽较少，每条链路仍无冗余保护，可靠性较差。

网状网结构是一种多跳、自组织的宽带无线网络，一般由 Mesh 路由器和 Mesh 客户节点组成。网状网结构中每个通信节点跟多个其他通信节点相连，如图 3-1(c)所示。网络中通信节点可以提供多个几乎实时的迂回选路，不仅可以为网络业务提供冗余保护，还可以把业务汇聚到某些点，更有效地接入网络。

3.1.2 无线 Mesh 网

在无线 Mesh 网中，采用网状拓扑结构，也可以说是一种多点到多点的网络拓扑结构[2]。在这种 Mesh 网络结构中，各网络节点通过相邻的其他网络节点，以无线多跳方式相连。一般来讲，无线 Mesh 网由 Mesh 路由器(Mesh router，MR)、Mesh 终端(Meshclient，MC)和 Mesh 网关(Mesh gateway，MG)组成。但根据网络具体配置的不同，无线 Mesh 网不一定包含以上所有类型的节点。Mesh 路由器是具有路由功能的 Mesh 节点，负责终端的接入和数据的转发，Mesh 路由器互连构成了无线骨干网。Mesh 终端是用户直接使用的设备，它通过 Mesh 路由器访问 Internet[3]。某些 Mesh 终端也具有路由功能，在特殊情况下，能够为其他不能直接接入无线 Mesh 网的终端用户提供路由转发。Mesh 终端设备具有多样性，可以是普通 PC、笔记本电脑、PDA、IP 电话等。Mesh 网关是无线 Mesh 网与有线网络的连接点，提供路由和网关功能。无线 Mesh 网中可以有多个网关，数据传输可以选择最合适的网关来获得与有线网络之间的通信。根据节点功能划分，无线 Mesh 网可以分为对等式网络结构、分级式网络结构、混合式网络结构[4]。

1. 对等式无线 Mesh 网络

对等式无线 Mesh 网又称终端设备 Mesh 网，它是无线 Mesh 网中最简单的一种结构。如图 3-2 所示，图中所有的节点为对等结构，具有完全一致的特性，每个节点均包含相同的 MAC、路由、管理和安全协议。此网络结构中，任意节点发出的数据包可以经由多个节点的转发抵达目的节点，虽然节点不需要具有网关功能，但路由和自组织能力是必须的。这种网络结构中的客户端通常只使用一种无线接口技术。这种结构适用于节点数据较少且不需要接入到核心网络的应用场合。在这种网络结构中，网络中的节点为具有 Mesh 路由器功能的增强型终端用户设备。MC 自身配置射频收发器装置，通过无线信道的连接形成一个点到点的网络，两个无法直接通信的 Mesh 客户端可以借助其他 Mesh 客户端的转发功能实现通信。这是一种任意网状的拓扑结构，网内节点可以任意移动，网络拓扑结构也随之变化。终端设备 Mesh 网络本质上是一个移动 Ad Hoc 网络，它在没有或不便利用现有网络基础设施的情况下提供一种通信支撑环境。

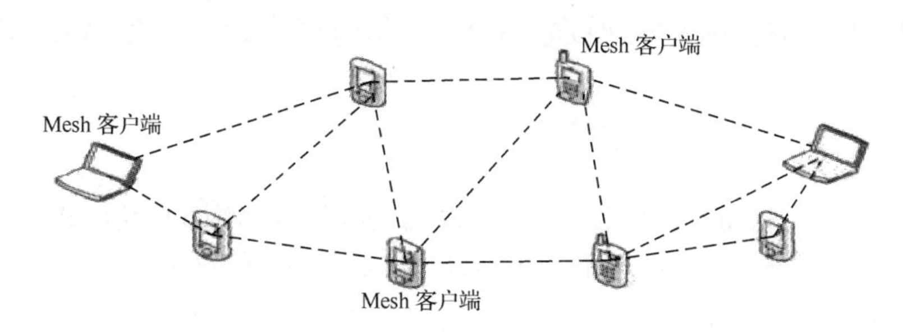

图 3-2　对等式无线 Mesh 网络结构[5]

2. 分级式无线 Mesh 网络

分级式无线 Mesh 网结构又称为基础设施/骨干 Mesh 网络结构，如图 3-3 所示，可分为上层和下层两个部分。Mesh 路由器组成一个基础设施供 Mesh 客户端连接。Mesh 路由器之间形成了一个自配置、自愈的网状结构。通过网关功能，Mesh 路由器可以连接到 Internet 上，这种方法为普通用户提供了骨干。通过 Mesh 路由器的网关/桥接功能，可以将无线 Mesh 网与现有的无线网络集成起来。传统的具有以太网接口的客户端可以通过以太网链路连接到 Mesh 路由器上。如

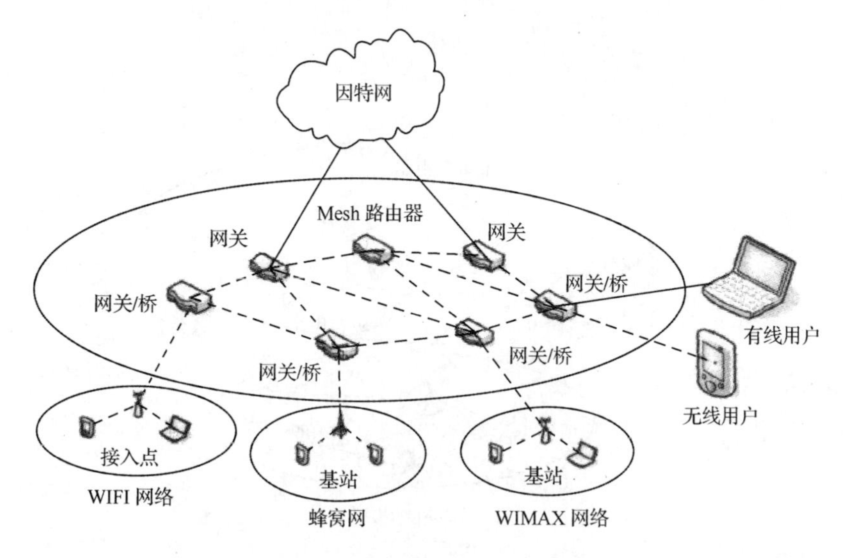

图 3-3　分级式无线 Mesh 结构

果 Mesh 客户端与 Mesh 路由器使用相同的无线技术，那么它们可以直接与 Mesh 路由器通信；如果使用不同的无线技术，客户端必须和基站通信，而该基站具有到 Mesh 路由器的以太网连接。骨干 Mesh 网络结构是最常使用的一种类型。移动 Mesh 客户端节点通过无线 Mesh 路由器的路由选择和中继功能接入到上层 Mesh 结构的骨干网络中，在 Mesh 网关与 Mesh 终端用户之间形成无线回路，实现了网络节点间的互通[6]。

3. 混合式无线 Mesh 网络

混合网络结构如图 3-4 所示[7]，它是基础设施/骨干 Mesh 网络结构和终端备 Mesh 网络结构的混合。在这种结构中，终端节点已不是仅仅支持 WLAN 的普通设备，而是增加了具有转发和路由功能的 Mesh 设备，设备之间可以 Ad Hoc 方式互联。一般来说，终端设备节点需同时具有接入上层网络 Mesh 路由器和本层网络对等节点的功能。由于前两种网络模式具有互补性，因此支持两种模式的混合 Mesh 网络将在一个广阔的区域内实现多跳无线通信。终端设备既能与其他网络相连，实现无线宽带接入，又可以与其他用户通信，并可作为路由器转发其他节点的数据，送往目的节点。混合结构的无线 Mesh 网络拥有更广的应用范围和更好的适应性。例如，在紧急救援行动中，救援人员既可以用随身携带的 Mesh 客户端临时组网，相互之间进行通信，又能够及时地将救援行动中的重要数据通过 Internet 发送到总部。

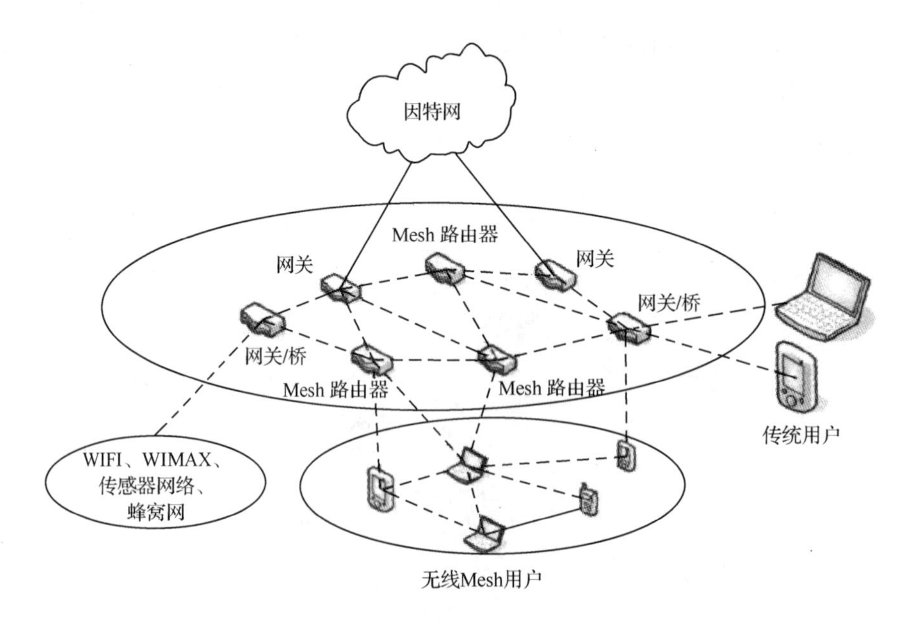

图 3-4 混合式无线 Mesh 网络结构

4. 无线 Mesh 网的特点

无线 Mesh 网与传统的无线网络相比具有以下特点[8~10]：

(1) 快速部署和易于安装。安装 Mesh 节点非常简单，将设备从包装盒里取出来，接上电源就行了。由于极大地简化了安装，用户可以很容易增加新的节点来扩大无线网络的覆盖范围和网络容量。在无线 Mesh 网中，不是每个 Mesh 节点都需要有线电缆连接，这是它与有线接入点(access point，AP)最大的不同。无线 Mesh 的设计目标就是将有线设备和有线 AP 的数量降至最低，因此会大大降低总建设成本和安装时间，仅这一点带来的成本节省就是非常可观的。无线 Mesh 网的配置和其他网管功能与传统的 WLAN 相同，用户使用 WLAN 的经验可以很容易地应用到 Mesh 网络上。

(2) 非直视传输。利用无线 Mesh 技术可以很容易地实现 NLOS 配置，因此在室外和公共场所有广泛的应用前景。与发射台可直视的用户先接收无线信号，然后再将接收到的信号转发给非直接直视的用户。按照这种方式，信号能够自动选择最佳路径不断从一个用户跳转到另一个用户，并最终到达无直接直视的目标用户。这样，具有直接直视的用户实际上为没有直接直视的邻近用户提供了无线宽带访问功能。无线 Mesh 网能够非直视传输的特性大大扩展了无线宽带的应用领域和覆盖范围。

(3) 健壮性强。实现网络健壮性通常的方法是使用多路由器来传输数据。如果某个路由器发生故障，信息由其他路由器通过备用路径传送。Mesh 网络比单跳网络更加健壮，因为它不依赖于某个单一节点的性能。在单跳网络中，如果某一个节点出现故障，整个网络也就随之瘫痪。在 Mesh 网络结构中，由于每个节点都有一条或几条传送数据的路径，如果最近的节点出现故障或者受到干扰，数据包将自动路由到备用路径继续进行传输，整个网络的运行不会受到影响。

(4) 结构灵活。在单跳网络中，设备必须共享 AP。如果几个设备要同时访问网络，就可能产生通信拥塞并导致系统的运行速度降低。在多跳的网络中，设备可以通过不同的节点同时连接到网络，因此不会导致系统性能降低。Mesh 网络还提供了更大的冗余机制和通信负载平衡功能。在无线 Mesh 网中，每个设备都有多个传输路径可用，网络可以根据每个节点的通信负载情况动态地分配通信路由，从而有效地避免了节点的通信拥塞。目前的单跳网络并不能动态地处理通信干扰和接入点的超载问题。

(5) 高带宽。无线通信的物理特性决定了通信传输的距离越短就越容易获得高带宽，因为随着无线传输距离的增加，各种干扰和其他导致数据丢失的因素随之增加，所以选择经多个短跳来传输数据将是获得更高网络带宽的一种有效方法，而这正是 Mesh 网络的优势所在。在 Mesh 网络中，一个节点不仅能传送和接收信息,还能充当路由器对其附近节点转发信息,随着更多节点的相互连接和可能的路径数量的增加,总带宽也大大增加。

3.1.3 紫外光网状通信网络

由前面的知识可以知道,Mesh 网络结构与紫外光通信各自具备较强的优势,将无线 Mesh 网与紫外光通信相结合,在网络的各个节点间利用日盲紫外光进行通信,因此而组成的紫外光通信网络具有较好的性能。在此网络中,紫外光通信借助 Mesh 网络的多跳传输性能,扩大了信息传输范围,较好地解决了紫外光通信传输距离有限的局限性。其网络结构图如图 3-5 所示,无线紫外光 Mesh 网络的典型结构是一种分级网络结构:Mesh 路由器互联构成多跳无线骨干网,负责数据的中继;骨干网一般通过网关节点与其他网络互联,而 Mesh 客户节点通过 Mesh 路由器接入到无线 Mesh 网。

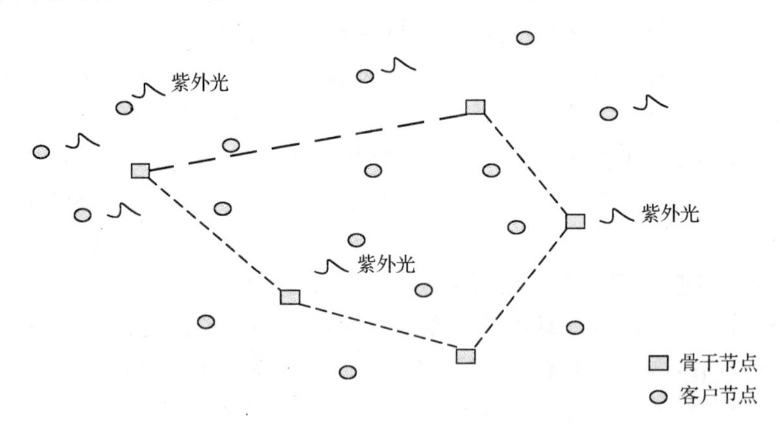

图 3-5 无线紫外光 Mesh 网络结构图[11]

无线紫外光 Mesh 网络能在地形复杂的环境中保证通信畅通,可以满足安全性强、移动灵活的现代通信需求,能够快速部署并且易于安装,满足近距离通信的需求。因此,无线紫外光 Mesh 网络有着广泛的应用前景,可以实现小区宽带接入、楼宇间无线联网等应用解决方案,也能满足水下装备的近距离通信、航母直升机起降等情况的通信需求。

由于日盲紫外光波长较短,在传输过程中受到大气的散射作用很强。大气中的分子和气溶胶散射紫外光,根据传输的紫外光波长与散射粒子直径之间的关系,可以将散射分为三种:当光波波长远大于散射微粒尺寸时主要产生 Rayleigh 散射;当光波波长与大气散射微粒的尺寸相比拟时主要产生 Mie 散射;当光波波长远小于散射微粒尺寸时产生非线性散射。紫外光的散射特性使得它可以实现非直视通信。

非直视通信是相较于直视(line of sight)通信来讲的,直视通信要求发送端与接收端严格对准,如红外光通信,但是在环境条件差的情况下很难满足对准的要求;另一方面,即使环境条件允许,两方对准也不是一个简单的问题。通常,我们期望把这种易于架设的通信设备用于条件恶劣的、严重受灾的、地形复杂的地方,那么发射端和接收端之间很难全无遮挡物,此时非直视通信就显得尤为重要,这也是紫外光通信的一项重要优势。

图 2-1 说明了不同收发仰角的三种紫外光非直视通信模型。表 3-1 列出了图 2-1中三种通信模型配置方式下的性能比较。从表 3-1 中可以得到,当收发端仰角均为 90°时,全方位性最好,但是工作距离却最短;当收发仰角均小于 90°时,全方位性最差,但是传输距离却最远;当收发端仰角的一端小于 90°,另一端等于 90°时,各项性能均介于前两者之间。图 2-1 与表 3-1 表述了点到点的紫外光通信模式与性能。

表 3-1 三种通信模型配置中的性能比较[12]

工作模式	发射仰角	接收仰角	全向性	传输距离/km	共同散射体	带宽
NLOS(a)	90°	90°	最好	1	无限	最小
NLOS(b)	<90°	90°	较好	1.5～2	有限	较小
NLOS(c)	<90°	<90°	最差	2～2.5	有限	最大

紫外光通信网络是建立在多个点到点的紫外链路上,因此为网络中各个节点配置通信模型以它们各自点到点链路模型具有的不同性能为原则。当网络中的节点处于群发或者搜索状态时,可以工作在 NLOS(a)模式下,因为这时通信节点的全方位性最好,可以与周围覆盖范围内的许多节点进行信息交互。当网络节点要在某个方向上进行多节点通信,可以工作在 NLOS(b)模式下,因为这时通信节点在保证一定带宽的前提下同时拥有一定的全方位性。当网络节点要在某个方向上远距离点到点的非直视宽带通信,可以工作在 NLOS(c)模式下,因为这时通信节点间的非直视通信距离最远且带宽最宽。

3.2 无线通信网络定位算法

在紫外光 Mesh 通信网络中,决定由发射端到接收端通信成功的重点在于接入层和路由层工作的有效性与恰当性。为了能够给接入层和路由层提供更多的节点位置信息,使各节点能够估算它所要通信的目标节点是在一跳通信范围内还是需要转发,最终获得高质量、高效率的无线通信,研究适用于紫外光通信网络的节点定位算法是有意义的一项课题。

3.2.1　传统的定位算法

依据定位算法使用的信息种类,可将节点定位算法分为测距算法和非测距算法。网络中坐标已知的节点称为信标节点或锚节点。测距算法利用点到点之间的距离或角度信息计算未知节点的坐标,通常此算法需要三个(二维节点网络)或四个(三维节点网络)信标节点。非测距算法利用与临近信标的连接关系等信息计算未知节点的几何坐标[13]。

1. 非测距算法

1) APIT 算法

APIT 是一种基于区域划分的节点定位算法[14]。如图 3-6 所示,未知节点通过自身周围的信标节点组成一系列的三角形并将网络区域划分成许多三角区域,这些区域一般有交集,然后通过判定未知节点是否位于这些三角形区域内来逐步缩小未知节点所在的区域,进而确定未知节点可能的位置。用于判定一个节点是否位于三角形之内的方法称为 PIT(point-in-triangulation test)。测试时,一个未知节点从所有可侦测信标节点中任意选取三个组成三角形,并判定自己是否位于这个三角形之内。APIT 重复 PIT 直到所有任意三个信标组成的三角形组合之后达到了定位精度。这样即可找出所有的满足点位于三角形区域条件的三角形,然后求出这些三角形区域的交集。该交集是一个多边形,再利用 COG(center of gravity)求出多边形的重心坐标,这一坐标即是未知节点的估计位置。但是,由于 APIT 判断节点是否在三角形内部是利用接收信号强度的信息,因此接收信号强度中存在的噪声对 APIT 算法性能的影响很大,随着噪声的加大,算法的定位精度下降很快。

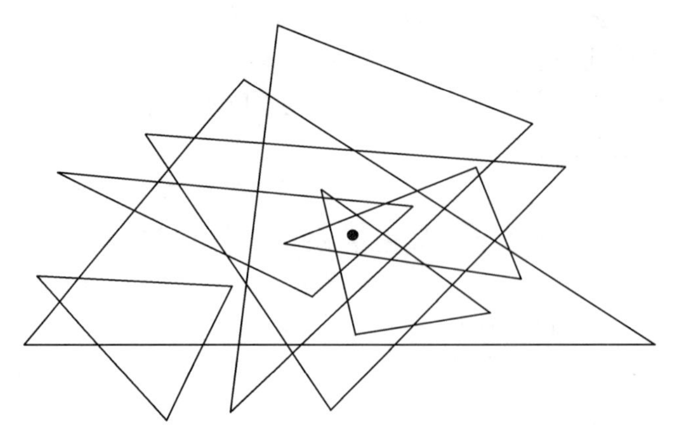

图 3-6　APIT 算法

2) DV-Hop

DV-Hop[15]是一种分布式、基于通信跳数的定位算法。首先,信标节点向周围广播自身的坐标信息。网络中每个节点都维护一个自身到这些信标节点的最小跳数表(minimum hop-count table)。然后每个信标节点就会计算出自身的跳段距离并向周围广播,未知节点就选择一个距离自身最近的信标节点的跳段距离作为自身的跳段距离。然后根据前面记录的最小跳数表,就可以计算出自身到所有信标节点的距离,从而计算出自身的坐标。DV-Hop 算法由于需要进行洪泛通信,因此有较大的通信开销。

如图 3-7 所示,已知锚节点 $L1$ 与 $L2$,$L3$ 之间的距离和跳数。$L2$ 计算得到校正值(平均每跳距离)为(50+75)/(2+5)=17.86。假设 A 从 $L2$ 获得校正值,则它与 3 个信标节点之间的距离分别为 $L1$:3×17.86,$L2$:2×17.86,$L3$:3×17.86,然后使用三边测量法确定节点 A 的位置。DV-Hop 算法在网络平均连通度为 10,锚节点比例为 10%的各向同性网络中定位精度约为 33%。其缺点是仅在各向同性的密集网络中,校正值才能合理地估算平均每跳距离[16]。

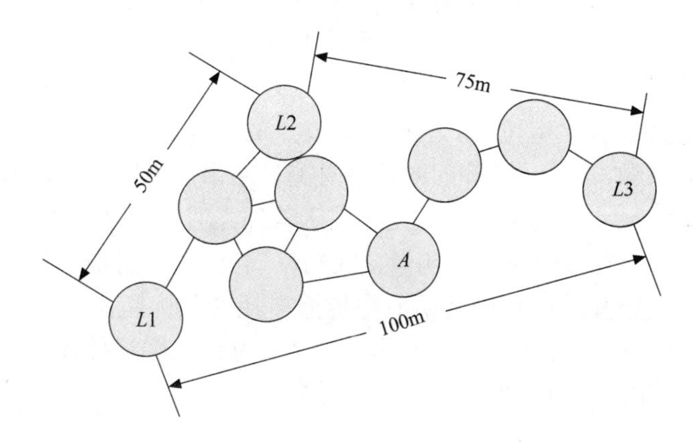

图 3-7　DV-Hop 算法示意图

3) Centroid 算法

Centroid 算法是 Bulusu 提出的一种非测距的粗粒度算法[17],如图 3-8 所示。此算法只需要利用信标节点的坐标值(x^i,y^i)即可估算未知节点的坐标。信标节点周期性地向周围广播自身的位置,接收到信标节点包的未知节点,通过计算这些未知节点的重叠区域来得到自身的位置估计。未知节点接收到信标节点未知信息后,按式(3.1)计

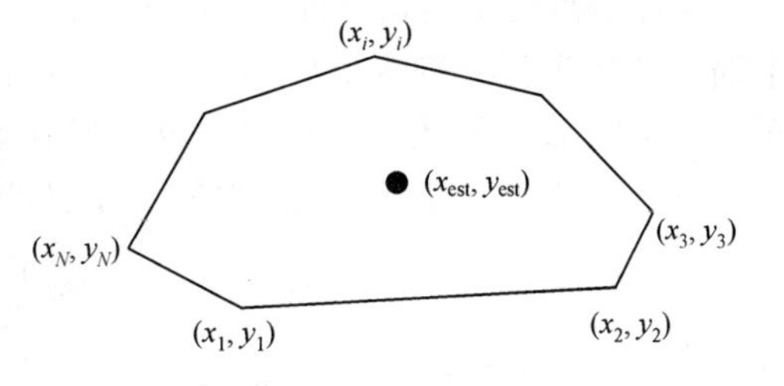

图 3-8　Centroid 算法

算未知节点的坐标，即

$$(x_{est}, y_{est}) = \left(\sum x_i/N, \sum y_i/N\right) \tag{3.1}$$

此算法的优点在于，算法不需要信标节点和未知节点间的协调，因此算法简单且容易实现。但是，此算法假设节点均具有理想的球形无线信号传播模型，而实际上并非如此。算法的精度与信标节点的密度及分布有很大关系，密度越大，分布越均匀，定位精度越高；传感器场边缘的未知节点的定位误差很大。

2. 测距算法

尽管非测距算法具有经济、用途广泛等优点，但对于某些应用来说，它存在精度不高的缺点，这时可采用测距算法[16,18]。测距算法可分为 TOA(time of arrival)算法，AOA(angle of arrival)算法和 RSSI(received signal strength index)算法。

TOA 算法通过测量信号传播时间来测量距离。该技术最基本的定位系统是 GPS，GPS 系统需要昂贵、高能耗的电子设备来精确同步卫星时钟，因此 GPS 和其他 TOA 技术对无线紫外光通信网络几乎是不可行的。

AOA 算法是一种估算邻居节点发送信号方向的技术，可通过天线阵列或多个接收器结合来实现，除定位外，还能提供节点的方向信息。然而，AOA 技术受外界环境影响，如噪声、NLOS 等问题都会对测量结果产生影响。同时，AOA 需要额外硬件，在硬件尺寸和功耗上可能无法用于紫外光通信网络节点。

RSSI 算法利用在接收节点上测量接收功率，与已知发射功率相比较计算传播损耗，使用理论或经验的信号传播模型将传播损耗转化为距离。其主要误差来源是环境影响所造成的信号传播模型的建模复杂性：反射、多径传播、非直视、天线增益等问题都会对相同距离产生显著不同的传播损耗。

3.2.2　两种常用的节点定位算法

1) 三边测量法

三边测量法[19]的理论依据是，如果确定了三个锚节点的坐标和未知节点分别到三个锚节点的距离，就可以确定该节点的坐标。在二维空间中(图 3-9)，已知三个锚节点的坐标分别为 $A(x_1, y_1)$、$B(x_2, y_2)$、$C(x_3, y_3)$，未知节点到三个锚节点 A、B、C 的距离分别为 d_1、d_2、d_3，设未知节点坐标为 $D(x, y)$，根据两点之间距离的数学计算公式，可以得到如式(3.2)定义的方程组，即

$$\begin{cases} d_1 = \sqrt{(x-x_1)^2 + (y-y_1)^2} \\ d_2 = \sqrt{(x-x_2)^2 + (y-y_2)^2} \\ d_3 = \sqrt{(x-x_3)^2 + (y-y_3)^2} \end{cases} \tag{3.2}$$

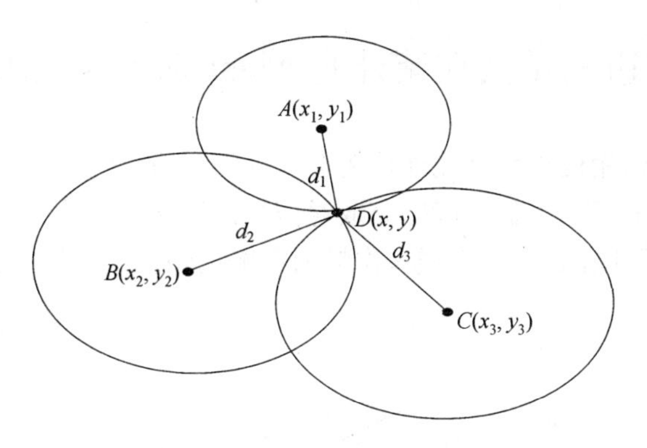

图 3-9　三边测量定位算法图示

由式(3.2)解得

$$\begin{bmatrix} x \\ y \end{bmatrix} = \begin{bmatrix} 2(x_2 - x_1) & 2(y_2 - y_1) \\ 2(x_2 - x_3) & 2(y_2 - y_3) \end{bmatrix}^{-1} \begin{bmatrix} x_2^2 - x_1^2 + y_2^2 - y_1^2 + d_1^2 - d_2^2 \\ x_2^2 - x_3^2 + y_2^2 - y_3^2 + d_3^2 - d_2^2 \end{bmatrix} \tag{3.3}$$

2) 三角测量法

三角测量法[20]原理如图 3-10 所示，已知 A、B、C 三个节点的坐标分别为 $A(x_1, y_1)$、$B(x_2, y_2)$、$C(x_3, y_3)$，节点 D 相对于节点 A、B、C 的角度分别为 $\angle ADB$、$\angle ADC$、$\angle BDC$，假设节点 D 的坐标为 (x, y)。对于节点 A、C 和角 $\angle ADC$，如果弧段 $\overset{\frown}{AC}$ 在 $\triangle ABC$ 内，那么能够唯一确定一个圆，设圆心为 $O_1(x_{O1}, y_{O1})$，半径为 r_1，那么 $\alpha = \angle AO_1C = (2\pi - 2\angle ADC)$，并存在式(3.4)，即

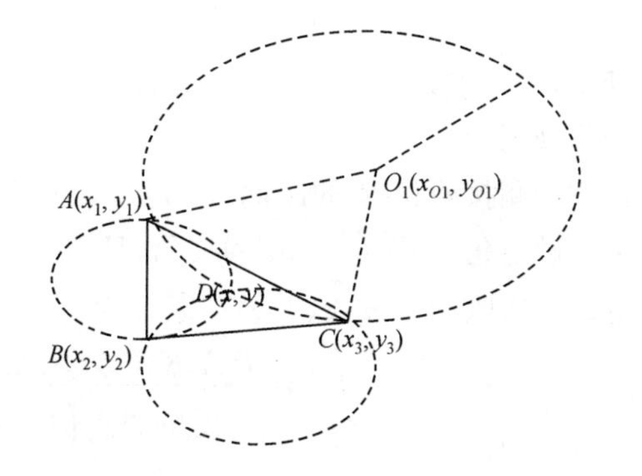

图 3-10　三角测量法

$$\begin{cases} \sqrt{(x_{O1} - x_1) + (y_{O1} - y_1)} = r_1 \\ \sqrt{(x_{O1} - x_3) + (y_{O1} - y_3)} = r_1 \\ (x_1 - x_2)^2 + (y_1 - y_3)^2 = 2r_1^2 - 2r_1^2\cos\alpha \end{cases} \tag{3.4}$$

由式(3.4)确定圆心 O_1 的坐标和半径 r_1。同理，对 A、B、$\angle ADB$ 和 B、C、$\angle BDC$，利用式(3.4)的变形分别确定相应的圆心 O_2 坐标、半径 r_2、圆心 O_3 坐标和半径 r_3。

最后利用三边测量法，由点 $D(x, y)$、$O_1(x_{O1}, y_{O1})$、$O_2(x_{O2}, y_{O2})$ 和 $O_3(x_{O3}, y_{O3})$ 确定 D 点坐标。

3.3　三边测量法在紫外光 Mesh 通信网络中的应用

大气的散射作用使得紫外光通信能够在 NLOS 情况下工作，通信中的两个终端即使在障碍物的阻挡下仍然能够完成通信。由于接收端收到的能量主要来自光子的单次散射，因此在忽略二次或多次散射影响的情况下，紫外光传输的信道模型如图 3-11 所示[1]。

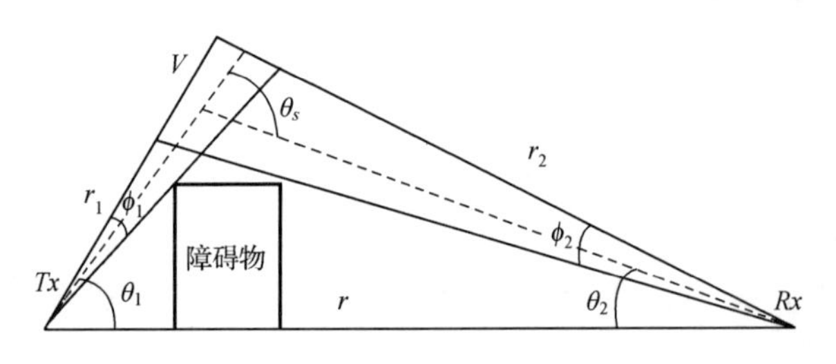

图 3-11　非直视紫外光通信单次散射

其中，θ_1 是发射机的仰角；θ_2 是探测接收机的仰角；ϕ_1 是发射光束孔径角；ϕ_2 是接收视场角；V 是发射仰角和接收仰角交叉部分的有效散射体体积；r 是发射机 T 到探测接收机 R 的距离；r_1 是发射机到 V 的距离；r_2 是探测接收机到 V 的距离。散射角 θ_s 是 θ_1 与 θ_2 的夹角，且 $\theta_s=\theta_1+\theta_2$。此模型中非直视紫外光单次散射链路的接收功率按式(3.5)[1]定义为

$$P_r=\frac{P_tA_rK_sP_s\phi_2\phi_1^2\sin(\theta_1+\theta_2)}{32\pi^3 r\sin\theta_1\left(1-\cos\frac{\phi_1}{2}\right)}e^{-\frac{K_e r(\sin\theta_1+\sin\theta_2)}{\sin(\theta_1+\theta_2)}}\tag{3.5}$$

其中，P_r 是接收功率；P_t 是发送功率；P_s 是散射相函数；A_r 是接收机孔径的面积；K_e 是大气衰减系数，由 Rayleigh 散射系数 K_{SR}、Mie 散射系数 K_{SM} 和大气吸收系数 K_a 组成 ($K_e=K_{SR}+K_{SM}+K_a$)。

在基于测距的定位算法中，三边测量法是定位未知节点坐标最基本的方法。如前所述，在图 3-9 所示的二维空间中，如果已知三个锚节点 A、B、C 的坐标和未知节点 D 分别到三个锚节点的距离，那么通过三边测量法可求出未知节点 D 的坐标。现在的主要问题转化为如何获得未知节点到信标节点的距离 r。根据式(3.5)推导得到发射机到探测机之间距离的计算公式(3.6)，即

$$r=\frac{\sin(\theta_2+\theta_2)}{k_e(\sin\theta_1+\sin\theta_2)}\ln\left[\frac{1}{P_r}\frac{P_tA_rK_sP_s\phi_2\phi_1^2\sin(\theta_1+\theta_2)}{32\pi^3\sin\theta_1\left(1-\cos\frac{\phi_1}{2}\right)}\cdot\frac{-K_e(\sin\theta_1+\sin\theta_2)}{\sin(\theta_1+\theta_2)}\right]\tag{3.6}$$

从式(3.6)中可以知道,当发射功率已知,其他收发状态参数均设定好的条件下,只要得到接收功率就能够计算出 r。

3.4　仿真实验

利用大气信道仿真软件 MODTRAN,在 日盲紫外光传输波长为 266nm、发射功率为 5W、观测高度为 0.5km、能见度为 5km 的轻霾天气条件下,对多组不同收发仰角的日盲紫外光通信进行仿真,得到了不同情况下接收端接收到的功率值与传输距离,如图 3-12 和图 3-13 所示。

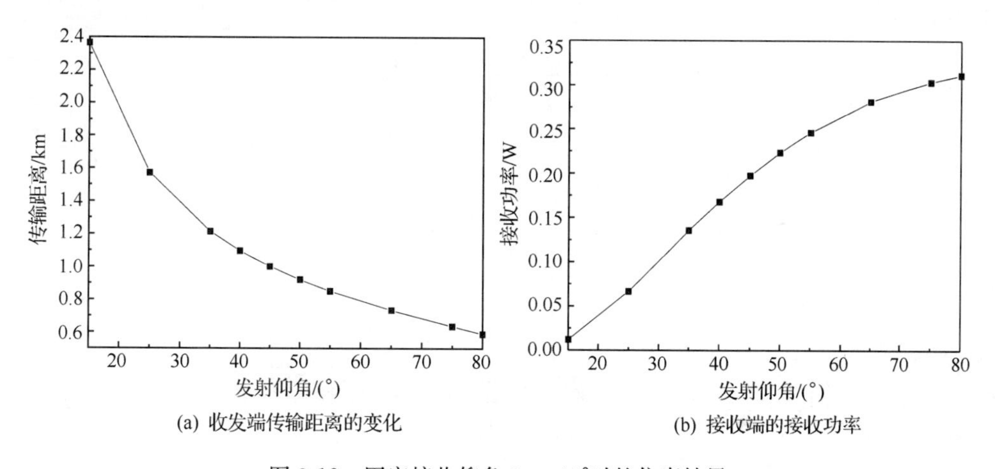

(a) 收发端传输距离的变化　　(b) 接收端的接收功率

图 3-12　固定接收仰角 θ_2 =45°时的仿真结果

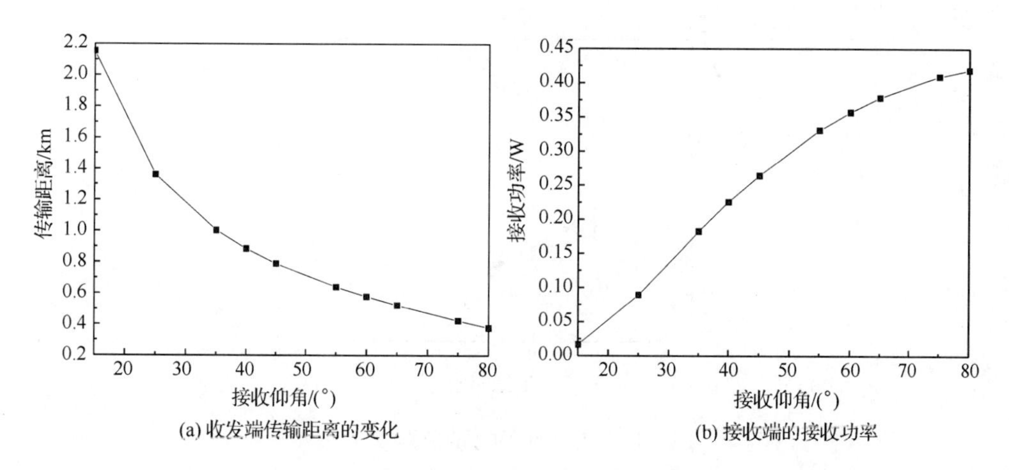

(a) 收发端传输距离的变化　　(b) 接收端的接收功率

图 3-13　固定发射仰角 θ_1 =60°的仿真结果

当观测高度与发射端的发射仰角、接收端的接收仰角确定时,传输距离也确定，如图 3-12(a)与图 3.13(a)所示。从图 3-12 与图 3-13 中可以得到，传输距离的变化趋势与接收功率的变化趋势正好相反，符合传输距离越长、功率衰减越大的基本规律。

通过图 3-13(b)与图 3-14(b)中 P_r 的仿真结果，取参数 $A_r = 1.4\text{cm}^2$，$P_s = 1$，$\phi_1 = 10°$，$\phi_2 = 60°$，$K_a|_{266\text{nm}} = 0.75\text{km}^{-1}$，$K_S = K_{SM} = \frac{3.91}{R_v} \times \left(\frac{266}{\lambda_0}\right)^q$（能见度 $R_v = 5\text{km}$，$\lambda_0 = 550\text{nm}$），$K_e = K_a + K_{SM}$（因为 $R_v = 5\text{km}$ 时属于轻霾天气，低空中的分子浓度很低，因此，这里忽略 Rayleigh 散射[21]），利用式(3.6)对 r 进行仿真计算，并与图 3-12(a)与图 3-13(a)中的传输距离进行比较，如图 3-14 和图 3-15 所示。

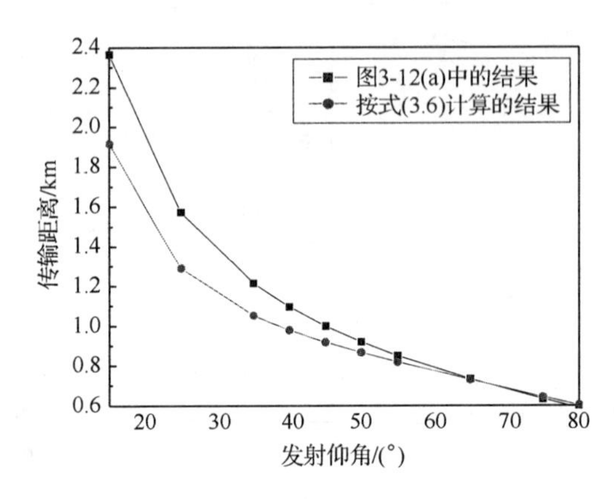

图 3-14　$\theta_2 = 45°$时 r 的仿真与对比

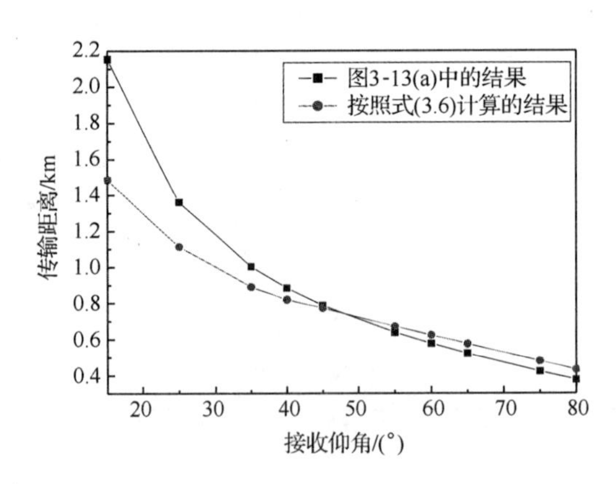

图 3-15　$\theta_1 = 60°$时 r 的仿真与对比

从图 3-14 与图 3-15 可以得到，无论接收端还是发射端，只要有一端的仰角过低，得到的传输距离误差就较大。这是因为当发射(接收)仰角过低时，通信过程几乎相当于直视通信,因而利用非直视通信链路推导出的式(3.6)来计算 r,就会出现较大的误差。

根据式(3.2),未知节点最终的定位坐标误差主要在于 d^2,即 r^2。图 3-14 和图 3-15 说明,只要选定合适的收发仰角(仰角度数不能过低),r 的误差能够低到 0.01km,r^2 的误差则更低。由于紫外光的散射特性,即使有一定的误差,只要收发端能够形成有效散射体,就可以进行通信,而不必像直视通信要求的那样精准,因此把三边测量定位算法应用到日盲紫外光通信网络中是可行的。

紫外光通信具有抗干扰能力强、保密性好、非直视传输等优势,这些优势是利用其他频段光波传输难以达到的,但是它也有自身的缺点,即传输距离有限。为了增大紫外光的通信覆盖范围使其能够应用于更多的场合,就要把紫外光点到点通信与无线网络相结合。可以选择同样具备很多优点的无线网状网,它是一种多跳、自组织、自愈合、多点到多点的网络,它不依赖于某一个中心节点,网络中的某一个节点出现故障也不会严重影响到整个网络的通信性能。把紫外光通信与网状网相结合正好发挥了各自的优势又避免了传输距离有限这个缺点,是很理想的一种结合方式。

为了给无线日盲紫外光网状网中的接入层和路由层提供更多接入节点的坐标信息,从而获得高质量、高效率的无线通信效果,采用三边测量定位算法在无线日盲紫外光网状网中进行节点坐标定位计算,得到了适用于紫外光传输信道下的计算公式,并对此算法进行了仿真。仿真结果表明,当选择合适的收发仰角时,定位误差能够低于 0.01km。

参考文献

[1] Xu Z Y, Sadler M B. Ultraviolet communications: potencial and state-of-the-art. IEEE Communications Magazine, 2008, 3

[2] 康晓筠. 802.16Mesh 网络节点合作及分布式调度研究. 武汉:华中科技大学硕士学位论文,2007

[3] 王丽华. 无线 Mesh 网络的路由协议研究. 西安:长安大学硕士学位论文,2005

[4] 单宝龙. 无线 Mesh 骨干网 Internet 网关布放技术研究. 哈尔滨:哈尔滨工程大学硕士学位论文,2009

[5] 唐韬. 无线 Mesh 网络多信道 MAC 协议及信道分配机制的研究. 西安:西安电子科技大学硕士学位论文,2007

[6] 赵锦琳. 无线 Mesh 网络混合路由协议的研究. 西安:西安电子科技大学硕士学位论文,2009

[7] 薛道钦. 无线 Mesh 网络路有技术研究. 重庆:重庆大学硕士学位论文,2009

[8] 苏杰. 一种基于跨层设计的无线 Mesh 网络路由协议的研究. 厦门:厦门大学硕士学位论文,2008

[9] 石宏扬. 多接口无线 Mesh 网络路由算法和负载均衡的研究. 天津:天津大学硕士学位论文,2008

[10] 王大鹏. 无线 Mesh 网络中高效公平通信协议的研究. 合肥:中国科学技术大学硕士学位论文,2008

[11] 何华,柯熙政,赵太飞,等. 无线"日盲"紫外光网格网中的定位研究. 激光技术,2010,34(5):607-610

[12] 唐义,倪国强,张丽君,等. 非直视紫外光通信单次散射传输模型研究. 光学技术,2007,33(5):759-765

[13] 王伟东. 移动传感器网络定为技术研究. 成都:电子科技大学博士学位论文,2008

[14] 陈迅. 无线传感器网络通信协议及定位算法研究. 上海:复旦大学博士学位论文,2007

[15] Niculescu D, Nath B. DV-based positioning in Ad Hoc newtokrs. Telecommunication Systems, 2003, 22(1):267-280

[16] 汪炀. 无线传感器网络定位技术研究. 合肥:中国科学技术大学博士学位论文,2007

[17] Bulusu N, Heidemann J, Estrin D. GPS-less low cost out door localization of very small devices. IEEE Wireless Communications, 2000, 7(5):28-34

[18] 于宁. 无线传感器网络定位优化方法. 北京:北京邮电大学博士学位论文,2008

[19] 王继春. 无线传感器网络节点定为若干问题研究. 合肥:中国科学技术大学博士学位论文,2009

[20] 嵇纬纬. 无线传感器网络的节点定位与覆盖技术研究. 南京:南京理工大学博士学位论文,2008

[21] 陈君洪,杨小丽. 非视线"日盲"紫外通信的大气因素研究. 激光杂志,2008,29(4):38-39

4　紫外光自组织网中的多址检测技术

紫外光通信受信道环境影响大，自组织网络的分布式运行、时变信道、节点随机移动等因素使得数据包的冲突和干扰难以避免，从而限制了网络的容量。为了解决以上问题，本章研究了多址干扰的成因，并采用了多用户检测的手段来提高紫外光自组织网络的性能。

4.1　扩频与多址干扰

4.1.1　扩频序列

扩展频谱(扩频)技术，一般是指用比信号带宽宽得多的频带宽度来传输信息的技术。扩频通信[1](spread spectrum communication)是将待传送的信息数据用扩频序列编码调制，实现频谱扩展后再传输；在接收端采用同样的编码进行解调及相关处理，恢复原始数据。扩频通信基本原理源于著名的香农(Shannon)公式，即

$$C = W\log_2(1 + S/N) \tag{4.1}$$

其中，C 为信道容量；W 为信道带宽；S/N 为功率信噪比(信道输出信号功率与输出噪声功率的比值)。

从香农公式可以看出，通信信道能传输的最大速率 C 受信道带宽 W 和信噪比 S/N 的限制，提高信道带宽或者信噪比都可以增加信道容量。在信道容量 C 保持不变的情况下可以采用增加信道带宽 W 来换取信噪比，因此可以用扩展信道带宽的方式来降低信噪比，即降低发送信号的功率。值得注意的是，增加信道带宽并不能无限制地使信道容量增大，码分多址(CDMA)就是一类典型的扩频宽带通信系统[2]。

反映扩频通信特征的重要参数是扩频增益 G (spreading gain)。G 定义为频谱扩展后信号带宽 W_2 与频谱扩展前信号带宽 W_1 之比，即

$$G = W_2/W_1 \tag{4.2}$$

在扩频通信中，接收机作扩频解调后，只提取伪随机编码相关处理后的带宽 W_1 的信号成分，而排除掉扩展到 W_2 中的多址干扰成分。扩频增益 G 准确地反映了扩频通信的这种能力，扩频通信的原理如图 4-1 所示[3]，其中 W 为带宽。扩频通信系统的简化模型如图 4-2 所示[3]，发送端简化为调制和扩频，接收端简化为解扩和解调，收发端两侧各有一个完全相同的伪随机码发生器，要求收发端的 PN 码

精确同步，系统的其他环节合并到信道之中。采用扩频技术进行通信的系统主要由原始信息、信源编译码、信道编译码（差错控制）、载波调制与解调、扩频调制与解扩和信道六大部分组成。信源编码的目的是去掉信息的冗余度，压缩信源的数码率，提高信道的传输效率。差错控制的目的是增加信息在信道传输中的冗余度，使其具有检错或纠错能力，提高信道传输质量。调制部分是为使经信道编码后的符号能在适当的频段传输，如微波频段、短波频段等。扩频调制和解扩是为了某种目的而进行的信号频谱展宽和还原技术。与传统通信系统不同的是，在信道中传输的是一个宽带的低谱密度的信号。

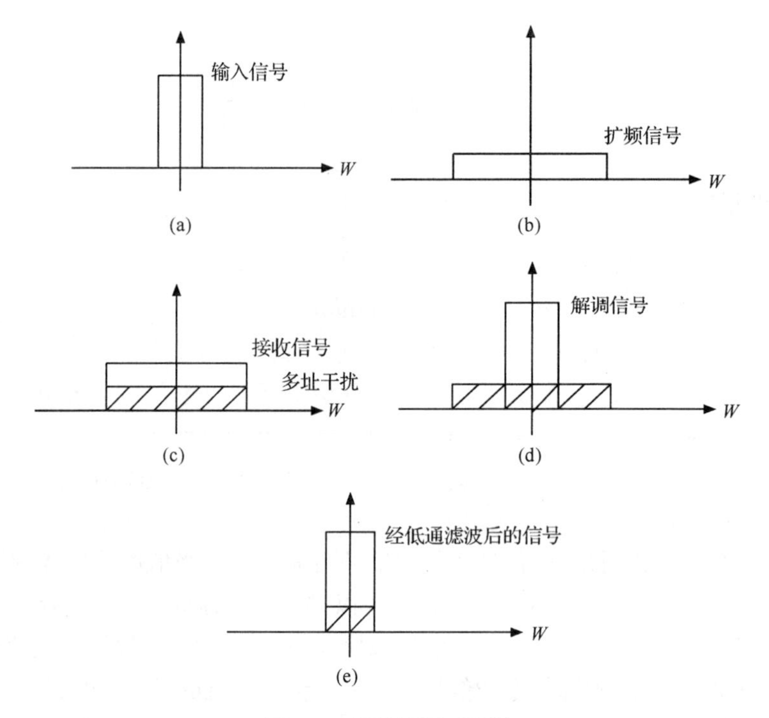

图 4-1　频谱扩展原理[3]

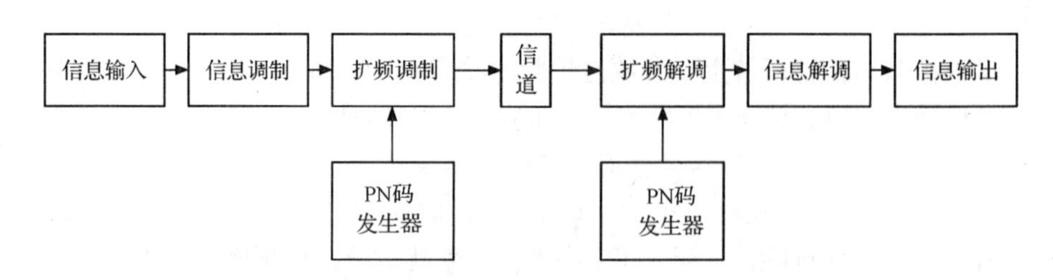

图 4-2　扩频通信的简化模型[3]

在光码分多址（OCDMA）中，通常采用直接序列扩频系统（DSSS）。直接序列扩频系统是将要发送的信息用伪随机序列（或称伪噪声码）扩展到一个很宽的频带上去。在接收端,用与发送端扩展用的相同的伪随机序列对接收到的扩频信号进行相关处理,恢复原来的信息。干扰信号由于与伪随机序列不相关,在接收端被扩展,使落入信号频带内的干扰信号功率大大降低,从而提高了系统的输出信噪比,达到抗干扰的目的。

4.1.2　OCDMA 中的多址干扰

码分多址系统中的每个用户都分配一个伪随机序列。在发送端,采用对应的伪随机序列对用户进行扩频;在接收端,用相同的伪随机序列进行相关运算来正确解码,这些伪随机序列就叫做用户的地址码。

多址干扰(multiple access interference,MAI)是指同一系统中不同用户信号之间的干扰,是码分多址通信系统中的主要干扰之一。由于码分多址系统中使用的扩频序列一般并不完全正交,非零互相关系数引起了各个用户间的相互干扰。

在 OCDMA 系统中,多用户干扰产生的原因主要在于地址码的不完全正交性。考虑码片同步 OCDMA 系统,设用户数为 N, 接收信号可表示为

$$r(t) = \sum_{k=1}^{N} \lambda_k b_k s_k(t) + \lambda_d \tag{4.3}$$

其中, $b_k \in \{0,1\}$, 为第 k 个用户的信息值; λ_k 为发送光功率; $s_k(t)$ 为第 k 个用户归一化扩频信号,即用户地址码(假设所有用户地址码具有单位能量); λ_d 为背景光噪声功率。用户地址码之间的互相关 ρ_{ik} 为

$$\rho_{ik} = \frac{1}{T_b}\int_0^{T_b} s_i(t) s_k(t)\mathrm{d}t \tag{4.4}$$

在 OCDMA 系统中,传统的信号接收技术是直接将接收信号与用户地址码进行相关运算,再进行光电检测,判决后恢复数据,如图 4-3 所示。

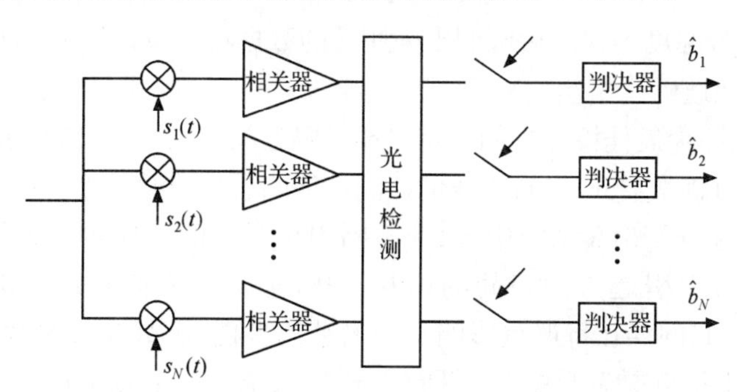

图 4-3　传统信号接收机结构

相关器的输出 r_k 为[4]

$$r_k = \frac{1}{T_b}\int_0^{T_b} r(t) s_k(t)\mathrm{d}t$$

$$= \lambda_k b_k + \sum_{\substack{i=1 \\ i \neq k}}^{K} \lambda_i b_i \rho_{ik} + n_k \tag{4.5}$$

其中，$\lambda_k b_k$ 为预期的用户信号；$\sum_{\substack{i=1 \\ i \neq k}}^{K} \lambda_i b_i \rho_{ik}$ 为多用户干扰项；n_k 为背景光噪声项。

$n_k = \int_0^{T_b} \lambda_d s_k(t) \mathrm{d}t = \lambda_d \sqrt{W}$，$W$ 是用户地址码的码重。

用矩阵描述为[4]

$$r_N = Rb_N + n_N = b_N + Qb_N + n_N \tag{4.6}$$

其中，$r_N = [r_1, r_2, \cdots, r_N]^{\mathrm{T}}$；

$b_N = [\lambda_1 b_1, \lambda_2 b_2, \cdots, \lambda_N b_N]^{\mathrm{T}}$；$n_N = [n_1, n_2, \cdots, n_N]^{\mathrm{T}}$；

$$R = \begin{bmatrix} 1 & \rho_{12} & \cdots & \rho_{1N} \\ \rho_{12} & 1 & \cdots & \rho_{2N} \\ \vdots & \vdots & & \vdots \\ \rho_{1N} & \rho_{2N} & \cdots & 1 \end{bmatrix}; \tag{4.7}$$

$$I = \begin{bmatrix} 1 & 0 & \cdots & 0 \\ 0 & 1 & \cdots & 0 \\ \vdots & \vdots & & \vdots \\ 0 & 0 & \cdots & 1 \end{bmatrix}; \tag{4.8}$$

$$Q = \begin{bmatrix} 0 & \rho_{12} & \cdots & \rho_{1N} \\ \rho_{12} & 0 & \cdots & \rho_{2N} \\ \vdots & \vdots & & \vdots \\ \rho_{1N} & \rho_{2N} & \cdots & 0 \end{bmatrix}; \tag{4.9}$$

b_N 表示接收信号幅度加权之后解调出来所需的数据项；Qb_N 表示多址干扰。

如果用户地址码是相互正交的，即 $\rho_{ik} = 0 (i \neq k)$，则式(4.5)中多址干扰项为零，传统检测即为最佳检测。如果用户地址码之间不完全正交，则多址干扰随着用户数的增加而急剧上升，导致系统的检测性能随着用户数的增加而急剧恶化。

在直接探测 OCDMA 系统中，由于不同用户采用的地址码不可能完全正交，非零互相关系数会引起各用户间的相互干扰，加上缺乏波长或时隙上的隔离，MAI 十分严重，它的存在将严重影响系统的链路性能，在异步传输信道及多径传播环境中多址干扰将更为严重。OCDMA 通信系统是一个自干扰系统，多用户干扰的存在，一方面会影响系统的容量；另一方面会影响系统的质量，因此多址干扰问题是光码分多址的一个重要问题[5]。

消除 MAI 的方法一般有：①选择正交性好的地址码；②功率控制；③纠错机制；④在接收端放置光硬限幅器(optical hard limiter)；⑤采用多用户检测(multiuser detection)技术,相对而言,这是一种较积极的方法。下面首先分析 OCDMA 地址码的选择。

4.2　地址码的分析与构造

在码分多址通信系统中,所有用户共同占用同一信道的相同频段和时间,不同用户传输信息所用的信号根据不同的编码序列来区分。在发送端,根据对应的伪随机序列,用户的每个信息比特编码成一串脉冲。在接收端,用户用相同的伪随机序列进行相关运算来恢复传输的信息,这些伪随机序列就叫做用户的地址码,而每一个编码脉冲则称为一个码片(chip)。图 4-4 清楚地展示了地址码的概念及编码过程[6]。

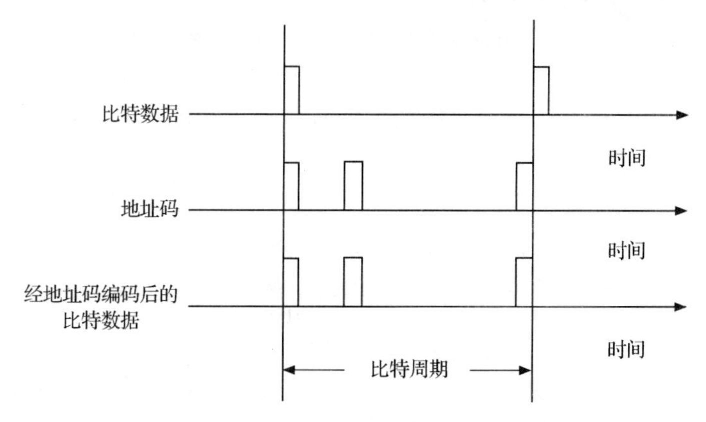

图 4-4　地址码的概念[6]

在码分多址系统中,地址码的选择及其物理实现是一个重要的核心问题,它直接关系到系统的容量、误码率、复杂度、同步等诸多方面的问题。为了尽量减少其他用户的干扰,获得较高的信噪比,这些码序列之间应有良好的自相关和互相关特性,即自相关的主峰值要大,互相关要小。另外,为了使收发双方容易获得同步,自相关函数的侧峰值也要尽可能地小。

同样在 OCDMA 系统中,每个用户被分配唯一的、且相关特性好的光地址码来相互标识和区别,实现共享信道随机通信,所以 OCDMA 系统的整体性能很大程度上依赖于系统所采用的光地址码。因此,研究适合 OCDMA 系统的大容量、相关特性好的光地址码是 ODCMA 系统的关键。

由于光直接探测 CDMA 采用强度功率检测的非相干光通信方式,通过在一个比特时间内用发送一个光脉冲来代表信号 1,用不发脉冲来代表 0,接收端通过判定每一比特时间内接收脉冲光场出现与否来实现解码,光信号功率是非负的,因此它可以看成是一取值于(0,1)二值域的序列。传统CDMA中采用的是双极性的正负电平,可以看作取值于(−1,+1)二值域上的序列,因此电域中相关特性良好的双极性码(如m序列、Gold序列)不能用于OCDMA中,而需要设计新的地址码,选择适合OCDMA的编码方案尤其重要[7]。

目前OCDMA地址码按照极性可以分为单极性码和双极性码。单极性码主要应用在非相干光通信中,而双极性码主要应用于相干光通信中。在对OCDMA的研究中,人们提出了许多具有准正交特性(指互相关不为零)的单极性码,目前研究较多的是素数码、光正交码、跳频码等。

4.2.1 素数序列码

素数序列码(prime sequence codes,PSC)的构造方法如下[8]:

(1) 设p为大于1的素数,在有限域GF(p)构造剩余类集合

$$H=\{0,1,\cdots,(p-1)\}$$

(2) 在GF(p)中可以构造一族素数序列$S_i=\{S_{i0},S_{i1},\cdots,S_{ij},\cdots,S_{i(p-1)}\}$,其中

$$S_{ij}=\{i*j\}(\mathrm{mod}p),\qquad 0\leqslant i,j\leqslant p-1 \tag{4.10}$$

(3) 由素数序列S_i可以进一步构造素数序列码

$$C_i=\{C_{i0},C_{i1},\cdots,C_{ik},\cdots,C_{i(p^2-1)}\}$$

其中,

$$C_{ik}=\begin{cases}1, & k=S_{ij}+jp\\ 0, & k\neq S_{ij}+jp\end{cases}\qquad 0\leqslant i,j\leqslant p-1,\quad 0\leqslant k\leqslant p^2-1 \tag{4.11}$$

表4-1给出了当$p=5$时的素数序列和素数序列码[8]。

表4-1　p=5时的素数序列

码字	素数序列	0,1码字序列
C_0	$S_0=\{0,0,0,0,0\}$	10000 10000 10000 10000 10000
C_1	$S_1=\{0,1,2,3,4\}$	10000 01000 00100 00010 00001
C_2	$S_2=\{0,2,4,1,3\}$	10000 00100 00001 01000 00010
C_3	$S_3=\{0,3,1,4,2\}$	10000 00010 01000 00001 00100
C_4	$S_4=\{0,4,3,2,1\}$	10000 00001 00010 00100 01000

通过该方法构造的素数序列码长$L=p^2$,码重$w=p$,地址码容量$C=p$。其自相关函数峰值为p,自相关限$\lambda_a=p-1$,互相关限$\lambda_c=2$。

素数序列码的优点是构造简单,主要缺点是自相关限λ_a与相关峰值十分接近,因此在接收端很难对码序列进行同步。有研究表明,素数序列的自相关函数旁瓣太大,在实际应用中,受到干扰即会使系统对自相关峰的检测误判,使系统误码

性能恶化，因此不适合用做 OCDMA 系统的扩频序列[9]。事实上，提出用素数序列码的系统，其前提一般是系统严格同步，这在紫外光散射通信中很难做到。此外，当网络中同时通信的用户数增加时，素数序列码码间干扰严重，也会使系统性能急剧恶化[7]。下面分析素数地址码字之间“1”码发生碰撞的可能性[8]。

假设两个素数码字 C_a 和 C_b，由于素数码的互相关限为 2，C_a 和 C_b 之间“1”码发生碰撞的次数只能为 0、1、2 三种可能。由于素数码码长 $L=p^2$，码重 $w=p$，且在绝大部分通信系统中，可以合理地假设用户信号为“1”与为“0”码是等概率的，因此信道中，码字 C_a 中某个特定“1”码与码字 C_b 中“1”码的碰撞概率为 $w/2L=1/2p$。总的碰撞概率为[8]

$$\bar{\lambda}=\frac{1}{2} \tag{4.12}$$

假设当码字 C_a 循环移动 $s(s=xp+y)$ 个码片周期后与 C_b 发生碰撞的次数为 2 次时，码字必须满足如下方程组[8]，即

$$\begin{cases}[i\otimes(k-x)(\mathrm{mod}p)]+y=j\otimes k(\mathrm{mod}p)\\ [i\otimes(k-x-1)(\mathrm{mod}p)]+y-p=j\otimes k(\mathrm{mod}p)\end{cases} \tag{4.13}$$

在码字的循环移位过程中，上面的方程组同时成立的概率为[8]

$$\bar{q}_2=\frac{\sum\limits_{i=1}^{p-1}\left(\sum\limits_{y=0}^{p-1}y(p-y)-i(p-i)\right)}{2p^3(p-1)}=\frac{(p+1)(p-2)}{12p^2} \tag{4.14}$$

由式(4.12)和式(4.13)可以得到 C_a 和 C_b 之间“1”码发生碰撞的次数为 1 次和没有碰撞的概率分别为[8]

$$\bar{q}_1=\bar{\lambda}-2\times\bar{q}_2=\frac{1}{2}-\frac{(p+1)(p-2)}{12p^2}=\frac{2p^2+p+2}{6p^2} \tag{4.15}$$

$$\bar{q}_0=1-\bar{q}_1-\bar{q}_2=\frac{7p^2-p-2}{12p^2} \tag{4.16}$$

可以得到素数码多址干扰的方差为[8]

$$\overline{\sigma^2}=\frac{5p^2-2p-4}{12p^2} \tag{4.17}$$

根据中心极限定理，当用户数 N 较大时，可以用一个高斯分布来估计，其期望和方差分别为[8]

$$\lambda_0=(N-1)\bar{\lambda}$$
$$\sigma_0^2=(N-1)\overline{\sigma^2}$$

用户数较大时，码字容量 p 也应取较大，此时方差 $\overline{\sigma^2}\approx\frac{5}{12}$。因此，当用户容量较大时，误码率公式可以近似为[8]

$$\mathrm{PE}_{PC}=\phi\left(\frac{-p}{\sqrt{4(N-1)\sigma_0^2}}\right)=\phi\left(\frac{-p}{\sqrt{1.67(N-1)}}\right) \tag{4.18}$$

其中，$\phi(x)=\frac{1}{2\pi}\int_{-\infty}^{X}\mathrm{e}^{-\frac{t^2}{2}}\mathrm{d}t, -\infty<x<+\infty$。

4.2.2　修正素数码

由于素数码码字容量和码重一样，当系统需要容纳较多用户时，码重 p 随之上升，而实际上，码重的上升会带来误码率的下降。当用户容量较大时，由于多址干扰引起的误码率很低，仍采用码重为 p 的素数码，系统的功率效率降低。此时，就可考虑在大码重的素数码中抽出一部分“1”码，使码重减轻，减少光脉冲数，从而在保证误码率的前提下，提高功率效率。这种码重减轻的素数码称为修正素数码(MPC)。当用户数 N 较大时，可同样用一个高斯分布来估计其误码率[8]，即

$$\mathrm{PE}_{EPC}=\phi\left(\frac{-p}{\sqrt{4(N-1)\sigma_0^2}}\right)=\phi\left(\frac{-p}{\sqrt{0.75(N-1)}}\right)\tag{4.19}$$

MPC 地址码码长、码字容量和互相关特性与原 PC 码序列相同，而码重 $w<p$，自相关特性也比原 PC 码序列有所改善。

4.2.3　光正交码

一个 $(L,w,\lambda_a,\lambda_c)$ 光正交码(optical orthogonal codes，OOC) C 是一组长度为 L、码重为 w 的(0,1)序列组成的集合。其中，每个码字 $(x_0,x_1,\cdots,x_{n-1})$ 的循环还是一个码字，每个码字的循环自相关函数和任意两个相异码字和之间的循环互相关函数分别满足[10]

$$\sum_{i=0}^{n=1}x_i x_{i\oplus t}=\begin{cases}w, & \tau=0\\ \leqslant\lambda_a, & \tau=1,2,\cdots,L-1\end{cases}\tag{4.20}$$

$$\sum_{i=0}^{n=1}x_i y_{i\oplus\tau}\leqslant\lambda_c,\quad \tau=0,1,\cdots,L-1\tag{4.21}$$

其中，“$\oplus$”是模 L 加；λ_a 和 λ_c 是自相关和互相关约束，可取任意正整数；$(y_0,y_1,\cdots,y_{n-1})$ 为 $(x_0,x_1,\cdots,x_{n-1})$ 的相异码字。

自相关系数 λ_a (任意一个码字自相关的最大侧峰值)，主要影响收发双方获得同步的难易程度；互相关系数 λ_c (任意两个不同码字之间的互相关的最大值)，不仅影响同步的难易程度，而且影响可同时使用的用户数的多少。$\lambda_a=\lambda_c=1$ 是自相关限和互相关限所能达到的最小值，即用户数之间的干扰达到最小。

在该 OOC 中，码字的个数 $|C|$ 称为此码的容量。$|C|_{\max}=\varphi(L,w,\lambda_a,\lambda_c)$ 为容量的最大可能值，令 $\lambda=\max\{\lambda_a,\lambda_c\}$，则

$$\varphi(L,w,\lambda_a,\lambda_c)\leqslant\frac{(L-1)(L-2)\cdots(L-\lambda)}{w(w-1)\cdots(w-\lambda)}\tag{4.22}$$

此时光正交码的容量 $|C|$ 满足 Johnson 限，即[11]

$$|C| = \frac{(L-1)(L-2)\cdots(L-\lambda)}{w(w-1)\cdots(w-\lambda)}$$

如果一个光正交码的码字容量达到 $|C| = \varphi(L, w, \lambda_a, \lambda_c)$，则称该正交码为最优光正交码。特性良好的光正交码，其每个码字序列的自相关函数表现出窄的主瓣和足够小的旁瓣，相异的两个码序列的互相关值始终保持很小。相关性好的码字的“0”、“1”个数相差悬殊(“0”的个数大于等于“1”的个数)，所以光正交码是一种稀疏的准正交码。和素数序列相比，OOC 的自相关和互相关性都比较好，是一类在 OCDMA 应用中有前途的编码方案。本节中，主要对 OOC 码性能进行分析仿真。

1. 光正交码的类型

光正交码按码重及自相关性和互相关性的关系划分为等重对称光正交码、等重非对称光正交码、变重对称光正交码和变重非对称光正交码，分类原则如下：

1) 等重对称光正交码

一个光正交码 $(L, w, \lambda_a, \lambda_c)$，当 w 为常数，即所有码字的重量都相同时，称为等重光正交码；当 $\lambda_a = \lambda_c$ 时，码的自相关限制与互相关限制相同时，称为对称光正交码。

2) 等重非对称光正交码

一个光正交码 $(L, w, \lambda_a, \lambda_c)$，当 w 为常数，即所有码字的重量都相同，但 $\lambda_a \neq \lambda_c$ 时，称为等重非对称光正交码。

3) 变重对称光正交码

变重对称光正交码是指码重 w 为变化的光正交码 $(L, w, \lambda_a, \lambda_c)$，用 (L, w, F, λ_c, Q) 表示，w, F, Q 分别表示集合 $\{w_0, w_1, \cdots, w_p\}$，$\{\lambda_a^0, \lambda_a^1, \cdots, \lambda_a^p\}$ 和 $\{q_0, q_1, \cdots, q_p\}$，其中 q_i 表示重量为 w_i 的码字数占总容量的百分比，λ_a^i 表示码重为 w_i 的码字的自相关限制。光正交码 $(L, w, F, \lambda_c, Q)(\lambda_a^i = \lambda_c, i = 0, 1, \cdots, p)$ 是变重的，且自相关值与互相关值相同，为变重对称光正交码。

4) 变重非对称光正交码

光正交码 $(L, w, F, \lambda_c, Q)(\lambda_a^i = \lambda_c, i = 0, 1, \cdots, p)$ 是变重的，且码的自相关值与互相关值不同，为变重非对称光正交码。

与素数码相比，码长为 L，码重为 w，自相关旁瓣和互相关峰值都为 1 的等重光正交码，更符合光码分多址通信对地址码的要求。

2. 光正交码的误码率

假设 OOC 互相关限为 1，分析 OOC 地址码字之间“1”码发生碰撞的可能性。假设两个 OOC 码字 C_a 和 C_b，C_a 和 C_b 之间“1”码发生碰撞的次数只能为 0、1 两种可能。

由于 OOC 码码长为 L，码重为 w，可知 C_a 和 C_b 之间"1"码发生碰撞的概率为[8]

$$\bar{\lambda}=\frac{w^2}{2L} \tag{4.23}$$

即 C_a 和 C_b 之间发生碰撞的概率为 $\bar{\lambda}$，而不发生碰撞的概率为 $1-\bar{\lambda}$。当同时存在 N 个用户时，由经典的古典概型可以得到误码率公式为[8]

$$\mathrm{PE}_{\mathrm{OOC}}=\frac{1}{2}\int_{T_h}^{\infty}P_{I_1}(I_1)\mathrm{d}I_1=\frac{1}{2}\sum_{i=T_h}^{N-1}\binom{N-1}{i}\left(\frac{w^2}{2L}\right)^i\left(1-\frac{w^2}{2L}\right)^{N-1-I} \tag{4.24}$$

其中，T_h 为接收机的判决阈值。

3. $\lambda=1$ 的最优光正交码

一般构造的最优光正交码是指具有最好相关特性，即相关性参数 $\lambda=1$，且包含 $\frac{(L-1)}{w(w-1)}$ 个码字的光正交码。下面研究 $(L,w,1)$ 码字。

1）最优正交码的码容量分析

由式(4.22)给出 $\lambda=1$ 的最优光正交码的容量曲线如图 4-5 所示。

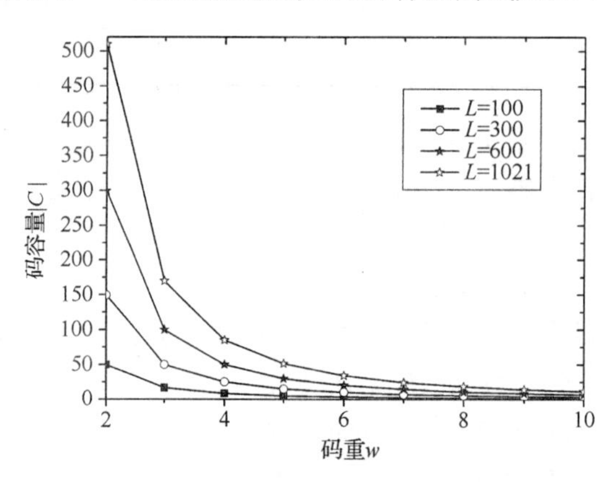

图 4-5　$\lambda=1$ 时容量随码重的变化曲线

由图 4-5 可知，当码重 w 一定时，码容量随码长增加而增加；当码长一定时，码容量随着码重的增加而减小。为了提高光正交码的容量，需要增加码长 L 或减小码重，但是增加码长意味着降低脉冲宽度，因此对光源要求就变得非常高；减小码重则意味着自相关峰值的降低，检测时出现误码的概率增加，导致系统性能下降。所以，一般在不增加编码器复杂性的情况下，常采用码重较小的正交码字。

构造光正交码的算法很多，下面我们分析几种光正交码的构造方法及相关特性。

2）利用差分矩阵构造光正交码

设相异码字 $X=(x_0,x_1,\cdots,x_{L-1})$ 和 $Y=(y_0,y_1,\cdots,y_{L-1})$，用 $i_x=(i_{x,0},i_{x,1},\cdots,i_{x,w-1})$ 和 $i_y=(i_{y,0},i_{y,1},\cdots,i_{y,w-1})$ 分别表示码字 X 和 Y 的码字区组，L 表示码长，w 表示码重，则码字 X 的差分矩阵为[12]

$$S_{xx}=(i_{x,k}-i_{x,j})\bmod n,\quad 0\leqslant k\leqslant w-1,\quad 0\leqslant j\leqslant w-1 \tag{4.25}$$

该矩阵是一个 $w\times w$ 的方阵，方阵中的元素表示在该元素所指的切谱位置自相关函数的值为 1，如果矩阵中有 m 个相同元素，则表示在该元素所指的切谱位置自相关函数的值为 m，这样只做 w^2 次减法即可求得自相关函数，过程得到简化，计算量减少。同理，码字 x 和 y 的差分矩阵为[12]

$$S_{xy}=(i_{y,k}-i_{x,j})\bmod n,\quad 0\leqslant k\leqslant w-1,\quad 0\leqslant j\leqslant w-1 \tag{4.26}$$

构造算法的具体步骤如图 4-6 所示[12]。

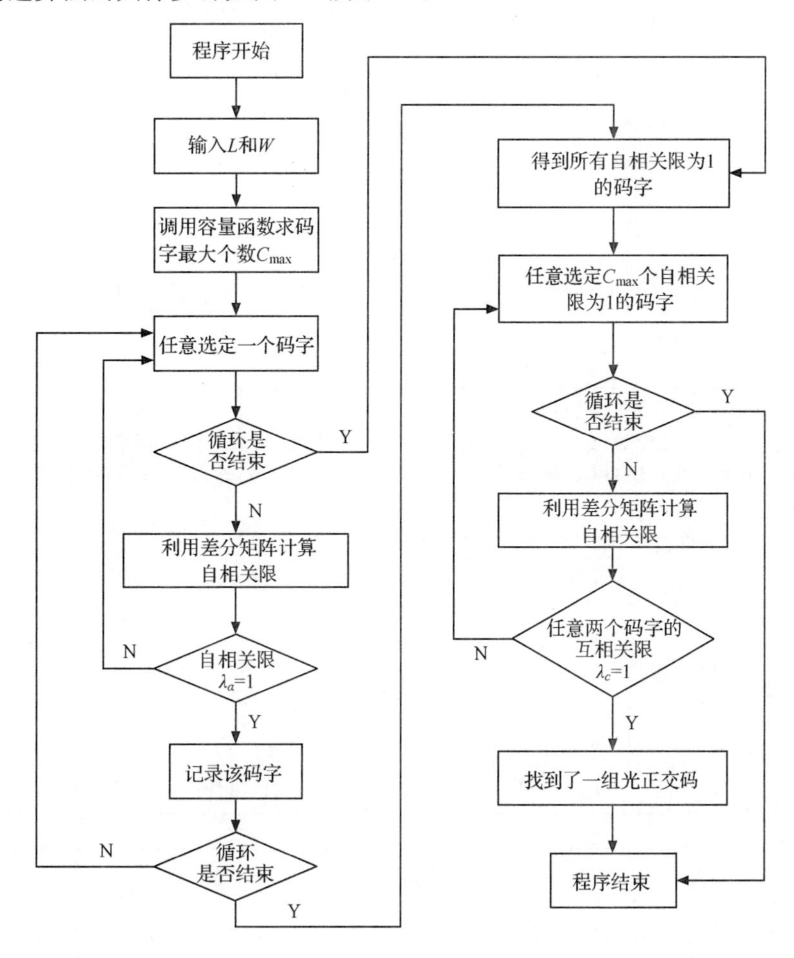

图 4-6　最优 $(L,w,1)$ 构造流程图[12]

① 利用 Johnson 限求出 $(L,w,1)$ 码字容量。

② 由差分矩阵求得自相关限为 1 的码字。

③ 从自相关限为 1 的码字中筛选出互相关限也为 1 的码字。

④ 验证构造出码字是否超出其最大容量(即 Johnson 限)。

假定码长 $L=30$，码重 $w=3$，用该算法构造出的码字区组如表 4-2 所示。

表 4-2　码字(30,3,1)

用户数	码字	用户数	码字
1	0,1,3	2	0,4,9
3	0,6,13	4	0,8,18

码字(30,3,1)是码长为 30、码重为 3 的最优等重光正交码，通过计算机仿真得到每个码字的自相关及互相关曲线如图 4-7 所示。

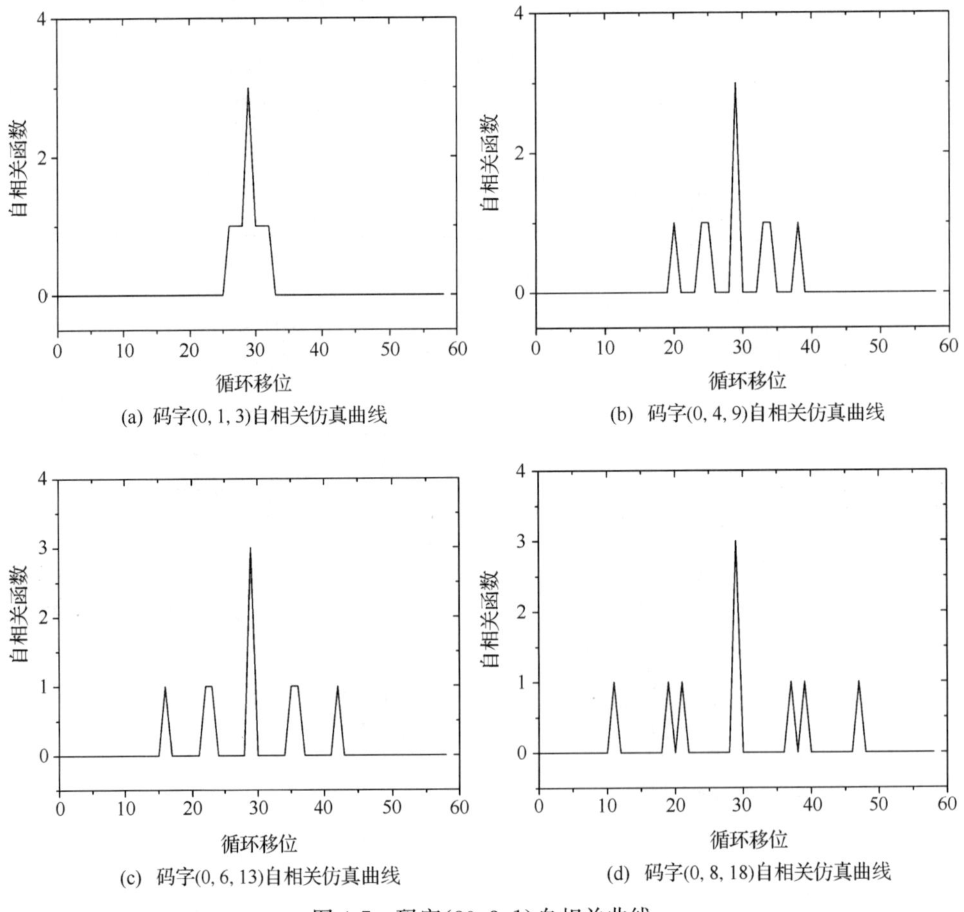

(a) 码字(0, 1, 3)自相关仿真曲线

(b) 码字(0, 4, 9)自相关仿真曲线

(c) 码字(0, 6, 13)自相关仿真曲线

(d) 码字(0, 8, 18)自相关仿真曲线

图 4-7　码字(30,3,1)自相关曲线

码字互相关仿真曲线如图 4-8 所示。

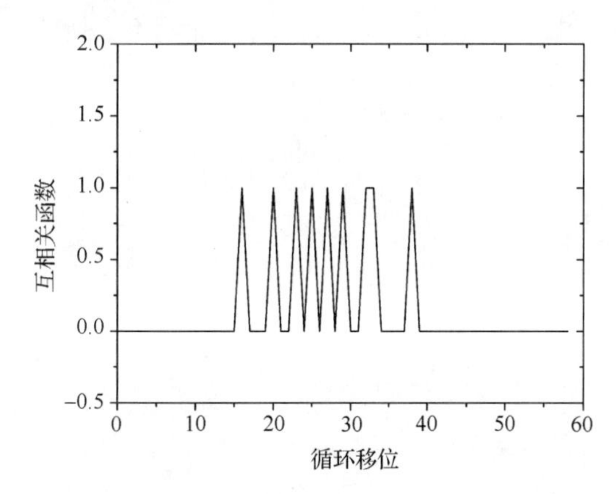

图 4-8 码字(0,4,9)和(0,6,13)互相关仿真曲线

由图 4-7 可知,最优光正交码(30,3,1),自相关峰值为 3,等于码重,自相关旁瓣小于等于 1。由图 4-8 可以看出,两个码字间的互相关值小于等于 1,其相关特性满足 $C(L,w,1)$ 光正交码特性。

3) 用遗传算法生成光正交码

文献[13]提出了一种利用遗传算法生成任意码长、码重的光正交码(GA-OOC)的方法。设码字个数为 N,搜索 $(L,w,1)$ GA-OOC 的算法如下[13]:

(1) 构造新的码字矩阵。

将矩阵的每一行设计为一个独立的码组,由 L 个码字组成。设种群规模为 M(新算法中为码组个数),码字矩阵如图 4-9 所示。每个码字 $C_{i,j}(1\leqslant i\leqslant L,1\leqslant j\leqslant M)$ 的长度为 w,取值为 $0\sim(n-1)$ 互不重复的整数,代表码字中取值为 1 的位置。由于只在每个独立码组的码字之间计算目标函数值,运算量与 ML^2 成正比。由于不再要求 M 比 L 大很多,故新算法在增加备选码字时相应的运算量并没有显著提高,便于算法的收敛。

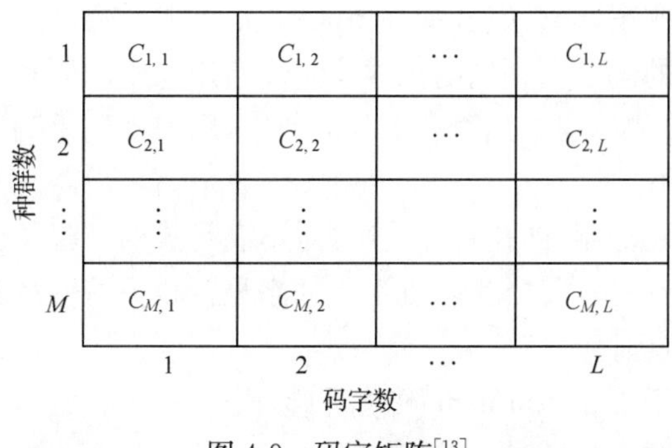

图 4-9 码字矩阵[13]

(2) 设计目标函数。

根据码字之间的相关特性，每个码字 x 的目标函数 $\mathrm{ObjV}(x)$ 定义为

$$\mathrm{ObjV}(x)=\begin{cases}0, & A_{x,x}=0\\ \dfrac{1}{N}\sum_{1}^{N}A_{x,y}, & A_{x,x}=1\end{cases} \tag{4.27}$$

这里，y 指同一码组中的其他码字。其中，

$$A_{x,x}=\begin{cases}1, & \sum_{t=0}^{n-1}x_t x_{t+\tau}\leqslant 1, \quad 0<\tau<n\\ 0, & \text{其他}\end{cases} \tag{4.28}$$

$$\underset{x\neq y}{A_{x,y}}=\begin{cases}1, & \sum_{t=0}^{n-1}x_t y_{t+\tau}\leqslant 1, \quad 0<\tau<n\\ 0, & \text{其他}\end{cases} \tag{4.29}$$

定义每个码组的平均目标函数值(后面简称目标函数值) $\overline{\mathrm{ObjV}}$为 N 个码字的目标函数值的算术平均。计算时首先根据式(4.28)检测码字的自相关特性，若码字不满足自相关特性，则不再进行与之相关的互相关运算，这样就提高了算法的收敛速度。

(3) 适应度函数及选择策略适应度函数用于将目标函数值映射成一个相对适应度测度值，它决定了一个个体被复制到下一代的概率。本算法中选用下面的映射函数，即

$$\mathrm{FitnV}(P)=2-\mathrm{SP}+2(\mathrm{SP}-1)\frac{P-1}{M-1} \tag{4.30}$$

选择压力 SP 取值为(0,2]的实数；P 为排序后种群中个体的编号，$P=1,2,\cdots,M$。

算法选用随机遍历抽样(stochastic universal sampling,SUS)方式，依适应度值来选择将繁殖到下一代的个体的数目。

(4) 交叉策略和变异策略。

选用两点交叉方案，交叉点选择在 w (码重)的整倍数处，以避免因在码字中间断裂而产生无效的码字。利用随机数控制码字矩阵中的码片，按照变异概率 P_m 进行变异，变异后检测码字中是否有重复的数字，即保证码重为 w。

(5) 引入新移民。

本算法引入移民机制，即在每一代中，对不满足式(4.28)给出的自相关条件的码字以概率 P_i 进行替换，替换为随机生成的满足自相关特性的新码字。

(6) 迭代终止准则。

当码字个数小于等于 Johnson 限时，目标函数的最大值为 1。当目标函数值趋于 1 或完成预定迭代次数时，算法终止。

利用上述算法构造(100,3,1)的 GA-OOC 码字如表 4-3 所示。

表 4-3 码字(100,3,1)[13]

用户数	码字	用户数	码字
1	0,3,46	2	0,4,70
3	0,5,6	4	0,7,31
5	0,9,37	6	0,12,14
7	0,13,14	8	0,18,44
9	0,21,29	10	0,25,35
11	0,33,55	12	0,41,61
13	0,42,53	14	0,48,84
15	0,49,81	16	0,62,85

对这组码字进行计算机仿真,得到部分码字的自相关及互相关曲线如图 4-10 所示。

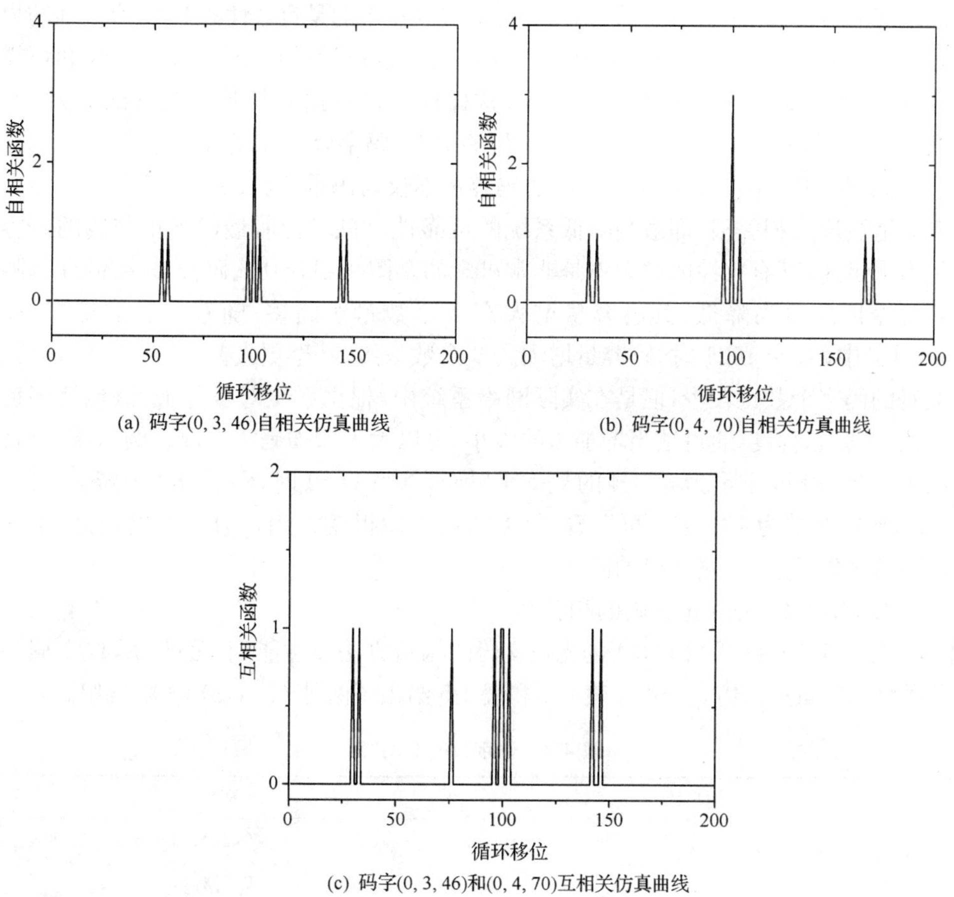

(a) 码字(0, 3, 46)自相关仿真曲线

(b) 码字(0, 4, 70)自相关仿真曲线

(c) 码字(0, 3, 46)和(0, 4, 70)互相关仿真曲线

图 4-10 (100,3,1)自相关及互相关曲线

最优光正交码(100,3,1)自相关峰值为3,等于码重,自相关旁瓣小于等于1。两个码字的互相关值小于等于1,其相关特性满足要求。

4. $\lambda = 2$ 的最优光正交码

人们对最优光正交码码容量和使用码字选择方面进行了很多研究,但大多是从数学或物理角度出发,关心误码率而忽略了实际网络应用中的带宽利用率和设备成本,在设计地址码的同时,需考虑将有效性和可靠性达到平衡。

1) 码字容量分析

对于最优光正交码来说,一般设定其相关限 $\lambda = 1$,即自相关限与互相关限均为1,其意义可以解释为:自相关峰值大,互相关的最大峰值最小。其直接反映出,码字之间的相关性最好,判决最准确,最不容易产生判决误差,误码率小。从通信原理有效性和可靠性的角度来说,可靠性达到最优的情况。但是有效性和可靠性是通信系统上的一对相互排斥的指标,可靠性的提高换来的是有效性的下降,有效性的提高意味着可靠性的下降。因此,在通信系统的传输设计过程中,兼顾有效性和可靠性,在适当的情况下更重视其中一个,这样往往可以给系统带来较好的效果[14]。图4-11为不同码长的光正交码在不同相关限下,码字容量随码重变化的曲线。

如图4-11所示,最优光正交码的码容量不仅与码重、码长关系紧密,而且如果考虑适当增大相关限,即适当降低系统的可靠性,可以看到,最优光正交码的码容量增大迅速,其有效性的增大将是非常可观的。图4-11(c)中,码长 $L = 300$ 时,随着可靠性的适当降低,其码容量增大有2个数量级之多;随着码长的增多,图4-11(a)中,$L = 1021$ 时,码容量增大了3个数量级,甚至更大。当 $\lambda = 1$ 时,光正交码的码字个数比较少,但是在实际网络系统中,根据系统对各种干扰(包括多址干扰)的容忍程度,通过适当增加 λ 的大小,可以大大增加码字个数。例如,对码长度为 $L = 1021$,重量为 $w = 4$ 的光正交码而言,当 $\lambda = 1$ 时,码字个数为85,当 $\lambda = 2$ 时,码字个数为43 307。可以看到,λ 的增大使得接入用户数量大增,有助于解决一些突发、紧急拥堵情况的问题。

2) $(L,4,2)$ 的光正交码的相关性

文献[15]研究了 $(L,4,2)$ 的光正交码的构造方法及性能,下面对 $(L,4,2)$ 码的相关性和容量进行仿真分析。表4-4和表4-5给出了两种 $(L,4,2)$ OOC码组。

表4-4　码字(10,4,2)[15]

用户数	码字
1	0,2,4,7
2	0,1,3,4
3	0,1,2,6

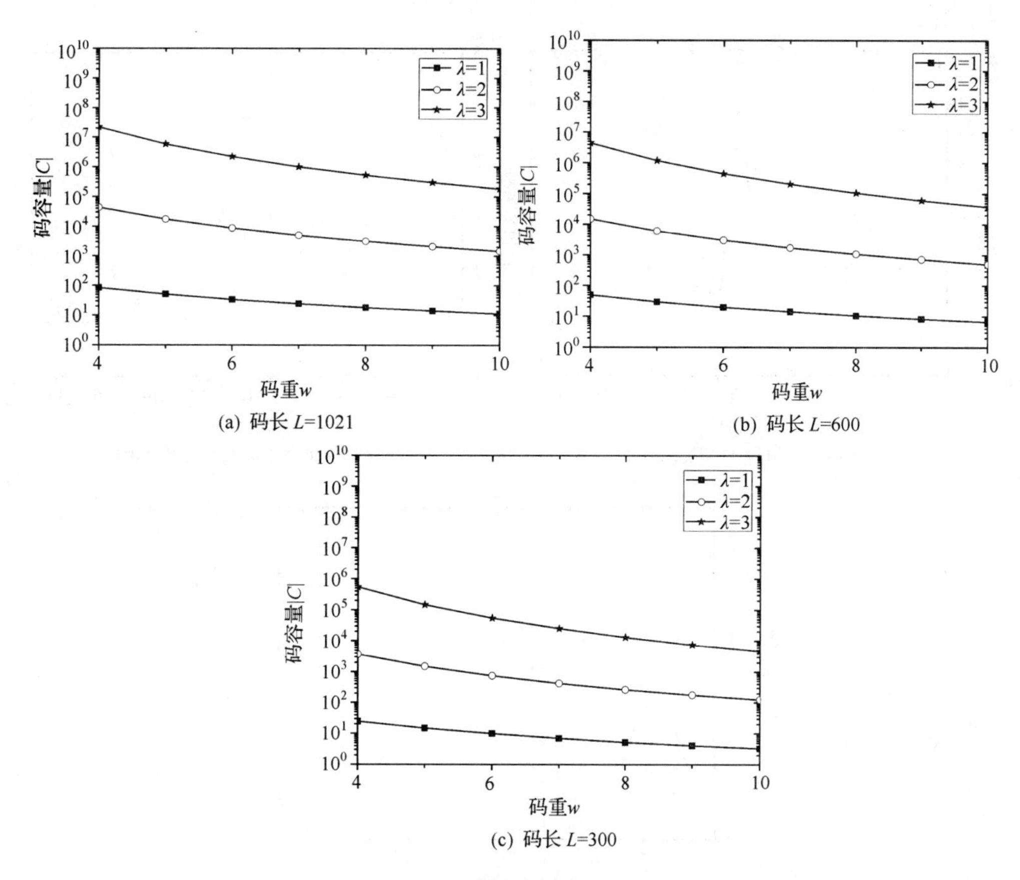

(a) 码长 L=1021　　(b) 码长 L=600　　(c) 码长 L=300

图 4-11　OOC 码容量与相关限的关系

表 4-5　码字(20,4,2)[15]

用户数	码字	用户数	码字
1	0,1,2,11	2	0,1,3,18
3	0,1,4,17	4	0,1,5,6
5	0,1,7,8	6	0,1,9,12
7	0,2,4,12	8	0,2,6,8
9	0,2,7,9	10	0,3,6,13
11	0,3,8,15	12	0,3,9,14
13	0,4,8,14	14	0,4,9,13

对这两组码字进行计算机仿真,得到部分码字的自相关及互相关曲线分别如图 4-12 和图 4-13 所示。对 $(L,4,1)$ 码和 $(L,4,2)$ 码的容量进行分析,得到码容量随码长变化的曲线如图 4-14 所示。

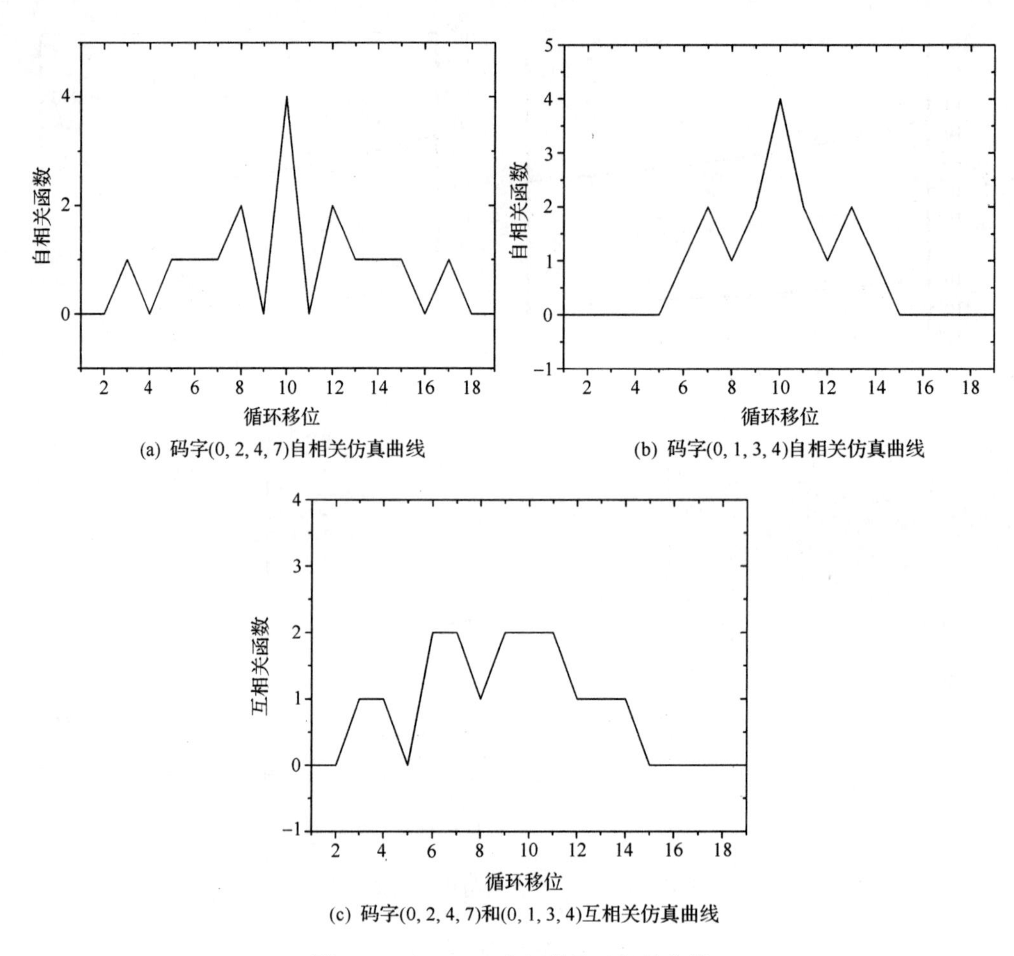

(a) 码字(0, 2, 4, 7)自相关仿真曲线　　(b) 码字(0, 1, 3, 4)自相关仿真曲线

(c) 码字(0, 2, 4, 7)和(0, 1, 3, 4)互相关仿真曲线

图 4-12　(10,4,2)自相关及互相关曲线

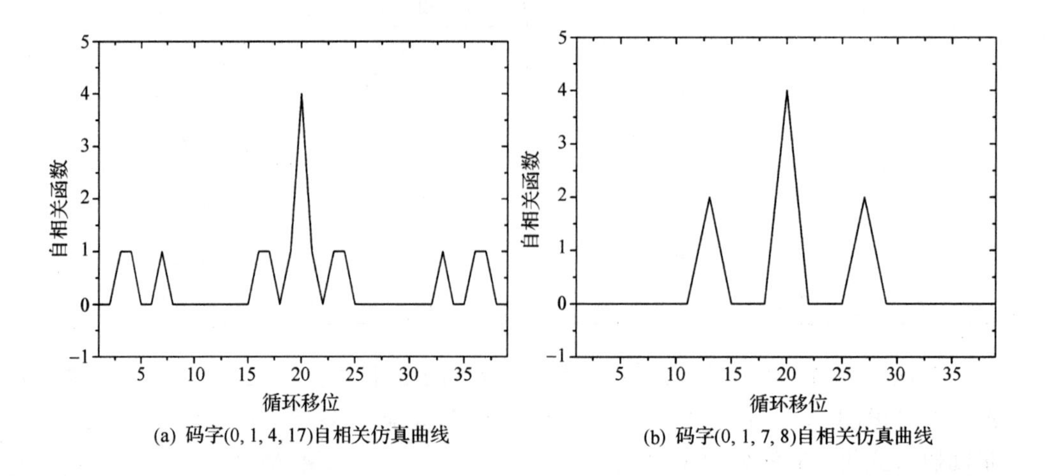

(a) 码字(0, 1, 4, 17)自相关仿真曲线　　(b) 码字(0, 1, 7, 8)自相关仿真曲线

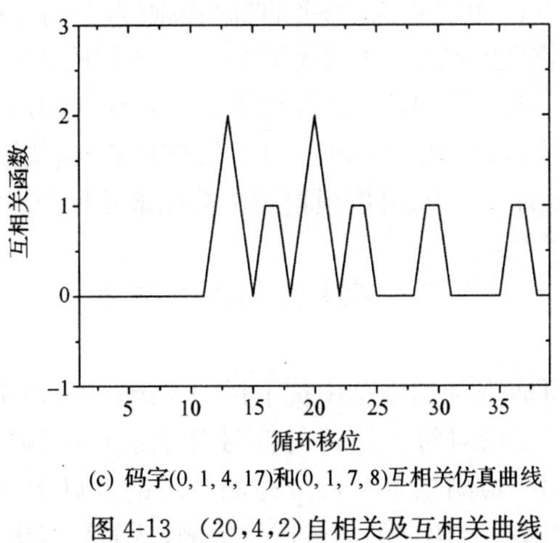

(c) 码字(0, 1, 4, 17)和(0, 1, 7, 8)互相关仿真曲线

图 4-13　(20,4,2)自相关及互相关曲线

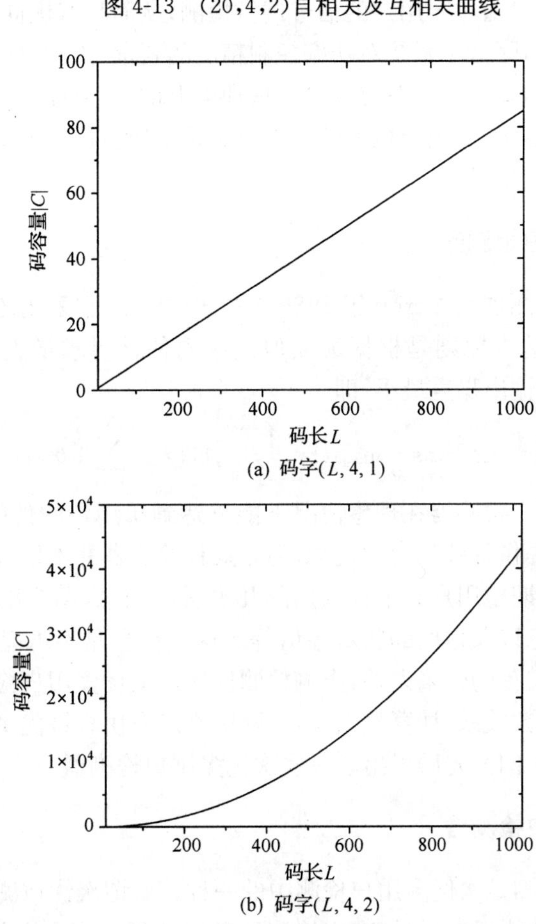

图 4-14　$(L,4,1)$ 和 $(L,4,2)$ 码容量随码长 L 的变化曲线

由图 4-12 和图 4-13 可以看到,码字的自相关限为 4,等于码重,自相关旁瓣值小于等于 2,两个码字的互相关限小于等于 2,$\lambda = 2$ 的码字的相关性要劣于 $\lambda = 1$ 的码字。由图 4-14 可知,$(L,4,2)$ 码容量随着码长的增加迅速增大,同一码长的码字容量明显高于 $(L,4,1)$ 码,$(L,4,2)$ 码可以以码字相关限的增大带来容量的大幅度提高。在实际的网络中,可以根据需求情况来选择合适的光正交码。

4.3 多用户检测技术

多用户检测是 CDMA 通信系统中抗干扰的关键技术,传统的检测技术完全按照经典直接序列扩频理论对每个用户的信号分别进行扩频码匹配处理,因而抗 MAI 能力较差。多用户检测技术在传统检测技术的基础上,充分利用造成 MAI 的所有用户信号信息对单个用户的信号进行检测,从而具有优良的抗干扰性能,解决了远近效应问题,降低了系统对功率控制精度的要求,因此可以更加有效地利用上行链路频谱资源,显著提高系统容量。从理论上讲,如果能消去用户收到的多址干扰,就可以提高容量,多用户检测的基本思想是把所有用户的信号都当作有用信号,而不是当作干扰信号。

4.3.1 最优多用户检测器

最优多用户检测器是 Verdu 于 1986 年提出的[16]。它采用的是 Bayes 后验概率最大的原则,其基本原则是根据最大似然序列估计寻求最大的输入序列 $b = [b_1, b_2, \cdots, b_N]$,使输出噪声最小,即

$$[\hat{b}_1, \hat{b}_2, \cdots, \hat{b}_N] = \arg \max_{b_1, b_2, \cdots, b_N} \exp\left\{-\frac{1}{2\sigma^2}\int_0^T [r(t) - \sum_{k=1}^{N} \lambda_k b_k s_k(t)]^2 \mathrm{d}t\right\} \tag{4.31}$$

虽然最优多用户检测器在理想情况下能够达到单用户的性能,理论上可以获得最小的误码率,提供最佳的检测性能,但是这种检测器并不适合实际应用。其主要原因是需要知道期望用户和干扰用户的几乎所有信息,期望用户和干扰用户的特征波形、定时信息以及他们的相对幅值等。这些信息是不可能先验得到而需要估计的,这就不可避免的带来误差,影响检测性能。最优多用户检测器的计算复杂度与用户个数成指数关系,计算量太大,实际中难以应用。最优多用户检测算法在物理上很难实现,人们又先后提出了一些次优多用户检测器。

4.3.2 线性多用户检测器

线性多用户检测是次优多用户检测中的一种。所谓次优检测器是指与最优检测器相比,两者的性能很接近,但次优检测器算法的复杂度大大降低,需求用户的信息较少,是工程上可以实现的检测器。线性多用户检测是依据一定的判决准则,

在匹配滤波器的后面加上一个线性算子,对输出序列再判决得到所需信号。该类多用户检测器的复杂度与用户数呈线性关系。具体原理为,令 T 表示线性变换的矩阵,若匹配滤波器的输出信号向量为 r_N,则线性多用户检测器的输出信号为 $T \cdot r_N$。其结构框图如图 4-15 所示,$\hat{b} = (\hat{b}_1, \hat{b}_2, \cdots, \hat{b}_N)^{\mathrm{T}}$ 表示接收机匹配滤波器组的输出信号 r_N 通过线性变换矩阵的输出。

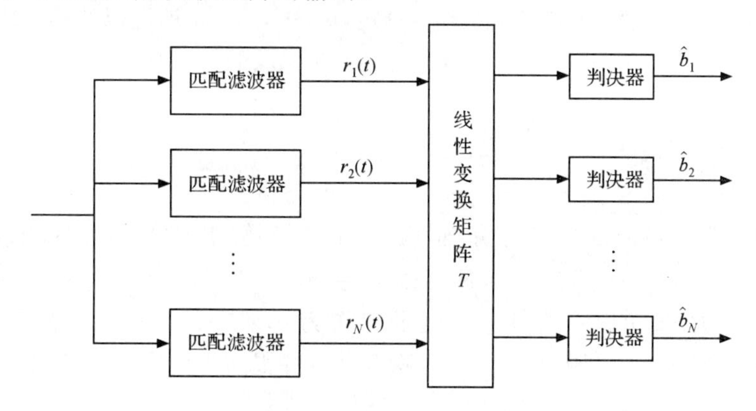

图 4-15 线性多用户检测器框图

线性多用户检测的目的是寻找一个线性变换矩阵将充分统计量映射到多用户的符号序列集,将传统相关器的输出矩阵进行线性变换,再对变换后的输出序列进行判决。当线性变换矩阵取不同形式时,可以分为解相关检测、最小均方误差检测。

1. 解相关多用户检测器

文献[17]在无线 OCDMA 系统中采用了解相关多用户检测器(decorrelating detector,DD),很好的消除了多址干扰。

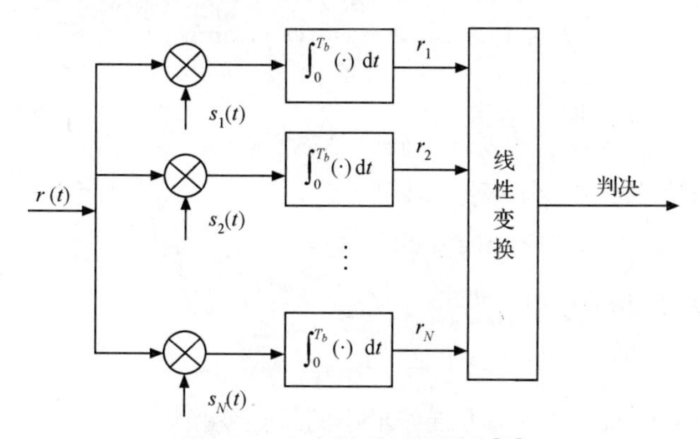

图 4-16 解相关检测器结构[17]

图 4-16 中，输入信号 $r(t)$ 先与用户地址码 $S_k(t)$ 相乘，然后把相乘所得的信号输入相关器，即对信号进行积分，得到 N 个相关值，再对这 N 个值进行线性变换，即与相关矩阵的逆矩阵相乘，得到 N 个线性变换以后的值，再对这些值进行判决。相关器输出

$$r_N = Rb_N + n_N \tag{4.32}$$

其中，$b_N = [\lambda_1 b_1, \lambda_2 b_2, \cdots, \lambda_N b_N]^{\mathrm{T}}$，$n_N = [n_1, n_2, \cdots, n_N]^{\mathrm{T}}$，地址码的相关矩阵 R 为

$$R = \begin{bmatrix} 1 & \rho_{12} & \cdots & \rho_{1N} \\ \rho_{12} & 1 & \cdots & \rho_{2N} \\ \vdots & \vdots & & \vdots \\ \rho_{1N} & \rho_{2N} & \cdots & 1 \end{bmatrix} \tag{4.33}$$

假设矩阵 R 可逆，线性变换矩阵 $T_{\mathrm{dec}} = R^{-1}$，则解相关检测器的输出为[18]

$$R^{-1} r_N = R^{-1}(Rb_N) = b_N + R^{-1} n_N \tag{4.34}$$

从以上的公式可以看出，其他的干扰被置为 0，唯一的干扰源为背景噪声，解相关检测完全消除了多用户干扰，但以噪声功率的提高为代价，计算复杂度与用户数 N 呈线性关系。

2. 最小均方误差(MMSE)检测器[19]

把线性多用户检测看成一个线性估计问题，线性估计问题是将寻找第 k 个用户的线性变换转变成使得均方误差最小。最小均方误差算法将接收信号矢量视为各用户信号矢量和噪声之和(考虑噪声)，利用相关矩阵和接收信号幅度试图求出对应各个函数矢量的系数取值。使经检测后第 k 个用户发送信号 $\hat{b}_k$ 与其估计值之间的误差的均方值达到最小，这样只要挑选线性变换矩阵 T，使 $\hat{b}_k$ 与其估计值之间的误差的均方值达到最小，即均方误差最小化，就是 MMSE_k，令 $k \times k$ 矩阵 T 为

$$T = [\mathrm{mmse}_1, \mathrm{mmse}_2, \cdots, \mathrm{mmse}_k] \tag{4.35}$$

使得估计值

$$\hat{b}_k = \mathrm{sgn}[\mathrm{MMSE}_k^{\mathrm{T}} y] \tag{4.36}$$

匹配滤波器输出信号的扩频序列 s_k 满足[19]

$$s_k = \arg\min_{s_k} E\{[b_k - (s_k, y)]\}^2 \tag{4.37}$$

那么输出的决策统计量为[19]

$$\hat{b}_k = \mathrm{sgn}(s_k, y) \tag{4.38}$$

若令 $b = [b_1, b_2, \cdots, b_k]^{\mathrm{T}}$，使均方误差最小的线性变换因子为

$$J(s_i) = E\{\| b_i - Ty \|\}^2 \tag{4.39}$$

最小化,计算误差向量的协方差矩阵,得[19]

$$\begin{aligned}\mathrm{cov}(b-Ty)&=E\{(b-Ty)(b-Ty)^{\mathrm{T}}\}\\&=E\{bb^{\mathrm{T}}\}-E\{by^{\mathrm{T}}\}T^{\mathrm{T}}-TE\{yb^{\mathrm{T}}\}+TE\{yy^{\mathrm{T}}\}T^{\mathrm{T}}\end{aligned}\tag{4.40}$$

利用式(4.40),并由噪声和数据向量的不相关性,并假设$E\{b^2\}=1$,A为用户信号幅度,σ^2为噪声方差,可得[19]

$$E\{bb^{\mathrm{T}}\}=1\tag{4.41}$$

$$E\{by^{\mathrm{T}}\}=E\{bb^{\mathrm{T}}AR\}=AR\tag{4.42}$$

$$E\{yb^{\mathrm{T}}\}=E\{RAbb^{\mathrm{T}}AR\}=RA\tag{4.43}$$

$$E\{yy^{\mathrm{T}}\}=E\{RAbb^{\mathrm{T}}AR\}+E\{nn^{\mathrm{T}}\}=RA^2R+\sigma^2R\tag{4.44}$$

其中,n为噪声。把上面各式代入式(4.40),则可将误差向量的协方差矩阵表示为

$$\mathrm{cov}(b-Ty)=I+T(RA^2R+\sigma^2R)T^{\mathrm{T}}-ART^{\mathrm{T}}-TRA\tag{4.45}$$

由于$\min\{\|x\|^2\}=\min\{\mathrm{tr}(xx^{\mathrm{T}})\}$则

$$\min J(T)=\min\{\mathrm{tr}[\mathrm{cov}(b-Ty)]\}\tag{4.46}$$

为求最小值问题,有

$$\frac{\mathrm{d}}{\mathrm{d}M}\mathrm{tr}\{\mathrm{cov}(b-Ty)\}=0\tag{4.47}$$

将式(4.45)代入式(4.47)得

$$T_{\mathrm{MMSE}}(RA^2R+\sigma^2R)=AR\tag{4.48}$$

假设矩阵R非奇异,则式(4.48)简化为

$$T_{\mathrm{MMSE}}(RA^2+\sigma^2I)=A\tag{4.49}$$

A为对角矩阵,因此有

$$T_{\mathrm{MMSE}}=A(RA^2+\sigma^2I)^{-1}\tag{4.50}$$

MMSE 检测器的输出为[19]

$$\begin{aligned}\hat{b}_k&=\mathrm{sgn}[(T_{\mathrm{MMSE}}y)_k]\\&=\mathrm{sgn}\{([RA^2+\sigma^2I]^{-1}y)_k\}\end{aligned}\tag{4.51}$$

用A^{-2}乘以式(4.50)的两边,得 MMSE 检测器的第二种表达形式

$$T_{\mathrm{MMSE}}=A^{-1}(R+\sigma^2A^{-2})^{-1}\tag{4.52}$$

相应的检测器为

$$\begin{aligned}\hat{b}_k&=\mathrm{sgn}[(T_{\mathrm{MMSE}}y)_k]\\&=\mathrm{sgn}\{([R+\sigma^2A^{-2}]^{-1}y)_k\}\end{aligned}\tag{4.53}$$

当σ趋向于零时,$[R+\sigma^2A^{-2}]^{-1}$趋向于R^{-1},此时 MMSE 检测器收敛为解相关器。

4.3.3 并行干扰消除检测

并行干扰消除(parallel interference cancellation,PIC)检测器具有多级结构,

每一级并行估计和去除各个用户所造成的 MAI,然后进行数据判决。设系统有 N 个用户,以用户 1 为目标用户,图 4-17 为一个二级 PIC 检测器结构。$r(t)$ 为接收信号,检测器的第一级为传统的相关检测,对 $N-1$ 个非目标用户的数据信号进行判决,用相应的地址码对判决出的第 j 个非目标用户信号 $\hat{b}_i^{(j)}$ 进行扩频,即再生每个用户对目标用户产生的干扰,从接收信号 $r(t)$ 中截取这些再生的干扰。检测器的第二级是用相关检测器对目标用户信号进行检测,恢复信号。PIC 检测器框图如 4-17所示[20]。

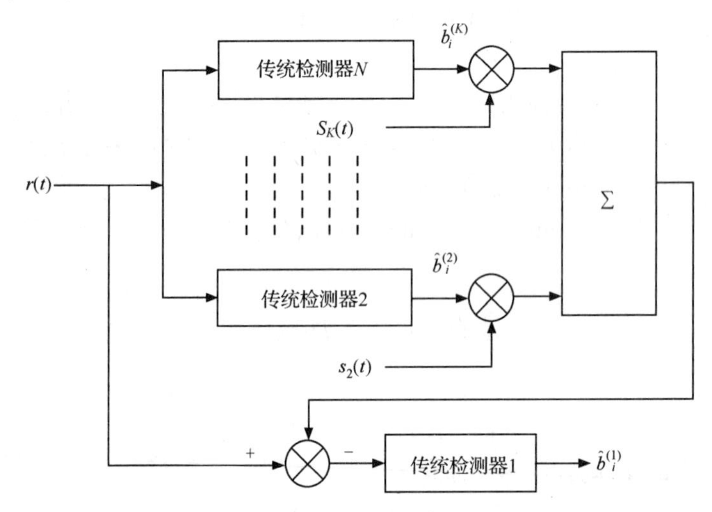

图 4-17　PIC 检测器框图[20]

PIC 检测器具有良好的抗远近效应能力,尤其是当接收的用户信号功率相差较大时,它可以改善弱信号用户的检测性能。因此,当级数增加时系统延迟也增加,但在各种次优多用户检测技术中,PIC 检测技术还是具有较高的实用价值。为了简化设计并减少计算量,一般的 PIC 检测器选用传统的相关检测器作为第一级检测器。

文献[21]对 OCDMA 中的 OS-OPIC(one stage-optical parallel interference cancellation)检测器性能进行了分析。传统 PIC 检测器接收端信号为[21]

$$r(t)=\sum_{k=1}^{N} b_i s_k(t-\tau_k) \tag{4.54}$$

其中,τ_k 为用户 k 的时延,有 $0\leqslant\tau_k\leqslant T_c$,$T_c$ 为码片间隔;$b_i(0,1)$ 为用户 k 的第 i 个比特。进入目标用户接收机的信号为

$$y(t)=r(t)-\sum_{j=2}^{N}\hat{b}_i^{(j)} s_j(t) \tag{4.55}$$

其中,$\hat{b}_i^{(j)}$ 为用户 j 的估计值;$s_j(t)$ 为用户 j 的地址码。OS-OPIC 基于传统的

OPIC,用较小的硬件复杂度来满足接收机的需要。OS-OPIC 十分简单有效,不像OPIC,需要所有的非目标用户信息来恢复目标用户,OS-OPIC 检测只需提供一个给目标用户 k 的估计值 $\hat{b}_i^{(k)}$ 再用相应地址码 $s_k(t)$ 对估计值进行扩频,最后将其从接收信号 $r(t)$ 中减去。

再由传统检测器对目标用户进行检测,传统检测器的输入信号为[2]

$$y(t)=r(t)-\hat{b}_i^{(k)}s_k(t) \tag{4.56}$$

其中,$\hat{b}_i^{(k)}$ 和 $s_k(t)$ 为非目标用户 k 的估计值和地址码。

OS-OPIC 可以有效地消除 MAI,并且相对传统 OPIC 减小了硬件的复杂度。

4.4　紫外 OCDMA 系统中的多用户检测技术

4.4.1　紫外大气信道分析

紫外光在大气中传播时,具有两个典型特征:

(1) 指数规律的能量衰减受到大气中分子所含悬浮微粒等的吸收和散射,信号能量按指数规律衰减快,大气 Rayleigh 散射造成的光能损失是红外波段的1000 倍以上[22]。

(2) 极强的散射特性。由于大气中存在大量的粒子,紫外光在大气传输过程中存在较大的散射现象,使紫外光通信系统能以非直视方式传输信号,从而能适应复杂的地形环境,但散射传输方式最大的缺点是功率效率不高,以及因存在多径传播而产生的多径时延。

文献[23]对非视线紫外光散射通信的信道特性进行仿真分析,表明紫外通信中信号的传送伴随着多径传输现象,很大程度上限制了系统性能。

大气传输中还会受到大气湍流的影响,大气湍流效应主要表现为光束的展宽、闪烁、到达角起伏等。当在系统中采用角度跟踪和位置跟踪后,可以极大的减弱漂移和到达角起伏。闪烁是困扰大气无线光通信的主要问题之一,大气闪烁效应表现为接收功率的起伏,使用大孔径接收器可以有效地抑制通信光闪烁对光通信链路的影响。

在接收端,接收功率围绕平均功率的变化表现为附加的噪声,即接收功率的方差须作为探测器噪声加以考虑。图 4-18 是大气层 OCDMA 信道模型[7]。

图 4-18 中,$x_k(t)$ 是用户 k 的瞬时光功率;$y(t)$ 是接收信号的瞬时光功率;γ^2 是接收光功率的方差;λ_d 是背景光噪声功率,背景光噪声也是影响大气光通信系统的重要因素之一。

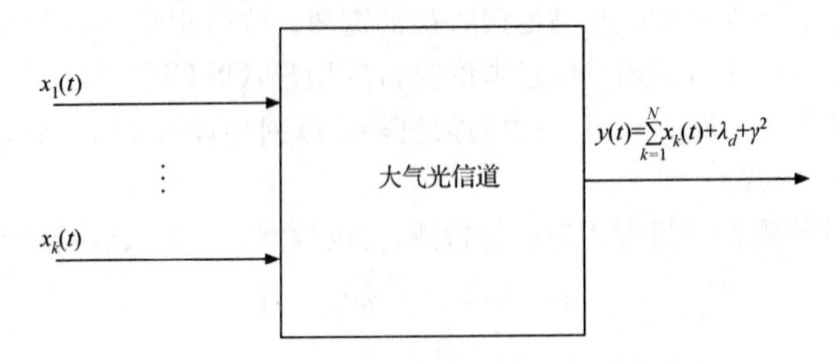

图 4-18　大气层 OCDMA 信道模型[7]

4.4.2　解相关检测与最小均方误差检测

为了具体研究紫外大气信道中时延及多径干扰对多用户检测算法性能的影响，根据上节的大气信道分析，采用如图 4-19 的框图来模拟紫外大气信道传输中的能量衰减以及多径时延问题。

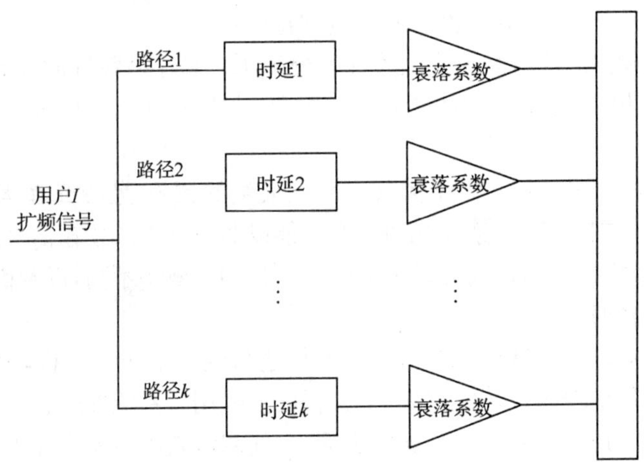

图 4-19　多径信道的时延衰减

为了对紫外大气无线光信道的多用户检测进行仿真，假设这样一个系统：用户数 $k=4$；用户 k 的平均光功率为 λ_k，$\lambda_k=[1,1,1,3]$；背景光噪声平均功率为 λ_d；热高斯噪声的均值为 1，方差为 0.001。

我们选取了一组(30,3,1)光正交码作为输入信号的地址码：

用户 1，地址码为(0,1,3)；

用户 2，地址码为(0,8,18)；

用户 3，地址码为(0,4,9)；

用户 4，地址码为(0,6,13)。

在 Matlab 软件中进行仿真，以用户 1 为例，得出了在不同情况下解相关检测(DEC)与最小均方误差检测(MMSE)性能分析。

1) 背景光噪声 λ_d

图 4-20 为不同的背景光噪声平均功率下，系统经传统检测、解相关检测及最小均方误差检测的误码率。可以看到，解相关检测及 MMSE 检测的性能远好于传统检测，很大程度上消除了多址干扰的影响，误码率可以达到 10^{-4}。解相关检测及 MMSE 检测的性能比较接近，在背景噪声较小的情况下，解相关检测性能优于 MMSE，而当背景噪声平均功率 λ_d 大于 0.7 时，MMSE 检测的性能要好于解相关检测。在 λ_d 大于 1.1 时，解相关检测及 MMSE 检测的误码率均为 10^{-1}，信号淹没在背景噪声中，难以满足通信的要求。

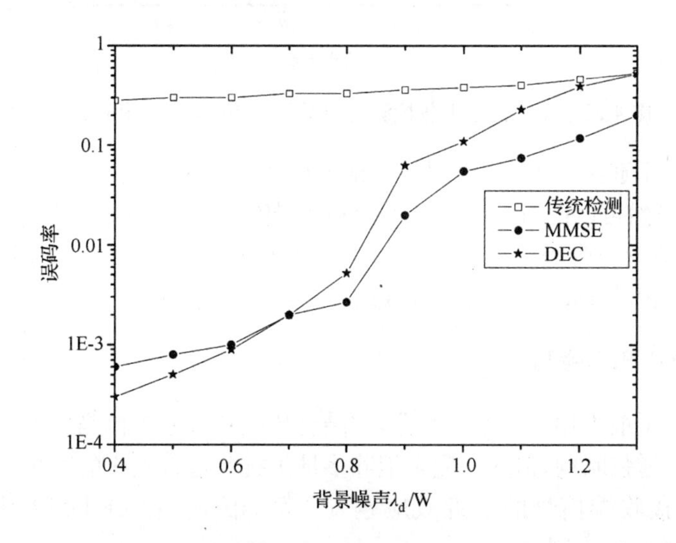

图 4-20 各检测器误码率随背景噪声变化的曲线

如果仅仅考虑去掉多址干扰，解相关检测器是最优的，但是却以噪声增强为代价，MMSE 检测结合传统和解相关检测器的特点，解决了解相关的噪声增强问题，但却不能完全消除多址干扰。

2) 多径信道

研究在多径信道下传统检测、解相关检测及 MMSE 检测的性能，假设 4 条路径，衰减系数分别为 0.9、0.5、0.2、0.1。其中衰减系数为 0.2，0.1 的两条路径各有一个码字延迟。图 4-21 给出了传统检测、解相关检测及 MMSE 检测在不同信噪比下的误码率曲线。

图 4-21 中可见，在多径信道下，解相关检测及 MMSE 检测的性能远好于传统检测，系统误码率达到 10^{-3}。同时，在多径信道下，解相关检测的性能要好于

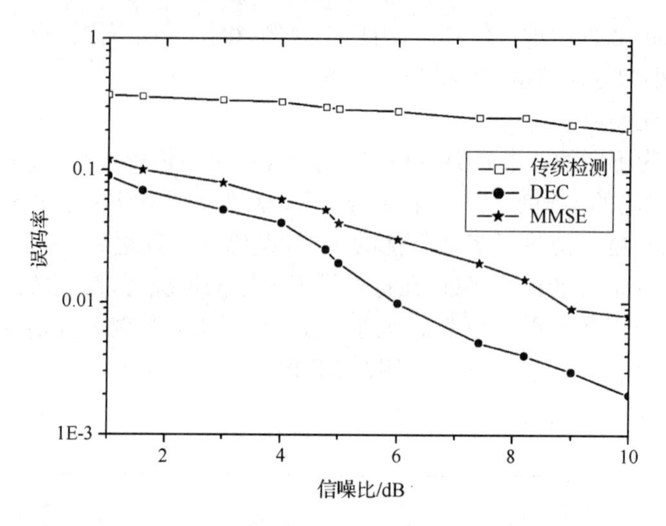

图 4-21　多径信道下各检测器的误码率随信噪比变化的曲线

MMSE 检测，且随着信噪比的增大，解相关检测的性能优势愈加明显，这是因为 MMSE 检测虽然可以同时抑制多址干扰和背景噪声，但其性能依赖于干扰用户的功率，且多径衰落会带来远近效应，而解相关检测拥有最佳的抗远近效应能力，与解相关检测相比，MMSE 检测其抗远近效应能力有所损失。

4.4.3　MMSE_PIC 检测

前面分析了最小均方误差检测器，它结合传统和解相关检测器的特点，解决了解相关的噪声增强问题，但无法完全消除多址干扰和远近效应的影响，尤其对于紫外散射信道，接收端信号的远近效应越发明显。因此，在 OCDMA 中采用一种 MMSE-PIC 的联合检测。

PIC 检测具有良好的抗远近效应能力，对弱功率信号具有改善作用。在 MMSE 后加入并行干扰消除检测器，可进一步消除干扰、降低系统误码率。MMSE_PIC 检测器框图如图 4-22 所示。

MMSE 检测的线性变换

$$T_{\text{MMSE}}(RA^2R+\sigma^2R)=AR \tag{4.57}$$

在 MMSE-PIC 检测第一级，MMSE 检测的输出为

$$\begin{aligned}\tilde{x}&=T_{\text{MMSE}}r\\&=[R+\sigma^2A^{-2}]^{-1}r\end{aligned} \tag{4.58}$$

假设目标用户为 i，干扰用户为 j，PIC 算法可以表示为

$$\hat{x}(i)=y-\sum_{\substack{j=1\\j\neq i}}^{K}R(j)\tilde{x}(j) \tag{4.59}$$

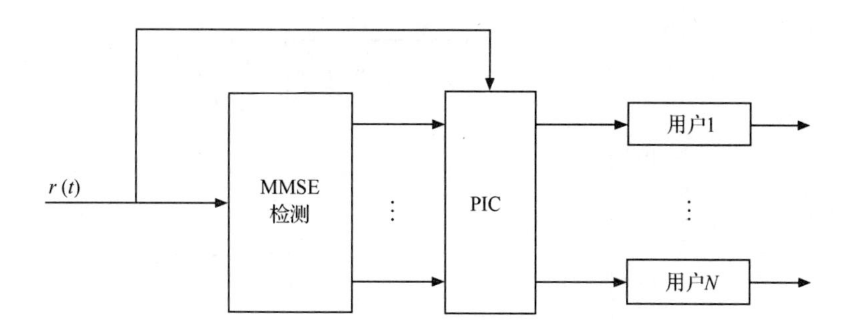

图 4-22　MMSE_PIC 检测器框图

在 MMSE 器之前引入一个光硬限幅器,可以在接收机相关器对接收信号进行相关处理之前,对每个码片的光脉冲进行限幅,从而减小多个用户对期望用户传送信号时隙的光强度累加,即减小多用户干扰。本节引入了双 OHL 结构来优化系统传输性能，进一步降低系统误码率。基于光硬限幅的 MMSE_PIC 检测器框图如图 4-23 所示。

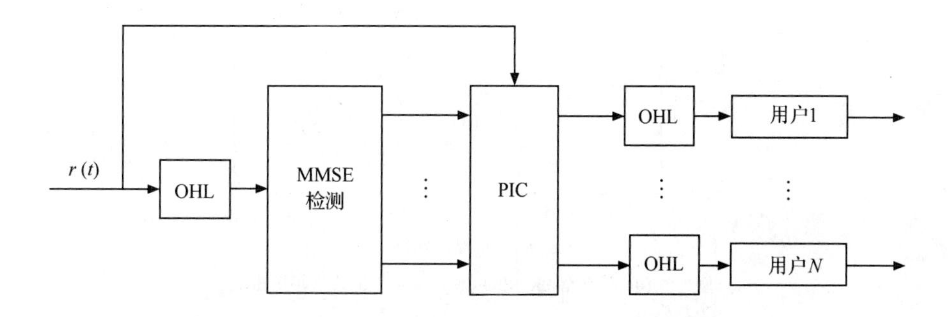

图 4-23　基于光硬限幅的 MMSE_PIC 检测器框图

假设这样一个系统:用户数 $k=4$，用户 k 的平均光功率为 λ_k,$\lambda_k=[4,1,2,3]$;忽略雨、雾等大气条件对紫外信道的影响,考虑在晴朗的天气下,此时的紫外光信道是一个典型的 Rayleigh 衰落信道。

我们选取了一组(100,3,1)光正交码,作为输入信号的地址码:

用户 1,地址码为(0,3,46);

用户 2,地址码为(0,4,70);

用户 3,地址码为(0,5,6);

用户 4,地址码为(0,7,31)。

在 Matlab 软件中进行仿真,以用户 1 为例,分析 PIC 检测与基于光硬限幅的 MMSE-PIC 检测的性能。各检测器在不同信道下的误码率曲线如图 4-24 所示。

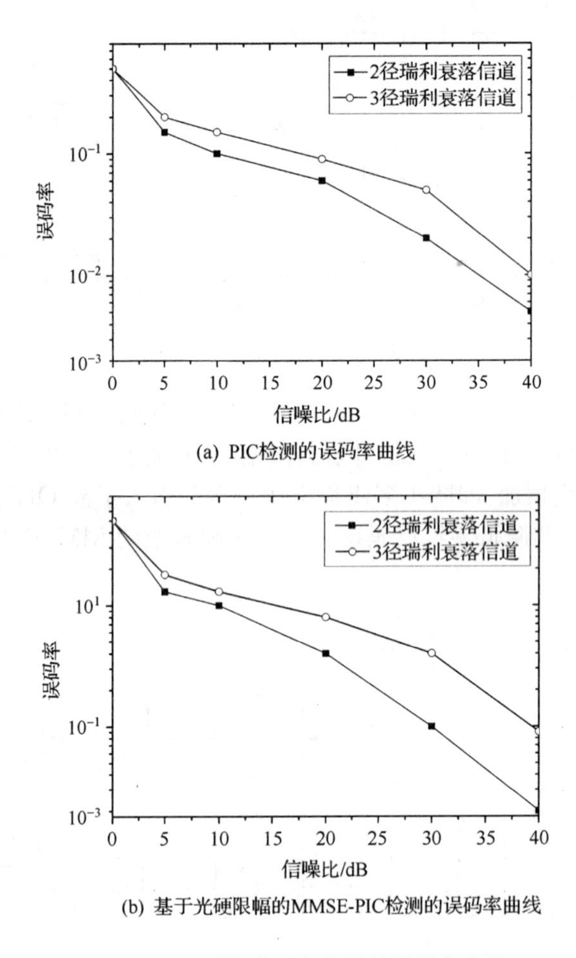

(a) PIC检测的误码率曲线

(b) 基于光硬限幅的MMSE-PIC检测的误码率曲线

图 4-24　不同信道下各检测的误码率曲线

由图 4-24 可以看到，在多径 Rayleigh 衰落信道下，MMSE-PIC 检测的性能要好于 PIC 检测，经过 MMSE-PIC 检测，用户 1 的误码率可达到 10^{-3}。可见，MMSE-PIC 检测对弱功率信号有很好地改善作用，同时随着 Rayleigh 衰落信道径数的增加，系统的误码率相应增加。

图 4-25 是扩频模块的 Matlab 仿真原理图。图 4-26 是接收模块的 Matlab 仿真原理图。图 4-27 是 MMSE 多用户检测模块 Matlab 仿真原理图。

MMSE-PIC 检测在光多径信道下能很好地抑制多址干扰，改善弱功率信号，尤其有很强的消除远近效应的能力，适用于紫外光大气通信。

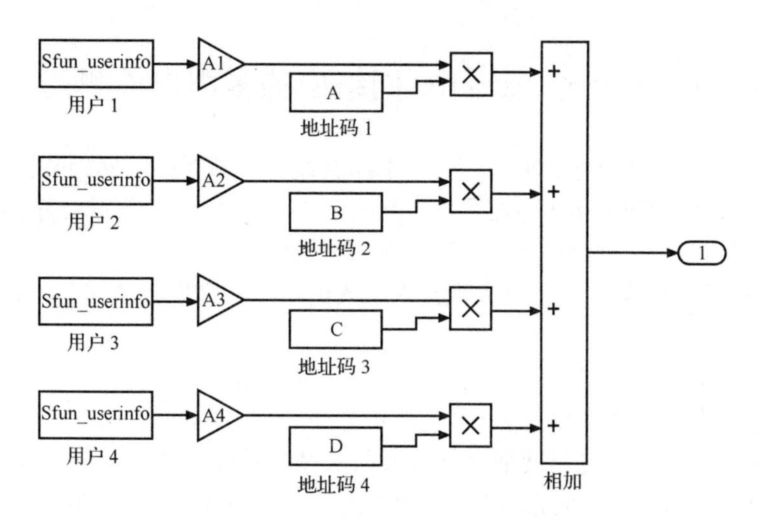

图 4-25 扩频模块 Matlab 仿真原理图

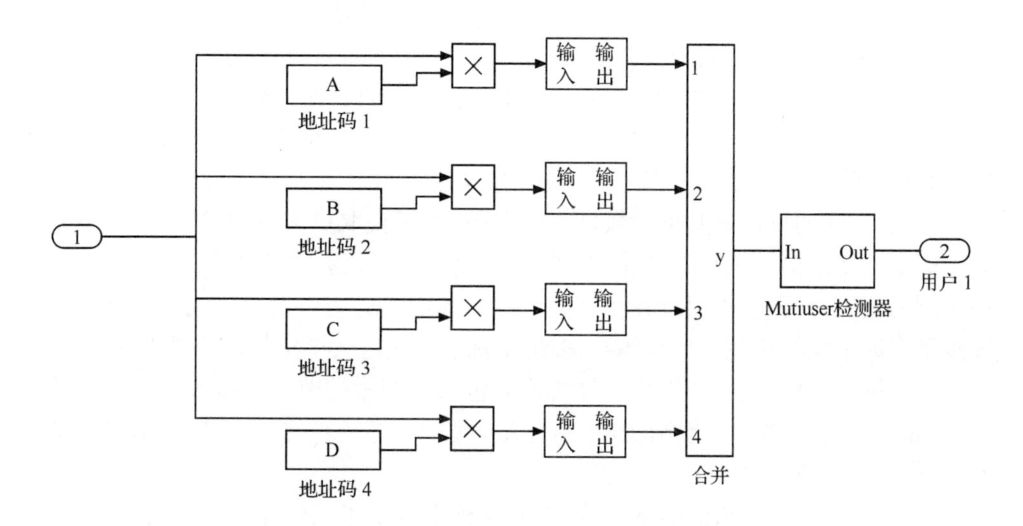

图 4-26 接收模块 Matlab 仿真原理图

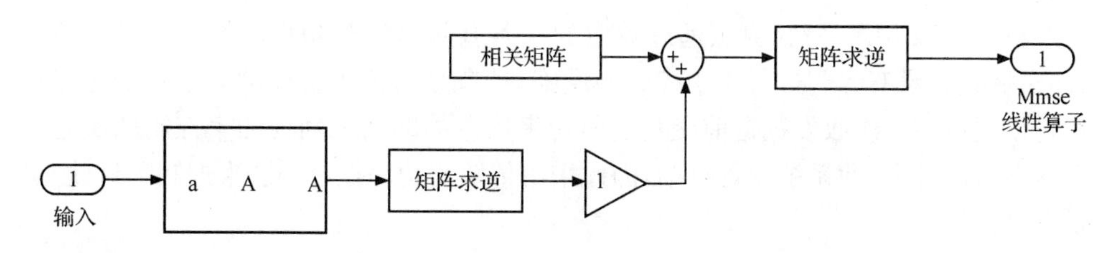

图 4-27 MMSE 多用户检测模块 Matlab 仿真原理图

4.5　紫外光 Ad Hoc 网络中的多用户检测技术

对基于 OCDMA 的紫外 Ad Hoc 网络，传统上终端对接收到的数据用匹配滤波器进行检测，由于网络中存在多址干扰的影响，传统检测方式不能满足网络的需求，可以采用多用户检测技术来提高网络的整体性能。

网络信号处理是指将信号处理技术融入网络结构和网络协议的设计，从而提高无线网络的性能，具体的研究领域包括采用信号处理方法对网络业务建模、业务量辅助的多用户检测、网络参数的自适应预测和跟踪、基于冲突分辨的信道预留、基于多包接收的网络协议设计和性能分析等[24]。

所谓多包接收[24]是指网络的节点可以通过信号处理技术分辨并检测出同时到达的多个数据包。传统的网络节点遇到这种情况则认为数据包发生冲突而把所有的冲突包丢弃，多包接收可以大大提升网络在吞吐量和时延等方面的性能。

码分多址将共享信道划分为多个子信道。每个子信道对应一个唯一的特征码(地址码)。如果特征码完全正交，且节点具备在多个子信道上并行工作的能力(比如装备了 N 个匹配滤波器来同时接收 N 个子信道上的数据)，对于节点本身来讲，这就等价于多包接收。另外，相比于时分多址(TDMA)和频分多址(FDMA)系统，CDMA 系统具备大容量、抗噪声、抗多径等性能优势，更适合无线网络使用。

但是，正交的特征码其可用数目非常有限，为了获取更多可用的特征码，通常采用近似正交的伪随机码。另外，考虑到无线信道的衰落、节点的移动等因素，即使采用的是正交码，它也很难在 Ad Hoc 网络的实际通信中保持正交性。这样就导致了多址干扰的存在。从整体看，多址干扰的存在增大了接收机的误码率，降低了网络容量。从局部看，如果欲接收的数据包来自较远的节点而接收机附近的节点也同时在发送数据包，就会出现来自近端的强干扰湮没来自远端的弱信号的情况，产生远近效应[25]。

同时，紫外大气信道的能量衰减、多径时延也带来了系统噪声的增大、远近效应的增强。这都是基于紫外 OCDMA 的 Ad Hoc 网络提高性能所必须解决的问题。

对于 OCDMA 系统，克服远近效应的一条有效途径是功率控制。但对于 Ad Hoc 网络，它没有专门进行集中控制的设施，且节点的位置会移动而不断变化，虽然可以通过在每次收发数据前交互当前功率信息的办法来辅助功率控制的实施，但这会占用带宽，使系统变得复杂，因此采用传统的功率控制办法来抑制远近效应是不可行的。

对基于 OCDMA 的 Ad Hoc 网络，采用多用户检测来抑制多址干扰、克服远近效应是一条有效的途径。节点采用多用户检测器后可以大大提高从混合信号中提取己方数据包的成功概率,从而大大提高多包接收的效率。

对于无线 Ad Hoc 网络已有论文采用的多用户检测器多为经典的最小均方误差检测器,或为并行干扰抵消、连续干扰抵消(SIC)之类的非线性检测器,而对于无线光 Ad Hoc 网络的多用户检测技术,尚未见报道。本节我们分析了盲自适应算法对 Ad Hoc 网络吞吐量的影响,并提出将盲自适应算法引入到采用光正交码的 OCDMA 系统中。

4.5.1 基于多用户检测的 Ad Hoc 网络吞吐量分析

文献[26]以全链接有限元 Ad Hoc 网络为模型,分析了基于多用户检测的 Ad Hoc 网络吞吐量。对 Ad Hoc 网络进行了下列假设[26]:

假设 1 在一个时隙里,一个终端只能发送或接收一个数据包,数据包的长度是固定的。

假设 2 任一终端在任一时隙里发送数据包的概率均为 p。

假设 3 当一个终端发送数据时,网络中的其他终端以相等的概率成为该数据包的目标终端。

设网络中共有 M 个节点(终端),定义如下随机变量。

L:在当前时隙,网络中发出的数据包总数(处于“发”状态的终端个数)。

X:上面 L 个数据包中,其目标节点正处于“收”状态的数据包的总数。

Y:上面 X 个数据包中,不遭遇冲突的数据包的总数。

N:当前时隙里,最终被成功接收的数据包的总数。

令 $0 \leqslant N \leqslant Y \leqslant X \leqslant L \leqslant M$,则 在一个时隙内同时有 l 个节点发送数据包的概率为[26]

$$p_l = C_M^l p^l (1-p)^{M-1}, \quad l = 0,1,\cdots,M \tag{4.60}$$

定义 Ad Hoc 网络的吞吐量 T 为一个时隙内网络中平均成功接收到的数据包数目,即

$$T = \sum_{l=1}^{M} p_l \sum_{n=0}^{l} n r_{ln} \tag{4.61}$$

其中,r_{ln} 为接收矩阵 R 的相应元素。

定义接收矩阵 R 为[26]

$$R = \begin{pmatrix} r_{10} & r_{11} & 0 & \cdots & 0 \\ r_{20} & r_{21} & r_{22} & \cdots & 0 \\ \vdots & \vdots & \vdots & & \vdots \\ r_{M0} & r_{M1} & r_{M2} & \cdots & r_{MM} \end{pmatrix} \tag{4.62}$$

其中,r_{ij} 表示在整个网络处于一个时隙中发送 i 个包的情况下成功接收到 j 个包的概率。当 $j > i$ 时,$r_{ij} = 0$。同时,考虑到终端的半双工特性,当 $i = M$ 时没有节

点处于“收”状态，故 $r_{M0}=1$，且 $r_{Mj}=0(j=1,2,\cdots,M)$。

对于 r 中的非零元素 $r_{ln}(1\leqslant l\leqslant M-1$ 且 $0\leqslant n\leqslant l)$，概率可以表示为

$$\begin{aligned}r_{ln}&=\sum_{x=n}^{l}\mathrm{Prob}\{N=n,X=x\mid L=l\}\\&=\sum_{x=n}^{l}\mathrm{Prob}\{N=n\mid L=l,X=x\}\mathrm{Prob}\{X=x\mid L=l\}\end{aligned}\tag{4.63}$$

假设当一个终端发送数据时，网络中的其他终端以相等的概率成为该数据包的目标终端，则有

$$\mathrm{Prob}\{X=x\mid L=l\}=C_l^x\left(\frac{M-l}{M-1}\right)^x\left(\frac{l-1}{M-1}\right)^{l-x}\tag{4.64}$$

其中，$C_l^x=\dfrac{l!}{x!(l-x)!}$。

这里采用的扩频协议是基于收方的，当有两个或两个以上的数据包的目标节点是同一终端时，该目标终端将无法分辨这些包，从而导致这些包被丢失，在当前时隙里，网络中因多包冲突而被丢弃的包的总数为 $(X-Y)$，此时有 $(X-Y)\geqslant 2$，故

$$\begin{aligned}&\mathrm{Prob}\{N=n,X=x\}\\&=\sum_{\substack{y=n\\y\neq(x-1)}}^{x}\mathrm{Prob}\{N=n,Y=y\mid L=l,X=x\}\\&=\sum_{\substack{y=n\\y\neq(x-1)}}^{x}\mathrm{Prob}\{N=n\mid L=l,X=x,Y=y\}\mathrm{Prob}\{Y=y\mid X=x,L=l\}\end{aligned}\tag{4.65}$$

$\mathrm{Prob}\{N=n\mid L=l,X=x,Y=y\}$ 与物理层多用户检测器的误比特率 P_e 有关。

当一个时隙里同时发送 k 个数据包，P_e 的近似解为

$$P_e\approx Q\left(1/\sqrt{\alpha_1}+\sum_{i=2}^{k}\beta_i\right)\tag{4.66}$$

其中

$$\alpha_1=[\sigma^2(1+\|c_1-s_1\|^2)]/A_1^2$$

$$\beta_i=(A_i^2|s_i,c_1|^2)/A_1^2,\ i=2,3,\cdots,k$$

s_i 为干扰数据包的扩频码；A_1 和 A_i 分别为期望数据包和干扰数据包在接收机输入端的幅度；c_1 为期望用户的线性多用户检测器；σ^2 为噪声的功率；$Q(\cdot)$ 为 Q 函数。参数 α_1 表征噪声对 P_e 的贡献，β_i 表征多址干扰对 P_e 的贡献。

由式(4.61)～式(4.66)可以看出，对于不同的多用户检测器(不同的 c_1)得到 $P_e(k)$ 将不同，这将导致 $\mathrm{Prob}\{N=n\mid L=l,X=x,Y=y\}$ 的差异，并最终导

致吞吐量上的差异，可得如下结论[26]：

(1) 环境对误比特率的影响。噪声平均功率越小 (σ^2 越小)，期望数据包的接收功率越大 (A_1^2 越大)，$P_e(k)$ 就越小。

(2) 多用户检测器对误比特率的影响。这需要固定参数 σ 和 A_1，讨论 x_1 或 $c_1(c_1 = s_1 + x_1)$ 对 $P_e(k)$ 的影响。①若 $x_1 = 0(c_1 = s_1)$，即退化为传统检测器。此时，$P_e(k)$ 决定于发送期望数据包和干扰数据包所对应的扩频码之间的互相关系数，以及它们各自的功率之比。也就是说，多址干扰引发的远近效应是恶化接收机性能的直接原因。②若选择 c_1，使得对于每个 s_i，都有 $(s_i, c_1) = 0$，则成为了解相关检测器。此时多址干扰就被完全消除了，但此时的 $\|x_1\|^2$ 起着放大噪声的负面作用。③MMSE 检测器在抑制多址干扰和避免噪声放大方面进行了合理的权衡，但由于无线信道是时变系统，而对于线性多用户检测，每次都重新计算线性变换矩阵是很难的，运算量也会很大。

根据上面的分析可以看到，用于 Ad Hoc 网络的多用户检测应采用自适应技术，自适应技术的引入不仅能够自动跟踪信道变化，而且可以降低运算量。典型的自适应线性检测不需要匹配滤波器，接收信号先经过码片滤波，然后按码片速率采样，采样后的信号经过线性接收器处理，输出信号按符号速率采样，最后判决。其中线性接收机由不同的算法计算调整。自适应算法包括带发送序列的一般算法和盲自适应算法。目前，带发送序列的自适应算法已经研究的较成熟，主要有最小均方误差随机梯度算法(LMS)和递归最小二乘算法(RLS)。

多用户检测技术在提出的时候是针对蜂窝制式的 CDMA 通信系统的。由于基站知道本小区所有用户的地址码，因此进行诸如 MMSE 多用户检测或者解相关多用户检测之类的联合检测是比较便利的[25]。

在分布式的 Ad Hoc 网络环境下，由于没有基站的集中控制，节点要想获知相邻节点的地址码就成了难题，需要借助其他手段(如媒质接入控制协议)来获知该信息，这是一笔额外的开销，因此要想获知所有干扰节点的地址码然后进行多用户检测是不太现实的。前面提出的多用户检测算法并不适用于 Ad Hoc 网络。

因此，适合 Ad Hoc 网络的多用户检测技术应该是仅仅需要期望用户的地址码就能实现检测的盲多用户检测技术。除了不需要知道干扰用户的特征信息外，就是仅使用观测数据，而不使用训练序列。发送训练序列不仅会造成带宽资源的很大浪费，而且多耗费了能量，因此对于带宽和能量资源都异常宝贵的 Ad Hoc 网络来说，盲多用户检测无疑有着显而易见的优势，且发送序列不仅占用一定资源，而且还要提高其发射功率以保证判决的可靠性。

紫外大气信道的能量衰减、多径时延，也带来了系统噪声的增大、远近效应的增强。在多径信道中又很容易产生深度衰落，需要频繁的发送训练序列，从而大大降低了系统性能，因此不需要干扰用户信息的盲多用户检测技术更适合紫外 Ad

Hoc 网络。下面我们对盲自适应的 RLS 算法进行分析，并将其引入 OCDMA 系统中，对基于光正交码的 RLS 算法性能进行仿真分析。

4.5.2　基于 MOE 准则的盲自适应线性检测算法

1. 最小输出能量准则

Honig[27]提出一个线性多用户检测器 c，可以分解为相互正交的两个分量之和，而其中的一个分量正是我们所期望的用户的特征序列 s。

设用户 1 为期望用户，则 c_1 可以表示为[27]

$$c_1 = s_1 + x_1 \tag{4.67}$$

且满足 $s_1^{\mathrm{T}} x_1 = 0, \langle c_1, s_1 \rangle = \langle s_1, s_1 \rangle + \langle x_1, s_1 \rangle = \| s_1 \|^2 = 1$。

由于 s_1 是用户 1 的扩频序列，因此线性多用户检测器 c_1 也可直接由正交分量 x_1 来描述。第一个分量 s_1 为用户 1 的特征波形，它在自适应算法中是不变的，而第二个分量 x_1 才是需要更新的。因此，检测器的更新设计就是滤波器系数 c_1 的更新，等价为 x_1 的更新。

最小输出能量检测器可以看成是在传统检测器的基础上增加了一个正交接收分量，而此向量通过输出值自适应调节。调节的准则为约束最小输出能量准则(CMOE)，即使 CMOE (x_1) 取最小值[27]

$$\mathrm{CMOE}(x_1) = E\{\langle s_1 + x_1, r \rangle^2\} = E\{((s_1 + x_1)^{\mathrm{T}} r)^2\} \tag{4.68}$$

即检测器输出的能量可表示为期望信号的能量与干扰信号(背景噪声和多址干扰)能量之和，而期望信号的能量大小与 x_1 的选取无关，故最小化输出能量可以实现干扰部分的能量最小化从而达到减少干扰的目的。

按照 CMOE 准则的盲多用户检测器 c_1 应满足如下有约束的最优化问题，即

$$\begin{aligned} &\min E\{(c_1^{\mathrm{T}} r)^2\} \\ &\text{s.t.} \quad s_1^{\mathrm{T}} c_1 = 1 \end{aligned} \tag{4.69}$$

函数 CMOE(x_1) 在与 x_1 正交的空间上是凸函数，没有局部极小值，有全局最小点，易于采用梯度下降算法，包括 LMS 和 RLS 等多用户检测算法[28]。图 4-28 为最小输出能量多用户检测器[29]。

2. 盲自适应 RLS 算法

盲自适应多用户检测算法多采用 LMS 算法和 RLS 算法。LMS 算法的优点是结构简单，鲁棒性强；缺点是收敛速度较慢，收敛性能依赖于输入信号自相关矩阵特征值分散程度，分散度越大则收敛性越差。RLS 算法收敛性与输入信号频谱无关，具有良好的收敛性和数值特性，对非平稳信号适应性较好，便于模块化实现[30]，由于其收敛速度快而更适合于环境复杂多变的无线信道中。本节主要分析

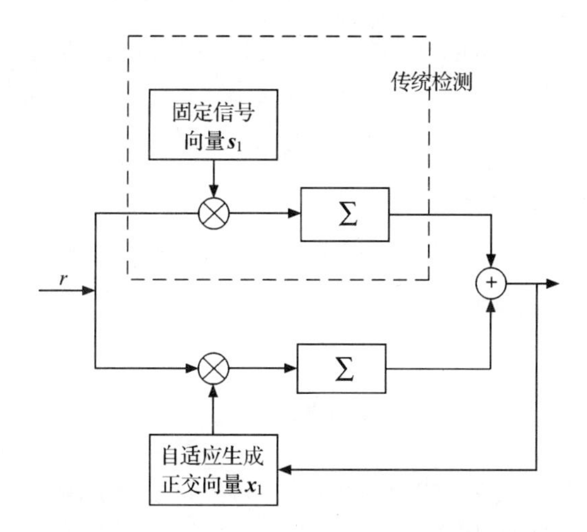

图 4-28　最小输出能量多用户检测器框图[29]

RLS 自适应算法在紫外 Ad Hoc 网络中的性能。

递归最小二乘(recursive least squares,RLS)算法是用二乘方的时间平均的最小化准则取代 LMS 算法的最小均方准则[31],即要对初始时刻到当前时刻的所有误差的平方进行平均,并使其达到最小,给出滤波器抽头权重矢量在第 $n-1$ 次迭代的最小平方估计,可利用第 n 次迭代的新数据来计算矢量的更新估计。

RLS 自适应算法是把最小二乘法推广为一种自适应算法,与一般的最小二乘法不同,这里考虑一种指数加权的最小二乘法。就是指使用加权的误差平方和作为代价函数,用指数加权和代替 $\mathrm{CMOE}(c_1)=E\{(c_1^{\mathrm{T}}r)^2\}$,得到下面有约束的最优化问题[32],即

$$\begin{aligned}&\min \sum_{i=1}^{N}\lambda^{n-i}\left[c_1^{\mathrm{T}}(n)r(i)\right]^2\\&\text{s.t.}\quad s_1^{\mathrm{T}}c_1(n)=1\end{aligned} \tag{4.70}$$

其中,加权因子 λ 称为遗忘因子,满足 $0<\lambda<1, 1-\lambda\ll 1$,其作用是对离 n 时刻越近的误差加比较大的权重,而对离 n 时刻较远的误差加比较小的权重。也就是说,λ 对各时刻的误差具有一定的遗忘作用,故称遗忘因子。利用拉格朗日乘子法,可得该优化问题的闭式解为[33]

$$c_1(n)=\frac{R^{-1}(n)s_1}{s_1^{\mathrm{T}}R^{-1}(n)s_1} \tag{4.71}$$

其中,$R(n)=\sum_{i=1}^{n}\lambda^{n-1}\left[r(i)r^{\mathrm{T}}(i)\right]^2$,表示观测信号的自相关矩阵。

整理得到,基于有约束的 RLS 方法的 MOE 检测算法为[33]

$$k(n)=\frac{R^{-1}(n-1)r(n)}{\lambda+r(n)^{\mathrm{T}}R^{-1}(n-1)r(n)} \tag{4.72}$$

$$h(n)=R^{-1}(n)s_1=\frac{1}{\lambda}[h(n-1)-k(n)r(n)^{\mathrm{T}}h(n-1)] \tag{4.73}$$

$$c_1(n)=\frac{1}{s_1^{\mathrm{T}}h(n)}h(n) \tag{4.74}$$

更新相关矩阵的逆矩阵[33]，有

$$R^{-1}(n)=\frac{1}{\lambda}[R^{-1}(n-1)-k(n)r(n)^{\mathrm{T}}R^{-1}(n-1)] \tag{4.75}$$

盲 RLS 检测器输出为

$$\tilde{b}(n)=\langle c_1,r\rangle=c_1^{\mathrm{T}}(n)r(n) \tag{4.76}$$

3. 仿真分析

多用户检测算法的性能可以通过输出信号干扰比(SINR)来衡量。在时刻 n，定义检测器输出的 SINR 为[33]

$$\mathrm{SINR}_n=\frac{[E(c_n^{\mathrm{T}}r_n)]^2}{\mathrm{var}[c_n^{\mathrm{T}}r_n]} \tag{4.77}$$

设定加性高斯白噪声下的同步 OCDMA 系统，期望用户 1 具有单位能量，即 $A_1^2=1$，其信噪比为 20 dB，处理增益或扩频增益为 31。有 3 个干扰用户，其中 2 个干扰用户分别具有 30dB 的信噪比，1 个干扰用户具有 40dB 的信噪比。对采用 RLS 算法的盲自适应多用户检测器进行了仿真，得到误码率性能曲线如图 4-29～图 4-31 所示。

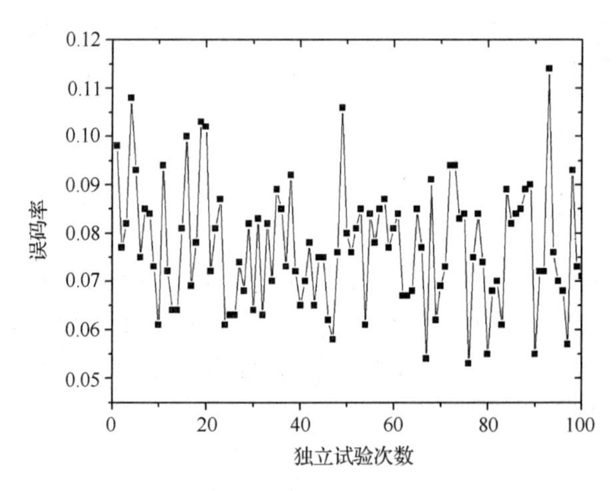

图 4-29 遗忘因子 $\lambda=0.99$ 时 RLS 算法误码率曲线

图 4-29 为 $\lambda=0.99$ 时仿真在 100 次独立实验下所得出误码率结果。从图中我们可以看出利用 RLS 算法实现 OCDMA 的盲多用户检测的应用中，跟踪期望用户信号的性能比较良好，对期望用户发射的信息字符的估计误码率较低，基本上

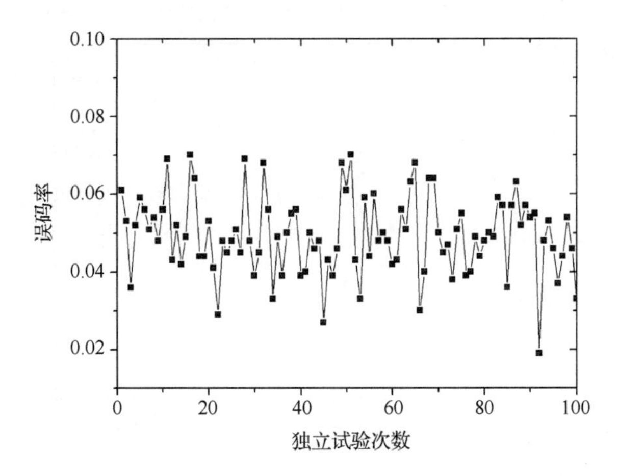

图 4-30 遗忘因子 $\lambda = 0.997$ 时 RLS 算法误码率曲线

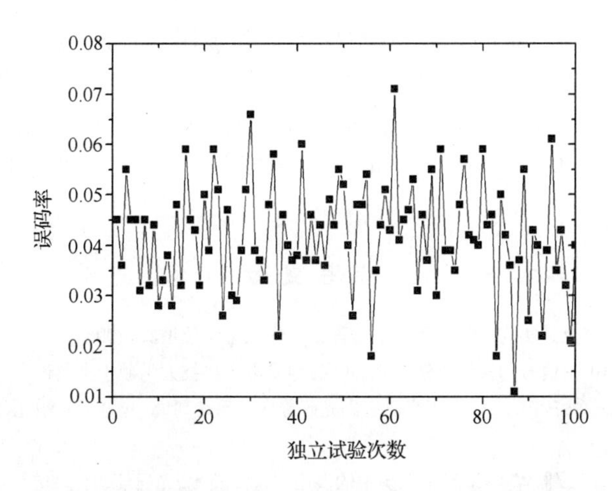

图 4-31 遗忘因子 $\lambda = 0.9997$ 时 RLS 算法误码率曲线

能够较好地实现对 OCDMA 的盲多用户检测。可以看出，RLS 算法可以在无需训练序列的情况下很好地进行收敛，有效地抑制了多址干扰，系统误码率达到 10^{-2}。

图 4-30 和图 4-31 分别为 $\lambda = 0.997$ 和 $\lambda = 0.9997$ 时的误码率曲线。可以看到，λ 越接近于 1 时，算法性能越好，误码率越低。当算法迭代到 200 次的时候，加入一个具有单位能量的强多址干扰，进行 1000 次独立实验，在遗忘因子 $\lambda = 0.99$ 的情况下，算法收敛性能如图 4-32 所示。

从图 4-32 可以看出当系统中突然出现一个强干扰时，算法能迅速收敛于最优值，而且这时的收敛的信干比和强干扰出现之前的收敛信干比相差不大。它不仅可以迅速地收敛并随时跟踪变化的动态环境，而且还可以保证比较高的输出 SINR。

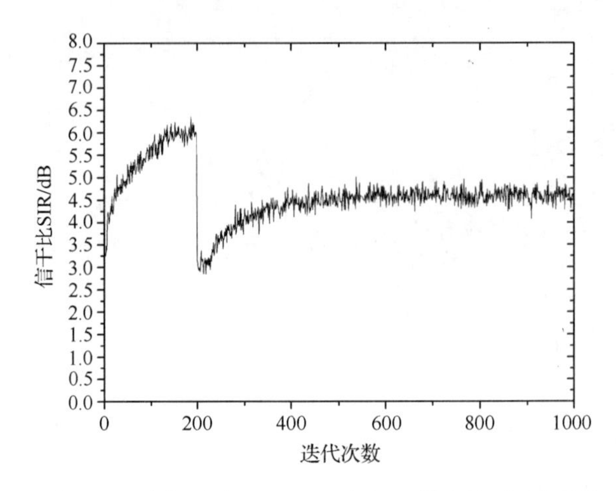

图 4-32 遗忘因子 $\lambda=0.99$ 时 RLS 算法信干比曲线

附录 B-1～附录 B-3 是 Matlab 数据产生和多用户检测的算法程序。盲自适应 RLS 算法的收敛速率很快,性能较好,在 OCDMA 中具有很好的多址干扰的抑制能力及消除远近效应的能力,不需要发送训练序列,节省了宝贵的带宽资源,减小了能量的消耗。因此,从性能角度和复杂度角度看,它都非常适合在紫外 Ad Hoc 网络中使用。

参 考 文 献

[1] 马飞. 扩频技术研究及其实现. 西安:西安电子科技大学硕士学位论文,2008

[2] 蔡晓哲. 直接序列扩频信号的检测方法研究. 西安:西安电子科技大学硕士学位论文,2006

[3] 付晓梅,于晋龙,王文睿,等. 二维光正交码编码光码分多址系统研究. 光电子·激光,2005,16(12):1459-1462

[4] 林佩,胡渝,周秀丽. 二维 W_OCDMA 系统中的多用户检测技术. 光通信研究,2005,2:50-52

[5] 李晓滨. 光码分多址多用户干扰抑制方法研究. 半导体光电,2007,28(1):116-130

[6] 王福昌. 光码分多址_OCDMA_通信系统研究及实现. 杭州:浙江大学硕士学位论文,2006

[7] 王亚峰,万生鹏,胡渝. 无线光码分多址通信系统编码技术研究. 电子科技大学学报,1999,28(4):415-418

[8] 付晓梅. 光码分多址关键技术研究. 天津:天津大学硕士学位论文,2006

[9] 朱勇,张宝富,程世盛,等. 光纤 CDMA 通信技术. 通信工程学院学报,1997,11(2):13-18

[10] Chung F R K, Salehi J A, Wei V K. Optical orthogonal codes: design, analysis, and applications. IEEE Transactions on Information Theory,1989,35(3):595-604

[11] Johnson S. A new upper bound for error-correcting codes. IEEE Transactions on Information Theory, 1962,8(3): 203-207

[12] 梁宇辉. OCDMA 系统中光正交码的研究. 成都:电子科技大学硕士学位论文,2003

[13] 尹霄丽,张琦,余重秀,等. 用遗传算法生成光正交码. 光通信研究,2008,6:24-26

[14] 潘阅,孙强. 基于能效比的 OCDMA 正交码选择的跳频方案研究. 光纤与电缆及其应用技术,2009,3: 38-41

[15] Chu W, Colbourn C J. Optimal (n,4,2)-OOC of small orders. Discrete Mathematics,2004,279(1-3):163-172
[16] Verdu S. Minimum probability of error for asynchronous Gaussian multiple-access channels. IEEE Transactions on Information Theory,1986,32(1):85-96
[17] 谈亚芳. 大容量无线光 CDMA 通信系统多用户检测技术研究. 成都:电子科技大学硕士学位论文,2002
[18] 阮赐朋. 基于 WCDMA 的多用户检测算法的研究. 武汉:武汉理工大学硕士学位论文,2007
[19] 黄凯. CDMA 系统中多用户检测技术研究. 武汉:武汉理工大学硕士学位论文,2008
[20] Elfade N, Aziz A A, Yousif H,et al. Multi-user detection for the OCDMA:optical parallel interference cancellation with optical limiter//International Conference on Intelligent and Advanced Systems,2007
[21] Elfade N,Aziz A A,ldriss E. New receiver architecture based on optical parallel interference cancellation for the optical CDMA. Journal of Communications,2008,3(1):64-70
[22] 蓝天,倪国强. 紫外通信的大气传输特性模拟研究. 北京理工大学学报,2003,23(4):419-423
[23] 冯涛,陈刚,方祖捷. 非视线紫外光散射通信的信道特性. 红外与激光工程,2006,35:226-230
[24] Swami A, Tong L. Signal processing for networking:an integrated approach. IEEE Signal Processing Magazine,2004,21(9):18-19
[25] 钱小聪. 基于多用户检测的无线 Ad Hoc 网络研究. 上海:上海交通大学博士学位论文,2006
[26] 钱小聪,郑宝玉,赵贤敬. 基于多用户检测的 Ad Hoc 网络的吞吐量研究. 电子与信息学报,2006,28(8):1429-1434
[27] Honig M,Madhow U,Verdu S. Blind adaptive multiuser detection. IEEE Transactions on Information Theory,1995,41(4):944-960
[28] 张贤达. 现代信号处理. 北京:清华大学出版社,2002
[29] 宋春玲. CDMA 中盲多用户检测技术的应用研究. 成都:电子科技大学硕士学位论文,2004
[30] 李颖. LMS 与 RLS 自适应算法的仿真比较. 中国雷达,2003,4:35-38
[31] Zvonar Z, Brady D. Linear multipath-decorrelating receivers for CDMA frequency-selective fading channels. IEEE Transactions on Communications,1996,44(6):650-653
[32] 田杰. CDMA 系统中的盲多用户检测技术的研究. 西安:西安电子科技大学硕士学位论文,2007
[33] Poor H V,Wang X. Code-aided interference suppression for DS/CDMA communications part Ⅱ:parallel blind adaptive implementations. IEEE Transactions on Communications, 1997,45(9):1112-1122
[34] 梁薇. 紫外自组织网中的多用户检测技术研究. 西安:西安理工大学硕士学位论文,2011

5　紫外光自组织网络 MAC 层协议公平性

MAC 协议是无线 Ad Hoc 网络协议栈中重要的组成部分，定义报文如何在媒介上进行传输，是报文在无线信道上发送和接收的直接控制和管理者。MAC 协议通过对无线信道进行信道划分、分配以及屏蔽底层不同的信道控制方式向网络提供统一的服务，实现差错控制、拥塞控制和流量控制等功能。MAC 协议能否公平、高效地利用有限的无线资源，对 Ad Hoc 网络的性能起决定性作用。IEEE 802.11 DCF 最初是为无线局域网中的应用而设计的，将其直接应用到无线 Ad Hoc 网络中，节点或数据流在访问信道上会存在不公平现象。当不公平的现象超过一定的极限时，甚至可能出现单个节点或者单条数据流在一段时间内独占整个信道。与此同时，网络中其他的节点或数据流将一直竞争不到信道而被“饿死”。本章将讨论基于 IEEE 802.11 DCF 的无线 Ad Hoc 网络的公平性问题。

5.1　无线 Ad Hoc 网络的 MAC 协议

5.1.1　无线 Ad Hoc 网络的 MAC 协议分类

经过多年的研究，人们已经提出了几十种 Ad Hoc 网络信道接入协议。由于 MAC 协议与信道有很大关系，因此在设计信道接入协议时要综合考虑信道复用技术、各种各样的应用环境、不同的设计目标等因素。根据 Ad Hoc 网络信道接入协议占用的信道数目，可以把现有的经典 MAC 协议分为单信道、双信道和多信道三类[1]，如表 5-1 所示。

表 5-1　MAC 协议分类

基于单信道的信道接入协议	载波侦听多路访问(carrier sense multiple access，CSMA)系列
	避免冲突的多路访问(multiple access collision avoidance，MACA)
	基站捕获的多重接入 (floor acquisition multiple access，FAMA)
基于双信道的信道接入协议	双忙音多重接入 (dual busy tone multiple access，DBTMA)
	无线基本接入方案 (basic access protocol solution for wireless，BAPU)
	载波侦听双信道接入(dual channel multiple access，DCMA)
基于多信道的信道接入协议	跳隙预留的多重接入 (hop reservation multiple access，HRMA)
	动态信道分配 (dynamic channel assignment，DCA)
	多信道媒体接入控制 (multi-channel MAC，MMAC)

1. 基于单信道的信道接入协议

顾名思义，基于单信道的 Ad Hoc 网络信道接入协议用于通信的节点间只享用一个公共信道的 Ad Hoc 网络。所有的控制报文和数据报文都必须在同一个信道上完成发送和接收过程。由于报文在信道传输中受传播时延、隐藏终端、暴露终端和节点的随机移动等因素的影响，基于单信道 MAC 协议的 Ad Hoc 网络中有可能在控制报文与控制报文之间、控制报文与数据报文之间、数据报文与数据报文之间发生冲突。通常，数据报文的长度都远远大于控制报文，所以数据报文的冲突是影响信道利用率的主要因素。因此，基于单信道接入协议的主要目标之一就是通过设计合适的机制利用控制报文尽量减少甚至消除数据报文的冲突。典型的基于单信道的 Ad Hoc 网络信道接入协议有载波侦听多路访问系列[2]、避免冲突的多路访问[3]、基站捕获的多重接入[4]系列等。

2. 基于双信道的信道接入协议

由于可以有两个共享信道，基于双信道的 Ad Hoc 网络信道接入协议用于可以将控制报文和数据报文分别在不同的信道上传输的 Ad Hoc 网络。规定控制信道只能传输控制报文，数据信道只能传输数据报文。因此，使用基于双信道的信道接入协议的 Ad Hoc 网络信道中，控制报文不会与数据报文发生冲突。在解决隐藏终端和暴露终端问题上，双信道接入与单信道接入相比具有得天独厚的优势。通过设计合理的控制机制，就能够完全消除隐藏终端和暴露终端对 Ad Hoc 网络性能的影响，避免数据报文的冲突。典型的基于双信道的 Ad Hoc 网络信道接入协议有双忙音多重接入[5]、无线基本接入方案[6]、载波侦听双信道接入[7]等。

3. 基于多信道的信道接入协议

基于多信道的 Ad Hoc 网络信道接入协议用于具有三个及三个以上信道的 Ad Hoc 网络。由于可以使用多个信道使得接入控制机制更加灵活，可以在相邻节点间使用不同的信道同时进行通信，也可以使用一个信道作为公共控制信道，还可以让控制报文和数据报文在一个信道上混合传送。多信道接入协议设计的要点是信道分配和接入控制，信道分配为了能够使网络中尽可能多的节点同时通信，而负责为不同的通信节点分配相应的信道；接入控制为了能够避免或者减少冲突，负责为网络中的通信节点安排合适的接入信道的时机。典型的基于多信道的 Ad Hoc 网络信道接入协议有跳隙预留的多重接入[8]、动态信道分配[9]、多信道媒体接入控制[10]等。

由于单信道接入协议不需要进行复杂的信道分配，而且由于无线媒介的稀缺性，目前实际应用的大多数 MAC 协议都是基于单信道的。下面具体介绍下一些典型的单信道接入协议。

1）CSMA 系列

CSMA 系列是率先使用载波侦听机制的分组无线网络信道接入协议，可用于移动网络。CSMA 机制要求通信节点在发送数据之前，首先对信道进行载波侦听，如果信道空闲，立刻发送报文；否则，随机选择一段时延等待时间，在等待时间结束后重新发送报文。

根据不同的侦听策略，可将 CSMA 分为非坚持、1-坚持和 P-坚持。①非坚持 CSMA 并不是持续侦听信道，当信道忙或发生冲突时，要发送帧的网络节点先随机等待一段时间，然后再重新侦听。它有很好的信道利用率，但代价是较长的延迟、较小的吞吐量。②1-坚持 CSMA 是持续侦听信道，当信道忙或发生冲突时，要发送帧的网络节点一直不断的侦听，一有空闲，便立即发送。它的延迟时间少，在网络负荷小时，吞吐量也很好，而当网络负荷大时，该机制在多个节点同时发送帧的情况下，会导致多次碰撞冲突，从而降低了系统性能。③P-坚持 CSMA 是综合前两者的特点而改进的。当信道忙或发生冲突时，要发送帧的网络节点以 P 的概率继续侦听，以 $1-P$ 的概率随机等待一段时间后重新侦听。概率 P 可以根据实际网络的需要进行合理的调整。综上所述，从吞吐量、时延和实现的难易程度几方面的综合考虑可以看出，非坚持 CSMA 是最佳的选择。CSMA 系列技术还有带冲突检测的 CSMA/CD 和最著名的 IEEE 802.11 DCF 中的带冲突避免的 CSMA/CA。以太网使用的就是 CSMA/CD，一旦检测到冲突时，CSMA/CD 通过立即终止当前传输中的帧，以节省时间和带宽，并等待一段时间后重新尝试。

2）MACA

MACA 是最先引入 RTS/CTS 握手机制来解决隐藏终端和暴露终端问题的无线网络信道接入协议。MACA 采用 RTS-CTS-DATA 的帧交换方式，其主要思想是：①源节点在发送 DATA 帧前先需要发送 RTS 帧预约信道；②目的节点接收到 RTS 帧后要给源节点发送 CTS 帧来确认，告知为接收 DATA 帧做好了准备；③源节点接收到 CTS 帧后才发送 DATA 帧。在 RTS 帧和 CTS 帧中带有后续帧发送所需的时间，网络中的其他收到 RTS 帧或 CTS 帧的节点将根据该时间作相应的延时等待。MACA 部分解决隐藏发终端问题。因为只有正确收到 CTS 帧的隐藏终端才会延迟发送，而没有收到 CTS 帧的隐藏终端仍将发送报文，依旧会引起报文碰撞冲突。当目的节点接收 DATA 帧时，其邻居节点不会发送报文，即目的节点对 DATA 帧的接收不会被干扰。当发生碰撞时，MACA 退避策略采用的是 BEB 算法。

3）MACAW

MACAW 协议在 MACA 的 RTS/CTS 握手机制的基础上进行了改进，在 DATA 帧前加入了 DS(data sending) 控制帧通知节点它是源节点的暴露终端，在

DATA 帧后加入了 ACK 控制帧确认 DATA 帧接收成功。MACAW 采用 RTS-CTS-DS-DATA-ACK 的帧交换方式，其主要思想是：源节点和目的节点完成 RTS-CTS 握手机制后，源节点发送 DS 帧告知其邻居节点发送后续的 DATA 帧＋ACK 帧时间，这些邻居节点根据被告知的时间作相应的延时等待。虽然与 MACA 相比 MACAW 的性能得到了一定程度的提高，但尚未能够彻底解决隐藏终端和暴露终端问题[11]。MACAW 首次对信道接入协议的公平性进行了研究，MACAW 退避策略采用乘性增加线性减小退避算法（multiplicative increase linear decrease，MILD）。

5.1.2　IEEE 802.11 DCF 协议

IEEE 802.11 DCF 是基于 CSMA/CA 的方式，并对其进行了扩展，它有三种方式：一种是两次握手的基本 DCF 方式，另外一种是四次握手的 RTS/CTS 方式，还有一种混合方式。

1. 两次握手的基本 DCF 方式

1）帧间间隙

CSMA/CA 要求帧与帧的发送之间有一定的时间间隔，当这段间隔时间内信道保持空闲，节点才有机会访问信道，IEEE 802.11 严格定义了四种帧间间隙[12]。短帧间间隙 SIFS(short inter frame space)用于 ACK 帧、CTS 帧或分段突发传输中的除第一个以外的 MPDU。集中式协调功能帧间间隙 PIFS(PCF inter frame space)用于集中式协调功能工作模式。分布式协调功能帧间间隙 DIFS(DCF inter frame space)用于分布式协调功能工作模式下，节点的数据帧和管理帧的发送。扩展帧间间隙 EIFS(extended inter frame space)用于在 DCF 模式下，对没有正确接收到帧的节点应答提供足够的时间。在 IEEE 802.11 标准中，通过规定帧间间隙的长短来确定不同的接入优先级，帧间间隙越短，接入优先级就越高。帧间间隙由短到长的顺序是 SIFS、PIFS、DIFS、EIFS。

2）基本接入方式原理

节点在发送数据前，必须先侦听信道。如果信道忙，节点不发送数据，并且将其退避计数器冻结；如果信道闲，就执行退避计数器递减过程。其中，退避计数器的值是在 0 到当前的竞争窗口值之间随机选择一个整数，而竞争窗口值由该节点上一次发送完成后采取的避退策略所决定。退避计数器要一直递减到 0，在此期间，如果信道变忙，节点就冻结退避时间，当信道再次变闲并持续 DIFS 时间后，继续完成剩余的退避过程。当退避计数器递减到 0 的基础上，信道持续变闲 DIFS 时间后，才能发送数据帧。DCF 基本方式数据传输过程如图 5-1 所示。

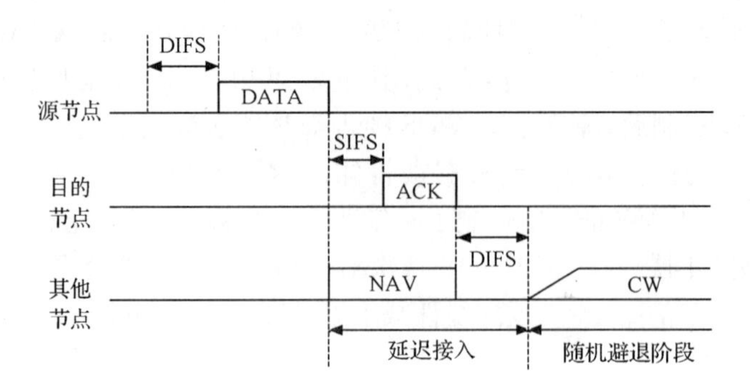

图 5-1　基本的 802.11 DCF 方式数据传输过程

3) 载波侦听机制

IEEE 802.11 DCF 使用了两种载波机制，即物理载波侦听机制和虚拟载波侦听机制。任意一种侦听机制检测到信道忙，节点的 MAC 层就会告知其高层协议栈信道忙，暂时不能够占用，需要延迟节点访问信道。一般情况下节点载波侦听的范围比传输范围大。

物理载波侦听机制是由物理层提供的，根据收到的相对信号强度是否超过设定的阈值，来判定网络中是否有其他节点在占用信道发送数据，把判断的结果及时地告知 MAC 层。它的性能取决于信道的媒介和调制方式。

虚拟载波侦听机制是由 MAC 层提供的，通过引入网络分配矢量 NAV(network allocation vector)来实现的。NAV 相当于一个减法计数器，当 NAV 的值大于 0 时，表明信道忙，其他节点占用信道，占用信道的时间长度就是 NAV 的值。要发送数据的节点估计其完成整个发送过程需要占用信道的时间，将时间值放到 MAC 帧的 Duration/ID(持续时间/识别码)域。已经抢占到了信道的发送节点就通过由携带此信息的 MAC 帧通知其覆盖范围内的其他节点，其他节点(除目的节点)提取 Duration/ID 域值来及时更新 NAV 的值。更新规则是：当节点接收到的 Duration/ID 域值大于其自身 NAV 值时，就以 Duration/ID 域值更新 NAV 值。当 NAV 的值不为 0 时，表明信道忙，NAV 持续的单位递减计数。当 NAV 减到 0 时，表明信道空闲。

4) BEB 退避算法

BEB 算法的主要思想是数据帧交互成功的话竞争窗口值 CW 就直接降到最小值 CW_{min}，交互失败 CW 加倍直到最大。如式(5.1)所示，CW 的大小间接的反映了节点竞争信道的能力。

$$\begin{cases} CW = \min(CW \times 2, CW_{max}), & \text{交互失败} \\ CW = CW_{min}, & \text{交互成功} \\ \text{BackoffTime(BO)} = \text{Random}(0, CW) \times \text{aSlotTime} \end{cases} \tag{5.1}$$

其中，Random(0,CW)为一个平均分布在[0,CW]段上的伪随机数；aSlotTime 为单位时间间隔。竞争窗口大小的设定是退避算法的关键。因为退避计数器的值就是节点从 0 到当前设定的竞争窗口值中随机确定的整数。设定较大的竞争窗口，就可能产生一个较大的退避计数器值，可以减小碰撞的概率，但也会相应的增加退避过程所需要的时间。

2. 四次握手的 RTS/CTS 方式

RTS/CTS 方式能有效地减轻隐藏终端引发的碰撞所产生的不良影响。RTS/CTS 方式数据传输过程如图 5-2 所示。

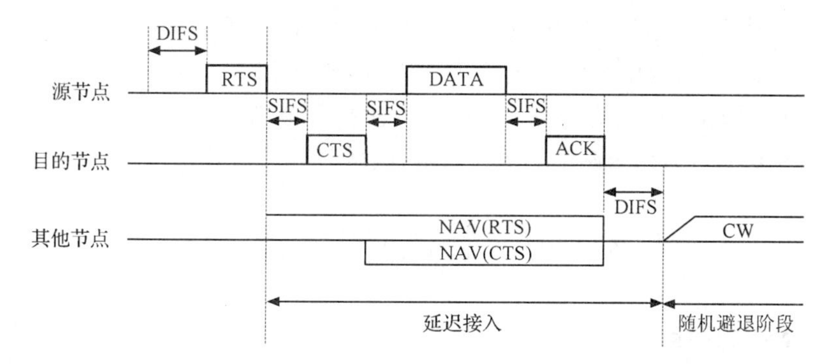

图 5-2 RTS/CTS 方式的数据传输过程

RTS/CTS 方式用传输 RTS 帧或 CTS 帧时发生的碰撞代替传输 DATA 帧时发生的碰撞，所要付出的代价很小。因为引入的 RTS 帧和 CTS 帧长度都很短，分别为 20 个字节和 14 个字节，与 DATA 帧最长可达 2346 个字节相比，重传的开销很小。

与基本方式相比，源节点在发送 DATA 帧之前先发送 RTS 帧来预约信道。目的节点接收到 RTS 帧后，并且在信道空闲 SIFS 时间间隔后应答一个 CTS 帧，表明 RTS 成功接收。RTS 帧和 CTS 帧都包含一个 Duration/ID 域，用来表明从 RTS 帧或 CTS 帧发送到 ACK 帧发送所要占用信道的时间。网络中除了源节点和目的节点之外的所有其他节点收到 RTS 帧或 CTS 帧后，都会根据报文中的 Duration/ID 的域值来更新自己的 NAV 而不发送帧，NAV 值表明网络中正有其他的节点要占用信道的时间长度。源节点收到 CTS 帧后，才开始发送数据帧，最后目的节点再应答一个 ACK 帧，就完成一次完整的数据帧传输的四次握手机制。CTS 帧为源节点发送数据帧预约了信道，同时通告通信范围内所有其他的站点，从而基本解决了隐藏终端问题。

3. 混合模式

RTS/CTS 方式在较重的网络负荷下有很好的表现,然而当网络的负荷较轻时,RTS/CTS 方式就不是很理想,因为其多增加的两次握手机制的开销——传输 RTS 帧、CTS 帧和两个 SIFS 的时间的总和。这种机制在较重的网络负荷时,起到了减少碰撞的作用,但在较轻的网络负荷时,相应的增加了传输延时。另外,由于 RTS 帧和 CTS 帧的引入,使得有效数据帧占成功传输帧的比重下降,对网络吞吐量有一定的影响。

所以在模拟实验和实际应用中,人们通常使用包含基本方式和 RTS/CTS 方式的混合方式。在混合方式中,通过设定一个使用 RTS/CTS 方式的开启阈值 RTSThreshold。当数据帧的长度小于 RTSThreshold 时,即认为网络的负荷较轻,网络节点采用 DCF 基本方式,使用两次握手机制。当数据帧的长度大于 RTSThreshold时,即认为网络的负荷较重,网络节点采用 RTS/CTS 方式。

5.2 MAC 协议不公平性分析

5.2.1 公平性目标

MAC 层的公平性是指共享媒介的各个网络节点有同等利用资源的能力。在无线 Ad Hoc 网络中,网络提供给用户的是端到端的业务流。一般而言,业务流是通过网络中多条链路构成的路由来进行传输的,即多跳传输。因此,每段链路的性能好坏会对整条路由性能产生串联效应。在严重的情况下,如果路由中的某段链路完全失效,就将导致整条路由失效,传输中的业务流就会丢失。重发就要重新建立路由,网络整体开销相当的大。所以,每段链路的公平共享媒体表面上看似一个局部性能,但却会影响网络的整体性能。通常,网络吞吐量和公平性是此消彼长的关系,即增大网络吞吐量往往会导致节点间的不公平,而为改善公平性又要付出网络吞吐量降低的代价。由于无线 Ad Hoc 网络的自组织特点,实际性能测试的实验量非常大。所以,在理论上寻求合适的公平性评价标准对 MAC 层设计公平性算法而言就十分重要。目前主要有以下三种公平性指数评价标准。

1. 最大最小公平性指数

最大最小公平性指数[13]是将网络中最大链路的吞吐量与最小链路的吞吐量的比值作为公平性指数 FI (fairness index)。其表达式为

$$\mathrm{FI}=\frac{\mathrm{Throughput}_{\max}}{\mathrm{Throughput}_{\min}} \tag{5.2}$$

其中,$Throughput_{max}$是最大链路的吞吐量;$Throughput_{min}$是最小链路的吞吐量,$FI \in (0, \infty)$。当 FI 的值为 1,即最大链路的吞吐量与最小链路的吞吐量相等,说明网络中的各节点接入信道的概率相等,公平性最好;随着 FI 值的增大,最大链路的吞吐量与最小链路的吞吐量相差的就越多,公平性就越差。因此,FI 值越接近 1,公平性越好。

2. 改进公平性指数

改进公平性指数[14]是将最大链路吞吐量与最小链路吞吐量差值与网络总吞吐量的比值作为公平性指数。其表达式为

$$FI = \frac{Throughput_{max} - Throughput_{min}}{Throughput_{all}} \tag{5.3}$$

其中,FI 是公平性指数;$Throughput_{max}$是最大链路的吞吐量;$Throughput_{min}$是最小链路的吞吐量;$Throughput_{all}$是网络总吞吐量。$FI \in (0, 1)$,当 FI 为 0 的时候,最大链路的吞吐量与最小链路的吞吐量相等,说明网络中的各节点接入信道的概率相等,公平性最好。最不公平的情况是网络中只有一条链路占用共享信道,FI 为 1。因此,FI 越接近 0,公平性就越好。

3. 带权值公平性指数

带权值公平性指数[15]根据业务流的重要性加入了权重的概念,对不同的业务流分配不同的权值。我们将公平性指数定义为

$$FI = \frac{\left(\sum_i T_i/\phi_i\right)^2}{n \times \sum_i (T_i/\phi_i)^2} \tag{5.4}$$

其中,T_i,ϕ_i 分别表示第 i 条业务流的吞吐量和权重;n 表示网络中业务流的总数;$FI \in (0, 1)$,FI 值越接近 1,公平性越好。

上述三种公平性指数评价标准中,最大最小公平性指数最简单,但局限性很大。如果在多条业务流中只有一个业务流吞吐量比较异常(远高于或低于其他的),而剩下的业务流吞吐量相近,按式(5.2)计算,FI 将很大,反映出的公平性与事实不符。改进公平性指数是对最大最小公平性指数改进的,能一定程度上避免其局限性。带权值公平性指数在改进最大最小公平性指数局限性的同时,加入了对不同业务流重要性的考虑。所以带权值公平性指数应用最为广泛,我们在仿真分析时公平性指数就采用了这个标准。

5.2.2　引发公平性问题的原因

通过对 IEEE 802.11 DCF 的分析,可以看出在无线 Ad Hoc 网络中引起公平性问题的原因主要有以下几点[16]。

1）退避机制引发的不公平性

IEEE 802.11 DCF 协议采用的是 BEB。该算法总是有利于前一次成功发送的节点再次竞争到信道。如果节点发送成功，其竞争窗口值 CW 就直接降到最小值 CW_{min}。如果发送失败，节点的 CW 就在 2CW 与 CW_{max} 中取小值。但是，一次通信交互过程一般不能准确地反映信道实际的竞争状况，特别是在网络比较繁忙，冲突比较多的时候，网络节点经过多次冲突退避，各节点的 CW 都很大。此时，如果某个节点成功发送报文，它的 CW 就一下减小到最小值 CW_{min}。网络中其他节点的 CW 还保持着较大值，从而与这个成功发送节点的竞争窗口值间的差值就非常大。在后续对信道资源竞争的过程中，成功的节点就一直占有优势，而其他的节点则会因为抢不到信道而被“饿死”，从而造成严重的不公平现象。

2）退避计数器短期随机选取引发的不公平性

在 CW 相等时，退避计数器值的短期随机选取不合理。理论上，当随机选取的次数无限大时，选取的退避计数器的值将趋于平均散落在值域上。然而，很多时间 Ad Hoc 网络中的节点间的通信是短时间的，甚至是突发性的。这样在一定的时间内，退避计数器值的短期选择会出现这种情况：有的节点选取的值大，有的节点选取的值小。例如，短时间内，在竞争窗口 CW 相等的情况下，Ad Hoc 网络中一些节点的退避计数器值多次选取在 0 到 CW/4 之间，而另一些节点的退避计数器值则多次选取在 3CW/4 到 CW 在之间。即竞争窗口等级相同，而退避计数器值却相差很大，从而造成竞争信道的能力不一样，产生不公平现象。

3）节点间信道信息的不对称性引发不公平性

IEEE 802.11 DCF 协议的信道接入是由发送端发起的。在网络中某些节点由于自身的特殊地理位置，引起发送端节点和接收端节点的信道信息不对称，从而产生不公平现象。以图 5-3 为例，当节点 1 发数据流 f_1 给节点 2，节点 3 发数据流 f_2 给节点 2，节点 4 发数据流 f_3 给节点 3。对于数据流 f_1 通信的区域内，节点 3 在接收节点 2 的覆盖范围内而在发送节点 1 的覆盖范围外，所以节点 3 是隐藏终端。信息的不对称性在这里体现在两个方面，一方面是节点 3 向节点 2 发送数据流 f_2 时，由于在发送节点 1 的覆盖范围外，不知道节点 1 同时也向节点 2 发送数据流 f_1，所以引起数据流 f_1 和数据流 f_2 的碰撞；另一方面是在网络拓扑的中间节点 2 和节点 3 要受到 2 个邻居节点的干扰，如节点 2 要发送数据时，需要保证节点 1 和节点 3 不发送数据的前提下，才能发送成功；而网络拓扑边缘节点 1 和节点 4 只会受到 1 个邻居节点的干扰，如节点 4 要发送数据时，只要节点 3 不发送数据。

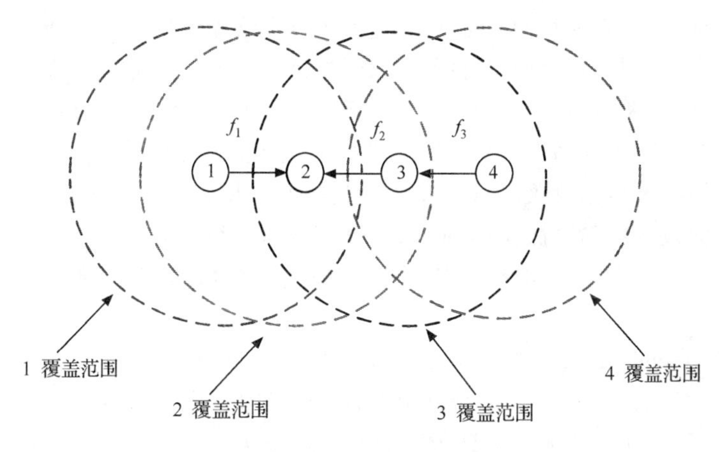

图 5-3 隐藏终端拓扑

5.3 MAC 协议公平性改进

MAC 协议作为无线 Ad Hoc 网络研究中的一个重要方面，其公平性问题的研究受到了广泛的关注。针对引起公平性问题的原因，人们提出了很多具有针对性的 MAC 协议改进方案，现有的改进公平性的算法主要分为以下两大类[17]。

5.3.1 改进 CW 的更新规则

乘法增加线性减小算法 MILD(multiplicative increase linear decrease)的主要思想是：如果节点发送失败，CW(竞争窗口)的大小为原来 CW 值的 α 倍与 CW_{max}(最大竞争窗口)间的最小值；如果节点发送成功，CW 在($CW-\beta$)和 CW_{min} 间取大值。MILD 算法可使竞争窗口变化得较为平滑，进而大多数节点的竞争窗口值 CW 相近，有助于提高网络节点对信道接入的公平性。当网络节点数较多时，MILD 算法的吞吐量略优于 BEB 算法，而当网络节点数不是很多时，则由于 CW 线性递减规则，造成 CW 的变化速度相对于实际网络状况变化的较慢，这就使得网络节点的 CW 经常大于合理的竞争窗口值。此时，MILD 算法的吞吐量性能差于 BEB 算法。由于 MILD 采用的 CW_{min} 值小于 BEB 算法采用的 CW_{min} 值，因此在网络节点数极少时，其吞吐量能优于 BEB 算法。

线性/乘法增加线性减小算法 LMILD (linear/multiplicative increase linear decrease)[18]是对 MILD 算法的改进。其主要思想是：如果节点发送失败，CW 在 αCW 和 CW_{max} 间取小值，而网络中侦听到碰撞的其他邻居节点则将 CW 以固定值 L 增加直至最大。如果节点发送成功，网络中的所有节点都将 CW 以固定值 β 递减直至最小。LMILD 算法由于在节点发送失败的时候，将能侦听到碰撞的邻居节点的 CW 也相应地增加，这样就减少了下次发生碰撞的概率。

GDCF(gentle DCF)[19]的主要思想是：如果节点发送失败，节点的 CW 就在 2CW 与 CW_{max} 中取小值；如果节点发送成功，还必须仅当节点连续成功发送 C 个报文后才将其 CW 在 CW/2 和 CW_{min} 间取大值，连续成功发送参数 C 的最佳取值与网络中的活跃节点数相关，所以 GDCF 算法可以通过跟一系列邻居节点信息获得算法结合而改进成新算法。当网络节点数未知时，参数 C 在 4～8 之间选取，网络性能都能保证在较高的水平。如果网络节点的个数越多，GDCF 算法相对于 BEB 算法的公平性就越好。

CIMLD(conic increase, multiplicative/linear decrease)[20]算法的主要思想是：利用阈值 CW_{basic} 将竞争窗口域划分为两个区域，根据分段二次曲线来计算退避时的倍乘因子，动态调节退避计数器的值。当报文发生碰撞时，如果竞争窗口位于 CW_{min} 与 CW_{basic} 区间内时，由于竞争窗口较小，因此竞争比较激烈，报文碰撞相对比较频繁，因此需要采用较大的倍乘因子(趋势为曲线 C_1)，使节点的 CW 快速增加到 CW_{basic} 值附近，降低报文再次发生碰撞的概率；如果竞争窗口位于在 CW_{basic} 与 CW_{max} 区间内时，由于竞争窗口较大，报文碰撞的概率相对比较小，这时采用较小的倍乘因子(趋势为曲线 C_2)，使节点的 CW 变化平衡，以提高节点的吞吐量。C_1 是上凸曲线，C_2 是下凹曲线，二次曲线越接近 CW_{basic} 时曲线越陡峭，越远离 CW_{basic} 时曲线越平滑。该算法的公平性相对于 BEB 算法的公平性好。

5.3.2　预测或监测网络状态动态调整接入

DFWMAC(distributed foundation wireless medium access control)[21]算法的主要思想是：

(1) 侦听策略，根据接收到的不同数据帧类型，设置不同的计数值。收到 RTS 帧时，如果目的地址是自己，预测本节点占据信道的时间 T_i 的值累加 $T_{RTS}+T_{CTS}$；否则，预测邻居节点占据信道的时间 T_o 的值累加 T_{RTS}。收到 CTS 帧时，如果目的地址是自己，T_i 的值累加 $T_{RTS}+T_{CTS}+T_{DATA}$；否则，T_o 的值累加 $T_{RTS}+T_{CTS}$。收到 DATA 帧时，如果目的地址是自己，T_i 的值累加 $T_{RTS}+T_{CTS}+T_{DATA}+T_{ACK}$；否则，$T_o$ 的值累加 $T_{RTS}+T_{CTS}+T_{DATA}$。收到 ACK 帧时，如果目的地址是自己，T_i 的值累加 $T_{RTS}+T_{CTS}+T_{DATA}+T_{ACK}$；否则，$T_o$ 的值累加 $T_{RTS}+T_{CTS}+T_{DATA}+T_{ACK}$。

(2) 竞争窗口选择机制，由侦听策略获得的计数值来估算公平性指数 $F=(T_i/W_i)/(T_o/W_o)$。W_i 和 W_o($W_o=1-W_i$)分别是本节点与邻居节点占用信道的权重。设置一阈值 $C(C>1)$ 来表示占用信道的能力，当 $F>C$ 时，认为节点占用信道的能力较大，竞争窗口值 CW 在 2CW 和 CW_{max} 中取小值，适当降低其占用信道的能力；当 $C\geqslant F>1/C$ 时，认为节点占用信道的能力适中，竞争窗口不变；当

$F \leqslant 1/C$ 时，认为节点占用信道的能力较小，节点的 CW 在 CW/2 和 CW_{min} 中取大值。

NSAD(new self-adaptive DCF)[22]算法的主要思想是：如果成功发送，节点的 CW 不像 BEB 算法那样重置为 CW_{min}，而是重置为初始竞争窗口 CW_{init}。CW_{init} 是根据网络状况动态更新的。网络中的每个节点根据当前监测到的网络冲突的时间长度以及网络空闲的时间长度来计算当前网络负载参数 L 的值，根据预测的 L 与网络最优负载参数 L_{opt} 相比较的结果，及时调节节点的 CW_{init} 的值。此外，通过在数据的帧结构中加入一个优化的竞争窗口值域，NSAD 可以在传输数据帧时把这个值告知网络中所有其他的邻居节点，使得所有邻居节点使用相同的 CW 来保证公平性。

AEFT(adaptive efficiency fairness tradeoff)[23]算法的主要思想是：①快速冲突解决策略，使用了一种退避计数器快速更新机制 FCR(fast collision resolution)[24]。在退避的开始阶段，活跃节点每监测到信道空闲一个单位时隙，其退避计数器值 BO 就递减 1，而当监测到信道连续空闲 BT_TH 个单位时隙后，则每当再继续监测到信道空闲一个单位时隙，退避计数器值 BO 减为 BO/2。FCR 的这种快速更新机制减少了节点两次相邻发送之间所经历的空闲等待浪费的时间，提高了网络吞吐量，而且增加了节点在一段时间内连续多次成功获取信道的可能，降低了网络公平性。②公平性机制，控制节点连续发送成功和失败的次数。设置连续发送成功计数器和连续发送失败计数器，初始值都为 0。当发送成功时，CW 在 CW/2 和 CW_{min} 间取大值，连续发送成功计数器累加 1，而连续发送失败计数器清零；当发送失败时，2CW 与 CW_{max} 中取小值，连续发送失败计数器累加 1，而连续发送成功计数器清零。为了保证公平性，如果连续发送成功计数器的值达到阈值 N_{s_TH}，竞争窗口值 CW 直接设为最大值；如果连续发送失败计数器的值达到阈值 N_{f_TH}，竞争窗口值 CW 直接设为最小值。

DPBA(dynamic prediction backoff algorithm)[25]算法的主要思想是：首先，为了预测信道当前的竞争状况，节点从初次进入退避过程的时刻起，就开始对信道进行侦听。把侦听到的时隙共分为空闲、忙碌和冲突三种状态，分别以单位时隙对每个状态的时隙个数计数。定义忙碌加冲突两种状态的时隙个数的值比上所有状态的时隙个数的总和为冲突概率，用 P 表示。如果节点发送成功，在下一次发送前将时隙的计数器的值归零。如果节点发送失败，则计算冲突概率 P，根据 P 值的大小，采用相应的退避策略调整竞争窗口值 CW 的大小，下一次发送将继续在各个时隙计数器值的基础上进行累加。DPBA 中把 $P_1=0.25$ 和 $P_2=0.4$ 作为网络状况的区间分界点。根据计算得到冲突概率 P 的值，预测不同的网络状况，然后采用不同的方法调整竞争窗口。如果 $0 \leqslant P < P_1$，则认为当前网络负荷轻。当发生碰撞时，仅仅将竞争窗口增大为原值的$(1/(1-P))$倍；当成功发送时，将竞争窗

口值 CW 重置为初始值 CW_{min}。如果 $P_1 \leqslant P < P_2$，则认为当前网络负荷中等。当发生碰撞时，竞争窗口增大为原值的(1/(1－P))倍；当成功发送时，将竞争窗口值 CW 在减小为原值的 P 倍和 CW_{min}之间取大值。如果 $P_2 \leqslant P < 1$，则认为当前网络负荷轻重，碰撞十分频繁。当发生碰撞时，CW 在增大为原值的 2 倍和 CW_{max}间取小值；当成功发送时，将 CW 在减小为原值的 P 倍和 CW_{min}间取大值。

5.4 改进的公平性退避算法

HDFB(history based dynamic fair backoff)算法是根据节点过去发送成功或失败的情况以及过去对竞争窗口的多次选择的情况来预测网络负载的变化，动态调节竞争窗口。NDCF(new DCF)算法是当上一次成功发送时，就根据上一次退避计数器值选择的大小，来对这一次竞争窗口的选择采取不同方案。通过分析 IEEE 802.11 DCF 引起公平性问题的原因以及其他参考文献中提到的改进算法，我们讨论了两种改进的退避算法[26~28]，主要实现程序代码清单(附录 C)。

5.4.1 HDFB 算法

HDFB(history based dynamic fair backoff)算法首先将竞争窗口从 32 到 1024 按式(5.5)划分为四个等级，等级越高值越小。然后，对竞争窗口进行选择机制时，分粗调、细调和补充三个部分，如图 5-4 所示。

$$\begin{cases} CW[i]\_low = (CW_{min} + 1) \times 2^{i-1} \\ CW[i]\_high = (CW_{min} + 1) \times 2^{i+1} \end{cases}, \quad i = 1,2,3,4 \tag{5.5}$$

其中，CW[i]_low，CW[i]_high 表示第 i 级竞争窗口的下界和上界。

1) 粗调(避免独占信道)

两次完整的报文发送的状态将有四种情况：00，01，10，11(成功：1，失败：0)。根据过去两次完整的报文发送的历史状态来确定竞争窗口等级。当 00 时，连续两次的报文发送都失败，表示节点对媒介资源的竞争能力低，竞争不到信道。为避免“饿死”的情况，采取将竞争窗口等级加 1 的策略，使得竞争窗口值 CW 减小，这样就提高了节点的竞争能力，有利于节点下次竞争到信道；当 01 和 10 时，连续两次报文传输成功和失败各一次，表示当前的网络环境下，节点竞争信道的能力合适，采取竞争窗口等级保持不变策略，相应的竞争窗口值 CW 不变；当 11 时，连续两次报文发送都获得成功，表示节点竞争能力高，一直占用信道。为避免其独占信道，采取将竞争窗口等级减 1 的策略，使得竞争窗口值 CW 增加，抑制其再次竞争到信道。

2) 细调(避免再次碰撞)

在网络负荷重的情况下，在一次报文完整发送经历的 RTS、CTS、DATA、ACK 过程中，一般会有碰撞的发生，所以竞争窗口要进行多次选择。两次竞争窗

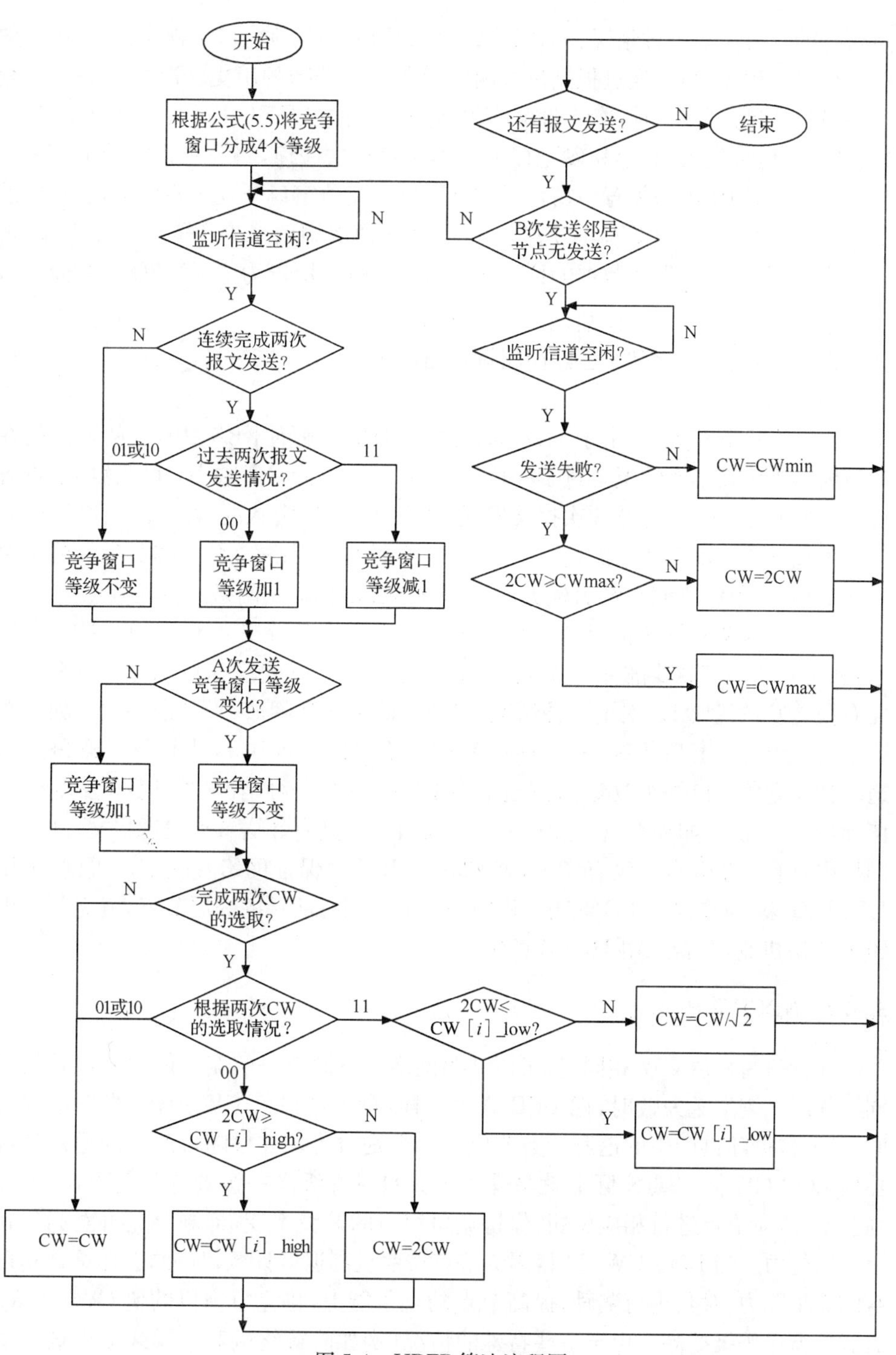

图 5-4　HDFB 算法流程图

口选择的状态将有 4 种情况:00,01,10,11(调用减小竞争窗口子程序:1,调用增加竞争窗口子程序:0)。通过根据过去两次竞争窗口选择的历史情况来动态调节竞争窗口值 CW。当 00 时,连续两次调用增加竞争窗口子程序,表示现在网络负荷重,如果发送数据的话,容易发生碰撞。为避免再次碰撞,将竞争窗口值 CW×2;当 01 和 10 时,调用增加竞争窗口子程序和减小竞争窗口子程序各一次,表示信道负荷适中,竞争窗口值 CW 不变;当 11 时,连续两次调用减少竞争窗口子程序,表示信道负荷轻,如果发送数据的话,不容易发生碰撞,所以为了提高网络的吞吐量,将竞争窗口值 $CW/\sqrt{2}$。在细调中的竞争窗口值 CW 介于 CW[i]_low、CW[i]_high 之间,竞争窗口等级 i 已经由粗调策略决定了。

3) 补充

在网络负荷较大时,由于 HDFB 算法的粗调策略,使网络中的一些节点处在竞争窗口等级较小的情况。过了一段时间后,网络负荷有所减小,此时这些节点有可能长期的处于一个连续两次报文发送 01 和 10 的稳定状况。此外,当网络中只有一条数据流而没有竞争的情况下,同样由于粗调的策略,竞争窗口的等级将会保持在最小,竞争窗口值 CW 就最大。这两种情况都会降低网络的吞吐量。

分别对这两种特殊情况各增加一个监控策略来消除其不利影响。具体方法是:利用 CSMA/CA 载波侦听机制,对报文发送计数(无论发送成功还是失败),只要有报文发送就加 1。对前一种情况,当计数值 1 达到阈值 A,判定一次。如果在这个过程中竞争窗口等级一直不变,就将竞争窗口等级加 1,让其易于竞争到信道。如果竞争窗口等级改变,就不做任何处理。对后一种情况,当计数值 2 达到阈值 B,判定一次。如果在这个过程中一直没有侦听到有邻居节点发送报文,就判定网络中只有一条数据流没有竞争,就采取 BEB 算法保证网络吞吐量。否则,采用 HDFB 算法。如果在 BEB 算法过程中一旦侦听到有活跃的邻居节点,就立刻退出 BEB 算法机制,重新采用 HDFB 算法。

5.4.2 NDCF 算法

在竞争窗口值 CW 相同时,可以认为网络中不同节点的竞争能力应该是处于同一等级。当发送失败时,像 BEB 算法一样,竞争窗口值 CW 加倍;当发送成功时,就要根据随机产生的退避计数器值进行区别对待。如果随机产生的退避计数器值 $BO<CW/2$,节点实际上就享受了比其自身等级高一级的竞争能力,为了加强公平性,对节点进行相应惩罚,保持竞争窗口的等级不变,抑制节点再次竞争到信道的能力。当 $BO\geqslant CW/2$ 时,因为节点按照机制退避计数器值的选择符合其自身的竞争能力,对其进行奖励,提高节点的竞争能力,将竞争窗口的值 $CW=CW/2$,竞争窗口等级提高。由于一些特殊的情况(例如隐藏终端和暴露终端影响),某些节点的竞争能力很容易达到最强,即 CW 置为 CW_{min}时,这些竞争能力强的节点

将长期占据信道，从而导致网络中的其他邻居节点“饿死”，这将产生不公平现象。为了改善这种情况，当竞争能力达到最强的节点发送成功时，如果退避计数器值 BO＜CW/2 时，为了改善公平性，对节点进行惩罚，降低其再次占据信道的能力，将竞争窗口等级降低，使得竞争窗口值 CW＝CW×2，如果退避计数器值 BO≥CW/2 时，竞争窗口值 CW 保持不变。采取这样的策略将减少退避计数器值的短期随机选取不合理带来的影响。如图 5-5 所示。

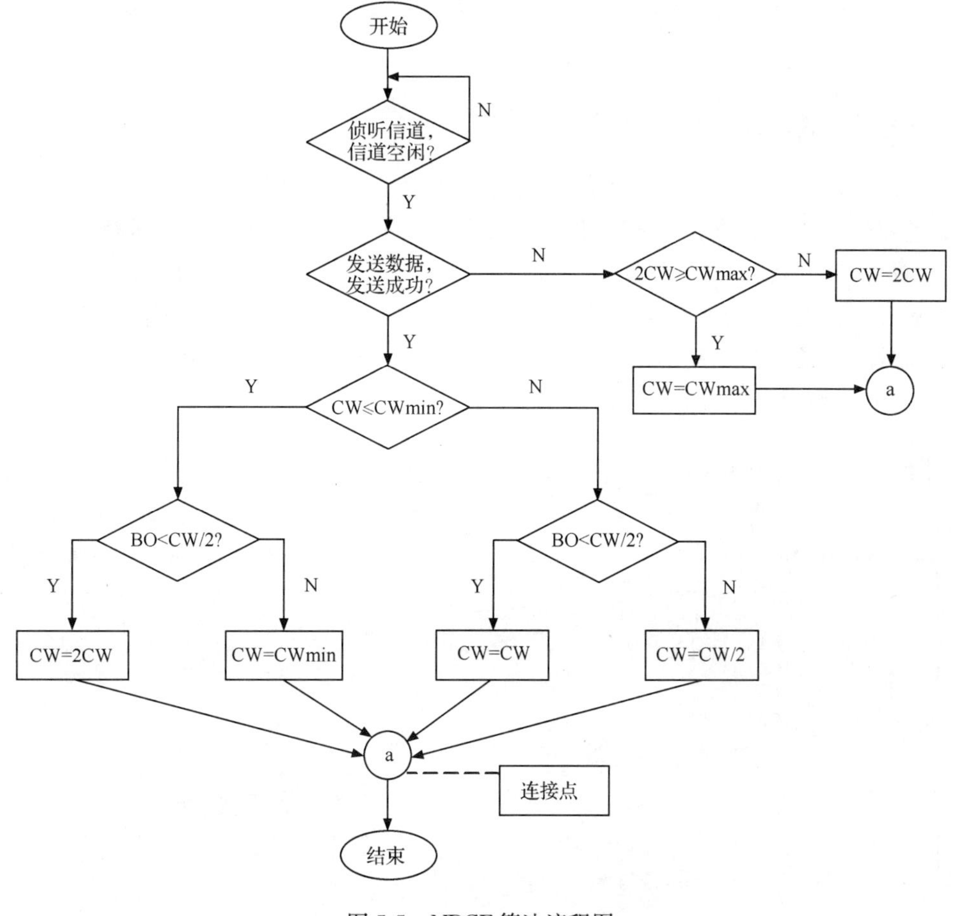

图 5-5　NDCF 算法流程图

5.5　BEB 算法及新算法性能分析

5.5.1　BEB 算法性能分析

IEEE 802.11 的 MAC 协议是一种随机访问机制，当网络的输入负载低时，系统的吞吐量会随着负载的上升而上升，直到一个临界点（最大吞吐量）。随着输入负载进一步增加，系统吞吐量将会下降，严重时将急剧下降。在实际应用中，很难通过控制网络输入负载来保证系统的吞吐量维持在最大吞吐量，所以不适合用最大吞吐量作为评价系统性能的指标。因此，人们提出了饱和吞吐量的概念作为评价系统性能的指标。所谓饱和是指节点的发送队列总是非空，即队列中总有数据分组在等待发送。我们利用 Bianchi 提出的二维马尔可夫链模型[29]对 IEEE 802.11 的饱和吞吐量性能进行分析。在分析中做以下假设：①节点每次发送数据帧碰撞的概率是 P；②节点获取信道的信息能力是相同的。

1. 饱和状态的分析模型

IEEE 802.11 DCF 采用的是二进制指数退避规则。令 $b(t)$ 表示节点在 t 时刻的退避计数器取值的统计过程，该计数器在每个单位时隙的开始时刻做减 1 操作。令 $s(t)$ 代表节点的退避级数取值的随机过程。基于上面的假设，可以建立一个二维随机过程模型 $\{s(t),b(t)\}$ 来分析 IEEE 802.11 DCF 的性能。该模型是一个二维离散时间马尔可夫链，状态转移如图 5-6 所示。这个模型对基本方式、RTS/CTS 方式、混合方式的 DCF 都有效。

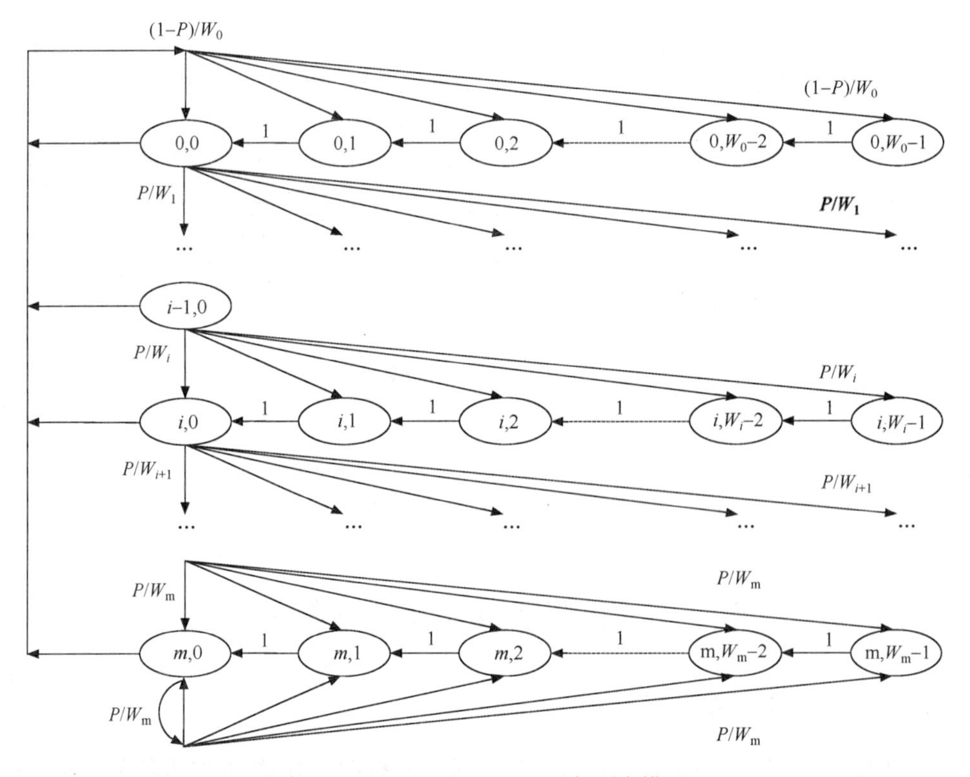

图 5-6　IEEE 802.11 DCF 马尔可夫模型

根据马尔可夫链模型，可以得到一步转移概率方程组，即

$$
\begin{cases}
P\{i,k \mid i,k+1\}=1, & k\in[0,W_i-2], \quad i\in[0,m]\\
P\{0,k \mid i,0\}=(1-p)/W_0, & k\in[0,W_0-1], \quad i\in[0,m]\\
P\{i,k \mid i-1,0\}=p/W_i, & k\in[0,W_i-1], \quad i\in[1,m]\\
P\{m,k \mid m,0\}=p/W_m, & k\in[0,W_m-1]
\end{cases}
\tag{5.6}
$$

其中，P 是节点每次发送数据帧碰撞的概率；W_0 为最小竞争窗口；W_i 为第 i 次退避中的竞争窗口大小，按照二进制指数退避规则，有 $W_i=2^i\times W_0$；k 为节点当前退避计数器的值，i 为退避计数器的阶数；m 为 i 的最大值。

方程组(5.6)中的四个式子分别代表 IEEE 802.11 信道接入过程的四个基本事件：①在每一个单位时隙的开始，退避计数器做减 1 操作；②节点发送成功，退避计数器置为 0 阶，退避计数器的值在$(0,W_0-1)$中等概率随机选取；③当节点在退避计数器为 $i-1$ 阶发送不成功的时候，退避计数器的阶数加 1，退避计数器的值在$(0,W_i-1)$中等概率随机选取；④退避计数器的阶数达最大阶数 m 的时候，如果节点在随后的发送过程中依旧失败，退避计数器的阶数将不再增加，退避计数器的值在$(0,W_m-1)$中等概率随机选取。

设 $b_{i,k}=\lim\limits_{t\to\infty}p\{s(t)=i,b(t)=k\}, i\in(0,m), k\in(0,W_i-1)$ 为马尔可夫链的稳定分布。由状态转移图 5-6 推理有

$$
\begin{cases}
b_{i-1,0}\,p=b_{i,0}\to b_{i,0}=p^i\,b_{0,0}, & 0<i<m\\
b_{m-1,0}\,p=(1-p)b_{m,0}\to b_{m,0}=\dfrac{p^m}{1-p}b_{0,0}
\end{cases}
\tag{5.7}
$$

$$
b_{i,k}=\frac{W_i-k}{W_i}
\begin{cases}
(1-p)\sum\limits_{j=0}^{m}b_{j,0}, & i=0\\
pb_{i-1,0}, \quad 0<i<m, & k\in(1,W_i-1)\\
p(b_{m-1,0}+b_{m,0}), & i=m
\end{cases}
\tag{5.8}
$$

又因为 $\sum\limits_{j=0}^{m}b_{j,0}=b_{j,0}/(1-p)$，式(5.8)可化简为

$$
b_{i,k}=\frac{W_i-k}{W_i}b_{i,0}, \quad i\in(0,m), \quad k\in(0,W_i-1)
\tag{5.9}
$$

由概率的归一性原理，将式(5.7)和式(5.9)代入式(5.10)可以求得 $b_{0,0}$，即

$$
\begin{aligned}
1&=\sum_{i=0}^{m}\sum_{k=0}^{W_i-1}b_{i,k}\\
&=\sum_{i=0}^{m}b_{i,0}\sum_{k=0}^{W_i-1}\frac{W_i-k}{W_i}\\
&=\sum_{i=0}^{m}b_{i,0}\,\frac{W_i+1}{2}\\
&=\frac{b_{0,0}}{2}\left[W_0\left(\sum_{i=0}^{m-1}(2p)^i+\frac{(2p)^m}{1-p}\right)+\frac{1}{1-p}\right]
\end{aligned}
\tag{5.10}
$$

$$b_{0,0}=\frac{2(1-2p)(1-p)}{(1-2p)(W_0+1)+pW_0[1-(2p)^m]} \tag{5.11}$$

设节点在任意时刻发送数据帧的概率为 τ，它是任意退避阶数的退避计数器递减到 0 时的概率之和，则有

$$\tau=\sum_{i=0}^{m}b_{i,0}=\frac{b_{0,0}}{1-p}=\frac{2(1-2p)}{(1-2p)(W_0+1)+pW_0[1-(2p)^m]} \tag{5.12}$$

从式(5.12)中可以看出，τ 的值取决于 p。p 表示节点每次发送数据帧发生碰撞的概率。若 $m=0$，τ 与 p 无关，即

$$\tau=\frac{2}{W_0+1} \tag{5.13}$$

网络中只有一个节点发送数据帧的概率就为 $(1-\tau)^{n-1}$，则有

$$p=1-(1-\tau)^{n-1} \tag{5.14}$$

可以用数值计算的方法求出式(5.12)和式(5.14) 组成非线性方程组的解，而且可以得出，p 仅仅由网络节点的个数 n、最小竞争窗口 W_0 和最大退避阶数 m 三个元素决定。

2. 吞吐量分析

分析系统的饱和吞吐量。定义 P_{tr} 为每个单位时隙网络中至少有一个节点发送数据帧的概率，P_s 为数据帧传输成功的概率，τ 为节点在任意时刻发送数据帧的概率，n 为节点的个数，则有

$$P_{tr}=1-(1-\tau)^n \tag{5.15}$$

$$P_s=\frac{n\tau(1-\tau)^{n-1}}{P_{tr}}=\frac{n\tau(1-\tau)^{n-1}}{1-(1-\tau)^n} \tag{5.16}$$

归一化的饱和吞吐量 S 等于成功传输过程中的有效数据帧负载传输时间与总传输时间的比值。总传输时间是信道空闲时间、数据帧成功传输时间和数据帧碰撞时间的总和，则有

$$\begin{aligned}S&=\frac{P_sP_{tr}E[\mathrm{MSDU}]}{\sigma(1-P_{tr})+P_sP_{tr}T_s+P_{tr}T_c(1-P_s)}\\&=\frac{E[\mathrm{MSDU}]}{T_s-T_c+\dfrac{\sigma(1-P_{tr})/P_{tr}+T_c}{P_s}}\end{aligned} \tag{5.17}$$

其中，$E[\mathrm{MSDU}]$为传输的媒介访问控制服务数据单元 MSDU(MAC service data unit)的平均长度；σ 为单位时隙宽度；T_s 为一次数据帧发送所需要的时间；T_c 为一次数据帧发送碰撞所消耗的时间。式(5.17)是一个通用的公式，无论对于基本方式、RTS/CTS 方式还是混合方式，只需要代入不同的 T_s 和 T_c 就可以了。由于混合方式用的最广泛，我们仅分析混合方式，其他两种方式可以借鉴混合方式分析方法进行类似的分析。当数据帧的长度小于 RTS/CTS 方式的开启阈值 RT-

SThreshold,采用基本方式发送,反之采用 RTS/CTS 方式发送。$P(\mathrm{TH})$表示利用基本方式发送数据帧的概率;$1-P(\mathrm{TH})$表示采用 RTS/CTS 方式发送数据帧的概率。混合方式的 T_s 为

$$T_s = T_s^{\mathrm{BAS}} P(\mathrm{TH}) + T_s^{\mathrm{RTS}}[1-P(\mathrm{TH})] \tag{5.18}$$

其中,T_s^{BAS},T_s^{RTS} 分别由式(5.19)和式(5.20)可得,δ 为平均传播时延。

$$T_s^{\mathrm{BAS}} = \mathrm{PHY_{hdr}} + \mathrm{MAC_{hdr}} + E[\mathrm{MSDU}] + \mathrm{SIFS} + \delta + \mathrm{ACK} + \delta + \mathrm{DIFS} \tag{5.19}$$

$$T_s^{\mathrm{RTS}} = \mathrm{RTS} + \mathrm{SIFS} + \delta + \mathrm{CTS} + \mathrm{SIFS} + \delta + T_s^{\mathrm{BAS}} \tag{5.20}$$

在求 T_c 的过程中为了简化分析,只考虑同一个单位时隙内两个数据帧碰撞的情况。采用混合方式,两个数据帧碰撞,有三种情况:① 发送数据帧的两个节点都采取了基本方式,碰撞时间用 $T_c^{\mathrm{BAS+BAS}}$ 表示,发生的概率为 $P^2(\mathrm{TH})$;② 发送数据帧的两个节点都采取了 RTS/CTS 方式,碰撞只可能发生在两个 RTS 帧之间,碰撞时间用 $T_c^{\mathrm{RTS+RTS}}$ 表示,发生的概率为$[1-P(\mathrm{TH})]^2$。③ 发送数据帧的两个节点一个采取了基本方式,另一个采用 RTS/CTS 方式,碰撞时间用 $T_c^{\mathrm{BAS+RTS}}$ 表示,发生的概率为 $2\times P(\mathrm{TH})\times[1-P(\mathrm{TH})]$。

$$\begin{aligned} T_c^{\mathrm{RTS}} = {} & P^2(\mathrm{TH}) T_c^{\mathrm{BAS+BAS}} + [1-P(\mathrm{TH})]^2 T_c^{\mathrm{RTS+RTS}} \\ & + 2P(\mathrm{TH})[1-P(\mathrm{TH})] T_c^{\mathrm{BAS+RTS}} \end{aligned} \tag{5.21}$$

其中,$T_c^{\mathrm{BAS+BAS}}$,$T_c^{\mathrm{RTS+RTS}}$,$T_c^{\mathrm{BAS+RTS}}$ 分别由式(5.22)~式(5.24)可得。

设 $E[\mathrm{MSDU}^*]$为发生碰撞的长传输媒介访问控制服务数据单元的平均长度,则有

$$\begin{cases} T_c^{\mathrm{BAS+BAS}} = \mathrm{PHY_{hdr}} + \mathrm{MAC_{hdr}} + E[\mathrm{MSDU}^*] + \mathrm{DIFS} + \delta, & \text{未碰撞节点} \\ T_c^{\mathrm{BAS+BAS}} = \mathrm{PHY_{hdr}} + \mathrm{MAC_{hdr}} + E[\mathrm{MSDU}^*] + \mathrm{DIFS} + \delta & \\ \qquad + \mathrm{SIFS} + \mathrm{ACK} + \delta, & \text{碰撞节点} \end{cases} \tag{5.22}$$

$$\begin{cases} T_c^{\mathrm{BAS+RTS}} = \mathrm{RTS} + \mathrm{DIFS} + \delta, & \text{未碰撞节点} \\ T_c^{\mathrm{BAS+RTS}} = \mathrm{RTS} + \mathrm{DIFS} + \delta + \mathrm{SIFS} + \mathrm{CTS} + \mathrm{SIFS} + \delta, & \text{碰撞节点} \end{cases} \tag{5.23}$$

$$\begin{cases} T_c^{\mathrm{BAS+RTS}} = \mathrm{PHY_{hdr}} + \mathrm{MAC_{hdr}} + E[\mathrm{MSDU}] + \mathrm{DIFS} + \delta, & \text{未碰撞节点} \\ T_c^{\mathrm{BAS+RTS}} = \mathrm{PHY_{hdr}} + \mathrm{MAC_{hdr}} + E[\mathrm{MSDU}] + \mathrm{DIFS} + \delta & \\ \qquad + \mathrm{SIFS} + \mathrm{ACK} + \delta, & \text{碰撞节点} \end{cases} \tag{5.24}$$

通过上述分析可见 T_s 和 T_c 都近似为固定值,对于式(5.17),只要式(5.25)取最小,归一化的饱和吞吐量 S 就最大。

$$\frac{(1-P_{\mathrm{tr}})/P_{\mathrm{tr}} + T_c/\sigma}{P_s} = \frac{\overline{T}_c - (1-\tau)^n(\overline{T}_c - 1)}{n\tau(1-\tau)^{n-1}} \tag{5.25}$$

其中,$\overline{T}_c = T_c/\sigma$,$\sigma$ 为单位时隙宽度;P_{tr} 为每个单位时隙网络中至少有一个节点发送数据帧的概率;P_{s} 为数据帧传输成功的概率;τ 为节点在任意时刻发送数据

帧的概率;n 为节点的个数。将式(5.25)对 τ 求导并令其为 0 可得

$$(1-\tau)^n-\overline{T}_c\{n\tau-[1-(1-\tau)^n]\}=0 \tag{5.26}$$

当 $\tau \ll 1$ 时,

$$(1-\tau)^n \approx 1-n\tau+\frac{n(n-1)}{2}\tau^2 \tag{5.27}$$

将式(5.27)代入式(5.26),可得出 τ 的近似值。

$$\tau=\frac{\dfrac{\sqrt{n+2(n-1)(\overline{T}_c-1)}}{n}-1}{(n-1)(\overline{T}_c-1)} \approx \frac{1}{n\sqrt{\overline{T}_c/2}} \tag{5.28}$$

将式(5.28)代入式(5.13),当 $m=0$(竞争窗口值恒定)时,可求出获得最大吞吐量的最佳竞争窗口为

$$W_{\text{opt}} \approx n\sqrt{2\,\overline{T}_c} \tag{5.29}$$

5.5.2　改进算法性能分析

如果一个过程的"将来"仅依赖于"现在"而不依赖"过去",称此过程具有马尔可夫性,或称此过程为马尔可夫过程。因为 HDFB 算法的避退策略不仅依赖于"现在",而且依赖于"过去",所以其不能像 BEB 算法那样进行马尔可夫建模分析。下面对 NDCF 算法的性能进行马尔可夫建模分析。

参考 NDCF 算法的流程图 5-6,令 $B(t)$ 表示节点在 t 时刻的退避计数器取值的统计过程,该计数器在每个单位时隙的开始时刻减 1。令 $S(t)$ 代表节点的退避级数取值的随机过程。我们可以建立一个二维随机过程模型 $\{S(t),B(t)\}$ 来对 NDCF 算法进行分析。马尔可夫状态转移图如图 5-7 所示。在图 5-7 中,W_0 为最小竞争窗口,W_i 为第 i 次退避中的竞争窗口大小,K 为节点当前退避计数器的值,i 为退避计数器的阶数,m 为 i 的最大值,P 为节点每次发送数据帧碰撞的概率,P_0 为退避计数器取值在竞争窗口前半段的概率。

根据马尔可夫链模型,我们可以得到一步转移该方程组,即

$$\begin{cases}
P\{i,k \mid i,k+1\}=1, & k\in[0,W_i-2],\quad i\in[0,m] \\
P\{0,k \mid 0,0\}=\dfrac{(1-P_0)(1-P)}{W_0}, & k\in[0,W_0-1] \\
P\{1,k \mid 0,0\}=\dfrac{P}{W_1}+\dfrac{P_0(1-P)}{W_1}, & k\in[0,W_1-1] \\
P\{i,k \mid i-1,0\}=p/W_i, & k\in[0,W_i-1],\quad i\in[2,m] \\
P\{m,k \mid m,0\}=\dfrac{P}{W_m}+\dfrac{(1-P_0)(1-P)}{W_m}, & k\in[0,W_m-1] \\
P\{i-1,k \mid i,0\}=\dfrac{P_0(1-P)}{W_{i-1}}, & k\in[0,W_{i-1}-1],\quad i\in[1,m-1] \\
P\{i,k \mid i,0\}=\dfrac{(1-P_0)(1-P)}{W_i}, & k\in[0,W_i-1],\quad i\in[1,m-1]
\end{cases} \tag{5.30}$$

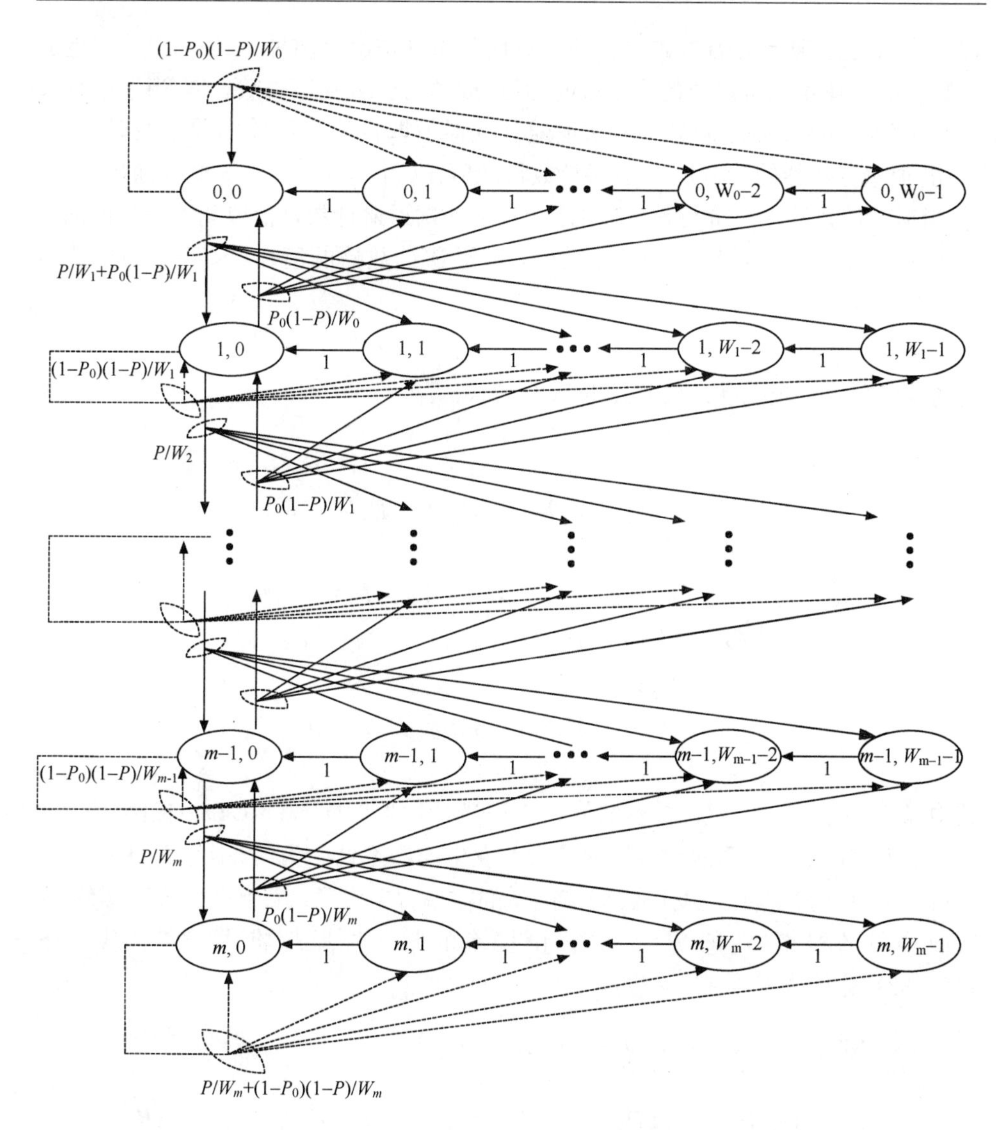

图 5-7　NDCF 马尔可夫模型

方程组(5.30)中的式子分别代表 NDCF 信道接入过程的七个基本事件：① 在每一个单位时隙的开始，退避计数器减 1 计数。② 当退避计数器为 0 阶且上一次退避计数器值取在竞争窗口值的后半段时，如果发送成功，退避计数器保持为 0 阶，退避计数器的值在$(0,W_0-1)$中等概率随机选取。③ 发生退避计数器阶数由 0 阶置为 1 阶的事件情况有两种。其一，上一次退避计数器值取在竞争窗口值的前半段时，发送成功；其二，发送失败。④ 当节点在退避计数器为 $i-1$ 阶发送失败的时候，退避计数器的阶数加 1，退避计数器的值在$(0,W_i-1)$中等概率随机选取。⑤ 发生退避计数器阶数由保持在 m 阶的事件情况有两种。其一，上一次退避计数器值取在竞争窗口值的后半段时，发送成功；其二，发送失败。⑥ 当退避计数器在 1 阶与 $m-1$ 阶之间且上一次退避计数器值取竞争窗口值的前半段时，发送成功，退避计数器的阶数加 1，退避计数器的值在 $(0,W_{i-1}-1)$ 中等概率随机选取。⑦ 当退避计数器在 1 阶与 $m-1$ 阶之间且上一次退避计数器值取竞争窗口值的后半段时，发送成功，退避计数器的阶数不变，退避计数器的值在 $(0,W_i-1)$ 中等概率随机选取。

设 $b_{i,k}=\lim\limits_{t\to\infty}P\{S(t)=i,B(t)=k\},i\in(0,m),k\in(0,W_i-1)$ 为马尔可夫链的稳定分布。根据状态转移图 5-7，有

$$
\begin{aligned}
b_{i,k}&=\frac{W_i-k}{W_i}b_{i,0}\\
&=\frac{W_i-k}{W_i}\begin{cases}(1-P_0)(1-P)b_{0,0}+P_0(1-P)b_{i+1,0}, & i=0\\ Pb_{0,0}+p_0(1-P)b_{0,0}\\ \quad +(1-P_0)(1-P)b_{1,0}+(1-P_0)(1-P)b_{i+1,0}, & i=1\\ pb_{i-1,0}+(1-P_0)(1-P)b_{i,0}\\ \quad +P_0(1-P)b_{i+1,0}, \quad 1<i<m\\ pb_{i-1,0}+(1-P_0)(1-P)b_{i,0}, \quad i=m\end{cases}
\end{aligned}
\tag{5.31}
$$

其中，k 为节点当前退避计数器的值；i 为退避计数器的阶数；m 为 i 的最大值；$b_{i,k}$ 为节点退避阶数 i 且退避计数器取值为 k 发生的概率；W_i 为第 i 次退避中的竞争窗口大小；P 为节点每次发送数据帧碰撞的概率；P_0 为退避计数器取值在竞争窗口前半段的概率，一般 $P_0=0.5$。由概率的归一性原理将式(5.31)代入下式(5.32)，化简求 $b_{0,0}$，有

$$
\begin{aligned}
1&=\sum_{i=0}^{m}\sum_{k=0}^{W_i-1}b_{i,k}=\sum_{i=0}^{m}b_{i,0}\sum_{k=0}^{W_i-1}\frac{W_i-k}{W_i}=\sum_{i=0}^{m}b_{i,0}\frac{W_i+1}{2}=\frac{b_{0,0}}{2}W_0\\
&\quad\times\left\{1+2\frac{1+P}{1-P}\left[1+\frac{4P}{1-P}+\left(\frac{4P}{1-P}\right)^2+\cdots+\left(\frac{4P}{1-P}\right)^{m-2}\right]+\left(\frac{4P}{1-P}\right)^{m-1}\right\}\\
&=\frac{b_{0,0}}{2}W_0\frac{3(1-P)^m-(1+7P)(4P)^{m-1}}{(1-5P)(1-P)^{m-1}}
\end{aligned}
\tag{5.32}
$$

$$
b_{0,0}=\frac{2(1-5P)(1-P)^{m-1}}{W_0[3(1-P)^m-(1+7P)(4P)^{m-1}]}
\tag{5.33}
$$

设节点在任意时刻发送数据帧的概率为 τ，它是任意退避阶数的退避计数器递减到 0 时的概率之和，则有

$$
\tau'=\sum_{i=0}^{m}b_{i,0}
$$

$$=b_{0,0}\left\{1+\frac{1+P}{1-P}\left[1+\frac{2P}{1-P}+\left(\frac{2P}{1-P}\right)^{2}+\cdots+\left(\frac{2P}{1-P}\right)^{m-2}\right]+\left(\frac{2P}{1-P}\right)^{m-1}\right\}$$

$$=\frac{4(1-5P)\left[(1-P)^{m}-(2P)^{m-1}\right]}{W_{0}(1-3P)\left[3(1-P)^{m}-(1+7P)(4P)^{m-1}\right]} \tag{5.34}$$

网络中只有一个节点发送数据帧的概率就为 $(1-\tau)^{n-1}$，则有

$$P=1-(1-\tau)^{n-1} \tag{5.35}$$

由式(5.34)和式(5.35)得到 P 与网络节点的个数 n、最小竞争窗口值 W_0 和最大退避阶数 m 三元素之间的关系。

这里对新算法与 BEB 算法的饱和吞吐量以及公平性的关系进行定性分析。由于避退策略，新算法的公平性优于 BEB 算法。公平性是指各个节点抢占信道的能力相等，可表现为节点间避退等待时间的差值相近。因为竞争窗口值决定了避退等待的时间，公平性好就体现在竞争窗口值变化不大。BEB 算法发送成功竞争窗口值降为最小，失败加倍直至最大，导致了节点避退等待时间的差值变化较大，而新算法竞争窗口值变化较小。以 HDFB 为例说明：①HDFB 是要经历两次发生避退窗口选择才改变避退规则，而 BEB 只是一次；②HDFB 发送失败与 BEB 是采取同样的策略，但成功时只是竞争窗口值除以$\sqrt{2}$，竞争窗口值的变化不像 BEB 减至最小那样剧烈。

推理过程如图 5-8 所示。新算法的吞吐量性能劣于 BEB 算法。新算法避退等待时间的差值较小，所以总的避退等待时间较长。避退等待时间与平均传播时延 δ 成正比，新算法的平均传播时延大于 BEB 算法。平均传播时延较大导致新算法的一次数据帧发送所需要的时间 T_s 以及一次数据帧发送碰撞所消耗的时间 T_c 大。由式(5.28)得 T_c 与节点在任意时刻发送数据帧的概率 τ 的反比关系，可知新算法的 τ 小。根据式(5.15)和式(5.16)可知 τ 小，导致每个单位时隙网络中至少有一个节点发送数据帧的概率 P_{tr} 也小，则 $1-P_{tr}$ 大，而网络中有且仅有一个数据帧传输成功的概率 P_s 基本不变。最后，根据归一化的饱和吞吐量 S 公式(5.17)，传输的媒介访问控制服务数据单元平均长度 $E[\mathrm{MSDU}]$ 不变，T_s-T_c 基本不变，P_s 基本不变，$\sigma(1-P_{tr})/P_{tr}$ 大，T_c 大，导致 S 小，即新算法的饱和吞吐量低于 BEB 算法的饱和吞吐量。

$$S=\frac{E[\mathrm{MSDU}]}{T_s-T_c+\dfrac{\sigma(1-P_{tr})/P_{tr}+T_c}{P_s}}$$

δ 大→T_c 大和 T_s 大(T_s-T_c 基本不变)→τ 小→P_{tr}小和 P_s 基本不变→$\sigma(1-P_{tr})/P_{tr}+T_c$ 大→S 小

图 5-8　饱和吞吐量的推理过程

可以看出，上文提出的两种改进算法 HDFB 和 NDCF 都是采取了这样的策略，即根据某些指标的变化状态自适应的做出相应的退避方案。因为紫外光传输

的方向性,方向性的限制体现在加剧了隐藏终端的情况,使得节点获取信道信息的不对称。所以,与5.3节中其他文献中提出的基于射频通信Ad Hoc网络MAC层改进公平性算法的思想略有不同。因此,算法HDFB是根据节点最近两次数据包发送历史情况和最近两次避退窗口选择的历史情况进行多层次的预测信道状态。对信道忙闲状态的预测是通过以节点自身的发送接收以及碰撞等状态来间接预测,而不是通过载波侦听机制直接对信道监测。算法NDCF则是根据节点上一次随机产生的退避计数器的值来判定其占据信道的能力是否合适。

5.6 改进算法仿真及分析

5.6.1 实验环境及参数描述

仿真实验在IEEE 802.11 DCF的基础上,分别对MAC层协议的BEB算法及改进算法HDFB, NDCF的性能进行仿真和分析。仿真中采用紫外光通信链路模型代替NS2网络仿真软件中默认的Two-ray ground reflection模型。

1. 紫外光通信链路模型

非直视紫外光通信单次散射链路模型如图5-9所示。其中,θ_T是发射机的仰角;θ_R是探测接收机的仰角;ϕ_T发射光束孔径角;ϕ_R是接收视场角;r是发射机(T_x)到探测接收机(R_x)的距离;V是发射仰角和接收仰角交叠区的体积;r_1是发射机到V的距离;r_2是接收机到V的距离;θ_s是θ_T与θ_R的夹角($\theta_s=\theta_T+\theta_R$)。

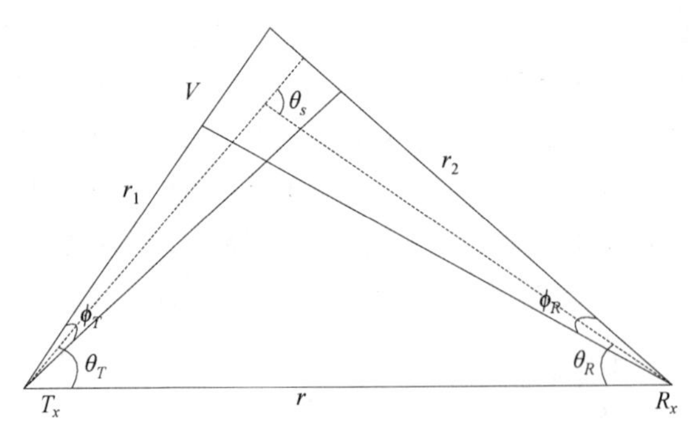

图5-9 非直视紫外光通信单次散射链路模型

非直视紫外光通信单次散射链路模型接收信号估计功率定义为[30]

$$E_r \approx \frac{E_t K_s P(\theta_s) A_R V \sin^4\theta_s \left[-\frac{K_e r}{\sin\theta_s}(\sin\theta_T+\sin\theta_R)\right]}{2\pi r^4 \sin^2\theta_T \sin^2\theta_R (1-\cos\phi_T)} \tag{5.36}$$

其中,E_t是总的接收能量;E_r是总的发送能量;A_R是接收机光敏面面积;$P(\theta_s)$是单散射相位函数(整个球面归一化为 4π);K_e 是大气衰减系数(km^{-1}),由大气散射系数 K_s 和大气吸收系数 K_a 组成($K_e=K_s+K_a$)。

2. 新算法程序实现

对于 HDFB 算法,主要对 mac-802_11. h 和 mac-802_11. cc 两个文件进行修改。修改的程序模块具体包括 Mac802_11::set_cw(),完成粗调策略,对竞争窗口分级以及补充;Mac802_11::inc_cw(),细调策略中发送失败时调用;Mac802_11::rst_cw(),细调策略中发送成功时调用。另外,需要修改 Mac802_11::RetransmitDATA(),Mac802_11::recv_timer(),Mac802_11::recvACK(Packet *p)等程序模块完成补充策略中两个监控机制的发送报文计数。

对于 NDCF 算法,主要对 mac-802_11. h 和 mac-802_11. cc 两个文件进行修改。修改的程序模块具体包括 Mac802_11::inc_cw(),发送失败时调用的退避计数器值的选取;Mac802_11::rst_cw(),发送成功时调用的退避计数器值的选取。

3. 仿真中其他网络参数

仿真中其他网络参数如表 5-2 所示。

表 5-2 仿真参数设置

信道带宽	2Mb/s	一个时隙的时间	20μs
分布式帧间间隔	50μs	短帧帧间间隔	10μs
preamble 的长度	144bits	PLCP header 的长度	48bits
请求发送帧的长度	20bits	清除发送帧/确认帧的长度	14bits
CW_{max}的值	1023	CW_{min}的值	31
短帧重传最大次数	7	长帧重传最大次数	4

5.6.2 仿真与分析

1. 链状拓扑

可以选用 Ad Hoc 网络拓扑中非常具有代表性的 4 节点链状拓扑进行仿真。如图 5-10 所示。其中,箭头表示节点间有数据报文传输,虚线表示节点在相互的通信范围以内但节间无业务传输。在图 5-10 中,节点 C 向节点 D 发送数据流 f_2,节点 A 向节点 B 发送数据流 f_1,节点 B 处在 C 的通信覆盖范围内而处在节点 D(接收节点)的通信覆盖范围外,因此节点 B 是暴露接收终端。对图 5-10 所示的 4 节点暴露终端拓扑,为了避免 TCP 拥塞控制机制带来的影响,业务类型采用 CBR(constant bit rate),在仿真过程中以固定速率持续发送数据。仿真中 CBR 速率设为 800Kb/s,数据分组长度设定为 1000 字节,仿真时间 200s。吞吐量和公平性的仿真结果分别如图 5-11 和图 5-12 所示。

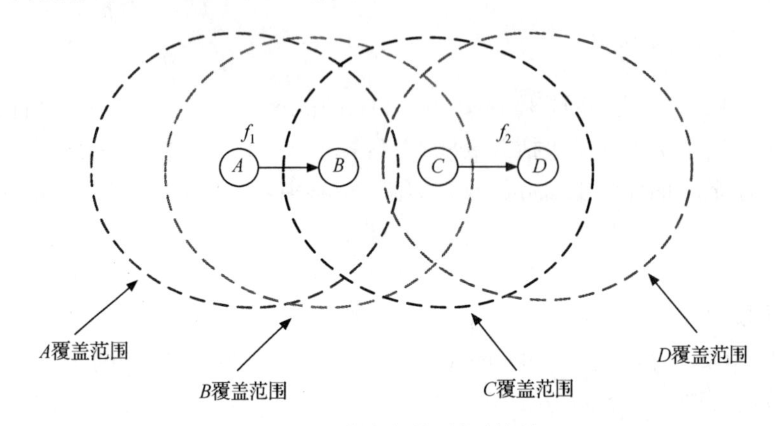

图 5-10　4 节点拓扑(暴露终端)

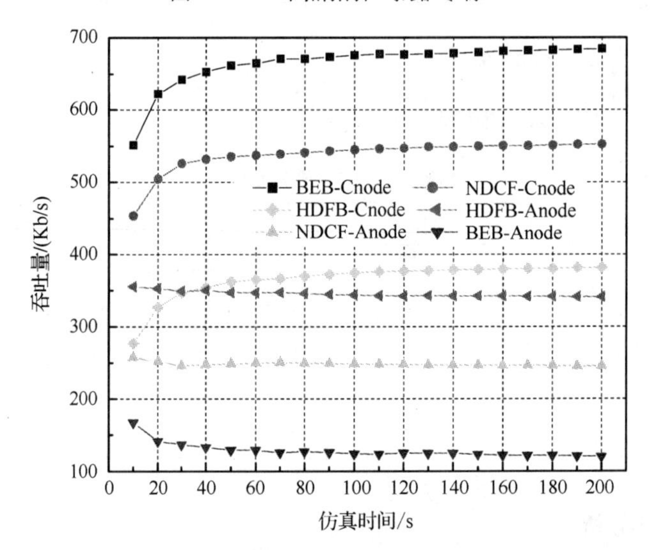

图 5-11　4 节点拓扑发送节点吞吐量[26]

从图 5-11 和图 5-12 中可以看出:对于 HDFB 算法,节点 C 的吞吐量为 365.1Kb/s,节点 A 的吞吐量 345.0Kb/s,两者相差在 20Kb/s 左右,公平性最好。对于 NDCF 算法,节点 C 的吞吐量 537.8 Kb/s,节点 A 的吞吐量 248.2 Kb/s,两者相差在 290 Kb/s 左右,公平性一般。对于 BEB 算法,节点 C 的吞吐量 664.6 Kb/s,节点 A 的吞吐量 128.3 Kb/s,两者相差高达 536 Kb/s,公平性最差,节点 C 几乎独占信道。BEB 算法带来了严重的不公平性,具体原因如下所述:节点 B 收到节点 C 的 RTS 和 DATA 分组,将会对接收来自 A 节点的 RTS,DATA 分组干扰(引入冲突迫使 A 重发)或延迟自己发送 CTS 和 ACK 分组(产生不必要

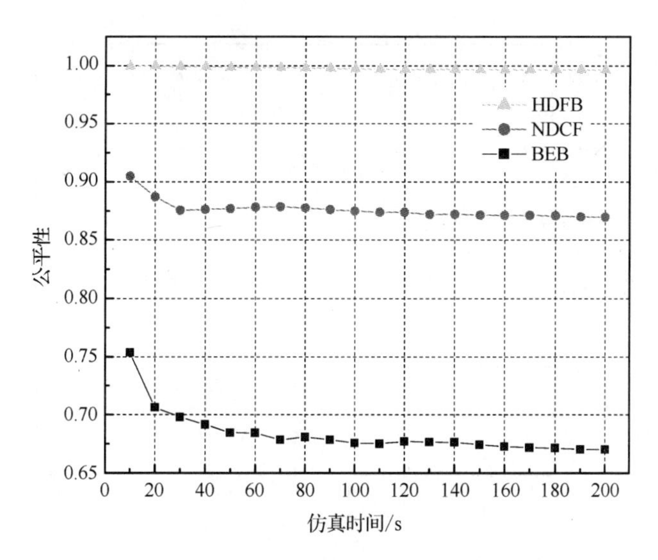

图 5-12 4 节点拓扑公平性指数随时间的变化[26]

的发送延时)，削弱了数据流 F_1 的信道占用能力。节点 C 发送成功后，CW 值立刻被设置为 CW_{min}。BEB 算法的这种机制总是有利于成功发送的节点再次占据信道，所以节点 C 再次优先发送数据。多次重复这种现象，则最终将出现数据流 F_2 独占信道的现象。

2. 混合拓扑

对 12 节点混合拓扑结构图 5-13 进行仿真，其中箭头表示节点间有数据报文传输，虚线表示节点在相互的通信范围以内但节间无业务传输。图 5-13 中节点 0、节点 1 与节点 3 三者同时向节点 2 发送数据流 F_1、F_2、F_3。三个节点是互为隐藏终端的关系，F_1、F_2、F_3 组成竞争区域 A。节点 4 发送数据流 F_4 给节点 6。F_5 为从节点 5 到节点 7 的数据流，与 F_3 形成的暴露终端的场景。F_3、F_4、F_5 形成竞争区域 B，F_6、F_7、F_8 形成竞争区域 C。仿真中业务类型采用 CBR，数据分组长度设定为 512Bytes，仿真时间 300s。吞吐量和公平性仿真结果分别如图 5-14 和图 5-15。

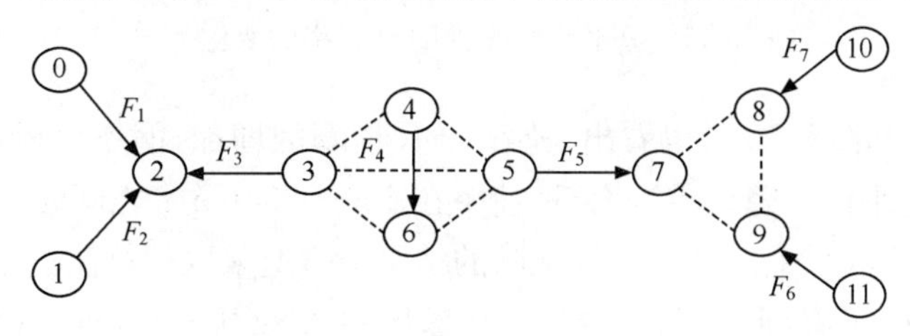

图 5-13 12 节点的混合网络拓扑

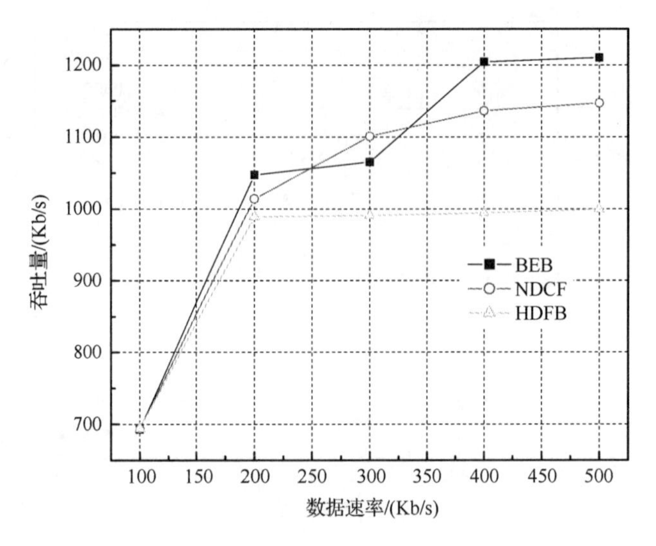

图 5-14　总吞吐量随 CBR 速率的变化[26]

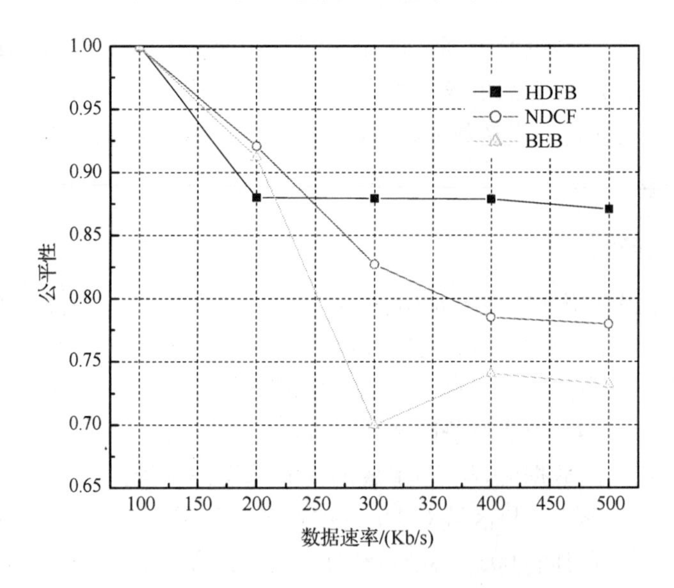

图 5-15　公平性指数随 CBR 速率的变化[26]

从图 5-14 和图 5-15 可以看出：随着 CBR 速率的增加，网络负荷逐渐加重，导致碰撞加剧，公平性下降。①当 CBR 速率在 100～200Kb/s 之间时，CBR 速率的增加导致网络吞吐量上升和公平性下降的结果与避退采取的算法关系不大。公平性指数从 0.999 下降到 0.903 左右，吞吐量从 693.8Kb/s 上升到 1014.5Kb/s 左右。其中，HDFB 算法的性能都是最差的。原因是在负荷轻时，HDFB 算法基于历史情况判定的等待空闲时间过多。②当 CBR 速率在 200～400Kb/s 之间时，网络吞吐量的上升以及公平性的下降都没有第一阶段变化大。网络趋于稳定，这时改进算法的优势就体现出来了。HDFB 算法判定的等待空闲时间随着 CBR 速率的增加而减少，其预测信道状况动态调整的避退策略开始发挥巨大的作用，公平性指数一直保持在 0.877 左右。NDCF 算法通过根据上次随机产生的退避计数器的值来调整避退策略，减少了退避计数器值的短期随机选取不合理带来的不公平性，其公平性指数平均在 0.823 左右。③当 CBR 速率在 400～500Kb/s 之间时，CBR 速率的增加对网络吞吐量和公平性的影响微乎其微。其原因是网络负荷超重，节点间数据流的碰撞程度超过了三种避退算法减缓碰撞的能力。总体来说，HDFB 算法的公平性最好，而且公平性也比较平稳，总吞吐量最小；NDCF 算法公平性较好，总吞吐量也较好；BEB 算法公平性最差，总吞吐量最大。

以 CBR 速率等于 400Kb/s 为例，对公平性指数和总吞吐量在仿真时间 0～300s 中取平均值，获得的吞吐量和公平性的仿真结果如图 5-16 和图 5-17。HDFB 算法公平性指数为 0.879，总吞吐量为 993.9Kb/s；NDCF 算法公平性指数为 0.785，总吞吐量 1136.0Kb/s；BEB 算法的公平性指数为 0.741，总吞吐量为 1204.5Kb/s。网络的性能与仿真的时间关系不大。经过从开始到网络稳定的一段时间后，网络的性能就趋于稳定，变化幅度不大。

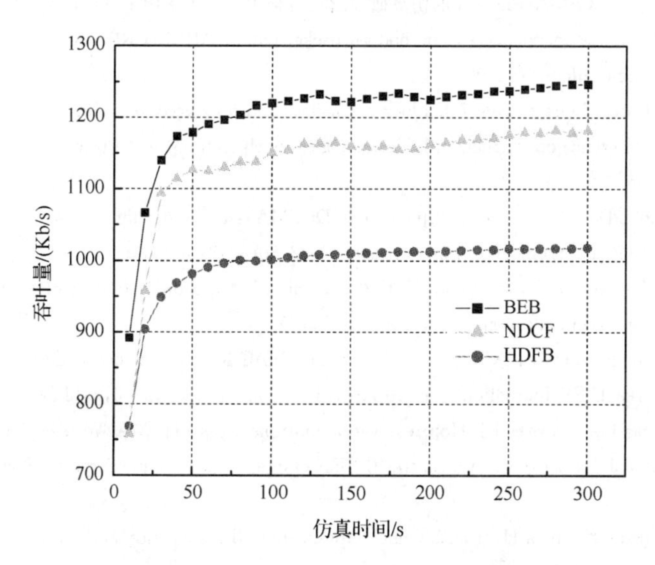

图 5-16 总吞吐量随时间的变化(CBR=400Kb/s)[26]

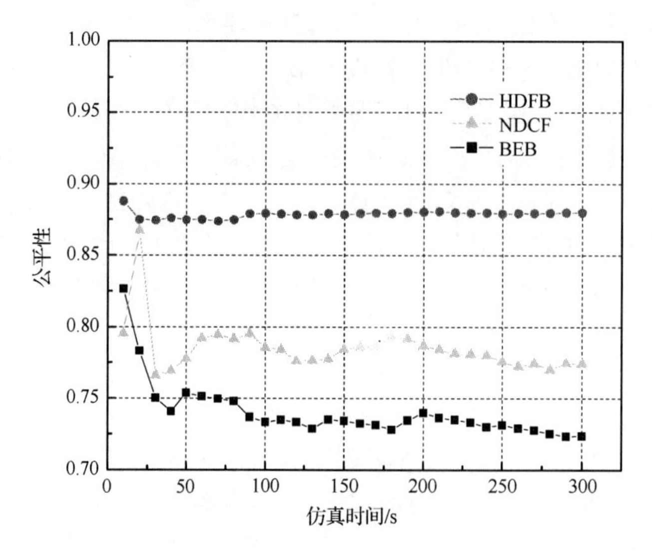

图 5-17 公平性指数随时间的变化(CBR=400Kb/s)[26]

参考文献

[1] 周明政. 一种新的 Ad Hoc 网络 MAC 协议的提出及实现. 杭州:浙江大学硕士学位论文,2005

[2] 黄大军. 基于改进的 CSMA/CD 协议的仿真研究. 合肥:合肥工业大学硕士学位论文,2006

[3] Karn P. MACA-a new channel access method for packet radio// ARRL/CRRL Amaterur Radio 9th Computer Networking Conference,1990

[4] Fullmer C L,Carcia-Luna-Aceves J J. Floor acquisition multiple access(FAMA) for packer-radio networks//The Conference on Applications,Technologies,Architectures,and Protocols for Computer Communication,1995

[5] Haas Z J,Deng J. Dual busy tone multiple access(DBTMA):a new medium access control for multihop networks. IEEE Transactions on Communications,2002,50(6):975-985

[6] Bianchi G. Performance analysis of the IEEE 802. 11 distributed coordination function. IEEE Journal on Selected Areas in Communications,2000,18(3):535-547

[7] Acharya A,Ganu S,Mirsa A. DCMA:a label switching MAC for efficient packet forwarding in multihop wireless networks. IEEE Journal on Selected Areas in Communication,2006,24(11):1995-2004

[8] Yang Z Y,Garcia-Luna-Aceves J J. Hop-reservation multiple access(HRMA) for Ad Hoc networks// The Eighteenth Annual Joint Conference of the IEEE Computer and Communications Societies, 1991, 1: 194-201.

[9] Hiraga K,Akabane K,Shiba H,et al. Channel assignment and reallocation algorithms for cognitive radio systems//Proceeding of The 14th Asia-Pacific Conference on Communications, 2008

[10] Wang M,Cai L,Zhan P,et al. Multi-channel MAC protocols in wireless Ad Hoc and sensor networks. Computing,Communication,Control,and Management,2008,2:562-566

[11] 徐成文,吴晓阳,刘会杰. Ad Hoc 网络拓扑与隐藏终端/暴露终端的研究. 通信技术,2008,41(2): 103-105

[12] IEEE Std. 802. 11. Wireless LAN Medium Access Control(MAC) and Physical Layer(PHY) Specifications. 1999：65-97
[13] 黄力菲，黄颖，李衍达. 效用 max-min 公平性准则及其在 ABR 业务中的应用. 通信学报，2001，22(07)：10-17
[14] 范奕. 基于 CSMA/CA 改进的 Ad Hoc 网 MAC 协议的设计. 成都：电子科技大学硕士学位论文，2007
[15] Jain R K，Chiu D M，Hawe W R. A quantitative measure of fairness and discrimination for resource allocation in shared computer systems. http://www. cs. wustl. edu/～jain/papers/ftp/fairness. pdf[2009-04-15]
[16] 陶丽. 无线自组织网络 MAC 公平性的研究与改进. 北京：北京邮电大学硕士学位论文，2008
[17] 黎宁，韩露. 无线自组织网络退避算法综述. 计算机应用，2005，25(6)：1244-1250
[18] Deng J，Varshney P K，Haas Z J. A new backoff algorithm for the IEEE 802. 11 distributed coordination function. Communication Networks and Distributed Systems Modeling and Simulation，2004：215-225
[19] Wang C G，Li B，Li L M. A new collision resolution mechanism to enhance the performance of IEEE 802. 11 DCF. IEEE Transactions on Vehicular Technology，2004，53(4)：1235-1246
[20] 奎晓燕，杜华坤. CIMLD：多跳 Ad Hoc 网络中一种自适应的 MAC 退避算法. 小型微型计算机系统，2009，30(4)：679-682
[21] Bensaou B，Wang Y，Ko C C. Fair medium access in 802. 11 based wireless Ad Hoc networks. IEEE/ACM MobiHoc Workshop，2000：99-106
[22] 彭泳，程时端. 一种自适应无线局域网协议. 软件学报，2004，15(4)：604-615
[23] Cui H X，Wei G. A novel backoff algorithm based on the tradeoff of efficiency and fairness for Ad Hoc networks//International Conference on Communications Societies，2009
[24] Kwon Y，Fang Y G，Latchman H. A novel MAC protocol with fast collision resolution for wireless LANs //Proceedings of The 22nd Annual Joint Conference of the IEEE Computer and Communications Societies，2003
[25] 秦耀文. Ad Hoc 网络中 MAC 层协议的研究与改进. 长沙：中南大学硕士学位论文，2007
[26] 陈祥. 紫外光 Ad Hoc 网络 MAC 层协议公平性的研究. 西安：西安理工大学硕士学位论文，2010
[27] 柯熙政，何华，陈祥. 紫外 Ad Hoc 网络中基于历史的动态公平性避退算法. 激光杂志，2010，31(3)：32-34
[28] 柯熙政，何华，陈祥. 一种新的紫外光自组织通信网络 MAC 层避退算法. 光电子 · 激光，2010，21(7)：1002-1006
[29] Bianchi G. Performance analysis of the IEEE 802. 11 distributed coordination function. IEEE Journal on Selected Area in Communications，2001，18(3)：535-547
[30] Xu Z Y，Ding H P，Chen G，et al. Analytical performance study of solar blind non-line-of-sight ultraviolet short-range communication links. Optics Letters，2008，33(16)：1860-1862

6 紫外无线光 Mesh 网接入协议

无线 Mesh 网是一种多跳无线网络，它兼具无线局域网（WLAN）和无线 Ad Hoc 网络的优势，是一种容量大、速率高、覆盖范围广的网络技术[1]。将紫外光通信和无线 Mesh 网络相结合，不仅可以充分发挥紫外光非直视通信、抗干扰能力强的优势，而且通过无线 Mesh 网的多跳通信延长了有效通信距离，弥补了紫外光通信距离短的不足。因此，紫外无线光 Mesh 网络有着潜在的应用前景。

6.1 紫外无线光 Mesh 网络的关键技术

1）网络配置和部署

为了使无线 Mesh 网络具备良好的可扩展性、容错性和自调节能力，大的覆盖范围和网络容量，需要对网络配置和部署进行研究。首先，需要对移动性较弱、组成骨干网的 Mesh 路由器的部署位置进行规划。一方面在保证不出现无线信号覆盖盲区的前提下，Mesh 路由器需要数量尽可能地少以降低成本；另一方面，在热点区域，提供多条路径以增加用户接入数，可以结合多入多出（MIMO）和方向性天线技术等来进一步提高网络传输能力。Mesh 路由器能提供各种异构网络的接入服务，因此如何分配 Mesh 路由器的多个无线接口以保证各个网络之间的连通性，是无线 Mesh 网络应该解决的问题。在无线 Mesh 网络中，采用多电台多信道的方法可以用来增加网络的吞吐量，但在无线多跳的环境下，多信道的通信方式也面临许多亟待解决的问题。

2）MAC 协议设计

MAC 协议主要解决如何在相互竞争的用户间分配无线信道资源，即控制媒体如何接入信道来进行数据的发送。MAC 协议设计的好坏直接影响到网络的吞吐量、公平性、时延、信道空分复用率等性能。紫外光通信是一种散射信道，不同于无线射频通信。紫外光非直视通信方式的覆盖范围具有一定的方向性，只有在发送节点覆盖范围内的节点才能收到信息。这就使得传统的 MAC 协议可能无法直接应用于紫外光无线 Mesh 网络。基于定向天线接入的 MAC 协议可以提高信道的空分复用率和通信距离，但是会引入隐藏终端、耳聋和节点定位问题；而多信道多接口的 MAC 协议，由于使用多个信道，使得单个节点可以使用不同的信道同时和不同的节点进行通信而提高网络性能。我们需要对传统的 MAC 协议、基于定向天线的 MAC 协议以及多信道的 MAC 协议进行分析研究，设计出适合紫外光无线 Mesh 网的接入协议。

3）路由协议设计

无线 Mesh 网络采用多跳中继实现网络接入，这使得路由协议设计可以参考 Ad Hoc 网络的路由协议设计，如按需距离矢量路由协议（Ad Hoc on-demand distance vector routing, AODV）[3]、动态源路由协议（dynamic source routing, DSR）[4]、目标序列距离矢量路由协议（destination sequenced distance vector, DSDV）[5]、优化的链路状态路由协议（optimized link state routing，OLSR）[6]等方法。但两者还存在差别，一方面无线 Mesh 网络由接入点、Mesh 路由器、Mesh 网关等构成，节点的移动性相对较弱；另一方面无线 Mesh 网络中的大部分数据业务都是用户节点发送给网关节点，而 Ad Hoc 网络主要提供节点到节点之间的业务传输模式。此外，无线 Mesh 网络在功耗限制方面要求相对较弱。研究无线 Mesh 网络的路由协议，也可以参考在因特网中所采用的路由技术，例如自治域内和域外使用不同的路由协议，如区域路由协议（zone routing protocol, ZRP）[7]。

4）支持服务质量

无线 Mesh 网络中涉及 QoS 方面的问题包括两方面：①对接入网络和骨干网络上传输的混合业务进行接纳控制和区分服务机制，以确保获得相应的服务水平；②在多跳上提供 QoS 保证，需要传统的二层机制，以获得端到端的流量信息，并保证服务。MAC 层的 QoS 保证机制（如 IEEE 802.11e 业务区分）只能在单跳链路上提供相应的服务质量，要支持端到端的实时业务，还需要在网络层设计合理的 QoS 路由机制。

6.2 紫外光非直视通信组网

目前对紫外光非直视通信的研究主要集中在单次和多次散射大气信道模型。两种模型下路径损耗与紫外光收发仰角、发散角、视场角的关系，误码率与传输距离和速率之间的关系[8,9]，各种调制和编码对紫外通信传输距离的影响[10]，以及各种大气环境对紫外通信传输距离的影响[11]等，而利用紫外光进行通信组网的研究尚未见报道。

6.2.1 紫外光通信信道带宽

当使用 10 个 24 单元阵列的紫外 LED 光源，每个光源发光功率为 0.5mW，接收天线增益 $G=100$，OOK（on-off keying）调制时，紫外光通信的数据传输速率如表 6-1 所示。其中紫外 NLOS 方式时发散角为 1°、视场角为 60°、发射仰角 45°、接收仰角 60°。近距离 LOS 方式数据传输速率可以达到 Gb/s，而 NLOS 方式的传输速率相对小得多。

表 6-1 不同距离、误码率下紫外光通信的数据传输速率[12]

距离	LOS		NLOS	
	BER$=10^{-3}$	BER$=10^{-6}$	BER$=10^{-3}$	BER$=10^{-6}$
$r=10$m	6 Gb/s	2 Gb/s	8 Mb/s	3 Mb/s
$r=100$m	50 Mb/s	20 Mb/s	700 Kb/s	300 Kb/s
$r=1000$m	300 Kb/s	100 Kb/s	20 Kb/s	9 Kb/s

文献[13]分析了 NLOS 信道带宽和几何角度的关系。随着通信距离的增加，信道带宽减小，紫外发射机仰角、接收机仰角、发散角和视场角变大时信道带宽也减小。信道带宽的变化很大程度上取决于通信过程中对发射接收仰角的调节，而发散角和视场角的变化对信道带宽的变化影响相对较小。当发送接收仰角比较小的时候，调节发送仰角比接收仰角带来的信道带宽变化更大。当发送接收仰角比较大时，信道带宽随着角度调节的变化不明显，而针对发散角和视场角的调节带来信道带宽的变化，调整发散角更加有效。信道带宽估计公式[13]为

$$B=\frac{\sqrt{(2^{1/\alpha}-1)}}{2\pi\beta} \tag{6.1}$$

其中，α 和 β 是模型的参数，可以利用信道模型通过数值查找非线性最小均方准则的最小值的方法估计这些参数。

6.2.2 紫外光非直视通信接收光功率

紫外光非直视通信接收光功率计算公式为[12]

$$P_{r,\mathrm{NLOS}}=\frac{P_tA_rK_sP_s\phi_2\phi_1^2\sin(\theta_1+\theta_2)}{32\pi^3 r\sin(\theta_1)\left(1-\cos\dfrac{\phi_1}{2}\right)}\mathrm{e}^{-\frac{K_e r(\sin\theta_1+\sin\theta_2)}{\sin(\theta_1+\theta_2)}} \tag{6.2}$$

其中，K_s 和 K_e 分别[14]取为 $K_s=0.49\text{km}^{-1}$ 和 $K_e=1.23\text{km}^{-1}$；P_s 和 A_r 分别[12]取 $P_s=1$ 和 $A_r=1.8\text{cm}^2$；发送功率 $P_t=1\text{w}$。根据文献[15]的研究结果，在 r 小于 200m 时，紫外光非直视通信的单次散射大气信道模型比较准确，本章的仿真建立在单次散射大气信道模型的基础上，因此仿真时设置通信距离 r 小于 200m。我们对紫外光非直视通信三种工作方式下的发散角、视场角、发射与接收仰角分别根据式(6.2)进行设置得到其接收光功率如表 6-2 所示，其中发散角、视场角都设置为 60°。对于 NLOS(a)，节点发射仰角 89°，接收仰角 89°，用 89°近似代替全向发送和全向接收；对于 NLOS(b)，节点发射仰角 30°，接收仰角 90°；对于 NLOS(c)，节点发射仰角 20°，接收仰角 60°。

由表 6-2 可以看出，在紫外光 NLOS(a)和 NLOS(b)两种通信方式下，接收端要达到相同的接收功率，两种通信方式的通信距离差别很大。如采用 NLOS(b)方式，通信距离为 200m 时所得到的接收端接收光功率为 4.3094×10^{-12} W，而采用

NLOS(a)时，通信距离小于 5m 即达到相同的接收光功率。可见，采用紫外光 NLOS(a)通信方式时，功率衰减很快，通信距离较短。采用 NLOS(b)方式和 NLOS(c)方式的功率衰减在同一个数量级，但 NLOS(b)方式比 NLOS(c)方式的功率衰减要大。在通信组网时，如果源节点和目的节点距离较远，采用紫外光 NLOS(a)通信方式，发送端必须加大发射功率或者通过多跳来实现通信，而采用 NLOS(b)和 NLOS(c)方式时，可能通过一跳即可实现源节点和目的节点之间的通信。

表 6-2 紫外光非直视通信的接收光功率 (单位：w)

距离	NLOS(a)(89°, 89°)	NLOS(b)(30°, 90°)	NLOS(c)(20°, 60°)
1m	2.47862×10^{-11}	1.316952×10^{-9}	2.19067×10^{-9}
5m	3.73946×10^{-12}	2.61154×10^{-10}	4.35498×10^{-10}
10m	1.31444×10^{-12}	1.29194×10^{-10}	2.16112×10^{-10}
50m	1.56839×10^{-14}	2.3728×10^{-11}	4.0691×10^{-11}
100m	2.31222×10^{-16}	1.06652×10^{-11}	1.88671×10^{-11}
150m	4.5451×10^{-18}	6.39171×10^{-12}	1.16641×10^{-11}
200m	1.0051×10^{-19}	4.3094×10^{-12}	8.11237×10^{-12}

6.2.3 紫外光非直视通信节点转发结构

由于紫外光在大气传输中受到大气吸收、散射和大气湍流效应的影响，紫外光功率衰减很快，所以紫外光通信距离较短。当源节点和目的节点之间的距离较近时，可以通过一跳直接进行通信；否则，必须通过多跳才能实现通信，这就需要中间节点的转发。根据对紫外光非直视通信覆盖范围的分析，紫外 NLOS(a)通信方式全向收发，通信的全方位性使得转发很容易实现，而紫外 NLOS(b)通信方式定向发送全向接收和紫外 NLOS(c)通信方式定向发送定向接收，它们的通信覆盖范围具有一定的方向性，只有在发送端覆盖范围之内的节点才能收到相应的信息。为此，我们设计了多收发器的紫外节点转发结构，如图 6-1 所示。

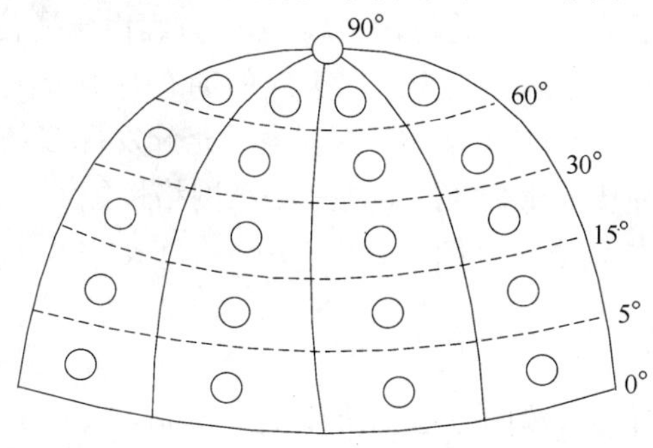

图 6-1 转发装置结构图

多收发器的紫外节点转发结构中，转发节点上有多个紫外收发器，分别处于装置中的圆形区域。为了实现紫外光通信组网中节点的信息传输功能，此类转发结构装置通过选择不同扇区和层次的紫外收发器工作来实现节点定向传输时方向和仰角的调整。例如，转发节点通过选择第 2 扇区第 3 层次的紫外收发器和源节点进行通信，而通过第 4 扇区第 2 层次的紫外收发器和目的节点通信。对于单一频率的紫外光源，某时刻节点只有一个方向的紫外收发器工作而其他方向的紫外收发器停止工作。图 6-4 中转发装置结构分为 8 个扇区 6 个不同层次，因为紫外光通信发散角越大光束的能量越分散，定向发送的优势越弱，信道的空分复用率就越低；紫外光通信在小仰角时随角度的变化明显，因而小仰角的时候层次间隔小，大仰角的时候层次间隔大。

6.3 MAC 协议

经过多年的研究，人们已经提出了多种基于无线 Ad Hoc 网络的 MAC 协议。根据接入方式的不同可将 MAC 协议分为基于竞争的信道接入协议和无竞争的信道区分协议两大类。基于竞争的信道接入协议假定网络中没有中心实体来分配信道资源，每个节点必须通过竞争媒体资源来进行传送，当网络中有多个节点同时尝试发送时，就会发送碰撞。基于竞争的信道接入协议，如 ALOHA、载波侦听多路访问、载波侦听多路访问冲突避免、IEEE 802.11 DCF、IEEE 802.11e 等。相反，无竞争的信道区分协议则要求预先为每个需要通信的节点分配专用的信道资源，如时分多址、频分多址、码分多址和令牌传递方案等。为了提高网络性能，人们把多信道技术和定向天线技术引入 MAC 协议的设计，提出了基于多信道的 MAC 协议[16]和基于定向天线的 MAC 协议[17]。基于多信道的 MAC 协议由于使用多个信道，使得单个节点可以使用不同的信道同时和不同的节点进行通信，有效地减少了网络中的干扰与冲突，从而提高了网络容量，如双忙音多址接入协议[18](dual busy tone multiple access，DBTMA)等。基于定向天线的 MAC 协议由于使用定向天线，一方面提高了节点通信的传输距离，另一方面由于通信时的干扰区域变小而提高了信道的空分复用率，如基于定向天线的动态时隙分配协议 (MAC protocol using directional antenna，DMAC)等。为了充分发挥多信道和定向天线的优势，人们又提出把两种技术相结合的方法来提高网络性能[19]。下面将对一些典型的全向和定向 MAC 协议进行介绍。

6.3.1 全向 MAC 协议

从 20 世纪 70 年代起，美国夏威夷大学的 Abramson 等研究者提出单跳的无线网络中第一个基于竞争的 MAC 协议 ALOHA[20] 以来，针对介质共享竞争的问题,已经有时隙 ALOHA、CSMA[21]、CSMA/CA、IEEE 802.11 DCF[22]协议、IEEE 802.11e MAC[23]协议等。

1. IEEE 802.11 DCF 协议

IEEE 802.11 标准规定了两种媒体访问方法:基于竞争信道接入的 CSMA/CA 的分布式协调功能(distributed coordination function, DCF)和提供无竞争接入的点协调功能(point coordination function, PCF)。

IEEE 802.11 DCF 协议的数据传输过程如图 6-2 所示,每个节点在发送数据之前,首先采用载波侦听冲突避免机制来判定信道的忙闲。载波侦听包括物理载波侦听和虚拟载波侦听,物理载波侦听主要是通过节点接收周围的信息判断信道的占用情况,虚拟载波侦听是在对接收到的信息进行分析的基础上得到信道被占用的时间(收到 RTS、CTS 包的节点根据包中的 Duration 域的值来进行相应的网络分配矢量 DNAV 的设置)。只有物理载波侦听和虚拟载波侦听都判定信道没有被占用时才判定信道空闲。如果信道空闲,节点会等待一个分布式帧间间隔(distributed inter frame space, DIFS)的时间;如果此期间信道持续空闲,就开始发送数据;如果此期间信道变忙,就执行退避算法,随机的从 0 到最小退避值之间选取一个退避时间。等到信道再次空闲一个 DIFS 时间,以时隙为单位递减退避值,直到退避值递减到 0,节点开始发送数据;如果在递减过程中信道变忙,节点就冻结退避时间,等待信道空闲并持续空闲一个 DIFS 的时间后继续进行退避值的递减。接收节点收到发送节点的数据后,给发送节点回复一个确认帧。发送节点发送完报文后等待一个短帧间间隔(short inter frame space, SIFS)时间,如果在 SIFS 时间内发送节点收到接收节点回复的确认帧(acknowledge,ACK),则此次数据发送成功;否则,发送端重新发送数据包。在超过给定的重传失败次数后,数据包被丢弃。

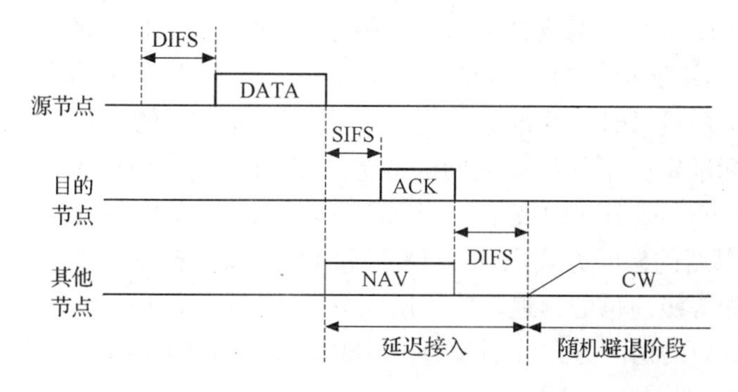

图 6-2 基本的 IEEE 802.11 DCF 方式数据传输过程

IEEE 802.11 DCF 协议使用二进制指数退避算法(binary exponential backoff，BEB)，每次节点发送失败后，竞争窗口值加倍直到标准中规定的最大值 CW_{max}，而发送成功时，竞争窗口值减到最小值 CW_{min}。

为了进一步减少数据包发送中发生碰撞而导致传输失败，IEEE 802.11 标准引入了信道预留机制。在发送数据报文前，发送节点首先发送一个请求发送帧(request to send，RTS)，接收节点收到 RTS 后回复一个允许发送帧(clear to send，CTS)，发送节点接收到 CTS 后表明信道预约成功，然后才进行数据的发送。由于 RTS、CTS 帧分别为 20 和 14 个字节，相对于数据包(0～2312 个字节)而言比较小，避免了长的数据包发送失败时节点长时间独占信道。协议中设定了一个 RTS 阈值，当超过此值时，使用 RTS/CTS 方式；否则，直接发送数据。另外，协议还规定短帧 RTS 和数据帧的最大重传次数分别为 4 次和 7 次。基于 RTS/CTS 方式的数据传输过程如图 6-3 所示。

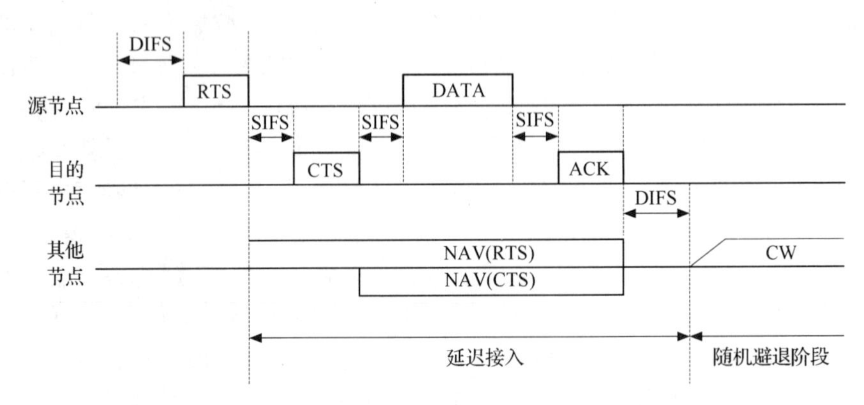

图 6-3　RTS/CTS 方式的数据传输过程

2. IEEE 802.11e

由于 IEEE 802.11 只支持尽力而为的业务，没有提供任何的优先级机制以及业务区分特性，不能提供 QoS 保证。为了弥补这个不足，保证语音和视频等高带宽应用的通信质量，IEEE 标准组织提出了 IEEE 802.11 的增强型标准——IEEE 802.11e，该标准定义了无线局域网的服务质量(quality-of-service，QOS)，例如对语音 IP(voice-over IP)的支持。IEEE 802.11e 标准定义了混合协调功能(HCF)——以新的访问方式取代了 DCF 和 PCF，以便提供改善的访问带宽并且减少了高优先等级通信的延迟。使用增强分布式协调访问(EDCA)和混合控制信道访问(HCCA)的访问方式分别对 IEEE 802.11 标准中的 DCF 和 PCF 的功能进行扩展。

EDCA 指定了四种访问类型，每一种类型对应一类数据。每一个访问类别配置了四个参数，即 CW_{min}(最小竞争窗口)、CW_{max}(最大竞争窗口)、TXOPlimit(发送机会限制)、AIFS(仲裁帧间间隔)。为每一类数据设置这些参数能够让网络管理员根据应用程序组合和通信量调整网络。802.11e EDCA 的参数配置如表 6-3。

表 6-3　EDCA 的默认参数配置[23]

AC	CW_{min}	CW_{max}	AIFSN	TXOP 限制		
				802、116 的 DSSS 及 HR/DSSS 方式	802.11a/g 的 oFDM 和 ERP 方式	其他物理层
AC_BK	aCW_{min}	aCW_{max}	7	0	0	0
AC_BE	aCW_{min}	aCW_{max}	3	0	0	0
AC_VI	$(aCW_{min}+1)/2-1$	aCW_{min}	2	6.016ms	3.008ms	0
AC_VO	$(aCW_{min}+1)/4-1$	$(aCW_{min}+1)/2-1$	2	3.264ms	1.504ms	0

从表 6-3 中可以看出:按照服务质量优先级从高到低分别为语音、视频、尽力而为业务、背景业务。语音对应的 AIFS、CW_{min} 和 CW_{max} 参数值都比较小,因为语音要求延迟时间短。TXOPlimit 规定了每个 AC 所能持续占用信道的最大时长。显然,根据 TXOP 的定义可以看出,具有较大 TXOP 值的 AC 具有更长的信道占用时间。因此,也就具有更高的优先级。

但是,基于业务区分的 IEEE 802.11e 标准并不能真正提供 QoS 保证。在网络过载情况下,高优先级业务虽然仍能优先获得带宽,但是 QoS 明显降低,同时低优先级业务很容易被高优先级业务“饿死”。为了提供更好的 QoS 保证,研究人员又引入接纳控制机制[24],对新加入的业务进行接纳控制。保证实时业务的服务质量,防止实时业务由于流量的增加引起 QoS 降级。目前有两类接纳控制算法[25],分为基于模型的接纳控制算法和基于测量的接纳控制算法。基于模型的接纳控制算法要求网络在接纳或拒绝新流量的连接请求之前,已经预先知道流量的模型。基于测量的接纳控制算法则不必预先知道流量的模型,而是通过对网络负载的实施测量来做出接受与否的判断。

3. DBTMA

在 Ad Hoc 网络中,隐藏终端和暴露终端问题会严重地降低网络的 MAC 层容量。即使在网络全连通的情况下,基于 RTS/CTS 交换的方式并不能完全解决这些问题。况且在很多情况下,所有的相关节点可以收到 RTS/CTS 帧这个条件很难成立。网络中的部分节点可能处在 RTS/CTS 帧的传送范围之外,但却可以干扰到发送节点。另外,当网络负载很重时,RTS/CTS 帧冲突的概率也很大。为了解决这些问题,人们提出了信道分离的方法,将信道分为数据信道和控制信道,控制信道上进行控制帧的发送,而数据信道用来发送数据包。

双忙音多址接入协议采用控制信道和数据信道分别用来进行控制帧和数据帧的发送。另外，DBTMA 协议在控制信道上还引入了两个带外发的忙音信号，BTr（接收忙音）和 BTt（发送忙音），分别用来指示某节点正在数据信道上接收和发送数据。这两个忙音信号在频率上是分开的，以免互相干扰[26]。

工作于 DBTMA 协议的节点可以处于以下几种状态之一：①空闲（IDLE）；②竞争（CONTEND）；③发送 RTS（S_RTS）；④发送数据（S_DATA）；⑤等待 BTR（WF_BTR）；⑥等待数据（WF_DATA）；⑦等待（WAIT）。图 6-4 描述了 DBTMA 协议的状态图。理论分析和仿真结果表明[18]，DBTMA 协议优于纯 RTS/CTS 系列的 MAC 协议。与 MACA 和 MACAW 相比，DBTMA 的网络利用率有很大提高。由于忙音信号在通信期间一直存在，可以确保不存在用户数据帧之间的冲突，但是，这种接入方式造成了信道资源的浪费。控制信道在传输数据报文时并未使用。在控制信息交互时，数据信道也是空闲的。可见，DBTMA 协议虽然避免了隐藏终端和暴露终端问题，但是却降低了信道利用率。

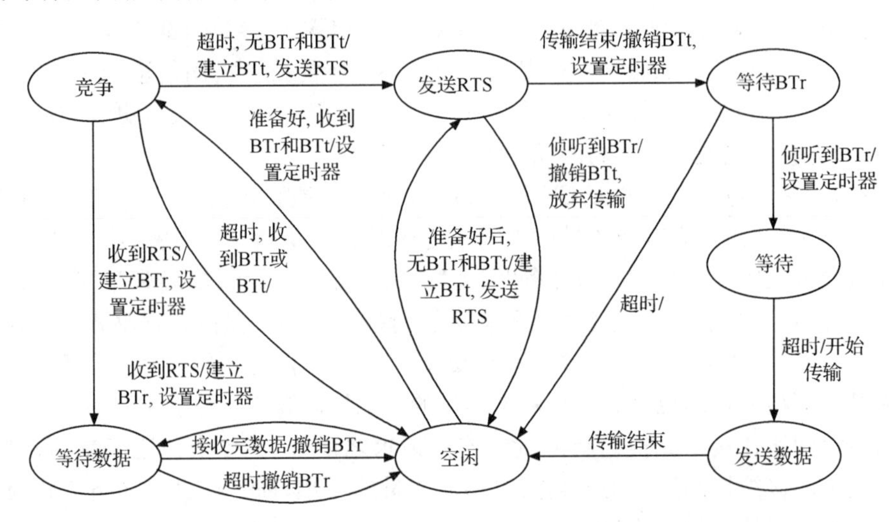

图 6-4　DBTMA 的状态图[18]

“/”之前为转移条件，“/”之后为转移结果

6.3.2　定向 MAC 协议

全向的 MAC 协议工作在全向天线环境下。1990 年，Zander 提出在时隙 ALOHA 多跳分组无线电网络中使用定向天线[27]。对于 Mesh 网络这种多跳网络，采用定向天线后，可以有效地解决暴露终端问题，同时大大减小隐藏终端问题的影响[28]。定向天线实际上提供了一种空间分离方式，将在全向模式下可能会发生冲突的传输在空间上分离开，从而提高了网络的吞吐量。另外，全向天线传输的

时候会向所有方向发送能量，而可以被接收到的只是一小部分，绝大部分都浪费掉了。定向 MAC 协议在数据帧和确认帧的发送时一定使用定向天线模式，在 RTS、CTS 传输的时候则会有很多种组合。例如，ORTS-OCTS、DRTS-OCTS、DRTS-DCTS 以及多跳 RTS 等[29]。

1. ORTS-OCTS

Nasipuri 等提出的 ORTS-OCTS 协议[30]基本上由 IEEE 802.11 DCF 改进而来。它使用波束切换天线，假定各个天线单元的方向在移动的时候保持不变，空闲节点使用其所有定向天线全向侦听信道。因为使用定向天线，在发送数据帧之前发送节点必须确定接收节点的方向。相应地，接收节点在接收的时候，也需要知道发送节点的方向。协议规定发送节点 S 在发送数据帧前，先向目的节点 D 发送全向 RTS 帧。因为此时发送节点并不知道接收节点的方向，所以必须全向发送。假如 D 收到了这个 RTS 帧，则回复一个全向的 CTS 帧。在交互过程中，目的节点 D 在接收 RTS 的时候，从接收到信号最强的那个天线的方向确定了源节点 S 的方向。同样，源节点 S 也通过接收到的全向 CTS 信号确定目的节点的方向。RTS-CTS 交互结束后，两个节点就可以定向发送数据帧。与 IEEE 802.11 DCF 不同的是，没有使用确认帧。

2. DRTS-OCTS

定向天线的大小限制了它在手持设备上的应用，但是对于车载设备却是非常实用的。同时，较高的频率波段减小了定向天线的物理尺寸，传统的 MAC 协议不适合定向天线。文献[31]介绍了一种适用于定向天线的动态时隙分配协议(DMAC)，该协议要求各节点能够确定邻居节点和自身的位置信息，每个节点都使用多个扇区天线，每个天线对应于一个角度，如 90°，这些天线一起使用来覆盖全向的方向。如果节点的物理位置信息不知道时需要通过 GPS 系统来获得，根据这个位置信息，节点选择对应的目的节点方向上的定向天线来发送分组。DMAC 中讨论了两种方案。

DMAC-1：发送端有数据分组发送时，假设附近没有其他节点正在进行数据传输，即发送端所有的天线都没被阻塞。发送端采用定向天线发出定向的 RTS，RTS 中包含发送端的位置信息。接收端接收到 RTS 后，全向回复 CTS。CTS 中包含发送端和接收端的位置信息。发送端接收到 CTS 分组后定向发送数据，如果接收端正确接收到数据，则给发送端定向回复 ACK 分组。如果别的节点在某个方向上侦听到 RTS 或 CTS 分组，则阻塞该方向的定向天线，直到当前通信节点通信结束。

DMAC-2:考虑到 DMAC-1 在某些情况下会增加控制包的冲突,因此 DMAC-2 对发送端的 RTS 的发送(DRTS 和 ORTS)规则进行了修改。即如果发送端所有的定向天线都没被阻塞,则发送一个全向的 RTS;否则,如果发送端期望发送方向的定向天线没被阻塞则在该方向发送一个 DRTS,如果该方向的定向天线被阻塞则延迟等到此天线空闲。

在 DMAC-1 和 DMAC-2 中都存在这样一个问题,即可能由于某节点在某个方向上的定向天线被阻塞,对于别的节点从另外方向发来的 RTS 无法回复一个全向 CTS。为了解决该问题,可以引入 DWTS(directional wait-to-send)分组,使得收到 RTS 分组的节点可以给发送 RTS 分组的节点定向回复一个要求等待发送的分组,从而接收到该分组的节点避免了不必要的退避。文献[31]对 5×5,3×3,6×6 的网格型拓扑在不同的流量场景下进行仿真,仿真结果表明 DMAC 的性能优于 802.11,有的场景下 DMAC-1 的效果好,有的场景下 DMAC-2 的效果更好,但是该协议并没有考虑定向天线带来的耳聋问题、定向隐藏终端等问题。

3. DRTS-DCTS

文献[32]提出了一种循环定向发送 RTS 帧的 MAC 协议,发送节点在每个波束方向循环定向发送 RTS 帧,每个波束方向的覆盖范围不重叠,接收节点选择合适的波束方向来接收,并用这个方向来回送 CTS 帧,然后发送节点全向接收 CTS 并判断出接收 CTS 所用的波束方向,接着进行 DATA 和 ACK 帧的定向传输。此协议中各个帧都定向传输充分利用了定向天线提高传输距离的优势,循环 RTS 的发送在一定程度上减少了隐藏终端及其耳聋问题,发送接收节点也不必要预先知道各自的地理位置信息,但是它并没有完全解决耳聋和冲突问题,只避免了发送节点周围邻居的耳聋问题。一方面,当接收节点没有回复 CTS 时,发送节点周围的邻居节点由于接收到 RTS 帧而设置其 DNAV 值,所以在 DNAV 值设置的方向不能进行任何包的传输,这样就降低了网络的容量;另一方面,在没有邻居的空的扇区发送 RTS 帧是不必要的,随着天线波束数的增加这种影响更加剧烈,所以循环定向 RTS 这种发送策略可能不是一个很有效的方法。

人们在循环定向发送 RTS 帧的基础上,提出对 CTS 帧的发送也采用循环定向方式的协议(CRCM)[33],克服了发送节点和接收节点周围的部分耳聋及其隐藏终端。但是,如果相应的方向没有邻居节点,那么这个方向发送的循环 RTS 就是不必要的会加大数据包的时延。DNAV 的设置也不太合理,如果节点发送数据包失败时,根据 DNAV 的设置值,发送和接收节点周围的节点还要继续等待相应的时间才能竞争接入信道,这样的等待是没有必要的。

DAMA[34]协议的目标是利用新的自适应机制来有效的克服 DMAC 和 CRCM 中的限制。为了利用定向天线的高增益,DAMA 中所有的传输都是定向的;

DAMA 不依赖于优先获得的邻居位置，而是通过节点间通信来获得它的邻居。为了避免耳聋和新的隐藏终端问题，DAMA 协议引入了循环定向传输 RTS 和 CTS，然而，对比 CRCM，DAMA 只在有邻居的波束方向传输 RTS 和 CTS（如图 6-5）。为了完成这样的传输，DAMA 引入了自适应机制来学习和缓存有扇区的邻居信息。网络初始化时，DAMA 像 CRM 一样扫描所有的天线波束方向，然后根据接收到的响应来收集和缓存邻居信息。为了使协议的添加更加简单，DAMA 在 IEEE 802.11 MAC 的基础上进行修改。对 DAMA 协议在不同的拓扑结构下，仿真验证定向天线能够提高信道空分复用率和增加传输距离来减少传输节点对之间的跳数两种情况。结果表明[34]，DAMA 协议性能优于前述的 CRCM 协议。

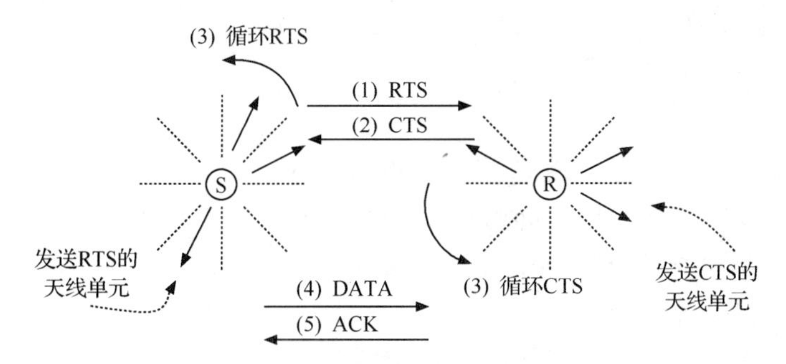

图 6-5 DAMA 中 RTS/CTS/DATA/ACK 交互[34]

然而，已有的定向天线 MAC 协议网络结构中由于使用单个 MAC 缓冲所有的天线波束方向的数据包，可能存在自诱发阻塞现象，即网络层有一个包需要发送时，判定包的下一跳而且把包放在链路层队列中。当 MAC 层处于空闲状态时，标记从链路层队列来的包并把它放入缓冲区进行处理，如果要传输的包的波束方向的 DNAV 值有设置的话，它将会等待媒体变为空闲才进行传输，其他的在链路层队列的包可以在不忙的波束方向进行传输。在这种场景下，这个包等待媒体变为空闲减少了系统整个的吞吐量。于是文献[34]引入一个跨层设计的方法克服了这种问题，提出了增强的 DAMA（EDAMA）协议，网络层能够感知不同的天线波束的 MAC 层的情况，每个天线波束拥有单个的 MAC 层缓冲区，每个缓冲区对应一个链路层的特定队列。此外，EDAMA 对于每个天线波束引入了单独的退避时间来允许同时进行数据的传输。仿真结果表明[34]：对于不同的流量类型和数目的天线波束，EDAMA 的性能总是超过 DAMA 和 CRM，EDAMA 的吞吐量平均超过 DAMA 的吞吐量为 10%，这是由于 EDAMA 引入了跨层设计的方法和多个 MAC 缓冲区，从而克服了自诱发阻塞问题。

文献[35]提出了一种定向到定向的 MAC 协议，所有的发送和接收者都只工作于定向模式，克服了以往混合使用全向与定向模式时存在的增益不对称问题，协议中发送节点需要缓存邻居节点的位置信息来选择对应的扇区进行信息的发送，邻居节点的位置信息如何获取文中并没有说明。

文献[36]提出了针对 802.11 协议的两种使用定向天线的机会增强策略，一种是通过站点的位置信息来使节点更加灵活的传输数据，仿真表明这种策略中更多的传输被允许，网络的吞吐量得到明显提升；另一种是改变 802.11 MAC 数据队列的接入方式，如果传输方向节点队列顶端的数据传输被阻塞，站点检测传输方向节点队列中下一个数据项的传输方向是否干扰正在进行的传输，如果不干扰，站点能很快的传输这个数据而不是队列最顶端的数据。第一种策略需要对物理层和 MAC 层进行综合修改，第二种策略需要正确的判断节点队列中数据包的传输方向，实现都比较复杂。

4. 多跳 RTS

文献[37]中提出采用多跳 RTS 分组的 MMAC 协议，去除了定向 MAC 协议中定向和全向方式发射范围相同的隐含条件，通过使用定向天线的高增益取得更大的传输范围，同时也保持了一定的空分复用。该协议假定发送节点有到目的节点之间的多跳路由来进行 RTS 包的发送，其他 CTS、DATA、ACK 包则通过一跳路由在发送节点与目的节点之间进行定向传输。

以图 6-6 为例说明协议的大致流程：假定 A 要向 T 发送数据，首先节点 A 向节点 F 的方向发送“定向 RTS”。然后 A 沿着定向-全向路径 A-B-C-F 发送多跳 RTS，这个 RTS 称为“转发 RTS”。它被转发的时候有最高的优先级，不需要进行退避。一旦某个中间节点需要转发方向的网络分配矢量没有耗尽，就丢弃这个 RTS 帧，并且这种 RTS 不需要应答。同时，A 的接收方向需要指向 F，准备接收来自节点 F 的定向 CTS。一旦节点 F 接收到转发 RTS 帧，需要进行物理载波侦听，等待 SIFS 时间，然后向节点 A 定向发送 CTS。因为节点 A 的定向接收方向指向 F，所以节点 A 接收到 CTS 后，定向发送数据帧到节点 F。F 收到数据后，向 A 定向发送 ACK 帧。同样，F 到 T 的数据传输和上述的过程一致。

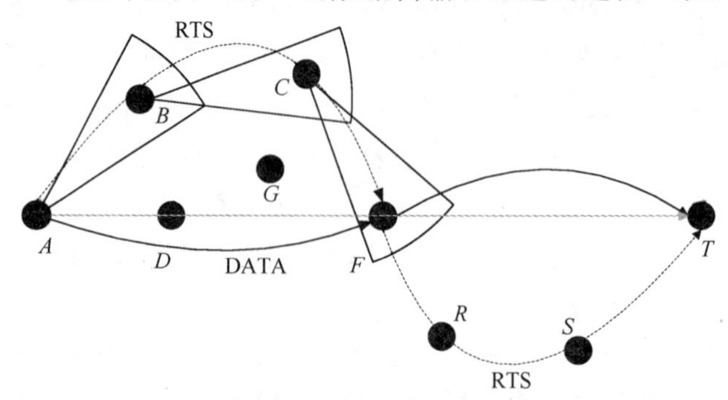

图 6-6 从节点 A 到节点 F 转发的多跳 RTS 协议场景

MMAC 协议通过建立节点间的定向发送和定向接收链路,从而大大减少了源节点至目的节点间的跳数。仿真结果[37]表明 MMAC 协议的性能优于 IEEE 802.11,但是 MMAC 协议依赖于特定的网络拓扑结构以及网络系统中的流量类型。

5. MDMAC

基本的定向 MAC 协议由于全向和定向模式的切换以及定向模式传输而引起隐藏终端和耳聋问题。增益不对称性引起隐藏终端,而没有听到 RTS/CTS 则引起隐藏终端、耳聋问题,信道也没有被充分利用。而且基本的定向 MAC 协议要求全向模式侦听然后切换到定向模式进行通信。文献[38]提出的基于 bootlace 透镜的定向 MAC 协议(MDMAC),该协议只工作在定向模式。信道的侦听通过一套基于 bootlace 的波束形成网络、每个覆盖角度为 120°的三个定向天线来完成。仿真结果[38]显示基于 bootlace 透镜的定向 MAC 协议在吞吐量方面的性能优于基本的 DMAC 协议和 IEEE 802.11 协议。该协议不仅避免了隐藏终端问题的存在,而且在很大程度上消除了耳聋问题。

6. 基于 TDMA 的 2P 协议

Raman 和 Chebrolu 提出了一种适用于远距离 802.11Mesh 网络的 MAC 协议[39]。网络中每个节点配置多个通过以太网链路相互连接的无线收发器,每个收发器对应一条无线链路,需要通信的两个节点的定向天线预先对准,组成网络中的无线链路。系统在工作时,每个节点同时在所有链路上发送或者同时在所有链路上进行接收,只有同步发和同步收两个状态,相邻的节点交替切换,工作在不同的状态。因此,协议简称为 2P(2-Phase)协议。分组的发送和接收不采用 RTS/CTS 机制,直接发送数据分组,应答 ACK 跟在对端的数据分组之后回复。其后 Raman 还对使用多信道情况下 2P 协议的信道分配问题进行了研究[40],利用图论中的着色算法,讨论了几种信道分配方案。

7. DMesh 协议

无线 Mesh 网络被认为是解决最后一公里宽带接入的有效方法,其中影响无线 Mesh 网络可用性的三个主要因素包括高的吞吐量、成本效益和易于部署。Das 等提出一种新的网络构架 DMesh(directional mesh)以改进无线 Mesh 网络的性能[41],在 Mesh 网络中使用多天线和多信道,实现空间分离和频率分离,在保证成本效益和易于部署的前提下,获得更高的吞吐量。DMesh 中的节点采用多天线,在每个 Mesh 路由器原有的全向天线基础上再增加 K 个定向天线,用全向接口提供健壮的连接以及作为一个控制接口发送接收一些控制信息,定向接口负责无线链路的连接。在路由层扩展了 OLSR 协议,称为 DOLSR(directional OLSR)。在 MAC 层仍然采用 802.11 协议。文献[41]的重点在于分布式信道管理的讨论,通过设计分布式算法获得启发式信道分配方案。DMesh 利用 DOLSR 协议,以网关为根节点构造高吞吐量的路由树。起初所有的接口都配置在一个默认信道上,双亲节点根据一个定向信道分配方案来选择一个新的信道并发送一个 ASSIGN 消息给子节点,然后双亲节点和子节点利用 iwconfig 命令设置各自的定向接口到所选择的信道上,即只对一跳链路的信道进行选择,由双亲节点决定所使用的信道。信道分配每 300 秒重新计算一次。DMesh 分析了使用全向还是定向天线,是否采用信道分配技术四种情况。在使用定向天线和多信道技术的情况下,提出了 C-DCA(conservative DCA)、A-DCA(aggressive DCA)和 M-DCA(measurement-based DCA)信道分配方案。仿真结果[41]表明,对比多收发器多信道的全向天线网络,DMesh 的吞吐量提高到 231%,数据包的时延也大大减小 。

6.3.3 定向 MAC 协议性能对比

由于紫外光非直视通信覆盖范围的方向性特点,这里重点对目前的基于定向天线的 MAC 协议进行了对比,对基于 bootlace 的波束形成网络的定向 MAC 协议等一些需要复杂硬件支持的定向 MAC 协议暂时不考虑。表 6-4 为定向 MAC 协议性能对比[42]。其中的 d 和 o 分别代表定向和全向传输。

表 6-4 各种定向 MAC 协议对比

MAC 协议	RTS		CTS		DATA		ACK		隐藏/暴露终端	耳聋	邻居位置信息
	TX	RX	TX	RX	TX	RX	TX	RX			
Nasipuri[30]	o	o	o	o	d	d	—	—	未提	未提	不需要
DMAC-1[31]	d	o	o	o	d	o	d	o	未提	未提	需要
DMAC-2[31]	o/d	o	o	o	d	o	d	o	未提	未提	需要
MMAC[37]	d	o	d	d	d	d	d	d	未提	没解决	多跳 RTS 路由
circular-DMAC[32,33]	d	d	d	d	d	d	d	d	部分解决	部分解决	位置表
DAMA[34]	d	d	d	d	d	d	d	d	部分解决	部分解决	没解决
DVCS[43]	d	d	d	d	d	d	d	d	未提	未提	AOA 缓存
Lal et al. [44]	d	d	d	d	d	d	d	d	未提	未提	需要
DBTMA/DA[45]	o	d	d	d	d	d	d	d	部分解决	未提	需要

许多早期的定向 MAC 协议使用波束切换天线来代替自适应阵列天线,因为自适应阵列天线的波束形成算法的复杂性,目前许多的研究者把自适应阵列天线用于无线 Ad Hoc 网络中来提高网络性能。然而,许多文献中提出的天线模型对

实际应用来讲太理想,文献[46]的研究成果表明实际的天线模型对比理想的天线模型,将会降低 36%的网络吞吐量。定向天线的旁瓣和侧瓣的影响也会降低网络性能,也应该引起足够的重视。文献[47]研究了位置依赖的载波侦听问题和天线侧瓣带来的干扰,为无线多跳网络提出了一种基于预约的定向 MAC 协议——RDMAC,此协议执行时分为预约期与传输期。预约期由探测期和光束指示期构成,以此机制来减少邻居节点之间的干扰和增加网络吞吐量。理论分析和仿真[47]都表明 RDMAC 协议能获得更高的吞吐量和更低的延迟。此协议的接入流程为 ORTS-OCTS- DRTS-DCTS-DDATA-DACK,可见此协议引入了额外的控制帧的交互开销,会浪费一定的带宽。

在使用定向天线进行定向发送定向接收过程中,由于波束的方向性,使天线波束同时对准是个问题。表 6-4 主要分析了目前的一些定向 MAC 协议的性能。由于现有的文献中使用的定向天线都比较理想化,文献[48]采用混合的定向天线模型,考虑定向天线旁瓣和侧瓣的影响,理论分析了使用定向天线和多信道技术的随机网络的网络容量上限,得出网络容量上限与旁瓣半径和主瓣半径的比值有关系,比值增加时网络容量减小。因此,在网络仿真中,有必要使用混合的定向天线模型来分析网络性能,使仿真结果更加准确。

6.3.4 定向 MAC 协议带来的问题

1. 定向隐藏终端

隐藏终端的存在主要是由于节点全向模式时不可能侦听到切换到定向模式时存在的干扰问题,节点的通信距离受到天线全向和定向增益的影响。使用定向天线的网络中存在三种邻居节点(全向-全向邻居、全向-定向邻居、定向-定向邻居)。这三种邻居之间的通信距离依次增大。节点在全向和定向之间进行切换的同时通信距离也发生变化,这样就产生了定向隐藏终端。

1) 增益不对称引起的隐藏终端问题

一个邻居节点在空闲状态下处于全向侦听的状态,因而可能无法收到定向-定向邻居定向发出的 RTS 或 CTS 分组,因此不会进行退避。在发送节点给接收节点定向发送接收数据的过程中,该节点如果往接收节点的方向定向发送分组,就有可能干扰到数据的正常接收。此时该节点可以认为是一个隐藏终端,这个现象称为增益不对称引起的隐藏终端问题。如图 6-7 所示,节点 B 空闲时处于全向接收的状态,此时即使节点 C 往节点 B 方向定向发送分组,节点 B 也无法侦听到。而节点 C 空闲时也处于全向状态,当 A 和 B 节点相互通信时,节点 B 的定向 CTS 也无法被节点 C 侦听到,在节点 A 给节点 B 发送数据的过程中,如果节点 C 往节点 B 的方向发送信号就会干扰到节点 B 的数据接收。

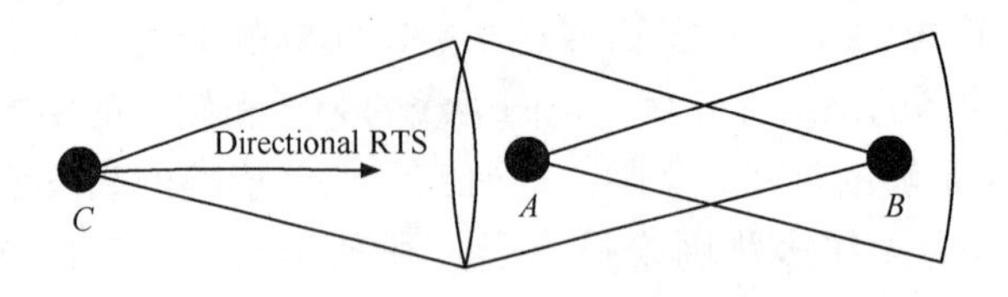

图 6-7 增益不对称引起的隐藏终端

这个问题是由于定向天线的高增益，使得定向-定向邻居和定向-全向邻居的传输距离不同引起的。在 CRCM 中提出在各个方向上环绕发送定向的 RTS/CTS，在通信前通知周围的邻居节点设置 DNAV 进行退避来解决这个问题。现有的一般做法都是在定向发送时降低天线的发送功率，使之与全向的通信范围保持一致。

2) "耳聋"RTS/CTS 导致的隐藏终端问题

考虑图 6-8 所示场景，由于采用了定向天线，使得 A、B 和 C、D 两对节点的通信可以同时进行。假设 A、B 之间的通信先于 C、D 结束，节点 B 在之前并没有收到 RTS/CTS 通知，也就不会在节点 C 或节点 D 的方向上进行退避，如果节点 B 此时往节点 C(或节点 D)方向发送分组就干扰了节点 C、D 之间的通信。这是由于当前通信的两个节点周围的邻居节点没有收到 RTS/CTS 引起的。在全向天线的 MAC 协议中，两对靠得很近的节点对是不太可能同时进行通信的，而在定向天线中就有很大可能发生，从而导致这种情况。

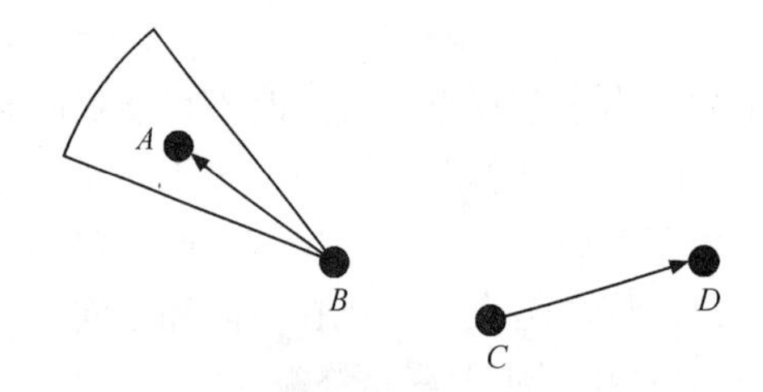

图 6-8 没有收到 RTS/CTS 导致的隐藏终端问题

2. 耳聋节点

"耳聋"问题是使用定向天线的 MAC 协议中最常见的问题，一个使用定向天线的节点除了其对准的方向，对于其他所有的方向都是无法接收的。

如图 6-9 所示，当节点 A、B 使用定向天线定向发送分组进行通信时，节点 A(无论处于发射状态还是接收状态)将无法听到节点 C 发送的 RTS 的，这种现象就称为"耳聋"问题。节点 C 给节点 A 发送 RTS 超时后，增加退避窗口再重发 RTS，导致了不公平性，使得 C 与其他节点竞争接入 A 时处于劣势，最后节点 C 在经过多次重发 RTS 后，很可能认为 A 节点不可达导致进行路由更新，引起路由振荡。在节点 C 发送 RTS 的时候，附近节点 D 很可能由于听到节点 C 的 RTS 而进行无谓的退避。另外也有可能出现各个节点都处于“耳聋”状态而导致死锁，如图 6-10 所示。

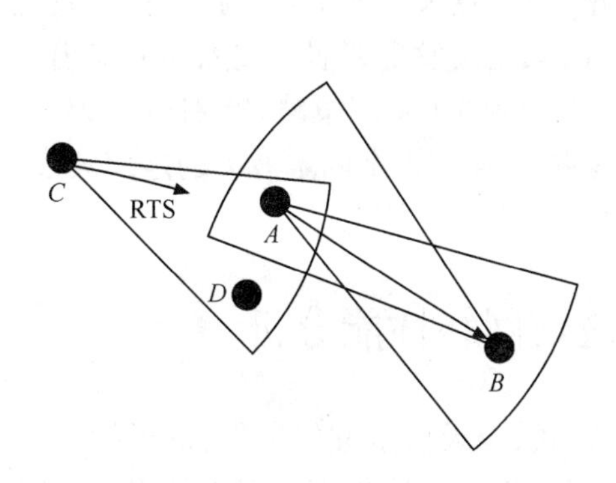

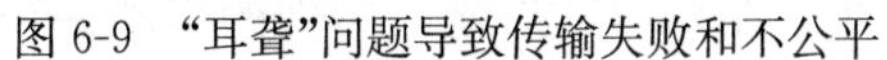
图 6-9　“耳聋”问题导致传输失败和不公平

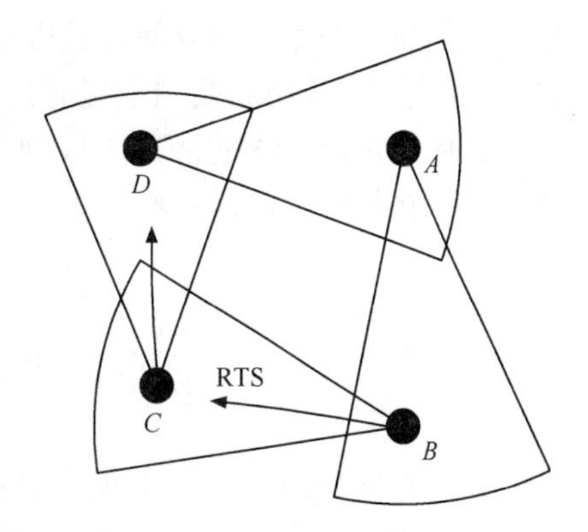

图 6-10　“耳聋”问题导致的死锁

“耳聋”问题主要是由于 RTS/CTS 分组采用了定向发送之后，无法在通信之前通知其他节点退避或者设置 DNAV。“耳聋”问题不仅仅会降低 MAC 协议的性能，而且会影响上层协议。当发送者发送了 RTS 而在预定的时间内没有收到 CTS，它会认为产生了冲突，而扩大其竞争窗口重新参与退避和竞争信道。竞争窗口扩大后竞争信道的能力减弱，浪费了大量的网络带宽资源，同时造成了严重的网络不公平。

3. 邻居位置信息的确定

在全向天线的 MAC 协议中，节点不需要进行定位，因为节点的通信覆盖范围为圆形区域，只要在这个圆形区域内的邻居节点就能收到节点发出的信息。使用定向天线的 MAC 协议中，发送节点和接收节点要进行严格的对准，即发送节点的定向天线主瓣方向和接收节点的定向天线主瓣方向要进行对准，否则，即使接收端的定向天线对准发送端也无法收到分组信息。当然，定向天线的旁瓣也可以进行信息的传输。这就要求发送接收端要知道对方的位置信息。

针对邻居位置信息的确定提出了许多方法，一种是采用 GPS 定位系统预先确定网络各节点的位置，同时节点在空闲时候处于全向状态，这样就不会错过任何方向来的信息，如 DMAC 协议。但采用 GPS 可能造价比较昂贵，而且使通信只能在定向-全向邻居和全向-全向邻居之间进行，定向-定向邻居之间无法直接通信，还会存在定向隐藏终端问题。第二种办法是利用智能天线的波达方向(direction of arrival，DOA)估计出信号增益最大的方向，这样只要收到来自邻居的分组，就可以确定邻居节点的方位。这种做法吸取了全向天线的优势，发起通信之前并不需知道目的节点的位置,接收端无论在哪个方向上总能收到分组信息,但代价是时延较大。

在使用定向天线的网络中,网络初始化时期的主要问题是节点不知道如何进行天线的切换策略。如果使用随机发现策略,即节点天线随机指向按照概率发现邻居,那么这种策略会受到干扰而且可能几次都无法发现邻居。文献[49]提出了一种在使用定向天线的静态无线网络中确定性的邻居发现策略,特别适合 Mesh 骨干网。在长距离通信的典型军事 Mesh 网络中,使用六个固定波束的定向天线,可以高效地进行定向发送和定向接收,获得较高的网络容量。

6.4 紫外光非直视通信网络性能分析

紫外光通信由于可以实现非直视通信方式、全天候全方位工作、抗干扰能力强这些优点,以及体积小、成本低、重量轻、可靠性高的紫外光电器件的出现使得紫外光通信逐渐成为当前无线光网络的一个研究热点。目前的文献对紫外光通信大气信道传输模型、调制和编解码、不同条件下的通信效果、影响紫外光通信性能的各种因素进行了理论和实验研究,大部分实验研究建立在点对点通信的基础上,对利用紫外光非直视通信方式进行组网的网络性能的研究还比较少。本章在 NS2[50,51]网络仿真软件下,建立了紫外光非直视通信模型,并利用此模型对紫外光非直视通信的三种方式的网络性能在不同的网络拓扑下进行了仿真研究。

6.4.1 紫外光非直视通信网络性能理论分析

通过对紫外光非直视通信覆盖范围的分析,我们发现三种通信方式的覆盖范围与采用定向天线的网络中全向发送全向接收、定向发送全向接收、定向发送定向接收的情况类似。于是,采用文献[52]中的方法来分析三种通信方式的网络性能。

这里使用如图 6-11 所示的基于发送端的干扰模型,其中干扰区域被定义为发送者能覆盖的区域。也就是说,发送将会干扰除接收者之外的所有节点。为了简化,对于每个节点使用相同的传输距离。使用一个以节点所处位置为圆心,以发送和接收信号的有效距离为半径的圆来表示紫外 NLOS(a)——全向发送和全向接收。以节点所处位置为圆心,以发送和接收信号的有效距离为半径的扇形来表示紫外非直视通信的定向发送和定向接收模式。其中,节点处于定向发送时扇形的圆心角为 α,节点处于定向接收时扇形的圆心角为 β,为了分析紫外光非直视通信三种方式对信道空分复用率的提高,因此这样的假设是合理的。

假设节点 Tx_1,Tx_2在进行数据传输时的有效传输距离分别为 r_1 和 r_2,那么为

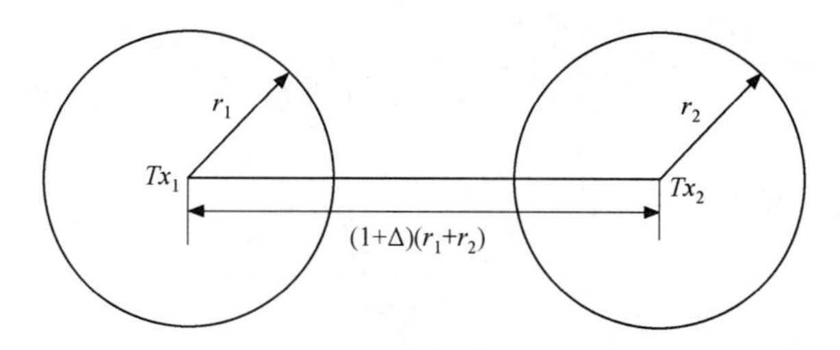

图 6-11 基于发送端的干扰模型

了避免干扰，它们之间的距离至少应该为 $(1+\Delta)(r_1+r_2)$，即

$$|Tx_1 - Tx_2| \geqslant (1+\Delta)(r_1+r_2) \tag{6.3}$$

其中，$\Delta > 0$ 是协议中为了避免邻居节点在同一信道同时传输的保守条件，保证满足这一条件传输时不会发生信号冲突。为了简化，这里设置每个节点都具有相同的传输距离。

在一个处于平面的单位圆面积大小的网络中分析紫外光非直视通信三种方式的传输容量上限，在分析中做如下假设[52]：①网络中有 n 个节点，它们位置固定且人为决定(不是随机分布的)；②在 T 秒时间内，网络总共传输了 λnT 比特的数据；③这 T 秒内所有源节点到目的节点传输的平均距离为 $\bar{L}$ 米，根据②，这个网络达到的传输容量为 $\lambda n\bar{L}$ 比特米/秒；④每个节点每秒能传输 W 比特数据。

下面根据文献[52]证明使用紫外非直视通信三种方式的传输容量上限。

1. NLOS(a)类——全向发送全向接收

考虑比特 $b(1 \leqslant b \leqslant \lambda nT)$，假定它从源节点经过 $h(b)$ 跳的传输到达目的节点，第 h 跳的传输距离为 r_b^h，根据③则有

$$\sum_{b=1}^{\lambda nT}\sum_{h=1}^{h(b)} r_b^h \geqslant \lambda nT\bar{L} \tag{6.4}$$

任何一个时刻最多有 $n/2$ 个节点在传输数据，于是有

$$H \approx \sum_{b=1}^{\lambda nT} h(b) \leqslant \frac{WTn}{2} \tag{6.5}$$

由式(6.3)有

$$\sum_{b=1}^{\lambda nT}\sum_{h=1}^{h(b)} \pi(1+\Delta)^2 (r_b^h)^2 \leqslant WT \tag{6.6}$$

即

$$\sum_{b=1}^{\lambda nT}\sum_{h=1}^{h(b)} \frac{1}{H}(r_b^h)^2 \leqslant \frac{WT}{\pi(1+\Delta)^2 H} \tag{6.7}$$

注意到二次函数是凸的，因此有

$$\left(\sum_{b=1}^{\lambda nT}\sum_{h=1}^{h(b)} \frac{1}{H} r_b^h\right)^2 \leqslant \sum_{b=1}^{\lambda nT}\sum_{h=1}^{h(b)} \frac{1}{H}(r_b^h)^2 \tag{6.8}$$

由式(6.7)和式(6.8)得

$$\sum_{b=1}^{\lambda nT}\sum_{h=1}^{h(b)} r_b^h \leqslant \sqrt{\frac{WTH}{\pi(1+\Delta)^2}} \tag{6.9}$$

再将式(6.4)代入式(6.9)得

$$\lambda nT\overline{L} \leqslant \sqrt{\frac{WTH}{\pi(1+\Delta)^2}} \tag{6.10}$$

最后将式(6.5)代入式(6.10)得不等式(6.11)，右边即为紫外 NLOS(a)全向发送全向接收的传输容量上限[52]，即

$$\lambda n\overline{L} \leqslant \frac{1}{\sqrt{2\pi}}\frac{1}{(1+\Delta)}W\sqrt{n} \tag{6.11}$$

2. NLOS(b)类——定向发送全向接收

此时基于发送端的干扰模型如图 6-12 所示，干扰区域变为以 α 为角度的扇形，干扰面积变为 $\frac{\alpha}{2\pi}\pi(1+\Delta)^2 r^2$。

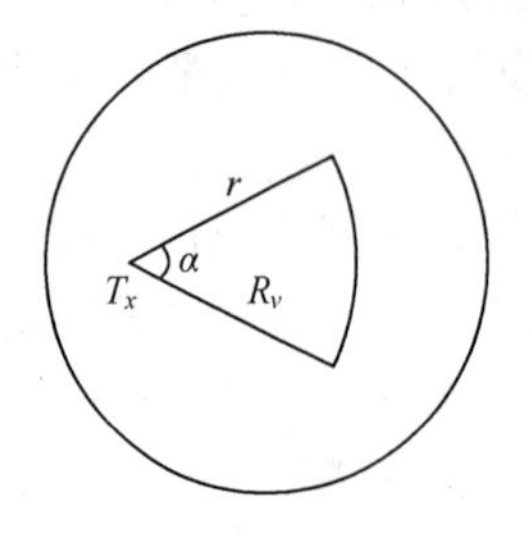

图 6-12 定向发送时基于发送端的干扰模型

通过类似的推导过程可得紫外 NLOS(b)定向发送全向接收的传输容量[52]，即

$$\lambda n\overline{L} \leqslant \frac{1}{\sqrt{\alpha}}\frac{1}{(1+\Delta)}W\sqrt{n} \tag{6.12}$$

3. NLOS(c)类——定向发送定向接收

此时的干扰模型如图 6-13 所示。

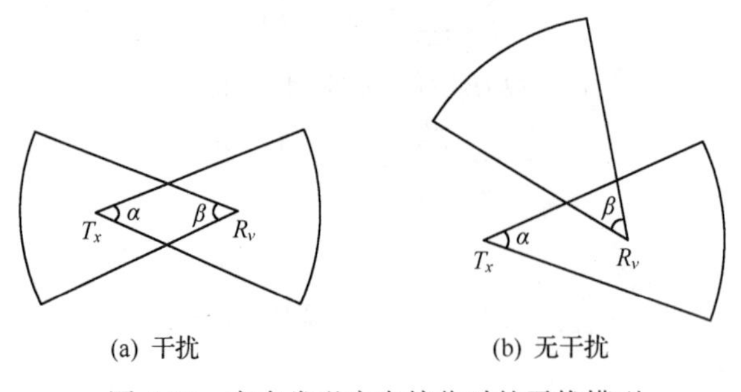

图 6-13 定向发送定向接收时的干扰模型

此时发送和接收数据都是定向的。假设所有的接收端具有相同的定向覆盖范围而且此覆盖范围朝每个方向的概率是固定的，接收端覆盖发送端的概率为 $\beta/2\pi$，因此接收端产生干扰的条件概率为 $\beta/2\pi$，也就是说在传输范围内有 $\beta/2\pi$ 比例的接收端会受到干扰。因此，条件干扰区域的面积为

$$\frac{\beta}{2\pi}\left[\pi(1+\Delta)^2(r_b^h)^2\ \frac{\alpha}{2\pi}\right]=\frac{\alpha\beta(1+\Delta)^2(r_b^h)^2}{4\pi}$$

通过由式(6.6)～式(6.11)的推导过程可得紫外 NLOS(c)定向发送定向接收传输容量为[52]

$$\lambda n\bar{L}\leqslant\sqrt{\frac{2\pi}{\alpha\beta}}\frac{1}{(1+\Delta)}W\sqrt{n} \tag{6.13}$$

比较式(6.11)～式(6.13)可以看出，当采用紫外光 NLOS(b)类通信方式时，传输容量可获得 $\sqrt{2\pi/\alpha}$ 的增益；当采用紫外 NLOS(c)类通信方式时，传输容量可获得 $2\pi/\sqrt{\alpha\beta}$ 的增益。注意到 $\bar{L}$ 为在单位面积区域内源节点到目的节点传输的平均距离，它可以被看做一个常数，因此吞吐量和传输容量成正比，吞吐量也会获得相应增益。

6.4.2 紫外光非直视通信模型

本节根据紫外非直视通信的特点，构建了紫外光非直视通信模型，包括紫外多收发器节点模型、支持紫外非直视通信的定向静态路由协议 UV-DSR(UV directional static route)以及紫外光非直视通信的传输模型。

1. 紫外光非直视通信中节点模型的分析

根据前面对紫外光非直视通信覆盖范围的分析，可以知道紫外 NLOS(a)通信方式全向发送全向接收，节点的发送与接收装置都朝天即可，实现通信组网比较简单。对于紫外 NLOS(b)类通信方式节点定向发送、全向接收和紫外 NLOS(c)类通信方式节点定向发送、定向接收，实现通信组网需要充分考虑方向性，因为紫外 NLOS(b) 和 NLOS(c)类通信方式的覆盖范围不是一个圆形区域。当采用这两种通信方式时，网络初始化后节点的各个收发仰角、发散角、视场角都固定。节点之间距离增加时，点对点的紫外光通信不能完成数据的传输，需要中间节点进行转发。考虑到紫外光非直视通信中方向性转发通信，节点转发通过微机电系统带动单个紫外光源在 360°方向转动或者通过紫外多收发器节点结构来实现，这里采用后者来实现转发。每个紫外节点拥有一个或者多个接口，每个接口拥有一套紫外收发器，每套紫外收发器通信时分别具有一定的方向性覆盖范围。下面以图 6-14 为例进行说明。

图 6-14 中为紫外多收发器节点通信示意图，节点 A 拥有两个紫外接口，分别用于和节点 B、E 进行通信。节点 B 有三个紫外接口，分别用于和节点 C、D、A 进行通信，网络拓扑确定时，网络中每个节点需要的接口数目就固定。节点 A 和 B 进行通信时选择相应的紫外接口的紫外收发器进行通信。同理，网络中的其他节点对之间的通信类似。这样的节点转发模型就充分体现了紫外光非直视通信中定

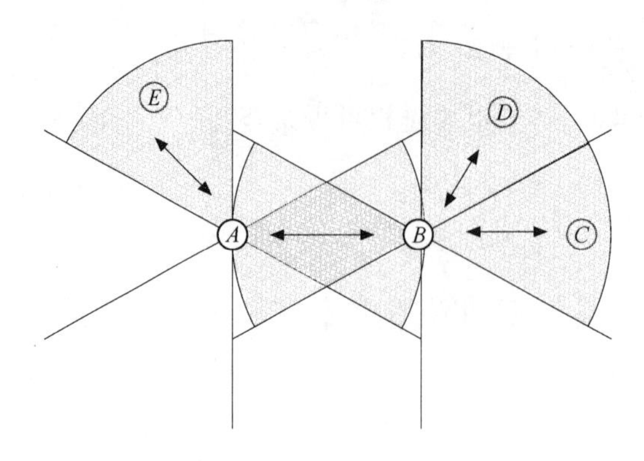

图 6-14　紫外多收发器节点通信示意图

向通信的特点。当采用紫外 NLOS(b) 通信方式时,使其发送增益具有方向性,接收增益为 1(即全向);采用 NLOS(c)类通信方式时,其发送增益和接收增益都具有方向性。接收增益的实现代码如下:

```
double DirAntenna::getRxGain(double x, double y, double z, double lambda) {
    double angle;
    double dist_ = sqrt(x * x + y * y + z * z);
    double gain;
    if(dist_ = = 0.0)
    {
        return 1.0;
    }
    angle = atan2(y,x);
    angle = angle * 180/M_PI;
    if(angle < 0) angle + = 360;
      gain = (gainVals[((int)angle) % 360]);
      return gain;
}
```

2. 紫外多收发器节点模型

为了支持紫外多收发器节点结构在 NS2 下的仿真,在多接口模型[53]的基础上,这里提出了一种新的紫外多收发器节点模型。与文献[53]不同的是,文献[54]的模型不是通过一个接口对应一个信道来提高网络性能,而是多个接口工作在单一的信道,节点的每个接口的覆盖范围不同以此来提高信道的空分复用能力。其中图 6-15 是 NS2 原有的节点模型[55],图 6-16 是紫外多收发器节点模型[54]。通过对比可以发现,紫外多收发器节点模型的本质是对路由代理以下的除信道模型和 ARP 之外的组件进行复制,包括 LLC、IFQ、MAC、NetIF,每个接口配置一套紫外收发器。对于传输到信道的数据包,信道根据数据包物理地址的不同送给不同的接口进行接收。对于传输数据包所使用接口的号码,我们对链路层文件进行了修改,链路层连接的 ARP 模块能够解析出数据包使用的接口号,然后数据包根据接口号被传入相应的队列中,再到相应的 MAC 层,最后就通过相应的网络接口传给信道,信道接收后选择合适的接口往上传数据包。为了支持紫外 NLOS(b)和 NLOS(c)定向通信的网络仿真研究,添加了紫外定向静态路由协议 UV-DSR,指定节点通信时使用的接口号,可以根据需要为节点配置不同的接口数目。

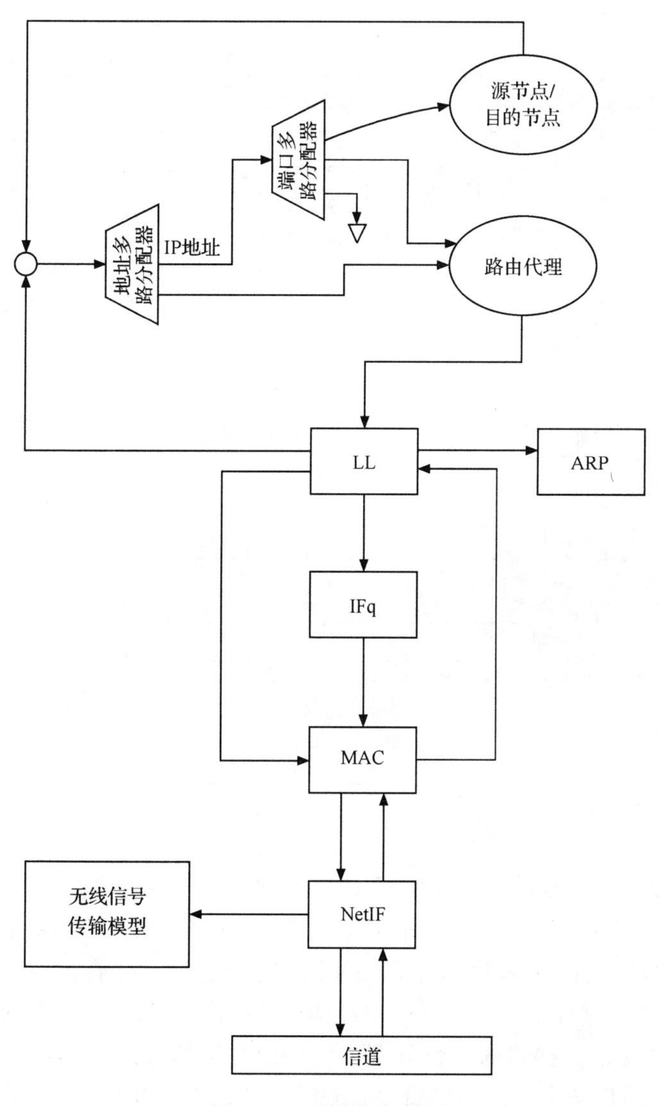

图 6-15 无线节点模型

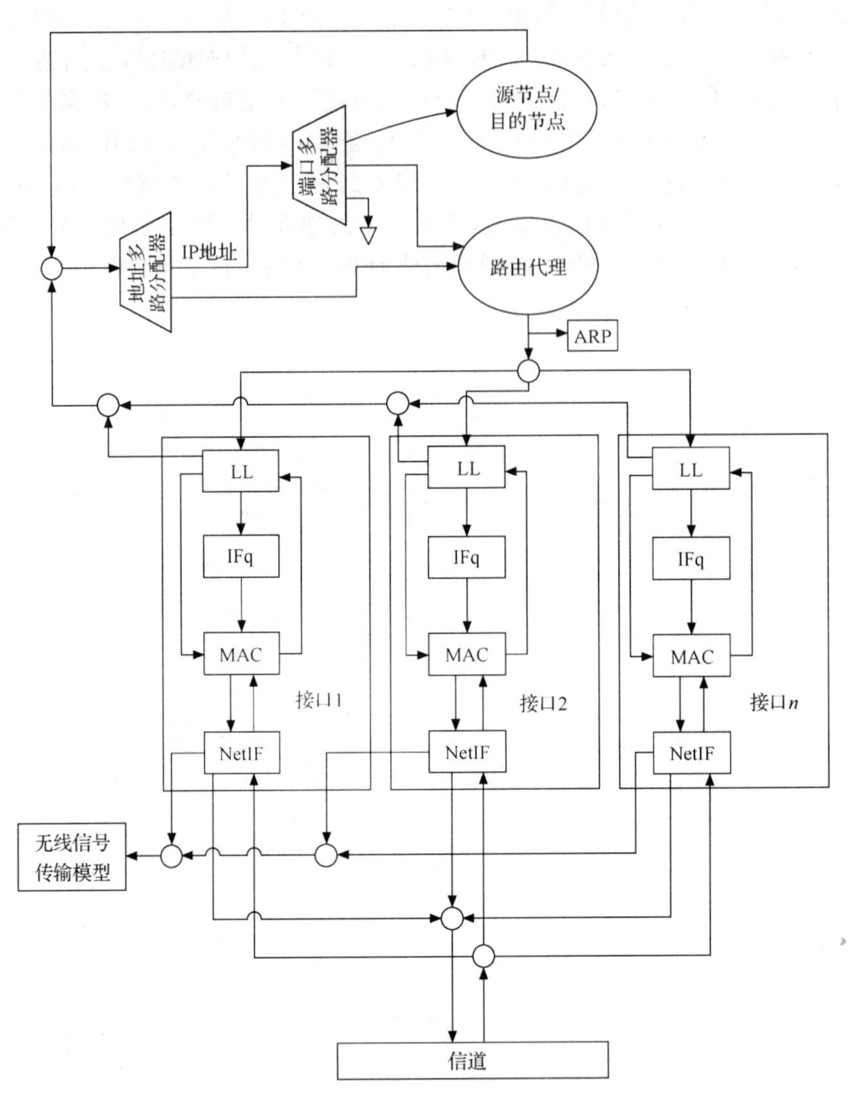

图 6-16　紫外多收发器节点模型

紫外多收发器节点模型实现如下:①在 ns-lib. tcl 中,首先需要添加节点接口个数的 Simulator 过程——numif 来定义节点的接口个数 numifs,然后在节点配置 node-config 的过程中加入接口个数 numifs 这个变量。②在 ns-mobilenode. tcl 中,添加网络接口过程 add-interface 只被调用了一次,所以要在这个过程中加入一个 for 循环,根据节点接口的个数分别创建相应个数的链路层、队列、MAC 层、网络接口、天线,最后把多个网络接口关联到同一信道上。③NS2 中 ARP 地址解析协议模块负责解析出分组的下一跳目标节点的物理地址,该分组就放入接口队列中。由于 ARP 依赖于节点的地址，对于有多个接口的节点不再适用。在链路层 ll. cc 文件中添加了 add-arp-entry 命令使得我们可以方便地在脚本中手动设置 ARP 表，相应的 arp. cc，arp. h 文件也进行修改，分别添加 arpadd 函数的声明及实现。在添加的 ARP 表中指定节点的下一跳物理地址，不同 MAC 对应不同的网络接口、不同的紫外光源。

3. 定向静态路由协议

UV-DSR 协议的添加主要在原有的 AODV 路由协议的基础上，通过更改路由表结构添加接口号变量，这样路由表就记录包到达下一跳节点时，下一跳节点选用哪个接口进行接收。路由表条目的结构包括源节点、跳数、下一跳节点、目的节点、接口号。通过添加 command 命令使得我们在脚本中很容易的添加静态定向路由表。具体的实现如下：①由于新的路由协议的路由表在 TCL 脚本里面进行编写，所以需要在路由协议 wlstatic. cc 文件的 command 函数中添加 addstaticroute，进行路由表的添加及其更新。② 在 wlstatic_rtable. h 文件中，wlstatic_rt_entry 类添加接口号变量，在路由表的更新 rt_update 函数中也添加接口号，这样路由表就记录包到达下一跳节点时，下一跳节点选用哪个接口进行接收，信道接收后就把它送到相应的网络接口继续往上传。③wlstatic. cc 文件的各处添加对多接口的支持，比如在转发函数中，要根据路由表中查找到的路由所用的接口号把包传到相应的链路层。④在 ns-lib. tcl 中需定义新路由代理模块 create-wlstatic-agent 的过程，此外还需要在创建无线节点 create-wireless-node 的过程中添加对新路由协议的支持。⑤在 ns-mobilenode. tcl 中，add-target 和 add-target-rtagent 仿照 AODV 协议添加对 wlstatic 协议的支持。⑥添加一个新的路由协议还需要修改文件 Common/packet. h、Trace/cmu-trace. h、Trace/cmu-trace. cc、Makefile。

4. 紫外非直视通信传输模型

根据紫外光非直视通信链路的接收光功率的计算公式(6. 2)，仿照 NS2 软件中的 Two-Rayground 模型添加紫外非直视通信传输模型 UV-NLOS。由于节点增加了各种角度的属性，因此还要对 mobilenode. h 和 mobilenode. cc 等一些相关文件进行修改。

6. 4. 3　仿真与分析

为了验证紫外多收发器节点模型的有效性，这里对紫外光非直视通信三种通信方式在不同的拓扑结构下进行了仿真研究。根据 6. 4. 2 节的内容对 NS2 软件中相应模块进行修改，构建了紫外光非直视通信模型。然后编译，编写测试脚本，使用 gdb 和 tcl-debug 工具分别对 cc、h 和 tcl 格式的文件进行调试。调试成功后，得出运行结果，分别使用 awk 语言和 gnuplot 对结果进行分析和绘图。

1. 仿真参数配置

传输模型采用 UV-NLOS，路由协议采用 UV-DSR，MAC 层采用 IEEE 802.11 DCF，对于紫外 NLOS(b)和 NLOS(c)定向通信的覆盖范围简化为扇形，角度设置为 45°，节点间的通信距离为 200m。对于三种紫外光非直视通信收发仰角的设置分别为 NLOS(a)(90°, 90°)，NLOS(b)(90°, 30°)，NLOS(c)(20°, 60°)。我们对紫外光非直视通信的三种通信方式的网络性能分别在十字型拓扑、平行拓扑、链状拓扑和格形拓扑结构下进行了仿真研究。

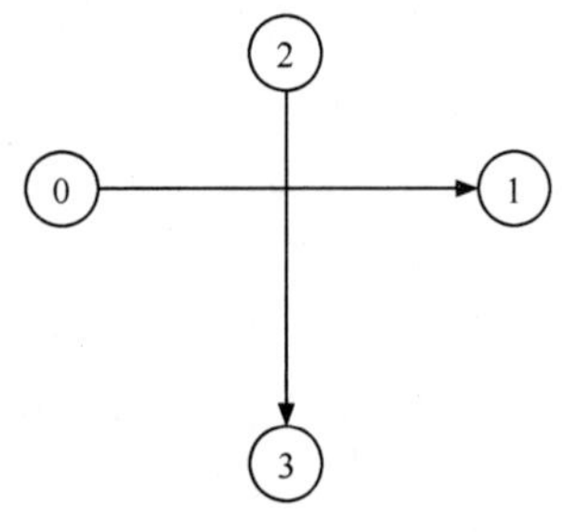

图 6-17　十字形拓扑

2. 仿真结果与分析

1）十字形拓扑

拓扑结构如图 6-17 所示，节点 0 和节点 1、节点 2 和节点 3 之间进行数据传输。图 6-18 是此网络拓扑在不同的固定比特流发送速率(CBR)时获得的网络吞吐量(仿真脚本和吞吐量分析程序分别见附录 D-1 和 D-2)。

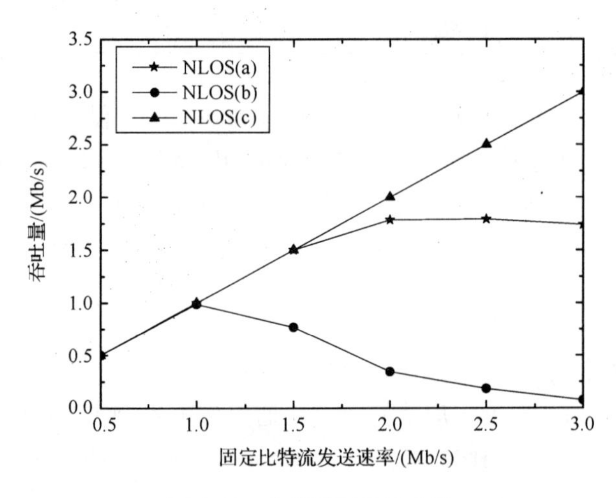

图 6-18　十字形拓扑吞吐量

从图 6-18 可以看出紫外 NLOS(c)的吞吐量最大，NLOS(a)次之，而 NLOS(b)的吞吐量最小。这是因为采用紫外 NLOS(c)定向发送定向接收，两个节点对之间可以同时进行数据发送。采用 NLOS(a)时只能有其中的一对节点进行通信，采用 NLOS(b)时，由于定向发送全向接收，节点 2 给节点 3 发送 RTS 帧时，节点 0 听不到节点 2 的发送，就会认为信道空闲。于是向节点 1 发送 RTS 帧，导致节点 3

回复给节点 2 的 CTS 帧与节点 0 发送的 RTS 帧在节点 2 处发生接收冲突，节点 0 成为节点 2 的定向隐藏终端，定向隐藏终端的存在降低了网络性能，使得此类通信方式在此种拓扑下的吞吐量最差。

2) 平行拓扑

拓扑结构如图 6-19 所示，节点 0 和节点 1、节点 2 和节点 3 之间进行数据传输。图 6-20是此网络拓扑在不同的固定比特流发送速率(CBR)时获得的网络吞吐量。从图 6-20 可以看出，紫外 NLOS(c)和 NLOS(b)的吞吐量相同，都大于 NLOS(a)通信方式。这是因为采用紫外 NLOS(c)和 NLOS(b)通信方式时，两对节点可以同时进行通信，极大地提高了信道的空分复用率。采用 NLOS(a)通信方式时，由于节点全向发送全向接收，节点 0 和 1 通信时，节点 2 会听到节点 0 的发送而判断信道忙，等待节点 0 和节点 1 之间通信结束才竞争信道向节点 3 发送数据。

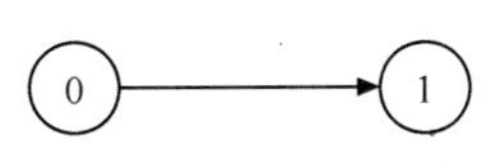

图 6-19 平行拓扑

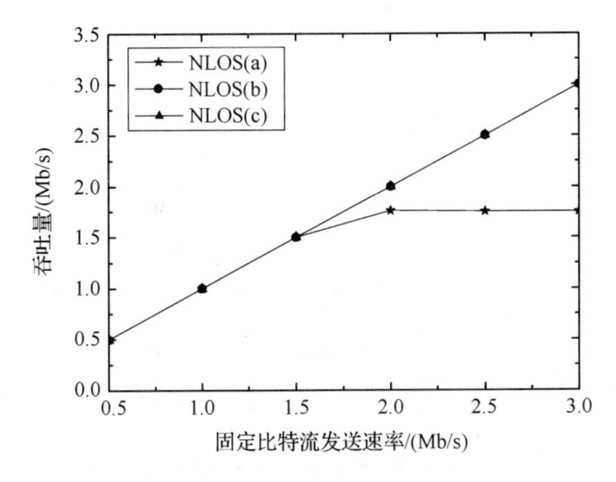

图 6-20 平行拓扑吞吐量

3) 链状拓扑

对图 6-21 中 n 个节点链状拓扑网络进行了仿真，节点 0 向节点 n 发送固定比特流 CBR，CBR 的发送速率从 0.5～3Mb/s。当节点个数 n 分别取值 3、4、5、6 时，图 6-21 中链状拓扑的网络吞吐量分别如图 6-22～图 6-25 所示。

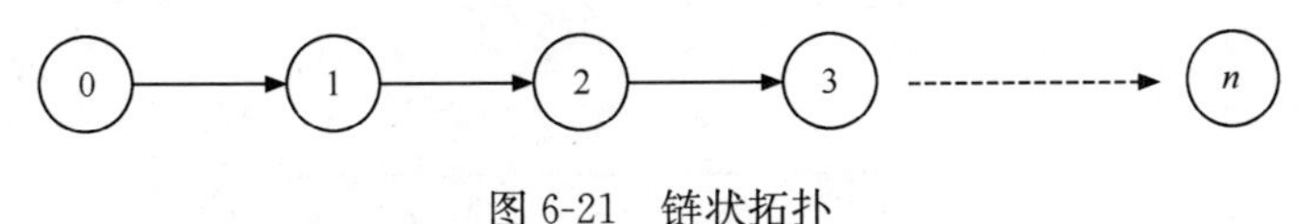

图 6-21 链状拓扑

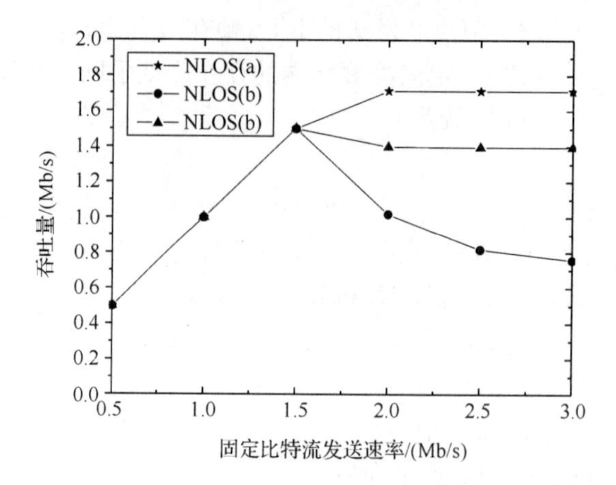

图 6-22　$n=3$ 链状拓扑吞吐量

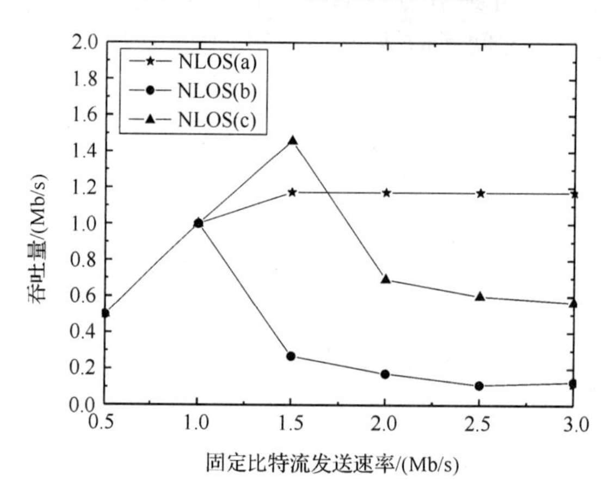

图 6-23　$n=4$ 链状拓扑吞吐量

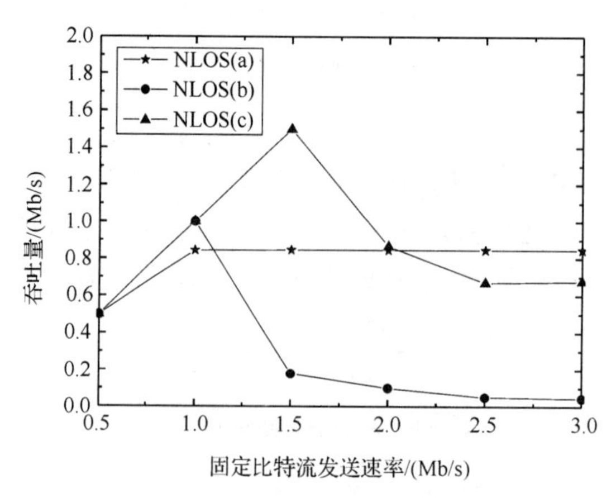

图 6-24　$n=5$ 链状拓扑吞吐量

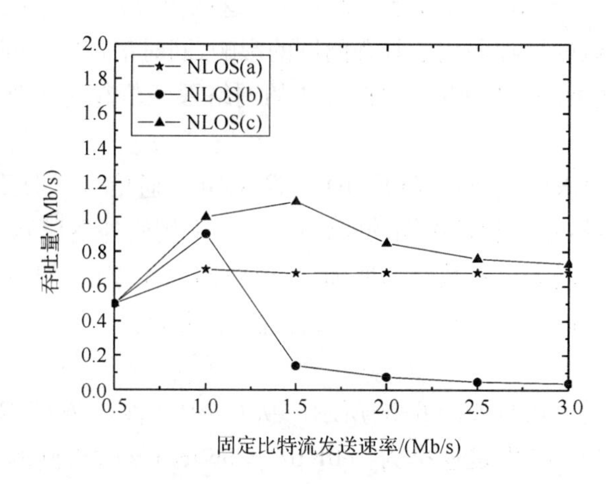

图 6-25 $n=6$ 链状拓扑吞吐量

由图 6-22～图 6-25 的仿真结果可以看出：

(1) 对于节点个数 $n=3$、4、5、6 时的链状拓扑，紫外 NLOS(c)通信方式的吞吐量始终高于紫外 NLOS(b)通信方式。原因在于采用紫外 NLOS(b)通信方式时，节点全向接收会产生严重的定向隐藏终端。例如，$n=4$ 时节点 2 给节点 3 定向发送 RTS 包，节点 1 收不到节点 2 发出的 RTS，节点 1 判定信道空闲，就会向节点 2 发送 RTS 包，由于节点 2 全向接收，节点 3 给节点 2 回复的 CTS 包会与节点 1 发给节点 2 的 RTS 包在节点 2 上的接收产生冲突。节点 1 成为节点 2 的定向隐藏终端，会对节点 2 和节点 3 之间的通信产生影响。对于 n 为其他值的情况类似。采用紫外 NLOS(c)通信方式时节点定向接收，那么节点 2 就不会接收到节点 1 发送的 RTS 包，节点 1 对节点 2 和节点 3 之间的通信不会造成影响。

(2) 随着节点数目的增加，紫外 NLOS(c)通信方式的吞吐量逐渐增加，并在节点数目 $n=6$ 时超过紫外 NLOS(a)通信方式。当节点数目 n 比较小时，采用紫外 NLOS(c)通信方式会引起耳聋问题。例如，$n=3$ 时节点 1 和节点 2 正在进行定向通信，节点 0 判定信道是否空闲时由于没有收到节点 1 发出的 RTS 包就会认为信道空闲，于是向节点 1 定向发送 RTS 包，节点 1 和节点 2 定向通信，无法接收来自节点 0 的 RTS 包，直到和节点 2 的通信结束。节点 0 没有收到节点 1 回复的 CTS 包，就会重新发送 RTS 包直到达到最大重传次数。节点 0 在节点 1 和节点 2 定向通信期间就成为节点 1 的耳聋节点。随着节点数目的增加，采用紫外 NLOS(c)通信方式时，网络中同时进行通信的节点对个数增加，如 $n=4$ 时，节点 0 和节点 1，节点 2 和节点 3 可以同时进行通信而不相互影响。但是采用紫外 NLOS(a)

通信方式时，节点 0 和节点 1，节点 2 和节点 3 这两个节点对只能有其中一个进行通信。节点对个数的增加弱化了耳聋问题的影响，同时信道的空间复用率增加，所以当 $n=6$ 时采用紫外 NLOS(c)通信方式的网络吞吐量超过紫外 NLOS(a)通信方式。

(3) 对于链状拓扑，紫外 NLOS(b)和 NLOS(c)通信方式分别会造成定向隐藏终端和耳聋问题，定向隐藏终端的问题更严重，采用紫外 NLOS(b) 通信方式的吞吐量始终最低。随着节点数目的增加，信道空间复用率的增加弱化了耳聋问题对网络的影响，紫外 NLOS(c)通信方式的性能达到最优。

4) 格型拓扑

对格型拓扑进行仿真如图 6-26 所示。从 0～100 秒 6 条 CBR 数据流同时发送数据，我们设置 CBR 发送速率为 160Kb/s～960Kb/s 时得到的网络吞吐量(图 6-27)，可以看出采用紫外 NLOS(c)通信方式网络的吞吐量最大，这是因为定向通信会提高信道的空分复用率。采用紫外 NLOS(c)通信方式时信道空分复用率的增加极大的弱化了耳聋问题对网络的影响，而采用紫外 NLOS(b) 通信方式时在通信速率小于 500Kb/s 的情况下，信道空分复用率的优势可以弱化定向隐藏终端的影响，但是随着通信速率的增加，定向隐藏终端问题加剧，致使网络的吞吐量比采用紫外 NLOS(a)通信方式时还低，定向隐藏终端的存在极大减弱了信道空分复用率对网络性能的提高。

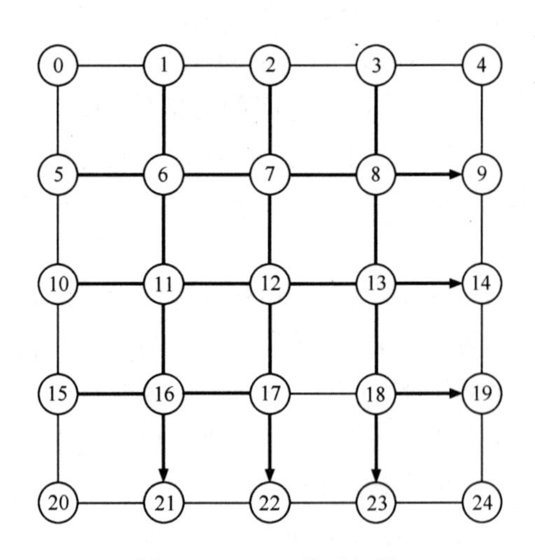

图 6-26　5×5 格型拓扑

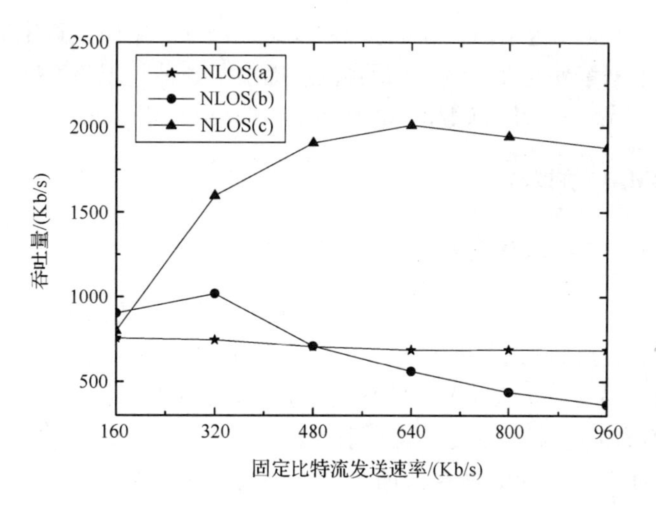

图 6-27 5×5 格型拓扑网络吞吐量

6.5 紫外光定向接入 MAC 协议

6.5.1 紫外光非直视通信 MAC 协议分析

通过分析 MAC 协议可以看出，对于紫外 NLOS(a)的通信方式，节点全向发送全向接收，覆盖范围为圆形区域，可以采用传统的全向 MAC 协议，如 IEEE 802.11 DCF。对于紫外 NLOS(b)和 NLOS(c)的通信方式，节点分别定向发送全向接收和定向发送定向接收，节点通信的覆盖范围也不再是圆形区域。这样就导致节点只能和一部分邻居节点间进行通信，即邻居节点只有位于发送节点的覆盖范围内才有可能和发送节点进行通信。

目前的定向 MAC 协议使用的是定向天线技术，由天线的定向和全向模式配合来实现的。对数据和确认帧进行定向收发，但对进行信道预约的 RTS 和 CTS 帧的收发却是全向和定向的多种组合。例如，全向 RTS—全向 CTS、定向 RTS—全向 CTS 以及多跳 RTS 等。这种由定向和全向配合的方式实现的协议显然不适合紫外 NLOS(b)和 NLOS(c)的通信方式。因为紫外发送节点和接收节点在最初已经定好各种角度，包括紫外发送仰角、接收仰角、发散角、视场角。按照目前的定向 MAC 协议，一个数据包发送期间要不停地进行这四个角度的调整来实现，这样是不可能的。因为实际上一个数据包的发送时间很短，如果发送节点在固定时间内没有收到接收节点的成功应答就会进行数据的重发，而此期间紫外收发器各种角度的调整却可能还没有完成。因此，一旦确定发送节点和接收节点之间使用何种紫外光非直视通信方式，它们之间的所有帧的发送接收方式就确定，或者为

NLOS(b)——定向发送全向接收,或者为 NLOS(c)——定向发送定向接收。在这一节中,我们根据紫外光非直视通信的特点,提出了一种基于角度感知的紫外光定向接入 MAC 协议——UVDMAC(ultraviolet directional media access protocol)。

6.5.2 UVDMAC 协议

1. 紫外光非直视通信覆盖范围方向角

在第 2 章中,我们分析了紫外光非直视通信各种通信方式的覆盖范围,在文献[56]的基础上推导出覆盖范围的方向角。如图 6-28 中假设发送端节点的发散角为 ϕ_t,发射仰角为 θ_t,接收端节点的视场角为 ϕ_r,接收仰角为 ϕ_r,发送和接收节点对之间的距离为 r,发端功率能量是有限的,假设其最远传输距离是 r_1。作以 r_1 为高,GH 为底面圆直径的圆锥在地面的投影。投影区域为 $EAFD$,可见覆盖范围的方向角为 $\angle EAF$。

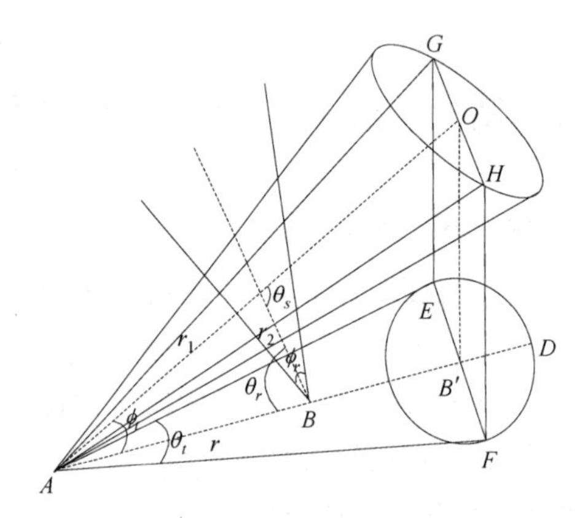

图 6-28 紫外光非直视通信(C)类的投影立体图

由图 6-28 可得

$$B'E = OG, \tan\left(\frac{\phi_t}{2}\right) = \frac{OG}{OA}, \quad \cos\theta_t = \frac{AB'}{OA},$$

$$\tan\left(\frac{\angle EAF}{2}\right) = \frac{B'E}{AB'} = \frac{OG}{AB'} = \frac{OA\tan\left(\frac{\phi_t}{2}\right)}{OA\cos\theta_t} = \frac{\tan\left(\frac{\phi_t}{2}\right)}{\cos\theta_t}$$

因此,覆盖范围的方向角为

$$\angle EAF = 2a\tan\left[\frac{\tan\left(\frac{\phi_t}{2}\right)}{\cos\theta_t}\right] \tag{6.14}$$

可见,紫外光非直视通信覆盖范围的方向角与发散角 ϕ_t 和发射仰角为 θ_t 有关。

2. 网络模型与假设

假设节点事先知道周围邻居节点的位置信息，对于网络拓扑固定的场合，这种假设是成立的；每个节点安装有多个紫外收发器，每个紫外收发器覆盖一定角度的范围，使用多个收发器来分别和节点周围的邻居进行通信；节点有数据发送时，上层能够判定使用哪个方向的紫外收发器来进行数据的发送。

3. 协议描述

1）信道预留

UV-DMAC 在通信前的信道预留机制和 DMAC、基本的 MAC 协议类似。假设网络上层知道接收者的方向。开始时，发送者和接收者处于空闲信道扫描模式，每个节点各个方向的紫外收发器都进行工作，直到节点 A 有数据要发送给节点 B，它就选择对应节点 B 方向的紫外收发器向节点 B 发送 RTS 请求，节点 A 其余方向的紫外收发器暂停工作；然后节点 A 在固定的时间间隔 SIFS 内等待接收端回复 CTS，如果在 SIFS 时间内没有收到 CTS，那么发送端节点 A 的退避窗口加倍，随机从 0 到退避窗口值之间选择一个值进行退避；直到再次竞争信道成功时重新发送 RTS 请求。

2）RTS 接收和 CTS 发送

接收端节点 B 收到发送端节点 A 的 RTS 请求后，将会回复 CTS 给发送端节点 A，此时节点 B 其他方向的紫外收发器暂停工作。回复 CTS 包的方向与接收 RTS 的方向一致，即选择同一方向的紫外收发器进行 RTS 的接收和 CTS 的发送。

3）CTS 接收和 DATA/ACK 的交换

当发送端节点 A 发送 RTS 请求包给接收节点 B 后，节点 A 使用相同方向的紫外收发器等待接收 CTS 包，一旦节点 A 接收到接收端回复的 CTS 包后，说明信道预约成功。发送节点 A 选择发送 RTS 方向的紫外收发器进行数据 DATA 的发送，接收节点成功收到 DATA 后，使用发送 CTS 方向的紫外收发器给发送节点 A 回复 ACK。

4）DNAV 更新

每个节点有多个收发器，同时对应多个 DNAV 值。发送端节点 A 周围的邻居节点收到不是发给自己的 RTS 请求后，根据 RTS 请求中的 Duration/ID 域值更新对应方向的 DNAV，即更新自己和发送节点 A 进行通信所需要紫外收发器方向的 DNAV 值。同理，接收端节点周围的邻居节点也根据收到的 CTS 来更新对应方向的 DNAV 值。在节点判断信道是否空闲而进行载波侦听时，需要进行物理载波侦听和虚拟载波侦听。虚拟载波侦听只判断对应紫外收发器通信方向的 DNAV 值是否为零，如果此方向的 DNAV 值为零则虚拟载波侦听判定信道空闲；否则，虚拟载波侦听判定信道忙。不必关心其他方向的 DNAV 值是否为零。

5）角度感知

网络初始化时，节点需要判定不同仰角时的邻居节点。因此，需要多个接口以不同的仰角进行广播，记录节点的各个接口不同，发送仰角时的邻居节点。每个节点维护一个接口仰角邻居表，表的记录包括接口号、发送仰角、邻居节点，以后节点每次进行数据发送时根据这个表选择合适的接口号、发送仰角来和邻居节点进行通信。对发送端的发送仰角进行调整，对小于 90°大于 20°的仰角，度数每次递减 10°，对小于 20°的仰角，度数每次递减 5°，角度的减少使得通信距离增大。

6.5.3 仿真与分析

1. 链状拓扑

对图 6-29 所示的 4 个节点的链状拓扑，节点 0 对节点 3 以不同的速率发送 CBR，数据的分组长度设置为 1000 字节，仿真时间设置为 100s。

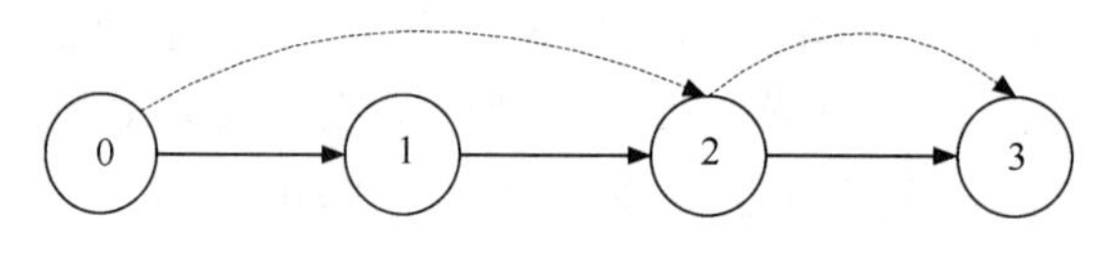

图 6-29 链状拓扑

从图 6-30 和图 6-31 中的仿真结果可以看出，改进后的定向接入协议相比原来的紫外定向接入协议获得了更高的吞吐量和更低的时延。这是因为原来的基于紫外定向发送定向接收，由于无法进行角度的调整，因此节点 0 到节点 3 要通过 3 跳才能进行通信，而采用修改后的基于角度感知的定向接入协议，由于发送端节点 0 进行了发送仰角的调整，使得发送端覆盖范围的方向角变小，同时节点 0 的通信距离变长，节点 0 通信距离的增大使得节点 0 可以直接和节点 2 进行通信，不必通过节点 1 进行转发，然后节点 2 再把数据转发给节点 3。可见，节点通过调节发送仰角，减少了数据包的转发次数，从而吞吐量增大，传输数据包的平均时延也减少。

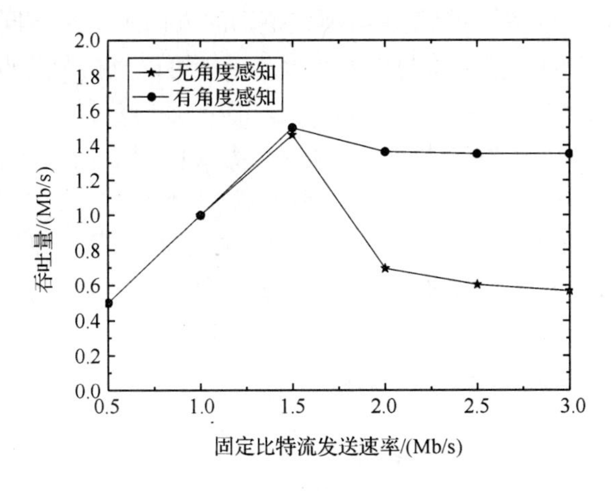

图 6-30 链状拓扑吞吐量

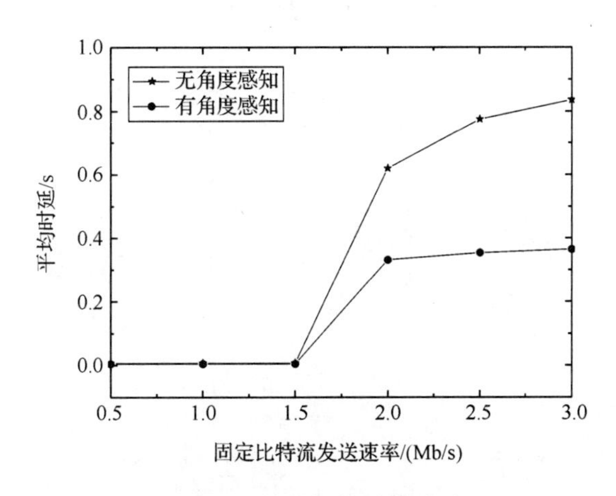

图 6-31 链状拓扑平均时延

2. 格型拓扑

对图 6-32 所示的 5×5 格型拓扑进行仿真，图中有 6 对节点同时进行数据的传输，即节点 1→21、2→22、3→23、5→9、10→14、15→19，数据的分组长度设置为 1000 字节，仿真时间设置为 100s。当设置不同的发送速率时，获得的网络吞吐量和端到端的平均时延分别如图 6-33 和图 6-34 所示。

从图 6-33 和图 6-34 的仿真结果可以看出，改进后的定向接入协议相比原来的紫外定向接入协议获得了更高的吞吐量和更低的时延。这是因为原来的基于紫外定向发送定向接收，由于无法进行角度的调整，因此节点 1 到节点 21 要通过 4 跳才能进行通信，而采用修改后的基于角度感知的定向接入协议，由于发送端节点

1 进行了发送仰角的调整，使得发送端覆盖范围的方向角变小。同时，节点 1 的通信距离变长，节点 1 的通信距离的增大使得节点 1 可以直接和节点 11 进行通信不必通过节点 6 进行转发。同理，节点 11 经过角度的调整可以直接和节点 21 进行通信，因此从节点 1 到节点 21 数据的传输，只需要中间节点 11 进行一次转发，而采用原来的紫外定向接入协议时节点 1 和节点 21 的通信，需要通过节点 6、节点 11、节点 16，最后才能传给节点 21。可见，节点通过调节发送仰角，减少了数据包的转发次数，传输一个数据包的时间相对减少。单位时间内可以传输更多的数据包，从而基于角度感知的定向接入协议获得了吞吐量的提升。同时，数据包转发次数的减少可以减小数据包端到端传输的时延，从而减小端到端的平均时延。

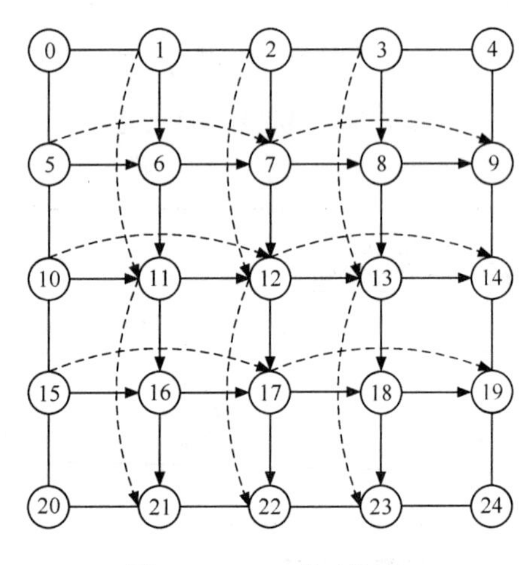

图 6-32　5×5 格型拓扑

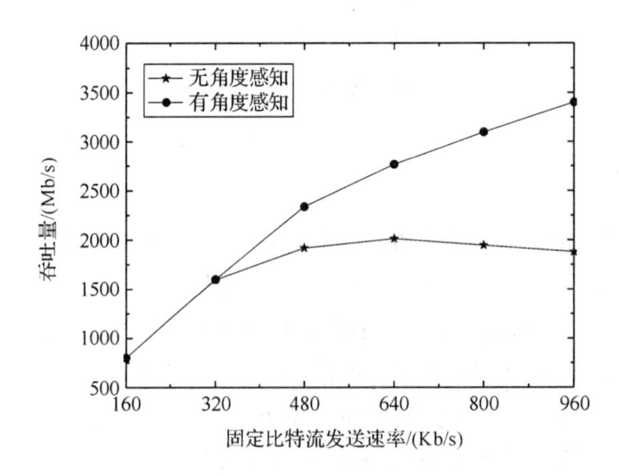

图 6-33　5×5 格型拓扑网络吞吐量

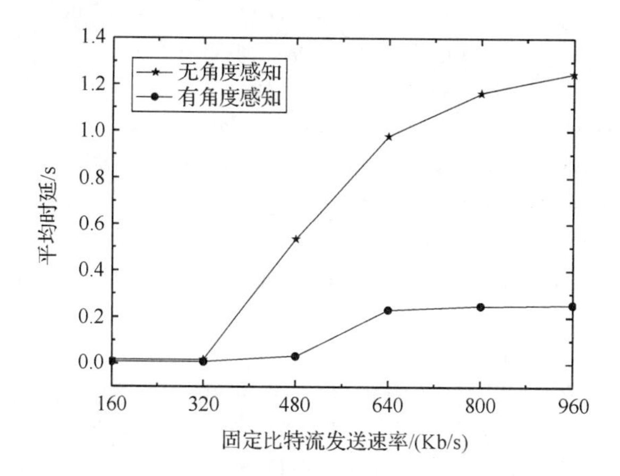

图 6-34　5×5 格型拓扑网络平均时延

参 考 文 献

[1] 张勇,郭达. 无线网状网原理与技术. 北京:电子工业出版社,2007

[2] 郭达,张勇,彭晓川. 无线网状网:架构、协议与标准. 北京:电子工业出版社,2008

[3] Perkins C E,Royer E M. Ad Hoc on-demand distance vertor routing//Proceeding of the 2nd IEEE Workshop on Mobile Computing Systems and Applications,1999

[4] Zhong Y J,Yuan D F. Dynamic source routing protocol for wireless Ad Hoc networks in special scenario using location information//International Conference on Communication Technology,2003

[5] Perkins C E,Bhagwat P. Highly destination sequenced distance vertor routing (DSDV) for mobile computers. ACM SIGCOMM Computers Communication Review,1994,24(4):234-244.

[6] Jacquet P,Muhlethaler P,Clausen T,et al. Optimized link state routing protocol for Ad Hoc networks//Proceedings of IEEE International Multi Topic Conference,2001

[7] Haas Z J,Pearlman M R. The performance of query control schemes for the zone routing protocol. IEEE/ACM Transactions on Networking,2001,9(4):427-438

[8] Chen G,Xu Z Y,Ding H P,et al. Path loss modeling and performance trade-off study for short-range non-line-of-sight ultraviolet communication. Optics Express,2009,17(5):3929-3940

[9] Ding H P,Xu Z Y,Sadler B M. A path loss model for non-line-of-sight ultraviolet multiple scattering channels. EURASIP Journal on Wireless Communications and Networking,2010,(2010):1-12

[10] He Q F,Sadler B M,Xu Z Y. Modulation and coding tradeoffs for non-line-of-sight ultraviolet communications//Proceedings of SPIE,2009

[11] Wang P,Gao J. Research on performance of marine UV communication//International Conference on Communication Technology,2008

[12] Xu Z Y. Approximate performance analysis of wireless ultraviolet links//International Conference on Acoustics, Speech, and Signal Processing, 2007

[13] Ding H P,Chen G,Majumdar A K,et al. Modeling of non-line-of-sight ultraviolet scattering channels for communication. IEEE Journal on Selected Areas in Communications,2009,27(9):1535-1544

[14] Gary A S, Melissa N, Mrinal I, et al. NLOS UV communication for distributed sensor systems//Proceedings of The International Society for Optical Engineering, 2000

[15] Wang J L, Luo T, Dai M, et al. UV NLOS communications atmospheric channel model and its performance analysis. World Congress on Computer Science and Information Engineering, 2009, 1: 85-88

[16] Tan P, Chan M C. AMCM: adaptive multi-channel MAC protocol for IEEE 802.11 wireless networks//International Conference on Broadband Communications Networks and Systems, 2006

[17] Ramanathan R, Redi J, Santivanez C, et al. Ad Hoc networking with directional antennas: a complete system solution. IEEE Journal on Selected Areas in Communications, 2006, 23(3): 496-506

[18] Haas Z J, Deng J. Dual busy tone multiple access-a multiple access control scheme for Ad Hoc networks. IEEE Transactions on Communication, 2002, 50(6): 975-985

[19] Dai H N, Ng K W, Wong C W, et al. On the capacity of multi-channel wireless networks using directional antennas//Proceesings of IEEE INFOCOM, The 27th Conference on Computer Communications, 2008

[20] Abramson N. The aloha system-another alternative for computer communication. AFIPS Fall Joint Computer Conference, 1970

[21] Kleinrock L, Tobagi F. Packet switching in radio channels: Part I-carrier sense multiple-access modes and their throughput-delay characteristics. IEEE Transaction on Communications, 1975, 23(12): 1400-1416

[22] IEEE 802.11. Wireless LAN Media Access Control (MAC) and Physical Layer (PHY) Specifications, 1997: 71-87

[23] IEEE 802.11e/D13.0. Medium Access Control (MAC) Quality of Service (QoS) Enhancements, 2005: 48-108

[24] Fan W F, Gao D Y, Tsang D H K, et al. Admission control for variable bit rate traffic in IEEE 802.11e WLANs//Proceedings of the Tenth Asia-Pacific Conference on Communicatons: and the 5th International Symposium on Multi-Dimensional Mobile Communications, 2004

[25] Gao D, Cai J, Chen C W. Admission control based on rate-variance envelop for VBR traffic over IEEE 802.11e HCCA WLAN. IEEE Transactions on Vehicular Technology, 2008, 57(3): 1778-1788

[26] 陈凯. Ad Hoc 网络中定向 MAC 层协议的设计与研究. 合肥：中国科学技术大学硕士论文，2007

[27] Zander J. Slotted aloha multihop packet radio networks with directional antennas. Electronics Letters, 1990, 26(25): 2098-2100

[28] 褚伟. 基于定向天线的无线 Mesh 网络 MAC 机制的研究. 西安：西安电子科技大学硕士学位论文，2007

[29] 单志龙，兰丽. Ad Hoc 网络中基于定向天线的 MAC 协议. 计算机工程，2010, 2(36): 21-24

[30] Nasipuri A, Ye S, You J, et al. A MAC protocol for mobile Ad Hoc networks using directional antennas //Proceedings of IEEE Wireless Communications and Networking Conference, 2000

[31] Ko Y B, Shankarkumar V, Vaidya N H. Medium access control protocols using directional antennas in Ad Hoc networks//Proceedings of IEEE Conference on Computer Communications, 2000

[32] Korakis T, Jakllari G, Tassiulas L. A MAC protocol for full exploitation of directional antennas in Ad Hoc wireless networks//Proceeding of the 4th ACM International Symposium on Mobile Ad Hoc Networking and Computing, 2003

[33] Jakllari G, Broustis J, Korakis T, et al. Handling asymmetry in gain in directional antenna equipped Ad Hoc networks//Proceedings of IEEE 16th International Symposium on Personal, Indoor and Mobile Radio Communications, 2005

[34] Gossain H, Cordeiro C, Joshi T, et al. Cross-layer directional antenna MAC protocol for wireless Ad Hoc networks. Wireless Communications & Mobile Computing, 2006, 6(2): 171-182

[35] Shihab E, Cai L, Pan J P. A distributed asynchronous directional-to-directional MAC protocol for wireless Ad Hoc networks. IEEE Transactions on Vehicular Technology, 2009, 58(9): 5124-5134

[36] Nadeem T. Enhancements for IEEE 802. 11 networks with directional antennas// IEEE 34th Conference on Local Computer Networks, 2009

[37] Choudhury R R, Yang X, Ramanathan R, et al. Using directional antennas for medium access control in Ad Hoc networks. Mobile Computing and Networking, 2002: 59-70

[38] Tomar G S, Verma S, Rai M. Modified directional medium access protocol using bootlace lens// IEEE Region 10 Annual International Conference, 2006

[39] Raman B, Chebrolu K. Revisiting MAC design for an 802. 1-based mesh network// Third Workshop on Hot Topics in Networks, 2004

[40] Raman B. Channel allocation in 802. 11-based mesh networks// The 25th Annual Conference on Computer Communications, 2006

[41] Das S M, Pucha H, Koutsonikolas D, et al. DMesh: incorporating practical directional antennas in multichannel wireless mesh networks. IEEE Journal on Selected Areas in Communications Special Issue on Multi-Hop Wireless Mesh Networks, 2006, 24(11): 2028 -2039

[42] Dai H, Ng KW, Wu M Y. An over view of MAC protocols with directional antennas in wireless Ad Hoc networks// International Conference on Wireless and Mobile Commmunications, 2006

[43] Fu J Y, Sikdar B. Distance-aware virtual carrier sensing for improved spatial reuse in wireless networks. Global Telecommunication Conference, 2004

[44] Lal D, Toshniwal R, Radhakrishnan R, et al. A novel MAC layer protocol for space division multiple access in wireless Ad Hoc networks// International Conference on Computer Communications and Networks, 2002

[45] Huang Z C, Shen C C, Srisathapornphat C, et al. A busy-tone based directional MAC protocol for Ad Hoc networks// Military Communication Conference, 2002

[46] Takai M, Martin J, Bagrodia R, et al. Directional virtual carrier sensing for directional antennas in mobile Ad Hoc networks// Proceedings of the 3rd ACM International Symposium on Mobile Ad Hoc Network & Computing, 2002

[47] Chang J J, Liao W J, Hou T C. Reservation-based directional medium access control (RDMAC) protocol for multi-hop wireless networks with directional antennas. IEEE International Conference on Communications, 2009

[48] Wang J, Kong L, Wu M Y. Capacity of wireless Ad Hoc networks using practical directional antennas// Proceedings of IEEE Wireless Communications and Networking Conference, 2010

[49] Kumar S H, Seah W. Efficient neighbour discovery algorithm for maritime mesh networks with directional antennas// International Conference on ITS Telecommunications, 2008

[50] 徐雷鸣，庞博，赵耀. NS 与网络模拟. 北京：人民邮电出版社，2003

[51] 柯志亨，程荣祥，邓德隽. NS2 仿真实验-多媒体和无线网络通信. 北京：电子工业出版社，2009

[52] Yi S, Pei Y, Kalyanaraman S. On the capacity improvement of Ad Hoc wireless networks using directional antennas// Proceedings of the 4th ACM International Symposium on Mobile Ad Hoc Networking & Computing, 2003

[53] Calvo R A, Campo J P. Adding multiple interface support in NS-2[User Guide]. http://www.google.com.hk/search? q=Adding+multiple+interface+support+in+NS-2&client=aff-360homepage&hl=zh-CN&ie=gb2312[2009-12-6]

[54] 侯兆敏. 紫外无线光 Mesh 网接入协议研究. 西安:西安理工大学硕士学位论文,2011

[55] 方路平,刘世华. NS-2 网络模拟基础与应用. 北京:国防工业出版社,2008

[56] 冯艳玲,赵太飞,柯熙政,等. "日盲"紫外光通信网络中节点覆盖范围研究. 光学学报,2010,30(8):2229-2235

7　基于节点位置和速度信息的紫外光自组织网络路由协议

无线自组织网络路由协议的要求主要有收敛迅速、提供无环路路由、避免无穷计算、控制管理开销小、支持单向信道等[1]。移动自组织网络是由一组带有无线收发装置的移动节点组成的临时性多跳网络。MANET 具有无需中心控制节点，便于部署网络等优点，是目前网络技术研究的热点。传统的 MANET 都是工作在射频波段的，随着新业务的快速增长，已经对无线网络的带宽形成了巨大的挑战。本章将紫外光通信与无线自组织网络结合起来，在深入分析 MANET 路由协议和紫外光传播模型的基础上提出了适合紫外光自组织网络的路由协议。

7.1　移动自组织网络的路由技术

在有线固定网络中，常用的路由协议主要分为距离矢量算法 (distance vector algorithm，DVA)[2]和链路状态算法(link state algorithm，LSA)[3]。这两种路由协议的思想都是假定网络拓扑结构是相对固定的，而移动 Ad Hoc 网络的拓扑结构是随时变化的，二者都不适合在移动 Ad Hoc 网络中应用。传统有线网络的路由还要依赖于路由器或者分布式路由数据库，移动 Ad Hoc 网络中的节点不可能永久地保存路由表的信息。基于上述理由，MANET 工作组已经研究并整合了若干移动 Ad Hoc 网络协议的草案，将这些协议分为平面结构式的路由协议、分簇结构的路由协议和基于地理位置信息的路由协议三类。图 7-1 是移动自组织网络的路由分类。

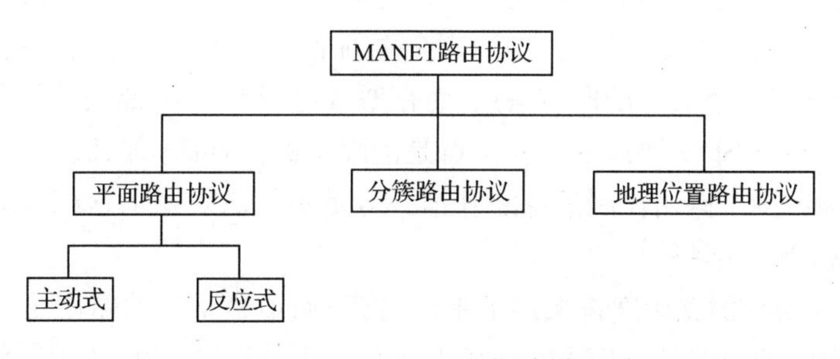

图 7-1　移动 Ad Hoc 网络路由分类

7.1.1 平面结构式的路由协议

平面结构式的路由协议中的所有节点都处在同一个层次上，节点与节点之间并没有功能和结构上的高低之分，每个节点都是平等的。平面结构式的路由协议还可进一步分为先验式路由协议(proactive routing)和反应式路由协议(reactive routing)。

1. 先验式路由协议

先验式路由协议通常也被称为被动式路由协议或表驱动(table-driven)路由协议。这种协议类似于固定有线网络中的链路状态协议，是在移动 Ad Hoc 网络研究的初期被提出的协议。在先验式路由协议中，每个节点都要维护至少一条到其他节点的路由。当网络拓扑变化或者路由阻塞时，节点通过新的路径将其信息发布到网络中，网络中的其他节点将自己的路由表进行及时的更新以维护统一、准确的路由信息。由于路由表的存在，如果源节点要向目的节点发送分组数据时，可以由路由表中的信息直接发送分组，发送分组的延时较小，但是维护路由表的开销却很大，在网络拓扑频繁变动的情况下这种路由协议效率很低。经典的先验式路由协议包括 DSDV[4]、STARA(system and traffic dependent adaptive routing algorithm)[5]等，其中以 DSDV 出现的时间最早，性能也相对较好。

DSDV 路由协议是一个基于贝尔曼-福特算法的先验式路由协议，在 DSDV 协议中，每个节点都维护了一个下一跳节点的路由表。当节点发送分组时，它把一个序号作为一个标识添加到该分组中。这个序号会被所有接收到该分组的节点广播并储存在这些节点的下一跳节点路由表中。一个节点从它的邻居节点收到新的下一跳节点表后，如果新序号与已记录的序号一样，但新的路由更短或者收到表中的序号大于自己记录的序号的话，这个节点将更新下一跳节点路由表中相应的项目。DSDV 采用了事件触发和时间触发两种方式来更新网络链路。为了减少路由分组的长度，它使用两种更新分组的方式：完全更新和增量更新。在完全更新方式中，路由分组包含了路由表中的所有信息，而在增量更新方式中，路由分组只包含变化了的链路信息。DSDV 协议的主要优点是消除了路由环路，并且使用了最短路优先算法，大大减少了路由控制消息的开销。但是不足之处在于它难以适应快速变化的移动 Ad Hoc 网络[6]。

STARA 协议的路由度量采用了平均时延，而不是常用的路由跳数来作为路由优劣的判别，也就是说 STARA 协议在进行路由分组时，考虑了无线信道的容量和队列延时等因素。每个节点 i 采用改进的端到端确认协议为每一对源和目的节点(i,d)计算平均时延 $D_{ik}^{d}(t)$，即

$$D_{ik}^{d}(t)=\frac{1}{1-\lambda}\sum_{l=0}^{\infty}\lambda^{l}D_{ik}^{d}(t-l) \tag{7.1}$$

其中，遗忘因子 $\lambda\in[0,1]$，用于调整历史时延值和当前时延值的比例关系；$k\in N$，N 表示节点 i 经过一跳可以到达的所有邻居节点的集合。

STARA 算法使用基于预期时延估计作为距离测量参数。这种机制不仅使得算法适应网络拓扑的变化，同时也适应网络业务的变化，而且可用于单向的移动 Ad Hoc 网络链路中。

2. 反应式路由协议

反应式路由协议通常也被称为按需路由(on-demand routing)，即当一个源节点要向目的节点发送数据分组时才开始进行路由查找。在反应式路由协议中，每个节点并不需要维护网络中所有节点的路由表。只有在准备发送分组时发现没有可用的路由时，才会发起路由查找过程。相对于先验式路由，反应式路由的路由开销较小，但在没有可用路由的情况下路由查找过程相对较慢。反应式路由通常分为路由发现和路由维护两个过程，当源节点要向目的节点发送数据分组时却发现没有可用的路由，源节点就会发起一次路由发现过程。最简单的路由发现过程就是洪泛路由。

如图 7-2 所示，源节点 S 要向目的节点 D 发送数据分组，S 会用广播的方式将路由请求发出，邻居节点 M 和 N 收到这个路由请求后继续将路由请求广播到它们各自的邻居节点，并将自身的信息加载到路由请求分组中，直到路由请求分组到达目的节点 D，节点 D 会收到一条或多条返回 S 的路径。节点 D 会根据它们的到达时间或路径长短选择一条最优的路径，并生成一个路由应答分组返回源节点 S，源节点 S 在收到路由应答分组后就得到了一条从 S 到 D 的路由，开始发送数据分

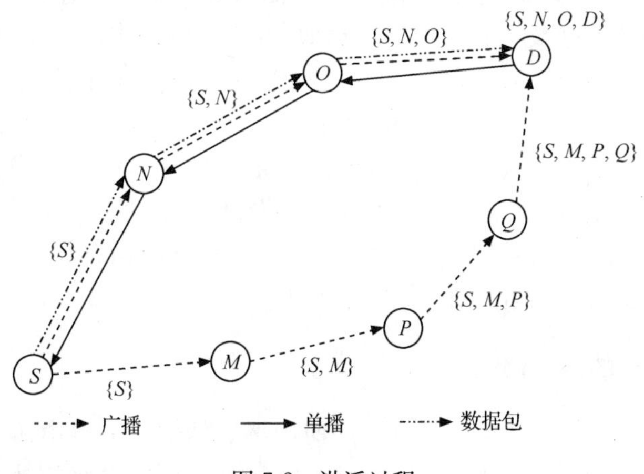

图 7-2 洪泛过程

组。当网络拓扑结构发生变化而导致现有路由失效时，S 会先将到 D 的路由删除并重新发起路由请求。洪泛算法的优点在于路由请求分组几乎可以肯定能到达目的节点，缺点是路由开销太大。还有一些经典的反应式路由协议，如 AODV 协议、DSR 协议和 TORA 协议。

AODV 协议是一个以 DSDV 为基础的反应式路由协议，它是为具有几十个到数千个移动节点的移动 Ad Hoc 网络设计的。在 AODV 协议中，当中间节点收到一个路由请求分组后，由于它能够隐性的得到从自身到源节点的路径，所以当目的节点最终收到这个路由请求分组后，可以根据这个路径回复该路由请求。这样就在源节点和目的节点之间建立了一条全双工路径。AODV 协议的特点在于它采用逐跳转发分组方式，并同时加入了组播路由协议。其主要缺点是不支持单向信道。

DSR 是最早的反应式路由协议，使用源路由算法而非逐跳选择路由的方法，它同样由路由发现和路由维护两个过程组成。网络中每一个节点需要维护一个路由表，当发现新的路由时就更新该路由表。每一个数据分组的分组头都包含了该数据分组从源节点到目的节点的每一跳节点信息，故称为源路由算法。DSR 的优点在于 DSR 中节点仅需要维护与之通信节点的路由，协议开销较小；同时 DSR 使用路由缓存技术减少了路由发现的开销。此外，一次路由发现过程可能会产生多条到目的点的路由，这也将有助于 DSR 的路由选择。由于每个数据分组的头部都需要携带路由信息，DSR 的缺点在于数据分组的额外开销较大；路由请求消息采用洪泛方式，使得相邻节点路由请求消息可能发生碰撞并可能会产生重复广播，缓存路由、过期路由会影响路由选择的准确性。

TORA 协议是在有向无环图(directed acyclic graphic，DAG)算法的基础上提出的一种反应式路由协议[7]，分为路由发现、路由维护和路由请求三个过程。TORA 的路由发现与其他反应式路由协议类似，首先在网络中广播路由请求分组，但在路由应答时，采用了 DAG 算法，主要过程如下：为网络中的每个节点分配一个相对于源节点的“高度值”。源节点的“高度值”最大而目的节点的“高度值”最低。在此基础上，比较相邻节点之间的“高度值”，并由“高度值”大的节点指向小的节点，从而形成一条或多条有向路径。从图论的角度来看，即为一个根为目的节点的有向无环图。TORA 协议保证了网络中不会出现环路路由，但是它的路由开销太大，不建议作为移动 Ad Hoc 网络的主要路由协议。

7.1.2 分簇结构的路由协议

在移动 Ad Hoc 网络中，如果单纯的使用平面结构式的路由协议并不能得到很好的效果。实际上，移动 Ad Hoc 网络必须根据不同的网络拓扑来选择合适的路由算法。平面结构式的路由协议比较适用于规模在几十个到上千个节点，并且节点与节点之间的距离相差并不大的移动 Ad Hoc 网络环境中。使用平面结构式的路由协议一般是把先验式的路由协议和反应式的路由协议结合起来。如果只采用先验式的路由协议，那么在网络规模非常大的时候，每个节点都需要维护一张到其他节点的路由表，这将占用大量的系统资源。另外，网络拓扑的变化会导致路由失效，维护路由的开销也非常大。如果只采用反应式的路由协议，那么当网络中的节点距离非常大时，路由查找的时间会非常慢，对实时性要求较高的业务如语音、视频会议等就不可取。因此，如果能混合使用先验式路由协议和反应式路由协议可能会产生较好的效果。在实际中，很多研究学者也提出了类似的方案。由于混合式的路由常常采用分簇结构，因此也被称为分簇路由协议。在某个小型区域内，分簇路由协议实际上就是先验式路由协议。它在局部范围内维护一定的路由信息，使数据分组能够快速的交换。当两个或多个通信节点相距较远时，则应采用反应式路由协议，减少路由开销。

在分簇式路由协议中，网络被分成若干个簇。节点则分为簇首节点和普通节点。处在同一个簇中的节点(包括簇首节点和普通节点)共同维护簇内的路由信息。簇首节点负责记录和管理所在簇的拓扑信息，并与其他簇首节点交换各自的拓扑信息。图 7-3 为分簇协议示意图。

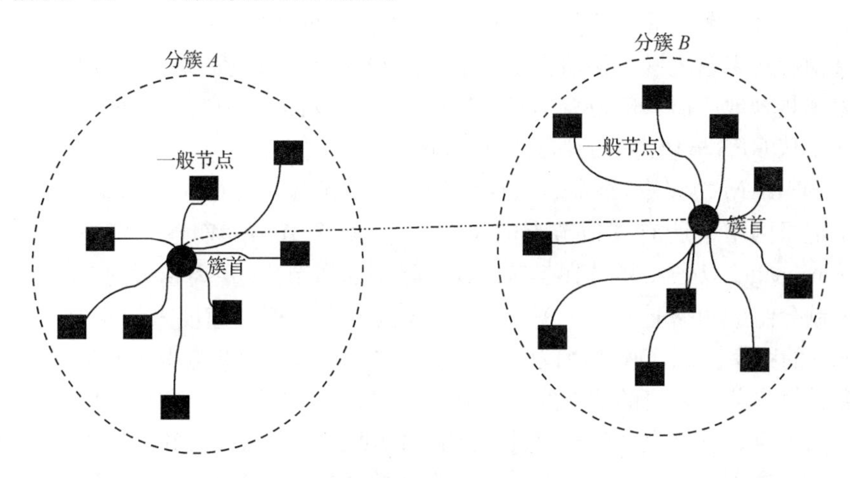

图 7-3　分簇示意图

采用分簇式的路由协议主要有两个目的：一是通过减少路由交换的节点，降低交换路由信息所需的路由消息开销和维护路由表所需的系统开销，这与有线固定网络中分层思想的目标是一致的；二是网络分成若干个子网后，每个簇内的路由变得相对固定，这样可以在很大程度上减少拓扑结构变化对路由带来的影响。分簇路由的特点决定了它适合应用于大规模且节点较为分散的移动 Ad Hoc 网络环境中，可扩展性较好。分簇式路由协议的缺点在于簇内节点对簇首节点的依赖性太大。簇首节点的可靠性和稳定性对整个网络性能的影响较大,并且为支持普通节点在不同簇之间穿越所进行的拓扑结构管理将产生一定的系统开销。虽然移动 Ad Hoc 网络目前主要以主干通信网络的补充形式存在,网络的规模还不算太大,分簇式的路由协议作用并不明显,已提出的或在实际中应用的移动 Ad Hoc 网络路由协议大多数是基于平面结构式的路由思想,但是随着移动 Ad Hoc 网络应用的逐渐推广,尤其是大规模网络的展开,分簇式的 Ad Hoc 路由协议必然将会成为研究的重点和热点。典型的分簇式路由协议有 CEDAR[8]、ZRP 和 CGSR[9]等。

7.1.3　基于地理位置的路由协议

基于地理位置信息辅助的移动 Ad Hoc 路由协议已经成为研究中的一个热点,如 GPS 系统可以进一步提升路由的效率。经典的基于地理位置信息的路由协议有 DREAM[10]、GPSR[11]和 LAR[12]等。

DREAM(distance routing effect algorithm for mobility)协议是一个基于节点位置信息的先验式路由协议。它提供分布式、无环路、多路径的路由,可应用在节点高速移动的 Ad Hoc 网络中。DREAM 采用距离(distance effect)和移动速度(mobility rate)这两个与路由更新频率和分组消息生存时间相关的参数来最小化路由分组开销。距离的计算基于这样一种假定:当两个节点距离越远,它们之间的相互移动看起来越缓慢。移动速度这个参数则假定当节点的移动速度越快,它需要越来越频繁地广播其新位置信息。DREAM 协议需要 GPS 模块的支持。节点可以使用从 GPS 模块得到的信息来获取这两个参数。

在 DREAM 协议中,每个节点要维护一个本地表(location table, LT),本地表用来记录网络中所有其他节点的位置信息,每个节点周期性的广播控制分组(hello message)以告知邻居节点其位置。除了邻居节点,距离越近的节点接收周期性控制分组的频率越频繁。另外,还要根据节点的移动速度来调整发送 Hello Message 的频率。DREAM 协议的主要过程如下:首先,源节点根据本地表中的位置信息计算本节点到目的节点的一个方向矢量,然后选择一个在该方向矢量上的邻居节点集合。若该集合为空,数据分组就以洪泛的形式广播到网络中的每个节点处;否则,该集合被封装到数据分组的头部并随着数据分组一起传输,只有被列入集合的节点才应该处理该数据分组。在集合中的节点接收到数据分组后,它们会再次以上述方式选择自己的邻居节点集合,更新数据分组的头部并转发数据分组,若被选择的集合为空,该节点则丢弃数据分组。当目的节点接收到数据分组时,它会以相同的方式返回一个应答分组(ACK),但是如果数据分组是经过洪泛的方式传到目的节点的话,目的节点将不会返回 ACK。若源节点在一定时间内没有接收到数据分组头部的邻居集合中的节点发回的 ACK,它将再次以洪泛的方式重新发送该数据分组。

GPSR(greedy perimeter stateless routing)协议是另一个基于位置信息的路由协议,不过它只在源节点发送或中间节点转发数据分组时才使用位置信息。它不需要或者只需要少量的节点位置和路由,所以成为与状态无关的路由协议。GPSR 协议具有较低的路由复杂度,比较适合节点相对集中且密集的移动 Ad Hoc 网络环境。在 GPSR 协议中,每个节点周期性的广播控制分组 Hello Message,将自己的位置信息通知给其邻居节点。为了进一步降低路由开销,位置信息被封装在节点发送的数据分组中而不是单独的路由控制分组。GPSR 假设源节点可以通过 GPS 系统或者其他方法得到目的节点的位置,并且在数据分组头部封装了这些位置信息,中间节点则会根据目的节点及其邻居节点的相关位置做出转发决定。

LAR(location aided routing)协议的主要目的是利用网络中节点的位置信息来缩小路由查询范围,从而极大地减少路由开销。LAR 协议有两种减少路由开销的方式,它们是区域策略和距离策略。与大部分基于地理位置信息的路由协议类似,LAR 也需要 GPS 系统来获得节点的位置信息。源节点在发起一次路由请求时将自己当前的位置和当前时间封装在路由请求分组中,目的节点也在路由应答分组中封装自己的当前位置和当前时间。那么中间节点便可以得到源节点或者目的节点的位置信息了。为了尽可能的精确路由查询范围,LAR 协议假定每个节点通过 GPS 或其他方式知道其他节点的平均移动速度。

LAR 协议的两种策略也是不同的,在区域策略中协议通过计算目的节点的预期区域(except zone,EZ)和路由请求区域(request zone,RZ)来确定路由请求的传播范围;在路由查找过程中,只有在 RZ 区域中的中间节点才会参与路由查找过程。如图 7-4 所示,假设网络中存在节点 S、I、D,在 t_1 时刻节点 S 要向节点 D 发送数据分组,但是 S 并没有到 D 的路由,这时源节点 S 要查找到目的节点 D 的路由。假设 S 知道在 $t(t\leqslant t_1)$ 时刻 D 的位置为(X_d,Y_d),其最大的瞬时移动速度为 v,则在 t_1 时刻 D 应该在以(X_d,Y_d)为圆心,以 $R=v(t_1-t_0)$为半径的圆 EZ 内。

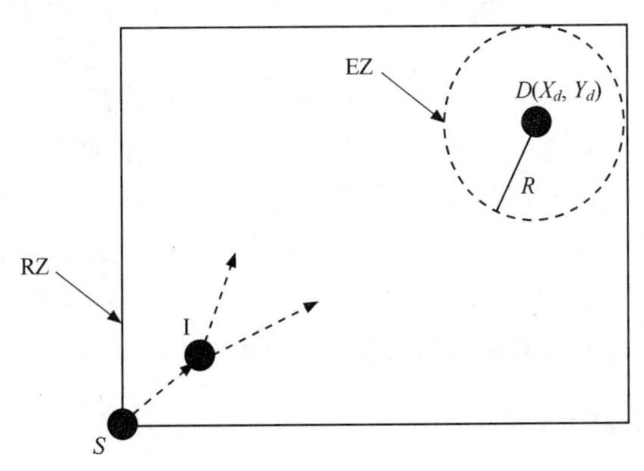

图 7-4 LAR 中区域策略示意图

设 RZ 是包含源节点 S 和 EZ 的最小的矩形区域，S 将 RZ 的边界坐标写入路由请求分组并广播，如果收到路由请求的节点是目的节点，则返回一个路由应答给 S；否则节点检查自身是否在 RZ 区域内，如在，则继续广播路由请求分组。

如图 7-5 所示，在距离策略中，中间节点是否转发路由请求分组是由该节点与目的节点之间的距离来决定的。假设 t_1 时刻 S 要发起一次到 D 的路由过程，S 知道 t 时刻 D 的位置(X_d,Y_d)。这时 S 计算它到 D 的距离 DIST_S，并将 DIST_S 和(X_d,Y_d)封装在路由请求分组中。当某个中间节点接收到 S 发来的路由请求分组时，它首先计算自身到目的节点 D 的距离DIST_I，若 $\mathrm{DIST}_I \leqslant \mathrm{DIST}_S + \delta$（$\delta$ 为给定的常数），则该节点对路由请求分组进行处理，用 DIST_I 代替 DIST_S 并转发，否则就丢弃该路由请求。后续节点采用相同的方法决定是否转发路由请求分组。若 i 节点为目的节点，则生成路由应答分组返回给 S。

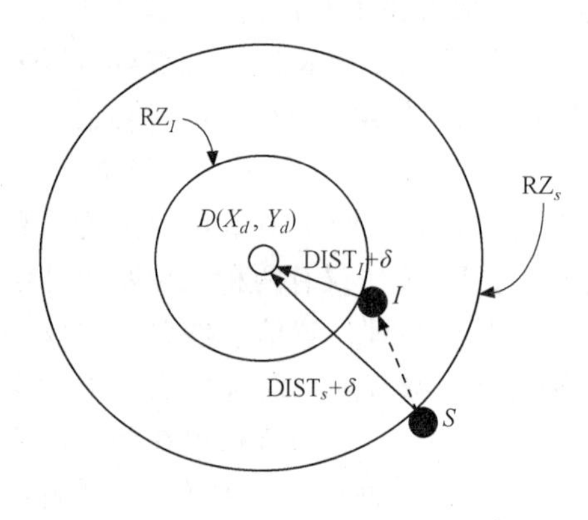

图 7-5　LAR 中距离策略示意图

LAR 将路由请求限制在 RZ 区域中，可以有效地解决广播风暴问题，并且也加快了路由查找速度。所谓广播风暴，简单地讲，就是当广播数据充斥网络无法处理时，大量网络带宽被占用，导致正常业务不能运行，甚至彻底瘫痪[13]。但是 LAR 需要 GPS 系统的支持，并且如果目的节点的移动速度非常快或者目的节点的移动速度高于源节点路由表中记录的速度，就会很有可能查找失败。

7.2　经典路由协议的性能比较分析

文献[14]详细分析了紫外光通信系统的物理层和链路层的模型。从模型中可以得出，在 NLOS(a)类通信方式下，紫外光的通信方式类似于无线电的通信方式，基本上是全向通信。在 NLOS(c)类通信方式下，紫外光的通信方式类似于无线电中的定向天线通信方式。由上一章的分析可知，紫外光通信系统如果组成自组织网络，它必须有适合自身的路由协议才能进行通信。下面对经典的移动 Ad Hoc 网络的路由协议进行分析对比，提出适合紫外光自组织网络的路由协议。

7.2.1　经典协议的算法机制

目前移动 Ad Hoc 网络中已经有很多成熟的协议，这里以两种经典的协议 DSR 和 TORA 比较它们之间的性能差异。

1. DSR 协议

动态源路由协议 DSR 是一种基于需求的路由算法[15]，DSR 最重要的一个特点是利用了源路由，由源节点发起，建立到目的节点的路由，发送分组的源节点直接到达目的地的完整路径，即路径所经过的节点地址有序列表。这些路径存于路由缓存器中，数据分组的分组头携带该源路由。这种源路由的方法避免了数据分组经过中间节点不停更新路由的需要，而后允许节点在转发或无意中收到数据分组时，将最新的路由信息存贮于其路由缓存器中以备将来之需。协议的所有操作都是基于按需的，允许数据分组动态地根据需要对当前路径的变化做出反应。DSR 协议包含路由搜索和路由维护。

DSR 协议的路由搜索机制如下：当在 Ad Hoc 网络中的一个源节点要发送数据分组给一个目的节点时，路由搜索程序向网络广播路由请求 RREQ(route request)分组（该分组会记录下经过的节点地址有序列表），每个接到 RREQ 分组的节点又重新广播它（但丢弃收到的重复的路由搜索分组）。RREQ 分组格式如表 7-1 所示。

表 7-1　RREQ 数据分组格式

分组类型	分组 ID	其他控制信息	源地址	目的地址	经过的节点列表信息

当目的节点或路由缓存中存在通向目的节点的中间节点收到 RREQ 时，发送一个路由应答分组 ACK，把 RREQ 分组中的路由发回给源节点。由于无线链路存在不对称性，因此 ACK 分组不能简单地按 RREQ 来时的路径发回给源节点，若该节点的路由缓存器内已存在回源节点的路由，则 RREQ 可经过这条路径返回源节点；否则，就要启动路由搜索程序。为了避免相互搜索对方，造成路由搜索循环，在此路由搜索报文中必须附带想要发送到源节点的路由应答分组 ACK。源节点收到 ACK 分组后将此路径加入其路由缓存器中。ACK 格式如表 7-2 所示。

表 7-2　ACK 数据分组格式

分组类型	分组 ID	其他控制信息	源地址	目的地址	路径节点列表

路由维护机制如下：只有当路由在使用时，才对它进行维护。当路径上某个节点发现数据分组无法发送到下一跳节点时，从自己的路由缓存中找出该路由，并向源节点发送一个路由出错分组(RERR)，使源节点将自己的路由缓存中的路径删除。若还有数据分组要发送而又没有找到目的节点的有效路由信息，则源节点要重新启动路由搜索程序来获得新的路径。为了防止节点在路由搜索时，同时发送路由应答分组 ACK 而引起大规模的争夺信道情况，在发送 ACK 前先要延时，即

$$\text{Delay} = H \times (h - 1 + r) \tag{7.2}$$

其中，h 是节点到目的节点的距离，即 ACK 的跳距；r 是随机浮点数；H 是较小的时延常数。为了节约控制开销，通过对路由搜索请求分组 RREQ 设置 TTL 限制搜索范围。先在 1 跳范围内搜索，失败后再以 2 的倍数增大 TTL。下面通过一个例子来说明 DSR 路由协议的路由搜索机制和路由维护机制。

当源节点 S 向目的节点 D 发送数据时，它首先检查路由缓存器中是否存在未过期的到目的节点的路由，如果存在则直接使用可用的路由；否则，源节点将启动路由搜索过程。源节点 S 将使用洪泛法向通信范围内的所有节点发送路由请求分组，它包含源节点和目的节点地址以及唯一的标志请求号，收到路由请求消息的中间节点转发该分组，并附上自己的节点标识。当分组到达目的节点 D 或任何一个拥有到目的节点路由的中间节点时，分组中就记录下从 S 到 D 或该中间节点所经过的节点标识，从 S 到 D 的路径即建立完成。图 7-6 为 DSR 协议的流程图，具体方法如下：

(1) 若列表中存在请求分组的源节点和请求号码，则表明近期内节点已经处理过一个相同的分组了，节点将丢弃该分组不再做处理了。

(2) 若节点的地址出现在请求分组的路由记录中，则节点丢弃该分组不再做处理。

(3) 若请求分组的目的地址和节点地址相符合，即该节点是 D，那么 RREQ 分组的路由记录中的路由信息，即从源节点 S 到达目的节点 D 的路由，节点结合此分组信息生成一个路由应答分组发给源节点。

(4) 若以上均不满足，则将节点地址加入到请求分组的路由记录表中，并向周围广播该分组。

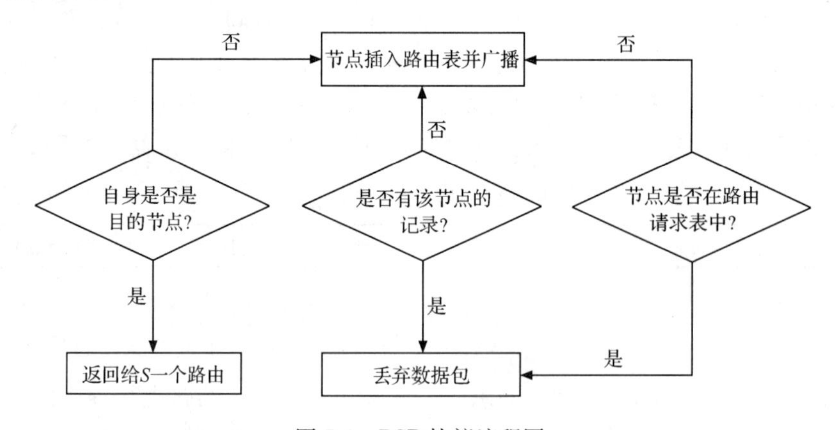

图 7-6　DSR 协议流程图

这仅仅是建立了从 S 到 D 的路径，网络的通信路径应该是双向的。如果两个相互通信的节点，一个节点 A 的无线覆盖范围可能大于另外一个节点 B 的无线覆盖范围,A 可以向 B 发送信息,而 B 到 A 则不可以,因此从 D 到 S 的路径还未完全确定。之后节点 D 或该中间节点将向源节点 S 发送路由应答分组,该分组中将包含 S 到 D 的路由信息,并反转 S 到 D 的路由供应答消息使用。这一过程类似于把 D 作为源节点,把 S 作为目的节点,反向做一次路由发现。完成上述所有过程之后即可开始交换信息。每一个节点都维持一张请求列表,它记录节点近期内所处理过的路由请求分组。这样可以避免 Ad Hoc 网络内的移动节点重复处理相同的路由发现分组的问题。

2. TORA 路由协议

TORA 路由协议是一个基于链路反转方法的自适应的分布式路由算法,主要用于高速动态的多跳无线网络。作为一个由源端发起的按需路由协议,它可以找到从源节点到目的节点的多条路由。TORA 的主要特点是:当网络拓扑发生变化时,控制消息只在拓扑发生改变的局部范围内传播。因此,节点只需维护相邻节点的路由信息。TORA 路由协议由路由产生、路由维护和路由删除构成。初始化时,目的节点的高度(传播序列号)被置为 0。然后由源端广播一个含有目的节点的 ID 和 QRY 分组,一个高度不为 0 的节点响应一个 UDP 分组。收到 UDP 分组的节点的高度将比产生该 UDP 分组的节点的高度大 1,并且具有较大高度的节点被规定为上游节点。通过这种方式能够创建一个从源节点到目的节点的一个有向无环图(DAG)。当节点移动时,路由需要重建。在路由删除阶段,TORA 通过广播一个 CLR 分组来删除无效路由。TORA 存在的一个问题是当多个节点同时进行选路和删除路由时会产生路由振荡现象。TORA 运行在 IMEP(Internet MANETE encapsulation protocol)之上,IMEP 主要用来提供路由消息的可靠传送并可以向邻居节点通知链路的改变。TORA 路由协议与其他按需驱动路由协议一样,首先在网络中发送路由请求分组,但是在路由应答部分则采用了 DAG 算法。其主要思想是对于某一目标节点,网络中每个节点都保留了相对于它的势能。势能可以通过从目标节点的反向广播来获得。离目标节点越远的节点,势能越高,目标节点势能越低。在数据传播过程中,数据分组会从高势能的节点向低势能的节点转发,最终流向目标节点。当局部链路发生变化时,只需要局部势能的调整,这种改变一般不会影响到全局。TORA 路由协议的主要特点是控制报文定位在最靠近拓扑变化的一小部分节点处,因此节点只保留邻近节点的路由信息。该算法中路由不一定是最优的,常常使用次优路由以减少发现路由的开销。

DSR 是一种基于源路由的按需路由协议,主要包括路由发现和路由维护两个过程。当节点 S 向节点 D 发送数据时,它首先检查缓存是否存在未过期的到目的节点的路由,若存在则直接使用可用的路由,否则启动路由发现过程。DSR 的优点是节点仅需要维护与之通信的节点路由,减小了协议开销;使用路由缓存技术减少了路由发现的耗费；一次路由发现过程可能会产生多条到目的节点的路由，有一定的健壮性。DSR的缺点是每个数据报文的头部都需要携带路由信息，数据分组的额外开销较大；路由请求消息采用洪泛方式，相邻节点路由请求消息发生碰撞并产生重复广播；由于缓存使用过期路由影响路由选择的准确性。

TORA主要用于高速动态的多跳无线网络。TORA的优点是当拓扑发生改变时，控制消息只在拓扑发生改变的局部范围内传播；支持保存两个节点间的多条路由及广播，路由拓扑健壮性强；路由建立时没有环路现象产生。TORA的缺点是路由的建立和维护开销大；当多个节点同时进行选路和删除路由时会产生路由振荡现象；TORA算法基于同步时钟，所以时间的不同可以导致路由故障，并且这种算法还有潜在的振荡性，影响路由的建立时间。

7.2.2 DSR与TORA性能比较

为了更好地说明这两种协议间的区别，可以用OPNET仿真软件对其进行了仿真。

1. 移动工作站轨迹配置

OPNET支持对移动节点的仿真，通过对移动节点移动轨迹的配置，来控制移动节点的移动。对配置好的轨迹，要在移动工作站的属性中，将Trajectory配置成定义的轨迹，才能使此工作站在仿真过程中按此轨迹进行移动。轨迹的定义步骤如下[16]：

(1) 在Topology菜单中，选择Define Trajectory用于定义轨迹，如图7-7所示。

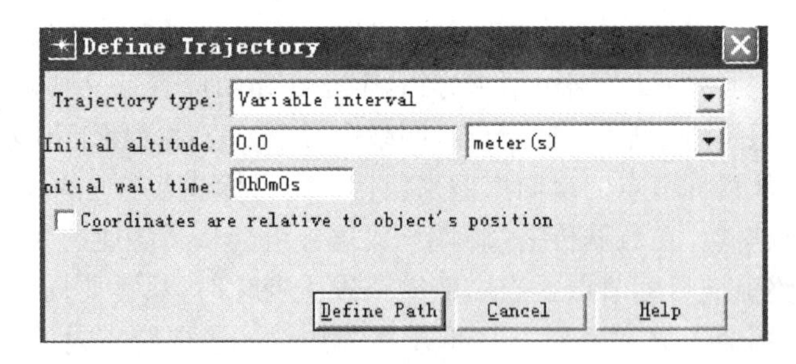

图7-7 Define Trajectory菜单

轨迹类型(trajectory type)有固定间隔类型(fixed interval)和可变间隔类型(variable interval)两类，可按需要进行选择。一般选择可变类型，由自己定义轨迹。初始等待时间(initial wait time)是指该移动工作站在仿真开始时在初始位置等待多长的时间。以上参数设定后，可点击定义路径按钮，则鼠标尖上会带一根短线，从而进入轨迹段信息的定义。

(2) 用鼠标左击需要定义轨迹的移动工作站，然后将鼠标移动到移动工作站下一步要停止的地方，左击便会出现如图 7-8 所示的画面。

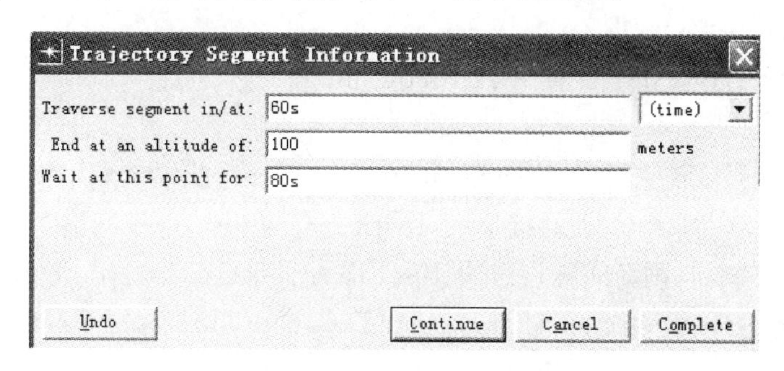

图 7-8 Trajectory Segment Information 菜单

移动段时间(traverse segment)定义了这一阶段移动工作站需要移动多长的时间。终点的高度(end at an altitude of)指明了工作站的高度，移动工作站在移动过程中，不仅位置可以改变，而且其高度也可以改变。在此点停留的时间(wait at this point for)是指移动工作站在该点应该停留的时间。一般对不规则的轨迹定义，将线段按需要分成不同长度的线段，从而最大限度地接近实际的地形，左击 Continue 继续。如此操作，直到按自己的需要定义出一条轨迹，然后保存。可以按需要定义若干条不同的轨迹，存储起来备用。我们定义了四种移动轨迹，分别为：

① 上边的两个工作站先向左上方移动，再向右移动，最后向左下方移动。具体的做法是：对于工作站 mw_1，让它在起始点(3750，2250)处等待 100s 后，向左上方移动到点(3000，500)处，用时 200s；在此点等待 100s 后，向右移动到点(4500，500)处，用时 200s；在此点等待 100s 后，再向左下方移动到点(4000，2000)处，用时 200s，然后在此点等待。

② 左边的两个工作站先向左下方移动一段距离，再向上移动一段距离后向右下方移动的轨迹，具体做法类似于①。

③ 下边的两个工作站先向左下方移动一段距离，再向右移动一段距离后向左上方移动的轨迹，具体做法类似于①。

④ 右边的两个工作站先向右下方移动一段距离，再向上移动一段距离后向左下方移动的轨迹，具体做法类似于①。

2. DSR 路由协议的仿真分析

网络拓扑结构：网络拓扑结构是在 6000m×6000m 的范围内放置 8 个移动节

点和一个接收机组。网络中的所有节点配置运行 DSR 路由协议，执行多 Ftp 业务，所有的节点都具有移动性，都需要配置移动轨迹。

仿真业务：Ftp。

使用路由协议：DSR。

使用设备：接收机组配置 Rx Group Config。

工作站：Wlan_wkstn。

模型配置：接收机组配置 Rx Group Config。Rx 组配置节点用于加速仿真，它的作用是用于消除 1000m 外的接收机对网络造成的干扰，由于网络是移动的，所以接收机组需要刷新，刷新间隔设置为 10s。将 receiver_group_config/Receiver Selection Parameters/Selection Parameters/Distance Threshold(meters)配置成 1500，将 receiver_group_config/Duration/Refresh Interval(Seconds)设置成 10。

工作站 Wlan_wkstn：将 Ad Hoc Routing Parameters 配置成 DSR，将 MANET Traffic Generation Parameters/row0/Start Time(Seconds)配置成 100，表示在仿真开始 100s 后，工作站才进行工作。这是由于在仿真开始时，有许多参数需要进行初始化，这 100s 正是用于初始化这些参数的时间；将 MANET Traffic Generation Parameters/row0/Packet Inter-Arrival Time(seconds)配置成 exponential(1)，表示分组到达的时间间隔为 exponential(1)；将 MANET Traffic Generation Parameters/row0/Packet Size(bits)配置成 exponential(1024)，表示分组的大小为 exponential(1024)；将 Wireless LAN/Wireless LAN Parameters/Roaming Capability 配置成 Enabled，表示此工作站可以移动，具有移动功能。此外，还要对其轨迹进行配置。

仿真采用的指标有业务产生的数量、局域网时延、局域网吞吐量。

网络拓扑结构如图 7-9 所示。设定仿真时间为 1h，CPU 为 2.21GHz，内存为 1GB 的计算机上，使用优化仿真方法，实际仿真时间为 12s。

仿真结果及分析：

① 路由发现时间(图 7-10)：从图中可以看出，在 600～1200s，平均路由发现时间稍长，为 5～8s，1800s 后平均路由发现时间为 1～2s。产生这种结果的原因可能是网络中的工作站数目太少，不能维持所有工作站间的通信。

② 每个路由的跳数(图 7-11)：从图中可以得出，在 0～900s 内(在工作站移动时间段内)每个路由的跳数在 1.25～2 跳。1800s 后，即网络拓扑达到稳定后，每个路由的跳数大致为 1 跳。

③ 总的业务发送量(图 7-12)：从图中总的业务发送情况来看，当网络拓扑达到稳定后，总的业务发送量大致为 6000b/s。

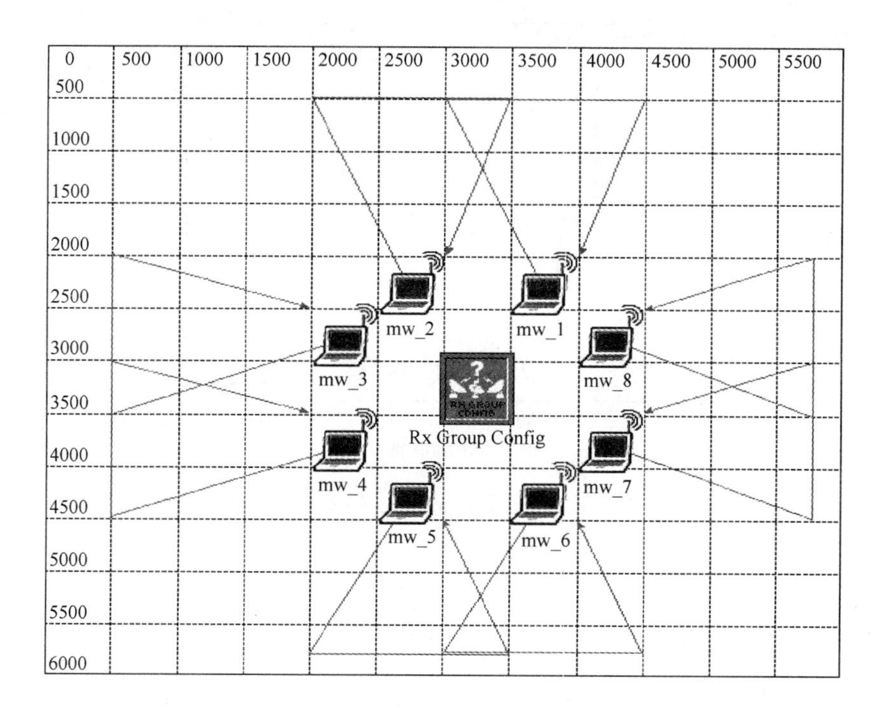

图 7-9 移动 DSR 网络拓扑

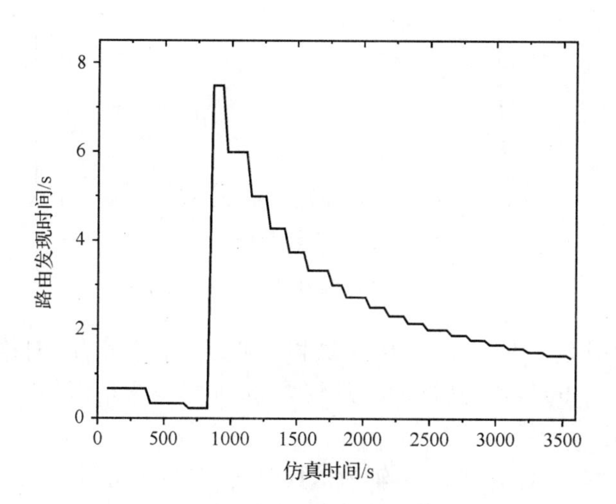

图 7-10 路由发现时间(移动 DSR)

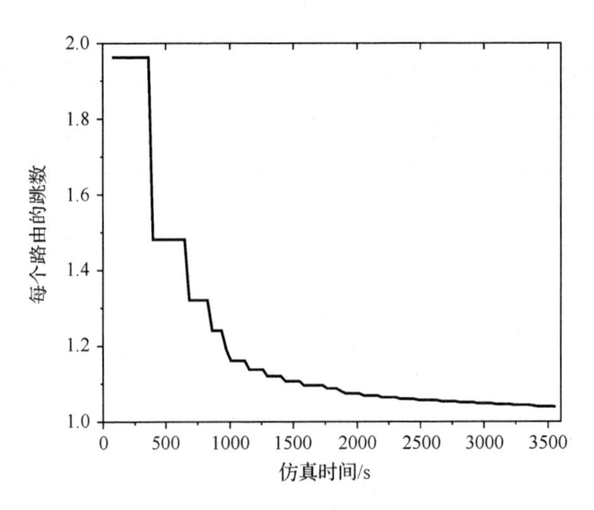

图 7-11 每个路由的跳数(移动 DSR)

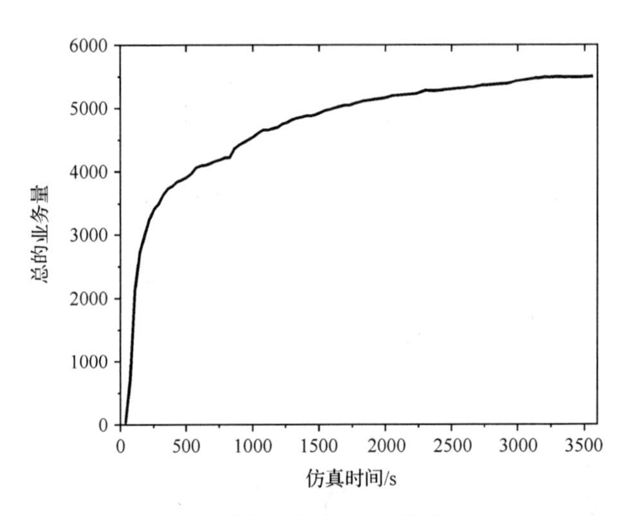

图 7-12 总的业务发送量(移动 DSR)

④ 局域网时延(图 7-13):从局域网的时延情况来看,网络时延大致为 0.001s,但在 816～900s 内,网络的时延较大(0.005s),这是因为工作站的移动会加大网络的时延。

⑤ 局域网吞吐量(图 7-14):x 轴为仿真时间,单位为分钟;y 轴为局域网吞吐量,单位为 bits。从图中可以看出,在工作站的移动过程中,即网络拓扑变化的过程中,局域网的吞吐量每秒不到 4000bits;当网络拓扑结构固定后,网络的吞吐量每秒超过 5000bits。这说明当网络拓扑发生变化时,其吞吐量较小;当网络拓扑结构固定时,其吞吐量较高。

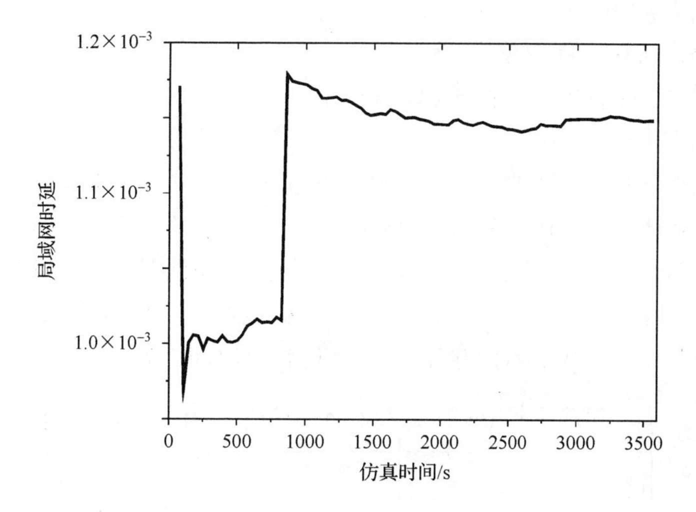

图 7-13 局域网时延(移动 DSR)

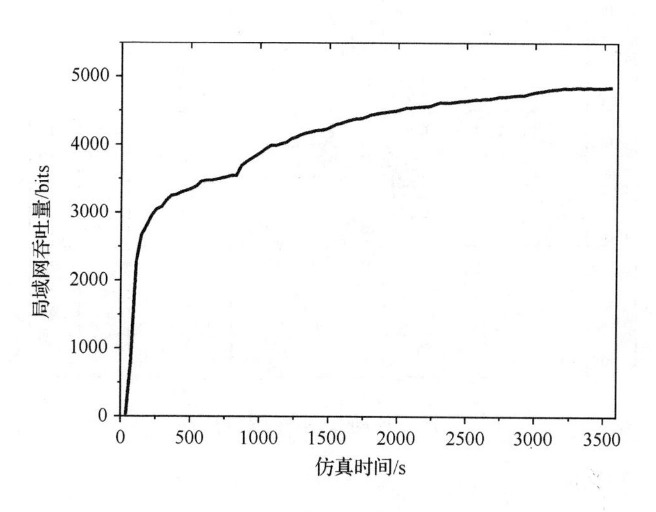

图 7-14 局域网吞吐量(移动 DSR)

3. TORA 路由协议的网络仿真

网络拓扑结构如图 7-15 所示,与图 7-9 在外形上相同,区别是网络中的工作站全部使用 TORA 路由协议。

网络拓扑结构是在 6000m×6000m 的范围内放置 8 个移动节点和一个接收机组。网络中的所有节点配置运行 TORA 路由协议,执行多 Ftp 业务。所有的节点都具有移动性,都需要配置移动轨迹。

仿真业务：Ftp。

使用路由协议：TORA。

使用设备：接收机组配置 Rx Group Config。

工作站 Wlan_wkstn。

在模型配置中，接收机组与工作站的配置与 7.2.2 节相同，不同的是将 Ad Hoc Routing Parameters 配置成 TORA。

仿真所采用的指标有 3 个：业务产生的数量、局域网时延、局域网吞吐量。

网络拓扑结构如图 7-15 所示，坐标显示网络的大小，单位为 m。设定仿真时间为 1h，CPU 为 2.21GHz，内存为 1GB，实际仿真时间为 5s。

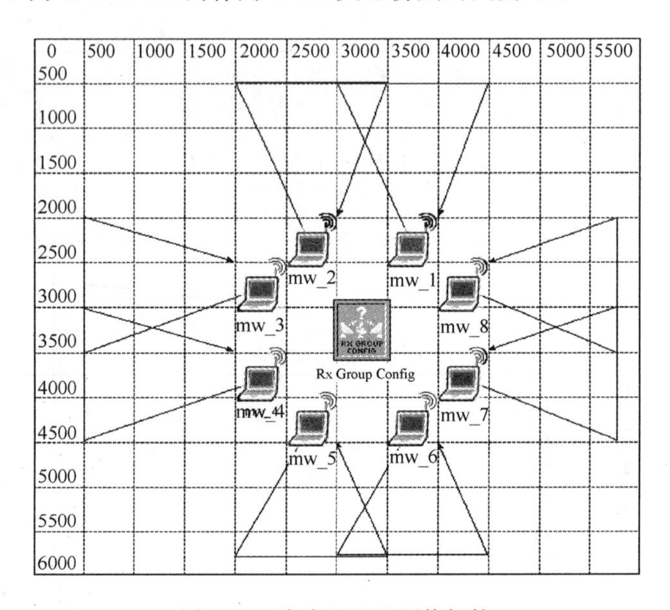

图 7-15　移动 TORA 网络拓扑

仿真结果及分析：

(1) 从图 7-16 中可以看出，仿真开始时，TORA IMEP 控制业务发送率较高。但在工作站移动时间段内，TORA IMEP 控制业务发送率较低，每秒不到 100bits，当网络拓扑固定后，TORA IMEP 控制业务发送率超过 100bits。这说明网络拓扑的变化对 TORA IMEP 控制业务发送率有一定的影响。

(2) 从图 7-17 中可以看出，局域网时延大约为 0.0015s。

(3) 从图 7-18 中可以看出，仿真开始时，局域网吞吐量增加，但在工作站移动时间段内，局域网吞吐量相对较小，每秒不到 3000bits，当网络拓扑固定后，局域网吞吐量增加，每秒将近 4000bits。这说明当网络拓扑变化时，其吞吐量较小；当网络拓扑固定后，其吞吐量较高。

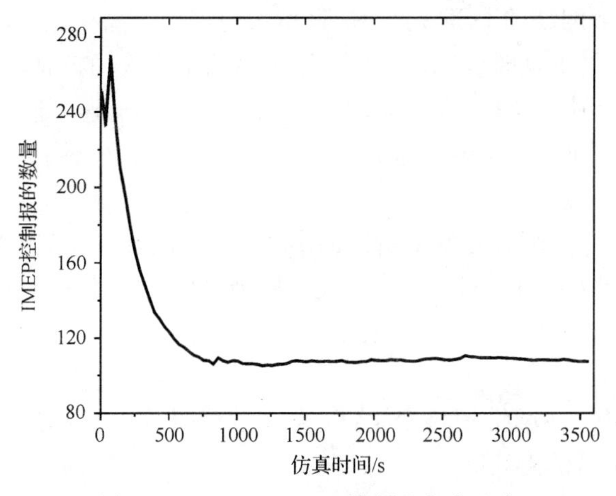

图 7-16 TORA IMEP 控制业务发送率

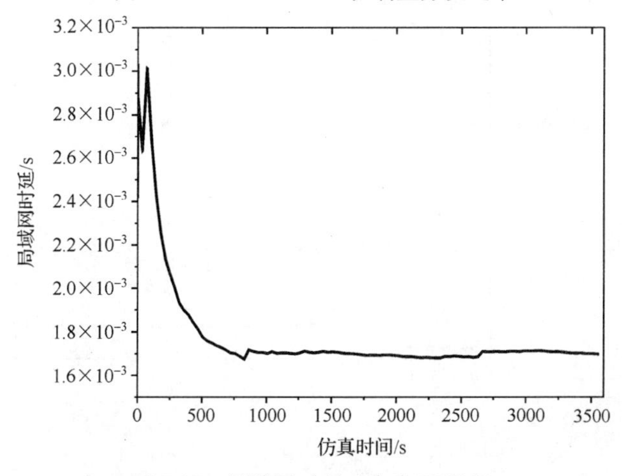

图 7-17 局域网时延（移动 TORA）

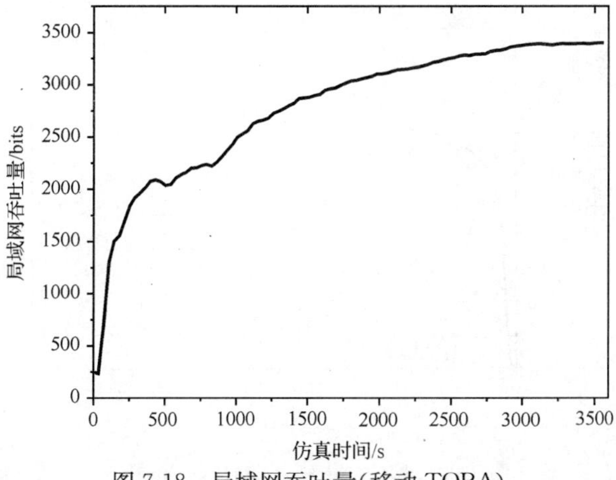

图 7-18 局域网吞吐量(移动 TORA)

移动 Ad Hoc 网络的 DSR 协议和 TORA 协议仿真结果比较：

从图 7-19 中局域网时延来看，使用 TORA 路由协议的局域网时延要比使用 DSR 路由协议的局域网时延大。原因是因为网络变化迅速，随着时间的增加，网络拓扑变化频繁，TORA 需要发送大量的 IMEP 控制报文，使得网络拥塞，故时延较大。

从图 7-20 中局域网吞吐量来看，使用 DSR 路由协议的局域网吞吐量要比使用 TORA 路由协议的局域网吞吐量稍大。原因是网络拓扑是变化的，为了维护相邻节点间的路由，TORA 需要发送大量的控制分组信息，因此占用了较多的信道资源。

通过上述分析，在网络拓扑变化且仿真业务为多 Ftp 时，使用 DSR 路由协议要比使用 TORA 路由协议好。

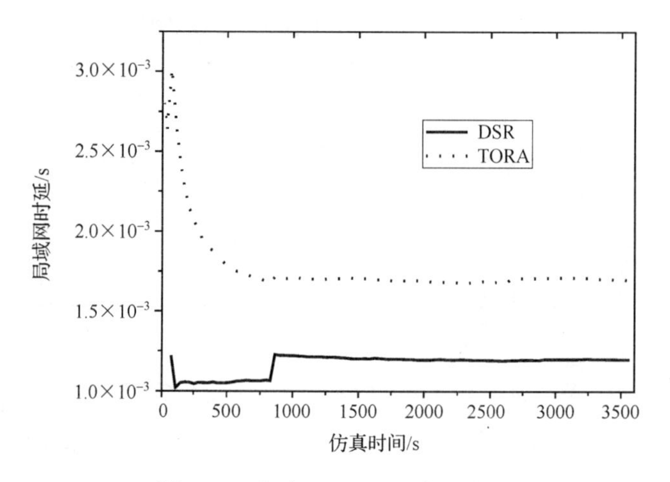

图 7-19　移动 Ad Hoc 局域网时延

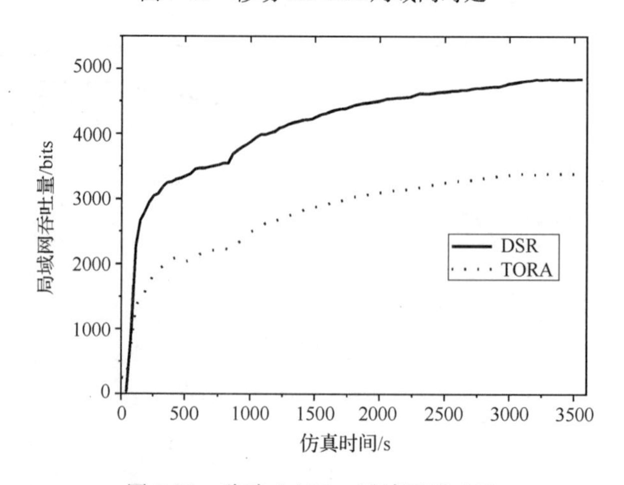

图 7-20　移动 Ad Hoc 局域网吞吐量

移动自组织网络中有很多经典的协议，这些协议有些是先验式的，有些是反应式的。由于移动 Ad Hoc 网络拓扑的易变性，反应式的路由协议在网络中有着相对较好的性能。我们利用 OPNET Modeler 软件对移动自组织网络的两个经典反应式路由协议 DSR 和 TORA 进行了仿真比较。实验结果表明，在网络拓扑变化较快时，TORA 的吞吐量、路由开销和延时等参数都要逊色于 DSR 协议，这是因为 TORA 协议需要大量的 IMEP 控制分组来告知网络拓扑的变化，而在网络拓扑变化较慢时，TORA 的表现要稍好于 DSR 协议。这是因为路由控制分组中包含相对较少的信息。

7.3 紫外光自组织网络路由性能分析

移动 Ad Hoc 网络(MANET)作为一种新兴的无线网络有着许多独特的特点，如无基站、无中心节点、网络拓扑时时刻刻在改变，网络中所有节点同时作为通信终端和路由器等。这些特点使得 MANET 非常灵活和高效。传统的 MANET 主要工作在射频，但是在这个波段的带宽已经受到了来自语音、视频等网络业务的严峻挑战。紫外光由于其发射器件和接收器件小、成本低、可以非直视通信、高安全性、非常低的背景噪声和潜在的高速率通信等特点使得它能够作为传统 MANET 的一个非常理想的补充。下面分析紫外 MANET 路由协议的性能、误码率(BER)和信噪比(SNR)等参数。

7.3.1 紫外光通信中的路由协议

根据文献[14]中的紫外光通信散射模型，我们设计了一个适合于紫外光自组织通信的路由协议。仿真中选取了经典的 DSR 协议作为紫外光自组织网络的路由协议。

DSR 路由协议是一个典型的反应式路由协议。它有两个最主要的机制：路由发现机制和路由维护机制。图 7-21 是经典的 DSR 协议的机制图。其中，路由发现机制的原理和过程如下：如果一个节点 S 要和节点 D 通信，首先 S 需要广播一个路由请求(RREQ)分组给它的邻居节点。这个 RREQ 分组包含了很多有用的信息，如这条 RREQ 的源节点 S 的地址，目的节点 D 的地址，该 RREQ 的序列号(由源节点确定，为了标识该 RREQ 分组)还有一个路由记录区域。如果一个节点接收到该 RREQ 分组发现自身并不是目的节点或者自身并没有一条到目的节点的路由或者它是第一次接收到这个 RREQ 分组时，它会接着广播这个 RREQ 分组。如果该节点在它自身的路由存储区域已经有一条到达目的节点现有的路由，那么它就会立即生成一个路由应答分组(RREP)返回给源节点 S。这个 RREP 含

有一条完整的从 S 到 D 的路由。同时，它还含有一些其他信息如目的节点(RREQ 的源节点)，RREP 的下一跳节点以及和相应的 RREQ 相同的序列号。当然，很有可能在 RREQ 到达目的节点 D 之前，所有接收到 RREQ 的节点都没有一条从自身到 D 的完整的路由。这样，当目的节点 D 接收到 RREQ 时就自己生成一个 RREP 并将上述 RREP 的内容包含在内传回给源节点 S。之后，目的节点就会丢弃所有与这条 RREP 有着相同序列号的 RREQ 分组，因为这些 RREQ 都是其他节点后来发送过来的。路由维护机制用来维护现有的路由，保证在节点中存储的路由都是正确的和可用的。如果某个节点的数据链路层检测到一个传输错误时(传输错误是指从这个节点发送的数据分组不能到达下一跳节点，这里用到的是等停机制或者缺省时间机制)，这个节点就会生成一个路由错误分组并将路由错误分组发送到发送数据分组的源节点那里。当源节点接收到一个路由错误分组后，它首先删除与该链路有关的路由表项目及以后的所有项目。然后源节点会重新发起一次路由发现过程来寻找一条新的可用的路由。DSR 路由协议不仅适用于普通的 MANET 网络，也适用于紫外光自组织网络。紫外光自组织网络的通信距离非常短，所以多跳路由和路由缓存表是非常必要的。

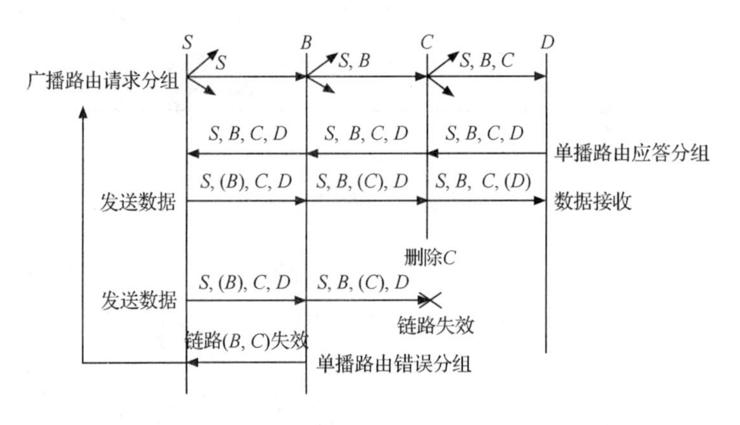

图 7-21　DSR 协议的具体操作流程

7.3.2　仿真模型和仿真参数

这里选择 OPNET Modeler[17] 来作为仿真环境，使用 OPNET 的内置地理环境设置用户接口来设置仿真中的地理环境。这里最主要的几个参数如下：总的发送数据量、总的接收数据量、端到端的延时、误码率和信噪比。假设在这个网络中有三种主要的业务，即数据分组(Ftp)、语音业务和视频会议。不同类型的业务所能忍受的 BER 和延时是不同的。对于参数 BER 来说，Ftp 业务最大的 BER 为

10^{-9}，语音业务的最大 BER 为 10^{-6}，而对于视频会议来说可以接受 10^{-3} 数量级的误码率。对于 SNR，这里选取若干条链路上的统计平均值来计算。仿真中用到的其他参数如下：

① 场景面积为 1000m×1000m。

② 最大传输距离为 200m。

③ 数据速率为 2Mb/s。

④ 移动性为随机移动。

⑤ 地形为印第安纳波利斯。

⑥ 仿真时间为 1h。

⑦ 调制方式为 BPSK。

⑧ 数据分组大小为 256bits。

7.3.3　仿真与分析

从图 7-22 可以看出，当网络中的业务为 Ftp 时，总的发送数据和总的接收数据曲线很类似。这说明绝大部分的数据分组都可以到达接收端，并且从图中可以看出数据的传送速率在 4Kb/s 左右。同时，只有 15％的总数据量为 Ftp 业务所传送的，这说明网络中的大部分数据都是路由信息，网络的利用率还比较低。

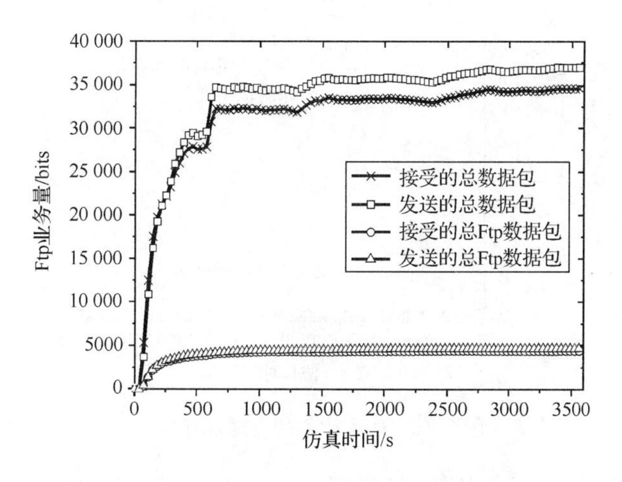

图 7-22　FTP 业务的发送和接收

图 7-23 为语音业务的仿真结果图。从图中可以看出，当仿真时间超过 1200s 时，接收到的数据分组迅速下降。这说明在 1200s 以后的时间段里，很多数据分组不能有效地到达目的节点，同时路由开销急剧升高，大部分的网络开销都是路由开

销，影响了网络带宽，最终影响到数据的传输。从图中可以看出，数据的传输速率大概也在 4～6Kb/s。图 7-24 显示当网络业务为视频会议时，图中的曲线与图 7-23 中的曲线类似，但是数据的丢失发生在 2500s 以后。这说明在 2500s 以后路由开销占去了绝大部分带宽。

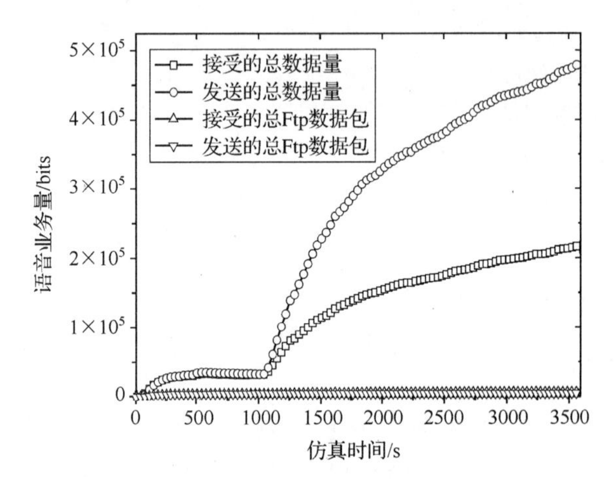

图 7-23 语音业务的发送和接收

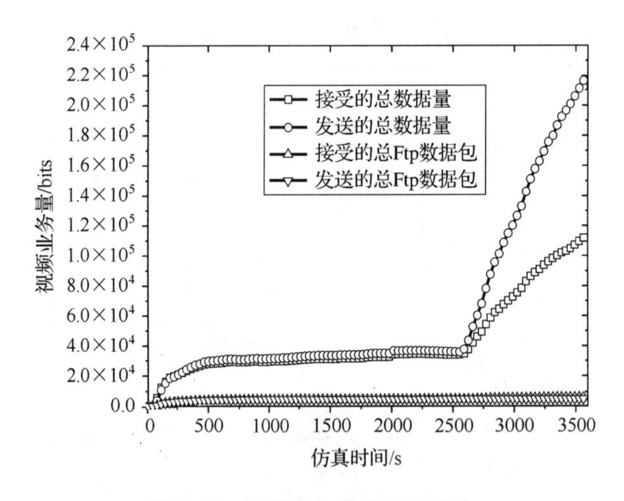

图 7-24 视频业务的发送和接收

图 7-25 显示了不同业务的误码率曲线，可以看出当网络中的业务为 Ftp 和语音传输时，BER 超过了它们的阈值，对于视频会议来说，这种网络可以达到要求。

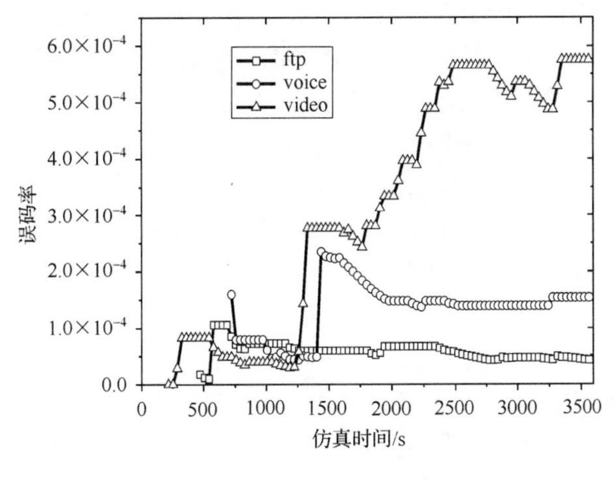

图 7-25　误码率曲线图

7.4　一种基于节点位置和速度信息的路由协议

在 MANET 中，研究人员提出了很多路由协议，所有这些经典的路由协议都没有考虑到一个问题：如果网络中节点的移动速度非常大的时候，路由失效会非常频繁。高速移动的节点会导致路由失效，因为节点会很容易移出另一个节点的广播范围，如果这个节点是另一个节点路由中的中继节点的话，那么这条路由就会失效，导致通信失败。

7.4.1　PVAR 协议的机制

这里提出了一种使用节点位置信息和移动速度的路由协议[18,19]（position and velocity aided routing protocol，PVAR），在尽可能长的时间内维护路由的有效性并且有效的降低网络中的路由开销。该算法的仿真脚本程序参考附录 E-1～附录 E-3。

1. 邻居节点的选择

在 PVAR 协议中，假设节点或者通信终端在网络中有着非常快的速度（最少 10m/s）。同时，假设网络中的节点都是按照直线向着它的目标节点运动的，并且在达到目标节点之前方向不会改变。

在 MANET 中，一个源节点（中心节点）的邻居节点是指在这个源节点一跳广播范围内的节点。源节点只能通过广播的方式与其他节点通信，也就是说，源节点只能与它的邻居节点通信。如果源节点想与非邻居节点通信，那么它只能通过其邻居节点逐跳的到达目的节点。所以，源节点必须维护其邻居节点的信息，并且要时时更新这些信息。但是，问题在于 MANET 中的节点随时都在移动，而节点的广播范围却是固定的。所以，如果网络中的节点都处于一个相对较高的速度时，每个节点的邻居节点会变化的非常快，网络拓扑也会因此而变得相当不稳定。快速变化的邻居节点可以导致通信失败，因为节点的邻居节点很有可能是到达另一节点的中间节点，如果邻居节点已经不在源节点的广播范围内的话，源节点到目的节点的路由就会失效，导致通信失败。由于 PVAR 协议中的路由发现机制是基于广播机制的，所以邻居节点的选择对于 PVAR 协议来说是相当重要的。如果一个节点的邻居节点移动的方向与源节点的移动方向处在一个相对平行的方向，并且它们的速度是相比拟的，这个邻居节点就会在很长的时间内成为源节点的邻居节点，可以将这种节点称为好的候选邻居。如果源节点的邻居节点向着它的反方向移动的话，那么它们之间的距离会越来越远，最终离开各自的广播范围。如果这个邻居节点是源节点通向另一个节点的中继节点的话，那么这条路由上的所有节点都会受到影响。不仅这样，路由的失效会导致网络中路由开销的增加，因为这条路由上的节点都会重新发起路由发现过程来修复这条失效的链路。这样的邻居节点越多，路由就越容易失效，相应的路由开销也会越大，将这一类邻居节点称为坏的候选邻居。当然，在实际的仿真过程中必须设定一定的标准来区分好的候选邻居和坏的候选邻居。由于在后续的仿真中网络中的节点都处于一个相对较高的移动速度中，所以用节点的位置和节点运动的方向矢量来决定哪些节点应该最终成为路由的中继节点。假设中心节点在运动方向上的单位方向矢量为 VC，它的一个邻居节点的运动单位方向矢量为 VN。如果确切地知道 VC 和 VN 的值，利用余弦定理，可以计算出 VC 和 VN 之间的夹角。如果用一个阈值来逐个计算邻居节点的运动方向上的单位矢量和中心节点运动方向上的单位矢量，就可以确定这个邻居节点是好的候选邻居还是坏的候选邻居了。图 7-26 是利用余弦定义计算 VC 与 VN 的夹角示意图。

仅靠移动速度的单位方向矢量并不足以决定一个邻居节点是否可以成为中心节点到其目的节点的中继节点。我们必须同时将节点位置的概念引入 PVAR 协议中。中心节点在收到 Hello 消息后计算本节点到其他邻居节点的距离，如果某个邻居节点与中心节点的距离超过了某个预先设定的阈值，那么这个邻居节点就被判断为坏的候选邻居，否则这个邻居节点就是一个好的候选邻居。一个邻居节点只有同时在上述两个标准下都被判断为好的候选邻居它才能被中心节点看做是真的邻居从而作为路由上的中继节点。在后续的仿真中，VC 与 VN 之间夹角的阈值为 135°。中心节点和邻居节点之间距离的阈值为 220m(通信距离的缺省值为 250m)。图 7-27 为邻居节点的判断示意图。

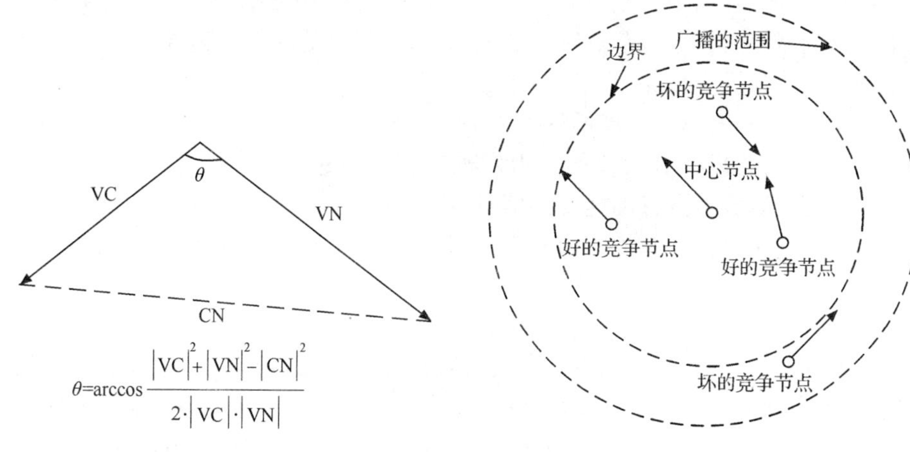

图 7-26　利用余弦定义计算 VC 与 VN 的夹角

图 7-27　邻居节点的判断

2. 路由发现过程

在 PVAR 协议中主要关注高效的路由发现过程。这里的目标是将路由发现过程变得更可靠,并且路由开销更小。

1）洪泛方式的路由发现

PVAR 协议的路由发现机制是靠洪泛的方式来实现的,这一点跟 DSR 或者 AODV 协议很像。当节点 S 想要跟一个不是其邻居的节点 D 通信时,S 就需要发起一次路由发现过程了。在之前的讨论中,我们得知 S 会生成一个序列号并将该序列号放在路由请求分组中发给它的邻居节点。在这里,邻居节点指的就是用之前的方法计算出的真正的邻居节点。实际上,每个节点接收到这个路由请求分组时会进行不同的处理,但是现在只看路由发现机制的基本原理。当一个邻居节点接收到这个路由请求分组后,它会首先查看自身是否有一条足够新的到达目的节点 D 的路由。在这里,足够新的意思是指该邻居节点在其路由缓存区域存储的到达 D 的路由中的序列号是大于等于所接收到的路由请求分组中的序列号的。如果该邻居节点有这样的路由,它会生成一个路由应答分组并将其返回给 S,S 在接收到这个路由应答分组后丢弃所有序列号小于等于该路由应答分组序列号的路由应答分组。至此,S 就可以通过这条路由将数据分组传送给目的节点 D,路由发现过程完毕。如果该邻居节点并没有一条现有的到达目的节点 D 的路由,它会将该路由请求分组继续以广播的方式传给它的邻居节点。每个节点都按照此机制转发该路由请求分组直到该路由分组到达目的节点 D。D 在接收到路由请求分组后生成路由应答分组并沿着路由请求分组的路由返回给源节点 S。无论什么时候 S 收到一个路由应答分组,它都会更新其路由存储区域中的相关路由。在 PVAR 协议中,每个节点都维护一个序列号 SN,每当发送一个路由控制分组时,节点都会把这个序列号加载在路由控制分组中。节点在接收到路由控制分组后首先判断该分组中的序列号是否大于该节点维护的序列号，如果是的话就处理该路由控制分组，否则的话将直接丢弃该路由控制分组。

2) PVAR 中的路由发现过程

从本质上讲，PVAR 协议的路由发现过程是通过洪泛机制来实现的。但是，由于有地理位置和节点移动速度等信息，将基于洪泛机制的路由发现进行一些改动以增加它的可靠性并减少路由开销。这些改动如下：如果源节点 S 想要与另一个节点 D 通信而 S 又没有到 D 的路由时，S 生成一个路由请求分组并发起一次路由发现过程。除了前面所提到的源节点地址，目的节点地址和序列号之外，S 还会将它的速度和位置信息一并封装到路由请求分组中。如果 S 知道目的节点 D 的位置和速度，它将自身与 D 之间的距离计算出来并封装在路由请求分组中，这个距离用 DIST 来表示。同时，S 会将 D 的坐标和速度信息也封装在路由请求分组中。如果 S 不知道 D 的位置和速度信息，它将 DIST 和 D 的坐标和速度区域置为一个不可知标志位以通知其他节点。在仿真中，将这个标志位设为 -1。当一个中间节点 M 接收到路由请求分组后，M 首先判断自身是否为目的节点，如果 M 就是目的节点 D，那么它会生成一个路由应答分组，其中包括了 D 的位置和速度信息。然后 D 会将自身的 SN 更新使其与路由请求分组中的序列号一致。随后 D 会将这个路由应答分组以广播的形式返回给 S。这里并没有将路由应答分组沿着从 D 到 S 的路由传回给 S，而是采取了洪泛的方式。这里考虑这样做的话会使更多的节点接收到 D 的位置和速度信息，这样会使网络中的信息得到及时的更新，选择的路由会更不容易失效。同时，这样做可以使节点尽可能多的得知一条到 D 的可靠路由。如果这条路由短时间内不会失效的话，这些节点就不用发起路由发现过程来找一条到 D 的可靠路由了，这会大大减少网络中的路由开销。当源节点 S 收到这个路由应答分组后，路由发现过程结束。S 现在就可以根据这条路由来发送上层数据了。如果 M 本身并不是目的节点 D 的话，它先检查自身是否有一条足够新的到 D 的路由（足够新是指其自身的序列号大于等于路由请求分组的序列号），如果 M 有这样一条路由的话，它将其存储的 D 的位置和速度信息封装在路由应答分组中并返回给源节点 S。如果 M 既不是目的节点，也没有一条足够新的到达 D 的路由，那么 M 就起一个中继节点的作用。首先，M 会检查路由请求分组中的 DIST 区域和 D 的坐标及速度部分的数据值，如果这些部分的值全部为 -1，这就意味着源节点 S 还不知道任何关于目的节点 D 的信息。M 这时就要检查自身是否有关于 D 的信息，如果 M 没有关于 D 的信息，那么它将路由请求分组中值为 -1 的部分保持原状，然后将路由请求分组以广播的形式发给它的邻居节点。如果 M 自身有关于 D 的信息，那么它会计算自身到 D 的距离，如果 M 到 D 的距离小于路由请求分组中 DIST 的值，说明 M 到 D 的距离小于 S 到 D 的距离。M 将自身到 D 的距离替换路由请求分组中的 DIST 并将路由请求分组广播到它的邻居节点。每个收到路由请求分组的节点都以此方式转发该路由请求分组直到它到达目的节点 D。这种情况在仿真中可能并不常见，但是如果从 S 到 D 的路由失效后，S 得重新发起一次路由发现过程来确定一条到 D 的路由。这条路由上的所有节点可能都会受到影响，但是路由的失效有可能不是因为 D 的移动而导致的。这样的话，D 的位置和速度信息还是有用的。图 7-28 为仿真中所用到的路由请求分组头格式。图 7-29 为 PVAR 的流程图。

Type(8)	Dst(32)	Src(32)	XD(32)	YD(32)	VD(32)	DIST(32)	SN(32)

图 7-28 路由请求分组头

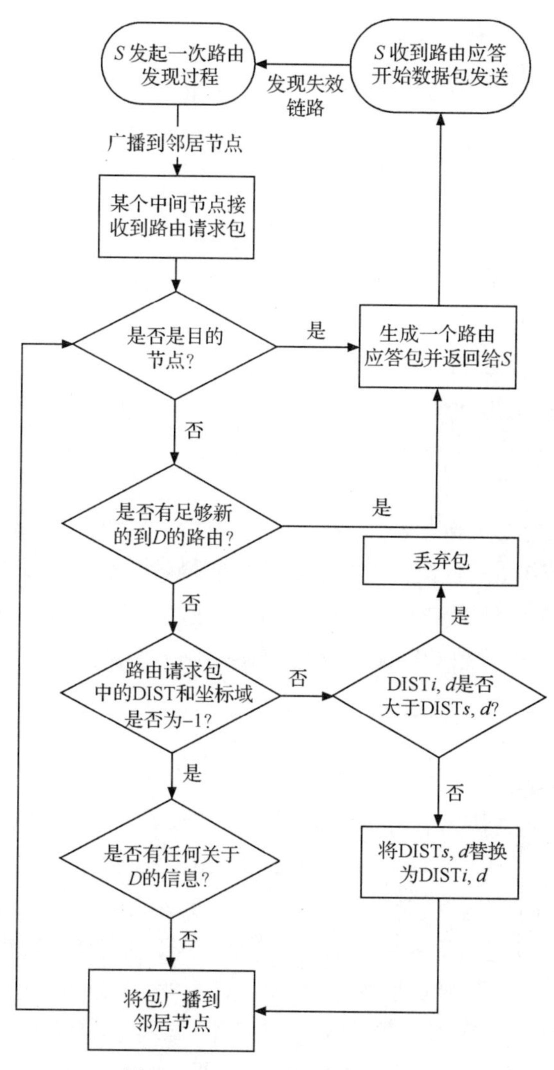

图 7-29 PVAR 算法流程图

7.4.2 仿真模型介绍

我们对 PVAR 的仿真是在 NS2 的环境下进行的[20]，仿真脚本程序参考附录 E-4，用 NS2 中自带的 AODV 标准协议作为相比较的协议。这是因为 AODV 是经典的协议，而且 NS2 中的标准模型可以作为参考。在仿真中，网络中的节点数分别为 50 和 100。网络中的节点被限制在 670m×670m 的正方形区域内。节点的速度分别为 1～10m/s，10～20m/s 和 20～30m/s 并且服从高斯分布。在仿真一开始的时候，所有节点都是随机分布在这个正方形的平面上。在向它们的目的地移动的时候，每个节点都会暂停一个时间段，这个时间段中它们不会移动。我们在仿真中分别选取 0s(没有暂停)、10s、20s 和 30s 来作为暂停时间，仿真的总时间为 100s。

在仿真中，将 PVAR 协议和 AODV 协议作了对比。在整个网络设置了 20 个 CBR 数据流来作为数据分组源，它们由 20 个不同的节点生成。每个 CBR 流量都会发送大小为 128bytes 的数据分组，每秒发送 10 个。当 CBR 业务生成时，它的目的节点是随机产生的。每个节点都只能通过广播的形式与其邻居节点通信，如果数据分组因为失效的路由而不能发送到目的节点时，源节点会直接丢弃该数据分组。其他的仿真参数如下：

① MAC 层协议为 802.11。

② 数据链路层的队列长度为 100 个分组。

③ 传播模型为 Two Ray Ground。

④ 天线模型为 Omni-direction。

为了测试 PVAR 的性能，主要选取了两个参数来做比较，即分组到达率和路由分组开销。分组到达率是 CBR 业务流量中成功到达目的节点的分组和总的发送分组的比例。路由分组开销则定义为路由控制分组和 CBR 数据分组的比例。

1. 分组到达率

在图 7-30 中，横轴 X 表示节点的暂停时间，值分别为 0s、10s、20s、30s，纵轴 Y 表示分组到达率，仿真脚本程序参考附录 E-5。图 7-30 中的节点个数为 50。图中节点的速度分别为 1～10m/s、10～20m/s 和 20～30m/s，并且服从高斯分布。为了简化起见，可以简单地将它们标为 10m/s、20m/s 和 30m/s。由图 7-30 可以看出，PVAR 协议分组到达率的最低值为 0.988，并且在节点速度为 10m/s 时它的分组到达率更稳定。当然 AODV 的表现也很好。当节点的速度在 10m/s～20m/s 时，PVAR 协议和 AODV 协议的性能同时下降。这很有可能是因为在节点速度提高后，路由失效可能性大大增加的缘故。但是，当暂停时间为 30s 时，AODV 协议的分组到达率突然下降，这说明 AODV 的稳定性不如 PVAR 协议。当节点的速度为 20m/s～30m/s 时，AODV 分组到达率的抖动非常大，AODV 协议的不稳定性再次体现，但是 PVAR 却表现出非常好的稳定性。最终 PVAR 在图 7-31 中所表现出的分组到达率的性能要好于 AODV 协议，它的抖动更小，分组到达率也更高。

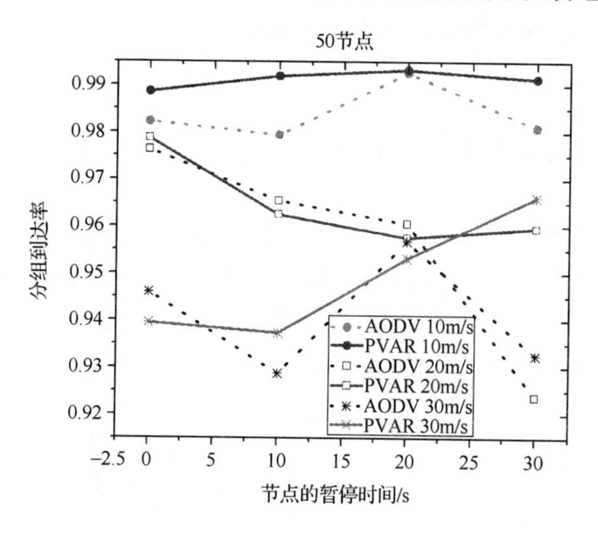

图 7-30 50 个节点的分组到达率[19,20]

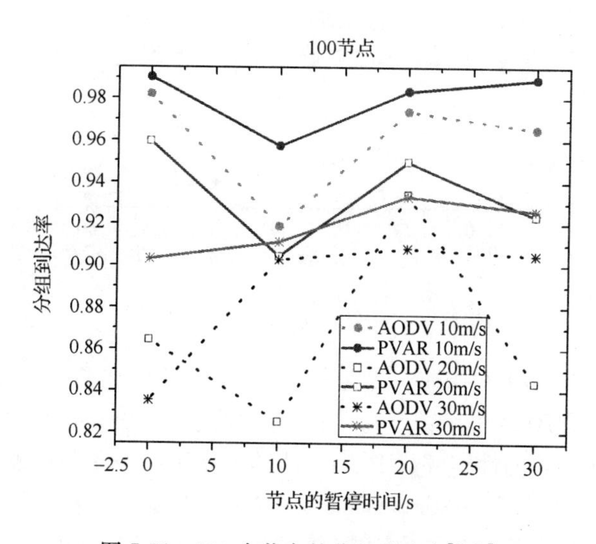

图 7-31 100 个节点的分组到达率[19,20]

在图 7-31 中，X 轴和 Y 轴的意义与图 7-30 相同，但是网络中的节点数增加到了 100。节点的速度也分别为 1～10m/s、10～20m/s 和 20～30m/s。可以看出，在不同暂停时间的条件下，两种协议分组到达率的抖动都比 50 个节点时要高，同时分组到达率的绝对值也比 50 个节点时的要低。不过这一次，PVAR 协议的性能明显要好于 AODV 协议。在不同的速度下，PVAR 协议的分组到达率最少也在 90%左右，而 AODV 协议在节点速度为 20～30m/s 时的分组到达率在 90%以下。可以看出，在网络拓扑更为复杂也更为多变的时候，PVAR 的表现更好。也可以说，AODV 在这种网络环境下是不合格的。

2. 路由开销

在图 7-32 中，横轴 X 表示节点的暂停时间，值分别为 0s、10s、20s、30s，纵轴 Y 表示路由控制分组和数据分组之间的比例，仿真脚本程序参考附录 E-6。图 7-32 表示了网络中节点数为 50 时，PVAR 和 AODV 的路由开销体现。可以看出，当网络中节点的速度提高时，路由开销也会随之而提高。这很有可能是因为当节点的速度提高时，路由失效的可能性就越高。同时，尽管有抖动的现象，但是 PVAR 的性能整体还是好于 AODV 的性能。

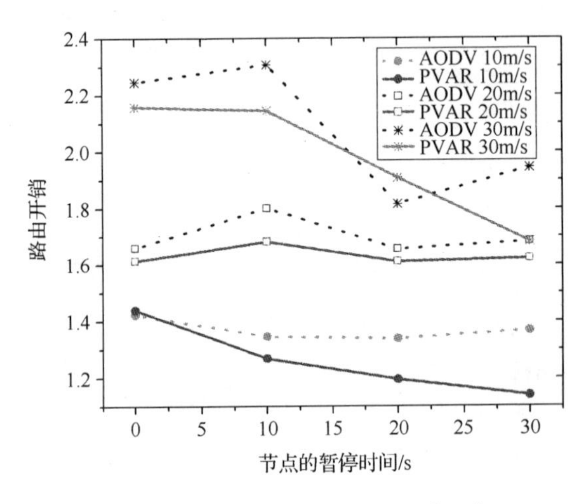

图 7-32　50 个节点的路由开销[19,20]

图 7-33 显示了当网络中的节点数为 100 时，PVAR 和 AODV 路由开销的性能对比，仿真脚本程序参考附录 E-6。当节点的速度为 10m/s 时，可以看出 PVAR 的性能要好于 AODV 的性能并且 PVAR 能够保持了一个很低的路由开销。但是当网络中节点的速度在 20～30m/s 时，PVAR 和 AODV 的性能都下降的很快，同时抖动也很大。这是因为节点在高速移动时，要不停的修复已经失效的路由。PVAR 的路由开销在整体上要小于 AODV 的开销，这主要是因为：①邻居节点是经过选择了的邻居节点，将它们选作路由的中继节点会更可靠；②当节点接收到路由请求分组后，它首先判断自己是否更接近目的节点，如果它的位置比源节点与目的节点之间的距离更远的话就直接丢弃该路由请求分组，所以路由开销会大大降低，但是性能并没有降低。实验结果表明 PVAR 比 AODV 有着更好的性能，在节

点移动速度非常快(20～30m/s)的时候,PVAR 更适合作为 MANET 的路由协议。

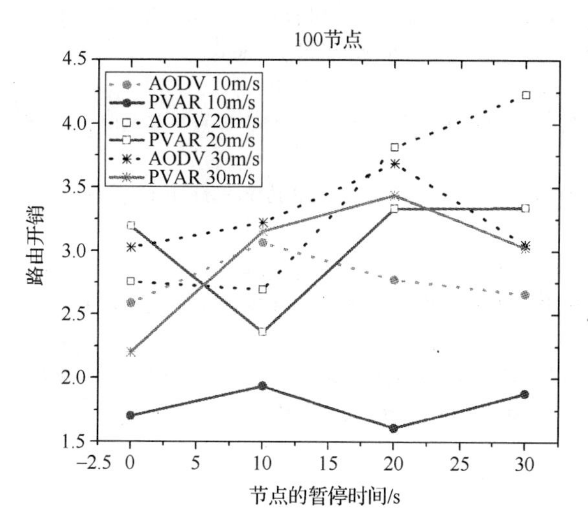

图 7-33 100 个节点的路由开销[19,20]

参考文献

[1] Hean K O, Hean L O, Elok R T, et al. Scalability study of Ad Hoc wireless mobile network routing protocol in sparse and dense networks//The 2nd International Conference on Distributed Frameworks for Multimedia Applications, 2006

[2] Fulkerson D. Flows in Networks. Princeton: Princeton University Press, 1962

[3] Mcquillan J, Richer I, Rosen E. The new routing algorithm for the ARPANET. IEEE Transaction on Communication, 1980, 28(5): 711-719

[4] Perkins C E, Bhagwat P. Highly dynamic destination-sequenced distance-vector routing (DSDV) for mobile computers// ACM SIGCOMM'94 Conference on Communications Architectures, Protocols and Applications, 1994

[5] Gupta P, Kumar P. A system and traffic dependent adaptive routing algorithm for Ad Hoc networks// The 36th Conference on Decision and Control, 1997

[6] 陈年生. 无线移动自组织网络 QoS 路由协议的研究. 武汉:武汉理工大学工学博士学位论文, 2007

[7] Bertsekasd G. Distributed algoritluns for generating loop-free routes in networks with frequently changing topology. IEEE Transactions on Communication, 1981, 29(1): 11-18

[8] Sivakumar R, Sinha P, Bharghavan V. CEDAR: core extraction distributed Ad Hoc routing. IEEE Journal on Selected Areas in Communication, 1999, 17(8): 1454-1465

[9] Chiang C C, Wu H K, Liu W, et al. Routing in clustered multihop mobile wireless networks with fading channel// Proceedings of IEEE, 1997

[10] Basagni S, Chlamtac I, Syrotiuk V R, et al. A distance routing effect algorithm for mobility. ACM/IEEE MobiCom, 1998, 1(1): 1

[11] Karp B, Kung H T. GPSR: Greedy Perimeter stateless routing for wireless networks//Proceedings of the Sixth Annual International Conference on Mobile Computing and Networking, 2000

[12] Vaidyan N. Location aided routing in mobile Ad Hoc networks//The Fourth Annual ACM/IEEE International Conference on Mobile Computing and Networking, 1998

[13] http://baike.baidu.com/view/197497.htm[2010-10-8]

[14] 冯艳玲,赵太飞,柯熙政,等."日盲"外光通信网络中节点覆盖范围研究.光学学报,2010,30(8):2229-2235

[15] 郑创明,张升华. Ad Hoc 网络 TORA 和 DSR 路由协议的分析比较.数据通信,2005,3(1):17-18

[16] 龙华. OPNET Modeler 与计算机网络仿真.西安:西安电子科技大学出版社,2006

[17] 张铭,窦赫蕾,常春藤. OPNET Modeler 与网络仿真.北京:人民邮电出版社,2007

[18] Yang P L, Ke X Z, Zhao T F. Study of ultraviolet mobile Ad Hoc network. Symposium on Photonics and Optoelectronics, 2009, 1(1): 352

[19] 杨培林.紫外光自组织网络路由协议的研究.西安:西安理工大学硕士学位论文,2010

[20] 方路平,刘世华. NS-2 网络模拟基础与应用.北京:国防工业出版社,2008

8 基于蚁群算法的紫外光通信网络路由协议

无线网状网络(wireless mesh network,WMN)是一种高容量、高速率的分布式无线网络[1]。经典的 WMN 主要都是基于射频的,但随着客户端对各种业务需求的增加,现有的无线网络在带宽和传输速率上面临着巨大的挑战。日盲紫外光通信由于具有非直视通信、低窃听率、可全天候工作以及高速传输等优点,而成为 WMN 的理想传输介质。现有的 WMN 路由算法因网络大小和用途不同而没有统一的评价标准,然而蚁群算法由于分布式计算、正反馈、贪婪启发式搜索以及较强的鲁棒性等性质,在研究 WMN 路由算法中有着潜在的应用前景。本章将在分析 WMN 路由协议和紫外光通信传播模型的基础上介绍紫外通信系统中基于蚁群算法的路由协议。

8.1 无线 Mesh 网络的路由技术

无线 Mesh 网络与无线多跳 Ad Hoc 网络一样,其核心功能都是路由功能。路由协议向 WMN 网络提供必要的路由功能。路由选择过程需要既可靠又快速地执行且开销最小:①无线 Mesh 网络中的路由协议不能仅仅根据最小跳数来进行路由选择,而要综合考虑多种性能度量指标,综合评估后进行路由选择;②路由协议要提供网络容错性和健壮性支持,能够在无线链路失效时,迅速选择替代链路避免业务提供中断;③路由协议要能够利用流量工程技术,在多条路径间进行负载均衡,尽量最大限度利用系统资源;④路由协议要求能同时支持路由器和用户终端。所以,路由协议的主要任务是源节点与目的节点间的路由选择。这样,节点间才能通过无线多跳在较好或最优路由上进行通信。

由于无线 Mesh 网络的网络大小不一,并且用途也非常地广泛,其路由算法并没有一种统一的评价标准,也很少有最优的路由算法这一说法。文献[2]给出了 WMN 路由协议的分类,可分为基于 Ad Hoc 的路由协议、洪泛控制的路由协议、通信感知或基于树的路由协议和机会路由协议四类路由协议,如表 8-1所示。

表 8-1 WMN 中常见的路由协议及其分类

分类	协议	度量
基于 Ad Hoc 的路由协议	LQSR	ETX
	SrcRR	ETX
	MR-LQSR	WCETT
洪泛控制的路由协议	LOLS	ETX 或 ETT
	MMRP	未指定
	OLSR	Hop,ETX,ML 或 ETT
通信感知路由协议	AODV-ST	ETX 或 ETT
	Raniwala and Chiueh's	跳数或负载平衡度量
机会路由协议	ExOR	单向的 ETX
	ROMER	跳数或延迟

8.1.1 基于 Ad Hoc 的路由协议

基于 Ad Hoc 的路由协议是在 Ad Hoc 网络中路由协议的基础上，依据 WMN 网络自身的特点提出的新协议，如链路质量源路由(link-quality source routing，LQSR)[3]、高吞吐率路由(a high throughput routing protocol for 802.131 mesh networks，SrcRR)[4]、多射频链路质量源路由(multi-radio link-quality source routing，MR-LQSR)等。

LQSR 协议是一个在 DSR 基础上提出的源链路状态路由协议。该协议包括以下四个部分：①邻居节点发现，②为节点到邻居节点的链路进行权重分配，③节点间信息传递，④通过链路权重信息来查找到达目的节点的最优路径。LQSR 协议修改了路由发现与路由维护机制，并且新增了判据维护机制，其路由发现机制支持链路信息的收集。当某节点收到路由请求后，将自身的地址和上游链路的信息附加到路由请求包中。当路由应答时，该路由应答把路径和路由信息传送给源节点。一旦路径存入链路缓存，节点需要对缓存中的链路信息进行维护，使其保持一定的实时性和准确性，并且 LQSR 利用反应式机制和特殊机制这两种独立的机制来维护链路信息。LQSR 具体实现为：①发送缓冲，在路由发现阶段用于存储待发送的数据包；②维护缓冲，在路由维护时用于存储数据包；③路由请求表，用来防止多次处理同一路由请求。与其他路由协议一样，LQSR 也会带来一定程度的附加开销：①由于其路由更新方式等操作决定其带来了更多的业务开销；②在每个数据包中的源路由和其他区域都增大了数据包的体积；③在数据传输过程中，沿途的所有节点均使用 HMAC-SHAL 生成新 Hash 值来反映 LQSR 数据包包头中的变化，该操作也将增加网络开销；④由于采用了比 WEP 更安全的算法，即端节点使用 AES-128 来加解密有效数据，也将极大地加重了节点的运算负荷。

SrcRR 协议是在分析传统 DSR 路由协议与期望传输次数(expected transmission count，ETX)判据相结合的路由协议弊端的基础上提出的。该协议也是一种反应式路由协议且与使用链路缓存的 DSR 协议十分相似。在 SrcRR 中，所有节点都维护着一个链路缓存，用来存储侦听到的 ETX 信息。一旦链路的 ETX 信息发生变化，节点将重新运行 Dijkstra 最小路由权重算法，计算到达其他节点的最优路径。为了确保路由信息的即时性，一旦某信息在 30s 没被刷新，将作为过时信息被删除。当节点需要发送数据到网络中某节点，而缓存中又没有到达该节点的路径时，该节点发起路由请求。中间节点收到该路由请求，把自身的节点号与当前链路的 ETX 值附加到路由请求中，并转发出去。节点无条件转发收到的第一个路由请求，若后续的相同路由请求所携带的路径比先前转发的路径更优，节点将再次转发该路由请求。此操作保证了目的节点能够收到最优路径。目的节点收到路由请求后，就发送路由应答给源节点。源节点把路径添加到链路缓存后，所有等待发送的数据包通过具有最小判据的路由进行数据传输。中间节点转发数据时，更新链路的 ETX 判据，该设计使源节点与目的节点的链路缓存具有很强的实时性。当使用路径的质量下降时，协议将选择其他较好的路径进行数据传输。另外，在数据包中还有一个判据扩展区，节点以 $1/n$(n 为该路由中节点的数目)的概率把本节点与任一邻居节点链路的 ETX 信息附加到该数据包中。该设计允许源节点与目的节点能了解到网络中其他可用链路的相关信息。所有节点以随机间隔(平均每 10s 一次)广播 300 字节的 ETX 探测数据包。节点根据前 3min(大概 18 个探测数据包)的接收情况，计算与各邻居间通信链路的丢包率。一旦 SrcRR 选择一条路径，它至少需要等待 5s，或者新路由是一条绝对最优路由时才允许进行路由切换，意味着新路由能很好地降低路径的丢包率。此优化的根本目标是减少业务冲突造成 ETX 探测数据包丢失带来的影响。

MR-LQSR 协议是微软公司研发的多信道 WMN 路由协议，它是在传统的 DSR 路由协议的基础上改进得到的，但是又不同于传统的 DSR 协议。该协议不但需要获得路径中节点和其邻居链路相关的状态信息，而且还要综合链路状态信息来评价链路质量的优劣，从而形成自身的路由准则。相比之下，DSR 把路径中的节点和链路等同对待，简单地把其节点数目进行求和作为路由判定的准则，从而实现最短路径路由选择。MR-LQSR 协议假设 WMN 中所有的 Mesh 路由为静态节点，而且该协议还假设每个节点有多个不同且互不干扰的无线收发器。它采用一种新的路由性能判据，称为加权的累计传输时间(weighted cumulative expected transmission time，WCETT)。WCETT 是在期望传输时间(expected transmission time，ETT)度量基础上提出。ETT 的定义为

$$\mathrm{ETT}=\mathrm{ETX}\,\frac{S}{B} \tag{8.1}$$

其中,B 为链路带宽;S 为探测包的大小。从而,WCETT 的定义为

$$\mathrm{WCETT}=(1-\beta)\sum_{i=1}^{n}\mathrm{ETT}_i+\beta\max_{1\leqslant j\leqslant k}x_j \tag{8.2}$$

$$x_j=\sum_{\text{第}i\text{跳链路在信道}j\text{上运行}}\mathrm{ETT}_i \tag{8.3}$$

式(8.2)中的第一项 $(1-\beta)\sum_{i=1}^{n}\mathrm{ETT}_i$ 为一条路径上的所有链路的累积期望时间;第二项 $\beta\max_{1\leqslant j\leqslant k}x_j$ 为一条路径上运行在造成最大传输延时的信道(即瓶颈信道)上的所有链路的 ETT 总和;β 为一个可变因子,满足 $0\leqslant\beta\leqslant1$; x_j 为 j 信道在路径 p 上使用的次数,以此来捕获数据流内的干扰,如式(8.3)所示;$\max_{1\leqslant j\leqslant k}x_j$ 表示的是同样的信道在路径上出现次数的最大值,那些在链路的信道分配上更具有多样性的路径具有更低的数据流内干扰,而它们相应这一项的权值也比较小,体现了流内干扰的强度。WCETT 判据考虑了链路质量、信道变化及最小跳数。MR-LQSR 是一种称为累计传输时间判据和 LQSR 相结合的路由协议。

8.1.2 洪泛控制的路由协议

洪泛控制的路由协议用于减少控制开销。用路由更新洪泛整个网络将可能提高可扩展性,如最优链路状态路由(optimized link state routing,OLSR)协议[5]、局部的按需链路状态(localized on-demand link state,LOLS)协议[6]、移动 Mesh 路由协议(mobile mesh routing protocol,MMRP)等。

OLSR 协议是 IETF MANET 工作组作为 RFC 标准化的一种表驱动先应式路由协议。该协议使用了经典的最短路径算法,是基于跳数判据来计算网络中的路由。然而,OLSR 的关键概念是最优化广播机制,该机制用于在网络范围内分发必要的链路状态信息。每个节点会在其邻节点中选择所谓的多点中继(multi point relay,MPR),虽然只有 MRP 重新广播该消息,但所有的两跳邻居节点都会收到广播消息,节点通过这种方式找到 MRP。通过 MRP 转发广播消息只能明显地减少广播消息的数量。该最优化转发机制用于 OLSR 网络中的所有广播。OLSR主要采用两种控制分组:Hello 分组和 TC(topology control)分组。Hello 分组是用于建立一个节点的邻居表,其中包括邻居节点的地址以及本节点的延迟或开销,OLSR 采用周期性地广播 Hello 分组来侦听邻居节点的状态,节点之间无线链路的状态包括非对称链路、对称链路和链接 MPR 的链路。同时,Hello 分组用于计算该节点的 MPR,Hello 分组只在一跳的范围内广播,不能被转发。与此相反,TC 分组必须被广播到全网,在 TC 分组中包含了将发送 TC 分组的节点选为 MPR 的邻居节点的信息,节点根据收到的 TC 分组来计算网络的拓扑图。此

外,在 OLSR 网络中,只有发送给 MPR 选择器的链路状态信息才是必须的,因为它们要用来计算最短路径。这样网络中需要发送的链路状态信息的数量也会减少。每个节点周期性地广播 Hello 消息以探测本地拓扑。不能转发该 Hello 消息(TTL=1),该 Hello 消息包含发送节点的邻居列表。无线网状网中的每个节点通过 Hello 机制可以知道它的两跳邻居节点,也可以确定链路的双向性。OLSR 给每条链路都标有状态信息(对称或不对称)。此外,每个节点都试图在 Hello 消息包中转发数据包。Hello 消息的信息储存在多个信息库中:链路集、邻居节点集及两跳邻居节点集。

LOLS 协议是为静态多跳 Mesh 网络中可扩展数据包传递而设计的路由协议。该协议有助于链路的长期开销和短期开销,分别代表着一个链路的通常开销和现在的开销。为了减少控制开销,短期开销经常用于发送到邻居节点,而长期开销用于更长周期的发送。LOLS 使用 ETX 或 ETT 来计算路由。该协议抓住了无线 Mesh 网络本身拓扑结构的相对静态以及链路状态的相对动态,在静态拓扑结果上得到一个长期的路由策略,而对于短期的链路状态本身则是通过局部散播的方法,来修正得到的路径。局部传播短期的状态,只需要对于那些有性能降低的链路,而长期的状态信息则是预先就确定好了的,成为固定的拓扑结构。这里提出了 BAF(blacklist aided forwarding)机制,每个数据包会携带一个黑名单,记录了下降的链路,而每个节点上会存在一个黑名单缓存,一开始时都是空的,当链路出现下降时,在链路对应的缓存上将会加入一个黑名单,而当数据包通过这个节点的时候,它也会根据目标节点来决策下一跳节点。当节点到达黑名单时,会把数据包后的黑名单给消除,继续按照既定的下一跳转发。采用 BAF 机制,可以局部调节由于短期的性能太低而带来整体的性能低下,且 BAF 机制可以避免出现环路。

MMRP 是由 MITRE 公司开发的。该协议是基于链路状态信息,属于链路状态算法。网络节点的接口周期性地广播链路状态信息数据报,接收到链路状态信息的节点在数据报到达后的指定时间内中继。由此,每个节点都保存有整个网络的拓扑信息。通过节点的拓扑数据库,每个节点都能计算到网络中各个节点的最短传播路径。终端在发送数据时,通过查询本地路由表信息,找出到达目的节点的最短传播路径并沿该路径发送到目的节点。所以,MMRP 协议也属于路由表驱动路由协议。链路状态信息数据包包含主机的接口信息、所链接的邻居节点的接口地址以及路由权重等信息。同时,在链路状态信息中也包含有外部路由信息。这种机制可以允许主机与有线网络链接,为终端连接到外部网络提供了可能,提高了可扩充性。该路由协议像开放最短路径优先(open shortest path first,OSPF)协议一样分配一个相应的时间给路由消息,当一个节点发送路由消息时,它通过估计的需要转播时间减去消息时间;当消息时间终止时,就丢弃该信息包,防止被转播,并且 MMRP 不需要指定的路由度量。

8.1.3 通信感知或基于树的路由协议

通信感知或基于树的路由协议考虑无线 Mesh 网络中通常的通信矩阵。假设回程接入是通常情况下的应用,它们考虑树状网络拓扑结构。例如,按需距离矢量生成树(Ad Hoc on-demand distance vector-spanning tree,AODV-ST)协议[7]、Raniwala 等提出的分布式协议[8]。

AODV-ST 协议是在 AODV 协议的基础上发展得来的。在 AODV-ST 协议中,网关在网络中周期性发送路由到每个节点来更新其路由表信息,并且该网关是树的根。在反向链路算法洪泛过程中,每个中间节点都需要建立到达源节点的反向路由,分组有效传输路径的集合构成了一个从源节点到该(子)网络所有其他节点的生成树,生成树的反向构成了一个从网络中各个节点到达源节点的有向无环图。AODV-ST 就是利用了此算法建立网关到所在子网内所有节点的生成树,而内核部分基本没有改动,继续沿用全部线程都在内核完成的功能。该协议代码弥补了基本 AODV 协议缺乏高吞吐量的路由量度和有效的路由维护技术、寻路延时大等缺陷,支持 ETX 和 ETT 路由量度,利用生成树算法很大程度减少了寻路时延和路由表的维护开销。每个网关周期性广播控制消息,主动构造生成树。生成树确保每个中继节点到各网关的路径都是最佳的。因为网关到各中继节点的路径都是主动维护的,所以网络整体的路由维护开销保持最小。此外,整个网络的寻路时延也因为生成树,每个节点到网关路径保持周期性的更新而极大的减小。各节点通过路由量度选择路径最佳的网关作为默认网关。当中继节点间相互通信时,AODV-ST 的寻路机制类似于基本的 AODV,采取反应式寻路机制。因此,AODV-ST 是混合路由协议,其主动更新频繁使用的网关和中继节点之间路由,按照需要建立中继节点间的最佳路由。

8.1.4 机会路由协议

对于机会路由的研究国内未见报道,国际上有 ExOR[9](extremely opportunistic routing)和 ROMER[10](resilient opportunistic mesh routing)两种机会协议。其中,MIT 开发的 ExOR 协议是比较典型的机会路由协议。首先,当源节点传输一个包时,它在包里包含一个简单的进度表(schedule)来描述潜在的可以转发包的接受者的优先顺序。该节点基于交互节点(inter-node)传递速率来计算时刻表。然后,ExOR 发送确认包,以确保接收者都同意哪个节点是最高优先级接收者。ExOR 包括一个分布式 MAC 协议,允许接收者确定(同一时刻)只有一个接收者在转发包(避免冲突),以及一个预测哪个是最有可能最有用的转发包的算法。ExOR 能减少传输包的总数受节点密度(越高越好)、路径长度(越长越好)和接收率随距离下降的速率(越不陡峭越好)三方面的影响。ExOR 协议包括三个阶段,即选择转发候选者,发确认包,决定是否转发一个接收到的包。假定网络中每个节点都有一个矩阵,包含每对节点直接无线传输丢包率的近似值。这个矩阵能够通过链路状态洪泛法来建立,节点测量丢包率,然后周期性的洪泛状态更新。ExOR 转发序列的第一个节点在它的所有的邻居节点中选择一个能够把包传递给距离目的节点更近的候选者子集。发送者把这个集合列在包头里,利用距离来划分优先级。传输以后,每个接收到包的节点在包头的候选者列表中寻找它的地址(若有,就是接收者)。每个接收者依据其在列表里的位置在发送确认包之前延迟一段时间。各个节点查看它收到的确认包集合来决定是否转发包。转发节点用新的候选者列表重写 ExOR 帧头,然后转发包。

人们已经提出了多种适合无线 Mesh 网络的路由协议,但由于紫外光特有的传输特点,使得传统的无线 Mesh 网络中的路由协议不能够直接应用到紫外无线 Mesh 网络中。因此,需要研究适合紫外无线 Mesh 网络的路由算法。

8.2 基于紫外光的无线 Mesh 网络

由于频谱日渐匮乏以及数据传输量的不断增大,传统的基于射频的无线 Mesh 网络面临非常大的挑战,并且基于红外光的无线网络对链路的要求非常高,光线也基本要沿直线传播,而且中间不能有障碍物。这些情况在实际的应用中大多都很难保证。不过,近年飞速发展的紫外光通信为解决这些问题提供了条件。

8.2.1 无线紫外 Mesh 网络中的关键技术

目前,国内外在无线紫外 Mesh 网络上的研究还处于初级阶段,并且大多数关于紫外光通信和无线 Mesh 网络的研究都还处在理论研究阶段。其关键技术主要包括以下几个方面:

(1) 路由协议。路由协议的主要任务是在源节点与目的节点间选择既可靠又快速且开销最小的路由过程。无线 Mesh 网络跟无线多跳 Ad Hoc 网络一样,都是通过路由协议给其提供必要的路由功能。由于无线 Mesh 网络的大小和用途不同,其路由算法并没有一种统一的评价标准,从而也很少有最优的路由算法这一说法。另外,由于紫外光具有的特有传输特点,使得传统的无线 Mesh 网络中的路由协议不能直接应用到基于紫外光无线 Mesh 网络中。

(2) 服务质量。服务质量保障的目的就是在分布的网络中发送数据时,要求源节点、中间节点和目的节点能够满足所有的约束条件,例如延时、带宽、延时抖动等,最终达到开销最小或特定的服务水平。由于无线 Mesh 网络是为民用通信用户出现的一种无线多跳网络技术,所以随着民用通信客户端对不同通信业务需求的增加,使得在紫外无线 Mesh 网络能够提供的服务质量保障变得很重要。

(3) 拓扑结构设计。由于紫外光通信的全方位性,以它的光源为中心有效半径内的节点都能接收到信息,因此网络中任意一条链路都和其地理位置相邻的无线链路间存在相互干扰,造成单向链路出现,从而导致网络的传输容量降低。因而,合理的拓扑设计能够有效控制无线链路间的干扰问题。

(4) 安全保障。无线 Mesh 网络中的链路是无线开放式的,节点很容易遭到攻击,如果在通信过程中不能及时的发现,往往会影响网络链接的连通性和通信传输的安全性。因此,如何防止外部恶意节点的攻击,保障无线紫外 Mesh 网络安全性在 WMN 的研究中也有很大的空间。

8.2.2 无线紫外 Mesh 网络的应用

由于紫外光通信和 Mesh 网络的种种优点,使得紫外光无线 Mesh 网络在家庭、企业和公共场所等诸多领域都具有广阔的应用前景。

(1) 家庭。建立家庭无线网络是 Mesh 技术的一个重要应用。家庭式无线 Mesh 联网可连接台式 PC 机、笔记本电脑和手持计算机、HDTV、DVD 播放器、游戏控制台以及其他各种消费类电子设备,而不需要复杂的布线和安装过程。在家庭 Mesh 网络中,各种家用电器既是网上的用户,也作为网络基础设施的组成部分为其他设备提供接入服务。当家用电器增多时,这种组网方式也可以提供更多的容量和更大的覆盖范围。Mesh 技术应用于家庭环境中的另外一个关键好处是它能够支持带宽高度集中的应用,如高清晰度视频等。

(2) 企业。企业目前的无线通信系统大都采用传统的蜂窝电话式无线链路,为用户提供点到点和点到多点传输。而无线 Mesh 网络能允许网络用户共享带宽,消除了目前单跳网络的瓶颈,并且能够实现网络负载的动态平衡。在无线 Mesh 网络中增加或调整接入点也比有线 AP 更容易、配置更灵活、安装和使用成本更低,尤其是对于那些需要经常移动接入点的企业,无线 Mesh 技术的多跳结构和灵活配置将非常有利于网络拓扑结构的调整和升级。

(3) 学校。校园无线网络与大型企业非常类似,但也有自己的不同特点。一是校园 WLAN 的规模巨大,不仅地域范围大、用户多,而且通信量也大,因为与一般企业用户相比学生会更多地使用多媒体;二是网络覆盖的要求高,网络必须能够实现室内、室外、礼堂、宿舍、图书馆、公共场所等之间的无缝漫游;三是负载平衡非常重要,由于学生经常要集中活动,当学生同时在某个位置使用网络时就可能发生通信拥塞现象。使用 Mesh 方式组网,不仅易于实现网络的结构升级和调整,而且能够实现室外和室内之间的无缝漫游。

(4) 医院。由于医院建筑物的构造密集而又复杂,一些区域还要防止电磁辐射,因此是安装无线网络难度最大的领域之一。医院的网络有两个主要的特点:一是布线比较困难，在传统的组网方式中，需要在建筑物上穿墙凿洞才能布线，这显然不利于网络拓扑结构的变化；二是对网络的健壮性要求很高，如果医院里有重要的活动（如手术），网络任何可能的故障都将会带来灾难性的后果。采用无线 Mesh 组网则是解决这些问题的理想方案。如果要对医院无线网络拓扑进行调整，只需要移动现有的 Mesh 节点的位置或安装新的 Mesh 节点就可以了，过程非常简单，安装新的 Mesh 节点也非常方便，而无线 Mesh 的健壮性和高带宽也使它更适合于在医院中部署。

（5）旅游休闲场所。Mesh 非常适合于在那些地理位置偏远布线困难或经济上不合算，而又需要为用户提供宽带无线 Internet 访问的地方，如旅游场所、度假村、汽车旅馆等。Mesh 能够以最低的成本为这些场所提供宽带服务。

（6）快速部署和临时安装。对于那些需要快速部署或临时安装的地方，如展览会、交易会、灾难救援等，Mesh 网络无疑是最经济有效的组网方法。例如，需要临时在某个地方开几天会议或办几天展览，使用 Mesh 技术来组网可以将成本降到最低。

8.2.3 无线紫外 Mesh 网络中路由协议

在通信过程中，路由协议是节点经过多跳才能与其他节点进行通信的必要条件，现有的无线 Mesh 网络中的路由协议大多是基于射频通信的，而应用到基于紫外光的无线 Mesh 网络中会存在很多问题需要解决。

由于大气中紫外光特有的传输特点，使得传统的无线 Mesh 网络中的路由协议不能直接应用到基于紫外光无线 Mesh 网络中。蚁群算法因具有正反馈、分布式计算和贪婪启发式搜索的特点而被应用到网络中寻找最优路径。首先，随着网络技术的不断发展，用户对业务要求的提高，这就使得在无线网络中实现 QoS 保障的研究变得很有意义。文献[11]分别利用两组蚂蚁搜索路径，最后根据 QoS 组播约束条件选择最优路径。文献[12]采用的方法是考虑延时、抖动、带宽、代价、丢包率这些约束条件，并将蚁群算法应用到 QoS 组播路由中，但没有考虑到达各个目的节点路径间的环路的问题，以上这些传统算法中寻找到各个目的节点间的信息素是相互独立的，减慢了收敛速度。另外，在无线紫外 Mesh 网络中，由于直视、非直视信道类型的存在和大气湍流的影响，以及隐藏终端或障碍物的阻挡等问题，往往会导致大量单向光链路或不对称链路存在，此时两个节点间只能进行单向通信。文献[13]采用维护多跳反向路由方法来支持单向链路，但数据包在转发中需要携带完整的反向路由，加大了网络资源的消耗。文献[14]为了研究虚拟骨干网建设中存在的单向链路问题，提出一个应用到强连通支配集中的常数近似算法，将强连通支配集运用到强连通支配和吸收集中，但该算法加大了额外的开销。文献[15]在经典的 AODV 协议的基础上利用协作中继技术，扩大覆盖范围来解决单向链路问题,但是该方法用到紫外无线 Mesh 网络中会因为覆盖范围的扩大造成通信链路间的干扰问题。本章针对以上问题,对路由算法进行研究。

8.3 蚁群算法

人类认识事物的能力来源于自然界的相互作用,由于自然界中存在许多自适应优化现象,人类通过生物体和自然生态系统的自身演化使看起来高度复杂的优化问题能得到完美的解决。20 世纪 50 年代中期,从生物进化的机理中受到启发,人们通过模拟自然生态系统机制相继提出了许多解决复杂优化问题的仿生算法,如遗传算法、蚁群算法、粒子群算法、模拟退火算法、人工鱼群算法、蜂群算法等,为传统最优化算法难以解决的组合优化问题提供了可行的解决方案,并且其中有些仿生优化算法已在解决经典多项式复杂程度的非确定性(non-deterministic polynomia,NP)问题的求解和实际应用中显示出强大的生命力和进一步发展的潜力[16]。

蚁群算法(ant colony algorithm,ACA)[17]是在 20 世纪 90 年代,意大利学者 Dorigo 等由于受到生物进化机制的启发,通过模拟自然界蚂蚁搜索食物与蚁穴间路径的行为,提出来的一种新型模拟进化算法。它是一种用来在图中寻找优化路径的概率型算法,并且是群智能理论研究领域的一种主要算法。通过初步的研究表明该算法具有许多优良的性质:高度的本质并行性、较强的鲁棒性、优良的分布式计算机制和易于与其他方法相结合等。

8.3.1 蚁群算法的起源

蚂蚁是一种古老的社会性昆虫,其起源可追溯到 1 亿年前,大约与恐龙同一时代。蚂蚁的个体结构行为很简单,单个工蚁所能做的运动不超过 50 种,并且大部分都是传递信息,但由这些简单的个体所构成的整个群体——蚁群,却表现出高度结构化的社会组织,在很多情况下能够完成远远超出蚂蚁个体能力的复杂任务。蚂蚁社会中的各个蚂蚁从事不同的劳动,蚁群通过个体的劳动分工来完成复杂的任务。作为社会昆虫的一种,蚁群除了有组织有分工之外,还能相互之间进行通信和信息传递。它们有着独特的信息系统,其中包括视觉信号、声音通信和更为独特的信息素[18]。

现实中,每只蚂蚁并不需要知道整个世界的信息,而是关心很小范围内的眼前信息,然后根据这些局部信息和几条简单的规则进行决策。这样,在这个蚁群集体里,复杂性的行为就会凸现出来。这就是人工生命、复杂性科学解释的规律。以下为这些简单规则的详细说明:

(1) 范围。蚂蚁能观察到的范围是一个方格世界,其有一个速度半径参数(一般是 3),那么,蚂蚁能观察到的范围就是 3×3 的方格世界,并且能移动的距离也在该范围内。

(2) 环境。蚂蚁所在的环境是一个虚拟的世界,其中存在障碍物、别的蚂蚁以及信息素。信息素有两种,一种是找到食物的蚂蚁洒下的食物信息素,另一种是找到蚁穴的蚂蚁洒下的蚁穴信息素。每个蚂蚁都仅仅能感知其范围内的环境信息,并且环境中的信息素以一定的速度消失。

(3) 觅食规则。在每只蚂蚁能感知的范围内寻找是否有食物,如果有就直接过去,否则看是否有信息素,并且比较在能感知的范围内哪一点的信息素最多,这样,它就朝信息素多的地方走,并且允许每只蚂蚁以一个小概率犯错误,从而并不是往信息素最多的点移动。蚂蚁找蚁穴的规则和上面一样,只不过此时它对蚁穴的信息素做出反应,而对食物信息素没反应。

(4) 移动规则。每只蚂蚁都朝向信息素最多的方向移动,当周围没有信息素指引的时候,蚂蚁会按照自己原来运动的方向惯性的运动下去,并且在运动的方向有一个随机的小扰动。为了防止蚂蚁原地转圈,它会记住最近刚走过的哪些点,如果发现要走的下一点已经在最近走过了,它就会尽量避开。

(5) 避障规则。如果蚂蚁要移动的方向有障碍物挡住,如果有信息素指引的话,它会按照觅食的规则行为,否则会随机的选择一个方向前行。

(6) 播撒信息素规则。每只蚂蚁在刚找到食物或者蚁穴时散发的信息素最多,并随着它走远的距离,播撒的信息素越来越少。

蚂蚁个体之间并没有直接的联系,但是根据这几条规则每只蚂蚁都能和环境发生交互,通过信息素这个纽带,把各个蚂蚁之间关联起来。例如,当一只蚂蚁找到了食物时,它并不是直接地告诉其他蚂蚁存在食物的地点,而是向环境播撒信息素,当其他的蚂蚁经过附近的时候,就会因感觉到信息素,然后根据信息素的指引找到食物。

当没有蚂蚁找到食物时,环境中不存在有用的信息素,蚂蚁能够相对有效的找到食物要归功于蚂蚁的移动规则。首先,它要尽量保持某种惯性,这样使得蚂蚁尽量向前方移动(开始时这个前方是随机固定的一个方向),而不是原地无谓的打转。其次,蚂蚁要有一定的随机性,虽然有了固定的方向,但也不能像粒子一样一直直线运动下去,而是有一个随机的干扰。这样就使得蚂蚁运动起来具有一定的目的性,在尽量保持原来方向的基础上,又有新的试探,尤其当碰到障碍物时它会立即改变方向,这可以看成一种选择的过程,也就是环境中的障碍物让蚂蚁的某个方向正确,而其他方向则不对。这就解释了为什么单个蚂蚁在复杂的诸如迷宫的地图中仍然能找到隐蔽得很好的食物。当然,在有一只蚂蚁找到了食物时,其他蚂蚁就能沿着信息素很快找到食物。

由于蚂蚁的群体生物智能特征,意大利学者 Dorigo 等在观察蚂蚁觅食习性时发现,蚂蚁总能找到存在在蚁穴与食物之间的最优路。经过研究发现,蚂蚁的这种群体协作功能,是通过一种遗留在其来往路径上具有挥发性的化学物质来进行通信和协调的,该化学物质称为信息素或外激素(pheromone)。这种通信方式是蚂蚁基本信息通信方式之一,在蚂蚁的生活习性中起着重要的作用。通过对蚂蚁觅食行为的研究,发现整个蚁群就是通过这种信息素进行相互协作,形成正反馈,使多个路径上的蚂蚁逐渐聚集到最优的那条路径上来[19]。于是,Doirgo 等在 1991 年首先提出了蚁群算法已[20]。其主要特点就是能够通过正反馈和分布式协作来寻找最优路径,这是一种基于种群寻优的启发式搜索算法。它充分利用了生物蚁群能通过个体间简单的信息传递,搜索从蚁穴至食物间最短路径的集体寻优特性,由于该寻优过程与旅行商问题求解之间存在着很大的相似性,从而得到了具有 NP 难度的旅行商问题的最优解答。同时,该算法还被用于求解 JSP(job-shop scheduling problem)调度问题、二次指派问题,以及背包问题等,显示了其适用于组合优化类问题求解的优越特征。

1992 年,Doirgo 在他的博士论文中进一步提出了蚁群系统[21]。根据信息素增量的不同计算方法,Dorigo 提出了三种不同的基本蚁群算法模型,分别为蚁周(ant-cycle)模型、蚁量(ant-quantity)模型和蚁密(ant-density)模型。同时,通过大量实验,讨论了不同参数对算法性能的影响,确定了算法主要参数的有效区间。

8.3.2 蚁群算法的国内外研究进展

随着在应用领域中的迅速扩展,蚁群算法已成为智能计算领域中的一个重要分支,尽管蚁群算法还不像遗传算法、模拟退火等算法那样成熟,但从其应用情况看,该种模拟自然生物系统的新颖寻优思想将具有非常光明的前景。从而吸引了国内外大量研究者的普遍关注。

20 世纪 90 年代,意大利学者 Dorigo 等提出了第一个蚂蚁算法模型——蚂蚁系统,该算法首先在求解著名的旅行商问题(traveling salesman problem,TSP)问题上取得了较好的效果。后来,为了克服蚂蚁系统收敛慢和容易出现停止等缺陷,Dorig 又在此基础上提出了一种修正的蚁群算法 Ant-Q[22],该算法引入一种精英策略,即是将局部信息素更新机制和全局信息素更新结合起来,并且采用伪随机比例状态转移规则来替代蚂蚁系统中的随机比例选择规则。之后,Dorigo 等在 Ant-Q算法的基础上提出了蚁群系统(ant colony system,ACS),该算法不仅在求解 TSP 问题时具有同样的效果,而且实现起来更简单。1997 年,Bullnheimer 等提出了基于排序的蚂蚁系统(rank-based version of antSystem,ASrank)[23],该算法在完成一次迭代后,将蚂蚁所经路径的长度按从小到大的顺序排列,并根据路径长度赋予不同的权重,路径较短的权重较大。2001 年,Vittori 等提出了一种智能的路由算法 Q-Agents[24],该算法结合了 Q 学习、双强化学习和基于蚁群行为学习的三种学习策略，并且通过一系列代理独立的在网络中移动来寻找最佳路由。Bell和John等在2004年利用蚁群优化算法的启发式方法来解决车辆路线问题(vehicle routing problems，VRP)，该算法模拟蚁群的决策过程，类似于其他的自适应学习和人工智能技术，如禁忌搜索、模拟退火和遗传算法。修改用于解决传统旅行问题的蚁群算法达到允许在VRP中实现多路径搜索[25]。虽然基于蚁群算法的路由算法寻找到的路径总是接近于最短路径，但是在路径建立前，需要大量的信息包被发送，并且时延很大。在2007年，Kamali等提出了一个适用于移动Ad Hoc网络的反应式路由算法(Position based ant colony routing algorithm for mobile Ad Hoc networks，POSANT)。该算法结合了蚁群算法和节点的位置信息，其最短路径建立的时延远远小于传统的蚁群算法[26]。2010年，Kadono和Daisuke提出了一种基于路径鲁棒性的新ACO路由算法。该算法能适用于具有全球定位系统(GPS)的MANET网络中，算法中每只蚂蚁代理用GPS信息评估已访问节点路径的鲁棒性，然后决定在该路径上信息素留下的数量，该算法能使用低的通信开销达到很高的数据包传递速率[27]。目前，国外对于蚁群算法的研究和改进仍在持续。

与国外相比，我国在蚁群算法领域的研究起步相对较晚。东北大学的张纪会博士与徐心和教授对蚁群算法做出了研究。1999年，首先他们介绍了一种崭新的求解组合优化问题的方法——人工蚁群算法[28]。该方法通过模拟蚁群搜索食物的过程，达到求解比较困难的组合优化目的，为了克服计算时间较长这一缺点。同一年，他们又提出了一种新的蚁群算法——具有变异特性的蚁群算法[29]。该算法在基本蚁群算法的基础上引入变异机制，并利用了2-交换法简洁高效的特点，使得其不仅具有较快的收敛速度，而且节省了计算时间。2000年，针对蚁群算法的许多优良性质和存在的一些缺点，他们对蚁群算法的研究现状作了一个综述——自适应蚁群算法[30]，为以后的相关研究起到了一定的启发作用。上海交通大学自动化研究所对蚁群算法在路由问题中的进行了研究。2001年，王颖和谢剑英应用蚁群算法结合启发式算法来解决多点路由问题，提出了一种基于蚁群系统的多点路由新算法[31]。之后，针对蚁群算法收敛速度慢且易于陷于局部最小等缺陷，他们对基于蚁群算法的对点路由算法进行改进。2002年，他们又对ACO进行改进，通过保留最优解、自适应地改变挥发度系数和引入遗传算法的交叉算子，提出一种基于ACO的有时延约束的多播路由算法模型[32]。同一年，他们通过自适应地改变算法的挥发度等系数，又提出一种自适应的蚁群算法[33]。该算法能在保证收敛速度的条件下提高解的全局性。2005年，柳长安等将蚁群算法应用于无人机航路规划，提出了一种适用于航路规划的优化算法[34]。2007年，刘志刚等提出了一种基于蚁群算法的作业优化调度算法[35]。2009年，赵宏等提出了一种基于多种信息索的改进方法，使算法可以根据不同的文件类型，在P2P网络中能智能地选择路由方向[36]。2010年,郑魏等提出了一种基于蚁群优化的传感器网络路径恢复算法[37]等。这些理论大多都停留在算法理论的改进和应用方面。

8.3.3 蚁群算法的基本原理和模型

1. 蚁群算法的基本原理

为了在人工控制的条件下研究蚂蚁的觅食行为,Deneubourg和Goss等设计了对称二叉桥实验[19],即在蚁穴和食物之间架了一座二叉桥,桥上有两个长度相同的分支,蚁群实验将阿根廷蚂蚁放置在蚁穴中,蚂蚁在实验开始后可以沿着桥自由的来回于食物和蚁穴之间。显而易见,蚂蚁在从蚁穴爬向食物,或者从食物爬向蚁穴的时候都必须在两条分支中选择一条。Deneubourg等记录了通过上下两条路径的蚂蚁的百分比随时间的变化情况。通过实验可以发现,经过短短的几分钟时间,几乎所有的蚂蚁逐渐汇聚到一条路径上。对上述实验经过简单的调整后,Goss等又进行了非对称二叉桥实验[38],即二叉桥的两个分支长度不同,其他均与对称二叉桥实验相同,大部分的实验中,80%以上的蚂蚁都选择了从蚁穴通往食物的最短路径。这种蚁群选择蚁穴通往食物的最短觅食路径的现象可以用正反馈(自催化)作用来解释。个体蚂蚁之间通过信息素进行间接通信,当蚂蚁到达一个分岔口的时候,它们会根据嗅到的不同路径上的信息素浓度来进行路径选择,它们倾向于选择信息素浓度较高的路径。蚂蚁的这种选路行为具有正反馈性,因为当一只蚂蚁选择了某条路径,它留下的信息素会增加以后其他蚂蚁选择该路径的概率,而其他蚂蚁留下的信息素又会继续增加该路径再次被选中的概率。

在对称二叉桥实验中,一开始两条路径上都没有任何信息素,因此蚂蚁从蚁穴爬向食物时会以相同的概率来随机选择路径。此处的相同概率指的是在没有信息素影响的情况下长时间的统计概率。如果在某时刻,选择其中一条路径的蚂蚁数量比另外一条多,则该残留在该路径上的信息素浓度便会高于另一条路径上的信息素浓度,之后的蚂蚁便会倾向于选择该路径。由于蚁群选路和信息素浓度之间的正反馈作用,选择该路径的蚂蚁会越来越多,最终出现大部分蚂蚁都选择其中一条路径的结果。在非对称二叉桥实验中,因为各条路径长度不同,选择较短路径的蚂蚁会比较快地到达食物。当先到达食物的蚂蚁搬运食物爬回蚁穴而再次遇到分岔口时,信息素在各条路径上的分布是不同的。很明显,只有较短路径上的信息素浓度较高,因此该蚂蚁倾向于选择较短路径。此时新的信息素又被散播到较短的路径上,使得该路径对于后面的蚂蚁来说更加有吸引力。当这个过程不断循环,较短路径上的信息素沉积速度明显快于较长路径上的信息素沉积速度,从而使得越来越多的蚂蚁选择该路径。最终,由于正反馈的作用,大多数蚂蚁都倾向于选择这条较短的路径。

图 8-1 为蚂蚁寻找最短路径示意图。设 A 是蚁穴，F 是食物源，CD 为一障碍物。由于障碍物的存在，从 A 经由 C 或者 D 到达 F，或者由 F 到达 A。假定 BC 与 CE 间的距离为 1，BD 与 DE 间的距离为 0.5。设每个时间单位有 30 只蚂蚁由 A 到达 B，有 30 只蚂蚁由 F 到达 E，蚂蚁走过后留下的信息素量为 1，每只蚂蚁以每个时间单位为 1 的速度移动，设信息素停留时间为 1，如图 8-1(a)所示。

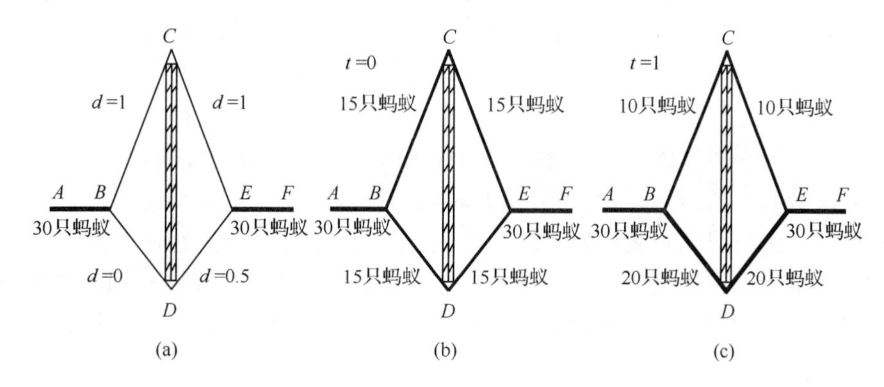

图 8-1　蚂蚁寻找最短路径示意图

在 $t=0$ 时刻，由于路径 BC、CE、BD、DE 上均无信息素存在，所以 B 和 E 上的蚂蚁可以随机选择路径，从统计的角度可以认为它们以相同的概率选择 BC、CE、BD、DE。因此，平均来说，从 B 和 E 两个方向，有 15 只蚂蚁走向 C，15 只走向 D，如图 8-1(b)所示。

在 $t=1$ 时刻，30 只新的蚂蚁从 A 到达 B，它们发现 BC 路径上的信息素强度为 15，是上次经过 B 选择 C 方向的 15 只蚂蚁所分泌的，而 BD 路径上的信息素强度为 30，这些信息素是来自于从 B 往 D 方向的 15 只蚂蚁和从 E 出发已经从 D 到达 B 的 15 只蚂蚁的分泌物之和，如图 8-1(c)所示。

因此，选择哪条路径的可能性就发生了偏斜，从而往 D 方向去的蚂蚁将是往 C 方向的蚂蚁的两倍，分别为 20 只和 10 只。同样的道理，从 E 出发到达 D 点的 30 只蚂蚁也会进行同样的行为。随着时间的推移，蚂蚁将会以越来越大的概率选择路径 BDE，最终所有的蚂蚁都选择最短的路径 $ABDEF$。

2. 人工蚂蚁与真实蚂蚁的区别

在蚁群算法中，为了区别于自然界中的真实蚂蚁，提出了人工蚂蚁的概念。一方面人工蚂蚁是真实蚂蚁行为特征的一种抽象，将蚁群觅食行为中最关键的部分赋予人工蚂蚁；另一方面，为使蚁群算法更有效，人工蚂蚁具备真实蚂蚁所不具有的一些特性。

人工蚂蚁与真实蚂蚁的相同点：

(1) 都是一群相互协作的个体。人工蚂蚁和真实蚂蚁可以通过相互的协作找出问题较优的解决方案，它们每只蚂蚁都能够建立一个解决方案，但是较优的解决方案是整个蚁群协作的结果。

(2) 都要完成共同的任务。人工蚂蚁和真实蚂蚁都要完成一个共同的任务，即寻找到一条从源节点(蚁穴)到目的节点(食物源)的最短路径。它们不能跳跃，只能一步一步地沿着路径的相邻状态移动，直至遍历完。

(3) 都通过信息素进行通信，并利用当前信息进行路径选择。人工蚂蚁和真实蚂蚁都能够在经过的路径上释放信息素来改变当前所处的环境，它们通过使用信息素进行间接通信，并且信息素随着时间的推移强度逐渐变弱。通过这种挥发机制使得人工蚂蚁和真实蚂蚁可以逐渐地忘却历史遗留信息，这样可使蚂蚁在选路时不局限于以前蚂蚁所存留的经验。它们选路的策略只是充分利用了当前的局部信息，而不能利用未来的信息。因此，所应用的策略在时间和空间上是完全局部的。

人工蚂蚁与真实蚂蚁的不同点：

(1) 真实蚂蚁存在于一个三维空间中，而问题空间的求解一般在平面内，因此要把三维空间抽象成一个平面。但计算机无法直接完整地描述一个连续的平面，必须将其离散化，由一组点构成离散平面，所以人工蚂蚁生活在离散的世界中，它们的移动实质上是由一个离散状态到另一个离散状态的转换。

(2) 真实蚂蚁对过去走过的路径没有记忆，它们仅通过对当前环境的判断进行选路，而人工蚂蚁具有一个内部状态。这个状态记忆了蚂蚁过去的行为。

(3) 真实蚂蚁在经过的路径上释放的是真正的化学物质信息素，人工蚂蚁在其所经路径上是存储数字信息状态变量，状态变量用一个 $n\times n$ 维信息素矩阵来表示，n 表示问题规模。它记录了人工蚂蚁当前解和历史解的性能状态，而且可被其他后继人工蚂蚁读写。

(4) 真实蚂蚁是在移动的同时释放信息素。人工蚂蚁释放信息素受到问题空间特征的启发，它可以在建立了一个可行解之后进行信息素的更新，或是每做出一步选择就更新信息素，总之，人工蚂蚁不是随时随地都进行信息素的更新。

(5) 为改善算法性能，人工蚂蚁赋予了真实蚂蚁不存在的一些特点，如预测未来、局部优化、原路返回等。

3. *蚁群算法的数学模型*

旅行商问题是组合优化问题中最经典的 NP 难题之一，它在蚁群优化算法发展过程中起着非常重要的作用。TSP 问题是最早被研究人员选定作为蚁群算法求解的问题，并且在之后的研究过程中，许多算法都以 TSP 问题作为测试对象。

因此，求解 TSP 问题的优劣程度便成为衡量各种为静态组合优化问题而设计的蚁群优化算法的标准之一。TSP 问题之所以会被选中，有以下三点原因：首先，它是人们研究的最为频繁的 NP 难题之一，经常作为测试对象被用于进行各算法的性能比较；第二，蚁群算法容易被修改以适应 TSP 问题求解；第三，TSP 问题的求解过程比较清晰，通过 TSP 问题的求解能够较为直观地描述蚁群算法，使得原本抽象的算法描述变得更为清晰易懂。本章以求解平面上 n 个城市的 TSP 问题为例来说明传统蚁群系统模型。

在该模型中，用 $G=\langle V,E\rangle$ 表示加权图，其中 $V=\{\nu_1,\nu_2,\cdots,\nu_n\}$ 表示图中的节点集，$E=\{e_1,e_2,\cdots,e_n\}$ 为图的边集，D 表示边距离或费用。把推销员的住处和他所要去的城市用节点 V 表示，城市之间的道路看成边 E，边上的权等于对应道路的长度 D，即对于任意的城市 $\nu_i,\nu_j\in V$，从 ν_i 到 ν_j 的距离记为 $d_{ij}\in R_+$，这里假设 $d_{ij}=d_{ji}$，即考虑对称 TSP 问题。为模拟真实蚂蚁的行为，首先引入如下记号：

$d_{ij}(i,j=1,2,\cdots,n)$ 为城市 i 和城市 j 之间的距离；$b_i(t)$ 为 t 时刻位于城市 i 的蚂蚁的个数；$m=\sum_{i=1}^{n}b_i(t)$；$\tau_{ij}(t)$ 为 t 时刻在 ij 路径上积累的信息素强度；$\eta_{ij}(t)$ 为启发函数，可以理解为路径 (i,j) 的能见度(visibility)或由城市 i 转移到城市 j 的启发信息。该启发信息由要解决的问题给出，在 TSP 问题中一般取 $\eta_{ij}(t)=\frac{1}{d_{ij}}$，显然，对蚂蚁 k 而言，d_{ij} 越小，$\eta_{ij}(t)$ 则越大，对 $p_{ij}^k(t)$ 也就越大。该启发函数表示蚂蚁从节点(城市)i 转移到节点(城市)j 的期望程度。

$p_{ij}^k(t)$ 表示在 t 时刻蚂蚁 k 由城市 i 转移到城市 j 的概率，$j\in \text{allowed}_k$。

每只蚂蚁的行为应符合如下特征：

(1) 根据路径上的信息素强度，以相应的概率来选取下一步路径。

(2) 不再选取自己本次循环已经走过的路径为下一步路径，用一个数据列表 tabu 表来控制这一点。

(3) 当完成了一次循环后，根据整个路径长度来释放相应强度的信息素，并更新走过的路径上的信息素强度。

初始时刻，各条路径上分布的信息素强度相等，即 $\tau_{ij}(0)=C$(C 为一个常数)。蚂蚁 $k(k=1,2,\cdots,m)$ 在运动过程中，根据各条路径上的信息素函数决定转移方向，t 时刻位于某一城市的蚂蚁 k 一次只能选择其中一个目标城市前行，t 时刻位于城市 i 的蚂蚁 k 选择城市 j 为目标城市的概率为

$$p_{ij}^k(t)=\begin{cases}\dfrac{[\tau_{ij}(t)^{\alpha}\eta_{ij}(t)^{\beta}]}{\sum\limits_{u\in \text{allowed}_k}[\tau_{iu}(t)^{\alpha}\eta_{iu}(t)^{\beta}]}, & j\in \text{allowed}_k\\ 0, & \text{其他}\end{cases}\tag{8.4}$$

其中，$\text{allowed}_k=\{V-\text{tabu}_k\}$ 表示蚂蚁 k 下一步允许选择的城市；V 为节点 i 的邻

居节点集；$tabu_k$ 即禁忌表，表示蚂蚁 k 走过的节点集；α 为信息启发式因子，表示轨迹的相对重要性，反映蚂蚁在运动过程中所积累的信息素在指导蚁群搜索中相对重要程度，其值越大，则该蚂蚁越倾向于选择其他蚂蚁经过的路径，蚂蚁之间的协作性越强；β 为期望启发式因子，表示能见度的相对重要性反映启发式信息在指导蚁群搜索过程中的相对重要程度，其值越大，则该状态转移概率越接近于贪心规则。随着时间的推移，以前留下的信息素逐渐消失，经过 n 个时刻，蚂蚁完成一个循环，各路径上的信息素根据如下公式调整，即

$$\tau_{ij}(t+n)=\rho\tau_{ij}(t)+\Delta\tau_{ij} \tag{8.5}$$

$$\Delta\tau_{ij}=\sum_{k=1}^{m}\tau_{ij}^{k} \tag{8.6}$$

其中，ρ 表示信息素挥发系数，$1-\rho$ 则表示信息素残留因子；$\Delta\tau_{ij}$ 表示在本次循环中路径 ij 上的信息素的增量，初始时刻 $\Delta\tau_{ij}=0$；τ_{ij}^{k} 表示第 k 只蚂蚁在本次循环中在路径 ij 上释放的信息素强度。

根据信息素更新策略，$\Delta\tau_{ij}$ 求法的不同，Dorigo 提出了三种不同的基本蚁群算法模型，分别是 Ant-Cycle 模型、Ant-Quantity 模型和 Ant-Density 模型[21]。

在 Ant-Cycle 模型中，有

$$\Delta\tau_{ij}^{k}=\begin{cases}\dfrac{Q}{L_k}, & \text{若第 } k \text{ 只蚂蚁在本次循环中经过}(i,j)\\ 0, & \text{其他}\end{cases} \tag{8.7}$$

其中，Q 表示信息素强度，为蚂蚁循环一周时释放在所经过路径上的信息素总量；L_k 表示第 k 只蚂蚁在本次循环中所走路径的长度。

在 Ant-Quantity 模型中，有

$$\Delta\tau_{ij}^{k}=\begin{cases}\dfrac{Q}{d_{ij}}, & \text{若第 } k \text{ 只蚂蚁在 } t \text{ 和 } t+1 \text{ 之间经过}(i,j)\\ 0, & \text{其他}\end{cases} \tag{8.8}$$

其中，Q 为常量；d_{ij} 表示节点 i 与节点 j 之间的距离。

在 Ant-Density 模型中，有

$$\Delta\tau_{ij}^{k}=\begin{cases}Q, & \text{若第 } k \text{ 只蚂蚁在本次循环中经过}(i,j)\\ 0, & \text{其他}\end{cases} \tag{8.9}$$

三种模型的区别在于 Ant-Quantity 模型和 Ant-Density 模型利用的是局部信息，即蚂蚁完成一步后更新路径上的信息素。在 Ant-Quantity 模型中，$\Delta\tau_{ij}^{k}$ 与城市 i 和城市 j 间的距离有关，即残留信息素强度随城市间距离的减小而增大。在 Ant-Density 模型中，$\Delta\tau_{ij}^{k}$ 为一个与路径无关的常量 Q。Ant-Cycle 模型利用的是全局信息素信息，即蚂蚁完成一个循环后更新所有路径上的信息素，$\Delta\tau_{ij}^{k}$ 与总路径长度有关。在求解 TSP 时性能较好，因此通常采用式 Ant-Cycle 模型作为蚁群算

法的基本模型。

8.3.4　蚁群算法的描述

以 TSP 问题为例，设共有 m 只蚂蚁在 n 个城市上，NC_{max}为定义好的最大循环次数，利用 Ant-Cycle 模型来更新路径上信息素增量，并且规定每只蚂蚁在未完成一个循环时，选择不重复其自身已经走过的城市来前行。随着时间的推移，以前留下的信息素逐渐消失，经过 n 个时刻，蚂蚁完成一个循环，这样每只蚂蚁经过 n 次迁移满足条件后就会到达一条回路。蚁群算法流程图如图 8-2 所示。

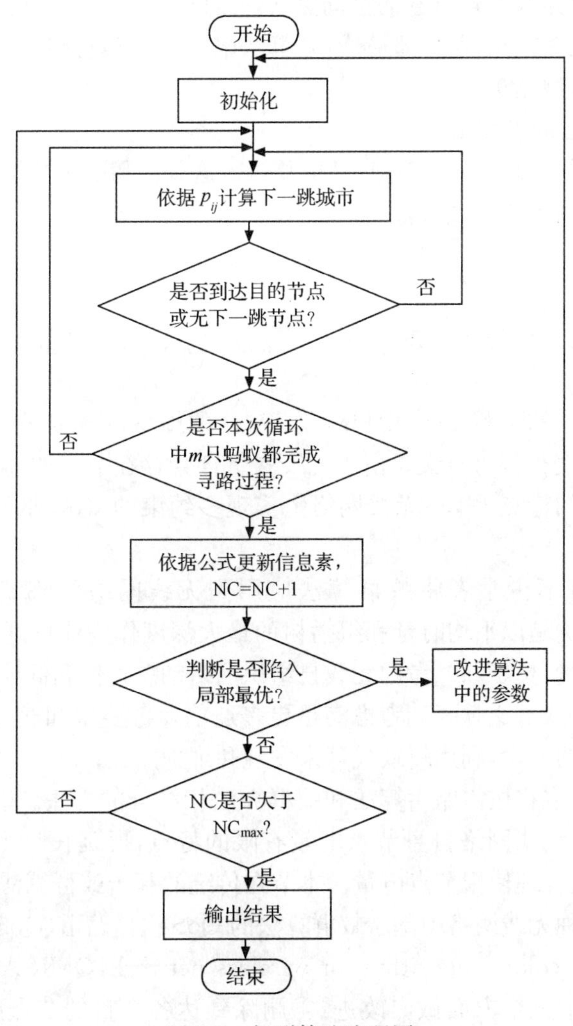

图 8-2　蚁群算法流程图

蚂蚁算法的主要步骤如下：

(1) 初始化，设置时间 $t=0$，循环次数 NC=0，每条路径上的 $\tau_{ij}(0)$ 为一个固定的常量，$\Delta\tau_{ij}=0$，并且设置每只蚂蚁的位置为初始位置。

(2) 使用式(8.4)计算每只蚂蚁将要转移的下一跳城市，重复此步骤，直到到达目的城市或没有下一跳城市来选择。

(3) 若本次循环内每只蚂蚁都执行完步骤(2)，则执行步骤(4)，否则转至步骤(2)。

(4) 若每只蚂蚁都已经完成一个完整的路径，使用式(8.5)、式(8.6)和式(8.7)执行已走过路径上信息素的全局更新，并且使 NC=NC+1。

(5) 判断算法是否陷入局部最优，若算法陷入局部最优执行步骤(6)，没有陷入局部最优，算法继续进行。

(6) 改变算法的参数。

(7) 重复执行步骤(2)～(5)，直到重复执行这些步骤的次数超过 NC_{max} 或所求解在最近若干代内无明显改进。

(8) 输出结果。

8.4　无线网络中基于蚁群算法的 QoS 组播路由算法

随着网络技术的不断发展，用户对业务要求的提高，就使得在无线网络中实现 QoS 保障的研究变得很有意义。由于无线网络自身存在节点的高移动性，能量和带宽等资源有限的特点[39]，在无线网络上实现多约束的 QoS 业务比在有线网络中困难。

近年来，也有不少学者将蚁群算法应用到无线网络 QoS 路由中[39～42]，文献[39]采用的方法是以平均时延和组播树的最大深度作为代价度量，并尽量减小合并后的代价度量；文献[40]考虑无线自组织网络动态特性和低控制包费用，实现网络资源的公平分配；文献[41]考虑满足更多通信业务要求和通过控制节点能量来延长整个网络的寿命，利用蚂蚁代理来发现和维护路径；文献[42]结合无线自组织网络的特点，采取将按需路由算法和蚁群算法相结合的方法。以上文献很少考虑节点电量，由于无线网络自身节点电量有限的特点，要延长整个网络的生存时间，就需考虑如何合理使用节点电量。本节在传统的基于蚁群算法的 QoS 组播路由基础上提出一种无线网络中基于蚁群算法的 QoS 组播路由(QoS multicast routing based on ant colony algorithm for wireless network，QMR-ACA-WN)算法，该算法主要在以下三个方面做出改进：①删除到达各个目的节点路径间的环路；②将寻找前一目的节点的信息素保留给寻找后续目的节点使用；③考虑节点电量，将改进后的算法应用到无线网络中。

8.4.1　QoS 组播路由

QoS 组播路由的目的就是在分布的网络中寻找最优路径，即要求从源节点出发，历经所有的目的节点，并且满足所有的约束条件，达到开销最小或特定的服务水平[12]。为了便于路由问题分析，可将无线网络看成无向带权的连通图。

设 $G\langle V,E\rangle$ 表示无线网络，其中 V 表示节点集，E 表示双向链路集，$s\in V$ 为组播源节点，$M\subseteq\{V-\{s\}\}$ 为组播目的节点集，$\mathbf{R}_+$ 表示正实数集，$\mathbf{R}^+$ 表示非负实数集。

对于任意链路 $e\in E$，定义四种度量，分别为：

(1) 延时函数 $\mathrm{delay}(e):E\to\mathbf{R}_+$，延时指分组从源节点通过网络到达目的节点所花的时间。

(2) 延时抖动函数 $\mathrm{delay\_jitter}(e):E\to\mathbf{R}^+$，延时抖动指分组传输时间的长短变化，延时和延时抖动是影响网络传输质量下降的两个因素。

(3) 带宽函数 $\mathrm{bandwidth}(e):E\to\mathbf{R}_+$，带宽指在单位时间内从网络中的某一点到另一点所能通过的最高数据率，它是减少端到端延迟的决定因素。

(4) 费用函数 $\mathrm{cost}(e):E\to\mathbf{R}_+$，链路费用可以是链路距离、链路的剩余带宽等。

对于任一网络节点 $n\in V$，定义五种度量，分别为：

(1) 延时函数 $\mathrm{delay}(n):V\to\mathbf{R}_+$。

(2) 延时抖动函数 $\mathrm{delay\_jitter}(n):V\to\mathbf{R}^+$。

(3) 包丢失率函数 $\mathrm{packet\_loss}(n):V\to\mathbf{R}^+$，丢包率是表示数据传送过程中数据丢失、发生错误的数据量占总传送数据量的百分比。

(4) 费用函数 $\mathrm{cost}(n):V\to\mathbf{R}_+$，节点费用可为节点队列长度、节点的处理速度等。

(5) 电量函数 $\mathrm{power}(n):V\to\mathbf{R}_+$，则对于给定的源节点 $s\in V$，目的节点集 M，S 和 M 构成的组播树 $T(s,M)$ 存在下列关系：

$$\mathrm{delay}(P_T(s,d))=\sum_{e\in P_T(s,d)}\mathrm{delay}(e)+\sum_{n\in P_T(s,d)}\mathrm{delay}(n)$$

$$\mathrm{bandwidth}(P_T(s,d))=\min\{\mathrm{bandwidth}(e),e\in P_T(s,d)\}$$

$$\mathrm{cost}(P_T(s,d))=\sum_{e\in P_T(s,d)}\mathrm{cost}(e)+\sum_{n\in P_T(s,d)}\mathrm{cost}(n)$$

$$\mathrm{delay\_jitter}(P_T(s,d))=\sum_{e\in P_T(s,d)}\mathrm{delay\_jitter}(e)+\sum_{n\in P_T(s,d)}\mathrm{delay\_jitter}(n)$$

$$\mathrm{packet\_loss}(P_T(s,d))=1-\prod_{n\in P_T(s,d)}(1-\mathrm{packet\_loss}(n))$$

$$\text{power}(P_T(s,d)) = \sum_{n \in P_T(s,d)} \text{power}(n)$$

其中，$P_T(s,d)$为组播树 $T(s,M)$上源节点 s 到目的节点 d 的路由路径，目的节点 $d \in M$。

QoS 组播路由就是要寻找一棵满足下面定义的 QoS 组播路由问题中约束条件的组播树，QMR-ACA-WN 算法的约束条件为：

(1) 带宽约束：$\text{bandwidth}(P_T(s,d)) \geqslant B$。

(2) 延时约束：$\text{delay}(P_T(s,d)) \leqslant D$。

(3) 延时抖动约束：$\text{delay\_jitter}(P_T(s,d)) \leqslant \text{DJ}$。

(4) 包丢失率约束：$\text{packet\_loss}(P_T(s,d)) \leqslant \text{PL}$。

(5) 电量约束：在下一跳可选节点中选择 power(n)中电量大的为下一跳节点。

(6) 费用约束：满足上述条件的组播树中，$\text{cost}(T(s,M))$最小。

其中，B，D，DJ 和 PL 分别是路径 $P_T(s,D)$的带宽、延时、延时抖动和包丢失率约束。本节采用 8 个节点的网络结构模型，如图 8-3 所示，节点中各个边的特性用四元组(d，dj，b，c)描述，节点用五元组(d，dj，pl，c，p)描述。其中，b、d、dj、pl、c、p 分别表示带宽、延时、延时抖动、包丢失率、开销和电量。

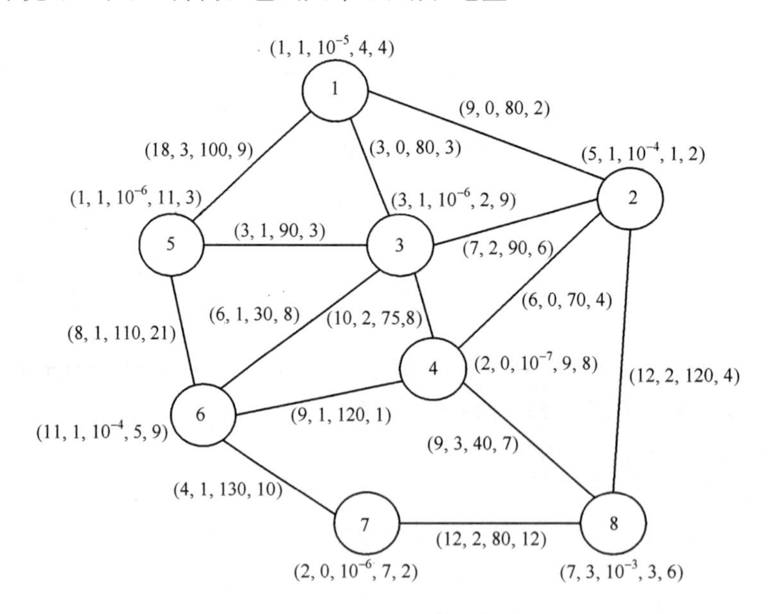

图 8-3　8 个节点的网络结构模型

8.4.2　基于蚁群算法的 QoS 组播路由问题

QMR-ACA-WN 算法中每个节点都维护一个信息素表，其作用等同于传统的路由表，用于记录其邻居节点的转移概率，蚂蚁到达一个节点后，根据信息素表中邻居节点的转移概率来选择下一跳节点，经过若干次迭代后，积累信息素最多的路径即为最优路径即要求的路径。

1. 转移概率

在 t 时刻蚂蚁 k 由节点 i 转移到节点 j 的概率为

$$P_{ij}^{k}(t)=\begin{cases}\dfrac{\tau_{ij}^{\alpha}(t)\eta_{ij}^{\beta}(t)}{\sum\limits_{s\in \text{allowed}_k}\tau_{is}^{\alpha}(t)\eta_{is}^{\beta}(t)}, & j\in \text{allowed}_k\\ 0, & \text{其他}\end{cases}\tag{8.10}$$

其中，$\tau_{ij}(t)$表示 t 时刻在 ij 路径上积累的信息素强度；$\eta_{ij}(t)$表示蚂蚁从节点 i 转移到节点 j 的期望程度。这里取 $\eta_{ij}(t)=\dfrac{1}{d+\mathrm{dj}}$，$\text{allowed}_k=\{V-\text{tabu}_k\}$表示蚂蚁 k 下一步允许选择的节点集。其中，V 为节点 i 的邻居节点集；tabu_k 为禁忌表，表示蚂蚁 k 走过的节点集；α 为信息启发式因子，表示轨迹的相对重要性，反映蚂蚁在运动过程中所积累的信息素在指导蚁群搜索中的相对重要程度；β 为期望启发式因子，表示能见度的相对重要性，反映启发式信息在指导蚁群搜索过程中的相对重要程度。

2. 节点电量

一般情况下，无线网络中的节点靠电池来供电，节点电量有限且没有能量补给，如果不考虑节点电量，网络中就极有可能出现由于过度使用电量小的节点而导致节点耗尽死掉，从而减少整个网络的生存时间。我们通过在更新蚂蚁经过路径上的信息素时考虑节点电量，当后面的蚂蚁经过该路径时，根据转移概率公式选择电量大的节点作为下一跳，从而避免使用电量小的节点，延长整个网络的生存时间，使得传统蚁群算法更好适用于无线网络中。

具体方法如下：经过 Δt 个时刻后，m 只蚂蚁都完成一个循环，此时蚂蚁经过的(i,j)路径上的信息素 $\tau_{ij}(t+\Delta t)$为

$$\tau_{ij}(t+\Delta t)=(1-\rho)\times\tau_{ij}(t)+\Delta\tau_{ij}\tag{8.11}$$

$$\Delta\tau_{ij}=\sum_{k=1}^{m}\tau_{ij}^{k}\tag{8.12}$$

$$\tau_{ij}^{k}=\frac{QP(j)}{L_k}\tag{8.13}$$

其中，ρ 表示信息素挥发系数，则 $1-\rho$ 则表示信息素残留因子；$\Delta\tau_{ij}$ 表示在本次循环中路径 ij 上信息素的增量，初始时刻 $\Delta\tau_{ij}=0$，τ_{ij}^{k} 表示第 k 只蚂蚁在路径 ij 上留下的信息素；Q 为常量；$P(j)$ 表示下一跳节点 j 的电量，$P(j)$ 越大，ij 路径上的信息素越多，$P_{ij}^{k}(t)$ 就越大；L_k 是第 k 只蚂蚁经历的所有节点和边的 d 与 dj 的和。通过以上公式更新蚂蚁经过路径上的信息素，从而改变转移概率，使蚂蚁选择节点电量大、延时和延时抖动小的路径。

3. 删除到达各个目的节点路径间的环路

在传统的基于蚁群算法的 QoS 组播路由算法中寻找到达各个目的节点的路径间极有可能产生环路。例如，到达目的节点 6 的路径为：1-5-6，而到达目的节点 7 的路径为：1-3-6-7 时，如图 8-4 所示，两条路径构成组播树时就会产生环路。

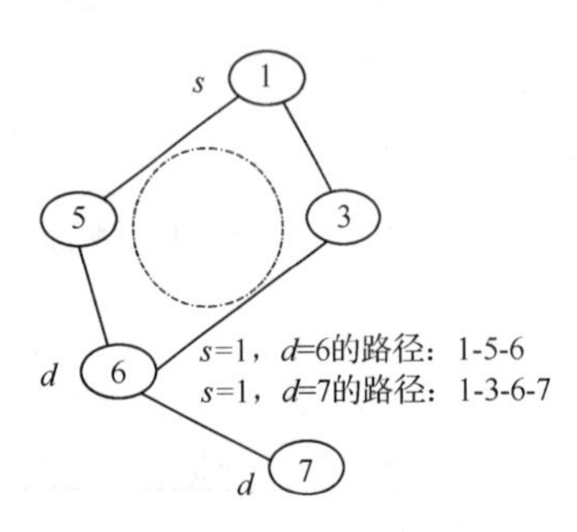

图 8-4　传统的基于蚁群算法的 QoS 组播路由算法中的环路

QMR-ACA-WN 算法中采用的删除环路的方法是在选择后续目的节点路径时，当所选的下一跳节点在前面已到达的目的节点路径中时，利用前面已到达的目的节点路径来比较两条到达同一节点路径上延时的大小，删除延时大的路径，选择延时小的路径作为两次寻路的有用路径，从而避免了环路的产生。具体删除环路的算法步骤如下：

(1) 当寻找的目的节点不是目的节点集中第一个目的节点时，判断当前寻找的节点是不是在前面已到达的目的节点的路径中。

(2) 如果该节点在前面已到达的目的节点的路径中，比较从源节点到达该节点的两条路径上的时延大小，选择时延小的路径作为两次寻路中最优路径保留。

(3) 否则，跳到步骤(1)继续寻找下一节点，直到所有目的节点的路径都找到。

4. QMR-ACA-WN 算法的实现步骤

传统的基于蚁群算法的 QoS 组播路由算法中寻找到达各个目的节点间的路径有可能存在环路，以及寻找到达各个目的节点间的信息素是相互独立、互不影响的。本节将寻找前面目的节点的信息素保留给寻找后继目的节点使用，并删除到达各个目的节点路径间的环路，而且考虑节点电量，将改进后的算法应用到无线网络中。QMR-ACA-WN 算法流程如图 8-5 所示，程序清单参考附录 F-1。

该算法具体的实现步骤如下：

(1) 初始化网络，每个节点都维护一个信息素表，用来记录到邻居节点的转移

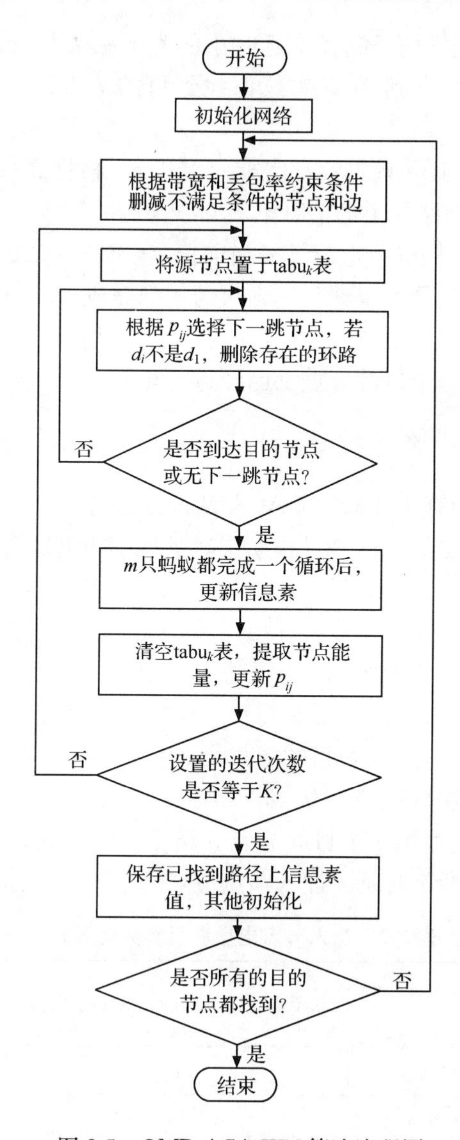

图 8-5 QMR-ACA-WN 算法流程图

概率。

(2) 根据每条边(d,dj,b,c)上的带宽b删减不满足约束条件(1)的边，以及根据各个节点$(d,\mathrm{dj},\mathrm{pl},c,p)$上的丢包率pl删减不满足约束条件(4)的节点及与此节点相连的边。

(3) 将源节点置于 tabu$_k$ 表中，其中$k=1,2,\cdots,m$(m为网络中蚂蚁个数)。

(4) 根据转移概率选择下一跳节点，如果该次寻找的目的节点不是目的节点集中第一个目的节点，就根据上面删除环路算法判断到达各个目的节点间是否存在环路,并删除环路,选择两条路径中延时小的为下一跳节点,然后将该节点置于 $tabu_k$ 表中,重复本步骤直到 m 只蚂蚁都找到目的节点或者没有下一跳节点可走时。

(5) 经过 Δt 个时刻,m 只蚂蚁都完成一个循环,根据式(8.11)~式(8.13)改变蚂蚁经过的每条(i,j)路径上的信息素 $\tau_{ij}(t+\Delta t)$。

(6) 清空 $tabu_k$ 表,提取节点能量的当前值,根据式(8.10)~式(8.13)更新转移概率,跳到步骤(3),重复本步骤直到 k 次迭代都完成。

(7) 将寻找到的路径上的信息素值保留下来,其他路径上的信息素进行初始化,转到步骤(2),直到每个目的节点都已经过为止。

8.4.3 仿真与分析

对文献[12]提出的算法和 QMR-ACA-WN 算法分别进行仿真,其中的费用代表期望时延,因此该算法的目标是寻找期望时延最小的组播树。

1. 加入节点电量

仿真初始化图如图 8-3 所示,其中仿真参数 $B=70$Kb/s,$D=50$ms,DJ=12ms,PL=0.001,$\alpha=1$,$\beta=1$,$\rho=0.5$,$Q=100$,蚂蚁的迭代次数 $K=20$,每次迭代蚂蚁的个数 $m=10$,源节点 $s=1$,目的节点集 $M=\{5,6\}$。对文献[12]提出的算法和 QMR-ACA-WN 算法分别连续仿真 30 次,结果如表 8-2 所示。其中,期望时延、延时、延时抖动是到达第一个目的节点 5 路径上的参数,组播树期望时延是到达目的节点集 M 的总期望时延。加入节点电量的主要程序如附录 F-1 所示。

表 8-2 加入节点电量前后参数对照表

参数 \ 算法		基于蚂蚁算法的 QoS 组播路由算法	QMR-ACA-WN 算法
期望时延	成功收敛次数	28	30
	收敛次数($K<5$)	9	24
	成功收敛迭代次数均值	6.67	3.2
	平均值	25.1765	25.1675
延时	成功收敛次数	28	30
	收敛次数($K<5$)	9	24
	成功收敛迭代次数均值	6.67	3.2
	平均值/ms	14.6875	14.5375

续表

参数 \ 算法		基于蚂蚁算法的 QoS 组播路由算法	QMR-ACA-WN 算法
延时抖动	成功收敛次数	28	30
	收敛次数($K<5$)	21	29
	成功收敛迭代次数均值	4.6	2.1
	平均值/ms	5.05	5.065
组播树期望时延	成功收敛次数	28	30
	收敛次数($K<5$)	17	25
	成功收敛迭代次数均值	5	3.17
	平均值	60.07	60.27
组播树电量平均值/mW·h		25	29.8

由于只选择了 8 个节点的网络结构,到达目的节点集的路径能够很快找到,所以在迭代次数 $K=20$ 次的情况下,选取 $K<5$ 来比较两种算法的收敛速度,收敛次数越多,表明该算法收敛速度越快,而且成功收敛次数均值越小,算法收敛越靠近前面的迭代次数,从而收敛速度就越快。从表 8-2 中可以得出:在 $K<5$ 时,文献[12]中算法和 QMR-ACA-WN 算法的成功收敛次数分别为 28 次和 30 次时,文献[12]中的期望时延和延时的收敛次数是 9 次,而 QMR-ACA-WN 算法是 24 次。在平均值几乎相等的情况下,收敛速度明显快了将近 2/3,成功收敛次数均值也减少了一倍。在延时抖动上,QMR-ACA-WN 算法的收敛次数是 29 次,文献[12]的收敛次数是 21 次,相比之下,收敛速度也提高了,并且成功收敛次数均值减少了 1/2。从整个组播树的期望时延来看,整个组播树的期望时延平均值接近相等,而 QMR-ACA-WN 算法的收敛次数提高了 8 次,成功收敛次数均值也下降了 1.83。文献[12]算法中的组播树电量平均值比 QMR-ACA-WN 算法小,表明后者选择节点电量大的为下一跳路径,从而延长整个网络的生存时间。所以,可得出 QMR-ACA-WN 算法的期望时延、延时、延时抖动、组播树期望时延的收敛速度明显加快,仿真结果如图 8-6 所示。

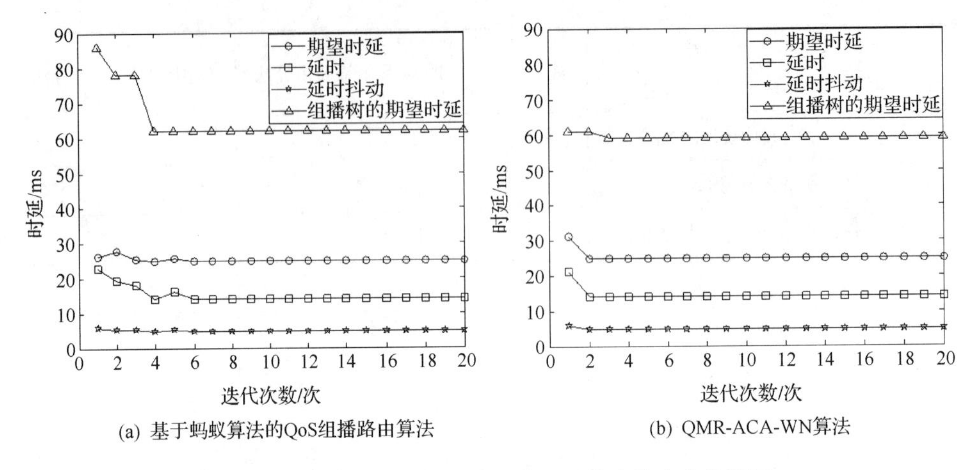

图 8-6　加入节点电量前后各参数随迭代次数变化曲线图

2. 删除到达各个目的节点路径间的环路

在图 8-3 的拓扑图情况下，若源节点 s 为节点 1，目的节点集 M 为{6,7}，对于图 8-4 传统算法中出现的环路情况，通过删除到达各个目的节点路径间的环路算法，根据从源节点 1 到节点 6 的两条路径上的节点和路径的时延和的大小来选择，选择时延小的路径保留下来作为两次寻路的最优路径。比较结果：1-3-6 路径上的时延小于 1-5-6 路径上，于是将到达目的节点 6 的路径替换为 1-3-6，到达目的节点 7 的路径为 1-3-6-7，如图 8-7 所示，从而将环路删除，并且减少了路径的总时延。删除到达各个目的节点路径间环路的主要程序如附录 F-1 所示。

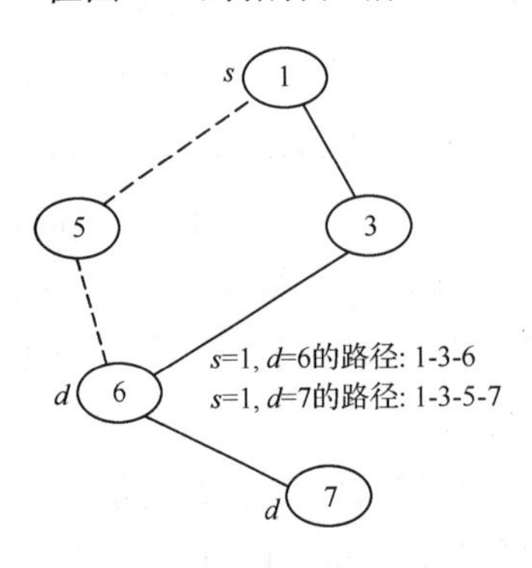

图 8-7　QMR-ACA-WN 算法删除环路图

3. 保留信息素给寻找后续目的节点使用

仿真初始化图如图 8-3 所示，$B=70\text{Kb/s}$，$D=50\text{ms}$，$\text{DJ}=12\text{ms}$，$\text{PL}=0.001$，$\alpha=1$，$\beta=1$，$\rho=0.5$，$Q=100$，蚂蚁的迭代次数 $K=20$，每次迭代蚂蚁的个数 $m=10$，源节点 $s=1$，目的节点集 $m=\{5,6\}$。对文献[12]中算法和 QMR-ACA-WN 算法分别连续仿真 30 次，结果如表 8-3 所示。其中，期望时延、延时、延时抖动是到达第一个目的节点 6 路径上的参数，组播树期望时延是到达目的节点集 M 的总期望时延。保留信息素给寻找后续目的节点使用的主要程序如附录 F-1 所示。

表 8-3 保留信息素前后参数对照表

参数 \ 算法		基于蚂蚁算法的 QoS 组播路由算法	QMR-ACA-WN 算法
期望时延	成功收敛次数	29	30
	收敛次数($K<5$)	15	29
	成功收敛迭代次数均值	5.2	1.37
	平均值	61.01	61.56
延时	成功收敛次数	29	30
	收敛次数($K<5$)	15	29
	成功收敛迭代次数均值	5.2	1.37
	平均值(ms)	34.5075	34.025
延时抖动	成功收敛次数	29	30
	收敛次数($K<5$)	15	29
	成功收敛迭代次数均值	5.2	1.37
	平均值(ms)	8.3225	8.095
组播树期望时延	成功收敛次数	29	30
	收敛次数($K<5$)	19	25
	成功收敛迭代次数均值	4.4	2.7
	平均值	60.665	61.2

从表 8-3 可以看出：在 $K<5$ 时，文献[12]中算法和 QMR-ACA-WN 算法的成功收敛次数分别为 29 次和 30 次时，两种算法中期望时延、延时和延时抖动的平均值几乎相等，而文献[12]中的期望时延、延时和延时抖动的收敛次数是 15 次，QMR-ACA-WN 算法是 29 次，收敛速度明显加快，成功收敛次数均值也明显减少；文献[12]中算法的组播树期望时延收敛次数比 QMR-ACA-WN 算法中少 6 次，成功收敛次数均值也下降了 1.7，而组播树期望时延平均值却接近相等。所以，可得出 QMR-ACA-WN 算法中的期望时延、延时、延时抖动和组播树期望时延收敛速度明显加快。仿真结果如图 8-8 所示[43]。

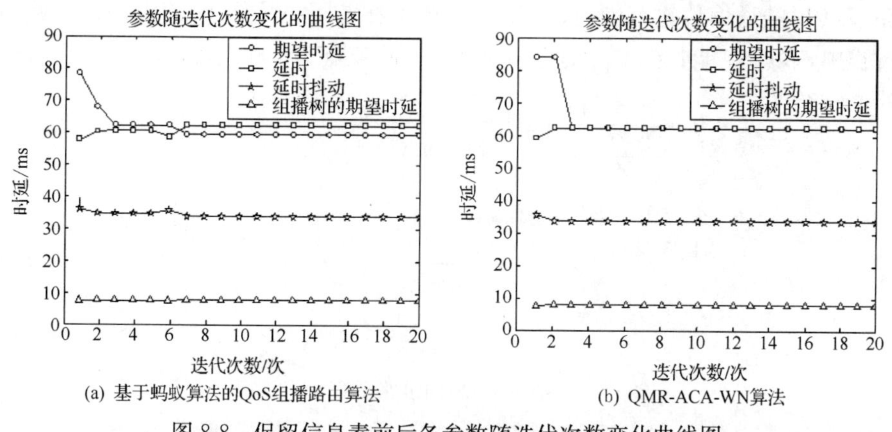

(a) 基于蚂蚁算法的QoS组播路由算法 (b) QMR-ACA-WN算法

图 8-8 保留信息素前后各参数随迭代次数变化曲线图

8.5　无线紫外 Mesh 网络中基于蚁群算法的单向链路路由算法

在无线紫外 Mesh 网络中，由于直视、非直视信道类型的存在，大气湍流的影响以及隐藏终端或障碍物的阻挡等问题，往往会导致大量单向光链路(不对称链路)存在，此时两个节点间只能进行单向通信。因此，近年来有不少学者研究基于单向链路的路由算法。文献[13]采用维护多跳反向路由方法来支持单向链路，但数据包在转发中需要携带完整的反向路由，加大了网络资源的消耗。文献[44]为了能在无线 Mesh 接入网络中支持单向链路，提出了一个链路层方法，采用无缝集成广播技术来支持高带宽多媒体服务。文献[14]为了研究虚拟骨干网建设中存在的单向链路问题，提出一个应用到强连通支配集中的常数近似算法，将强连通支配集运用到强连通支配和吸收集中，但该算法加大了额外的开销。文献[15]在经典的 AODV 协议的基础上利用协作中继技术，扩大覆盖范围来解决单向链路问题，但是该方法用到紫外无线 Mesh 网络中会因为覆盖范围的扩大造成通信链路间的干扰问题。

我们在只支持双向链路蚁群算法[45]的基础上提出一种紫外无线 Mesh 网络中基于蚁群算法的单向链路路由(unidirectional link routing based on ant colony algorithm for UV wireless mesh networks，ULR-ACA-UVWMN)算法。该算法在紫外无线 Mesh 网络拓扑结构中采用单向链路和双向链路相结合的方法，寻找源节点到目的节点的最优路径。

8.5.1　单向链路的概念及产生原因

在无线网络中，不仅存在双向链路，而且存在单向链路，如图 8-9 所示。节点 A 在节点 B 的通信传输范围内，但节点 B 却不在节点 A 的传输范围内，导致在通信过程中，节点 A 能收到节点 B 发送的数据，而节点 B 却收不到节点 A 发送的数

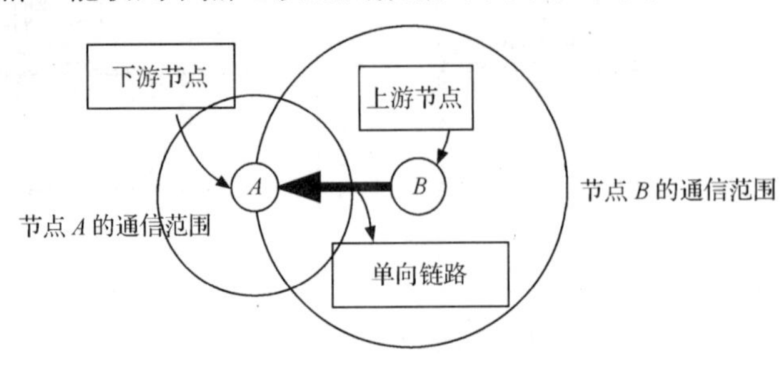

图 8-9　单向链路图

据，即节点A和节点B之间存在单向链路[46]。

无线网络中单向链路产生的通常原因有：①不同无线节点设备具有不同的传输能力；②不同的接入信道；③隐藏终端问题；④不同的能量控制等因素；⑤即使是同一类型的节点，由于节点的使用率不同引起的电池消耗不同步以及环境的影响，从而引起节点的覆盖范围不一致。在大气紫外光通信中，由于障碍物的存在和直视、非直视信道类型的存在，大气湍流的影响以及隐藏终端或干扰等问题，往往会导致大量单向光链路或不对称链路的存在。

8.5.2　紫外通信系统中单向链路

NLOS链路通信的示意图如图8-10所示。在紫外无线光NLOS通信中，假设为了绕过障碍物C，节点A的光源必须以发散角ϕ_1和发射仰角θ_1向大气空间发送光信号，此时节点B必须以视场角ϕ_2和接收仰角θ_2进行光信号接收，发射光信号经过大气的衰减到达有效散射区域V，有效散射体发生光散射，接收器收集来自散射的光信号，这样就完成了A到B紫外光信号的非直视传送。如果保持上述几何关系不变，当节点发送功率不变的情况下，B到A通信则不能完成，原因是为了绕过障碍物C，通信节点B的发送仰角至少为θ_2，而θ_2远远大于θ_1，B节点发送的紫外光信号不能到达节点A，因此形成了单向链路[47]。

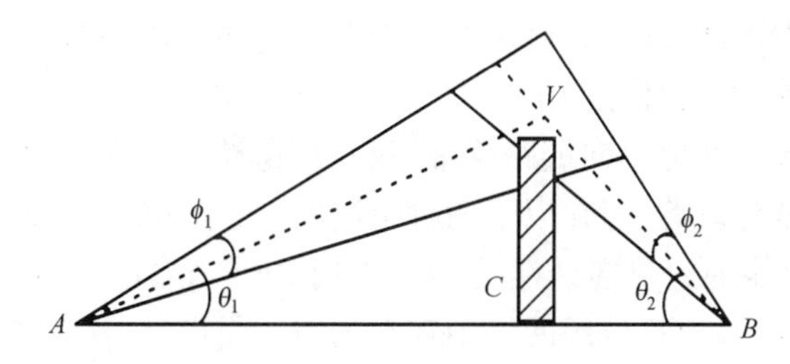

图8-10　NLOS通信链路图

目前无线网络中的路由算法大多是基于双向链路的，其无法处理单向链路存在的情况。例如，当节点只能通过单向链路连接网络时，就会导致节点跟整个网络失去联系；当网络中存在的单向链路比双向链路的性能参数好时，使用单向链路就能节约网络资源，例如链路带宽大、时延小、时延抖动小等。

8.5.3　传统处理单向链路方法

目前，无线网络路由算法中解决单向链路的主要方法有黑名单（blacklist）方法、Hello方法和反转路径搜索方法[48]。

1）黑名单方法

黑名单方法指当节点检测到通往某个邻居节点的链路是单向链路时，就把该邻居节点加入到一个黑名单中，此后当该节点收到路由请求(RREQ)时，就查看RREQ的上一跳节点是否在黑名单中，是就丢弃此RREQ；否则转发RREQ或发起路由应答(RREP)，并形成一个通往源节点的反向路由。因此，源节点产生的RREQ必定会沿着双向链路到达目的节点，从而形成一条双向路由。

2) Hello报文

每个节点通过周期性的发送单跳Hello报文交换信息来屏蔽单向链路。Hello报文包含其能收到的所有的来自其他节点的Hello报文的节点信息，这个过程就是确定它的邻节点。如果某个节点在从收到的其他节点发来的Hello报文中没有发现自身的信息，说明此处是单向的，以后就不会使用这条链路。该方案的优点是通过交换Hello报文能够自动的检测单向链路，但是周期性的大量Hello报文是一种巨大的额外开销，占用了大量的网络带宽也消耗了节点主机的大量能源。

3) 反转路径搜索方法

在源节点发起RREQ洪泛的过程中，中间节点和目的节点试图建立通往源节点的多条无环路的路由，当某个节点发起RREP失败时，就将这条路径从路由表中删除，选择剩余中的一条代替路径重新发起RREP。其主要思想是在RREP失败时，无需等待源节点的下一次RREQ洪泛，而是在其他可替代的反向路径中立即发起另一条RREP，可以有效地减少由于单向链路造成的路由发现延时，但每个节点都要记录大量的路由信息，消耗大量的网络资源。

以上三种方式都是把单向链路屏蔽，只利用链路中存在的双向链路，该方法在某种程度上来说是有效的，但在以下两种情况时，就不能满足要求了。例如：

(1) 当节点只能通过单向链路连接网络时，就会导致节点跟整个网络失去联系，如图8-11(a)所示，当只是用网络中存在的双向链路时，源节点S不能与目的节点D进行通信。

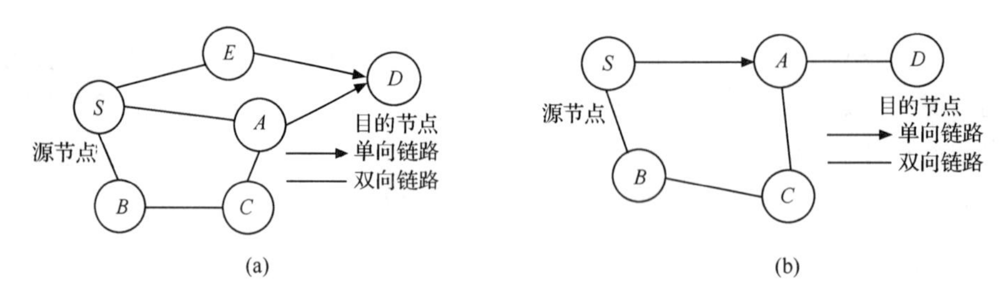

图8-11 存在单向链路的通信拓扑图

(2) 当网络中存在的单向链路比双向链路的性能参数好时，使用单向链路就能节约网络资源，例如链路带宽大、时延小、时延抖动小等，如图8-11(b)所示。路径S-A-D上的性能参数要优于链路S-B-C-A-D。所以，充分利用单向链路，能有效地利用网络资源。

8.5.4 基于蚁群算法的单向链路路由算法

根据传统的蚁群算法,我们提出了一种新的适用于无线紫外 Mesh 网络基于蚁群算法的单向链路路由算法。该算法把蚂蚁看作移动代理,即控制报文,分为前向蚂蚁(forward ants,Fants)、后向蚂蚁(backward ants,Bants)和广播后向蚂蚁(broadcast backward ants,BBants),通过蚂蚁代理间的交互信息来确定路由,程序清单如附录 F-2 所示。

1. 存在单向链路的拓扑结构

紫外光通信网络中的通信节点可以工作在 LOS 型和 NLOS 型两种方式下。为了使通信的实时性好、通信距离远以及通信速率高,通信过程中尽量采用 LOS 通信方式。当 LOS 通信实现不了时,通过调整发射接收仰角,使系统工作在最佳的 NLOS 通信状态,这里采用 NLOS(c)作为 NLOS 型通信方式。在实际的通信网络拓扑布置中,通过改变发射光源和接收装置的仰角、光源发散角和视场角等系统几何参数,非视线光散射通信可以灵活地部署以满足各种实际需求,使得网络保持高效的通信能力。这里针对以下主要规则进行网络拓扑结构的布置:

(1) 拓扑结构中通信节点采用多接口节点。

(2) 考虑在无线紫外光 Mesh 网络中,通常会有多个链路同时工作,针对相邻链路间存在相互干扰问题,通过设置节点与其各个邻居节点采用不同的接口进行通信,以及对节点发射和接收方向和角度的不同设置,消除链路间存在的干扰。

(3) 为了避免暴露终端问题,根据发散角和视场角来判断邻居节点是不是在发射覆盖范围内,从而合理布置邻居节点的位置,通过合理调整多个通信节点的通信覆盖区域,就可以在同一频带内无碰撞地并发传输,提高网络的空分复用。

(4) LOS 型通信方式下,光源的发射角度应尽量小一些,避免对其他通信链路的干扰。

紫外无线 Mesh 通信网络可以抽象成由若干个节点和若干条有方向的链路组成的有向图 $G\langle V,E\rangle$,其中 V 表示节点集,E 表示网络中节点间的方向链路集。对于任意节点 $i,j\in V$,$(i,j)\in E$ 表示节点 i 和节点 j 间的双向链路,即彼此都在对方的通信范围内,$\langle i,j\rangle\in E$ 表示节点 j 在节点 i 的通信范围内,即节点 i 能与节点 j 通信,但节点 j 不能与节点 i 通信,同理 $\langle j,i\rangle\in E$ 表示节点 i 在节点 j 的通信范围内,于是 $(i,j)=\langle i,j\rangle\cup\langle j,i\rangle$。

针对以上主要原则,在紫外无线 Mesh 通信网络中,这里设计了四个节点的网络拓扑图,如图 8-12 所示,其中节点 (x,y,z) 表示实际通信中物体的三维坐标,节点 1 为源节点 S，节点 4 为目的节点 D，节点 1 和节点 2 之间存在单向链路，并且两点间是非直视通信，NLOS 通信时设置发散角 $\phi_1=3^\circ$，发射仰角 $\theta_1=35^\circ$，为使节点 1 能绕过障碍物与节点 2 通信，要求 $\theta_1 \geqslant \partial$（$\partial$ 表示发射节点和障碍物最高节点的连线与水平面的夹角），视场角 $\phi_2=60^\circ$，接收仰角 $\theta_2=60^\circ$。

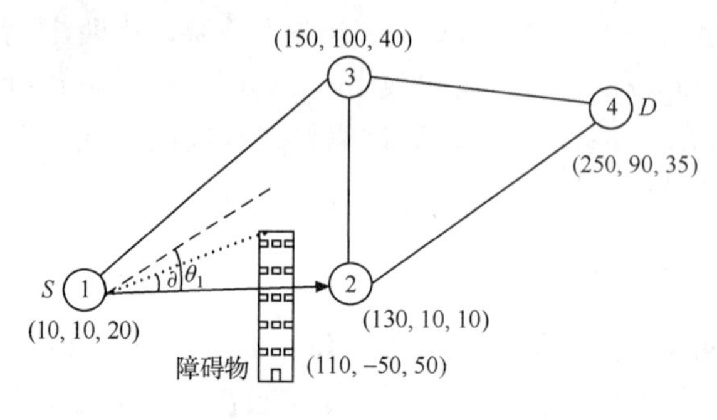

图 8-12　四个节点的网络拓扑图

2. ULR-ACA-UVWMN 算法的路由建立过程

路由建立过程是寻找从源节点到达目的节点最优路径的过程。ULR-ACA-UVWMN 算法通过在源节点发送 Fants 寻找到达目的节点的路径信息，到达目的节点后产生 Bants 来更新 Fants 经过的路径上的信息素，如果路径中存在单向链路，通过产生 BBants 来寻找不可到达的下一跳节点路径。ULR-ACA-UVWMN 算法流程如图 8-13 所示。具体步骤如下：

(1) 初始化网络，每个节点都维护一个信息素表，用来记录到邻居节点的转移概率。

(2) 在源节点产生 m 只 Fants，将源节点置于 tabu_k 表中，其中 $k=1,2,\cdots,m$，m 为网络中 Fants 个数。

(3) 根据转移概率选择下一跳节点，然后将该节点置于 tabu_k 表中，重复本步骤直到 m 只 Fants 都找到目的节点或者没有下一跳节点可走时。

(4) 经过 Δt 时刻，m 只 Fants 都完成一个循环，判断每只 Fants 是否找到目的节点，若是则生成一个相应的 Bants。

(5) 在信息素表中查看是否有 Fants 到达该节点前一跳的路径，若存在，则沿该路径单播 Bants，依据概率转移公式和信息素增加公式更新转移概率；否则，生产 BBants，寻找 Fants 到达该节点前一跳的路径，到达前一跳节点后，依据相应的 Fants 中的信息更新信息素；中间节点重复本步骤，直到到达源节点。

(6) 清空 tabu_k 表，跳到步骤(2)，重复本步骤直到 K 次迭代都完成。

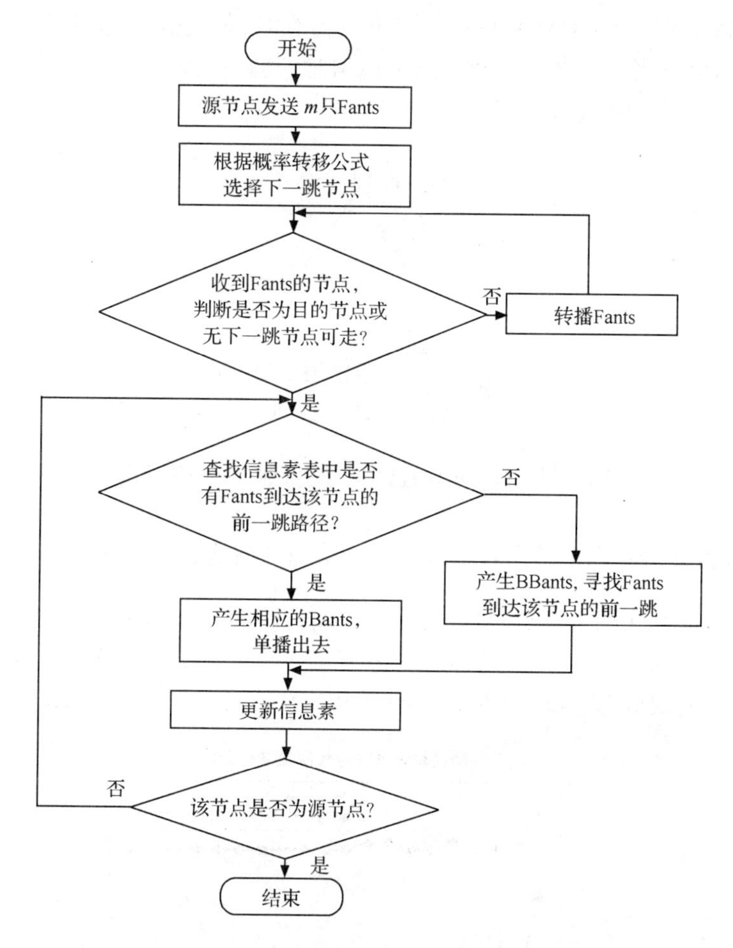

图 8-13 ULR-ACA-UVWMN 算法流程图

8.5.5 仿真与分析

对只支持双向链路的蚁群算法和 ULR-ACA-UVWMN 算法分别进行仿真和分析。ULR-ACA-UVWMN 算法的主要程序如附录 F-1 所示。

1. 当网络中只存在单向链路可以到达目的节点时

仿真初始化如图 8-14 所示，其中仿真参数 $\alpha=1$，$\beta=1$，$\rho=0.5$，$Q=100$，Fants 的迭代次数 $K=20$，每次迭代中 Fants 个数 $m=10$，源节点 $S=1$，目的节点 $D=3$，对只支持双向链路的蚁群算法和 ULR-ACA-UVWMN 算法分别进行仿真，仿真结果表明，由于网络中存在单向链路到达目的节点，对于只支持双向链路蚁群算法始终无法找到到达目的节点 3 的路径，造成节点 3 与整个网络失去联系，而运用

ULR-ACA-UVWMN 算法对该拓扑图进行仿真时，能找到到达目的节点 D 的路径为 1→3，而且当节点 3 需要和节点 1 通信时，其路径为 3→2→1，从而保证了节点 1 和节点 3 之间的正常通信。

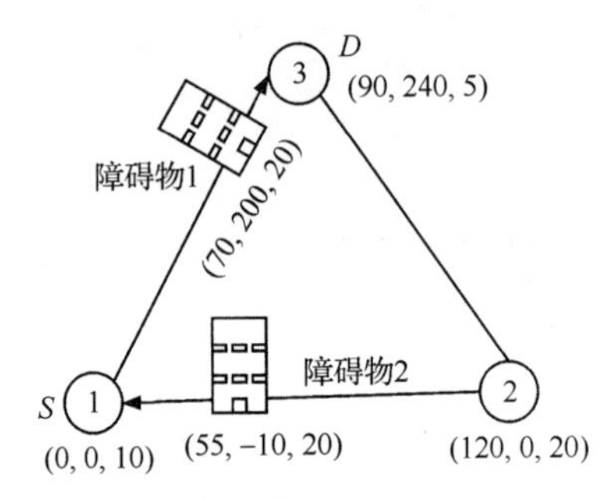

图 8-14 只有单向链路能到达目的节点的拓扑图

2. 当网络中存在的单向链路和双向链路都可到达目的节点时

对网络中存在四个节点，且只有一条单向链路的网络拓扑结构进行仿真，初始化如图 8-12 所示，其中仿真参数同上，源节点 $S=1$，目的节点 $D=4$，分别对只支持双向链路的蚁群算法和 ULR-ACA-UVWMN 算法进行仿真，如图 8-15所示。

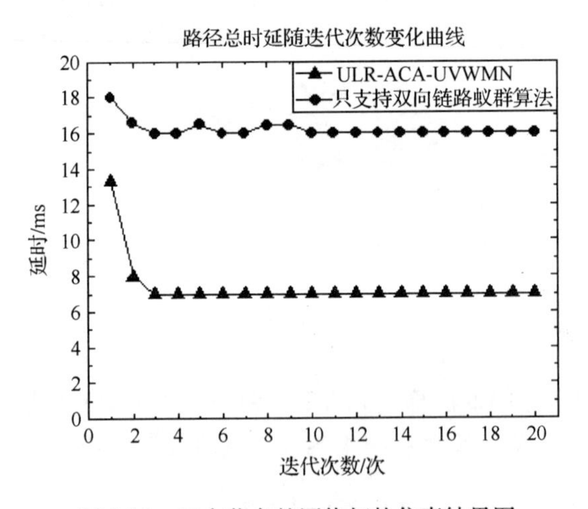

图 8-15 四个节点的网络拓扑仿真结果图

对网络中存在 8 个节点，且存在两条单向链路的网络拓扑结构进行仿真，初始化如图 8-16 所示，其中仿真参数同上，源节点 $S=1$，目的节点 $D=8$，分别对只支持双向链路的蚁群算法和 ULR-ACA-UVWMN 算法进行仿真，如图 8-17所示。

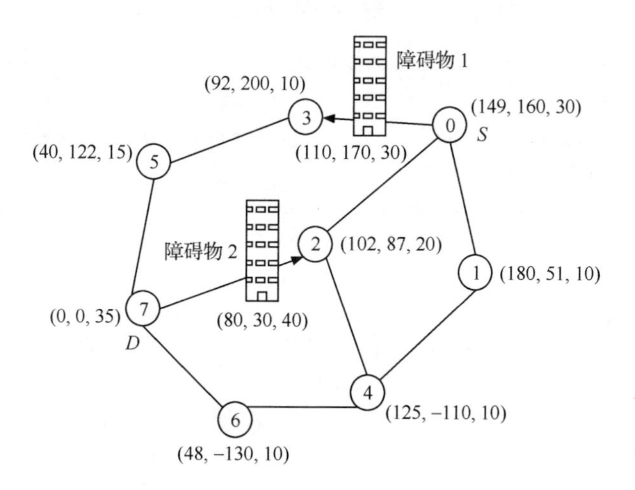

图 8-16 八个节点的网络拓扑图

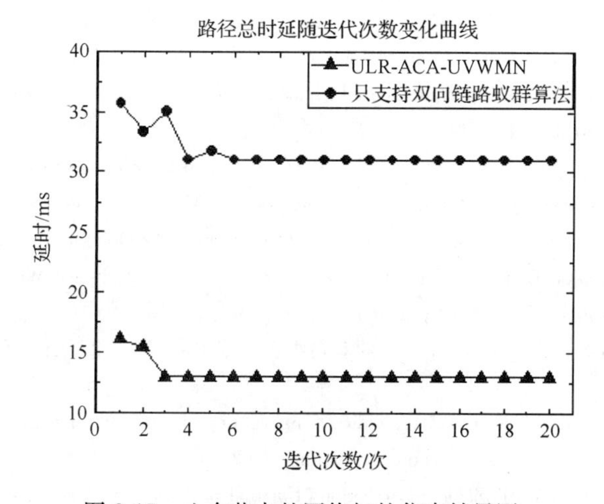

图 8-17 八个节点的网络拓扑仿真结果图

从图 8-15 和图 8-17 中可以看出，只支持双向链路的蚁群算法到达最优路径的收敛速度明显低于 ULR-ACA-UVWMN 算法，并且当网络拓扑中存在的单向链路上的性能参数优于双向链路时，仿真中取得是单向链路上的时延小于双向链路上的。由于 ULR-ACA-UVWMN 算法是通过使用单向链路和双向链路相结合的方式，其最优路径上的总时延远远小于仅支持双向链路的传统蚁群算法时的总时延。所以，ULR-ACA-UVWMN 算法总能选择参数性能优的路径，例如时延小、时延抖动小、带宽大的路径而且最优路径的收敛速度明显加快[49]。

参考文献

[1] Akyildiz I F, Wang X D. A Survey on wireless mesh networks. IEEE Communications Magazine, 2005, 43(9): S23-S30

[2] Campista M E M, Esposito P M, Moraes I M, et al. Routing metrics and protocols for wireless mesh networks. IEEE Networks, 2008, 22(1): 6-12

[3] Draves R, Padhye J, Zill B. Routing in multi-radio, multi-hop wireless mesh networks//Proceedings of the Annual International Conference on Mobile Computing and Networking, 2004

[4] Aguayo D, Bicket J, Morris R. SrcRR: a high throughout routing protocol for 802.11 mesh networks (DRAFT). Massachusetts Institute of Technology Technology Report, 2005: 1-8

[5] Clausen T, Jacquet P, Laouiti A, et al. Optimized link state routing protocol for Ad Hoc networks// IEEE International Multi Topic Conference 2001 IEEE INMIC 2001, 2001

[6] Nelakuditi S, Lee S, Yu Y Z, et al. Blacklist-aided forwarding in static multihop wireless networks// 2005 Second Annual IEEE Communications Society Conference on Sensor and Ad Hoc Communications and Networks, 2005

[7] Ramachandran K N, Buddhikot M M, Chandranmenon G, et al. On the design and implementation of infrastructure mesh networks//Proceedings of the IEEE Workshop on Wireless Mesh Networks, 2005

[8] Draves R, Padhye J, Zill B. Routing in multi-radio, multi-hop wireless mesh networks//Proceedings of the Annual International Conference on Mobile Computing and Networking, 2004

[9] Biswas S, Morris R. ExOR: Opportunistic multi-hop routing for wireless networks. Computer Communication Review, 2005, 35(4): 133-144

[10] Yuan Y, Yang H, Wong S H Y, et al. ROMER: resilient opportunistic mesh routing for wireless mesh networks. IEEE Workshop on Wireless Mesh Networks (WiMesh), 2005, 9: 26

[11] Li K W, Tian J. Application of improved ant colony algorithm to the QoS multicast routing//2008 International Workshop on Education Technology and Training and International Workshop on Geoscience and Remote Sensing, ETT and GRS, 2009

[12] 顾军华,侯向丹,宋洁,等．基于蚂蚁算法的 QoS 组播路由问题求解．河北工业大学学报,2002,31(4): 19-24

[13] Ramasubramanian V, Mosse D. BRA: a bidirectional routing abstraction for asymmetric mobile Ad Hoc networks. IEEE/ACM Transactions on Networking, 2008, 16(1): 116-129

[14] Thai M T, Tiwari R, Du D Z. On construction of virtual backbone in wireless Ad Hoc networks with unidirectional links. IEEE Transactions on Mobile Computing, 2008, 7(9): 1098-1109

[15] Yamada K, Umebayashi K, Kamiya Y, et al. A study on routing protocol suitable for directional Links. IEEE Radio and Wireless Symposium, 2010: 328-331

[16] 段海滨．蚁群算法原理及其应用．北京:科学出版社,2005

[17] Dorigo M, Maniezzo V, Colorni A. Ant system: optimization by a colony of cooperating agents. IEEE Transactions on Systems, Man, and Cybernetics, Part B: Cybernetics, 1996, 26(1): 29-41

[18] 李士勇,陈永强,李研．蚁群算法及其应用．哈尔滨:哈尔滨工业大学出版社,2004

[19] 吴启迪,汪镭．智能蚁群算法及应用．上海:上海科技教育出版社,2004

[20] Colomi A, Dorigo M, Maniezzo V. Distributed optimization by ant colonies//Proceedings of the First European Conference of Artificial Life, 1992

[21] Dorigo M. Optimization,learning and natural algorithm. Ph. D. Milano:Politecnico di Milano, 1992

[22] Gambardella L M, Dorigo M. Ant-Q:a reinforcement learning approach to the traveling salesman problem//Proceedings of the 12th International Conference on Machine Learning,1995

[23] Bullnheimer B, Hartl R F, Strauss C. A new rank-based version of the ant system:a computational study. Central European Journal for Operations Research and Economics,1999,7(1):25-38

[24] Vittori K, Araujo A F R. Agent-oriented routing in telecommunications networks. IEICE Transactions on Communications,2001,E84-B(11):3006-3013

[25] Bell J E, McMullen P R. Ant colony optimization techniques for the vehicle routing problem. Advanced Engineering Informatics,2004,18(1):41-48

[26] Kamali S, Opatrny J. POSANT:a position based ant colony routing algorithm for mobile Ad Hoc networks wireless and mobile communications//Third International Conference on Wireless and Mobile Communications,2007

[27] Kadono D,Izumi T,Ooshita F,et al. An ant colony optimization routing based on robustness for Ad Hoc networks with GPSs. Ad Hoc Networks,2010,8(1):63-76

[28] 张纪会,徐心和．一种新的进化算法-蚁群算法．系统工程理论与实践,1999,19(3):84-87

[29] 吴庆洪,张纪会,徐心和．具有变异特征的蚁群算法．计算机研究与发展,1999,36(10):240-245

[30] 张纪会,高奇圣,徐心和．自适应蚁群算法．控制理论与应用,2000,17(1):1-3

[31] 王颖,谢剑英．一种基于蚁群系统的多点路由新算法．计算机工程,2001,27(1):55-56

[32] 王颖,谢剑英．一种基于蚁群算法的多媒体网络多播路由算法．上海交通大学学报,2002,36(4):526-528

[33] 王颖,谢剑英．一种自适应蚁群算及其仿真研究．系统仿真学报,2002,14(1):31-33

[34] 柳长安,梁广平,王和平．蚁群算法在无人机航路规划中的应用．火力与指挥控制,2005,30(6):22-24

[35] 刘志刚,李言,李淑娟．基于蚁群算法的 Job-Shop 多资源约束车间作业调度．系统仿真学报,2007,19(1):216-220

[36] 赵宏,谢伟志,张晨曦．基于蚁群算法的非结构化 P2P 搜索研究．计算机技术与发展,2009,19(2):31-34

[37] 郑巍,刘三阳,寇晓丽．一种面向传感器网络的蚁群优化路径恢复算法．西安交通大学学报,2010,44(1):83-86

[38] Goss S, Aron S, Deneubourg J L,et al. Self-organized shortcuts in the argentine ant. Naturwissenschaften,1989,76(12):579-581

[39] Sabari A, Duraiswamy K. Ant based multicast routing algorithm with multiple constraints for mobile Ad Hoc networks//International Conference on Security Technology,2008

[40] Hussein O H, Saadawi T N, Lee M J. Probability routing algorithm for mobile Ad Hoc networks' resources management. IEEE Journal on Selected Areas in Communications,2005,23(12):2248-2259

[41] Shokrani H, Jabbehdari S. A novel ant-based QoS routing for mobile Ad Hoc networks//First International Conference on Ubiquitous and Future Networks,2009

[42] Gunes M, Sorges U, Bouazizi I. ARA-the ant-colony based routing algorithm for MANETs//International Conference on Parallel Processing Workshops,2002

[43] 赵太飞,柯熙政,吴长丽,等. 无线网络中基于蚁群算法的 QoS 组播路由算法. 西安理工大学学报,2009,25(4):404-409

[44] Kretschmer M,Ghinea G. Seamless integration of unidirectional broadcast links into QoS-constrained

broadband wireless mesh access networks//International Conference for Internet Technology and Secured Transactions,2009

[45] Sujatha B R, Harigovindan V P, Namboodiri M N A. Performance analysis of PBANT(PBANT: position based ANT colony routing algorithm for MANETs)//The 16th IEEE International Conference on Networks,2008

[46] Maekawa T, Tada H, Wakamiya N,et al. An ant-based routing protocol using unidirectiolinks for heterogeneous mobile Ad Hoc networks//International Conference on Wireless and Mobile Communications,2006

[47] 赵太飞. 紫外光通信组网技术研究. 西安,西安理工大学博士后出站报告,2010:42-43

[48] Marina M K, Das S R. Routing performance in the presence of unidirectional links in multihop wireless networks//Proceedings of the International Symposium on Mobile Ad Hoc Networking and Computing, 2002

[49] 吴长丽. 基于蚁群算法紫外光通信网络中路由协议研究. 西安:西安理工大学硕士学位论文,2011

9 紫外光无线传感器网络

无线传感器网络是一种特殊的 Ad Hoc 网络，可应用于布线和电源供给困难、人员不能到达的区域（如受到环境污染或敌对区域）和一些临时场合（如发生自然灾害时，固定通信网络被破坏）等。它不需要固定网络支持，具有快速展开、抗毁性强等特点，可广泛应用于军事、工业、交通、环保等领域。相对传统的无线网络而言，无线传感器网络存在严重的节点能量约束问题，能量耗尽是影响无线传感器网络性能、网络运行周期的主要决定因素。影响节点能源损耗的因素很多，其中最重要的就是路由算法，但是传感器网络具有其自身的一些特点，不能简单借用以往 Ad Hoc 网络的路由算法。因此，需要针对无线传感器网络设计相应的节能路由算法。

本章重点对无线传感器网络现有的路由协议的设计思想和解决策略进行对比分析，在此基础上提出了适合紫外光无线传感器网络的定向洪泛路由协议和定向扩散路由协议。最后对紫外光多跳通信的能量消耗进行建模，推导出了计算最优跳数的数学表达式。

9.1 无线传感器网络

9.1.1 基本概念

无线传感器网络是由多个具有无线通信、数据处理、协同合作等功能的传感器节点构成，实现分布式的无线数据采集[1]。把发布查询的节点称为 sink 节点，它既是任务的注入节点，同时又是结果数据的返回节点。把执行响应任务，即根据查询进行数据采集并返回结果数据的节点称为 source 节点。无线传感器网络的通信构架如图 9-1 所示。

由于传感器节点数量众多，部署时只能采用随机投放的方式，所以节点的位置不能预先确定[2]。为了将数据传送到 sink 节点，节点间要通过无线信道连接，自组织网络拓扑结构，传感器节点间的协同，局部的数据采集以及节点间的数据交互，经过多跳通信方式来完成全局任务，sink 节点通过因特网或卫星网络将传感器产生的数据结果传送至任务管理节点[3]。

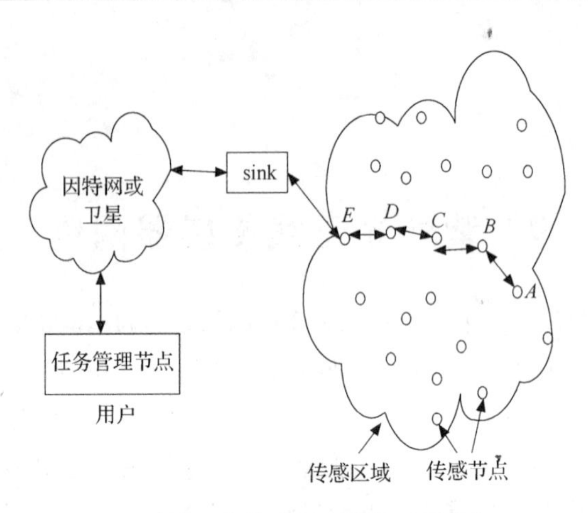

图 9-1　无线传感器网络的通信构架

9.1.2　无线传感器网络中的关键技术

无线传感器网络的关键技术主要涉及以下几个方面的问题。

1. 路由问题

无线传感器网络层的主要目标是建立能量高效的路由，将传感器节点的数据可靠中继到 sink 节点，使网络寿命达到最长。无线传感器网络的路由问题极富挑战性，主要是因为无线传感器网络具有不同于当代通信网络和无线 Ad Hoc 网络的几个独特特点：①不可能为使用大量传感器节点的无线传感器网络建立全网寻址方案，因此基于 IP 的经典协议不能应用到传感器网络中；②相对典型的通信网络，传感器网络的几乎所有应用都要求感知数据流从多个区域（数据源）传递到一个特定的中心节点；③多个传感器节点可能位于所观测现象的附近，因而可能产生相同的数据，所以网络中产生的数据冗余度很高，路由协议必须通过数据融合减少无线媒介上发送的分组数量，提高能量和带宽的利用率；④传感器节点的发射功率、自身能量、处理能力、存储容量非常有限，因此要仔细管理网络资源。这些独特的要求和制约因素为无线传感器网络的路由研究提出了新的问题，我们要设计出实现可靠，既讲究能量效率，又能保证网络能量消耗平衡的路由协议。

2. 能量问题

在大多数情况下，传感器网络的节点都是由电池供电，电池容量非常有限，并且对于有成千上万节点的无线传感器网络来说，更换电池非常困难，甚至是不可能的。如果网络中的节点因为能量耗尽而不能工作，会带来网络拓扑结构的改变以及路由的重新建立等问题，甚至可能使得网络变得不连通，造成通信的中断。因此，在不影响功能的前提下，尽可能地节约无线传感器网络的电池能量就成为无线传感器网络软硬件设计中的核心问题。首先在功能上，由于无线传感器网络大都是为某一专用目的而设计的，去掉不必要的功能，可以节省能量，突出专用性。其次，可以设计专用的提高传感器网络能量效率的协议或者采用专门的技术，这些协议和技术涉及网络的各个层次[4]，如物理层可以采用超宽带无线通信技术，MAC层可以采用适合节点在休眠和工作状态间切换的接入协议，网络层可以以能量作为路由度量等。此外，还可以采用跨层设计方式，提高网络的能量效率。

3. 安全问题

在安全保障方面主要有安全组播和密钥管理两种方式。对于安全组播，无线传感器网络可能设置在敌对环境中，为了防止信息提供者向网络注入伪造信息，需要在无线传感器网络中实现基于源端认证的安全组播。对于密钥管理，无线传感器网络中尽量减少通信，因为通信的耗能将大于计算的耗能。传感器网络还应该考虑数据融合技术等减少数据冗余的问题。通常，预设置的密钥方案通过预存的秘密信息计算会话密钥，由于节点存储和能量的限制，预配置密钥管理方案必须考虑节省存储空间和减少通信开销。

4. 时钟同步

传感器网络中的通信协议和应用，例如基于 TDMA 的 MAC 协议和敏感时间的监测任务等，要求节点间时钟保持同步。在文献[5]中，Elson 和 Estrin 给出了一种简单实用的时钟同步。其基本思想是：节点以自己的时钟记录时间，随后用第三方广播的基准时间加以校正，精度依赖于对这段间隔时间的测量。这种同步机制应用在确定来自不同节点的监测事件的先后关系上有足够的精度。目前，对时间同步的研究主要集中在两方面：一是尽量减少同步算法对时间服务器及信道质量的依赖，缩短可能引起同步误差的关键路径；二是从能耗的角度，研究节能、高效的同步算法。

5. 服务质量

服务质量(quality of service，QoS)是指当源端向目的端发送分组时，网络向用户保证提供一组满足预先定义的服务性能约束，如端到端的时延、带宽、分组丢失率等。为了提供 QoS 保证，首要的任务就是在源节点和目的节点之间寻找必要资源来满足 QoS 要求的路由；其次对于特定的分组，一旦路由被选择后，必须为分组预留必要的资源(如带宽、路由器中的缓存空间等)。提供 QoS 路由可以将这些任务结合在一起，这样 QoS 保证转换为 QoS 路由问题。

9.1.3　紫外光无线传感器网络的关键技术

目前国内外对紫外光无线传感器网络的研究还在基础理论阶段，紫外光非直视通信、抗干扰、抗截获和低发射功率等优点使得紫外光在组网上有很大的潜力。但紫外光无线传感器网络有许多不同于其他网络的独特特性，有待于我们深入研究，紫外光无线传感器网络的研究热点主要集中在以下几个方面：

1）节能通信协议

紫外光的低发射功率使得布置在物理环境中的传感器节点能够保持足够长的寿命，网络的生命期将会得到很大的延长。处在网络寿命期间，有些传感器节点可能变为无用节点，或者可能有新的节点进入网络中。所以要对传感器节点的网络活动时间进行合理的安排，使多余的传感器节点尽可能长时间的处于睡眠方式以达到节省能量的目的。另一种降低能耗的方法就是利用紫外光不同的通信方式调整传感器节点的通信距离，这样既能使感知距离最小，又能覆盖到目标节点，在保证网络连通性的同时达到节能的目的。

2）拥塞控制

有线网络通常采用端到端的机制和网络层机制进行拥塞控制。但是，由于在不同无线链路上同时进行的发送相互影响、相互干扰，所以有线网络的拥塞控制方法不能解决无线网络拥塞问题。无线传感器网络主要以广播机制进行通信，很容易引起拥塞。当分组到达速率大于分组服务速率时，接近中心节点的传感器节点上很容易发生拥塞。可以采用紫外光通信的方向性，使不同速率的分组选择不同的路径到达中心节点，越接近中心节点的传感器节点承载的流量就会被其他节点分担，拥塞就不容易发生。由于竞争、干扰而造成发生在无线链路上的拥塞，可以采用紫外光 NLOS(c)通信方式，减少源节点到目的节点的跳数，参与转发数据的节点越少，竞争信道的节点就越少，造成拥塞的几率就越小。设计的传输协议除了控制拥塞外，还要保证能量效率、吞吐量、分组丢失率和端到端时延方面的 QoS。

3）路由协议

传统网络在选择路由协议时，很少考虑节点的能量消耗问题，而无线传感器网络中节点的能量有限，延长整个网络的生存周期就成为传感器网络路由协议设计的重要目标，因此需要考虑节点的能量消耗以及网络能量均衡使用的问题。为了节省通信能量，紫外光无线传感器网络通常采用多跳通信模式，而节点有限的存储资源和计算资源，使得节点不能存储大量的路由信息，不能进行太复杂的路由计算。为了实现高效节能的路由机制，获取网络拓扑信息时可以采用紫外光全向通信，而数据传输过程采用紫外光定向通信方式，使处于传输路径上的节点工作，其他节点处于睡眠状态。另外，也可使用单跳和多跳通信混合的路由机制，保证节能的同时也可以降低网络的丢包率。

4）数据累积

为了减少无线链路上分组的发送量,需要对传感器节点产生的高冗余度数据进行累积。数据累积按照能量高效、最低时延方式从传感器收集重要数据。数据时延对于很多应用(比如环境监测)都是非常重要的,数据的新鲜程度是时延敏感应用的一个重要因素。所以,开发能量高效的数据累积算法对提高网络寿命非常关键。

5）信道接入及 MAC 层协议

数据链路层负责接入控制和建立节点之间可靠的通信链路。传统的基于竞争机制的 MAC 协议很难适应无线传感器网络的需要。因为基于竞争机制的 MAC 协议需要多次握手,数据发生冲突的可能性很大,造成能源的浪费。因此,紫外光无线传感器网络的 MAC 协议要以节能为主要目标,同时又要有良好的可扩展能力和碰撞避免能力,可以采用基于预先规划的机制,如 TDMA 来保护节点的能量。

6）安全机制

大多数路由协议都没有考虑安全的需求,使得这些路由协议都易于遭到攻击,从而使整个无线传感器网络崩溃。为了保证传感信息的保密性和可靠性,已经提出了许多安全路由协议[6~11]。它们主要是采用链路层加密和认证、多路径路由、身份认证和认证广播等机制来抵御外部伪造的路由信息,但是这些安全机制的系统开销比较大,不利于传感器节点节省能量。紫外光通信具有更好的区域保密性,使得通信不易被拦截和侦听,提高信息传输的保密性。紫外光无线通信的方向性,使 WSN 网络的路由过程有选择性的转发数据包,也降低了网络中节点的无用能量消耗,延长整个网络生命期。

9.2 无线传感器网络路由协议

由于无线传感器网络与其他无线网络不同,特别是与移动自组织网络的不同,国内外的研究人员提出了许多适用于无线传感器网络的路由算法。另外,针对无线传感器网络的某些固有的特征,研究人员也提出了很多新的技术,如数据融合技术(data aggregation)、内网处理技术(in-network processing)等。目前被提出的无线传感器网络的路由协议大致可以分为平面路由协议、分级路由协议和基于定位的路由协议。

9.2.1 无线传感器网络路由协议分类

1. 平面路由协议

1）洪泛路由协议(flooding protocol)

洪泛路由协议是一种传统的广播式路由协议。它不需要维护网络的拓扑结构,也不需要路由计算。接收到消息的节点以广播的形式转发报文给所有的邻居节点。虽然实现简单,但容易产生内爆和交叠问题。

2) 协商式传感器信息分发协议(sensor protocol of information via negotiation)[12]

该协议是一种通过协商机制和资源自适应控制,可以避免内爆和交叠现象的路由算法。通过宣告有数据(ADV)、同意接收(REQ)两种报文进行协商,并利用第三种数据报文(DATA)将协商好所需要的数据发送给指定的节点。

该协议有效地克服了洪泛路由协议的缺点,提高了资源利用率,拓扑改变不影响两跳以外的邻居节点。缺点是没有考虑节能和多种信道下的数据传输问题。因此,后续又有 SPIN-PP(point to point)、SPIN-EC(energy control)、SPIN-RL(route loss)、SPIN-BC(broadcast channel)等在 SPIN 基础上改进的路由协议。

3) 定向扩散(directed diffusion,DD)[13]

该协议以数据为中心,是 Estrin 等专门为传感器网络设计的路由机制。其他的以数据为中心方式的路由协议都是基于定向扩散协议的改进或者是其基本思想的扩展。该协议的主要特点是引入了梯度的概念,通过网络控制消息建立梯度后,选择最佳路径传递报文。

定向扩散路由协议是按需路由协议,可以减少控制消息的发送数量,具有一定的节能意识,但是定向扩散的 sink 节点需要发送大量的兴趣消息来请求数据,增加了控制值开销。

4) 谣言路由(rumor routing,RR)[14]

谣言路由是对洪泛路由协议的改进。为了节约能量,谣言路由使用随机性的原则。在一个节点探测到有效数据的时候,节点将这个事件添加到本地列表后,再转发给随机选择的某个邻居节点,直到报文失效。sink 节点需要某些数据的时候,会发送广播请求,节点从本地列表查找有满足请求条件的数据后,按请求的反向路由回传数据。

谣言路由可以减少 sink 节点请求转发的次数。在突发事件和请求较多的应用场合下,谣言路由协议比洪泛路由协议节约 10%以上的能量。谣言路由可以解决内爆问题,但交叠问题仍然无法解决。

5) 最小开销转发算法(minimum cost forwarding algorithm,MCFA)[15]

该算法是一种具有方向感知的算法,节点不需要维护路由表,只需要维护到达 sink 节点的最小开销表,表只有两栏,一个是最小开销估计,另一个是传输路径。中间节点每收到一个报文都会检查是否在最小开销路径上,如果是,则传输报文,并广播给邻居;否则,不做任何处理。

建立最小开销表的过程由 sink 节点开始,sink 节点广播开销为零的报文,而新入网的节点把最小开销设为∞。节点收到 sink 节点发送的开销报文后,计算链路的最小开销，并将该值与报文内的数值累加，更新自己的开销表，并转发更新了开销域的报文。这样全网节点都可以找到一条最小开销的路径。

MCFA 算法以简单的方式获得最小开销路径，能节约网络的资源。但是，在最小开销路径上的节点会因为负载过重而快速消耗能量而死亡，网络拓扑变化较快。

6）能量感知路由(energy aware routing，EAR)[16]

该协议是一个节能路由协议，采用了反应式路由机制。该协议也是基于定向扩散机制，维护了一组路由，通过计算概率确定报文转发的路径。概率的计算需要节点感知网络中所有节点的能量状态，计算源和目的对之间的能耗，根据最低能耗准则将报文转发到最低能耗的下一跳节点。

EAR 路由协议比定向扩散路由协议大约节约 21.5%的能量，并延长了 44%的网络生命期。但是，采用 EAR 路由协议的节点需要收集本地信息，而且建立路由的次数比定向扩散机制增加了近两倍。

7）随机游走路由(routing protocol with random walks，RPRW)[17]

该算法是第一个既实现了多路路由，又实现了统计意义上的负载均衡算法。利用 Bellman-Ford 算法估计节点间的距离，获得网络的位置信息。在已知位置信息的情况下，通过概率计算选择一个距离目的地最近的邻居节点作为下一跳的报文转发路径。如果概率计算足够好，就能保证网络中业务量的负载均衡。

随机游走路由协议采用了多路路由，路由的计算和存储资源消耗很大。对于大型静态无线传感器网络比较合适。但是，随机游走路由协议有两个前提假设，一个是节点可以根据需要自动进入休眠状态，另一个是网络的节点分布是栅格状，就是通常所说的网格网。在实际应用中很难满足后一个条件，因此该协议的实际应用性不高。

2. 分级路由协议

1）低功率自适应聚类分级(low energy adaptive clustering hierarchy，LEACH)[18]

该协议是一种低功率自适应分层路由算法。随机选择一个节点作为簇头，簇头开始发送广播请求，然后其他普通子节点根据信号强弱选择加入的簇群。簇群按照一个 TDMA 的方式分给每个普通子节点一个时隙，并广播请求。普通子节点在规定的时隙内向簇头发送数据。

LEACH 中采用了数据压缩和数据融合技术，簇头通过压缩数据和数据融合将多个消息合并，减少发送消息数量。该协议的优点是能延长网络的生存期，有很好的扩展性。缺点是虽然加入了周期性重新选簇的概念，由于不能全网时钟同步，很容易引起全网的瘫痪。

2）节能类分簇传感器信息系统(power-efficient gathering in sensor information system，PEGASIS)[19]

该系统是在 LEACH 协议上提出的一种改进路由算法。PEGSIS 路由协议在网络中选择一个节点作为起始节点建立一条最优回路链。起始节点将融合后的数据信息发送给 sink 节点。由于起始节点的负载较重，PEGASIS 采用了全网节点轮流作为回路链起始节点的方式来进行均衡。

每一轮过程中，只有一个起始节点与 sink 节点进行数据传输，数据融合后的信息减少了能量的消耗。网络仿真结果表明，PEGASIS 协议比 LEACH 协议延长了网络生命期，但是每一轮建立最优回链路的过程中，每个节点都要掌握网络中其他节点的位置信息，这就要耗费过多的资源。此外，每一轮中所有节点的监测数据都只能通过一个报文发送给 sink 节点，PEGASIS 只适用于监测数据相关性很高的应用场景。

3）节能阈值敏感协议(threshold-sensitive energy efficient protocols，TEEN)[20]

该协议采用了节点延时发送数据机制，将多个数据标识时间后打包聚合发送，降低了发送报文的次数，减少能量消耗。阈值用于控制聚合发送的频率，由簇头节点通过广播通告给其他节点。网络可以灵活的调整阈值以适应实际应用的需要。

如果普通节点没有收到簇头所广播的阈值信息，节点将不会发送任何数据，对于单向链路和网络质量差的情况，容易造成网络瘫痪。另外，TEEN 协议基于时间准则，难以时间同步和实时性差是其固有的问题。采用 TDMA 方式可以解决同步问题，但对于实时性要求高的情况目前还没有有效的克服措施。

4）自组织协议(self organizing protocol，SOP)[21]

该协议中由一些固定节点充当路由器，形成一个主干网络。通过本地马尔可夫环路算法生成树状路由，这个过程被称为自组织过程。探测节点与路由节点之间只能是一跳。探测节点将探测到的数据发送给路由器后，路由器将数据报文通过生成树转发到 sink 节点。

SOP 中的某些节点不同于探测节点，只是作为纯粹的路由器。这些路由器在网络中是静态的，构成了一个完整的网络。每个传感器节点将选择一个路由器作为一个子网。由路由器进行数据融合后与 sink 节点通信。与 SPIN 协议相比，SOP 协议广播一次所消耗的能量要小。但是，由于 SOP 在自组织阶段不是按需路由协议，因而引入了额外的能量和控制开销。

5）虚拟栅格结构路由(virtual grid architecture routing，VGA)[22]

该协议是一个节能路由协议，主要应用于网络节点静态或者移动性小的情况。该协议要求网络中的簇头节点分布是交叠的对称栅格形状。栅格结构便于簇头获知固定的线性虚拟拓扑结构。簇头的主要作用是数据融合，簇内节点的作用是探测相同区域。

选取簇头的算法主要有两种，一种是基于贪婪算法的整数线性规划算法(integer linear program)，另一种是基于节能目的的分簇聚合式启发路由算法(clustering-based aggregation heuristic)，用于延长网络维持时间。

数据融合分为两个层次，一个是本地的数据融合，一个是全局的数据融合。所有的簇头节点都必须执行本地的数据融合。从簇头节点中选出的部分簇头将承担全局的数据融合，并将经过全局融合的数据发送给 sink 节点。

6) 分级能量感知路由(hierarchical power-aware routing，HPAR)[23]

该协议需要了解全网的节点能量状态，选择能量剩余最多而跳数相对较少的路径作为报文传输路径。这个路径被称为最大-最小路径。利用最大最小路径算法近似计算路径消耗的能量，根据节点剩余的能量选择一条能量最大路径，然后采用 Dijkatra 算法(Dijkatra 算法是典型的单源最短路径算法，用于计算一个节点到其他所有节点的最短路径)。计算得到最佳路径，再将上述两种算法得到的路径进行优化综合得到最大最小路径。簇内的节点可以任意选择其他节点作为中继节点，而簇外的中继节点只能从簇头形成的主干网中选择。

这种算法是传统的距离矢量路由与节能路由的有效结合，可以减少节点能量的消耗。但是，节点的运算量增加了，而且前提是每个节点都需要存储全网其他所有节点的剩余能量信息。

7) 双列数据分发(two-tier data dissemination，TTDD)[24]

该算法假设节点为静态的，且各节点的位置信息已知。网络中可以存在多个 sink 节点，sink 节点可以在网络中任意移动。网络中的节点以虚拟栅格的形式划分为若干区域，当监测区域发生事件，附近的多个节点将选择一个节点触发数据上报消息。发送数据上报消息的簇头节点将上报报文发送给栅格外的其他四个栅格的邻接节点，由邻接节点转发给该栅格的另外三个邻接节点，最后将上报的数据报文发送到每一个栅格。这样，无论 sink 节点移动到网络中的任何地方，都能够从距离最近的节点上收到上报的数据报文。

但是，TTDD 协议要求网络中的节点具有一定存储能力，保证在有多个事件同时触发的时候可以缓存上报的数据。TTDD 协议适用于数据采集量不大，事件突发性的应用场合。

3. 基于定位的路由协议

1) 地理自适应精确路由协议(geographic adaptive fidelity，GAF)[25]

该协议是一个基于定位的能量感知路由算法，主要用于 Ad Hoc 网络，但在无线传感器网络中也适用。网络被分为若干固定的栅格区域。根据时间不同，轮流选择一个节点处于工作态，而栅格内的其他节点进入睡眠态。处于工作态的节点负责探测事件的发生和上报数据，而其他节点则可以尽量减少能量的消耗，直到自己被唤醒处于工作态。如果栅格划分的有效,GAF 算法不会影响路由的可靠性。但前提是节点需要装备 GPS 定位系统,便于有效地划分栅格。

2) 地理位置和能量感知路由(geographic and energy aware routing, GEAR)[26]

该协议是一个能量感知的定位路由协议。该协议的核心是限制发送定向扩散兴趣消息的范围,只把兴趣发送到某个区域而不是全网。因此,GEAR 比定向扩散能保存更多的能量。GEAR 需要维护一个表,表中存储了从某个邻居到达目的节点的能量开销的估计值。发送数据消息的时候,需要将本地的能量开销估计值添加到报文中,便于接收报文的节点修正能量开销表格。

3) 半径内尽力转发(most forward within Radius,MFR)、距离路由(distance routing,DR)以及地理位置距离路由(geographic distance routing,GEDIR)[27]

上述路由协议都是基于距离和方向的定位路由协议,关键思想都是把报文传递分为上行和下行。根据已知的定位信息把报文按照某种准则传递给某个邻居。MFR 算法选择跳数最小的路径,类似于贪婪算法,而 DIR 选择到目的节点方向角度最小的邻居作为下一跳的转发路径。GEDIR 是一个基于两跳范围的贪婪算法。

由于采用了贪婪算法的思想,MFR 和 GEDIR 不会产生路由回路,而 DIR 可能产生路由回路,除非在报文中添加时间戳,并在节点中维护一个接收报文列表。

4) 贪婪自适应路由(the greedy other adaptive face routing,GOAFR)[28]

GOAFR 算法是一个定位路由与贪婪算法相结合的算法。通过选择距离目的节点最近的邻居作为转发节点。由于容易产生某些节点没有邻居但是距离目的节点最近的情况,GOAFR 会造成转发的数据不能送达 sink 节点的问题。

5) 多跳自组织网络的节能技术(a power saving technique for multi-hop Ad Hoc wireless networks,SPAN)[29]

SPAN 是一种节能协调与拓扑维护的无线 Ad Hoc 网络算法。网络中的节点都尽量处于睡眠状态,只是通过链路维护获得邻居及其邻居的本地信息。如果一个节点发现它的某两个邻居不能通信,则应该自愿成为协调员(coordinator),节点由睡眠态转换到工作态。为了避免多个节点同时成为作用相同的"协调员",采用随机后退的方法发布通告。

SPAN 从严格意义上说,是一种自组织网络的节能路由。SPAN 不仅能在 MANET 中使用,对于无线传感器网络也是适用的。仿真结果显示,采用 SPAN 比没有采用休眠机制的无线传感器网络多保存了 60%的能量。

9.2.2 无线传感器网络路由协议的设计要求

无线传感器网络不同于传统网络的特点,其信息处理面临很多新的挑战,如以数据为中心、单个节点的计算能力、存储能力及其有限以及网络拓扑结构变化很频繁，对算法的鲁棒性和适应性提出了很高的要求。最重要的一点是传感器网络节点的能量极其有限，所有的路由算法都必须尽可能地降低节点能耗，以便延长网络和整个系统的维持时间。因为节点一般采用电池供电，一旦部署完毕开始工作后，限于其所工作的环境，不可能更换电池或者更换电池相对代价太高。

不能精确的评估能量的消耗。既要保证网络生命期最长，同时又要使因为能量耗尽而失效的节点的时间分布很集中，降低网络拓扑变化的剧烈程度。

时间同步不能精确。无线传感器网络的数据采集和数据上报都是根据时间严格区分的。由于消息报文和数据报文在转发的过程中会产生时延，链路和网络的时延很难精确估计，造成通信的节点无法达到精确的时间同步。

9.2.3　无线传感器网络数据业务的传递

无线传感器网络不同于移动 Ad Hoc 网络的一个主要区别是数据传递方式不同。传感器网络是一种以数据的中心的网络，而移动 Ad Hoc 网络是一种以传输信息为目的的网络。

无线传感器网络中的节点地位是不平等的，网络中的节点分为接收数据、存储数据的 sink 节点和探测环境、采集数据的 source 节点，不同于所有节点地位平等的 Ad Hoc 网络。节点的数据传递方式不同，在编程实现上也会影响到整个路由协议的算法。需要根据不同数据传递方式来确定实现数据中心方式的路由协议算法。无线传感器网络的数据传递方式可以分为以下几类。

(1) 不问自答方式：网络中只有一种任务，并且所需要的数据是以某种时间为参数的固定方式，有规律的由 source 节点发送给 sink 节点的情况下，不需要 sink 节点发送 req(n)，而 source 节点根据固定时间规律向 sink 节点发送数据 rep($n+f(n)$)。或者是检测到数据发生突变时，传感器节点才发送数据 rep(n,time)。

(2) 一问一答方式：sink 节点发送一个 req(n)，每个 source 节点就响应一个相应的 rep(n)。

(3) 一问多答方式：sink 节点发送一个 req(n)，则每个 source 节点就以 K 为周期定时的向 sink 节点响应 rep($n+mK$)，m 是整数 0,1,…，直到 sink 节点发送一个 stop(n)，source 节点才停止向 sink 节点响应数据。

(4) 多问一答方式：实时性要求不高的情况下，sink 节点请求数据比较频繁，req(n)，req($n+1$)，…，req($n+i$)，source 节点可以将问询的数据都缓存起来，然后将缓存到一定数量 i 的数据集中在一个响应 rep($n,n+1,\cdots,n+i$)里，在一次响应过程中反馈给 sink 节点。

(5) 多问不答方式：采集的数据在多次问询 req(n)，req($n+1$)，…，req($n+i$)中没有有效的变化，不响应 rep(n)，rep($n+1$)，…，rep($n+i-1$)。直到采集的数据发生突变，并且有问询 req($n+i$)到达时，才将有效数据发送出去。

以上方式的基本原理都是基于问询-应答机制，但在不同环境下的传感器网络中应用，会影响到数据传递的时延、数据的有效率、发射能效等因素。上述五种方式所对应的算法如图 9-2 所示。

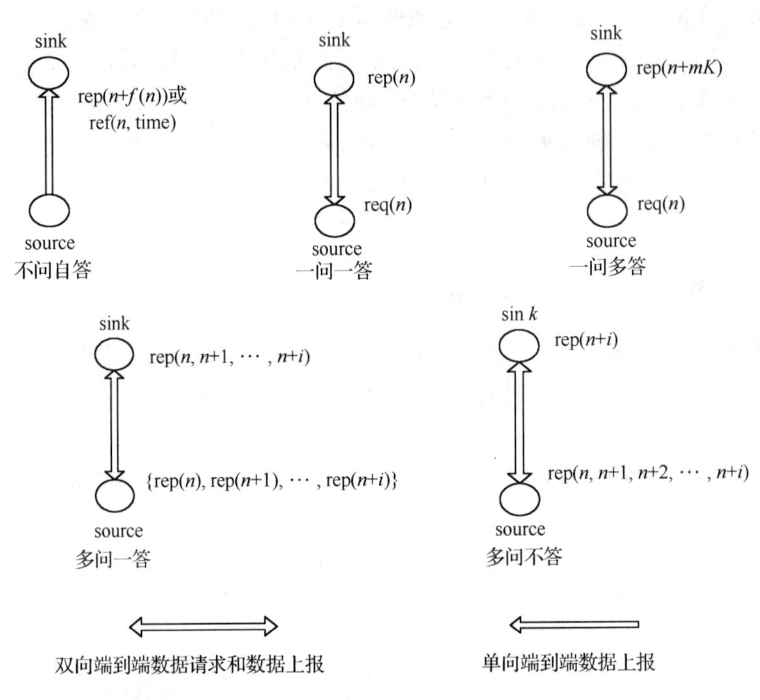

图 9-2　基于数据中心的数据业务传递方式[30]

9.3　紫外光无线传感器网络路由协议

由于无线传感器网络中的节点一般采用电池供电，一旦部署完毕开始工作后，很难进行电池更换，所以无线传感器网络的路由协议都必须尽可能地减少节点的能耗，以便延长整个网络的生存时间。由于紫外光通信具有发射功率小、频带宽、传输速率高、体积小，非直视通信等优点[31]，将紫外光通信与无线传感器网络结合，利用文献[32]中所提出的紫外光三种不同类型的通信方式进行组网，非常适合应用于短距离、能量受限的小型保密传感系统。

9.3.1　紫外光无线传感器网络洪泛路由协议

1. 传统洪泛路由算法

洪泛路由算法是一种传统的广播式路由协议。它不需要维护网络的拓扑结构和路由计算。过程描述为:假设源节点需要发送数据包给目的节点,源节点首先通过网络将数据包副本传送给它的每个邻居节点,其邻居节点又将数据包副本广播给各自的除了刚刚给它们发送数据包副本的节点外的所有邻居节点,如此继续下去,直到出现这种情况之一为止:①数据包传送到目的节点;②该数据包设定的生命周期变为零;③所有节点拥有此数据包的副本。

图 9-3 为传统洪泛路由算法的实现过程[33],其中 S 代表源节点,D 代表目的节点,A、B、C、E、F、G、H 分别代表网络的各个节点。现在假设源节点 S 要向目的节点 D 发送数据包,那么就需要查找一条由源节点 S 到目的节点 D 的传输路径。首先,S 将路由请求发送给其所有的邻居节点 A、B、C 和 E。当节点 C 和 E 收到该路由请求后,同样将数据包转发给其所有的邻居节点,即节点 F、G、H。此时,G 作为两者的邻居节点均收到分别来自于节点 C 和 E 发送过来的同一数据包,在此模型中,G 将转发先到的数据包给其所有的邻居节点,后到的相同的数据包将被丢弃,最终目的节点 D 就收到了节点 G 的数据包,完成了源节点与目的节点之间的数据包传输任务。

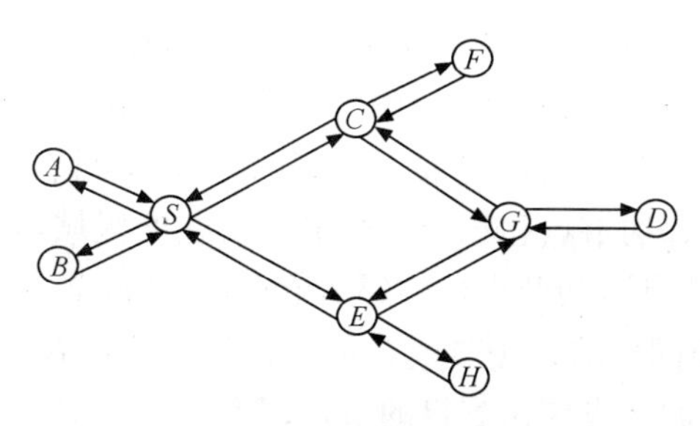

图 9-3　传统洪泛路由算法的实现过程[33]

2. 定向洪泛路由算法

从传统洪泛模型可以看到,存在着能源浪费的问题,这是因为在网络当中的每一个节点不论它是否在最终的转发路径上都要转发报文,这将导致网络中充斥大量的无用报文,使节点的能源遭到了严重的消耗,整个网络的生存期也受到影响。针对上述传统洪泛模型的缺陷,对其进行改进,得到基于节点位置信息的定向洪泛路由算法。该算法的主要思想是让洪泛路由过程呈现一种有选择性的转发数据包,转发动作在发送节点特定的覆盖范围内进行,而覆盖范围外的节点不参与洪泛路由。也就是说,网络中的每个节点并不是将数据包都发送到自己所有的邻居节点,而是只转发到处在本节点特定的覆盖范围内的节点,每个接收到数据包的节点根据网络中节点的位置信息改变自己特定的覆盖区域,使路由过程向着有利于目的节点的方向推进。

日盲紫外光无线传感器网络中的节点间采用 NLOS(b)类通信方式[32],每个

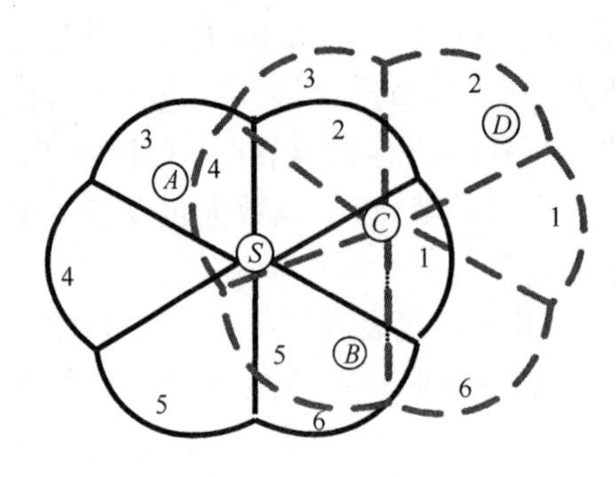

图 9-4　定向洪泛路由算法实现过程

节点进行邻居节点发现后，节点间再通过定期的信息交换可以使每个节点清楚网络的拓扑。每个节点各有一套收发装备，发射装备上有六个日盲波段的 LED[34,35]，每个 LED 的覆盖的区域为扇形，扇形的张角为 60°，在路由发现的过程中所有 LED 同时工作，而数据传输时只有覆盖了路由区域的 LED 才工作。定向洪泛路由算法实现过程如图 9-4 所示。节点最远覆盖距离为 R，假设源节点 S 要与目的节点 D 进行消息路由，节点 A、B、C 路由建立过程如下：首先是每个节点的六个 LED 同时工作进行邻居节点发现过程，六个 LED 将覆盖区域划分为六块，每块区域最远覆盖距离均为 R，覆盖的扇形区域的张角均为 60°，每个区域覆盖不同的节点，通过计算源节点 S 与节点 A、节点 B 和节点 C 与水平方向的夹角，源节点 S 就知道自己的邻节点均处在哪一块覆盖区域，如果与源节点的水平夹角在 $\pm\pi/6$ 之内，那么就可以确定节点处于源节点 S 的 1 号覆盖区，如图 9-4 所示。C 节点就处于源节点 S 的 1 号覆盖区，A 节点处于源节点 S 的 3 号覆盖区，B 节点处于源节点 S 的 6 号覆盖区。确定了每个节点的所有邻居节点和每个邻居节点所在的区域后，节点间进行信息交换，源节点知道目的节点 D 为节点 C 的邻居节点，那么源节点 S 就使覆盖 C 节点的 1 号 LED 工作。采用同样的方法节点 C 使覆盖目的节点 D 的 2 号 LED 工作，这样就可以将数据包由源节点传送到目的节点。

3. 仿真与分析

1）传统洪泛与定向洪泛性能比较

仿真环境如图 9-5 所示，仿真脚本程序如附录 G-2 所示。在 80m×80m 的区域内配置 10 个节点，每个节点的初始化能量均为 10J。节点间采用 NLOS(b)类通信方式，发射仰角为 $\pi/3$，发散角为 $\pi 59/200$，接收仰角为 $\pi/2$，接收视场角为 $\pi/3$。

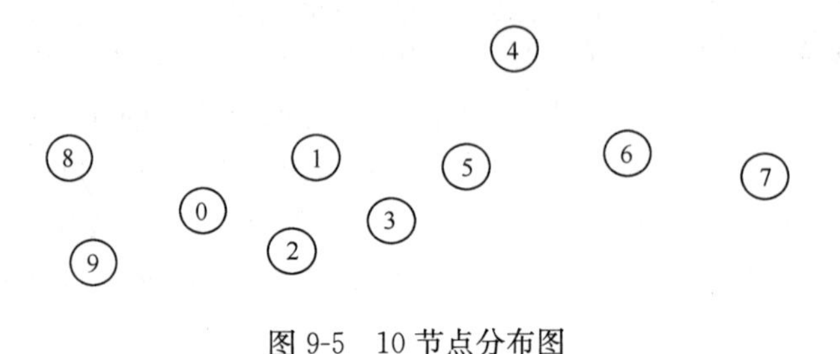

图 9-5　10 节点分布图

每个节点的发射装备带有六个日盲波段的LED,每个LED的覆盖区域为扇形,扇形的张角为60°。通过对两种算法进行计算机仿真,对比分析了参与洪泛节点数的比例(node ratio,NR)和节点平均剩余能量。图9-4是参与洪泛节点数的比例随通信半径的变化曲线。

从图9-6结果可以看出传统洪泛路由算法的比例一直保持为1,因为传统洪泛算法将消息广播给自身的所有邻居节点,然后邻居节点又将消息广播给自身的所有邻居节点,所以传输过程中网络的所有节点均会收到该消息。在改进的洪泛路由算法中,比例指标明显优于传统洪泛路由。这是因为改进模型中消息路由只发生在有利于目的节点方向的特定路由区域内,路由区域外的节点不接收消息,所以传输路径上的节点数减少,比例就小于1。从图9-6还可以看出随着通信半径的增加,改进模型的比例数在增加,这是因为随着通信半径的增加,节点的覆盖范围会增加,而传感网络的节点密度很大,原来没有被覆盖的节点可能被覆盖到,因而参与转发的节点数量就会增加。显然,参与洪泛的节点越少,节点的平均剩余能量就越大。图9-7是节点平均剩余能量随着时间的变化曲线,平均剩余能量采用附录G-6程序计算,可以看出定向洪泛路由算法比传统洪泛算法更节能。

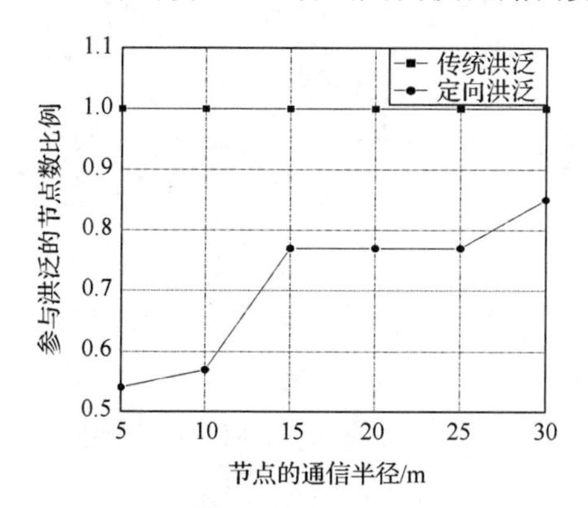

图9-6　参与洪泛节点数的比例随通信半径的变化曲线

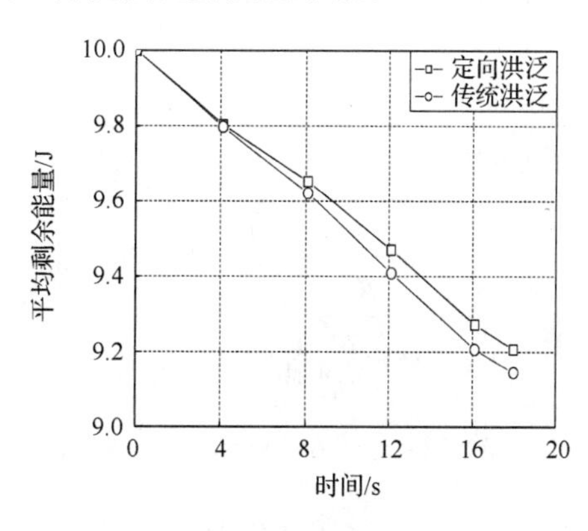

图9-7　节点平均剩余能量随时间的变化曲线

2) 定向洪泛下的三类通信方式性能比较

由于NLOS(b)类通信方式通过调整θ_1和θ_2就可以转换为NLOS(a)类和NLOS(c)类通信方式,为了对这三类通信方式的性能有所了解,因此在定向洪泛的基础上对这三类通信方式下的端到端时延、吞吐量、时延抖动和能耗情况进行仿真比较。仿真场景如图9-8所示,仿真脚本程序参见附录G-2,在80m×80m的区域内配置8个节点,每个节点的收发装置各一套,初始化能量均为10J。

从图9-9可以看出NLOS(c)类通信方式的端到端时延最小,其次是NLOS(b)类通信方式,NLOS(a)类通信方式的端到端时延最大,主要是因为NLOS(a)类通

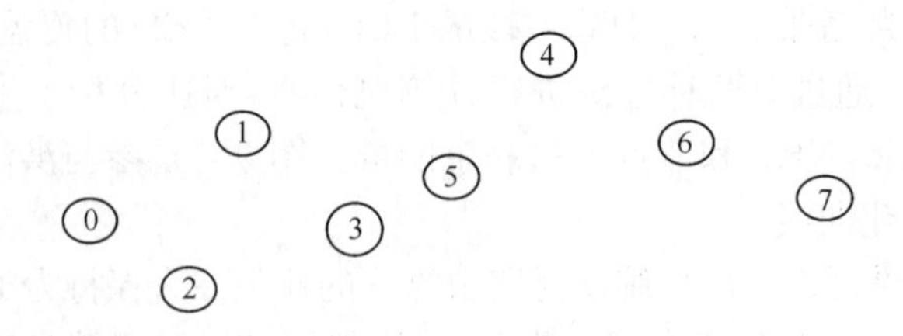

图 9-8　8 节点分布图

信方式覆盖距离最小，由相同的源节点到达相同的目的节点的跳数要比采用 NLOS(b)类和 NLOS(c)类通信方式多。为了避免广播碰撞，每一跳在 MAC 层都会有随机时延，那么经过的跳数越多总的随机时延就会越大，端到端的时延就越大。图 9-10 说明了多跳传输对时延抖动的影响，跳数越多数据包之间碰撞的几率就越大，时延抖动就越大，即 NLOS(a)类通信方式的时延抖动是最大的，NLOS(b)类和 NLOS(c)类次之。附录 G-3 和附录 G-4 是仿真脚本程序。

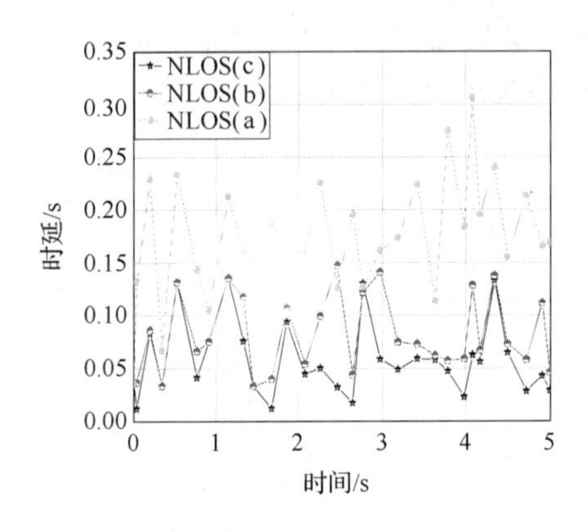

图 9-9　三类通信方式端到端时延对比

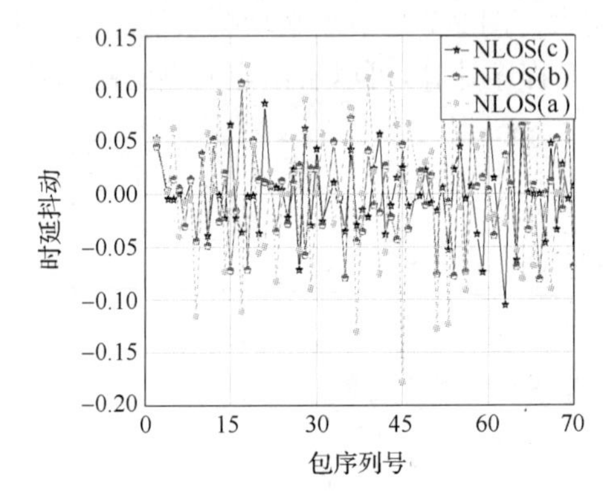

图 9-10　三类通信方式时延抖动对比

图 9-11 是三类通信方式的吞吐量变化图，附录 G-5 是仿真脚本程序。从总体看，吞吐量在最初时达到最大，最后均趋于平稳。三类通信方式相比之下，NLOS(c)类通信方式的吞吐量最大，其次是 NLOS(b)类，NLOS(a)类最小，这主要是因为 NLOS(c)类通信方式覆盖距离远，通过最小的跳数到达目的节点，参与数据包转发的节点少，那么竞争信道的节点就少，吞吐量就比 NLOS(b)类和 NLOS(a)类的吞吐量要大。图 9-12 是三种通信方式的平均剩余能量的比较曲线，平均剩余能量采用附录 G-6 程序计算，NLOS(a)类耗能是最小的，因为数据包由相同的源节点到相同的目的节点采用 NLOS(a)类通信方式转发的次数要比 NLOS(b)类和 NLOS(c)类多，发送数据所需要的能量与距离的平方成是正比的，每一跳的距离越小，消耗的能量就越少，所以 NLOS(c)类的远距离传输是最耗能的。虽然多跳转发可以节省一定的能量，但如果跳数过多，中间节点的路由负荷和

MAC 负荷增加，会减弱多跳转发而得到的能量收益，所以存在一个最优跳数可使网络性能达到最佳。附录 G-5 和附录 G-6 是仿真脚本程序。

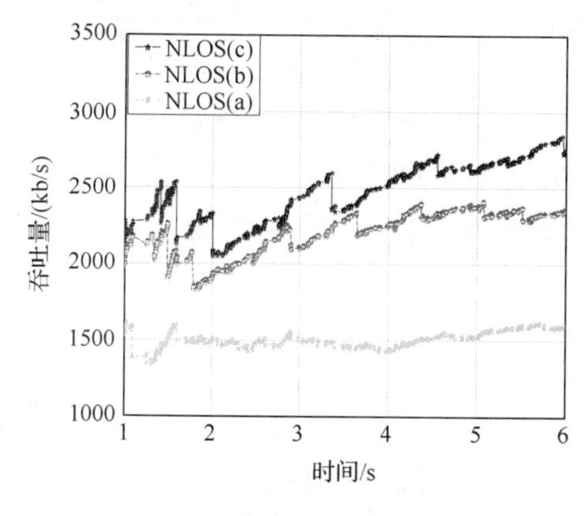

图 9-11　三类通信方式吞吐量对比

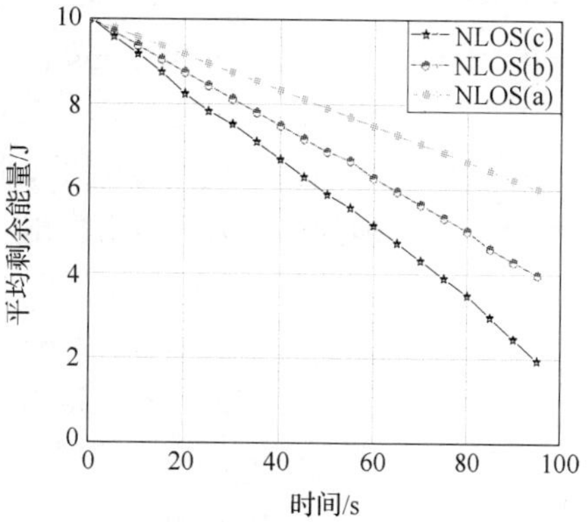

图 9-12　三类通信方式平均剩余能量对比

9.3.2　紫外光无线传感器网络定向扩散路由协议

传统定向扩散路由协议主要依靠两次洪泛过程来完成整个数据传输过程，健壮性虽然好，但是当节点的数据增加时，广播方式的兴趣扩散和数据回传会导致很大的端到端时延，能量消耗也会很大，当工作一段时间后，网络的整体性能会急剧下降。以紫外光作为信息载体，将紫外光的定向性应用到传统定向扩散路由协议中，节点可以根据具体要求在三种通信方式下选择合适的通信方式来满足网络具体的性能要求。

1. 传统定向扩散路由算法

在传统定向扩散算法中，通过属性对的方式对数据进行命名。感知任务作为对某些数据的兴趣被注入网络，并在网络中扩散。在扩散兴趣的同时，建立若干的梯度，用来提取出用户关心的具体事件，也就是与兴趣相匹配的实际数据。这些结果数据会根据已有的梯度，沿着不同的路径返回到 sink 节点。Directed Diffasion 算法再根据一定的标准，从若干条返回路径中选出它认为代价最低的一条或几条路径进行数据传输[36]。

下面通过实例来对 DD 算法作详细的介绍。如为了对某些野生珍稀动物的分布进行监控，在某处森林放置了大量的传感节点，然后选中一个汇聚节点，从该节点发出对该区域的动物行踪的兴趣。当区域中的传感节点收到该任务后，就会周期性的返回观测的结果。命令可为：请区域[－50，100，200，500]内所有观测到四条腿动物的节点每 20ms 向我汇报，命令有效期为 10 秒。

1）数据命名

将上例中的观测任务描述如下：

type＝four-legged animal　（动物的类型）
interval＝10ms　（汇报的频率）
duration＝10s　（命令的有效期）
rect＝[－50,100,200,500]　（观测的区域）

对应于兴趣的格式，对返回的相匹配的结果数据也采用相同的规则命名。例如，某传感节点发现一头大象，它将发送下面格式的响应数据：

type＝four-legged animal　（动物的类型）
instance＝elephant　（名称）
location＝[125,220]　（节点的位置）
intensity＝0.6　（信号的强度）
confidence＝0.85　（可信度）
timestamp＝01:20:40　（时间戳）

2）兴趣的传播

汇聚节点初始化了一个带有特定类型信息的兴趣，周期性的向其邻节点广播兴趣，目的是为了适应无线传感器网络的不可靠性，防止兴趣丢失。当汇聚节点周期性向邻节点发送某一任务的兴趣时，需要改动的是时间戳属性的值。至于周期的取值，取决于具体应用对网络可靠性和网络负载两方面的折中。

每个传感节点都有一个兴趣缓存，每个兴趣值对应于缓存中的某一条兴趣条目。兴趣缓存的每个条目都由若干的字段组成，这些字段基本上对应着兴趣定义的字段。其中，时间戳字段的值表明了该节点最近收到该兴趣的时间。兴趣条目包含着一个梯度列表，每个梯度记录着向该节点发送该兴趣的邻节点的标志以及与该兴趣所对应的数据率的值。显然，数据率＝1/interval。每个梯度还包含一个持续时间字段，标明兴趣的有效期。一般持续时间的取值要大于网络的时延，否则兴趣还没有被响应节点接收就被丢弃掉了。图 9-13 是兴趣传播的流程图。

3）数据的传播

当处于某一区域的传感节点收到某兴趣条后，执行相应功能，采集环境数据。若没有收到兴趣，可处于半休眠状态以利于节能。当传感节点发现了目标，就会搜索自己的兴趣缓存，寻找匹配的兴趣条目（此处的匹配是指节点位置在兴趣的 rect 范围内，节点观测的目标属于兴趣的 type 类型）。一旦节点找到匹配的兴趣条目，就计算其所有输出梯度中最高的数据速率值。然后，观测节点选择梯度中数据速率值最高的邻节点作为数据的发送目标，开始传输数据。

通过对自己的数据缓存进行分析，节点可计算出它所收到消息的数据速率。在转发一个数据消息之前，节点需要检查相应的兴趣条目中各个梯度对应的数据

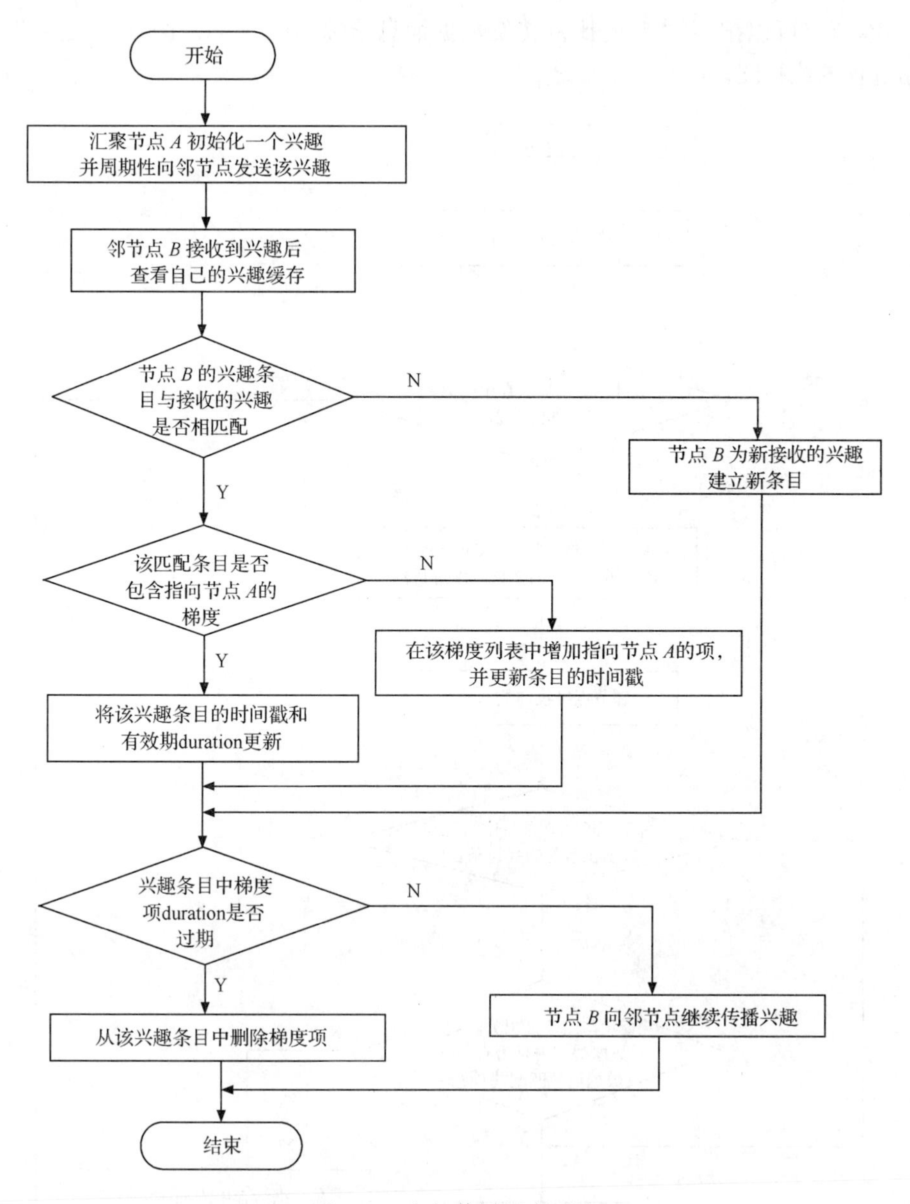

图 9-13 兴趣传播的流程图

率 data-rate。对于要求的数据率等于或高于节点实际收到的数据率的梯度，节点只需将收到的数据消息全部转发给该梯度记录的目标邻居节点即可。对于要求的数据率低于节点实际收到的数据率的梯度，节点则只能对收到的数据消息按照一定的比例进行转发。例如，一个节点实际收到的数据消息的 date-rate 是 80 events/s，而存在一条指向邻居节点 H 的梯度要求的数据率是40 events/s。这时，本节点可以按照 50％的比例转发数据消息给邻居节点 H。图 9-14 是数据传输过程的流程图。

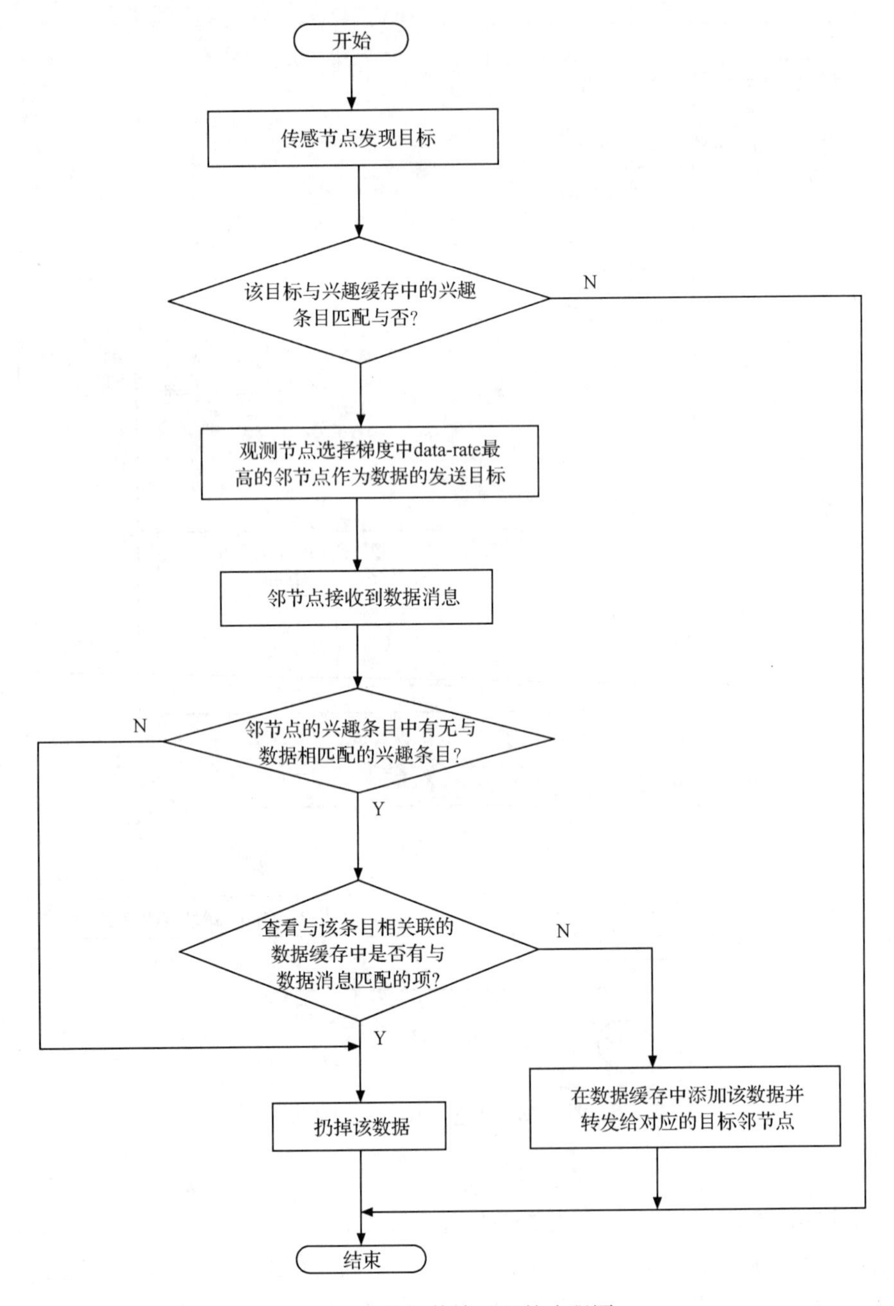

图 9-14　数据传输过程的流程图

2. 紫外光定向扩散路由算法

从上一节可以看出定向扩散算法建立路由需要经过两次洪泛传播，即兴趣扩散和探索数据扩散，而洪泛传播会产生大量的冗余消息严重消耗网络资源。针对此缺陷，提出一种基于网络中各节点位置信息的紫外光定向扩散算法(UVDD)。该算法的主要思想是让兴趣传播和数据传播过程呈现一种有选择性的转发数据包，转发动作在发送节点的特定覆盖范围内进行，而覆盖范围外的节点不参与转发过程。特别是当低速率探索数据到达汇聚节点后，汇聚节点对其特定的节点加强，这时只有覆盖到要加强的节点的紫外 LED 管工作，而其他 LED 管处于睡眠状态。高速率数据从源节点向汇聚节点回传也采用相同的方法。整个过程避免了兴趣传播和数据传播的无方向性和盲目性，降低了网络中节点的无用能量消耗。

3. 仿真与分析

1) 紫外光定向扩散下的三类通信方式性能比较

由于 NLOS(b)类通信方式通过调整 θ_1 和 θ_2 就可以转换为 NLOS(a)类和 NLOS(c)类通信方式，为了对这三类通信方式的性能有所了解，因此在定向洪泛的基础上对这三类通信方式下的端到端时延、吞吐量、延时抖动和能耗情况进行仿真比较。仿真场景如图 9-15 所示，底层传输模型参见附录 G-1，在 80m×80m 的区域内配置 8 个节点，每个节点的收发装置各一套，初始化能量均为 10J。

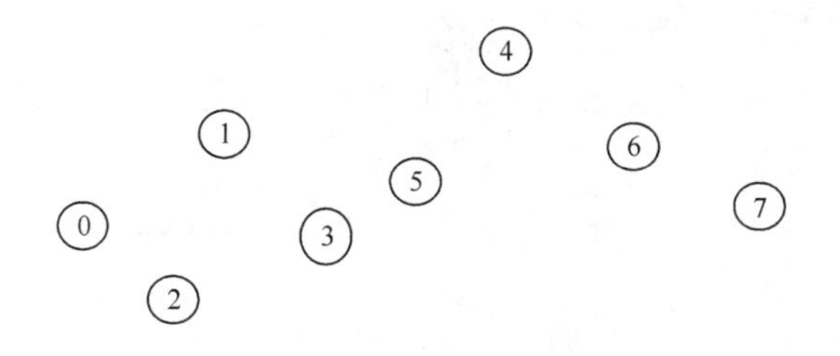

图 9-15 8 节点分布图

图 9-16 是紫外光定向扩散路由算法三类通信方式的端到端时延对比，可以看出，NLOS(c)类通信方式下的时延是最小的，其次是 NLOS(b)类通信方式，NLOS(a)类通信方式的时延是最大的。主要是因为 NLOS(c)类通信方式的覆盖距离最小，由相同的源节点到达相同的目的节点采用的跳数是最少的，跳数越少 MAC 层的总的随机时延就小，端到端的时延就小。图 9-17 说明了多跳传输对时延抖动的影响，跳数越少数据包之间碰撞的可能性就越小，时延抖动就越小，即 NLOS(c)类通信方式的时延抖动是最小的，NLOS(b)类通信方式次之，NLOS(a)类通信方式最大。

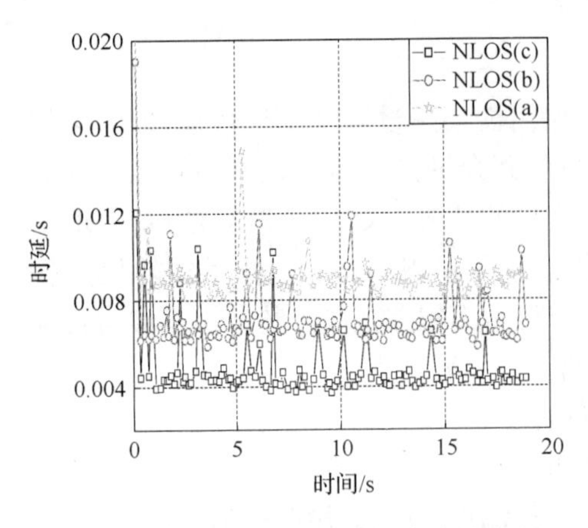

图 9-16　三类通信方式端到端时延对比

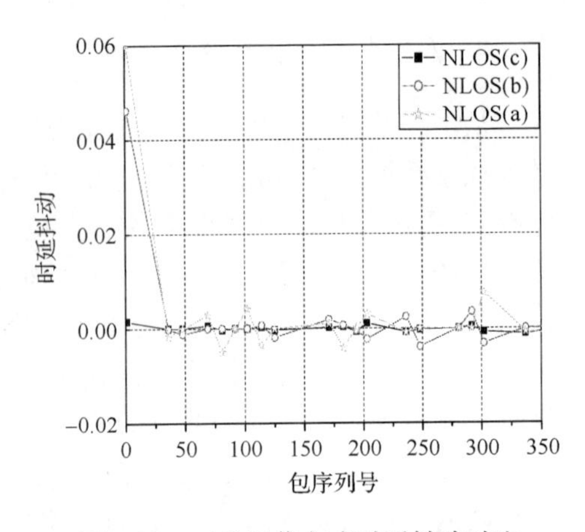

图 9-17　三类通信方式时延抖动对比

图 9-18 是紫外光定向扩散路由算法三类通信方式的吞吐量对比,吞吐量在最初时均达到最大,然后急剧下降,最后趋于平稳,并且在吞吐量达到平稳时,NLOS(c)类通信方式的吞吐量最大,其次是 NLOS(b)类,NLOS(a)类最小,这主要是因为 NLOS(c)类通信方式覆盖距离远,通过最小的跳数到达目的节点,参与数据包转发的节点少,那么竞争信道的节点就少,吞吐量就比 NLOS(b)类和 NLOS(a)类的吞吐量要大。图 9-19 是紫外光定向扩散三类通信方式下平均能量消耗的比较曲线,因为在紫外光通信中发送数据所需要的能量与距离的平方是成正比的,每一跳距离越小,消耗的能量就越少,所以 NLOS(a)类通信方式耗能是最小的,其次是 NLOS(b)类通信方式,NLOS(c)类通信方式远距离传输是最耗能的。

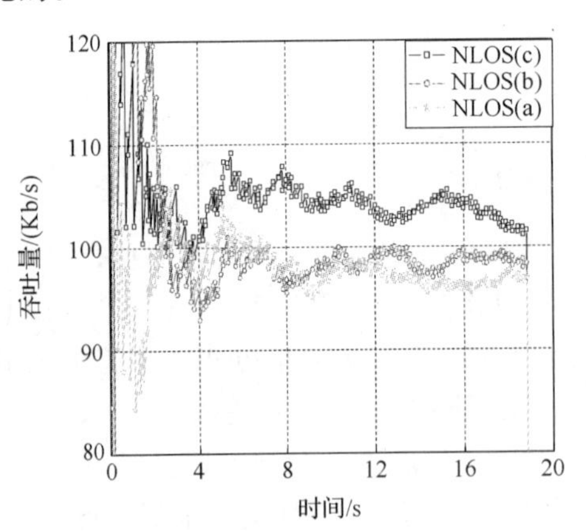

图 9-18　三类通信方式吞吐量对比

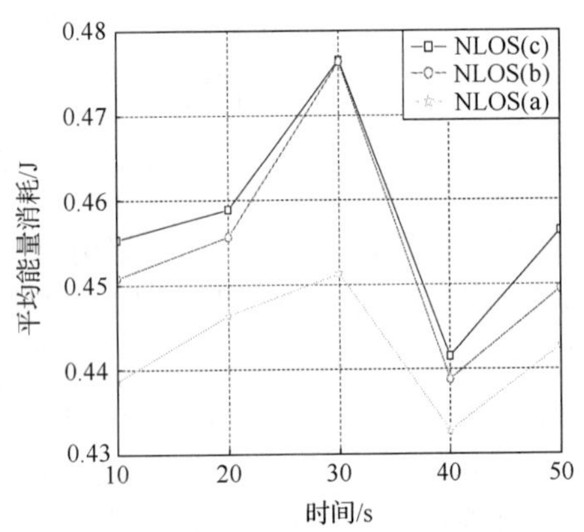

图 9-19　三类通信方式平均能量消耗

2）路径加强后三类通信方式性能比较

在迄今为止的定向扩散方案中，中心节点反复扩散低速率事件，这种低速率事件有利于路径建立和维护，被称为探测性事件。源节点一旦检测到匹配目标，就立即沿着多条路径向中心节点发送探测性事件。当路径建立后采用低速率来传输数据时，由于多跳传输的碰撞几率越来越大，会导致很大的数据时延，所以需要提高数据传输的速率，进行路径加强，实现端到端低时延的数据传输。路径加强的方法是当多条路径的数据往源节点回传时，中间转发的每个节点都会为每个数据包建立梯度，并记录每个包的到达时间。源节点选择回来最早的那个数据包所对应的节点进行路径加强，发送路径加强信息。中间节点再根据相同的规则选择下一个需要加强的节点。当路径加强信息在全网扩散后，就在源节点和汇聚节点之间建立了一条高速率的数据传送通道。

为了了解紫外光定向扩散路由算法路径加强后三类通信方式下的性能，我们对端到端时延、时延抖动和吞吐量进行了仿真分析。仿真场景与图 9-15 所设置的场景相同，底层传输模型如附录 G-1 所示，路径建立过程采用紫外光全向通信方式，数据回传时采用紫外光定向通信方式。

图 9-20 和图 9-21 是紫外光定向扩散路由算法路径加强后三类通信方式下的端到端时延对比和时延抖动对比，同路径加强前的定向扩散路由算法一样，NLOS(c)类通信方式的时延和时延抖动是最小的，NLOS(b)类通信方式次之，NLOS(a)类通信方式是最大的。图 9-22 是紫外光定向扩散路由算法路径加强后三类通信方式下的吞吐量对比，最初 NLOS(c)类通信方式的吞吐量比 NLOS(b)和 NLOS(a)类通信方式都要高，但是从图中可以清楚看到，当网络吞吐量急剧下降后，NLOS(c)类通信方式的吞吐量变为最小，其次是 NLOS(b)类通信方式，NLOS(a)类通信方式的吞吐量最大。

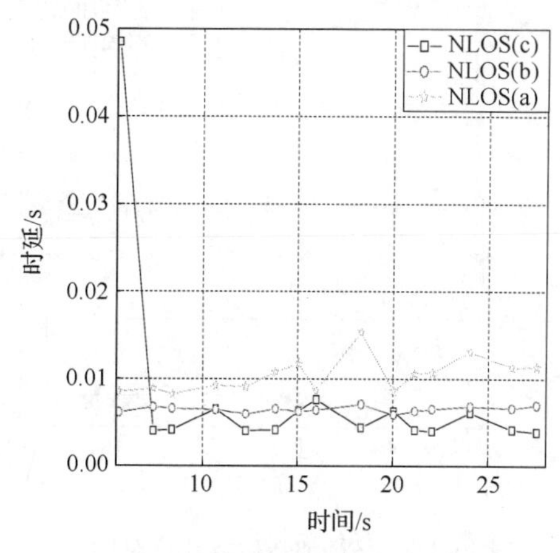

图 9-20　路径加强后的时延对比

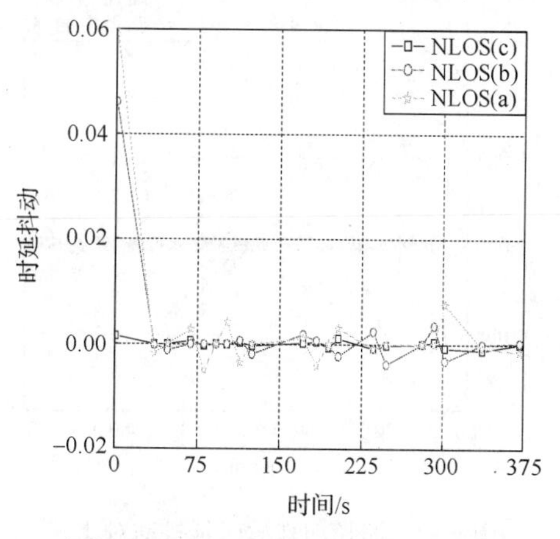

图 9-21　路径加强后的延抖动对比

图 9-23 是路径加强前和路径加强后的端到端时延对比,路径加强后的端到端时延要比路径加强前的端到端时延小,原因是路径加强后数据传输的速率要比路径加强前要高,并且路径加强后数据回传的路径是某一条经过加强的单路径,数据包发生碰撞的几率比路径加强前的多路径传输要小,所以端到端时延要小。图 9-24是路径加强前后的时延抖动对比,数据传输的速率越高,数据包由相同源节点传输到相同目的节点的时延抖动就越小。图 9-25 是路径加强前后的吞吐量变化图,在初始时吞吐量达到最大,最后趋于平稳。路径加强后的吞吐量要高于路径加强前的吞吐量,这是因为路径加强后,数据由汇聚节点向源节点回传时,数据速率要高于路径加强前的数据速率,并且是单路径传输,比路径加强前的多路径传输发生碰撞的几率要小,所以路径加强后的吞吐量要高。

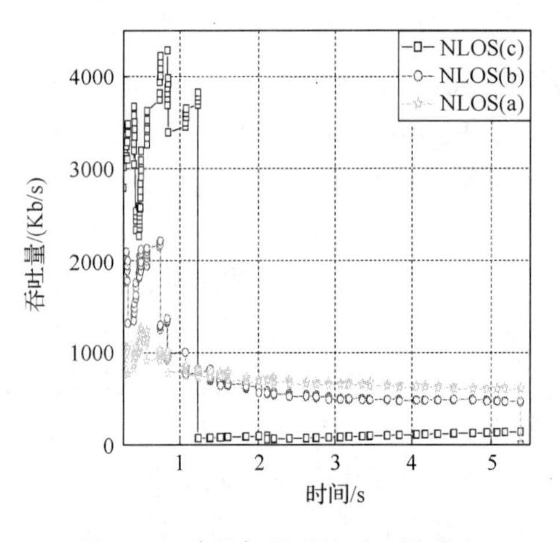

图 9-22　路径加强后的吞吐量对比

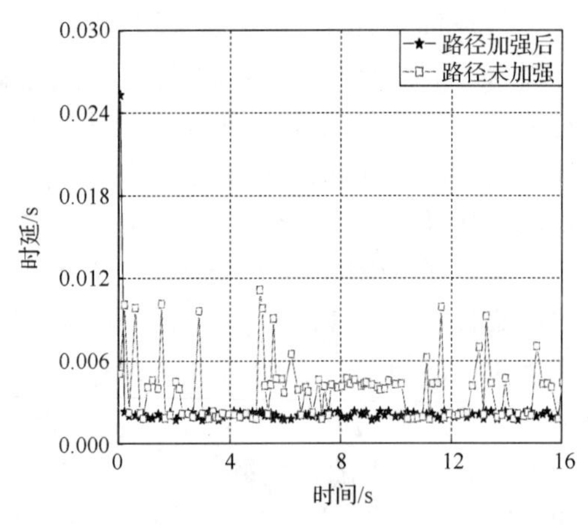

图 9-23　路径加强前后时延对比

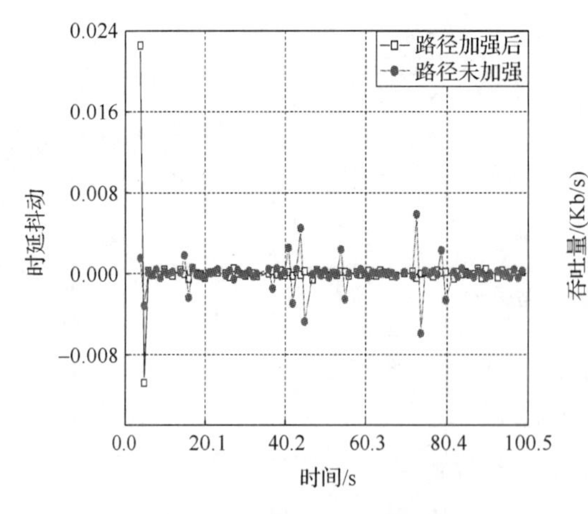

图 9-24　路径加强后时延抖动对比

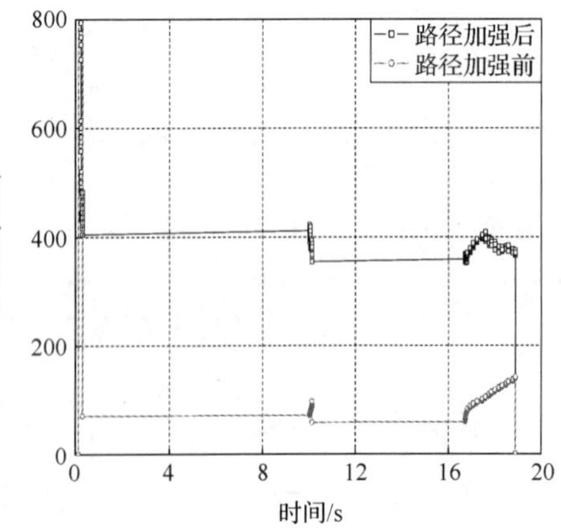

图 9-25　路径加强后吞吐量对比

9.4 紫外光无线传感器网络节能分析

利用紫外光多跳通信虽然能够达到节能的目的，但并不是跳数越多就越节能，跳数越多，路由负荷和MAC层负荷就会增加，反而不利于节能，所以多跳通信时一定存在一个最优跳数使网络的性能达到最优。我们对单跳节能和多跳节能的情况进行了讨论，并得出了多跳通信时计算最优跳数的数学表达式。

9.4.1 紫外光传感器网络能量消耗分析

1. 无线传感器网络中的能量消耗分布

在WSN中，节点消耗能量的模块包括传感器模块、处理器模块和无线通信模块[37]。典型的传感器节点能量消耗分布如图9-26所示。从图9-26可以看出要延长WSN网络的生命期，应提高通信模块的能量使用率。

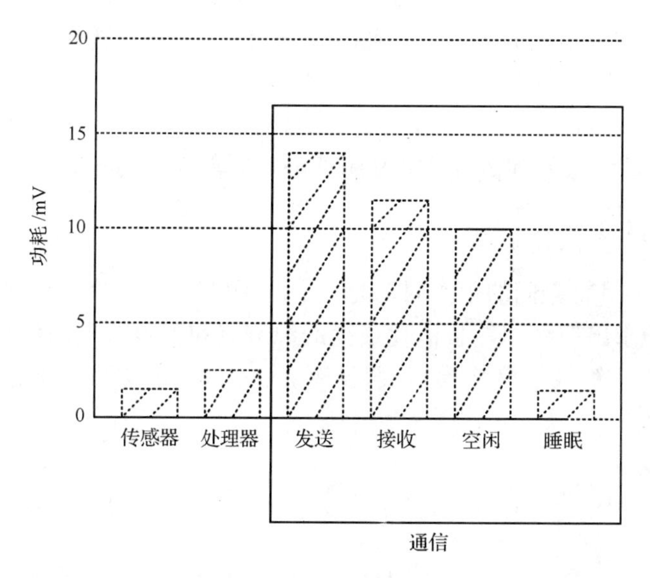

图9-26 传感器节点的能量消耗分布[38]

传感器节点通信模块的能量消耗主要是发送、接收、空闲和睡眠过程，其中发送消耗的能量是最大的。紫外光在直视通信时发送所消耗的能量与传输距离的平方是成正比的，所以要尽量减少发送的距离，增加发送次数达到节能的目的。但是跳数越多中间节点的路由负荷和MAC层负荷就会增加，反而会消耗更多的能量，所以要寻找一个最优的跳数使网络中各节点的能量消耗达到最小。多跳通信带来的另外一个问题就是网络中节点能量消耗的不均匀性，这会导致靠近汇聚节点的节点能量消耗的很快,当节点因能量耗尽而失效时,WSN 网络的连通性和覆盖范围将无法得到保证。本章假定所有传感节点在空闲和睡眠时消耗的能量是相同的,从发送和接收方面进行节能分析。

2. 能量消耗模型

节点 i 与节点 j 之间传输数据的能量消耗定义为

$$E_t(i,j)=\alpha f_{ij}$$
$$E_r(j,i)=\beta f_{ij}$$

其中,$E_t(i,j)$表示节点 i 以速率 f_{ij} 传输数据到节点 j 单位时间内所消耗的能量;$E_r(j,i)$表示节点 j 以速率 f_{ij} 单位时间内接收数据所消耗的能量;α 表示节点 i 发送 1bit 所消耗的总能量;β 表示节点 j 接收 1bit 所消耗的能量。

α 定义为

$$\alpha=\begin{cases}a+bd_{i,j}^2, & d_{\min}\leqslant d_{i,j}\leqslant d_{\max}\\ a+b, & 0\leqslant d_{i,j}\leqslant d_{\min}\end{cases}$$

其中,d_{ij} 为节点 i 和节点 j 之间的距离;$d_{\max}$ 表示节点 i 所能传输的最大距离;$d_{\min}$ 表示节点传输的最小距离;a 表示节点发送 1bit 所消耗的能量,假定节点 i 发送 1bit 所消耗的能量等于节点 j 接收 1bit 所消耗的能量,即 $a=\beta$;bd_{ij}^2 表示传输 1bit 在路径上的能量消耗;a 和 β 的单位为 nJ/bit;b 的单位为$(\text{pJ}\cdot\text{bit}^{-1})/\text{m}^2$。

3. 能量消耗分析

假设源节点和汇聚间的距离固定为 $d_{\max}$,且源节点与汇聚节点间每跳距离相等为 $d_{\min}$,则应求出使全网能量消耗最少的源节点和汇聚节点间所需要的跳数。图 9-27 为一个一维线性网络模型,假设 $d_{\max}=kd_{\min}$,分以下两种情况讨论最优跳数:

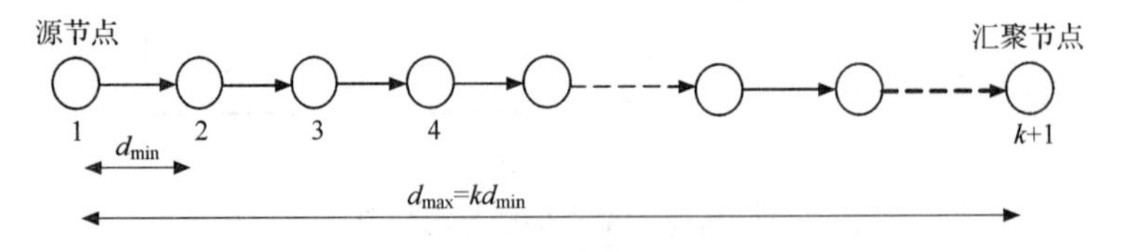

图 9-27 一维线性网络模型

1) 源节点 1 直接将数据传送到汇聚节点 $k+1$

单跳传输情况下,传输 1bit 所消耗的能量为

$$E_{\text{s\_hop}}=E_t(1,k+1)+E_r(k+1,1)=2a+b(kd_{\min})^2 \tag{9.1}$$

多跳传输情况下,传输 1bit 所消耗的能量为

$$E_{m\_hop}=\sum_{i=1}^{k}E_t(i,i+1)+\sum_{j=2}^{k+1}E_r(j,j-1)=2ka+bkd_{min}^2 \tag{9.2}$$

当 $E_{s\_hop}\leqslant E_{m\_hop}$ 时采用单跳最节省能量，此时 $k\leqslant 2a/(bd_{min}^2)$。

2）源节点 1 通过 k 跳 d_{min} 距离将数据传送到汇聚节点 $k+1$

当 $k\geqslant 2a/(bd_{min}^2)$ 时，存在最优跳数 N 使 E_{m_hop} 最小。设源节点到汇聚节点的距离为 R，那么 $d_{i,i+1}=R/N$，将其代入公式(9.2)得到 $E_{m\_hop}=2aN+bR^2/N$，可以求出使 E_{m_hop} 最小的最优跳数 N_{opt} 为 $R\sqrt{\frac{b}{2a}}$。从 $N_{opt}=R\sqrt{\frac{b}{2a}}$ 可以看出，两节点间的最优距离 d_{opt} 为 $\sqrt{\frac{2a}{b}}$，可以看出最优距离仅与参数 a，b 有关。对于已知的网络，这两个常数是可知的。

9.4.2　不同跳数的平均能量消耗仿真分析

紫外传感器节点模型如图 9-28 所示。每个节点各有一套收发装备，发射装备上有六个日盲波段的 LED，每个 LED 的覆盖的区域为扇形，扇形的张角为 60°。在拓扑发现时采用紫外光全向通信，六个 LED 同时工作，节点 S 的两个邻居节点 B 和 C 都可以被覆盖。当节点 S 和节点 D 之间进行数据传输时采用紫外光定向通信，节点 S 只让覆盖节点 C 的 1 号管子工作。同样，节点 C 仅让覆盖节点 D 的 1 号管子工作，这样能减少节点的无用能量消耗。

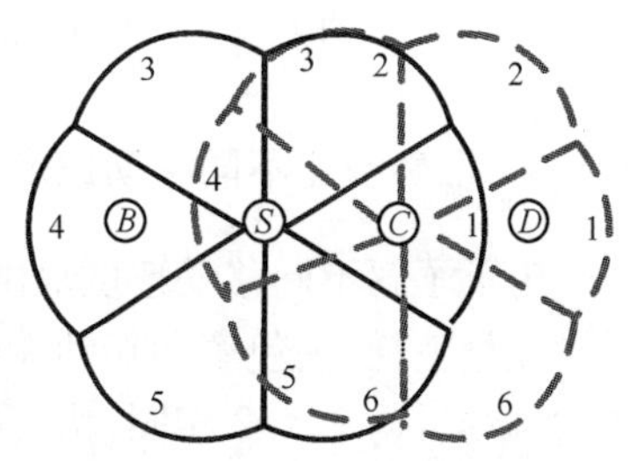

图 9-28　紫外传感器节点模型

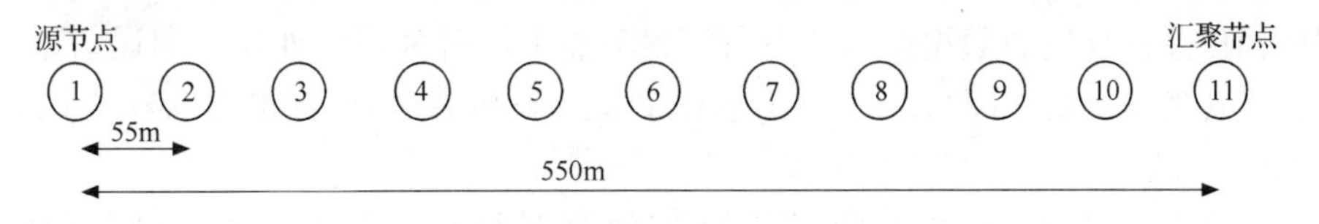

图 9-29　11 节点线性拓扑分布图

仿真环境如图 9-29 所示，底层传输模型如附录 G-1 所示，在 600m×600m 的区域内配置 11 个节点，每个节点的初始化能量均为 10J。节点 1 为 source 节点，节点 11 为汇聚节点，$d_{max}=550\text{m}$，$d_{min}=55\text{m}$，即最多可以通过 10 跳 d_{min} 距离将数据由源节点中继到汇聚节点。取 $a=50\text{nJ/bit}$，$b=8.2(\text{pJ}\cdot\text{bit}^{-1})/\text{m}^2$，根据上面分析所得到最优跳数为 $N_{opt}=R\sqrt{\frac{b}{2a}}=5$。这里对单跳通信、多跳通信和最优跳通信进行了计算机仿真，对比分析了三种通信方式的能量消耗。

从图 9-30 可以看出，5 跳通信要比 1 跳通信和 9 跳通信都节省能量，与 9.4.1

节分析的结果一致。

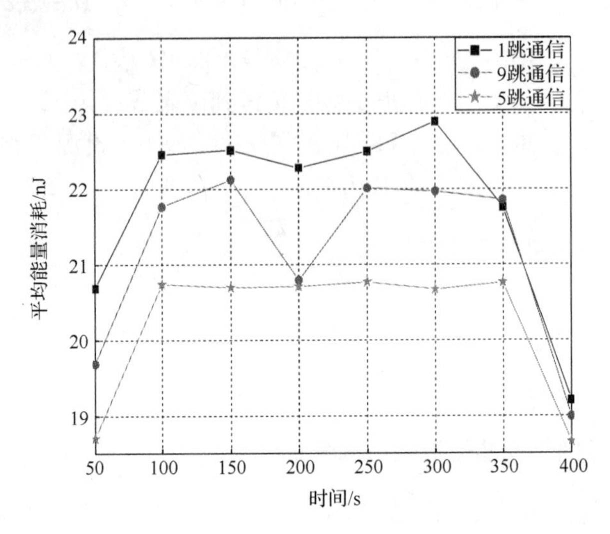

图 9-30　1 跳通信、9 跳通信和 5 跳通信平均能量消耗对比

9.4.3　汇聚节点不同移动速度的平均能量消耗、丢包率和时延分析

为了了解不同移动速度对网络性能的影响，这里对汇聚节点不同移动速度的平均能量消耗、丢包率和端到端的时延进行了仿真比较。紫外传感器节点的模型和仿真场景与 9.4.2 相同，仿真时采用了紫外光全向通信和定向通信相结合的方式。兴趣扩散时，每个节点的六个 LED 同时工作，采用紫外光全向通信。这样可以保证在网络拓扑改变的情况下，网络中的每个节点都清楚自己的邻居节点，为数据的回传建立梯度。数据由源节点向汇聚节点中继时采用紫外光定向通信，只有覆盖了转发节点的 LED 才工作，其他 LED 处于睡眠状态，这样也可以减少节点能量消耗[39]。

汇聚节点从 2s 时开始向最优跳数处直线移动，移动速度分别为 0m/s、10m/s、20m/s、30m/s、40m/s、50m/s、60m/s、70m/s。从图 9-31 可以看出，随着移动速度的增加，能量消耗并没有逐渐减少，而在移动速度为 50m/s 时整个网络的平均能量消耗达到最小。这是因为单跳距离为 55m，汇聚节点以不同的速度向最优跳数处移动时也要向邻居节点广播兴趣包，以 50m/s 运动时汇聚节点到所有邻居节点的平均距离要小于其他移动速度。由于发送数据所需要的能量与距离的平方是成正比的，距离越小，消耗的能量就越少，所以汇聚节点以 50m/s 移动时整个网络的平均能量消耗是最小的。

图 9-32 是汇聚节点不同移动速度的丢包率对比，在 3～6s 之间丢包率随着移动速度的增加逐渐增加，当网络拓扑稳定后移动速度为 50m/s 的丢包率比其他情

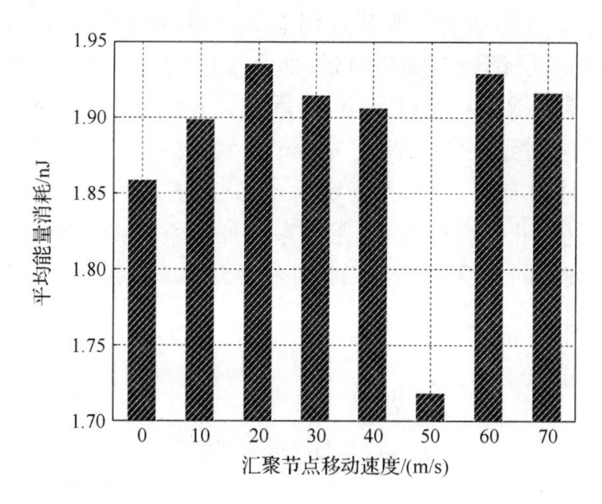

图 9-31　汇聚节点不同移动速度的平均能量消耗对比

况都要大。这主要是因为丢包主要发生在数据由源节点向汇聚节点回传的过程中，数据回传的路径是依据兴趣扩散时所建立的梯度，但是汇聚节点的移动有可能使得梯度中存在的路径不可达，所以节点会不停地丢包，直到汇聚节点再次广播兴趣，网络中的节点重新更新自己的邻居节点，建立新的梯度后丢包率才会下降[40]。不同的移动速度新梯度的建立时间也是不一样的，从图 9-32 也可以明显看到这一点。

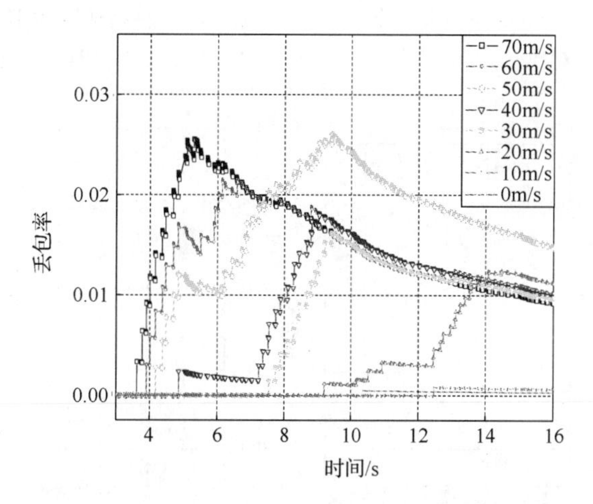

图 9-32　汇聚节点不同移动速度的丢包率对比

图 9-33～图 9-38 是汇聚节点移动速度为 50m/s 与移动速度分别为 0m/s、10m/s、20m/s、30m/s、40m/s、60m/s 时的端到端时延对比。从图 9-33 中可以看出，当汇聚节点开始移动后，移动速度为 50m/s 要比汇聚节点不移动时的时延要

小。这是因为汇聚节点移动会使源节点到汇聚节点的跳数变少，而为了避免广播碰撞，每一跳在 MAC 层都会有随机时延，那么经过的跳数越少总的随机时延就会越小，端到端的时延就越小。可以看出，当网络拓扑变化时，汇聚节点以 50m/s 的速度移动时的端到端时延比移动速度为 0m/s、10m/s、20m/s、30m/s、40m/s 都要小，而比 60m/s 的时延要大，当拓扑稳定后，端到端时延大致相同。这是因为当汇聚节点以不同速度移动时，速度越大，汇聚节点距离源节点的距离就越小，跳数也就越少，那么端到端的时延就越小。当拓扑稳定后，源节点到汇聚节点的跳数也就固定了，所以端到端时延不会有大的变化。

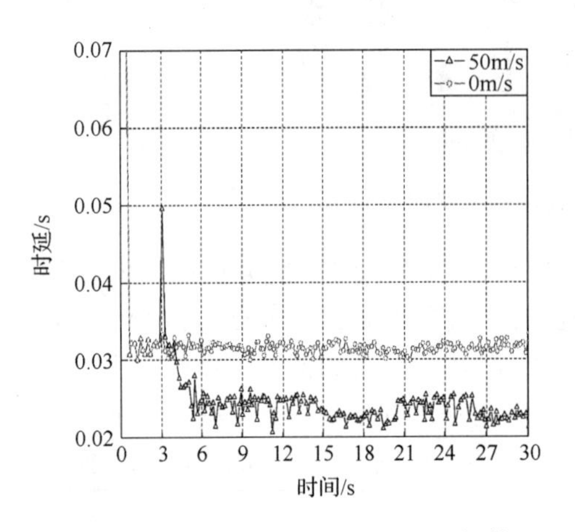

图 9-33　移动速度为 0m/s 和 50m/s 的时延对比

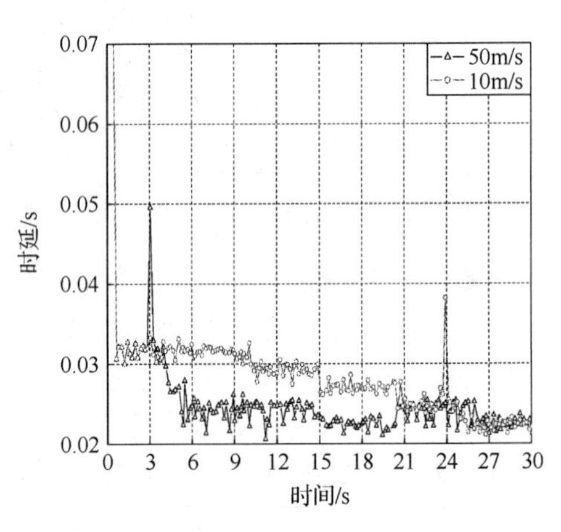

图 9-34　移动速度为 10m/s 和 50m/s 的时延对比

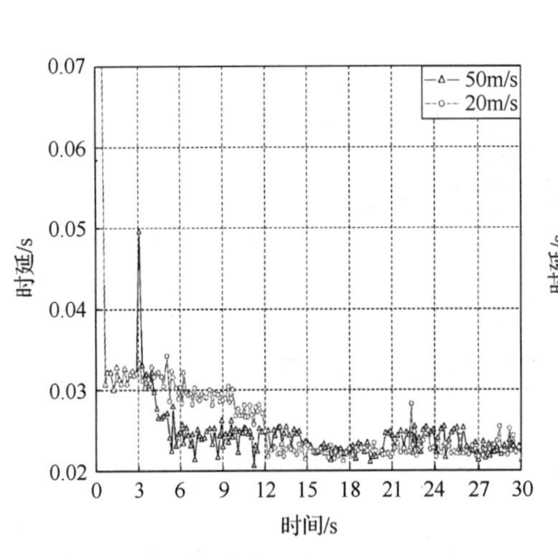

图 9-35　移动速度为 20m/s 和 50m/s 的时延对比

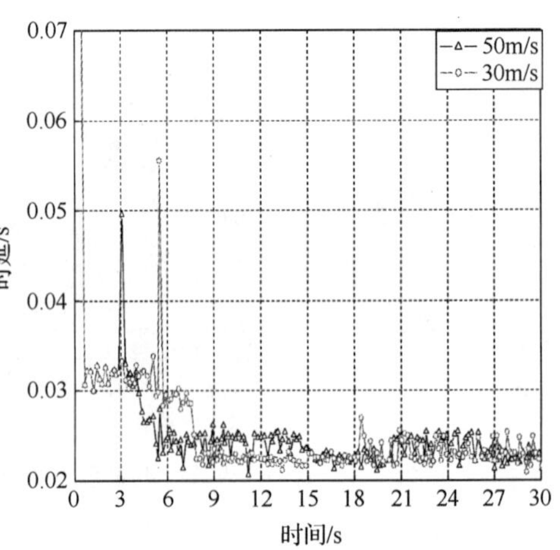

图 9-36　移动速度为 30m/s 和 50m/s 的时延对比

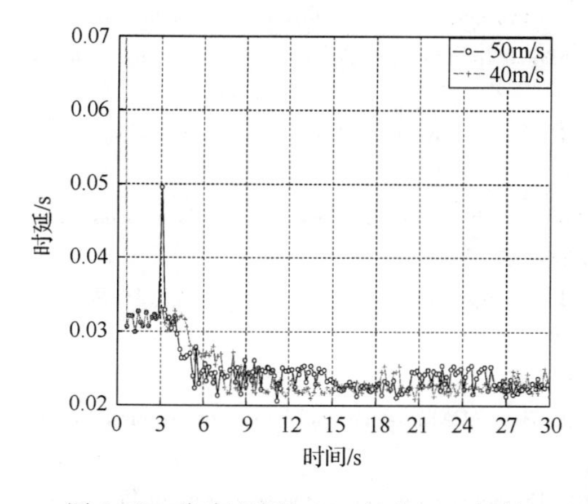

图 9-37 移动速度为 40m/s 和 50m/s 的时延对比

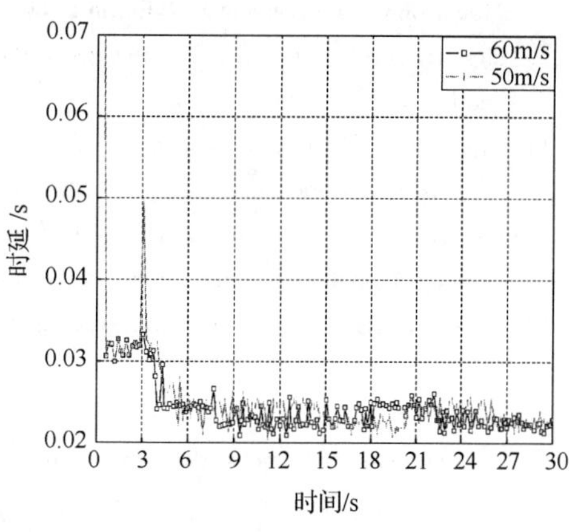

图 9-38 移动速度为 60m/s 和 50m/s 的时延对比

参考文献

[1] 陈林星．无线传感器网络技术与应用．北京：电子工业出版社，2009

[2] Tilak S, Abu-Ghazaleh N B, Heinzeiman W. Infrastructure tradeoff for sensor networks// Proceedings of the 1st ACM International Workshop on Wireless Sensor Networks and Applications, 2002

[3] Pottie G J, Kaiser W J. Embedding the Internet: wireless integrated network sensors//Communications of the ACM, 2000

[4] Lin T H, Kaiser W J, Pottie G J. Integrated low-power communication system design for wireless sensor networks. IEEE Communications Magazine, 2004, 42(12): 142-150

[5] Elson J, Estrin D. Time synchronization for wireless sensor network// Proceedings of the 15th Parallel and Distributed Processing Symposium, 2001

[6] Deng J, Han R, Mishra S. INSENS: intrusion-tolerant routing in wireless sensor network//The 23rd IEEE International Conference on Distributed Computing System, 2003

[7] Tanachaiwiwatl S, Dave P, Bhindwale R, et al. Secure location: routing on trust and isolating compromised sensors in location-aware sensor network// Proceedings of ACM, 2003

[8] Schenenauer L E, Gligor V D. A key-management scheme for distributed sensor network//The 9th ACM Conference on Computer and Communication Security, 2002

[9] Chen H, Perring A, Song D. Random key predistribution scheme for sensor networks using deployment knowledge//International Conference on Information Security and Assurance, 2008

[10] Du W, Deng J, Han Y S, et al. A pairwise key predistribution scheme for wireless sensor network// The 9th ACM Conference Security, 2003

[11] Liu D, Ning P. Location based pairwise key establishments for static sensor network// The 9th ACM Conference on Computer and Communication Security, 2003

[12] Heinzelman W, KuliJ K, Balakrishnan H. Adaptive protocols for information dissemination in wireless sensor networks// Proceedings of the 5th ACM/IEEE Mobicom Conference, 1999

[13] Intanagonwiwat C, Govindan R, Estrin D. Directed diffusion: a scalable and robust communication paradigm for sensor networks//Proceedings of the Annual International Conference on Mobile Computing and Networking, 2000

[14] Braginsky D, Estrin D. Rumor routing algorithm for sensor networks// Proceedings of the 1st Workshop on Sensor Networks and Applications, 2002

[15] Fan Ye, Chen A, Lu S W, et al. A scalable solution to minimum cost forwarding in large sensor networks//Computer Communications and Networks, 2001

[16] Shah R C, Rabaey J. Energy aware routing for low energy Ad Hoc sensor networks//IEEE Wireless Communications and Networking Conference, 2002

[17] Servetto S D, Barrenechea G. Constrained random walk on random graphs: routing algorithms for large-scale wireless sensor networks//Proceedings of the First ACM International Workshop on Wireless Sensor Networks and Applications, 2002

[18] Heinzelman W, Chandrakasan A, Balakrishnan H. Energy-efficient communication protocol for wireless microsensor networks// Proceedings of the 33rd Annual Hawaii International Conference on System Sciences, 2000

[19] Lindsey S, Raghavendra C. Pegasis: power-efficient gathering in sensor information systems// Proceedings of the IEEE Aerospace Conference, 2002

[20] Manjeshwar A, Agrawal D P. TEEN: a routing protocol for enhanced efficiency in wireless sensor networks//Proceedings of the 15th Parallel and Distributed Processing Symposium, 2001

[21] Subramanian L, Katz R H. An architecture for building self congurable systems//The Proceedings of IEEE/ACM Workshop on Mobile Ad Hoc Networking and Computing, 2000

[22] Al-Karaki J N, Ul-Mustafa R, Kamal A E. Data aggregation in wireless sensor networks-exact and approximate algorithms//Proceedings of the IEEE Workshop on High Performance Switching and Routing, 2004

[23] Li Q, Aslam J, Rus D. Hierarchical power-aware routing in sensor networks//Proceedings of the 29th Annual IEEE International Conference on Local Computer Networks, 2004

[24] Ye F, Luo H, Cheng J, et al. A two-tier data dissemination model for large-scale wireless sensor networks// Proceedings of the 8th Annual International Conference on Mobile Computing and Networking, 2002

[25] Xu Y, Heidemann J, Estrin D. Geography-informed energy conservation for Ad Hoc routing// Proceedings of the 7th Annual ACM/IEEE International Conference on Mobile Computing and Networking, 2001

[26] Yu Y, Estrin D, Govindan R. Geographical and energy-aware routing: a recursive data dissemination protocol for wireless sensor networks//UCLA-CSD TR-01-0023, 2001

[27] Stojmenovic I, Lin X. GEDIR: loop-free location based routing in wireless network//International Conference on Parallel and Distributed Computing and Systems, 1999

[28] Kuhn F, Wattenhofer R, Zollinger A. Worst-case optimal and average-case efficient geometric Ad Hoc routing//Proceedings of the 4th ACM International Symposium on Mobile Ad Hoc Networking & Computing, 2003

[29] Chen B, Jamieson K, Balakrishnan H, et al. SPAN: an energy-efficient coordination algorithm for topology maintenance in Ad Hoc wireless networks. Wireless Networks, 2002, 8(5): 481-494

[30] 赵元元. 无线传感器网络路由协议的研究和实现. 成都:电子科技大学硕士学位论文, 2007

[31] 黄海波,艾勇,左韬,等．自由空间光通信精跟踪模糊控制系统的设计. 光电子·激光,2010,21(3):366-370

[32] 赵太飞,冯艳玲,柯熙政,等．日盲紫外光通信网络中节点覆盖范围研究. 光学学报,2010,8(30):2229-2235

[33] Lim H,Kim C. Multicast tree construction and flooding in wireless Ad Hoc networks//Proceedings of the ACM International Workshop on Modeling,Analysis and Simulation of Wireless and Mobile Systems,2000

[34] Reilly D M, Moriarty D T,John A. Unique properties of solar blind ultraviolet communication systems for unattended ground sensor networks. //Proceedings of The International Society for optical Engineering,2004

[35] Shaw G A, Siegel A M, Model J H. Extending the range and performance of non-line-of-sight ultraviolet communication links. //Proceedings of The International Society for optical Engineering,2006

[36] Intanagonwiwat C, Govindan R,Estrin D. Direction diffusion:a scalable and robust communication paradigm for sensor networks//Proceedings of the 6th Annual International Conference on Mobile Computing and Networking,2000

[37] Estrin D. Wireless sensor networks tutorial part IV:sensor network protocols//Proceedings of The 8th ACM Mobicom,2002

[38] 余华平,邬春学,郭梅. 移动 Sinks 无线传感器网络的能量效率分析. 计算机工程,2009,5(13):127-129

[39] 邓莉君．紫外光无线传感器网络路由协议研究．西安:西安理工大学硕士学位论文,2011

[40] Zhao T F, Ke X Z, Deng L J,et al. Research on flooding routing arithmetic of wireless sensor network based on solar-blind UV light. Optoelectronics Letters,2010,6(6):449-453

附录 A　NLOS 紫外光传输的蒙特卡罗模拟算法主要代码

```
clc;
clear all;
count = input('input the count:');
P = 0;
    for ii = 1:count
%%%%%%%%参数初始化(收发仰角,发散角和接收角)%%%%%
fai_T = 17 * pi/180;
sita_T = 20 * pi/180;
fai_R = 30 * pi/180;
sita_R = 20 * pi/180;
Ksray = 0.145;
Ksmie = 0.261;
Ka = 0.039;
Ks = Ksray + Ksmie;
W0 = 1;
A = 0.01;
g = 0.72;
f = 0.5;
    Ar = 1.77 * 10^(-10);
    r = 0.02;
gama = 0.017;
%%%%%%%%%%%%发射端初始位置%%%%%
x = 0;
y = 0;
z = 0;
%%%%%%%%%%%%%%%%发射端光束随机产生出射光子%%%%%%%%%%%%
posaifai0 = unifrnd(0,1);
fai0 = 2 * pi * posaifai0;
posaifaifai = unifrnd(0,1);
cossita0 = 1 - posaifaifai * (1 - cos(fai_T/2));
sita0 = acos(1 - posaifaifai * (1 - cos(fai_T/2)));
sinsita0 = sqrt(1 - cossita0 * cossita0);
```

```
    ux = cos(fai0) * sinsita0;
 % % % % % % % % % % % % 初始化方向余弦
uy = sin(fai0) * sinsita0;
uz = cossita0;
 % % % % % % 随机步长及新的坐标,ux,uy,uz 为发射光子的方向余弦值 % % % % %
posais = unifrnd(0,1);
S = - log(posais)/(Ks + Ka);
x1 = x + S * ux;
y1 = y + S * uy;
z1 = z + S * uz;
absorb = W0 * (1 - Ks/(Ks + Ka));
W = (W0 - absorb);
posaig = unifrnd(0,1);
    temp = (1 - g * g)/(1 - g + 2 * g * posaig);
    cossita1 = (1 + g * g - temp * temp)/(2 * g);
sinsita1 = sqrt(1 - cossita1 * cossita1);
posaifai1 = unifrnd(0,1);
fai1 = 2 * pi * posaifai1;
    cosfai1 = cos(fai1);
 if(fai1<pi)
    sinfai1 = sqrt(1 - cosfai1 * cosfai1);
 else
    sinfai1 = - sqrt(1 - cosfai1 * cosfai1);
 end
% % % % % % % % % % % % % % % % % % % 产生新的方向余弦
temp3 = sqrt(1 - uz * uz);
uxx = sinsita1 * (ux * uz * cosfai1 - uy * sinfai1)/temp3 + ux * cossita1;
uyy = sinsita1 * (uy * uz * cosfai1 + ux * sinfai1)/temp3 + uy * cossita1;
uzz = - sinsita1 * cosfai1 * temp3 + uz * cossita1;
% % % % % % % % % % % % % % % % % % 更新数据
ux = uxx;
uy = uyy;
uz = uzz;
sitas = unifrnd(0,pi);
u = cos(sitas);
PRay = (3 * (1 + 3 * gama + (1 - gama) * u^2))/(16 * pi * (1 + 2 * gama));
PMie = ((1 - g^2)/4 * pi) * (1/((1 + g^2 - 2 * g * u)^(3/2)) + f * 0.5 * (3 * u^2 - 1)/(1 + g^
     2)^(3/2));
```

```
Pu = Ksray * PRay/Ks + Ksmie * PMie/Ks;
xr = - sin(180 * pi/180) * r;
yr = cos(180 * pi/180) * r;
zr = 0;
%%%%%%%%%%%%%%%%%%%%%%接收端判定%%%%%%%%%%%%%%%%%%
sita_z = unifrnd(sita_T - fai_T/2,sita_T + fai_T/2);
if(sita_R - fai_R/2< = (sitas - sita_z)< = sita_R + fai_R/2)
    BC = sqrt((xr - x1)^2 + (yr - y1)^2 + (zr - z1)^2);
AC = sqrt((x1 - 0)^2 + (y1 - 0)^2 + (z1 - 0)^2);
AB = sqrt((xr - 0)^2 + (yr - 0)^2 + (zr - 0)^2);
p1n = (Pu * Ar)/(4 * pi * BC^2);
p2n = exp( - (Ks + Ka) * BC);
wn = (1 - p1n) * exp( - Ka * S) * W;
P1 = p1n * p2n * wn;
P = P + P1;
end
end
P = P/count;
P = (10^9) * P;
 % P = 10 * log10(1/P);
fprintf(1,'路径损耗为%f',P);
```

附录 B-1　写入光正交码程序

```
function A = ooc1
t1 = (0:0.01: 99.99)';
a11 = zeros(100,1);
a11(1,1) = 1;
a11(4,1) = 1;
a11(47,1) = 1;
a12 = [a11;a11;a11;a11;a11;a11;a11;a11;a11;a11];
a13 = [a11;a11;a11;a11;a11;a11;a11;a11;a11;a11];
a14 = [a11;a11;a11;a11;a11;a11;a11;a11;a11;a11];
a15 = [a11;a11;a11;a11;a11;a11;a11;a11;a11;a11];
a16 = [a11;a11;a11;a11;a11;a11;a11;a11;a11;a11];
a17 = [a11;a11;a11;a11;a11;a11;a11;a11;a11;a11];
a18 = [a11;a11;a11;a11;a11;a11;a11;a11;a11;a11];
a19 = [a11;a11;a11;a11;a11;a11;a11;a11;a11;a11];
a10 = [a11;a11;a11;a11;a11;a11;a11;a11;a11;a11];
a1 = [a11;a11;a11;a11;a11;a11;a11;a11;a11;a11;a12;a13;a14;a15;a16;a17;a18;a19;a10];
A = [t1,a1];

function B = ooc2
t2 = (0:0.01: 99.99)';
a21 = zeros(100,1);
a21(1,1) = 1;
a21(6,1) = 1;
a21(7,1) = 1;
a22 = [a21;a21;a21;a21;a21;a21;a21;a21;a21;a21];
a23 = [a21;a21;a21;a21;a21;a21;a21;a21;a21;a21];
a24 = [a21;a21;a21;a21;a21;a21;a21;a21;a21;a21];
a25 = [a21;a21;a21;a21;a21;a21;a21;a21;a21;a21];
a26 = [a21;a21;a21;a21;a21;a21;a21;a21;a21;a21];
a27 = [a21;a21;a21;a21;a21;a21;a21;a21;a21;a21];
a28 = [a21;a21;a21;a21;a21;a21;a21;a21;a21;a21];
a29 = [a21;a21;a21;a21;a21;a21;a21;a21;a21;a21];
a20 = [a21;a21;a21;a21;a21;a21;a21;a21;a21;a21];
```

```
a2 = [a21;a21;a21;a21;a21;a21;a21;a21;a21;a21;a22;a23;a24;a25;a26;a27;a28;a29;a20];
B = [t2,a2];

function C = ooc3
t3 = (0:0.01:99.99)';
a31 = zeros(100,1);
a31(1,1) = 1;
a31(5,1) = 1;
a31(71,1) = 1;
a32 = [a31;a31;a31;a31;a31;a31;a31;a31;a31;a31];
a33 = [a31;a31;a31;a31;a31;a31;a31;a31;a31;a31];
a34 = [a31;a31;a31;a31;a31;a31;a31;a31;a31;a31];
a35 = [a31;a31;a31;a31;a31;a31;a31;a31;a31;a31];
a36 = [a31;a31;a31;a31;a31;a31;a31;a31;a31;a31];
a37 = [a31;a31;a31;a31;a31;a31;a31;a31;a31;a31];
a38 = [a31;a31;a31;a31;a31;a31;a31;a31;a31;a31];
a39 = [a31;a31;a31;a31;a31;a31;a31;a31;a31;a31];
a30 = [a31;a31;a31;a31;a31;a31;a31;a31;a31;a31];
a3 = [a31;a31;a31;a31;a31;a31;a31;a31;a31;a31;a32;a33;a34;a35;a36;a37;a38;a39;a30];
C = [t3,a3];

function D = ooc4
t4 = (0:0.01:99.99)';
a41 = zeros(100,1);
a41(1,1) = 1;
a41(10,1) = 1;
a41(38,1) = 1;
a42 = [a41;a41;a41;a41;a41;a41;a41;a41;a41;a41];
a43 = [a41;a41;a41;a41;a41;a41;a41;a41;a41;a41];
a44 = [a41;a41;a41;a41;a41;a41;a41;a41;a41;a41];
a45 = [a41;a41;a41;a41;a41;a41;a41;a41;a41;a41];
a46 = [a41;a41;a41;a41;a41;a41;a41;a41;a41;a41];
a47 = [a41;a41;a41;a41;a41;a41;a41;a41;a41;a41];
a48 = [a41;a41;a41;a41;a41;a41;a41;a41;a41;a41];
a49 = [a41;a41;a41;a41;a41;a41;a41;a41;a41;a41];
a40 = [a41;a41;a41;a41;a41;a41;a41;a41;a41;a41];
a4 = [a41;a41;a41;a41;a41;a41;a41;a41;a41;a41;a42;a43;a44;a45;a46;a47;a48;a49;a40];
D = [t4,a4];
```

附录 B-2　产生用户数据

```
function [sys,x0,str,ts] = sfun_mseries(t,x,u,flag)

switch flag,
    case 0,
        [sys,x0,str,ts] = mdlInitializeSizes;
    case 3,
        sys = mdlOutputs(t,x,u);
    case{2,4,9}
        sys = [];
    otherwise
        error(['Unhandled flag = ',num2str(flag)]);
end

function[sys,x0,str,ts] = mdlInitializeSizes
sizes = simsizes;
sizes.NumContStates = 0;
sizes.NumDiscStates = 0;
sizes.NumOutputs = 1;
sizes.NumInputs = 0;
sizes.DirFeedthrough = 0;
sizes.NumSampleTimes = 1;
sys = simsizes(sizes);
x0 = [];
str = [];
ts = [1 0];

function sys = mdlOutputs(t,x,u)
sys = randint;
```

附录 B-3 盲自适应 RLS 多用户检测算法

```
clear all;
clc;



s1 = O1;
s2 = O2;
s3 = O3;
s4 = O4;
s = [s1 s2 s3 s4];

A = [A1, A2,A3,A4];
N = 1000;
M = 1000;
thr = 1;
SIR1 = zeros(1,N);
SIR2 = zeros(1,N);
Y = spectrum(s,b,y);

# # # # # # # # # # # # # # # # # # # # # # # # # # # # # # # # # # # # # # 
SNR = 10;
y = awgn(y,SNR);

r = 0.97;

C1 = RLS(y);
# # # # # # # # # # # # # # # # # # # # # # # # # # # # # # # # # # # # # # 
for j = 1:N
    b1(j) = C1(:,j)' * y(:,j);
if (b1(j)>thr)
    b1(j) = 1;
else b1(j) = 0;
end
     if b1(j)~ = b(1,j)
```

```
    Enum = Enum + 1;
end
BER(i) = Enum/N;
sir1(j) = (C1(:,j)' * s(:,1))^2;
sir2(j) = (C1(:,j)' * (y(:,j) - b(1,j) * S(:,1)))^2;
end
SIR1 = SIR1 + sir1;
SIR2 = SIR2 + sir2;
end
SIR = 10 * log10(SIR1./SIR2);
#####################################
plot(BER,'r');
ylabel('误码率');
xlabel('独立试验次数');
figure
plot(SIR);
xlabel('迭代步数');
ylabel('信干比 SIR/dB');
```

附录C HDFB算法和NDCF算法主要C程序代码

HDFB算法和NDCF算法主要程序中用的相关变量及其含义

mac_pib. cw_normal HDFB中CW第 i 阶的中值	mac_pib. cw_low HDFB中CW第 i 阶的下限值
mac_pib. cw_high HDFB中CW第 i 阶的上限值	mac_pib. cw_temp1 HDFB中CW最高阶的中值
mac_pib. cw_temp2 HDFB中CW最低阶的下限值	mac_pib. DATA_on 完整数据报文发送计数器
mac_pib. DATA_OK 完整数据报文发送成功计数	mac_pib. DATA_Fail 完整数据报文发送失败计数
mac_pib. switch_on BEB算法开关	mac_pib. one_on 有数据流的计数器
mac_pib. one_count 判断有独占信道的计算器	mac_pib. cx_on 增加减少子程序调用计数器
mac_pib. cw 竞争窗口值CW	mac_pib. cw_p 判断竞争窗口等级变化计数器
MAC_CW_MIN 竞争窗口值下限值	MAC_CW_MAX 竞争窗口值上限值

```
void IncCW(void)                                //竞争窗口增加子程序
    {   #ifdef HDFB                             //预定义的为HDFB算法
        if(mac_pib.switch_on == 1)
            {     if(mac_pib.one_on >= 1)
                  {     mac_pib.switch_on = 0;
                        return;
                  }
                  mac_pib.cw = mac_pib.cw * 2;
                  if(mac_pib.cw > MAC_CW_MAX)
                  mac_pib.cw = MAC_CW_MAX;
                  return;
            }
            if(mac_pib.one_count >= 30)
            {     if(mac_pib.one_on < 1)
                    {     mac_pib.switch_on = 1;
                    }else{
                    mac_pib.switch_on = 0;
                    }
                    mac_pib.one_on = 0;
                    mac_pib.one_count = 0;
            }
```

```
        SetCW();
        mac_pib.cx_on = mac_pib.cx_on + 1;
        mac_pib.Fail = mac_pib.Fail + 1;
        if(mac_pib.cx_on>=2)
        {    mac_pib.cx_on = 0;
            if(mac_pib.Fail>=2)
            {mac_pib.cw = mac_pib.cw * 2;}
            mac_pib.Fail = 0;
            mac_pib.OK = 0;
        }
        if(mac_pib.cw >= mac_pib.cw_high)
              mac_pib.cw = mac_pib.cw_high;
    #else                                   //如果没有预定义就为NDCF算法
        mac_pib.cw = mac_pib.cw * 2;
        if(mac_pib.cw > MAC_CW_MAX)
        mac_pib.cw = MAC_CW_MAX;
    #endif
}
void RstCW(void)                            //减小竞争窗口子程序
{
    #ifdef HDFB
    if(mac_pib.switch_on == 1)
        {  if(mac_pib.one_on >= 1)
           {  mac_pib.switch_on = 0;
              return;
           }
           mac_pib.cw = MAC_CW_MIN;
           return;
        }
        if(mac_pib.one_count >= 30)
        {  if(mac_pib.one_on < 1)
           {      mac_pib.switch_on = 1;
           }else{
                  mac_pib.switch_on = 0;
           }
           mac_pib.one_on = 0;
           mac_pib.one_count = 0;
        }
```

```
        SetCW();
        mac_pib.cx_on = mac_pib.cx_on + 1;
        mac_pib.OK = mac_pib.OK + 1;
            if(mac_pib.cx_on>=2)
            {   mac_pib.cx_on = 0;
                if(mac_pib.OK>=2)
                {mac_pib.cw = Uint16(mac_pib.cw /sqrt(2.0));    }
                mac_pib.Fail = 0;
                mac_pib.OK = 0;
            }
        if(mac_pib.cw <= mac_pib.cw_low )
            mac_pib.cw = mac_pib.cw_low;
    #else
          if(mac_pib.cw == MAC_CW_MIN)
          {   if(mac_pib.backoff_time <= (mac_pib.cw /2))
              {mac_pib.cw = mac_pib.cw * 2;}
          }else
          {   if(mac_pib.backoff_time >= (mac_pib.cw /2))
              {mac_pib.cw = mac_pib.cw /2;}
          }
          if(mac_pib.cw < MAC_CW_MIN)
          mac_pib.cw = MAC_CW_MIN;
    #endif
}
#ifdef HDFB
void SetCW(void)                    //HDF竞争窗口等级设置子程序
{
    if(mac_pib.DATA_on>=2)
          {   mac_pib.DATA_on = 0;
              if(mac_pib.DATA_Fail>=2)
              {    mac_pib.cw_normal = mac_pib.cw_normal / 2;
              }else if(mac_pib.DATA_OK>=2)
              {    mac_pib.cw_normal = mac_pib.cw_normal * 2;
              }else if(mac_pib.DATA_Fail==1&&mac_pib.DATA_OK==1)
              {mac_pib.cw_p = mac_pib.cw_p + 1;}
              mac_pib.DATA_Fail = 0;
              mac_pib.DATA_OK= 0;
              if(mac_pib.cw_normal <= mac_pib.cw_temp2)
```

```
                    mac_pib.cw_normal = mac_pib.cw_temp2;
                if(mac_pib.cw_normal >= mac_pib.cw_temp1)
                    mac_pib.cw_normal = mac_pib.cw_temp1;
                mac_pib.cw_low = mac_pib.cw_normal / 2;
                mac_pib.cw_high = mac_pib.cw_normal * 2;
                mac_pib.cw = mac_pib.cw_low;
            }
        if(mac_pib.DATA_p>=9)
        {   mac_pib.DATA_p = 0;
            if(mac_pib.cw_p>0)
            {   mac_pib.cw_p=0;
                mac_pib.cw_normal = mac_pib.cw_normal / 2;
                if(mac_pib.cw_normal <= mac_pib.cw_temp2)
                    mac_pib.cw_normal = mac_pib.cw_temp2;
                mac_pib.cw_low = mac_pib.cw_normal / 2;
                mac_pib.cw_high = mac_pib.cw_normal * 2;
                mac_pib.cw = mac_pib.cw_low;
            }
        }
}
#endif
```

附录 D-1　十字型拓扑的仿真脚本

```
# ====================================
#     Simulation parameters setup
# ====================================
set val(chan)   Channel/Channel_802_11; # channel type
set val(prop)   Propagation/TwoRayGround; # radio-propagation model
set val(netif)  Phy/WirelessPhy/Wireless_802_11_Phy; # network interface type
set val(mac)    Mac/802_11; # MAC type
set val(ifq)    Queue/DropTail/PriQueue; # interface queue type
set val(ll)     LL; # link layer type
#set val(ant)   Antenna/OmniAntenna; # antenna model
set val(ant)    Antenna/DirAntenna; # antenna model
set val(ifqlen) 50; # max packet in ifq
set val(nn)     4; # number of mobilenodes
set val(rp)     WLSTATIC; # routing protocol WLSTATIC
set val(x)      2600; # X dimension of topography
set val(y)      2100; # Y dimension of topography
set val(stop)   100.0; # time of simulation end
set val(ni)     1
# ====================================
#          Initialization
# ====================================
#Create a ns simulator
set ns_[new Simulator]

#Setup topography object
set topo[new Topography]
$topo load_flatgrid $val(x) $val(y)
create-god $val(nn)

#Open the NS trace file
set tracefd[open crossc.tr w]
$ns_ trace-all $tracefd
```

```
set namtrace [open crossc.nam w]
$ns_ namtrace-all $namtrace
$ns_ namtrace-all-wireless $namtrace $val(x) $val(y)
set chan [new $val(chan)]; # Create wireless channel

# ====================================
#     Mobile node parameter setup
# ====================================
$ns_ node-config-adhocRouting    $val(rp) \
                 -llType         $val(ll) \
                 -macType        $val(mac) \
                 -ifqType        $val(ifq) \
                 -ifqLen         $val(ifqlen) \
                 -antType        $val(ant) \
                 -propType       $val(prop) \
                 -phyType        $val(netif) \
                 -channel        $chan \
                 -topoInstance  $topo \
                 -agentTrace       ON \
                 -routerTrace     ON \
                 -macTrace         ON \
                 -movementTrace    OFF \
                 -numif   $val(ni)
# ====================================
#          Nodes Definition
# ====================================
#Create 25 nodes
proc create_node { x y z } {
    global ns_
    Mac/802_11 set dataRate_   11mb
    Mac/802_11 set basicRate_   1mb

    set newnode[$ns_ node]
    $newnode random-motion 0
    $newnode set X_ $x
    $newnode set Y_ $y
    $newnode set Z_ $z
```

```
    return $newnode
}

proc create_cbr_connection { from to startTime interval packetSize } {
    global ns_
    set udp0 [new Agent/UDP]
    set src[new Application/Traffic/CBR]
    $udp0 set packetSize_ $packetSize
    $src set packetSize_ $packetSize
    $src set interval_ $interval

    set sink[new Agent/Null]

    $ns_ attach-agent $from $udp0
    $src attach-agent $udp0
    $ns_ attach-agent $to $sink

    $ns_ connect $udp0 $sink
    $ns_ at $startTime "$src start"
    return $udp0
}

$ns_ node-config-numif 1
set n0 [create_node 200 200 0]
$ns_ initial_node_pos $n0 20
set a [new Antenna/DirAntenna]
$a setType 0
[$n0 set netif_(0)]dir-antenna $a
[$n0 set netif_(0)]set channel_number_ 1
[$n0 set netif_(0)]set Pt_ 0.28183815

$ns_ node-config -numif 1
set n1[create_node 400 200 0]
$ns_ initial_node_pos $n1 20
set a[new Antenna/DirAntenna]
$a setType 4
[$n1 set netif_(0)]dir-antenna $a
[$n1 set netif_(0)]set channel_number_ 1
```

```
[$n1 set netif_(0)]set Pt_ 0.28183815

$ns_ node-config -numif 1
set n2 [create_node 300 250 0]
$ns_ initial_node_pos $n2 20
set a [new Antenna/DirAntenna]
$a setType 6
[$n2 set netif_(0)] dir-antenna $a
[$n2 set netif_(0)] set channel_number_ 1
[$n2 set netif_(0)] set Pt_ 0.28183815

$ns_ node-config-numif 1
set n3 [create_node 300 50 0]
$ns_ initial_node_pos $n3 20
set a [new Antenna/DirAntenna]
$a setType 2
[$n3 set netif_(0)] dir-antenna $a
[$n3 set netif_(0)] set channel_number_ 1
[$n3 set netif_(0)] set Pt_ 0.28183815

[$n0 set ragent_] addstaticroute 1 1 1 0
[$n1 set ragent_] addstaticroute 1 0 0 0
[$n2 set ragent_] addstaticroute 1 3 3 0
[$n3 set ragent_] addstaticroute 1 2 2 0

set child_mac [[$n0 set mac_(0)] id];
set parent_mac [[$n1 set mac_(0)] id];
[$n0 set ll_(0)] add-arp-entry 1 $parent_mac
[$n1 set ll_(0)] add-arp-entry 0 $child_mac

set child_mac [[$n2 set mac_(0)] id];
set parent_mac [[$n3 set mac_(0)] id];
[$n2 set ll_(0)] add-arp-entry 3 $parent_mac
[$n3 set ll_(0)] add-arp-entry 2 $child_mac

set cbr0 [create_cbr_connection $n0 $n1 0.0 0.002667 1000]
set cbr1 [create_cbr_connection $n2 $n3 0.0 0.002667 1000]
```

```
# ====================================
#          Termination
# ====================================
#Define a 'finish' procedure
for {set i 0} {$i < $val(nn) } {incr i} {
    $ns_ at 100.0 "\$n$i reset"
}
$ns_ at 100.0 "stop"
$ns_ at 100.01 "puts "NS EXITING..."; $ns_ halt"
proc stop {} {
    global ns_ tracefd namtrace
    $ns_ flush-trace
    close $tracefd
    close $namtrace
    exec nam crossc.nam &
    exit 0
}

puts "Starting Simulation…"
$ns_ run
```

附录 D-2 十字型拓扑的吞吐量分析程序

```
BEGIN {
    i=0;
    k=0;
    end_timeA[0] = 0;
    pkt_byte_sumA[0] = 0;
    time_length = 10;
    start_time = 0;
    stop_time = 100;
  average = 0;
  sum_total = 0;
}
{
    action=$1;
    time=$2;
    node_number = $3;
    layer = $4;
    packet_id=$6;
    packet_type=$7;
    packet_size=$8;
if(action == "r"&&packet_type == "cbr"&&layer == "AGT"&&(node_number == "_1_ " ||
node_number == "_3_" )){
    pkt_byte_sumA[i + 1] = pkt_byte_sumA[i] + 1000;
    end_timeA[i + 1]= time;
    i = i + 1;
    sum_total = i;
    }
}
END {
    printf(" sum_total throughput %f kbps\n" , sum_total*8/100 );
     }
```

附录 E-1 PVAR 路由协议的状态机函数

注:仿真程序中对 NS2 仿真软件修改的文件有:cmu-trace. cc、cmu-trace. h、Makefile、ns-agent. tcl、ns-lib. tcl、ns-mobilenode. tcl、ns-packet. tcl、packet. h

```
void LAR::recvLAR(Packet *p) {
    struct hdr_lar *ah = HDR_LAR(p);
    assert(HDR_IP (p)->sport() == RT_PORT);
    assert(HDR_IP (p)->dport() == RT_PORT);
    /* Incoming Packets. */
    switch(ah->ah_type) {
    case LARTYPE_RREQ:
      recvRequest(p);
      break;
    case LARTYPE_RREP:
      recvReply(p);
      break;
    case LARTYPE_RERR:
      recvError(p);
      break;
    case LARTYPE_HELLO:
      recvHello(p);
      break;
    case LARTYPE_POS:
      recvPos(p);
      break;
    default:
      fprintf(stderr, "Invalid LAR type (%x)\n", ah->ah_type);
      exit(1);
    }
```

附录 E-2　PVAR 路由协议的 Command( )函数

```
int LAR::command(int argc, const char * const * argv) {
        TclObject * obj;
        if(argc == 2) {
          Tcl& tcl = Tcl::instance();
            if(strncasecmp(argv[1], "id", 2) == 0) {
              tcl.resultf("%d", index);
              return TCL_OK;
        }
        if(strncasecmp(argv[1], "start", 2) == 0) {
          btimer.handle((Event * ) 0);
          htimer.handle((Event * ) 0);
          ntimer.handle((Event * ) 0);
          rtimer.handle((Event * ) 0);
          ptimer.expire((Event * ) 0);
          return TCL_OK;
        }
      }
      else if(argc == 3) {
        if(strcmp(argv[1], "index") == 0) {
          index = atoi(argv[2]);
          return TCL_OK;
        }
        else if(strcmp(argv[1], "log-target") == 0 || strcmp(argv[1], "tracetarget")
== 0) {
          logtarget = (Trace * ) TclObject::lookup(argv[2]);
          if(logtarget == 0)
        return TCL_ERROR;
          return TCL_OK;
        }
        else if(strcmp(argv[1], "drop-target") == 0) {
        int stat = rqueue.command(argc,argv);
          if (stat != TCL_OK) return stat;
          return Agent::command(argc, argv);
```

```
        }
        else if(strcmp(argv[1], "if-queue") == 0) {
        ifqueue = (PriQueue * ) TclObject::lookup(argv[2]);
          if(ifqueue == 0)
            return TCL_ERROR;
          return TCL_OK;
        }
        else if (strcmp(argv[1], "port-dmux") == 0) {
        dmux_ = (PortClassifier* )TclObject::lookup(argv[2]);
        if (dmux_ == 0) {
            fprintf (stderr, " %s: %s lookup of %s failed\n", __FILE__,
            argv[1], argv[2]);
            return TCL_ERROR;
        }
        return TCL_OK;
        }
      else if (strcmp(argv[1], "set - node") == 0) {
        if( (obj = TclObject::lookup(argv[2])) == 0) {
            fprintf(stderr, "LARAgent(set-node): %s lookup of %s failed\n", argv[1],
argv[2]);
            return (TCL_ERROR);
            }
      node = dynamic_cast< MobileNode * >(obj);
      if (node)     // dynamic cast was successful and didn't return NULL
      {     return (TCL_OK);      }
      else {fprintf(stderr, "Unable to dynamically cast %s to a MobileNode\n",argv[2]);
      return (TCL_ERROR); }
    }
  }
    Return Agent::Command(Args, Argv);
  }
```

附录 E-3　PVAR 路由协议包的转发过程

```
void LAR::forward(lar_rt_entry * rt, Packet * p, double delay) {
struct hdr_cmn * ch = HDR_CMN(p);
struct hdr_ip * ih = HDR_IP(p);
  if(ih->ttl_ == 0) {
#ifdef DEBUG
  fprintf(stderr, "%s: calling drop()\n", __PRETTY_FUNCTION__);
#endif // DEBUG
  drop(p, DROP_RTR_TTL);
  return;
}
if (ch->ptype() != PT_LAR && ch->direction() == hdr_cmn::UP &&
    ((u_int32_t)ih->daddr() == IP_BROADCAST)
        || (ih->daddr() == here_.addr_)) {
    dmux_->recv(p,0);
    return;
}
if (rt) {
  assert(rt->rt_flags == RTF_UP);
  rt->rt_expire = CURRENT_TIME + ACTIVE_ROUTE_TIMEOUT;
  ch->next_hop_ = rt->rt_nexthop;
  ch->addr_type() = NS_AF_INET;
  ch->direction() = hdr_cmn::DOWN;  //important: change the packet's direction
}
else { // if it is a broadcast packet
  // assert(ch->ptype() == PT_LAR);  // maybe a diff pkt type like gaf
  assert(ih->daddr() == (nsaddr_t) IP_BROADCAST);
  ch->addr_type() = NS_AF_NONE;
  ch->direction() = hdr_cmn::DOWN;  //important: change the packet's direction
}
if (ih->daddr() == (nsaddr_t) IP_BROADCAST) {
// If it is a broadcast packet
    assert(rt == 0);
    //Jitter the sending of broadcast packets by 10ms
```

```
        Scheduler::instance().schedule(target_, p,0.01 * Random::uniform());
    }
    else { // Not a broadcast packet
      if(delay > 0.0) {
        Scheduler::instance().schedule(target_, p, delay);
      }
      else {
      //Not a broadcast packet, no delay, send immediately
        Scheduler::instance().schedule(target_, p, 0.);
      }
  }
}
```

附录 E-4　PVAR 仿真 TCL 脚本

```
# 采用了参数传递的形式,可以直接通过命令行方便的模仿 Ad Hoc 的所有平面路由协议
if {$argc ! =4} {
        puts "Usage: ns adhoc.tcl Routing_Protocol Traffic_Pattern Scene_Pattern Num_Of_Node"
        puts "Example:ns adhoc.tcl AODV cbr-50-10-8 scene-50-0-20 50"
        exit
}
set par1 [lindex $argv 0]
set par2 [lindex $argv 1]
set par3 [lindex $argv 2]
set par4 [lindex $argv 3]
# Define options
set val(chan)          Channel/WirelessChannel; # channel type
set val(prop)          Propagation/TwoRayGround; # radio-propagation model
set val(netif)         Phy/WirelessPhy; # network interface type
set val(mac)           Mac/802_11; # MAC type
if { $par1 == "DSR"} {
  set val(ifq)                CMUPriQueue
  } else {
  set val(ifq)           Queue/DropTail/PriQueue; # interface queue type
}
set val(ll)            LL; # link layer type
set val(ant)           Antenna/OmniAntenna; # antenna model
set val(ifqlen)        100; # max packet in ifq
set val(rp)            $par1; # routing protocol
set val(x)                1000
set val(y)                1000
set val(seed)               1.0
set val(tr)            $par1-$par3.tr
set val(nam)               $par1-$par3.nam
set val(nn)            $par4; # number of mobilenodes
set val(cp)            "$par2"
set val(sc)          "$par3"
```

```
set val(stop)          100.0
# Main Program
# Initialize Global Variables
set ns_          [new Simulator]
set tracefd      [open $val(tr) w]
$ns_ trace-all $tracefd
set namtracefd [open $val(nam) w]
$ns_ namtrace-all-wireless $namtracefd $val(x) $val(y)
# set up topography object
set topo          [new Topography]
$topo load_flatgrid $val(x) $val(y)
# Create God
set god_ [create-god $val(nn)]
# Create the specified number of mobilenodes [$val(nn)] and "attach" them
# to the channel.
# configure node
# set chan_1_ [new $val(chan)]
          $ns_ node-config-adhocRouting $val(rp) \
                    -llType $val(ll) \
                    -macType $val(mac) \
                    -ifqType $val(ifq) \
                    -ifqLen $val(ifqlen) \
                    -antType $val(ant) \
                    -propType $val(prop) \
                    -phyType $val(netif) \
                    -channelType $val(chan) \
                    -topoInstance $topo \
                    -agentTrace ON \
                    -routerTrace ON \
                    -macTrace OFF \
                    -movementTrace OFF
     for {set i 0} {$i < $val(nn) } {incr i} {
            set node_($i) [$ns_ node]
            $node_($i) random-motion 0; # disable random motion
     }
puts "Loading connection pattern..."
source $val(cp)
puts "Loading scenario file..."
```

```
source $val(sc)
for {set i 0} {$i < $val(nn) } {incr i} {
    $ns_ initial_node_pos $node_($i) 20
}
# Tell nodes when the simulation ends
for {set i 0} {$i < $val(nn) } {incr i} {
    $ns_ at $val(stop).000000001 "$node_($i) reset";
}
$ns_ at $val(stop).000000001 "finish"
$ns_ at $val(stop).000000001 "puts "NS EXITING...\"; $ns_ halt"
proc finish {} {
     global ns_ tracefd namtracefd
     $ns_ flush-trace
     close $tracefd
     close $namtracefd
    # exec nam adhoc.nam &
       exit 0
}
puts "Starting Simulation..."
$ns_ run
```

附录 E-5　分组到达率仿真脚本

图 7-32 和图 7-33

```
# 使用的是无线 trace 的旧格式
BEGIN {
        sendpacket = 0;
        recvpacket = 0;
}
# 统计发送的数据包个数
$0 ~/^s. * AGT/ {
        sendpacket + + ;
}
# 统计接收到的数据包个数
$0 ~/^r. * AGT/ {
        recvpacket + + ;
}
END {
        Printf "cbr send: % d recv: % d, getRatio: % . 4f \n", sendpacket, recvpacket,
(recvpacket/sendpacket);
}
```

附录 E-6　路由开销仿真脚本

图 7-34 和图 7-35

```
# 使用的是无线 trace 的旧格式
BEGIN {
    pkt_route_sum = 0;
    pkt_cbr_sum = 0;
}
{
    pktsize = $8;
}
$0 ~/^s. * LAR/ {
    pkt_route_sum + = pktsize;
}
# 只计算了正确接收到的数据包,被丢弃的没有算作有效数据
$0 ~/^r. * AGT. * cbr/ {
        pkt_cbr_sum + = pktsize;
}
END {
    # 单位为 bytes
    printf "cbr_bytes: % d, route_bytes: % d, routecosts: % .4f \n", pkt_cbr_sum, pkt
_route_sum, (pkt_route_sum/pkt_cbr_sum);
}
```

附录 F-1　基于蚁群算法的 QoS 组播路由算法程序清单

(1) 加入节点电量:在更新信息素时考虑节点电量

```
Delta_Tau = zeros(N,N); % 更新量初始化
  for  m = 1:M      % m 表示蚂蚁,p 表示目的节点,k 表示迭代次数
    % 判断第 k 代蚂蚁 m 到达目的节点 p 所用的费用,延时及延时抖动情况
    if  COSTS(p,k,m)<inf&DELAYS(p,k,m)<Dmax&DELAYJITTERS(p,k,m)<DJmax
      ROUT = ROUTES{p,k,m}; % 第 k 代蚂蚁 m 到达目的节点 p 的路径保存在 ROUT 中
      TS = length(ROUT) - 1; % 跳数
      % 第 k 代蚂蚁 m 到达目的节点 p 的延时与延时抖动的和
      Cpkm = DELAYS(p,k,m) + DELAYJITTERS(p,k,m);
      for s = 1:TS
          x = ROUT(s);
          y = ROUT(s + 1);
          % 更新节点 x 与节点 y 上的信息素值
          Delta_Tau(x,y) = Delta_Tau(x,y) + (Q * El(y))/Cpkm; % EL(y)表示 y 节点的电量
          Delta_Tau(y,x) = Delta_Tau(y,x) + (Q * El(x))/Cpkm;
       end
    end
  end
  Tau = (1 - Rho). * Tau + Delta_Tau; % 信息素挥发一部分,新增加一部分
```

(2) 删除到达各个目的节点路径间的环路:从寻找到达第二个目的节点路径开始判断环路存在是否,然后依据程序删除

```
if p>1   % 如果不是第一个目的节点
   Path1 = ROUTES{(p - 1),k,m} % 将到达前一目的节点的路径赋给 Path1
end
Path = [Path,to_visit]; % 路径增加
PD = PD + DD(W,to_visit); % 路径延时累计
PC = PC + CC(W,to_visit); % 路径费用累计
PDJ = PDJ + DDJ(W,to_visit);
if p>1
   pt = Path1; % pt 表示路径
   c = 0; % c 表示费用
   d = 0; % d 表示延时
```

```
dj = 0; % dj 表示延时抖动
for i = 1:length(Path1)
  if Path1(i) == to_visit % 如果已访问的节点等于到达前一目的节点路径上的节点
    for i1 = 1:(i - 1) % 记录下费用、延时、延时抖动
      c = c + C(pt(i1),pt(i1 + 1));
      d = d + D(pt(i1),pt(i1 + 1));
      dj = dj + DJ(pt(i1),pt(i1 + 1));
    end
    if PC> = c % 将现寻找的路径与到达前一目的节点路径上的费用相比较
      to_visit = pt(i);
      qq = S;
      for j = 2:length(Path)
          TABU(Path(j)) = 1; % 将已访问节点在禁忌表中标记
      end
      for i2 = 2:i
          qq = [qq,pt(i2)];
          TABU(pt(i2)) = 0;
      end
        Path = qq;
        PC = c;
        PD = d;
        PDJ = dj;
  else
    if pt(i) == pt(end) % 判断是否为最后一个节点
      if COSTS((p - 1),k,m)~ = inf&pt(i) == E(p - 1)
        pt = [Path];
        COSTS((p - 1),k,m) = PC;
        DELAYS((p - 1),k,m) = PD;
        DELAYJITTERS((p - 1),k,m) = PDJ;
      end
    else
      COSTS((p - 1),k,m) = PC;
      DELAYS((p - 1),k,m) = PD;
      DELAYJITTERS((p - 1),k,m) = PDJ;
      pt = Path;
      for i3 = i:(length(Path1) - 1) % 添加访问路径上的费用,延时,延时抖动
        COSTS((p - 1),k,m) = COSTS((p - 1),k,m) + C(Path1(i3),Path1(i3 + 1));
        DELAYS((p - 1),k,m) = DELAYS((p - 1),k,m) + D(Path1(i3),Path1(i3 + 1));
```

```
                DELAYJITTERS((p-1),k,m) = DELAYJITTERS((p-1),k,m) + DJ(Path1(i3),
Path1(i3+1));
                pt = [pt,Path1(i3+1)]; % 添加访问路径
              end
            end
          end
        end
      end
      Path1 = pt;
    end
```

(3) 保留信息素给寻找后续目的节点使用:寻找到前一个目的节点后,保留信息素

```
    % 更新信息素完成了一次循环
    Delta_Tau = zeros(N,N); % 更新量初始化
      for m = 1:M
        if COSTS(p,k,m)<inf&DELAYS(p,k,m)<Dmax&DELAYJITTERS(p,k,m)<DJmax
          ROUT = ROUTES{p,k,m}; % 把每一代每一只蚂蚁的觅食路线给保存在 ROUT 中
          TS = length(ROUT) - 1; % 跳数
          Cpkm = DELAYS(p,k,m) + DELAYJITTERS(p,k,m);
          for s = 1:TS
            x = ROUT(s);
            y = ROUT(s+1);
            Delta_Tau(x,y) = Delta_Tau(x,y) + Q/Cpkm;
            Delta_Tau(y,x) = Delta_Tau(y,x) + Q/Cpkm;
          end
        end
      end
      Tau = (1 - Rho).* Tau + Delta_Tau; % 信息素挥发一部分,新增加一部分
    end
    Tau = 10 * log(Tau/K); % 取到达前一目的节点路径上信息素值
    % 在寻找下一目的节点前,初始化信息素值
    for i = 1:N
       for j = 1:N
         if Tau(i,j)<1
           Tau(i,j) = 1;
         end
       end
    end
    aa = Tau;
```

附录 F-2　基于蚁群算法的单向链路路由算法程序清单

```
Delta_Tau = zeros(N,N); % 更新量初始化
Bant_path = E; % 将目的节点加到后向蚂蚁路径中
Bant_PC = 0; % 爬行路线费用初始化
Bant_TABU = ones(1,N); % 禁忌表初始化
Bant_TABU(E) = 0; % S已经在初始点了,因此要排除
Bant_CC = C;
for m = 1:M
   Cse = 0;  % 费用初始化为 0
   if COSTS(1,k,m)<inf
      ROUT = ROUTES{1,k,m}; % 把每一代每一只蚂蚁的觅食路线给保存在 ROUT 中
      TS = length(ROUT) - 1; % 跳数
      w1 = E;
      while (w1~ = S)  % 当前节点不是源节点时
         for s = TS: - 1:1
            x = ROUT(s);
            y = ROUT(s + 1);
            CW2 = C(w1,:);
            if CW2(x)~ = inf  % 单播后向蚂蚁
               Cse = Cse + C(x,y);
               Delta_Tau(x,y) = Delta_Tau(x,y) + Q/Cse;
               w1 = x;
            else % 发送广播后向蚂蚁
               BBant_path = w1; % BBant 路径
               BBant_PC = 0; % 爬行路线费用初始化
               BBant_TABU = ones(1,N); % 禁忌表初始化
               BBant_TABU(w1) = 0; % S已经在初始点了,因此要排除
               BBant_CC = Bant_CC;
               for k1 = 1:N
                  if BBant_TABU(k1) == 0
                     BBant_CC(w1,k1) = inf;
                  end
               end
               BBant_TABU(w1) = 0; % 已访问过的节点从禁忌表中删除
```

```
CT = BBant_CC(w1,:);
CT1 = find(CT<inf);
for j = 1:length(CT1)
   if BBant_TABU(CT1(j)) == 0
      CT(j) = inf;
   end
end
CW5 = find(CT<inf);
Len_CW4 = length(CW5);
while  ((w1~ = x)&(Len_CW4> = 1))
   PPP = zeros(1,Len_CW4); % 赋给 PP 一个 1 * Len_LJD 大小的全 0 矩阵数组
   for  i = 1:Len_CW4
     PPP(i) = (Tau(w1,CW5(i))^Alpha) * (Eta(w1,CW5(i))^Beta); % 概率 %
     选择公式
   end
   PPP = PPP/(sum(PPP)); % 建立概率分布
   Pcum = cumsum(PPP); % cumsum 数组元素的逐步累计
   t = rand;
   Select = find(Pcum> = t); % rand 用来生成一个 0 到 1 的随机数
   to_visit1 = CW5(Select(1)); % 下一步将要前往的节点
   BBant_path = [BBant_path,to_visit1]; % 路径增加
   BBant_PC = BBant_PC + BBant_CC(w1,to_visit1); % 路径费用累计
   w1 = to_visit1;
   for  k1 = 1:N
     if  BBant_TABU(k1) == 0
       BBant_CC(w1,k1) = inf;
       BBant_CC(k1,w1) = inf;
     end
   end
   BBant_TABU(w1) = 0; % 已访问过的节点从禁忌表中删除
   CT = BBant_CC(w1,:);
   CT1 = find(CT<inf);
   for j = 1:length(CT1)
     if BBant_TABU(CT1(j)) == 0
       CT(j) = inf;
     end
   end
   CW5 = find(CT<inf); % 可选节点集
```

```
        Len_CW4 = length(CW5); % 可选节点的个数
      end
        if w1 == x
          if w1 == S
            Cse = COSTS(1,k,m);
            Delta_Tau(x,y) = Delta_Tau(x,y) + Q/Cse;
          else
            Cse = Cse + C(x,y);
            Delta_Tau(x,y) = Delta_Tau(x,y) + Q/Cse;
            end
          end
        end
      end
    end
  end
end
Tau = (1 - Rho). * Tau + Delta_Tau;
```

附录 G-1 紫外光底层传输模型仿真程序

```
#include <math.h>
#include <delay.h>
#include <packet.h>
#include <packet-stamp.h>
#include <antenna.h>
#include <mobilenode.h>
#include <propagation.h>
#include <wireless-phy.h>
#include <tworayground.h>
static class TwoRayGroundClass: public TclClass {
public:
        TwoRayGroundClass() :TclClass("Propagation/TwoRayGround") {}
        TclObject* create(int, const char*const*) {
                return(new TwoRayGround);
        }
} class_tworayground;
TwoRayGround::TwoRayGround()
{
  last_hr = last_ht = 0.0;
}
double TwoRayGround::TwoRay(double Pt,double Gt, double Gr,double d)
{
  double Pr1, Pr2, Pr3, Pr4, Pr5;
  Pr1 = Gt*Gr*Pt*Ar*Ks*Js*Fs*Fs*sin(Fy+Jy);
  Pr2 = 32*PI*PI*PI*d*0.001*sin(Fy)*(1-cos(PI/12));
  Pr3 = Ke*d*0.001*(sin(Fy)+sin(Jy));
  Pr4 = sin(Fy+Jy);
  Pr5 = exp(-(Pr3/Pr4));
  return(Pr1*Pr5)/Pr2;
}
Double TwoRayGround::Pr(PacketStamp *t, PacketStamp *r, WirelessPhy *ifp)
{
  double rX, rY, rZ; // location of receiver
```

```
  double tX, tY, tZ;                 // location of transmitter
  double d;                          // distance
  double hr, ht;                     // height of recv and xmit antennas
  double Pr;                         // received signal power
  double bizhi;
  double diffX;
  double diffY;
  r->getNode()->getLoc(&rX, &rY, &rZ);
  t->getNode()->getLoc(&tX, &tY, &tZ);
  rX+ =r->getAntenna()->getX();
  rY+ =r->getAntenna()->getY();
  tX+ =t->getAntenna()->getX();
  tY+ =t->getAntenna()->getY();
  d=sqrt((rX-tX)*(rX-tX)+(rY-tY)*(rY-tY)+(rZ-tZ)*(rZ-tZ));
if (rZ ! = tZ) {
    printf("%s:  TwoRayGround propagation model assume flat ground\n",
      __FILE__);
  }
  hr=rZ+r->getAntenna()->getZ();
  ht=tZ+t->getAntenna()->getZ();
if (hr! =last_hr || ht! =last_ht)
{
      last_hr=hr; last_ht=ht;
#if DEBUG > 3
      printf("TRG:  xover %e.10 hr %f ht %f\n",
          crossover_dist, hr, ht);
#endif
  }
double Gt=t->getAntenna()->getTxGain(rX-tX,rY-tY,rZ-tZ,t->getLambda());
double Gr=r->getAntenna()->getRxGain(tX-rX,tY-rY,tZ-rZ,r->getLambda());
#if DEBUG>3
printf("TRG %.9f %d(%d,%d)@%d(%d,%d) d=%f xo=%f :",
Scheduler::instance().clock(), t->getNode()->index(), (int)tX, (int)tY,
r->getNode()->index(), (int)rX, (int)rY, d, crossover_dist);
#endif
diffX=rX-tX;
diffY=rY-tY;
bizhi=diffY/diffX;
```

```
if(d<=17.4) {
    if((bizhi>(-0.577) && bizhi < 0) || (bizhi>0 && bizhi<0.577)) {
    Pr=TwoRay(t->getTxPr(),Gt,Gr,d);
#if  DEBUG>3
    printf("Friis %e\n",Pr);
#endif
      return Pr;
    }
    else{
        Pr=0;
    return Pr;
  }
}
  else {
       Pr=0;
#if  DEBUG>3
    printf("TwoRay %e\n",Pr);
#endif
    return Pr;
  }
}
double TwoRayGround::getDist(double Pr, double Pt,double Gt,double Gr,double hr,
double ht, double L, double lambda)
{
  return sqrt(sqrt(Pt*Gt*Gr*(hr*hr*ht*ht)/Pr));
}
```

附录 G-2 三类通信方式性能仿真 TCL 脚本

```
set opt(chan)         Channel/WirelessChannel
set opt(prop)         Propagation/TwoRayGround
set opt(netif)        Phy/WirelessPhy
set opt(mac)          Mac/802_11
set opt(ifq)          Queue/DropTail/PriQueue
set opt(ll)    LL
set opt(ant)          Antenna/OmniAntenna
set opt(god)          off
set opt(x)   100;#X dimension of the topography
set opt(y)   100   ;#Y dimension of the topography
set opt(traf)         "../test/sk-30-3-3-1-1-6-64新.tcl";#traffic file
set opt(topo)         "../test/scen-800x800-30-500-1.0-1新";#topology file
#set opt(onoff)   "../test/onoff-30-3-3-1-1-500-10.tcl";#node on-off
set opt(ifqlen)        50;#max packet in ifq
set opt(nn)           8;#number of nodes
set opt(seed)         0.0
set opt(stop)         10;#simulation time
set opt(prestop)          19;# time to prepare to stop
set opt(tr)   "wireless.tr";# trace file
set opt(nam)              "wireless.nam";# nam file
set opt(engmodel)         EnergyModel;
set opt(txPower)          0.660;
set opt(rxPower)          0.395;
set opt(idlePower)        0.035;
set opt(initeng)          10000.0;#Initial energy in Joules
set opt(logeng)            "off";#log energy every 1 seconds
set opt(lm)                "off";#log movement
set opt(adhocRouting)     FLOODING
set opt(duplicate)       "enable-duplicate"
LL set mindelay_            50us
LL set delay_               25us
LL set bandwidth_            0;# not used
Queue/DropTail/PriQueue set Prefer_Routing_Protocols  1
```

```
#unity gain, omni-directional antennas
#set up the antennas to be centered in the node and 1.5 meters above it
Antenna/OmniAntenna set X_0
Antenna/OmniAntenna set Y_0
Antenna/OmniAntenna set Z_1.5
Antenna/OmniAntenna set Gt_1.0
Antenna/OmniAntenna set Gr_1.0
#Initialize the SharedMedia interface with parameters to make
#it work like the 914MHz Lucent WaveLAN DSSS radio interface
Phy/WirelessPhy set CPThresh_10.0
Phy/WirelessPhy set CSThresh_1.559e-7
Phy/WirelessPhy set RXThresh_3.652e-5
Phy/WirelessPhy set Rb_2*1e6
Phy/WirelessPhy set Pt_0.2818
Phy/WirelessPhy set freq_914e+5
Phy/WirelessPhy set L_1.0
proc usage {argv0} {
    puts "Usage: $argv0"
    puts"\t\t\[-topo topology file\]\[-traf traffic file\]"
    puts"\t\t\[-x max x\]\[-y max y\]\[-seed seed\]"
    puts"\t\t\[-nam nam file\]\[-tr trace file\]\[-logeng on or off\]"
    puts"\t\t\[-stop time to stop\]\[-prestop time to prepare to stop\]"
    puts"\t\t\[-initeng initial energy\]\[-engmodel energy model\]"
    puts"\t\t\[-chan channel model\]\[-prop propagation model\]"
    puts"\t\t\[-netif network interface\]\[-mac mac layer\]"
    puts"\t\t\[-ifq interface queue\]\[-ll link layer\]\[-ant antena\]"
    puts"\t\t\[-ifqlen interface queue length\]\[-nn number of nodes\]"
}
proc getopt {argc argv} {
  global opt
  lappend optlist cp nn seed sc stop tr x y
  for {set i 0} {$i<$argc} {incr i} {
      set arg[lindex $argv $i]
      if {[string range $arg 0 0] != "-"}continue
      set name [string range $arg 1 end]
      set opt($name)[lindex $argv [expr $i+1]]
  }
}
```

```
proc finish {} {
    global ns_nf opt god_node_
    $ns_ terminate-all-agents
#   $god_dump
    $god_dump_num_send
    $ns_flush-trace
    if[info exists tracefd] {
    close $tracefd
#   exec rm -f $opt(tr)
    }
if[info exists nf]{
        close $nf
#   exec rm -f $opt(nam)
#       exec nam $opt(nam) &
#   exec gzip $opt(nam)
    }
  exit 0
}
proc cmu-trace {ttype atype node}{
    global ns_tracefd
  if {$tracefd == ""}{
        return""
    }
    set T[new CMUTrace/$ttype $atype]
    $T target[$ns_set nullAgent_]
    $T attach $tracefd
        $T set src_[$node id]
        $T node $node
    return $T
}
# Main Program
getopt $argc $argv
# do the get opt again incase the routing protocol file added some more
# options to look for
getopt $argc $argv
if {$opt(seed)>0} {
    puts "Seeding Random number generator with $opt(seed)\n"
  ns-random $opt(seed)
```

```
}
# Initialize Global Variables
set ns_        [new Simulator]
# define color index
$ns_color 0 red
$ns_color 1 blue
$ns_color 2 chocolate
$ns_color 3 yellow
$ns_color 4 green
$ns_color 5 tan
$ns_color 6 gold
$ns_color 7 black
#set chan[new $opt(chan)]
#set prop[new $opt(prop)]
set topo[new Topography]
if {$opt(nam) ! = ""}{
     set nf [open $opt(nam)w]
     $ns_namtrace-all-wireless $nf $opt(x) $opt(y)
}
if {$opt(tr)! = ""}{
     set tracefd [open $opt(tr) w]
     $ns_trace-all $tracefd
}
$topo load_flatgrid $opt(x) $opt(y)
#$prop topography $topo
#Create God
set god_[create-god $opt(nn)]
#$god_on
$god_$opt(god)
$god_allow_to_stop
$god_num_data_types 1
# log the mobile nodes movements if desired
if {$opt(lm) == "on"}{
     log-movement
}
#global node setting
$ns_node-config-adhocRouting $opt(adhocRouting) \
             -llType $opt(ll) \
```

```
            -macType $opt(mac) \
            -ifqType $opt(ifq) \
            -ifqLen $opt(ifqlen) \
            -antType $opt(ant) \
            -propType $opt(prop) \
            -phyType $opt(netif)\
            -channelType $opt(chan) \
            -topoInstance $topo \
            -agentTrace ON \
                    -routerTrace OFF \
                    -macTrace ON \
            -energyModel $opt(engmodel) \
            -initialEnergy $opt(initeng)\
            -txPower $opt(txPower)\
            -rxPower $opt(rxPower)\
            -idlePower $opt(idlePower)

#Create the specified number of nodes[$opt(nn)] and "attach" them to the
# channel.
for {set i 0} {$i<$opt(nn)}{incr i}{
     set node_($i)[$ns_node $i]
        $node_($i)color black
    $node_($i) random-motion 0;      # disable random motion
         $god_new_node $node_($i)
}
if {$opt(topo) == ""}{
    puts"* * * NOTE:no topology file specified."
         set opt(topo) "none"
} else {
    puts "Loading topology file..."
    source $opt(topo)
    puts "Load complete..."
}

for {set i 0} {$i<$opt(nn)} {incr i} {
    $node_($i) namattach $nf
#20 defines the node size in nam, must adjust it according to your scenario
    $ns_initial_node_pos $node_($i)   20
```

```
}
# log energy if desired
if {$opt(logeng) == "on"}{
    log-energy
  }
# Source the traffic scripts
if {$opt(traf) == ""}{
    puts" * * * NOTE: no traffic file specified. "
        set opt(traf) "none"
} else {
    puts "Loading traffic file..."
    source $opt(traf)
}
#Tell all the nodes when the simulation ends
$ns_at $opt(prestop)"$ns_prepare-to-stop"
$ns_at $opt(stop). 00000001     "finish"
for {set i 0}{$i<$opt(nn)}{incr i} {
    $ns_at $opt(stop). 00000002 "$node_($i) reset";
}
# tell nam the simulation stop time
$ns_at $opt(stop). 00000003 "$ns_nam-end-wireless $opt(stop)"
$ns_at $opt(stop). 00000004 "puts \"NS EXITING...\";$ns_halt"
puts $tracefd "M 0. 0 nn $opt(nn) x $opt(x) y $opt(y)"
puts $tracefd "M 0. 0 topo $opt(topo) traf $opt(traf) seed $opt(seed)"
puts $tracefd "M 0. 0 prop $opt(prop) ant $opt(ant)"
puts "Starting Simulation..."
$ns_run
```

附录 G-3　端到端时延仿真脚本

```
BEGIN {
  highest_packet_id = 0;
}
{
  event = $1;
  time = $2;
  node_nb = $3;
  node_nb = substr(node_nb,2,1);
  trace_type = $4;
  flag = $5;
  packet_id = $6;
  pkt_type = $7;
  pkt_size = $8;
  energy = $14;
  if
(event == "s"&&node_nb == 0&&trace_type == "AGT"&&pkt_type == "diffusion"&&packet_id>
highest_packet_id)
{
          highest_packet_id = packet_id;
  }
  if
  (event == "s"&&node_nb == 0&&trace_type == "AGT"&&pkt_type == "diffusion"&&packet_
  id == highest_packet_id){
          start_time[packet_id] = time;
          remain_energy[packet_id] = energy;
  }
}
END {
  for(packet_id = 0;packet_id< = highest_packet_id;packet_id+ +)
  {
      start[packet_id] = start_time[packet_id];
      remain_energy[packet_id] = remain_energy[packet_id];
      printf(" %f %f\n",start[packet_id],remain_energy[packet_id]);
  }
}
```

附录 G-4　时延抖动仿真脚本

```
BEGIN{
highest_packet_id = 0;
}
{
    action = $1;
    time = $2;
    packet_id = $6;
    packet_type = $7;
    packet_size = $8;
    if(packet_id> = highest_packet_id)
          highest_packet_id = packet_id;
            if(action!  = "d") {
                if(action == "r"&&packet_type == "cbr")
                  end_time[packet_id] = time;
                        if(action == "s"&&packet_type == "cbr")
                            start_time[packet_id] = time;
  }else {
      end_time[packet_id] = -1;
}
}
END {
for(j = 0;j< = highest_packet_id;j + + ) {
    if(end_time[j]!  = -1){
        start = start_time[j];
        end = end_time[j];
        duration = end-start;
  }
  if(start<end)printf(" %f %f\n",start,duration);
    }
}
```

附录 G-5　吞吐量仿真脚本

```
BEGIN {
    highest_uid = 0;
}
{
      event = $1;
      time = $2;
      node_nb = $3;
      node_nb = substr(node_nb,2,1);
      trace_type = $4;
      flag = $5;
      uid = $6
      pkt_type = $7;
      pkt_size = $8;
    if(event == "s"&&node_nb == 6&&pkt_type == "diffusion"&& uid>highest_uid)
    {
            highest_uid = uid;
    }
    #记录 CBR 封包的发送时间
    if(event == "s"&&node_nb == 6&&pkt_type == "diffusion"&& id == highest_uid){
            start_time[uid] = time;
      }
      #记录 CBR 封包的接收时间
    if(event == "r"&&node_nb == 5&&pkt_type == "diffusion"&&uid == highest_uid)  {
            end_time[uid] = time;
      }
}
 END{
     #初始化抖动延时所需的变量
     last_seqno = 0;
     last_delay = 0;
     seqno_diff = 0;
     #当资料行全部读取后,开始计算有效封包的端到端延迟时间
     for(uid = 0;uid< = highest_uid;uid+ + )
```

```
    {
        start = start_time[uid];
        end = end_time[uid];
        packet_duration = end-start;
        #只把接收时间大于发送时间的记录列出来
        if(start<end)
        {
            #得到了 delay 值(packet_duration)后计算 jitter
            seqno_diff = uid-last_seqno;
            delay_diff = packet_duration-last_delay;
            if(seqno_diff == 0){
                jitter = 0;
            }
            else {
                jitter = delay_diff/seqno_diff;
            }
        #将有效封包序号以及延时抖动打印出来
            printf("%d %f\n", uid,jitter);
            last_seqno = uid;
            last_delay = packet_duration;
        }
    }
}
```

附录 G-6　平均剩余能量仿真脚本

```
BEGIN{
    i = 0;
    init = 0;
}
{
    action = $1;
    time = $2;
    curlth = length($3);
    curlth- = 2;
    cur_node = substr($3,2,curlth);
    trace_type = $4;
    pkt_id = $6;
    pkt_type = $7;
    pkt_size = $8;
    srclth = index($14,":");
    srclth- = 2;
    src_node = substr($14,2,srclth);
    dstlth = index($15,":");
    dstlth- = 2;
    dst_node = substr($15,2,srclth);
    if(action! = "d"&&trace_type == "MAC"&&pkt_type == "diffusion")  {
          packetsum[i + 1] = packetsum[i] + pkt_size;
          if(init == 0){
                start = time;
                init = 1;
          }
            timenow[i] = time;
            i = i + 1;
        }
}
END  {
printf(" %.2f\t %.2f\n",timenow[0],0);
for(j = 0;j<i;j + + ) {
```

```
        if(timenow[j] == start) {
            throughput = 0;
        } else {
        throughput = packetsum[j]/(timenow[j] - start) * 8/64;
        printf(" %.2f\t %.2f\n",timenow[j - 1],throughput);
    }
  }
printf(" %.2f\t %.2f\n",timenow[j - 1],0);
}
```